HEYNE <

Das Buch

Für die verdeckt agierenden Kämpfer der Geheimorganisation *Campus* ist der Krieg gegen die Feinde Amerikas nie ausgefochten. Kaum hält man den einen Gegner in Schach, erhebt sich an anderer Stelle ein neuer – der nicht selten eine noch größere Bedrohung darstellt. Und diesmal sind Jack Ryan junior und seine Kameraden in unmittelbarer Gefahr. Die Existenz des *Campus* wurde aufgedeckt, und da ist der Weg zu seiner Zerstörung nicht weit. Gleichzeitig hat Jack Ryan senior als amtierender US-Präsident alle Hände voll zu tun. Die politische Balance in China ist nach desaströsen Wirtschaftsentwicklungen gehörig ins Wanken geraten. Aus Gründen der Machterhaltung verlagern die Regierenden die Aufmerksamkeit nach außen und überfallen Taiwan, ein Land, auf das China Anspruch erhebt, das aber den Schutz der USA genießt. Jetzt stehen sich zwei Supermächte gegenüber, und Jack Ryan sieht sich gezwungen seinen einzigen Joker auszuspielen. Aber so wie es aussieht, wird bereits ein weltumspannender Krieg toben, bevor er den *Campus* effektiv einsetzen kann. Im Cyberspace hat der Krieg nämlich längst begonnen …

Der Autor

Tom Clancy, geboren 1948, hatte mit seinem ersten Thriller, *Jagd auf Roter Oktober,* auf Anhieb internationalen Erfolg. Aufgrund seiner gut recherchierten, überaus realistischen Szenarien wurde der Autor nach den Anschlägen vom 11. September von der amerikanischen Regierung als spezieller Berater hinzugezogen. Tom Clancy starb im Oktober 2013.

Gefahrenzone ist der fünfzehnte Band aus dem »Jack Ryan/ John Clark-Universum«. Bei Heyne erschien zuletzt *Command Authority – Kampf um die Krim.*

Im Anhang findet sich ein ausführliches Werkverzeichnis des Autors.

TOM CLANCY

UND

MARK GREANEY

GEFAHRENZONE

Thriller

Aus dem Amerikanischen von Michael Bayer

WILHELM HEYNE VERLAG
MÜNCHEN

Die Originalausgabe THREAT VERCTOR erschien bei
G.P. Putnam's Sons, New York

MIX
Papier aus verantwortungsvollen Quellen
FSC® C014496
FSC
www.fsc.org

Verlagsgruppe Random House FSC® N001967
Das für dieses Buch verwendete FSC®-zertifizierte Papier
Salzer Alpin liefert Salzer Papier, St. Pölten, Austria.

2. Auflage
Vollständige deutsche Taschenbuchausgabe 06/2015

Printed in Germany 2015
Umschlaggestaltung: © Nele Schütz Design
unter Verwendung von shutterstock
Satz: Christine Roithner Verlagsservice, Breitenaich
Druck und Bindung: GGP Media GmbH, Pößneck
ISBN: 978-3-453-43812-5

www.heyne.de

Hauptpersonen

Regierung der Vereinigten Staaten

JOHN PATRICK »JACK« RYAN: Präsident der Vereinigten Staaten
ARNOLD VAN DAMM: Stabschef des Präsidenten
ROBERT BURGESS: Verteidigungsminister
SCOTT ADLER: Außenminister
MARY PATRICIA FOLEY: Direktorin der Nationalen Nachrichtendienste
COLLEEN HURST: Nationale Sicherheitsberaterin
JAY CANFIELD: Direktor der Central Intelligence Agency (CIA)
KENNETH LI: US-Botschafter in China
ADAM YAO: Undercoveragent, National Clandestine Service, Central Intelligence Agency
MELANIE KRAFT: Nachrichtenanalystin, Central Intelligence Agency (abgeordnet an das Büro der Direktorin der Nationalen Nachrichtendienste)
DARREN LIPTON: Leitender Spezialagent, Federal Bureau of Investigation (FBI), National Security Branch, Counterintelligence Division (Spionageabwehrabteilung)

Militär der Vereinigten Staaten

ADMIRAL MARK JORGENSEN: United States Navy (US-Marine), Kommandeur der Pazifikflotte

GENERAL HENRY BLOOM: United States Airforce (US-Luftwaffe), Kommandeur des United States Cyber Command (Kommando für elektronische Kriegsführung)

CAPTAIN BRANDON »TRASH« WHITE: United States Marine Corps, F/A-18C-Hornet-Pilot

MAJOR SCOTT »CHEESE« STILTON: United States Marine Corps, F/A-18C-Hornet-Pilot

CHIEF PETTY OFFICER MICHAEL MEYER: United States Navy, SEAL-Team 6, Element Leader (Gruppenführer)

Der Campus

GERRY HENDLEY: Direktor von Hendley Associates/ Direktor des Campus

SAM GRANGER: Operationsleiter

JOHN CLARK: Außenagent

DOMINGO »DING« CHAVEZ: Außenagent

DOMINIC CARUSO: Außenagent

SAM DRISCOLL: Außenagent

JACK RYAN JR.: Außenagent/Analyst

RICK BELL: Leiter der Analyseabteilung

TONY WILLS: Analyst

GAVIN BIERY: Leiter der IT-Abteilung

Die Chinesen

WEI ZHEN LIN: Präsident der Volksrepublik China/ Generalsekretär der Kommunistischen Partei Chinas
SU KE QIANG: Vorsitzender der Zentralen Militärkommission der VR China
WU FAN JUN: Geheimdienstoffizier, Ministerium für Staatssicherheit, Shanghai
DR. TONG KWOK KWAN alias »CENTER«: Leiter der Computer-Netzwerk-Operationen von Ghost Ship
ZHA SHU HAI alias »FastByte22«: Von Interpol gesuchter Cyberkrimineller
CRANE: Anführer der »Vancouver-Zelle«
HAN: Fabrikbesitzer und Markenpirat

Weitere Personen

WALENTIN OLEGOWITSCH KOWALENKO: Ehemaliger stellvertretender *Resident* der SWR (russischer Auslandsgeheimdienst) in London
TODD WICKS: Gebietsverkaufsleiter von Advantage Technology Solutions
CHARLIE »DARKGOD« LEVY: Amateurhacker
DR. CATHY RYAN: Präsident Jack Ryans Ehefrau
SANDY CLARK: John Clarks Ehefrau
DR. PATSY CLARK: Ehefrau von Domingo Chavez/ John Clarks Tochter
EMAD KARTAL: ehemaliger libyscher Geheimdienstoffizier, Kommunikationsspezialist

Prolog

Das waren düstere Zeiten für die früheren Agenten der »Jamahiriya Security Organisation«, des gefürchteten libyschen Geheimdiensts unter Muammar al-Gaddafi. Die JSO-Mitarbeiter, die die Revolution in ihrem Heimatland überlebt hatten, waren untergetaucht und hatten sich in alle Himmelsrichtungen zerstreut. Sie fürchteten den Tag, an dem ihre grausame und brutale Vergangenheit sie auf ebenso grausame und brutale Weise einholen würde.

Auch nachdem Tripolis im Jahr zuvor an die vom Westen unterstützten Rebellen gefallen war, blieben einige JSO-Agenten in Libyen. Sie hofften, sich vor Vergeltungsmaßnahmen schützen zu können, indem sie ihre Identität wechselten. Allerdings gelang dies nur selten, da andere ihre Geheimnisse kannten und sie nur allzu gern an revolutionäre Kopfjäger verrieten, um dadurch alte Rechnungen zu begleichen oder sich bei den neuen Machthabern lieb Kind zu machen. Ein Gaddafi-Spion nach dem anderen wurde in seinem libyschen Schlupfloch aufgestöbert, gefoltert und getötet. Sie wurden also behandelt, wie sie es verdienten, obwohl der Westen auf naive Weise gehofft hatte, dass die Verbrechen der Vergangenheit nach der Machtübernahme der Aufständischen in »ordentlichen, fairen Gerichtsverfahren« abgeurteilt werden würden.

Nach Gaddafis Tod wurde genauso wenig Gnade gewährt wie zu seinen Lebzeiten. In dieser Hinsicht waren die neuen Herren auch nicht anders als die alten.

Die klügeren JSO-Agenten kehrten Libyen den Rücken, um diesem Schicksal zu entgehen. Einige beschlossen, sich in andere afrikanische Staaten abzusetzen. Tunesien lag zwar ganz in der Nähe, hegte jedoch keinerlei Sympathien für die früheren Spione des »verrückten Hunds des Nahen Ostens«, wie Ronald Reagan Gaddafi einst treffend genannt hatte. Der Tschad, das südliche Nachbarland, war trostlos und öde. Außerdem waren die Libyer dort ebenso wenig willkommen. Einige wenige schafften es nach Algerien und in den Niger. In beiden Staaten waren sie jetzt zwar einigermaßen sicher, aber als Gäste dieser bettelarmen Regime waren ihre Zukunftsaussichten äußerst beschränkt.

Einige Agenten des früheren libyschen Geheimdiensts trafen es jedoch besser als der Rest ihrer gehetzten Kollegen, da sie über einen gewichtigen Vorteil verfügten. Die Mitglieder dieser kleinen Agentenzelle hatten nämlich viele Jahre lang nicht nur die Interessen des Gaddafi-Regimes verfolgt, sondern auch für ihre ganz persönliche Bereicherung gesorgt. Sie hatten sich anmieten lassen, um in Libyen wie im Ausland meist recht schmutzige »Auftragsarbeiten« für das organisierte Verbrechen, al-Qaida, den Umayyad-Revolutionsrat oder sogar für die Geheimdienste anderer nahöstlicher Staaten zu erledigen.

Bei dieser Arbeit erlitt die Gruppe bereits vor dem Sturz ihrer Regierung etliche Verluste. Einige wurden bereits ein Jahr vor Gaddafis Tod von amerikanischen Agenten getötet. Während der Revolution kamen ein paar andere bei einem NATO-Luftangriff auf den Hafen von Tobruk ums Leben. Zwei weitere wurden gefangen genommen, als sie gerade ein Flugzeug bestiegen, das sie aus Misrata wegbringen sollte. Man folterte sie mit Elektroschocks, bevor man sie auf dem Markt nackt an Fleischerhaken aufhängte.

Den sieben Überlebenden der Zelle gelang jedoch die Flucht ins Ausland. Auch wenn sie ihre jahrelangen »Zusatzjobs« nicht reich gemacht hatten, halfen ihnen jetzt ihre internationalen Beziehungen, wie Ratten das sinkende Schiff der »Großen Sozialistischen Libysch-Arabischen Volks-Jamahiriya« zu verlassen und der Rache der Aufständischen zu entgehen.

Die sieben setzten sich nach Istanbul ab, wo sie von örtlichen Unterweltgrößen unterstützt wurden, die ihnen einen Gefallen schuldeten. Nach kurzer Zeit verließen zwei von ihnen die Zelle und suchten sich eine ehrliche Arbeit. Einer wurde Wachmann eines Juweliergeschäfts, der andere fand einen Job in einer lokalen Kunststofffabrik.

Die übrigen fünf blieben dem Spionagegeschäft treu und verdingten sich als erfahrene professionelle Geheimdiensteinheit. Dabei achteten sie ständig darauf, ihre persönliche Sicherheit, PERSEC, mit der OPSEC, der operationellen Sicherheit, zu verbinden. Sie wussten, dass sie nur auf diese Weise möglichen Racheakten von Agenten der neuen libyschen Regierung entgehen konnten.

Tatsächlich gewährte ihnen diese Wachsamkeit einige sichere Monate. Danach wurden sie jedoch etwas zu nachlässig. Einer von ihnen verletzte sogar sämtliche Sicherheitsregeln und meldete sich bei einem alten Freund in Tripolis. Dieser hatte jedoch inzwischen die Seiten gewechselt, um seinen Hals zu retten, und berichtete dem neuen libyschen Geheimdienst von dieser Kontaktaufnahme.

Der steckte allerdings noch in den Kinderschuhen. So begeistert er war, dass man eine ganze Gruppe seiner alten Feinde in Istanbul aufgespürt hatte, sah er sich jedoch noch nicht in der Lage, eine Operation gegen sie durchzuführen. Ein Team in eine ausländische Metropole einzuschleusen, um dort eine Zelle von ausgebufften Spionageprofis auszuschalten, überstieg seine Möglichkeiten.

Allerdings hatte auch noch eine andere Organisation

diese Nachricht aufgefangen, die sowohl die Mittel als auch das Motiv besaß, in dieser Angelegenheit tätig zu werden.

Bald darauf wurde die Istanbuler Zelle ehemaliger JSO-Agenten zu Zielpersonen erklärt. Sie waren jedoch nicht in das Fadenkreuz libyscher Revolutionäre geraten, die die letzten Reste des Gaddafi-Regimes beseitigen wollten. Ebenso wenig handelte es sich dabei um einen westlichen Geheimdienst, der eine alte Rechnung mit Mitgliedern einer früheren feindlichen Spionageorganisation begleichen wollte.

Nein, die fünf Libyer wurden von einem geheimen Tötungsteam aus den Vereinigten Staaten gejagt.

Vor über einem Jahr hatte ein Mitglied der JSO-Zelle einen Mann namens Brian Caruso, den Bruder eines der Amerikaner und Freund der anderen, erschossen. Der Schütze war zwar kurz darauf umgekommen, aber seine Zelle existierte noch immer. Sie hatte die Revolution überlebt, und ihre Mitglieder genossen inzwischen ihr neues Leben in der Türkei.

Aber Brians Bruder und Freunde hatten sie nicht vergessen.

Und sie hatten ihnen nicht vergeben.

1

Die fünf Amerikaner hielten sich seit Stunden in diesem heruntergekommenen Hotelzimmer auf und warteten auf den Einbruch der Dunkelheit.

Warmer Regen trommelte gegen das Fenster. Außer diesem monotonen Geräusch war in dem halbdunklen Raum fast kein anderer Laut zu hören. Die Männer wechselten kaum ein Wort. In der Woche, die sie jetzt bereits in der Stadt waren, hatte ihnen dieses Zimmer als Operationsbasis gedient, obwohl vier der fünf in anderen Hotels abgestiegen waren. Jetzt waren alle Vorbereitungen abgeschlossen. Die vier hatten aus ihren Quartieren ausgecheckt und sich mit ihrer gesamten Ausrüstung hierher zum fünften Mann ihrer Gruppe begeben.

So still sie jetzt waren, so beschäftigt waren sie die ganze Woche gewesen. Sie hatten die Zielpersonen ausgekundschaftet, Einsatzpläne entwickelt, Deckungsmöglichkeiten erkundet, sich ihre ersten, zweiten und dritten Fluchtwege eingeprägt und die Logistik der gesamten Mission koordiniert. Jetzt war alles vorbereitet, und sie konnten nur noch herumsitzen und auf die Dunkelheit warten.

Von Süden rollte ein lauter Donnerschlag heran. Ein greller Blitz weit draußen am Himmel über dem Marmarameer erleuchtete einen Augenblick lang die regungslosen Personen im Zimmer, die aber sofort darauf im Schummerlicht wieder zu Schemen wurden.

Das Hotel lag im Istanbuler Sultanahmet-Viertel. Das

Team hatte es als Operationsbasis ausgewählt, weil sie ihre Fahrzeuge auf dem Hof parken konnten. Außerdem lag es von den Orten etwa gleich weit entfernt, an denen sie später am Abend ihre Operationen durchführen würden. Ganz bestimmt hatten sie das Hotel jedoch nicht wegen seiner Vinyl-Bettlaken, der schmuddeligen Flure oder dem mürrischen, unfreundlichen Personal ausgesucht, oder gar wegen der Haschisch-Schwaden, die von der Jugendherberge im Erdgeschoss heraufzogen.

Aber die Amerikaner beklagten sich nicht über ihre Unterkunft. Sie dachten einzig an die Aufgaben, die vor ihnen lagen. Zwei saßen auf dem mit Rattenkot gesprenkelten Bett, einer lehnte an der Wand neben der Tür, und ein anderer stand am Fenster.

Um neunzehn Uhr schaute der Anführer der Gruppe auf den Chronografen an seinem Handgelenk. Er war über dem Verband befestigt, der seine gesamte Hand und einen Teil seines Unterarms bedeckte. Er stand von seinem Holzstuhl auf und sagte: »Wir ziehen einer nach dem anderen im Abstand von jeweils fünf Minuten los.«

Die anderen nickten.

Der Anführer setzte seine kleine Ansprache fort. »Den Einsatz auf diese Weise aufzusplittern geht mir absolut gegen den Strich, das könnt ihr mir glauben. So gehen wir normalerweise nicht vor. Aber die Umstände lassen uns hier keine andere Wahl. Wenn wir diese Penner nicht halbwegs gleichzeitig erledigen, erfahren ein paar von ihnen davon und flüchten wie die Küchenschaben zurück ins Dunkle.«

Die anderen hörten zu, ohne etwas zu erwidern. Sie hatten das Ganze in der vergangenen Woche dutzendfach durchgespielt. Sie kannten die Schwierigkeiten, sie kannten die Risiken, und sie kannten die Bedenken ihres Anführers.

Sein Name war John Clark. Er hatte solche Einsätze bereits durchgeführt, als der jüngste seiner Männer noch nicht einmal auf der Welt war. Seine Worte hatten also Gewicht.

»Ich habe es schon ein paar Mal gesagt, Leute, aber verzeiht mir, wenn ich es euch noch einmal zu Gemüte führe. Bei dieser Operation sind keine Stilnoten zu vergeben.« Er machte eine Pause. »Rein und raus. Schnell und kaltblütig. Kein Zögern. Keine Gnade.«

Sie nickten erneut.

Nach seiner Rede zog Clark einen blauen Regenmantel über seinen dreiteiligen Nadelstreifenanzug. Er ging zum Fenster hinüber und streckte seine linke Hand aus. Domingo »Ding« Chavez ergriff sie seinerseits mit der Linken und schüttelte sie. Er trug einen dreiviertellangen Ledermantel und eine schwere Rollmütze. Zu seinen Füßen lag eine Segeltuchtasche.

Ding bemerkte Schweiß auf der Stirn seines Mentors. Er wusste, dass Clark starke Schmerzen haben musste, aber er hatte sich in der ganzen Woche nicht ein einziges Mal beklagt. »Alles in Ordnung, John?«, fragte Chavez besorgt.

Clark nickte. »Geht schon.«

Dann streckte John Sam Driscoll die Hand entgegen, der gerade vom Bett aufstand. Sam trug eine Jeansjacke und Bluejeans, außerdem jedoch noch Knie- und Ellbogenschützer. Auf dem Bett lag ein schwarzer Motorradhelm.

»Mr. C.«, sagte Sam.

»Bereit zum Fliegenklatschen?«, fragte John.

»Ich kann's kaum erwarten.«

»Entscheidend ist der Winkel. Wähl den richtigen und bleib dabei. Die Aufprallwucht erledigt dann den Rest.«

Sam nickte, als gerade ein weiterer Blitz das Zimmer erhellte.

John trat auf Jack Ryan jr. zu. Jack war von Kopf bis Fuß schwarz gekleidet. Er trug schwarze Baumwollhosen und einen schwarzen Strickpullover. Über der Stirn hatte er eine Strickmaske auf eine Weise hochgerollt, dass sie Chavez' Rollmütze ähnelte. Außerdem trug er Softlederschuhe, die wie schwarze Slipper aussahen. Clark gab dem siebenundzwanzigjährigen Ryan die Hand und sagte: »Viel Glück, Junior.«

»Das klappt ganz bestimmt.«

»Da bin ich mir sicher.«

Als Letztes ging John um das Bett herum und schüttelte Dominic Caruso die linke Hand. Dom trug ein gelb-rotes Fußballtrikot und einen hellgelben Schal, auf dem in roten Buchstaben das Wort *Galatasaray* prangte. Seine Aufmachung hob sich von den gedeckten Farben der anderen gewaltig ab. Seine Miene war jedoch weit düsterer als seine Kleidung.

Mit ernstem Gesichtsausdruck sagte er: »Brian war *mein* Bruder, John. Ich brauche keine ...«

John fiel ihm ins Wort. »Haben wir darüber nicht bereits gesprochen?«

»Schon, aber ...«

»Mein lieber Dom, was immer unsere fünf Zielpersonen hier in der Türkei vorhaben sollten, diese Operation ist auf jeden Fall weit mehr als eine bloße Vergeltungsaktion für den Tod deines Bruders. Trotzdem ... heute sind wir alle Brians Brüder. Das ist für uns alle eine Herzensangelegenheit.«

»Das stimmt. Aber ...«

»Ich möchte, dass ihr euch ganz auf euren Job konzentriert und auf nichts anderes. Jeder von uns weiß, was wir hier tun. Diese JSO-Arschlöcher haben gegen ihr eigenes Volk und gegen die Vereinigten Staaten zahllose Verbrechen begangen. Ihr ganzes Verhalten zeigt, dass sie auch jetzt nichts Gutes im Schilde führen. Niemand außer uns wird sie aufhalten. Es ist unsere Aufgabe, sie aus dem Verkehr zu ziehen.«

Dom nickte leicht abwesend.

»Diese Wichser haben es allemal verdient«, fügte Clark noch hinzu.

»Ich weiß.«

»Bist du startklar?«

Jetzt hob der junge Mann sein bärtiges Kinn. Er schaute Clark direkt in die Augen. »Hundertprozentig«, sagte er in entschlossenem Ton.

John Clark griff sich mit der nicht bandagierten Hand seine Aktenmappe und verließ ohne ein weiteres Wort den Raum.

Die vier übrigen Amerikaner schauten auf ihre Uhren und warteten schweigend, bis sie an der Reihe waren. Wieder war nur das Geräusch der Regentropfen zu hören, die immer noch an die Fensterscheibe trommelten.

2

Der Mann, den die Amerikaner intern »Zielperson eins« getauft hatten, saß an seinem gewohnten Bistrotisch im Straßencafé vor dem Hotel May im Mimar-Hayrettin-Viertel. Bei schönem Wetter kam er an den meisten Abenden hierher, um ein oder zwei Raki zu trinken, die er mit eiskaltem Wasser vermischte. An diesem Abend regnete es zwar in Strömen, aber das lange Segeltuchdach über den Tischen auf dem Trottoir hielt ihn trocken.

Trotzdem hatten nur wenige Gäste einen Platz im Freien gewählt. Einige Paare gönnten sich noch ein Getränk und rauchten eine Zigarette, bevor sie auf ihre Hotelzimmer zurückkehren oder ein anderes Lokal irgendwo in der Altstadt aufsuchen würden.

Zielperson eins war sein abendliches Glas Raki zur lieben Gewohnheit geworden. Das milchig weiße Anisgetränk, ein doppelt gebrannter Tresterschnaps, wies immerhin einen Alkoholgehalt von 40 bis 50 Volumenprozent auf und war deshalb in seinem Heimatland Libyen und anderen islamischen Staaten, die nicht der liberaleren hanafitischen Rechtsschule folgten, streng verboten. Allerdings war der ehemalige JSO-Spion auch zuvor schon »gezwungen« gewesen, bei Auslandseinsätzen aus Tarnungsgründen gelegentlich alkoholische Getränke zu sich zu nehmen. Nach seiner Flucht hatte er sich jetzt jedoch daran gewöhnt, die ständige nervliche Anspannung durch den

Genuss des einen oder anderen Raki zu lindern. Manchmal benutzte er diesen sogar als eine Art Schlafmittel, obwohl auch die liberale Hanafi-Schule jede Form von tatsächlicher Trunkenheit strikt ablehnte.

Nur wenige Fahrzeuge rumpelten keine vier Meter von seinem Tisch entfernt über das Kopfsteinpflaster. Dies war keine Durchgangsstraße. Selbst an schönen Wochenendabenden mit klarem Himmel herrschte hier kaum Verkehr. Auf den Gehsteigen gab es jedoch etwas mehr Betrieb. Zielperson eins betrachtete mit Wohlgefallen die attraktiven Istanbuler Frauen, die unter ihren Schirmen an ihm vorbeihasteten. Der gelegentliche Anblick der nackten Beine einer sexuell anziehenden Frau verband sich jetzt mit dem wohligen leichten Rauschgefühl des Alkohols und sorgte dafür, dass der Libyer diesen Aufenthalt in seinem gewohnten Straßencafé selbst an diesem regnerischen Abend ausgesprochen genoss.

Um einundzwanzig Uhr lenkte Sam Driscoll seinen Fiat Linea ruhig und umsichtig durch den abendlichen Verkehr, der aus den Außenbezirken in die Istanbuler Altstadt strömte.

Die Lichter der Stadt spiegelten sich in der nassen Windschutzscheibe. Je weiter er in das Straßengewirr der Altstadt vordrang, desto schwächer wurde der Verkehr. An einer roten Ampel schaute der Amerikaner kurz auf das GPS-Gerät, das er mit einem Klettverschluss an das Armaturenbrett geheftet hatte. Nachdem er sich über die Entfernung zu seiner Zielperson vergewissert hatte, griff er zum Beifahrersitz hinüber und packte seinen Motorradhelm. Als die Ampel auf Grün schaltete, rollte er ganz langsam den Nacken, um sich zu entspannen, zog sich den Sturzhelm über den Kopf und schloss dessen Visier.

Beim Gedanken, was gleich passieren würde, zuckte er unwillkürlich zusammen. Obwohl ihm das Herz bis zum

Hals pochte und fast jede Synapse seines Gehirns in der Konzentration auf die bevorstehende Operation feuerte, fand er doch noch den inneren Abstand, den Kopf zu schütteln und etwas vor sich hin zu murmeln.

Er hatte in seiner Zeit als Soldat und Außenagent eine Menge hässlicher Dinge erledigen müssen, aber so etwas wie jetzt hatte doch noch nicht dazugehört.

»Gleich werde ich zu einer gottverdammten Fliegenklatsche.«

Als der Libyer zum ersten Mal an seinem zweiten Raki nippte, bog etwa achtzig Meter weiter nördlich ein silberner Fiat um die Kurve und sauste die schmale Altstadtstraße hinunter. Zielperson eins schaute gerade in die entgegengesetzte Richtung, wo sich eine wunderschöne junge Türkin auf dem Gehsteig näherte. In der linken Hand hielt sie einen roten Schirm und in der rechten die Leine ihres Zwergschnauzers. Als sie an ihm vorbeiging, hatte er von seinem Platz aus einen fantastischen Blick auf ihre langen, gebräunten Beine.

Ein lauter Schrei von links lenkte seine Aufmerksamkeit auf die Kreuzung direkt vor ihm. Sein Kopf fuhr herum, und er sah, wie ein silberfarbener Fiat bei Rot über die Ampel fuhr und jetzt die bisher so ruhige Straße herunterraste.

Er erwartete, dass er an ihm vorbeiflitzen würde.

Er nahm erneut einen Schluck, ohne sich weiter zu beunruhigen.

Dies änderte sich jedoch schlagartig, als das Auto plötzlich mit einem lauten Quietschen seiner nassen Reifen hart nach links steuerte und direkt auf den Libyer zuhielt, der fassungslos auf den Kühlergrill des Fiats starrte.

Noch immer mit seinem Glas in der Hand sprang die Zielperson eins von ihrem Stuhl hoch, blieb dann jedoch wie angewurzelt stehen. Sie hatte weder die Zeit noch den Raum, sich irgendwohin abzusetzen.

Die Frau mit dem Zwergschnauzer schrie laut auf.

Der silberne Fiat rammte jetzt den Mann am Bistrotisch mit voller Wucht und quetschte ihn gegen die Ziegelsteinwand des Hotels, wo er halb unter und halb vor das Auto geriet. Der Brustkorb des Libyers wurde dabei zerdrückt und zerschmettert. Einzelne Knochenstücke durchbohrten seine lebenswichtigen Organe wie Schrotkugeln aus einer kurzläufigen Polizeiflinte.

Die Augenzeugen im Café und auf der Straße sagten später aus, dass der Mann mit dem schwarzen Sturzhelm, der das Auto steuerte, danach ganz ruhig den Rückwärtsgang eingelegt, in den Rückspiegel geschaut und zur Kreuzung zurückgesetzt habe, um in nördlicher Richtung davonzufahren. Er wirkte dabei so unaufgeregt wie ein Mann, der auf einem Sonntagsausflug eine Parklücke auf dem Marktplatz gefunden hatte, feststellte, dass er seinen Geldbeutel zu Hause vergessen hatte, und dann wieder ausparkte, um ihn daheim zu holen.

Einen Kilometer weiter südöstlich parkte Driscoll den Fiat in einer privaten Einfahrt. Die Motorhaube des Wagens war völlig verbeult, und sein Kühlergrill und die Stoßstange waren eingedrückt und zerfetzt. Sam stellte den Fiat so ab, dass sein beschädigtes Vorderteil von der Straße aus erst einmal nicht zu sehen war. Er stieg aus und ging zu einem Motorroller hinüber, der ganz in der Nähe an einem Laternenmast angekettet war. Bevor er das Schloss öffnete und davonfuhr, gab er noch eine kurze Botschaft in sein verschlüsseltes Mobiltelefon ein:

»Zielperson eins ist ausgeschaltet. Mit Sam ist alles klar.«

Der Çırağan-Palast war ein prächtiges Stadtschloss, das in den 1860er-Jahren für Abdülaziz I. erbaut wurde, einen Sultan, der während des langen Niedergangs des Osmanischen Reiches regierte. Nachdem seine Verschwendungssucht den Staat in immer höhere Schulden gestürzt hatte, wurde er abgesetzt und »dazu bewogen«, ausgerechnet mit einer Schere Selbstmord zu begehen.

Nirgends wurde die Prunkliebe, die zu Abdülaziz' Sturz geführt hatte, deutlicher als im Çırağan-Palast. Dieser war jetzt ein Fünf-Sterne-Hotel, dessen gepflegte Rasenanlagen und kristallklare Wasserflächen und Swimmingpools sich von der Palastfassade bis zum Westufer des Bosporus erstreckten, der Meerenge, die Europa von Asien trennte.

Das Tuğra-Restaurant im ersten Stock des Palastes zeichnete sich durch prächtige hohe Räume aus. Durch die Fenster hatte man einen weiten Blick auf die Hotelanlage und die dahinter liegende Meeresstraße. Selbst während eines Dauerregens wie an diesem Dienstagabend konnten sich die Gäste von ihren Tischen aus an den hellen Lichtern der vorbeifahrenden Jachten erfreuen.

Am wichtigsten war jedoch das ausgezeichnete Essen, das neben zahlreichen zahlungskräftigen Touristen auch etliche Geschäftsleute aus der ganzen Welt in dieses Restaurant gelockt hatte, die jetzt allein oder in unterschiedlich großen Gruppen ihre Mahlzeit genossen.

John Clark passte mit seinem feinen Nadelstreifenanzug hervorragend in diese Umgebung. Er tafelte ganz allein an einem kleinen Tisch, der mit prächtigen Kristallgläsern, edlem Knochenporzellangeschirr und vergoldetem Besteck gedeckt war. Er hatte sich einen Platz in der Nähe des Ausgangs, weit weg von den großen Panoramafenstern ausgesucht. Sein Kellner war ein gut aussehender Mann mittleren Alters in schwarzem Smoking, der Clark ein erlesenes Mahl servierte. Der Amerikaner konnte es allerdings nicht so recht würdigen, da seine ganze Aufmerksamkeit einem Tisch auf der anderen Seite des Raumes galt.

Als sich John gerade den ersten Bissen seines zarten Seeteufels auf der Zunge zergehen ließ, führte der Oberkellner drei Araber in teuren Maßanzügen zu einem Tisch direkt neben dem Fenster. Kurz darauf fragte sie ein Kellner, ob sie vor dem Essen einen Cocktail wünschten.

Zwei Männer wohnten in diesem Hotel. Clark wusste das aufgrund der Überwachungsaktivitäten seines Teams und der ausgezeichneten Vorarbeit seiner Organisation. Sie waren Bankiers aus dem Oman, die ihn in keiner Weise interessierten. Das galt jedoch nicht für den dritten Mann, einen fünfundfünfzigjährigen grauhaarigen Libyer mit einem gepflegten, gestutzten Bart.

Er war die Zielperson zwei.

Clark hatte nach seiner Verletzung lernen müssen, die Gabel beim Essen in der linken Hand zu halten. Während er seinen Fisch sehr langsam verspeiste, konzentrierte er sich mithilfe des winzigen, fleischfarbenen Hörverstärkers in seinem rechten Ohr auf die Stimmen der drei Männer. Dabei war es ziemlich schwierig, sie von denen der anderen Restaurantgäste zu unterscheiden. Nach ein paar Minuten gelang es ihm dann jedoch, die Stimme der Zielperson zwei aus dem allgemeinen Lautgewirr herauszufiltern.

Clark wandte seine Aufmerksamkeit wieder seinem Seeteufel zu und wartete.

Einige Minuten später nahm der Kellner die Bestellung der drei Araber entgegen. Clark hörte, wie seine Zielperson eine Portion Kalbsrostbraten bestellte, während sich seine beiden Begleiter für andere Gerichte entschieden.

Das war gut. Hätten die Omaner das Gleiche wie der Libyer bestellt, hätte Clark zum Plan B übergehen müssen. Dieser würde sich jedoch draußen auf der Straße abspielen, wo Clark auf weit mehr Unwägbarkeiten gefasst sein musste als hier im Tuğra.

Alle drei hatten auch nur einen einzigen Hauptgang bestellt. Clark dankte seinem Glück, holte das Hörgerät aus dem Ohr und steckte es zurück in die Hosentasche. Er nippte von Zeit zu Zeit an seinem Portwein, den er sich als

Digestif gönnte, während am Tisch seiner Zielperson kalte Suppen und Weißwein serviert wurden. Der Amerikaner vermied es, auf die Uhr zu schauen. So wichtig die Einhaltung des Zeitplans sein mochte, er durfte äußerlich keinesfalls irgendwelche Anzeichen von Ungeduld oder gar Besorgnis zeigen. Stattdessen genoss er seinen Port und zählte die Minuten im Kopf ab.

Kurz bevor die Suppenteller vom Tisch der Araber abserviert wurden, fragte Clark den Kellner, wo genau sich das »gewisse Örtchen« befinde. Dieser erklärte ihm, dass er dazu nur an der Küche vorbeigehen müsse. Auf der Toilette schloss er sich in eine Kabine ein, setzte sich und begann, in aller Eile seinen Unterarmverband abzuwickeln.

Dieser war keinesfalls eine Finte. Seine verletzte Hand war ganz real und schmerzte entsetzlich. Einige Monate zuvor hatte man sie mit einem Hammer zerschmettert. Seitdem hatte er drei Operationen über sich ergehen lassen müssen, in denen man seine Knochen und Sehnen einigermaßen wiederhergestellt hatte. Trotzdem hatte er in der ganzen Zeit nicht eine einzige Nacht beschwerdefrei verbracht.

Auch wenn der Verband keine Attrappe war, diente er doch noch einem zusätzlichen Zweck. Beim Verbinden hatte Clark zwischen den beiden Schienen, die seinen Zeige- und Mittelfinger fixierten, auf raffinierte Weise eine kleine Spritze versteckt. Sie war so positioniert, dass er deren schmale Spitze durch den Verband nach außen stoßen konnte. Dabei wäre der Verschluss der Injektionsnadel abgesprungen, die er danach in die Zielperson hätte stechen können.

Das wäre jedoch der weniger günstige Plan B gewesen. John hatte sich stattdessen für Plan A entschieden.

Er holte die Spritze aus ihrem Versteck und steckte sie in die Tasche. Dann wickelte er den Verband vorsichtig wieder um seine verletzte Hand.

Der Injektor enthielt zweihundert Milligramm einer ganz speziellen Form des Succinylcholin-Gifts. Diese Dosis konnte man der Zielperson entweder direkt injizieren oder auf irgendeine Weise in ihr Essen schmuggeln. Beide Methoden waren absolut tödlich. Trotzdem war die Injektion verständlicherweise die effizientere Verabreichungsmethode.

John verbarg die Spritze in seiner linken Hand und verließ die Toilette.

Sein Timing war jedoch alles andere als perfekt. Er hatte gehofft, genau zu dem Zeitpunkt an der Küche vorbeizukommen, wenn der Kellner mit den Hauptspeisen für die drei Araber heraustreten würde. Als er jedoch zum Kücheneingang kam, war der Gang vollkommen leer. John tat so, als würde er die Bilder an den Wänden und den vergoldeten Stuck an der Decke betrachten. Schließlich erschien der Kellner. Auf der Schulter trug er ein Tablett voller abgedeckter Speiseteller. John stellte sich ihm in den Weg und verlangte, er solle das Tablett absetzen und den Küchenchef rufen. Der Kellner verbarg seine Wut hinter einer aufgesetzten Höflichkeit und tat, wie ihm geheißen.

Als der Mann hinter der Schwingtür verschwunden war, deckte John in aller Eile die Speiseteller auf, fand das Kalbfleischgericht und spritzte das Gift aus dem Injektor direkt in die Mitte der dünnen Bratenscheibe. Zwar waren auf der Soße kurzzeitig einige durchsichtige Bläschen zu sehen. Das allermeiste Gift steckte jetzt jedoch im Fleischstück selbst.

Als der Küchenchef einen Augenblick später erschien, hatte Clark den Teller bereits wieder abgedeckt und die Giftspritze in der Hosentasche verstaut. Er dankte dem Koch für das ausgezeichnete Abendessen, während der Kellner in aller Eile die Speisen zum Tisch der Araber brachte, damit diese sich nicht beschwerten, ihr Essen sei kalt.

Minuten später zahlte John seine Rechnung und machte sich zum Gehen bereit. Sein Kellner brachte ihm den Regenmantel. Als er ihn anzog, schaute er kurz zur Zielperson zwei hinüber. Der Libyer verspeiste gerade den letzten Rest seines Kalbs-Külbastis. Er war in ein Gespräch mit seinen omanischen Begleitern vertieft.

Als Clark in die Hotellobby hinunterging, lockerte sich Zielperson zwei die Krawatte.

Zwanzig Minuten später stand der fünfundsechzigjährige Amerikaner unter seinem Schirm im Büyükşehir-Belediyesi-Park direkt gegenüber dem Hotel und beobachtete, wie ein Krankenwagen heranbrauste und an dessen Eingang hielt.

Das Gift war absolut tödlich. Kein Sanitätsauto der Welt hatte in seiner Arzneimittelbox dafür ein Gegengift.

Zielperson zwei war entweder bereits tot oder sie würde es in kurzer Zeit sein. Die Ärzte würden annehmen, er habe einen Herzinfarkt erlitten. Es würde also höchstwahrscheinlich keine weitere Untersuchung geben. Auf keinen Fall würde man die anderen Gäste des Tuğra befragen, die zufälligerweise zum Zeitpunkt dieses unglücklichen, aber völlig natürlichen Ereignisses im Restaurant gegessen hatten.

Clark wendete sich ab und ging zur Muvezzi-Straße hinüber, die fünfzig Meter weiter westlich lag. Dort nahm er ein Taxi und bat den Fahrer, ihn zum Flughafen zu bringen. Er hatte kein Gepäck dabei, nur seinen Schirm und ein Mobiltelefon. Er drückte auf dessen Sprechtaste, während das Taxi in die Nacht hinausfuhr. »Zwei ist ausgeschaltet«, sagte er leise. »Ich bin in Sicherheit.« Dann steckte er das Handy mit der Linken unter den Regenmantel und ließ es in die Brusttasche seiner Anzugjacke gleiten.

Nachdem Domingo Chavez die Anrufe von Driscoll und Clark entgegengenommen hatte, konzentrierte er sich ganz auf seinen Teil der Operation. Er befand sich gerade auf der alten staatlichen Passagierfähre, die zwischen Karaköy auf der europäischen Seite des Bosporus und Üsküdar auf der asiatischen Seite verkehrte. Auf den roten Holzbänken in der Kabine des riesigen Fährschiffs saßen zahlreiche Frauen und Männer, die langsam, aber sicher in der leichten Dünung der Meerenge ihrem Bestimmungsort am anderen Ufer entgegenschaukelten.

Dings Zielperson war allein, ganz so, wie es nach der Beschattung der letzten Tage zu erwarten war. Chavez musste seinen Mann während der vierzigminütigen Überfahrt hier auf der Fähre ausschalten, damit dieser nicht doch noch vom Tod seiner Kumpane erfuhr, Verdacht schöpfte und seine Wachsamkeit verstärkte.

Zielperson drei war ein fünfunddreißigjähriger dicklicher Mann. Er saß auf einer Bank direkt am Fenster und las in einem Buch. Nach fünfzehn Minuten stand er jedoch auf und ging an Deck, um eine Zigarette zu rauchen.

Nachdem Chavez sich ein paar Sekunden lang vergewissert hatte, dass sich niemand anders für den Libyer interessierte, stand er ebenfalls auf und trat durch eine andere Tür aufs Deck hinaus.

Es regnete immer noch in Strömen, und die niedrige Wolkendecke ließ nicht das geringste Mondlicht durch. Außerdem versuchte Chavez, immer in den langen Schatten zu bleiben, die die Lampen entlang des schmalen Unterdecks warfen. Er stellte sich etwa fünfzehn Meter von seiner Zielperson entfernt an die spärlich beleuchtete Reling und schaute zu den blinkenden Lichtern am Ufer hinüber, vor denen sich gerade eine schwarze Fläche vorbeibewegte, als ein Katamaran unter der Galatabrücke hindurchfuhr.

Aus den Augenwinkeln beobachtete er seine Zielperson, die immer noch in der Nähe der Reling stand und rauchte. Das Oberdeck schützte ihn vor dem Regen. Im Moment standen noch zwei weitere Männer am Fährengeländer, aber er folgte seinem Mann seit Tagen und wusste deshalb, dass er noch eine ganze Weile draußen bleiben würde.

Chavez wartete im Schatten, bis die anderen schließlich zurück ins Fähreninnere gingen.

Jetzt näherte er sich dem Mann langsam und vorsichtig von hinten.

Zielperson drei mochte in letzter Zeit zwar seine persönliche Sicherheit etwas vernachlässigt haben, aber er hätte nicht so lange als Agent eines staatlichen Geheimdienstes und freischaffender Spion überlebt, wenn er ein argloser Narr gewesen wäre. Er war also auch jetzt auf der Hut. Als Chavez auf dem Weg zu seiner Zielperson vor einem Decklicht vorbeigehen musste, bemerkte der Mann den sich bewegenden Schatten, schleuderte seine Zigarette weg und drehte sich blitzschnell um. Seine Hand glitt in seine Manteltasche.

Chavez startete sofort einen Angriff. Mit drei blitzschnellen Schritten erreichte er seine Zielperson. Mit der Linken fiel er diesem in den Arm, um ihn am Ziehen seiner Waffe zu hindern. In der Rechten hielt er einen ledernen Totschläger, den er jetzt dem beleibten Libyer mit aller Kraft an die linke Schläfe schlug. Zielperson drei war sofort außer Gefecht gesetzt und sank zwischen der Reling und Ding zu Boden.

Der Amerikaner steckte seinen Lederknüppel zurück in die Tasche und packte den bewusstlosen Mann am Kopf. Er vergewisserte sich noch einmal, dass niemand in der Nähe war, und brach mit einer kurzen, brutalen Drehbewegung seiner Zielperson das Genick. Nachdem er zum letzten Mal nach links und rechts geschaut hatte, ob die Luft tatsächlich rein war, hievte Ding den Libyer über die Reling und ließ ihn fallen. Die Leiche verschwand in der Dunkelheit. Es war nur ein schwaches Klatschen zu hören, das vom Rauschen der schnellen Meeresströmung und den rumpelnden Schiffsmotoren weitgehend überdeckt wurde.

Einige Minuten später kehrte Chavez in die Passagierkabine zurück und suchte sich auf der roten Bank einen anderen Platz. Von hier aus setzte er über sein Mobiltelefon einen kurzen Funkspruch ab.

»Drei ist ausgeschaltet. Ding ist in Sicherheit.«

Die neue Türk-Telecom-Arena fasste mehr als fünfzigtausend Zuschauer. Bei Spielen der Istanbuler Fußballmannschaft Galatasaray war das Stadion bis auf den letzten Platz gefüllt. Trotz des Regens sorgte das Dach über den Zuschauerrängen dafür, dass niemand nass wurde.

Das heutige Spiel gegen den Lokalrivalen Beşiktaş war ein Pflichttermin für die örtlichen Fußballfans. Ein ganz bestimmter Ausländer im Publikum bekam von diesem Match jedoch nicht allzu viel mit. Dominic Caruso, der über diesen europäischen »Fußball« kaum etwas wusste und sich noch weit weniger dafür interessierte, richtete stattdessen seine ganze Aufmerksamkeit auf die Zielperson vier, einen einunddreißigjährigen bärtigen Libyer, der mit einigen türkischen Bekannten ins Stadion gekommen war. Dom hatte einem Mann, der nur ein paar Reihen über der Zielperson gesessen hatte, etwas Geld bezahlt, dass er seinen Platz mit ihm wechselte. Jetzt hatte der Amerikaner einen ausgesprochen guten Blick auf den Libyer. Außerdem lag der nächste Ausgang ganz in der Nähe.

Während der ersten Halbzeit gab es für Caruso nichts zu tun, als zu jubeln, wenn seine Sitznachbarn jubelten, und aufzuspringen, wenn diese aufsprangen, was tatsächlich alle paar Sekunden der Fall war. In der Halbzeitpause verließen fast alle Zuschauer ihre Plätze, um sich etwas zu essen zu holen oder die Toilette aufzusuchen. Zielperson vier und die meisten seiner Begleiter blieben jedoch sitzen, sodass Caruso dasselbe tat.

Kurz nach Wiederanpfiff brach die Menge in lauten Jubel aus, als Galatasaray überraschend ein Tor gelang. Nach einer weiteren Viertelstunde stand der Libyer plötzlich auf und machte sich in Richtung Ausgang auf den Weg.

Caruso verließ sofort seine Sitzreihe und eilte die Stadiontreppe hinauf. Tatsächlich gelang es ihm, noch vor seiner Zielperson den Ausgang zu erreichen. Da er annahm, dass diesen ein menschliches Bedürfnis plagte, schaute er sich kurz um und rannte dann zur nächsten Toilette hinüber. Vor deren Eingang blieb er stehen und wartete.

Dreißig Sekunden später ging Zielperson vier achtlos an ihm vorbei ins Innere der Toilette. Dominic griff in sein Fußballtrikot und zog blitzschnell ein kleines weißes Pappschild heraus, auf dem in Druckbuchstaben *Kapalı* stand, was auf türkisch »geschlossen« bedeutete, und klebte es außen an die Tür. Dann schlüpfte er selbst hinein und schloss sie hinter sich.

Zielperson vier stand an einem Urinalbecken. Allerdings waren auch noch zwei weitere Männer anwesend. Sie wuschen sich jedoch bereits die Hände und verließen kurz darauf die Toilette. Dom stellte sich jetzt seinerseits an ein Becken, das von dem des Libyers ein Stück entfernt war, und zog sein Stilett aus der Hosentasche.

Zielperson vier machte seinen Reißverschluss zu und ging zum nächsten Waschbecken hinüber. Als er auf dem Weg dorthin den Mann mit dem Galatasaray-Trikot und dem dazu passenden Vereinsschal passierte, drehte sich dieser ganz plötzlich zu ihm um. Der Libyer spürte einen plötzlichen Schlag auf seinen Bauch, dem ein stechender Schmerz folgte. Gleichzeitig schob ihn der Fremde in eine Kabine auf der anderen Seite des Toilettenraums. Der Ex-Spion versuchte, das Messer zu erreichen, das in seiner Hosentasche steckte, aber sein Angreifer presste ihm die Arme wie mit einem Schraubstock zusammen.

Beide Männer fielen in die Kabine und auf das Toilettenbecken.

Erst in diesem Moment schaute der Libyer zu der Stelle an seinem Bauch hinunter, wo er vorhin diesen Schlag verspürt hatte. Er erschrak zu Tode, als er den Griff eines Messers aus seiner Bauchdecke herausragen sah.

Der Panik folgte bald eine große Mattigkeit.

Sein Angreifer drückte ihn jetzt von dem Toilettensitz herunter, sodass er hilflos neben der Kloschüssel auf dem Boden lag. Dann beugte er sich zu ihm hinunter und flüsterte ihm ins Ohr: »Das ist für meinen Bruder, Brian Caruso. Deine Leute haben ihn in Libyen getötet, und heute werdet ihr alle bis zum letzten Mann mit eurem Leben dafür bezahlen.«

Die Augen von Zielperson vier zogen sich verwirrt zusammen. Er sprach englisch, verstand also, was dieser Mann zu ihm sagte. Er kannte allerdings niemand, der Brian hieß. Zwar hatte er viele Männer getötet, einige davon in Libyen, aber das waren alles Libyer, Juden oder Aufständische, also Feinde von Oberst Gaddafi, gewesen.

Einen Amerikaner hatte er jedoch ganz bestimmt niemals umgebracht. Er hatte keine Ahnung, wovon dieser Galatasaray-Fan überhaupt sprach.

Kurz darauf hauchte Zielperson vier in dieser Stadiontoilette sein Leben aus. Bis zum letzten Augenblick war er sich sicher, dass das Ganze ein schrecklicher Irrtum sein musste.

Caruso zog sein blutverschmiertes Fußballtrikot aus, unter dem er ein weißes T-Shirt trug. Als er auch dieses über den Kopf zog, zeigte sich, dass darunter ein weiteres Trikot steckte. Dieses Mal war es jedoch das der gegnerischen Mannschaft. Die schwarz-weißen Vereinsfarben von Beşiktaş würden es ihm wie zuvor das Rot und Gold von Galatasaray erlauben, sich unter die Fußballfans zu mischen, ohne weiter aufzufallen.

Er stopfte das T-Shirt und das Galatasaray-Trikot in seinen Hosenbund, holte eine schwarze Kappe aus der Tasche und setzte sie sich auf.

Für einen Augenblick beugte er sich über den Toten. In seiner kalten Wut hätte er am liebsten auf die Leiche gespuckt. Er unterdrückte jedoch diesen Drang. Er wusste, dass es pure Dummheit gewesen wäre, seine DNS an diesem Tatort zu hinterlassen. Er drehte sich um, verließ die Toilette, entfernte das *Kapalı*-Schild von deren Eingangstür und machte sich auf den Weg zum Stadionausgang.

Als er durch das Drehkreuz in den strömenden Regen hinaustrat, zog er sein Mobiltelefon aus der Seitentasche seiner Cargohose.

»Zielperson vier ausgeschaltet. Dom ist in Sicherheit. War ein Kinderspiel.«

3

Jack Ryan jr. hatte man die allem Anschein nach einfachste Aufgabe an diesem Abend übertragen. Seine Zielperson, ein einzelner Mann, sollte eigentlich ganz allein in seiner Wohnung am Schreibtisch sitzen. So hatte es zumindest ihre Aufklärungsarbeit ergeben.

Jack verstand sehr gut, warum ihm seine Kameraden noch nicht die ganz schweren Einsätze zutrauten. Obwohl er bereits in der ganzen Welt erfolgreich gearbeitet hatte, war er in diesem Team hocherfahrener Außenagenten immer noch ein Anfänger. Mit dem Erfahrungsschatz der vier anderen konnte er einfach noch nicht mithalten.

Ursprünglich sollte er die Operation im Çırağan-Palast gegen die Zielperson zwei übernehmen. Seine Kameraden waren der Meinung, dass es eigentlich nicht so schwer sein konnte, ein Stück Fleisch mit Gift zu beträufeln. Schließlich entschied man sich jedoch für Clark. Ein allein essender fünfundsechzigjähriger älterer Mann würde in einem solchen Fünf-Sterne-Restaurant beim Personal bestimmt weniger Aufmerksamkeit erregen als ein junger Westler, der so aussah, als hätte er gerade erst sein Studium beendet, und der jetzt ohne Begleitung ein ganzes Menü zu sich nahm. Im unwahrscheinlichen Fall, dass sich die Behörden doch für die näheren Umstände eines Todesfalls nur einige Tische von dem einsamen Esser entfernt interessieren würden, hätte dies dazu führen können, dass sich die Kellner viel zu genau an Ryan erinnerten.

Aus diesem Grund bekam Jack den Auftrag, die Zielperson fünf auszuschalten. Dabei handelte es sich um den Kommunikationsspezialisten der ehemaligen JSO-Zelle namens Emad Kartal. Auch diese Aufgabe barg zwar ihre Risiken, aber die Führungspersönlichkeiten des Campus waren der Meinung, dass Jack diese durchaus bewältigen konnte.

Kartal verbrachte praktisch jeden Abend an seinem Computer. Genau diese Angewohnheit hatte schließlich zur Aufdeckung des gegenwärtigen Aufenthaltsorts der JSO-Zelle geführt. Sechs Wochen zuvor hatte er einem Freund in Libyen eine kurze Botschaft geschickt. Diese war vom Campus aufgefangen und entschlüsselt worden. Ryan und seine Analystenkollegen drüben in den Vereinigten Staaten konnten sie dann bis zu ihrem Absender zurückverfolgen.

Sie konnten den Mann und seine Zelle noch weiter ausforschen, als es ihnen gelang, sich in die Voicemail seines Handys einzuhacken. Seitdem konnten sie sämtliche Telefongespräche mithören, die die Zellenmitglieder miteinander führten.

Um dreiundzwanzig Uhr betrat Ryan das Apartmentgebäude seiner Zielperson. Die Eingangstür konnte er mithilfe einer gefälschten Schlüsselkarte öffnen, die ihm die Technikgurus seiner Organisation zur Verfügung gestellt hatten. Das Gebäude lag im Taksim-Viertel unweit der fünfhundertjährigen Cihangir-Moschee. Von außen war es ein eindrucksvoller Bau in einer gehobenen Nachbarschaft. Die Wohnungen selbst waren jedoch kleine Einzimmerapartments. Auf jedem Stockwerk waren es immerhin acht. Jacks Zielperson wohnte in der zweiten Etage des fünfstöckigen Gebäudes.

Ryans Befehle für diese Operation waren kurz und bündig. Er sollte sich Zugang zur Wohnung von Zielperson fünf verschaffen, sich vergewissern, dass es sich tatsächlich um Kartal handelte, und diesem dann mit seiner schallgedämpften Pistole, Kaliber .22, drei Unterschall-Geschosse in die Brust oder den Kopf jagen.

Ryan schlich auf seinen Softledersohlen die hölzerne Treppe hinauf. Dabei zog er sich seine schwarze baumwollene Skimaske über das Gesicht. Er war der Einzige, der heute Abend seinen Einsatz mit einer Maske durchführte. Dies lag ganz einfach daran, dass er als einziges Teammitglied nicht in der Öffentlichkeit operierte, wo ein maskierter Mann sicherlich eine Menge Aufmerksamkeit erregt hätte.

Im zweiten Stock angekommen, betrat er den hell erleuchteten Etagengang. Der Eingang zur Wohnung seiner Zielperson war die dritte Tür auf der linken Seite. Als der junge Amerikaner an den anderen Apartments vorbeiging, hörte er Leute, die sich offensichtlich unterhielten oder telefonierten, sowie das Geräusch laufender Fernsehgeräte und Radios. Die Wände waren dünn, was für seine Aufgabe relativ ungünstig war, aber wenigstens machten die anderen Bewohner auf dieser Etage selbst eine Menge Lärm. Darüber hinaus hoffte Jack, dass sein Schalldämpfer und seine ungewöhnlich leise Unterschallmunition ihren Zweck erfüllen würden.

Als er an der Tür seiner Zielperson ankam, drang aus deren Wohnung laute Rapmusik heraus. Das war endlich einmal ein günstiger Umstand, der Ryans Einbruch erleichtern würde.

Die Wohnungstür war verschlossen, aber Ryan wusste, wie man sie öffnen konnte. Sein Mentor Clark hatte in der vergangenen Woche viermal die Lage ausgekundschaftet, bevor die Entscheidung getroffen wurde, dass er und das jüngste Teammitglied ihre Operationen tauschen würden. Dabei hatte Clark mehrmals die Schlösser von Wohnungen geknackt, von denen er wusste, dass sich gerade niemand in ihnen aufhielt. Tatsächlich waren diese Schlösser alt und unschwer zu öffnen. Er kaufte in einer örtlichen Eisenwarenhandlung ein ähnliches Modell und brachte Jack einen ganzen Abend lang bei, wie er dieses schnell und ohne größeren Lärm außer Gefecht setzen konnte.

Clarks Lehrstunde erwies sich als ausgesprochen effektiv. Jack knackte das Türschloss in weniger als zwanzig Sekunden, wobei nur ein leises Kratzgeräusch von Metall auf Metall zu hören war. Er richtete sich wieder auf, zog seine Pistole und öffnete die Tür.

Die Einzimmerwohnung sah aus, wie er es erwartet hatte. Jenseits einer kleinen Küche lag der Wohnraum, an dessen hinteren Ende ein Schreibtisch stand. An diesem saß mit dem Rücken zu Ryan ein Mann vor drei großen Flachbild-Computermonitoren und verschiedenen Peripheriegeräten. Außerdem stapelten sich auf der Tischplatte zahlreiche Bücher, Zeitschriften und verschiedene andere Gegenstände. In einer Plastiktüte steckten Schaumstoffboxen, in denen Reste vom Chinesen um die Ecke vor sich hin gammelten. Daneben konnte Ryan die Umrisse einer Waffe erkennen. Jack kannte sich zwar mit Handfeuerwaffen einigermaßen aus, konnte jetzt jedoch die halb automatische Pistole nicht sofort identifizieren, die etwa dreißig Zentimeter von Emad Kartals rechter Hand entfernt auf dem Schreibtisch lag.

Jack trat in die Küche und zog die Wohnungstür leise hinter sich zu.

Während die Küche hell erleuchtet war, lag der Wohnbereich dahinter im Halbdunkel. Das einzige Licht stammte von den Computerbildschirmen. Ryan lugte durch das Fenster auf der linken Seite, um sich zu vergewissern, dass niemand aus den Wohnungen auf der anderen Straßenseite in dieses Apartment hineinschauen konnte. Da er sich allmählich sicher war, dass er nicht entdeckt werden würde, ging Jack noch ein paar Schritte weiter auf seine Zielperson zu, damit die Pistolenschüsse so wenig wie möglich auf den Etagenflur hinausschallen würden.

Der Rap ließ derweil den ganzen Raum erzittern.

Vielleicht machte Ryan doch ein ungewöhnliches Geräusch. Vielleicht warf er auch einen Schatten auf die hell glänzende Schreibtischplatte oder spiegelte sich im Glas eines Monitors. Auf jeden Fall kickte der JSO-Mann plötzlich seinen Stuhl zurück, wirbelte herum und griff nach seiner türkischen halb automatischen Zigana-9-mm-Pistole. Tatsächlich gelang es ihm, sie mit seinen Fingerspitzen zu angeln und auf den Eindringling zu richten. Allerdings hatte er sie noch nicht so fest im Griff, dass er tatsächlich einen Schuss hätte abgeben können.

Jack identifizierte die Zielperson anhand der Überwachungsfotos, die er sich zuvor gut eingeprägt hatte. Dann jagte er dem Mann eine winzige Kaliber-.22-Kugel in den Bauch, genau dorthin, wo der Kopf des Libyers gewesen wäre, wenn dieser nicht aufgesprungen wäre. Der JSO-Agent ließ seine Pistole fallen und taumelte zurück zu seinem Schreibtisch. Dies lag weniger an der Aufprallwucht des kleinen Geschosses als an dem natürlichen Drang, irgendwie dem brennenden Schmerz der Schusswunde auszuweichen.

Jack schoss erneut. Dieses Mal traf er den Mann in die Brust. Ein dritter Schuss drang genau zwischen den Brustmuskeln in den Torso ein. Das weiße Unterhemd des Libyers färbte sich plötzlich dunkelrot.

Kartal griff sich an die Brust, stöhnte laut, drehte sich von seinem Angreifer weg und versuchte, sich auf seiner Schreibtischplatte abzustützen. Seine Beine versagten ihm jedoch den Dienst, und die Schwerkraft gewann die Oberhand. Der ehemalige JSO-Agent rutschte langsam auf den Boden und rollte auf den Rücken.

Ryan trat ganz nahe an ihn heran und hob seine Waffe, um ihm mit einem Kopfschuss den Gnadenstoß zu geben. Dann besann er sich jedoch eines Besseren. Er wusste, dass seine Pistole zwar leise, aber keinesfalls unhörbar war. Das

Apartment war von anderen Einzimmerwohnungen umgeben, in denen sich zahlreiche potenzielle Ohrenzeugen aufhielten. Stattdessen kniete er sich hin und hielt den Finger an die Halsschlagader des Mannes. Er merkte, dass dieser bereits tot war.

Ryan stand wieder auf und wollte gerade gehen, als seine Augen auf den Tischcomputer und die drei Monitore fielen. Die Festplatte enthielt bestimmt eine Fülle wertvoller Informationen. Als Analyst gab es für Jack auf dieser Erde nichts Verlockenderes als einen solchen Nachrichtenschatz direkt vor seinen Fingerspitzen.

Zu schade, dass man ihm ausdrücklich befohlen hatte, nichts aus diesem Zimmer mitzunehmen und dieses sofort nach Ausschaltung der Zielperson zu verlassen.

Jack stand ein paar Sekunden ganz ruhig da und lauschte auf die Geräusche aus den Nachbarwohnungen.

Er hörte keine Schreie, keine lauten Rufe und keine Sirenen.

Er war sich sicher, dass niemand die Pistolenschüsse gehört hatte. Vielleicht konnte er aufdecken, was die Libyer vorhatten. Während ihrer Beschattungsaktivitäten hatten sie nur herausgefunden, dass die JSO-Agenten eine Operation vorbereiteten, die wahrscheinlich etwas mit einem Verbrechersyndikat zu tun hatte, das in der Nähe von Istanbul saß. Jack fragte sich, ob er hier auf Emad Kartals Computer nicht die entscheidenden Einzelheiten finden könnte, die das Puzzle zusammensetzen würden.

Scheiße, dachte Jack. Es könnte sich dabei immerhin um Drogen, Zwangsprostitution oder Entführungen handeln. Neunzig Sekunden Recherche könnten vielleicht Leben retten.

Jack Ryan ließ sich vor dem Schreibtisch auf die Knie fallen, zog die Tastatur zu sich heran und griff sich die Maus.

Obwohl er keine Handschuhe trug, war er sich sicher,

dass er keinerlei Fingerabdrücke hinterlassen würde. Er hatte vor seinem Einsatz New-Skin auf die Fingerspitzen aufgetragen. Dies war eine durchsichtige, klebrige Substanz, die einen Schutzfilm bildete, der nach kurzer Zeit trocknete und normalerweise als flüssiges Pflaster benutzt wurde. Alle Agenten benutzten es in Situationen, in denen Handschuhe entweder unpraktisch waren oder zu auffällig.

Er lud einen ganzen Dateiordner auf den Monitor, der ihm am nächsten stand. Ein Blutspritzer aus Kartals Brust verlief quer über den Bildschirm. Jack holte aus der Plastiktüte mit den halb vergammelten Chinagerichten eine schmutzige Papierserviette heraus und wischte ihn damit sauber.

Viele Dateien waren verschlüsselt. Ryan wusste, dass ihm nicht genug Zeit blieb, sie hier und jetzt zu entschlüsseln. Stattdessen schaute er sich auf der ganzen Schreibtischplatte um, bis er schließlich einen kleinen Plastikbeutel fand, in dem sich etwa ein Dutzend Speichersticks befanden. Er holte einen von ihnen heraus, steckte ihn in den USB-Anschluss auf der Vorderseite des Computers und überspielte auf ihn die Dateien auf der Festplatte.

Als er bemerkte, dass auch das Mailprogramm der Zielperson offen war, begann er damit, die E-Mails des Libyers durchzuschauen. Viele waren auf arabisch, eine war anscheinend auf türkisch verfasst, während ein paar weitere einfach nur Dateien ohne Betreffzeile oder Begleittext waren. Er öffnete eine E-Mail nach der anderen und klickte auf deren Anhang.

Plötzlich piepste sein Ohrhörer. Jack berührte ihn mit der Fingerspitze. »Hier ist Jack.«

»Ryan?« Es war Chavez. »Du hättest dich längst melden sollen. Was ist dein Status?«

»Tut mir leid. Nur eine kleine Verzögerung. Zielperson fünf ist ausgeschaltet.«

»Gibt es ein Problem?«
»Negativ.«
»Bist du in Sicherheit?«
»Noch nicht. Ich habe auf dem PC unserer Zielperson einen regelrechten Informationsschatz gefunden.«
»Negativ, Ryan. Nimm nichts von dort mit. Du musst sofort verschwinden. Du hast keinerlei Unterstützung.«
»Verstanden.«
Als Ryan gerade aufhören wollte, sich durch die E-Mails zu klicken, tauchte plötzlich eine neue Nachricht in Kartals Maileingangsordner auf. Instinktiv doppelklickte er auf den angehängten Ordner. Sofort erschien auf einem der Monitore vor ihm ein ganzes Raster von JPEG-Fotos. »Vielleicht können wir die brauchen«, murmelte er vor sich hin, als er das erste Foto im Raster vergrößerte.
»Schnell und sauber, Junge.«
Aber Jack hörte Chavez schon gar nicht mehr zu. Stattdessen begann er, im Schnelldurchgang die ganzen Bilder durchzuschauen. Plötzlich wurde er jedoch langsamer und musterte jedes Foto sorgfältig und genau.
Und dann stoppte er ganz.
»Ryan? Bist du noch dran?«
»O mein Gott«, sagte dieser leise.
»Was ist los?«
»Das sind … das sind *wir*. Wir sind aufgeflogen, Ding.«
Die Bilder auf dem Monitor schienen von Sicherheitskameras aufgenommen worden zu sein. Die Qualität der Aufnahmen war ganz unterschiedlich, aber sie war doch gut genug, dass Jack die Mitglieder seines Teams erkennen konnte. John Clark stand im Eingang des Luxusrestaurants. Sam Driscoll fuhr mit seinem Motorroller eine regennasse Straße entlang. Dom Caruso ging durch ein Drehkreuz, wie es sie so eigentlich nur in Sportstadien gab. Domingo Chavez sprach auf einer Sitzbank in einer Fährkabine in sein Mobiltelefon hinein.

Jack wurde schnell klar, dass alle diese Fotos an diesem Abend etwa innerhalb einer einzigen Stunde aufgenommen worden waren.

Als er sich wieder aufrichtete, wurden ihm bei dem Gedanken die Knie weich, dass die gesamten heutigen Istanbuler Aktionen des Teams von jemand anderem beobachtet worden waren. Plötzlich tauchte in der Maileingangsbox eine neue Nachricht auf. Jack stürzte sich regelrecht auf die Maus, um sie zu öffnen.

Die E-Mail enthielt nur ein einziges Bild. Er klickte zweimal, um es zu öffnen.

Jack sah einen maskierten Mann, der vor einer Computertastatur kniete und auf einen Punkt direkt unterhalb der Kamera starrte, die dieses Bild aufnahm. Hinter dem Maskierten konnte Ryan gerade noch den Fuß und das Bein eines auf dem Rücken liegenden Mannes erkennen.

Als Ryan über seine linke Schulter nach hinten schaute, sah er den Fuß der Zielperson fünf hinter dem Schreibtischstuhl hervorragen.

Jetzt wollte es Jack genauer wissen. Er suchte den mittleren Monitor Zentimeter für Zentimeter mit den Augen ab. Schließlich entdeckte er, dass in dessen oberen Rahmen eine kleine Kamera eingebaut war.

Das Bild, das er soeben mit dieser E-Mail erhalten hatte, musste in den letzten sechzig Sekunden aufgenommen worden sein, als er gerade die Daten der Festplatte auf dem USB-Stick speicherte.

Er wurde also in dieser Sekunde beobachtet.

Bevor Jack noch etwas sagen konnte, dröhnte Chavez' Stimme in seinem rechten Ohr. »Zieh *sofort* von dort ab, Jack! Das ist ein gottverdammter *Befehl!*«

»Bin schon unterwegs«, flüsterte er als Antwort. Seine Augen fixierten das Objektiv der winzigen Webcam, während er sich vorzustellen versuchte, wer ihn wohl genau in diesem Moment ausspähen könnte.

Er wollte gerade den USB-Stick aus dem Computer ziehen, als ihm einfiel, dass auf der Festplatte des PCs ja alle Aufnahmen seines Teams gespeichert waren. Wer immer den Tod der Zielperson fünf untersuchen würde, würde sie dort ganz bestimmt finden.

Sofort ließ er sich wieder auf die Knie fallen, zog den Computerstecker aus der Steckdose und riss in größter Hast alle dicken und dünnen Kabel von der Rückseite des PCs ab. Dann packte er das gesamte Gerät, das bestimmt fast fünfzehn Kilogramm wog, und trug es aus der Wohnung und die Treppe hinunter hinaus auf die Straße. Er rannte durch den Regen. Tatsächlich machte ihn das sogar weniger auffällig. Jeder würde verstehen, dass man mit einem Computer im Arm möglichst schnell ins Trockene gelangen wollte. Sein Auto stand einen Block entfernt. Er wuchtete den PC auf den Rücksitz und fuhr dann aus dem Taksim-Viertel hinaus in Richtung Flughafen.

Während der Fahrt rief er Chavez an.

»Ding am Apparat.«

»Hier ist Ryan. Ich bin in Sicherheit, aber ... Scheiße. *Keiner* von uns ist ab jetzt noch sicher. Wir alle fünf wurden heute Abend genau überwacht.«

»Von *wem?*«

»Keine Ahnung, aber *irgendjemand* beobachtet uns. Sie haben Bilder des gesamten Teams an die Zielperson fünf geschickt. Ich habe die Festplatte mit den Fotos mitgenommen. Ich werde in zwanzig Minuten am Flughafen sein, und dann können wir ...«

»Negativ! Wenn uns wirklich jemand im Visier haben sollte, könnte es durchaus sein, dass dieses Gerät in deinem Wagen verwanzt oder mit einem Ortungsgerät ausgestattet ist. Du darfst diese Scheiße auf keinen Fall in die Nähe unseres Abzugsortes bringen!«

Jack sah ein, dass Ding recht hatte. Er dachte ein paar Sekunden nach.

»Mein Allzweckmesser hat auch einen Schraubenzieher. Ich werde irgendwo anhalten und die Festplatte aus dem Computer ausbauen. Ich werde sie genau untersuchen und den Rest des Geräts dort lassen. Danach stelle ich auch den Wagen irgendwo ab, für den Fall, dass jemand ihn ebenfalls verwanzt haben sollte, während ich in der Wohnung war. Ich finde schon eine andere Möglichkeit, um zum Flughafen zu gelangen.«

»Mach schnell, Junge.«

»Geht in Ordnung. Ryan, Ende.«

Während Jack durch den strömenden Regen fuhr, musste er immer wieder Kreuzungen überqueren, über denen Überwachungskameras angebracht waren. Er hatte das ungute Gefühl, dass jemand jeden seiner Schritte und jede seiner Bewegungen genau verfolgte.

4

Wei Zhen Lin war von Beruf Wirtschaftswissenschaftler. Er hatte nie in der Armee seines Landes gedient und folglich auch noch nie eine Schusswaffe in der Hand gehabt. Dies drückte ihm jetzt aufs Gemüt, während er die große schwarze Pistole auf seiner Schreibtischunterlage musterte, als ob sie ein seltenes Artefakt wäre.

Er fragte sich, ob er die Waffe wirklich korrekt bedienen konnte. Allerdings nahm er an, dass es keiner allzu großen Fertigkeit bedurfte, sich selbst in den Kopf zu schießen.

Sein Chefleibwächter Fung hatte ihm kurz zuvor eine halbminütige Kurzeinführung in die Funktionsweise der Pistole gegeben. Er war es auch, der ihm diese Waffe geliehen hatte. Zuerst hatte Fung sie durchgeladen und gesichert. Danach hatte er in ernstem, aber leicht herablassendem Ton Wei genau gezeigt, wie er die Pistole halten und den Abzug betätigen musste.

Wei hatte dann seinen Sicherheitschef gefragt, wohin er die Waffe richten solle, um die größtmögliche Wirkung zu erzielen. Die Antwort war allerdings nicht so präzise, wie es der ehemalige Wirtschaftswissenschaftler gern gehabt hätte.

Fung erklärte ihm mit einem Schulterzucken, dass es wohl am besten sei, die Mündung an den oberen Schädel zu pressen, damit die Kugel in das Gehirn eindringen würde. Um den »Erfolg« tatsächlich zu gewährleisten, versprach ihm Fung, dass er die medizinische Erstversorgung verzögern würde.

Danach entsicherte er die Pistole, legte sie zurück auf den Schreibtisch und verließ mit einem kurzen Nicken den Raum. Wei Zhen Lin blieb ganz allein in seinem Büro zurück.

Plötzlich prustete er los: »Einen tollen Leibwächter habe ich da!«

Er griff nach der Pistole und wog sie in den Händen. Sie war zwar schwerer als erwartet, aber das Gewicht war gut ausbalanciert. Ihr Griff war erstaunlich dick. Trotzdem lag die Waffe weit besser in der Hand, als er sich das vorgestellt hatte. Allerdings hatte er bisher kaum einmal über irgendwelche Schusswaffen nachgedacht.

Als wollte er das Unvermeidliche hinauszögern, betrachtete er die Pistole noch einmal genau, las die Seriennummer und musterte den Herstellungsstempel. Danach presste Wei Zhen Lin, der Präsident der Volksrepublik China und Generalsekretär der Kommunistischen Partei Chinas, den Lauf der Waffe gegen die rechte Schläfe und krümmte den Finger um den Abzug.

Wei war nicht gerade der Mann, den man an der Spitze eines solchen Riesenreiches erwartet hätte. Dies war auch ein Grund, warum er sich zum Selbstmord entschlossen hatte.

Als Wei Zhen Lin im Jahr 1958 geboren wurde, war sein damals bereits sechzig Jahre alter Vater eines der dreizehn Mitglieder des Siebten Politbüros der Kommunistischen Partei Chinas. Der ältere Wei war ursprünglich Journalist, Schriftsteller und Zeitungsredakteur gewesen. In den Dreißigerjahren kehrte er jedoch seinem bisherigen Beruf den Rücken und schloss sich der Propagandaabteilung der KPCh an. Er begleitete Mao Zedong auf dem Langen Marsch, diesem epischen 12 500 Kilometer langen militärischen Rückzug durch das gesamte Reich der Mitte, der Mao zum Nationalhelden und Führer des kommunistischen Chinas machte und vielen seiner Begleiter eine rosige Zukunft eröffnete.

Männer wie Weis Vater, vom Zufall der Geschichte während der Revolution an Maos Seite geführt, wurden später selbst als Helden betrachtet und bekleideten in den nächsten fünfzig Jahren wichtige Leitungspositionen in Peking.

Zhen Lin war also in eine privilegierte Stellung hineingeboren worden. Er wuchs zuerst in Peking auf und wurde dann auf ein exklusives Schweizer Privatinternat geschickt. Auf diesem Collège Alpin International Beau Soleil in der Nähe des Genfer Sees schloss er Freundschaft mit den Sprösslingen anderer Parteigrößen, den Söhnen hoher Parteifunktionäre, Marschälle und Generäle. Als er auf die Pekinger Universität zurückkehrte, um dort Wirtschaftswissenschaften zu studieren, stand bereits fest, dass er wie viele seiner chinesischen Klassenkameraden in diesem Edelinternat in der einen oder anderen Form in den höheren Staatsdienst treten würde.

Wei war das Mitglied einer Gruppe, die als die »Prinzlinge« bekannt wurden. Diese Söhne oder Töchter früherer hoher Parteikader, meist hochrangiger Maoisten, die in der Revolution gekämpft hatten, machten in der Politik, dem Militär und der Wirtschaftswelt des kommunistischen Chinas schnell Karriere. In einer Gesellschaft, die die Existenz einer Oberschicht leugnete, stellten die Prinzlinge unzweifelhaft die Elite dar. Sie allein besaßen das Geld, die Macht *und* die politischen Verbindungen, die ihnen die Möglichkeit eröffneten, über die nächste Generation ihres Landes zu herrschen.

Nach seinem Universitätsabschluss wurde Wei zu einem Kader in der Stadtverwaltung der Millionenmetropole Chongqing, wo er bis zum Rang eines stellvertretenden Bürgermeisters aufstieg. Einige Jahre später unterbrach er seine Staatskarriere, um im Wirtschaftswissenschaftlichen Institut der Universität Nanjing seinen Master in Betriebswirtschaft zu machen und auf dem Gebiet der Verwaltungswissenschaften zu promovieren. Die zweite Hälfte der Achtziger- und die gesamten Neunzigerjahre arbeitete er im internationalen Finanzsektor von Shanghai, als diese Stadt zu einer der neuen chinesischen Sonderwirtschaftszonen wurde. Diese SWZ waren von der chinesischen Zentralregierung eingerichtete Gebiete, in denen viele staatliche Gesetze aufgehoben waren, um durch einen weitgehend freien Markt ausländische Investitionen anzuziehen. Dieses Experiment mit quasi-kapitalistischen Strukturen in einzelnen Sonderzonen war ein voller Erfolg. Weis wirtschaftswissenschaftliche Ausbildung sowie seine Geschäfts- und Parteibeziehungen katapultierten ihn in den Mittelpunkt des chinesischen finanziellen Aufschwungs und eröffneten ihm den Weg zu einer steilen Karriere.

Um die Jahrtausendwende wurde er zum Bürgermeister der größten chinesischen Stadt Shanghai ernannt. Hier setzte er sich für ein weiteres Wachstum der ausländischen Investitionen und eine Ausweitung der Prinzipien des freien Marktes ein.

Wei sah gut aus und besaß Charisma. Vor allem bei westlichen Wirtschaftsführern kam er ausgesprochen gut an. Zu Hause und im Rest der Welt wurde er mehr und mehr zum Gesicht des Neuen Chinas. In der Innenpolitik blieb er jedoch strikt konservativ. Größere Freiheiten waren einzig auf dem Gebiet der Wirtschaft denkbar, nicht für die normale Bevölkerung.

Nach Chinas erniedrigender Niederlage gegen Russland und die USA im Krieg um die sibirischen Goldminen und Ölfelder verloren die meisten Pekinger Regierungsmitglieder ihr Amt. Gleichzeitig wurde Wei als strahlendes Symbol des Neuen Chinas in hohe Parteiämter berufen. Er wurde Vorsitzender der Shanghaier KP und Mitglied des Sechzehnten Politbüros.

In den nächsten Jahren teilte Wei seine Zeit zwischen Shanghai und Peking auf. Einer wie er war in der Parteispitze eine absolute Rarität. Einerseits war er ein wirtschaftsfreundlicher Kommunist, der in ganz China weitere SWZ und andere Gebiete ausweisen wollte, in denen die Prinzipien der freien Marktwirtschaft galten. Gleichzeitig unterstützte er die Betonköpfe im Politbüro, die alle Ansätze liberalen Gedankenguts strikt bekämpften und eine Ausweitung der individuellen Freiheiten ablehnten.

Er war also ein Kind Maos und der Partei *und* ein Anhänger der internationalen Finanzwirtschaft. Der Wirtschaftsliberalismus war für ihn dabei Mittel zum Zweck. Er sollte ausländisches Geld ins Land locken, um die Kommunistische Partei zu *stärken* und nicht um sie zu untergraben.

Nach Chinas kurzem Krieg mit Russland und den Vereinigten Staaten befürchteten viele, dass die wirtschaftlichen Schwierigkeiten das Land ruinieren würden. Am Horizont drohten bereits Hungersnöte und der vollständige Zusammenbruch der gesamten Infrastruktur, was anarchische Zustände zur Folge hätte. Allein die kluge Wirtschaftspolitik von Wei und gleichgesinnten Genossen verhinderte den Kollaps des Riesenreiches. Wei setzte sich für die schnelle Erweiterung der Sonderwirtschaftszonen und die Errichtung Dutzender kleinerer Freihandelsgebiete ein, und das Politbüro stimmte in seiner Verzweiflung zu.

Weis Planungen wurden zur Gänze umgesetzt. Chinas Quasi-Kapitalismus erlebte ein rasantes Wachstum, und Wei, der Chefarchitekt der Finanzreformen, wurde für seine Arbeit belohnt. Seine Erfolge machten ihn zusammen mit seinem Prinzling-Status und seiner politischen Abstammung zum natürlichen Anwärter auf das Amt des chinesischen Wirtschaftsministers im siebzehnten Politbüro. Nachdem er die Leitung der nationalen Finanzpolitik übernommen hatte, wies die chinesische Wirtschaft anfangs zweistellige Wachstumsraten auf. Es sah so aus, als ob dieser Aufschwung noch lange weitergehen würde.

Aber dann platzte die Blase.

Kurz nach Weis Amtsantritt begann eine lang anhaltende Weltwirtschaftskrise. Die Auslandsinvestitionen in China und der chinesische Export gingen stark zurück. Diese beiden Faktoren, die Wei regelrecht revolutioniert hatte, waren jedoch die Hauptantriebskräfte des gewaltigen Wirtschaftsaufschwungs gewesen. Die Geldquellen versiegten zusehends.

Auch der von Wei in die Wege geleiteten weiteren Ausdehnung der SWZ gelang es nicht, die Abwärtsspirale in die Katastrophe zu stoppen. Der von China getätigte Kauf von Immobilien und Währungsterminkontrakten in der ganzen Welt wurde zu einer Geldvernichtungsmaschine, als die europäische Finanzkrise ausbrach und die amerikanische Immobilienblase platzte.

Wei wusste, was ihm nun blühte. Seine früheren erfolgreichen Freihandelsreformen würde man jetzt gegen ihn verwenden. Seine politischen Gegner würden sein Wirtschaftsmodell als Fehlschlag darstellen und behaupten, dass Chinas wachsende Geschäftsbeziehungen mit dem Rest der Welt das Land den Infektionskrankheiten des Kapitalismus ausgeliefert habe.

Minister Wei versuchte deswegen, die Wahrheit über das gescheiterte chinesische Wirtschaftsmodell zu vertuschen, indem er gewaltige staatliche Bauprojekte in Angriff nahm und den Provinzregierungen hohe Kredite verschaffte, mit denen sie ihre Infrastruktur durch den Bau oder die Renovierung von Straßen, Gebäuden, Häfen und Telekommunikationsnetzen verbessern sollten. Diese Investitionen waren ein Rückfall in das alte kommunistische System einer zentralen Wirtschaftsplanung.

Doch auf dem Papier sah alles gut aus, und Wei präsentierte in den Politbürositzungen drei Jahre lang beeindruckende Wachstumsraten. Selbst wenn diese nicht so hoch waren wie in den ersten Boomjahren nach Kriegsende, betrugen sie doch immer noch respektable acht oder neun Prozent. Es gelang ihm, sowohl das Politbüro und die chinesischen Provinzregierungen als auch die Weltpresse mit seinen Fakten und Zahlen zu blenden, die genau das zu beweisen schienen, was er der ganzen Welt glauben machen wollte.

Wei wusste jedoch, dass alles nur Schall und Rauch war, da diese ausgeliehenen Gelder niemals zurückgezahlt werden würden. Die Nachfrage nach chinesischen Exportwaren war inzwischen fast völlig versiegt, die Verschuldung der Regionalverwaltungen war auf siebzig Prozent des Bruttoinlandsprodukts gestiegen, und fünfundzwanzig Prozent aller chinesischen Bankkredite waren faul. Trotzdem forderten Wei und sein Ministerium alle staatlichen Stellen und die Wirtschaft zu weiteren Kreditaufnahmen, noch höheren Ausgaben und weiteren Großbauprojekten auf.

Das Ganze war ein verdammtes Kartenhaus.

Während Wei die Wirtschaftsprobleme seines Landes verzweifelt zu vertuschen suchte, fegte ein weiteres beunruhigendes Phänomen wie ein Taifun über sein Reich.

Man nannte es die Tuidang-Bewegung.

Nach der völlig ungenügenden Reaktion der Zentralregierung auf ein schweres Erdbeben, das viele Opfer gefordert hatte, gingen im ganzen Land empörte Bürger auf die Straße. Der Regierung gelang es jedoch, die Proteste zurückzudrängen. Wenngleich sie dabei nicht zu den Gewaltmitteln der maoistischen Zeit griff, ließ jede Verhaftung und jeder Tränengaseinsatz die Lage noch prekärer werden.

Schließlich entschied man sich dann doch, die Anführer

dieser Massenbewegung aus dem Verkehr zu ziehen und ins Gefängnis zu werfen. Tatsächlich hörten daraufhin die Straßendemonstrationen erst einmal auf. Das Ministerium für Öffentliche Sicherheit dachte, es habe die Situation wieder unter Kontrolle. Stattdessen verlagerten sich die Proteste ins Internet, die Chinesen begannen nämlich äußerst eifrig die neuen sozialen Netzwerke und digitalen Diskussionsforen zu nutzen. Dabei gelang es ihnen immer wieder, die staatlichen Internetfilter durch mehr oder weniger raffinierte »Umgehungslösungen« zu überlisten.

Mithilfe Hunderter Millionen Computer und Smartphones wandelten sich die spontanen Proteste zu einer gut organisierten und mächtigen Bewegung. Der KPCh war das Ausmaß dieser Bedrohung erst einmal nicht klar. Das Ministerium für Öffentliche Sicherheit verfügte über Schlagstöcke, Pfeffersprays und grüne Minnas, besaß aber keine wirksamen Waffen gegen diesen sich rasend schnell ausbreitenden elektronischen Aufstand im Cyberspace. Die Onlineproteste wurden im Laufe nur weniger Monate zu einer Internetrevolte, die schließlich die Tuidang-Bewegung hervorbrachte.

»Tuidang« bedeutete wörtlich »tretet aus der Partei aus«. Tatsächlich verließen zuerst Hunderte, dann Tausende und schließlich Millionen Chinesen die Kommunistische Partei. Sie konnten das anonym im Internet tun oder es auf einer Auslandswebsite öffentlich verkünden.

Die Tuidang-Bewegung behauptete, dass in vier Jahren über zweihundert Millionen Chinesen der KPCh den Rücken gekehrt hätten.

Dabei war es nicht einmal die reine Zahl der angeblich Ausgetretenen, die der Partei Sorgen machte. In Wahrheit war es sogar ziemlich schwierig, die Austrittszahlen genau zu bestimmen, da die Liste, die die Führung der Tuidang-Bewegung ins Internet gestellt hatte, viele Pseudonyme oder Allerweltsnamen enthielt, die nicht eindeutig zu verifizieren waren. Vielleicht waren es statt 200 Millionen tatsächlich »nur« 50 Millionen Dissidenten. Viel unangenehmer waren für das Politbüro der parteischädigende negative Eindruck, den diejenigen hinterließen, die ihren Austritt im Ausland bekannt machten, und die Aufmerksamkeit, die der Erfolg dieser Internetrebellion in der übrigen Welt erregte.

Wirtschaftsminister Wei beobachtete die wachsende Tuidang-Bewegung und die Wut, Verwirrung und Angst, die diese innerhalb des Politbüros erregte, mit großer Aufmerksamkeit. Gleichzeitig behielt er die verborgenen Wirtschaftsprobleme seines Landes im Auge. Er wusste allerdings, dass es jetzt ganz bestimmt nicht an der Zeit war, die drohende Krise anzusprechen. Alle größeren Sparmaßnahmen würden noch eine Weile warten müssen.

Es wäre in dieser Lage ausgesprochen schädlich gewesen, die umfassende und allgemeine Schwäche und Reformunfähigkeit der Zentralregierung zuzugeben. Dies würde die Gemüter der Massen nur noch weiter anheizen und die Revolte schüren.

Auf dem 18. Parteitag der KPCh geschah dann etwas Unglaubliches, das gerade Wei Zhen Lin am wenigsten erwartet hätte. Er wurde zum chinesischen Präsidenten und Generalsekretär der Kommunistischen Partei ernannt, zum Herrscher über dieses Kartenhaus.

Für chinesische Verhältnisse war die Wahl eine ziemlich kontroverse Angelegenheit gewesen. Die beiden eigentlichen Favoriten fielen nur Wochen vor dem Parteitag in Ungnade, der eine wegen eines Korruptionsskandals in seiner Heimatstadt Tientsin, der andere aufgrund der Verhaftung eines seiner Untergebenen, den man der Spionage beschuldigte. Die übrigen Ständigen Mitglieder, die nun infrage gekommen wären, gehörten zu einem der beiden Parteiflügel, die bisher von den gestürzten Parteigrößen angeführt worden waren, mit einer einzigen Ausnahme: Wei Zhen Lin. Er galt immer noch als Außenseiter, der keiner Parteifraktion angehörte. Aus diesem Grund wurde er im relativ zarten Alter von 54 Jahren als Kompromisskandidat gewählt.

Die drei höchsten chinesischen Amtsträger waren der Präsident, der Generalsekretär der Kommunistischen Partei und der Vorsitzende der Zentralen Militärkommission, der kraft dieser Stellung oberster Militärchef des Landes war. In der Vergangenheit waren alle drei Ämter von der gleichen Person bekleidet worden, aber in Weis Fall fiel der Vorsitz der ZMK an Su Ke Qiang, einen Viersternegeneral der Volksbefreiungsarmee. Su war der Sohn eines Marschalls, der zu Maos engsten Vertrauten gehört hatte. Er war seit Kindheitstagen mit Wei befreundet. Sie waren zusammen in Peking und der Schweiz zur Schule gegangen. Ihr gleichzeitiger Aufstieg in die höchsten Staatsämter zeigte, dass die Zeit der Prinzlinge endgültig gekommen war.

Von Anfang an war Wei jedoch bewusst, dass diese gemeinsame Führung keine Partnerschaft bedeutete. Su war ein strammer Befürworter einer militärischen Expansion. Er war ein politischer Falke und hatte für den Hausgebrauch schon zahlreiche feurige Reden über die Bedeutung und Macht der Volksbefreiungsarmee und Chinas Bestimmung zur regionalen Führungsnation und Weltmacht gehalten. Er und sein Generalstab hatten die chinesischen Streitkräfte im letzten Jahrzehnt dank einer alljährlichen zwanzigprozentigen Erhöhung des Militärhaushalts stark vergrößert. Wei wusste, dass ein Mann wie Su nicht eine Armee aufbaute, nur um später mit ihr auf dem Paradeplatz herumstolzieren zu können.

Su wollte Krieg. Was Wei anbetraf, war Krieg jedoch das Letzte, was China im Augenblick benötigte.

Zwei Monate nachdem er zwei der drei höchsten Staatsämter übernommen hatte, traf Wei auf einer Sitzung des Ständigen Ausschusses des Zentralkomitees in Zhongnanhai, dem von Mauern umgebenen Regierungskomplex westlich der Verbotenen Stadt und des Tiananmen-Platzes, eine taktische Entscheidung, die dazu führen sollte, dass er sich nur einen Monat später eine Pistole an die Schläfe hielt. Er hielt es für unerlässlich, zumindest seinen Kollegen im Ständigen Ausschuss die Wahrheit über die chinesischen Staatsfinanzen zu offenbaren. Immerhin waren bereits entsprechende Gerüchte im Umlauf, die angeblich sogar aus dem Inneren des Wirtschaftsministeriums stammten. Wei wollte diesen Gerüchten offensiv begegnen, indem er dem Ausschuss reinen Wein über die drohende Wirtschaftskrise einschenkte. Er verkündete in einem Raum voller ausdrucksloser Gesichter, dass er eine starke Kürzung der regionalen Kreditaufnahme sowie eine ganze Anzahl weiterer Sparmaßnahmen durchzusetzen gedenke. Diese würden die nationale Wirtschaft auf lange Sicht stärken, unglücklicherweise jedoch einen kurzfristigen Abschwung zur Folge haben.

»Wie kurzfristig?«, fragte ihn der Parteisekretär des Staatsrats.

»Zwei oder drei Jahre.« Das war allerdings eine Lüge. Weis eigene Finanzanalysten hatten ihm eröffnet, dass es etwa fünf Jahre dauern würde, bis diese Sparpolitik den gewünschten Effekt haben würde.

»Wie stark wird die Wachstumsrate zurückgehen?«, wollte der Sekretär der Disziplinkontrollkommission des Zentralkomitees wissen.

Wei zögerte kurz und antwortete dann in einem ruhigen, sanften Ton: »Bei einer Umsetzung unserer Planungen wird das Wachstum nach unseren Schätzungen im ersten Jahr um zehn Prozentpunkte zurückgehen.«

Den Zuhörern verschlug es den Atem.

»Gegenwärtig beträgt das Wachstum acht Prozent«, sagte ein hochrangiger Parteisekretär. »Wollen Sie uns also erzählen, dass wir sogar mit einer *Schrumpfung* unserer Wirtschaft rechnen müssen?«

»Ja.«

Der Vorsitzende des Zentralen Lenkungsausschusses für den Aufbau der geistigen Zivilisation rief mit hochrotem Kopf quer durch den Raum: »Seit 35 Jahren wächst unsere Wirtschaft. Selbst im ersten Jahr nach dem Krieg nahm sie nicht ab!«

Wei blieb ganz ruhig. Seine unaufgeregte Art stellte einen starken Kontrast zu den übrigen Anwesenden dar, die immer aufgeregter wurden. Dann schüttelte er den Kopf und sagte: »Man hat uns getäuscht. Ich habe mir die Statistiken aus diesen Jahren noch einmal vorgenommen. Tatsächlich gab es in den letzten Jahren ansehnliche Wachstumsraten, die vor allem auf der von mir eingeleiteten Ausweitung des Außenhandels beruhten. Im ersten Jahr nach dem Krieg war dies jedoch trotz anderslautender Behauptungen nicht der Fall.«

Wei bemerkte sofort, dass ihm die meisten Männer in diesem Raum nicht glaubten. Er selbst betrachtete sich nur als Bote, der seine Kollegen über diese Krise in Kenntnis setzte, für die er in keiner Weise verantwortlich war. Die anderen Mitglieder des Ständigen Ausschusses überschütteten ihn dagegen mit Anklagen und Vorwürfen, die Wei jedoch entschieden zurückwies. Er forderte sie auf, sich seine Reformpläne erst einmal genau anzuhören. Stattdessen begannen sie, von der wachsenden Protestbewegung und den Demonstrationen auf den Straßen zu sprechen. Außerdem schienen sie sich Sorgen zu machen, dass diese neuen Probleme ihr Ansehen im Politbüroplenum beschädigen könnten.

Die Sitzung entwickelte von nun an eine negative Eigendynamik. Wei geriet dabei immer mehr in die Defensive.

Als er am Ende dieses Nachmittags in seine Amtswohnung im Zhongnanhai-Komplex zurückkehrte, wusste er, dass er die Fähigkeit der Mitglieder des Ständigen Ausschusses überschätzt hatte, den Ernst der Lage tatsächlich zu verstehen. Die Männer hatten sich seinen Plan nicht einmal angehört. Es würde also keine weiteren Diskussionen darüber geben. Die notwendige Reform war gestorben.

Eigentlich war er ja Generalsekretär und Präsident geworden, weil er keiner Parteifraktion angehörte. Bei dieser Debatte über die düstere Zukunft der chinesischen Wirtschaft hätte er jedoch einige Freunde im Ständigen Ausschuss gut brauchen können.

Als erfahrener Politiker mit einem ausgeprägten Sinn für Realpolitik war ihm bewusst, dass er unter dem gegenwärtigen politischen Klima seine eigene Haut nur retten konnte, wenn er verkünden würde, dass das stetige Wohlstandswachstum, das die Staatsführung seit fünfunddreißig Jahren versprach, auch mit ihm an der Spitze weitergehen werde. Als brillanter Wirtschaftswissenschaftler, der zu den streng geheimen Finanzdaten seines Landes Zugang hatte, wusste er jedoch, dass dies vorerst nicht der Fall sein würde. Stattdessen musste man sogar mit einem starken Rückgang und einer krisenhaften Entwicklung rechnen.

Und dies galt nicht nur für die Wirtschaft. Ein totalitäres Regime konnte – zumindest theoretisch – viele Finanzprobleme verschleiern. In gewisser Weise tat er selbst dies bereits seit Jahren, indem er durch riesige öffentliche Baumaßnahmen die Wirtschaft ankurbelte und dadurch einen unrealistischen Eindruck von deren Stärke vermittelte.

Wei wusste jedoch, dass China auf einem Pulverfass saß, da immer weitere Kreise das gesamte politische System ablehnten und die Unruhe in der Bevölkerung von Tag zu Tag zunahm.

Drei Wochen nach dieser katastrophalen Sitzung im Zhongnanhai-Komplex wurde Wei endgültig deutlich, dass seine Macht bedroht war. Während er auf Staatsbesuch in Ungarn war, befahl der Leiter der Propagandaabteilung der Kommunistischen Partei allen staatlichen Medien und von der KPCh kontrollierten ausländischen Presseagenturen, Berichte zu veröffentlichen oder zu senden, die Weis Wirtschaftspolitik mit Kritik übergossen. Dies hatte es so noch nie gegeben. Wei kochte vor Wut. Er brach seinen Besuch ab, eilte nach Peking zurück und bestellte den Propagandachef zum Rapport. Er bekam jedoch zur Antwort, dass dieser sich bis zum Ende der Woche in Singapur aufhalte. Daraufhin berief er eine Sondersitzung in Zhongnanhai ein, an der das gesamte fünfundzwanzigköpfige Politbüro teilnehmen sollte. Tatsächlich erschienen jedoch nur sechzehn Mitglieder.

Einige Tage später tauchten in den Medien die ersten Korruptionsvorwürfe gegen Wei auf. Es wurde behauptet, er habe seine Stellung als Bürgermeister von Shanghai zur Mehrung seines Privatvermögens missbraucht. Die Beschuldigungen wurden durch eidesstattliche Erklärungen untermauert, die Dutzende von Weis früheren Mitarbeitern und Geschäftspartnern in China und im Ausland unterschrieben hatten.

Wei war jedoch nicht korrupt. Als Bürgermeister von Shanghai hatte er sogar die Korruption in der örtlichen Geschäftswelt, bei der Polizei und im Parteiapparat erbittert bekämpft. Dabei hatte er sich natürlich zahlreiche Feinde gemacht, die jetzt nur allzu bereit waren, ihn durch falsche Aussagen anzuschwärzen, vor allem wenn ihnen dafür politische und geschäftliche Vorteile versprochen wurden.

Schließlich erließ das Ministerium für Öffentliche Sicherheit als höchste Polizeibehörde einen Haftbefehl gegen den eigenen Staatspräsidenten.

Wei wusste genau, was hier vorging. Dies war ein versuchter Staatsstreich.

Dies wurde endgültig deutlich, als der chinesische Vizepräsident am Morgen des sechsten Krisentags in Zhongnanhai vor die Kameras trat und einer verblüfften internationalen Journalistenschar verkündete, dass er die Regierungsführung übernehme, bis die Vorwürfe gegen Präsident Wei vollständig aufgeklärt seien. Der Präsident gelte ab jetzt ganz offiziell als flüchtig und werde von den chinesischen Justizbehörden gesucht.

Tatsächlich hielt sich Wei zu dieser Zeit nur vierhundert Meter entfernt in seiner Dienstwohnung in Zhongnanhai auf. Einige wenige Getreue versicherten ihm zwar ihre Unterstützung, aber es war unübersehbar, dass sich das Blatt gegen ihn gewendet hatte. Das Büro des Vizepräsidenten teilte ihm mit, dass er bis zum nächsten Morgen um zehn Uhr Zeit habe, Vertretern des Ministeriums für Öffentliche Sicherheit freiwillig Zugang zu seiner Präsidentenresidenz zu gewähren, um sich von ihnen festnehmen zu lassen. Sollte er Widerstand leisten, müsse man leider Gewalt anwenden.

Am späteren Abend dieses sechsten Tages ging Wei endlich in die Offensive. Er bestellte die fünf Mitglieder des Ständigen Ausschusses des Politbüros, die nicht zu den Verschwörern gehörten, zu einem Geheimtreffen ein. Er versicherte ihnen, dass er sich selbst als »Ersten unter Gleichen« betrachte. Sollte er Präsident und Generalsekretär bleiben, werde er sie in eine Art »kollektive Führung« einbinden. Er versprach ihnen also, dass jeder von ihnen künftig über mehr Macht verfügen würde als unter jedem anderen, den sie an seine Stelle setzen würden.

Seine Ansprache wurde jedoch mit äußerster Kälte aufgenommen. Seine Kollegen hielten ihn wohl bereits für erledigt und zeigten deshalb keinerlei Interesse, ihn zu unterstützen. Der zweitmächtigste Mann Chinas, der Vorsitzende der Zentralen Militärkommission Su Ke Qiang, sagte während des ganzen Treffens kein einziges Wort.

In dieser Nacht machte sich Wei mit dem Gedanken vertraut, dass er am nächsten Morgen gestürzt werden könnte. Man würde ihn wohl verhaften, einsperren, zu einem falschen Geständnis zwingen und hinrichten. Kurz vor Sonnenaufgang schien sein Schicksal endgültig besiegelt. Drei der fünf Mitglieder des Ständigen Ausschusses, die sich dem Staatsstreich bisher nicht angeschlossen hatten, ließen ihm die Nachricht zukommen, dass sie zwar seine Absetzung nicht aktiv unterstützen würden, aber auch nicht die politische Macht und Möglichkeit besäßen, ihm auf irgendeine Weise zu helfen.

Um fünf Uhr morgens rief Wei seine Mitarbeiter zusammen und teilte ihnen mit, dass er zum Wohle der Nation zurücktreten werde. Man informierte das Ministerium für Öffentliche Sicherheit, dass Wei sich freiwillig stellen werde. Daraufhin wurde vom Ministeriumsgebäude in der Östlichen Chang'an Avenue auf der anderen Seite des Tiananmen-Platzes ein Verhaftungsteam in Richtung Zhongnanhai losgeschickt.

Wei hatte ihnen zuvor versichert, dass er ruhig und friedlich mitkommen werde.

Tatsächlich wollte sich Wei jedoch *auf gar keinen Fall* ruhig und friedlich abführen lassen.

Er würde nirgendwohin gehen.

Der vierundfünfzigjährige Prinzling hatte nicht die geringste Lust, sich als Schmierendarsteller in einem politischen Theaterstück missbrauchen zu lassen und seinen Feinden als Sündenbock für den Niedergang seines Landes zu dienen.

Seinen Leichnam durften sie gern haben, und mit seinem politischen Erbe durften sie umgehen, wie immer sie wollten. Er würde ja nicht mehr da sein, um das Ganze zu beobachten.

Während das Polizeikontingent vom Ministerium für Öffentliche Sicherheit zum Regierungskomplex unterwegs war, rief Wei den Chef seiner Leibwache, Fung, zu sich. Dieser erklärte sich bereit, ihm seine Pistole zu leihen und deren Funktionsweise zu erklären.

Wei hielt sich die große schwarze QSZ-92-Pistole an den Kopf. Seine Hand zitterte etwas, aber er war in Anbetracht der Lage erstaunlich gefasst. Als er jedoch die Augen schloss und den Finger auf den Abzugshahn drückte, spürte er, wie sich das Zittern verstärkte. Dieses Mal begann es in den Füßen und stieg dann durch seinen ganzen Körper nach oben.

Wei bekam Angst, dass dieser Tremor die Pistole so sehr verreißen könnte, dass er sein Gehirn verfehlen würde, und presste den Lauf noch fester gegen die Schläfe.

Im Flur vor seinem Büro erklang plötzlich ein lauter Schrei. Das war ganz eindeutig Fung. Seine Stimme klang aufgeregt und begeistert.

Neugierig geworden, öffnete Wei die Augen.

Die Bürotür wurde aufgerissen, und Fung stürzte herein. Wei zitterte inzwischen dermaßen, dass er befürchtete, sein Leibwächter könnte seine Schwäche bemerken.

Er ließ die Pistole sinken.

»Was ist los?«, fragte er.

Fungs Augen waren weit aufgerissen. Auf seinem Gesicht war ein angesichts der Situation ziemlich unpassendes Lächeln zu erkennen. Dann rief er: »Herr Generalsekretär! Panzer! Draußen rollen Panzer!«

Wei legte seine Pistole vorsichtig auf dem Schreibtisch ab. *Was hatte das zu bedeuten?* »Das ist nur das Ministerium für Öffentliche Sicherheit«, antwortete er. »Es verfügt über gepanzerte Fahrzeuge.«

»Nein, Chef! Das sind keine gepanzerten Mannschaftstransportwagen. Das sind echte *Panzer!* Eine lange Panzerkolonne nähert sich aus Richtung des Tiananmen-Platzes!«

»Panzer? *Wessen* Panzer?«

»Su! Das muss General ... entschuldigen Sie, ich meine der Vorsitzende Su sein! Er schickt schwere Waffen, um Sie zu beschützen. Das MÖS wird es nicht wagen, Sie gegen den Willen der Volksbefreiungsarmee zu verhaften. Gegen die haben sie keinerlei Chance!«

Wei konnte diese plötzliche Wende der Ereignisse kaum glauben. Der Prinzling Su Ke Qiang, Viersternegeneral der VBA und Vorsitzender der Zentralen Militärkommission, der noch am Abend zuvor kein Wort der Unterstützung für ihn geäußert hatte, kam ihm jetzt im letzten Augenblick zu Hilfe?

Der Präsident der Volksrepublik China und Generalsekretär der KPCh schob die Pistole quer über den Schreibtisch seinem Chefleibwächter zu. »Major Fung ... Es sieht so aus, dass ich sie heute doch nicht benötige. Nehmen Sie sie an sich, bevor ich mich noch selbst verletze.«

Fung griff sich die Pistole, sicherte sie und steckte sie in das Holster an seiner Hüfte. »Da bin ich aber erleichtert, Herr Präsident.«

Wei glaubte nicht, dass es Fung tatsächlich kümmerte, ob er am Leben oder tot war. Trotzdem stand er auf und schüttelte seinem Leibwächter feierlich die Hand.

An einem Tag wie diesem konnte er jeden verfügbaren Verbündeten brauchen.

Wei schaute aus dem Fenster seines Büros. Er hatte eine gute Sicht über den ganzen Zhongnanhai-Regierungskomplex bis zu dessen Ummauerung. Die Straßen waren voller Panzer. Links und rechts von ihnen marschierten mit schussbereiten Gewehren Soldatenkolonnen der Volksbefreiungsarmee.

Als das Rumpeln und Dröhnen der anrückenden Panzer den Boden, die Bücher und die Einrichtungsgegenstände des Büros erzittern ließen, lächelte Wei. Allerdings gefror ihm dieses Lächeln nach kurzer Zeit auf den Lippen.

»Su?«, sagte er nachdenklich. »Warum rettet mich ausgerechnet Su?«

Er kannte jedoch bereits die Antwort. Obwohl er für das Eingreifen des Militärs dankbar war, begriff er sofort, dass es ihn schwächen und nicht stärken würde. Er würde sich dafür erkenntlich zeigen müssen.

Wei Zhen Lin wusste, dass er für den Rest seiner Amtszeit Su und seinen Generälen verpflichtet sein würde, und er wusste genau, was sie von ihm wollten.

5

John Clark stand an der Küchenspüle und schaute aus dem Fenster. Draußen stieg aus der Wiese hinter dem Haus Nebel auf, der graue Nachmittag ging in einen noch graueren Abend über. Er wusste, dass er noch ein paar Minuten allein sein würde. Er entschied sich, nicht länger aufzuschieben, wovor er sich schon den ganzen Tag gefürchtet hatte.

Clark und seine Frau Sandy lebten inzwischen in diesem Farmhaus im Frederick County von Maryland kurz vor der Grenze zu Pennsylvania. Die gesamte Farm umfasste immerhin zwanzig Hektar Wald und Wiesen. Das Landleben war für ihn immer noch neu. Noch vor ein paar Jahren hätte ihn die Vorstellung von sich als »Gutsherr«, der auf seiner Veranda Eistee schlürfte, zum Kichern gebracht oder zusammenzucken lassen.

Dennoch liebte er diesen Ort. Sandy liebte ihn sogar noch mehr. Auch sein Enkel John Patrick konnte es gar nicht abwarten, wieder einmal Opa und Oma auf ihrer Farm zu besuchen.

Clark war kein Mann der langen Überlegungen. Er lebte lieber im jeweiligen Augenblick. Während er jetzt jedoch sein Anwesen betrachtete und an die unangenehme Aufgabe dachte, die vor ihm lag, musste er zugeben, dass er sich ein wirklich gutes Privatleben aufgebaut hatte.

Jetzt war es Zeit, festzustellen, ob sein Berufsleben vorüber war.

Es war Zeit, die Verbände zu entfernen und die Funktionstüchtigkeit seiner verletzten Hand zu überprüfen.

Wieder einmal zu überprüfen.

Acht Monate zuvor hatten ihm unerfahrene, aber umso brutalere Folterknechte in einem schäbigen Lagerhaus im Mitino-Viertel im Moskauer Nordwesten die rechte Hand gebrochen – nein, sie regelrecht zerschmettert. Er hatte dabei neun Knochenbrüche in den Fingern, der Handfläche und dem Handgelenk erlitten. Seitdem hatte er einen Großteil seiner Zeit damit zugebracht, sich auf drei langwierige Operationen vorzubereiten oder sich von ihnen zu erholen.

Vor zwei Wochen hatte er nun zum vierten Mal unter dem Messer gelegen. Heute war der erste Tag, an dem ihm sein Chirurg erlaubte, die Stärke und Beweglichkeit seiner Hand einem Test zu unterziehen.

Ein schneller Blick auf die Wanduhr zeigte ihm, dass Sandy und Patsy in ein paar Minuten zurück sein würden. Seine Frau und seine Tochter waren nach Westminster gefahren, um Lebensmittel einzukaufen. Sie hatten ihn gebeten, mit dem Funktionstest seiner Hand bis zu ihrer Rückkehr zu warten, da sie gern dabei sein würden. Sie behaupteten, sie wollten seine Genesung mit einem guten Essen und einem ausgezeichneten Wein feiern, aber John kannte den wahren Grund: Sie wollten nicht, dass er dies ganz allein durchmachen musste. Sie wollten ihm moralischen Beistand leisten, für den Fall, dass er seine Finger nicht besser als vor der Operation bewegen konnte.

Er hatte es ihnen zwar versprochen, aber jetzt erkannte er, dass er niemand anderen dabeihaben wollte. Er konnte nicht länger warten und war zu stolz, um diesen unangenehmen, schmerzhaften Prozess vor den Augen seiner Frau und seiner Tochter durchzuführen. Außerdem wollte er seine Hand bei diesem Test weit stärker beanspruchen, als es ihm seine Tochter, sein Arzt oder gar seine Frau als ausgebildete Krankenschwester erlaubt hätten.

Sie hatten die Sorge, er könnte sich selbst verletzen, aber John hatte keine Angst vor den Schmerzen. Er hatte gelernt, die eigenen Schmerzen so gut zu beherrschen wie kaum ein anderer auf dieser Welt. Nein, John befürchtete, dass er den Test nicht bestehen könnte. Um dies zu vermeiden, würde er seinen Körper aufs Äußerste beanspruchen. Er war sich sicher, dass dies nicht unbedingt schön anzuschauen sein würde. Er würde seine Kraft und Beweglichkeit überprüfen, indem er sich die größtmögliche Anstrengung abzwang.

Er stellte sich vor die Küchentheke, wickelte seinen Verband ab und entfernte die kleinen Metallschienen zwischen seinen Fingern. Er ließ den Verband auf der Anrichte liegen und ging ins Wohnzimmer hinüber. Dort setzte er sich in seinen Ledersessel und hob die Hand, um sie genau zu untersuchen. Die neuen und alten Operationsnarben waren klein und sahen nicht besonders dramatisch aus, aber er wusste, dass sie über den unglaublichen Schaden an seiner Hand hinwegtäuschten. Sein orthopädischer Chirurg im Johns-Hopkins-Hospital galt als einer der besten der Welt. Er hatte bei seiner Operation Minimalinzisionen, also nur kleinste Einschnitte, angewandt, wobei ihm laparoskopische Kameras und fluoroskopische Bilder geholfen hatten, seinen Weg durch die beschädigten Knochen und das Narbengewebe zu finden.

Wenngleich seine Hand gar nicht so schlecht aussah, war John durchaus bewusst, dass die Chancen für eine vollkommene Genesung weniger als fünfzig Prozent betrugen.

Wenn das stumpfe Trauma etwas höher auf der Hand eingetreten wäre, würde es an seinen Fingergelenken vielleicht weniger Narbengewebe geben, hatten ihm seine Ärzte erklärt. Wenn er etwas jünger gewesen wäre, hätten seine Selbstheilungskräfte vielleicht ausgereicht, um eine vollkommene Gesundung zu gewährleisten, hatten sie angedeutet, ohne es deutlich auszusprechen.

John Clark wusste, dass sich beide Faktoren nicht ändern ließen.

Er verdrängte die schlechte Prognose aus seinem Kopf und versuchte, durch positives Denken seine Erfolgsaussichten zu verbessern.

Er nahm einen Racquetball, der auf dem Couchtisch direkt vor ihm lag, in die verletzte Hand und fixierte ihn voller Entschlossenheit mit den Augen.

»Auf geht's!«

Clark begann ganz langsam, seine Finger um den Ball zu schließen.

Er merkte beinahe sofort, dass sich sein Zeigefinger noch immer nicht richtig bewegen ließ.

Es handelte sich um seinen Abzugsfinger!

Scheiße.

Sowohl der Grund- als auch der Mittelgliedknochen waren vom Hammer seines Peinigers regelrecht zerschmettert worden. Das Interphalangeal-Gelenk, das vom lebenslangen Abzugdrücken bereits leicht arthritisch gewesen war, war ebenfalls ernsthaft beschädigt.

Während sich seine anderen Fingerspitzen in den kleinen blauen Ball pressten, brachte sein Abzugsfinger nur ein leichtes Zucken zustande.

Er versuchte diesen Rückschlag und das damit verbundene scharfe Brennen in seiner Hand zu ignorieren und drückte noch härter zu.

Die Schmerzen verstärkten sich. Er stöhnte laut auf, versuchte jedoch weiterhin, den kleinen Racquetball in seiner Faust zu zerdrücken.

Sein Daumen schien so gut wie neu, seine beiden kleinen Finger drückten den Ball ohne Probleme zusammen, und auch sein Mittelfinger krümmte sich um ihn. Die Operation schien seine Beweglichkeit wiederhergestellt zu haben, auch wenn es ihm noch an Kraft fehlte.

Als er noch härter zudrückte, wuchs der stechende Schmerz in seinem Handrücken weiter an. Clark zuckte zusammen, ließ jedoch nicht locker. Der Zeigefinger hörte zu zucken auf und entspannte sich. Seine schwachen Muskeln waren endgültig erschöpft, und er streckte sich fast kerzengerade in die Länge.

Clarks Hand brannte jetzt vom Handgelenk bis zu den Fingerspitzen wie Feuer, während er weiterhin drückte und drückte.

Mit den Schmerzen konnte er leben, so wie er mit einem leichten Rückgang seiner Greifkraft hätte leben können.

Aber sein Abzugsfinger war praktisch nicht mehr funktionsfähig.

John lockerte den Griff. Sofort ließ der Schmerz nach. Auf seiner Stirn und um den Hals hatte sich Schweiß gebildet.

Der Ball fiel auf den Parkettboden hinunter und hüpfte durch den Raum.

Sicherlich war das nur der erste Test nach der Operation, aber er kannte bereits die bittere Wahrheit. Seine Hand würde nie mehr dieselbe sein.

Johns Rechte mochte zwar beschädigt sein, aber er wusste, dass er auch mit der linken Hand eine Schusswaffe bedienen konnte. Jeder Navy-SEAL und jeder Agent für paramilitärische Operationen der CIA Special Activities Division verbrachte mehr Zeit damit, mit der schwachen Hand zu schießen, als die meisten normalen Polizisten ihre starke Hand benutzten. John war fast vierzig Jahre entweder SEAL oder CIA-Agent gewesen. Das Schießen mit der schwachen Hand war für jeden militärischen Schützen ein notwendiges Training, da er ja jederzeit an seiner Schusshand verletzt werden konnte.

Es gab sogar eine gängige Theorie, warum dies so häufig geschah. Wenn die unmittelbare Gefahr eines Schusswechsels bestand, tendierte das potenzielle Opfer dazu, sich ganz auf das zu konzentrieren, was es in diesem Moment bedrohte. Dies war jedoch nicht nur der Angreifer selbst, sondern auch dessen Waffe, diese kleine feuerspeiende Kugelspritze, die das Opfer zu zerfetzen versuchte. Aus diesem Grund erlitten die Beteiligten an solchen Schusswechseln unverhältnismäßig häufig Verletzungen an ihrem üblichen Schussarm oder ihrer dominanten Schusshand. Der Gegner konzentrierte sich nämlich beim Zurückschießen auf die Waffe seines Widersachers, wodurch er automatisch auch dessen Schusshand und -arm ins Visier nahm.

Das Schießen mit der schwachen Hand war deshalb für jeden eine notwendige Fertigkeit, der sich irgendwann einmal einem bewaffneten Gegner entgegenstellen musste.

Clark wusste, dass er mit etwas Übung mit seiner Linken fast genauso gut schießen würde wie bisher mit seiner Rechten.

Aber es war ja nicht nur die Hand. Es war auch der Rest von ihm.

»Du bist alt, John«, sagte er zu sich selbst, als er aufstand und zur hinteren Veranda hinüberging. Er schaute wieder auf die Wiese hinter dem Haus hinaus und beobachtete, wie der Nebel über das feuchte Gras zog. Er sah einen Rotfuchs zwischen den Bäumen hervorkommen und über die Weidefläche huschen. Hinter ihm spritzte das Regenwasser, das sich in einer Pfütze gesammelt hatte, hoch, als er wieder im Wald verschwand.

Ja, gestand sich Clark ein, er war wirklich zu alt für anstrengende Außeneinsätze.

Andererseits war er ja gar nicht so alt. Er hatte fast das gleiche Alter wie Bruce Springsteen und Sylvester Stallone, und die waren ja beide noch gut im Geschäft. Immerhin erforderten ihre Tätigkeiten einen ziemlich großen körperlichen Einsatz, auch wenn sie nicht gefährlich waren. Erst neulich hatte er einen Zeitungsartikel über einen sechzigjährigen Staff Sergeant gelesen, der noch jeden Tag in Afghanistan Gebirgspatrouillen durch feindliches Talibangebiet anführte, wobei seine Männer seine Enkel hätten sein können.

John hätte gern einmal ein Bier mit diesem Typen getrunken, zwei taffe Hurensöhne, die sich gegenseitig Geschichten aus den alten Zeiten erzählten.

Das Alter ist nur eine Zahl, hatte er bisher immer gesagt.

Aber was war mit dem Körper? Der Körper war etwas Reales, dem man Tribut zollen musste. Mit den Jahren verursachten die Anstrengungen von Clarks Beruf bei ihm Verschleißerscheinungen und nutzten ihn körperlich ab, wie ein schnell fließender Gebirgsbach selbst den härtesten Stein allmählich abtrug. Springsteen, Stallone und die anderen alten herumhüpfenden Rockkämpen und Actionstars mussten bei ihrem Job nur einen Bruchteil des körperlichen Einsatzes zeigen, der John Clark bereits seit Jahrzehnten abverlangt wurde. Dies ließ sich nicht einfach wegreden.

Clark hörte den Geländewagen seiner Frau die Kiesauffahrt heraufkommen. Er setzte sich in einen Schaukelstuhl auf der rückwärtigen Veranda und erwartete ihre Ankunft.

Ein Mann Mitte sechzig, der auf der Veranda eines einsam gelegenen Farmhauses saß, stellte ein Bild der Ruhe und des Friedens dar. Trotzdem täuschte dieses Bild. John Clark stellte sich gerade vor, wie er seine gesunde Hand dem Hurensohn Walentin Kowalenko um die Kehle legen würde, dieser hinterhältigen russischen Schlange, die ihm das angetan hatte. Er hätte nur zu gern die Stärke und Beweglichkeit der Hand an der Luftröhre dieses Bastards ausprobiert.

Aber das würde nie passieren.

»John?«, rief Sandy aus der Küche herüber.

John wischte sich die letzten Schweißreste von der Stirn und rief: »Ich bin hier draußen.«

Kurz darauf saßen Patsy und Sandy neben ihm und warteten, dass er etwas sagte. Sie hatten ihm beide bereits eine Minute lang Vorwürfe gemacht, weil er nicht auf ihre Rückkehr gewartet hatte. Aber diese Enttäuschung spielte sofort keine Rolle mehr, als sie seine düstere Stimmung erkannten. Mutter und Tochter beugten sich besorgt nach vorn und schauten ihn beunruhigt an.

»Die Hand ist beweglich. Sie kann auch greifen ... zumindest ein bisschen. Voraussichtlich wird es durch weitere Physiotherapie-Übungen allmählich doch noch etwas besser.«

»Aber?«, fragte Patsy.

Clark schüttelte den Kopf. »Es ist nicht das Ergebnis, das wir erhofft hatten.«

Sandy ging zu ihm hinüber, setzte sich auf seinen Schoß und legte den Arm um ihn.

»Das ist schon in Ordnung«, tröstete er sie. »Es hätte auch viel schlimmer sein können.« Clark dachte einen Moment nach. Seine Folterer hätten ihm damals fast ein Skalpell ins Auge gestochen. Er hatte Sandy und Patsy natürlich nie davon erzählt, aber es fiel ihm von Zeit zu Zeit ein, wenn ihm seine zerschlagene Hand Probleme bereitete. Er hatte gute Gründe, dankbar zu sein, und er wusste das auch.

»Ich werde mich jetzt erst mal wieder auf meine Übungen konzentrieren. Die Ärzte haben getan, was sie konnten. Jetzt liegt es an mir, die notwendigen Konsequenzen zu ziehen.«

Sandy löste die Umarmung, setzte sich auf und schaute ihrem Mann in die Augen.

»Was meinst du damit?«

»Ich meine, es ist Zeit aufzuhören. Ich rede zuerst mit

Ding, aber am Montag gehe ich zu Gerry.« Er zögerte eine ganze Weile und sagte dann: »Es ist vorbei.«

»Vorbei?«

»Ich gehe in den Ruhestand. Das meine ich wirklich.«

Obwohl sie es zu verbergen suchte, bemerkte John eine Erleichterung auf Sandys Gesicht, die er seit Jahren nicht mehr gesehen hatte. Seit Jahrzehnten. Es war mehr als Erleichterung, es war die reine Freude.

Sie hatte sich nie über seine Arbeit beklagt. Sie hatte jahrzehntelang akzeptiert, dass er mitten in der Nacht aus dem Haus stürmte, ohne ihr zu sagen, wohin er ging, dass er viele Wochen weg war und manchmal blutig und angeschlagen heimkam. Am schlimmsten empfand sie es jedoch, dass er danach tagelang schwieg, bevor er auftaute und sein Geist die Mission hinter sich ließ, von der er gerade zurückgekehrt war. Erst dann konnte er wieder lächeln, sich entspannen und die ganze Nacht durchschlafen.

Ihre Jahre in Großbritannien bei der NATO-Antiterroreinheit Rainbow waren vielleicht die beste Zeit ihres gemeinsamen Lebens gewesen. Seine Dienstzeiten dort waren beinahe normal, sodass sie viel Zeit miteinander verbringen konnten. Aber selbst drüben in England war er für das Schicksal Dutzender junger Männer verantwortlich, und sie wusste, wie sehr ihn das belastete.

Seit ihrer Rückkehr in die Staaten arbeitete er für Hendley Associates. Erneut bemerkte Sandy den Stress und die Anstrengung, die seine Operationen im Auftrag des Campus für seinen Körper und Geist darstellten. Er war dort wieder als Außenagent tätig. Sie wusste das, obwohl er nur selten etwas über seine Einsätze im Ausland erzählte.

Im vorigen Jahr hatte ihn die amerikanische Presse dann als gesuchten Verbrecher denunziert. Als er daraufhin flüchten musste, machte sie sich Tag und Nacht Sorgen um ihn. Die Sache ging schließlich doch noch gut aus. Er wurde in den Medien rehabilitiert, nachdem sich der abgewählte US-Präsident öffentlich für seine Verfolgung durch die amerikanischen Strafverfolgungsbehörden entschuldigt hatte. Als er dann jedoch von wo auch immer heimkehrte, kam er nicht nach Hause zurück. Stattdessen wurde er ins Krankenhaus eingeliefert. Man hatte ihn auf eine Weise zusammengeschlagen, dass er fast gestorben wäre. Dies hatte einer seiner Chirurgen Sandy in aller Vertraulichkeit im Warteraum erzählt, während John gerade unter Narkose gesetzt wurde. Obwohl seine rechte Hand bei dieser schrecklichen Tortur offensichtlich dauerhaft beschädigt worden war, dankte sie Gott jeden Tag, dass er überhaupt überlebt hatte.

John besprach das Ganze noch ein paar Minuten mit den beiden wichtigsten Frauen in seinem Leben. Sollte er jedoch noch irgendwelche Zweifel über seine Entscheidung gehabt haben, waren sie in dem Moment verflogen, als er die Erleichterung in Sandys Augen bemerkte.

Sandy hatte das verdient. Auch Patsy hatte das verdient. Und sein Enkel verdiente einen Großvater, der noch einige Zeit für ihn da sein würde, lange genug, dass er ihn bei einem Schulbaseballspiel anfeuern konnte, lange genug, dass er noch an seiner Abschlussfeier teilnehmen konnte, und vielleicht sogar so lange, dass er noch miterleben würde, wie er vor den Traualtar trat.

John wusste, dass in Anbetracht der Dinge, die er seit Vietnam erledigt hatte, ein Großteil seines Lebens geborgte Zeit gewesen war.

Das war jetzt vorbei. Er war raus.

Clark war überrascht, wie leicht ihm dieser Entschluss dann doch fiel. Allerdings bedauerte er zutiefst, dass er niemals die Chance bekommen würde, diesem Walentin Kowalenko den Hals umzudrehen.

Ach, was soll's, dachte er, als er seine Tochter zärtlich

umarmte und in die Küche zurückkehrte, um den beiden Frauen bei der Vorbereitung des Abendessens zu helfen. John war sich fast sicher, dass Kowalenko, wo immer er gerade sein mochte, gegenwärtig bestimmt keine angenehme Zeit verlebte.

6

Die Matrosskaja Tischina war eigentlich eine Straße im Norden Moskaus, diente jedoch auch als Kurzbezeichnung für eine staatliche Einrichtung mit einem viel längeren Namen. »Bundeshaushaltsinstitution IZ-77/1 des Büros der russischen Strafvollzugsbehörde in der Stadt Moskau« war allerdings auch für Russen ein solcher Zungenbrecher, dass man das riesige Gefängnis an der Matrosskaja Tischina gewöhnlich nur mit diesem Straßennamen bezeichnete. Es war eine der größten und ältesten Untersuchungshaftanstalten Russlands. Der Bau stammte aus dem 18. Jahrhundert, und sein Alter war ihm durchaus anzusehen. Zwar war die siebenstöckige Straßenfassade in ausgezeichnetem Zustand und wirkte sogar ausgesprochen repräsentativ, aber die Zellen im Innern waren klein und heruntergekommen, Betten und Bettzeug verlaust, und auch die Sanitäreinrichtungen waren für die gegenwärtige Häftlingszahl unzureichend, die inzwischen immerhin das Dreifache der Kapazität betrug, für die das Gebäude ursprünglich geplant worden war.

Kurz vor vier Uhr morgens rollte eine schmale fahrbare Krankentrage quietschend durch einen grün-weiß gestrichenen Gang im alten Hauptgebäude der Matrosskaja Tischina. Sie wurde von vier Gefängniswärtern geschoben und gezogen, während der Häftling, den sie beförderten, gegen die Gurte ankämpfte, mit denen er auf der Trage festgeschnallt war.

Seine lauten, schrillen Schreie hallten von den Betonwänden wider und vermischten sich mit den kaum weniger schrillen Geräuschen, die die Rädchen verursachten.

»Antwortet mir endlich, verdammt! Was geht hier vor? Ich bin nicht krank! Wer hat das Ganze angeordnet?«

Die Wärter gaben keine Antwort. Den ungebührlichen Aufforderungen eines Häftlings zu folgen war das genaue Gegenteil ihrer Jobbeschreibung. Sie schoben die Trage weiter den Gang hinunter bis zu einer Gittertür. Als sie sich mit einem metallischen Klicken öffnete, rollten sie ihren Gefangenen hindurch und setzten ihren Weg ungerührt fort.

Der Mann auf der Trage hatte unrecht. Tatsächlich *war* er krank. Jeder, der eine gewisse Zeit in diesem Höllenloch verbringen musste, war krank. Er litt unter einer schweren Bronchitis und hatte sich eine ekelhafte Ringelflechte eingefangen.

Obwohl seine körperliche Verfassung für einen Menschen draußen in der Freiheit erschreckend gewesen wäre, ging es diesem Gefangenen nicht schlechter als den meisten seiner Zellengenossen. Deshalb war seine Angst durchaus berechtigt, dass man ihn nicht mitten in der Nacht aus seiner Zelle geholt hatte, um ihn gegen Krankheiten zu behandeln, die fast alle anderen Häftlinge in diesem Gebäude ebenfalls hatten.

Erneut schrie er die vier Wärter an, und erneut schenkten sie ihm keinerlei Beachtung.

Selbst nach mehr als acht Monaten hier in der Matrosskaja Tischina hatte sich der sechsunddreißigjährige Walentin Kowalenko noch nicht daran gewöhnt, auf diese Weise ignoriert zu werden. Als ehemaliger stellvertretender Resident des russischen Auslandsnachrichtendienstes Sluschba Wneschnei Raswedki konnte er früher davon ausgehen, dass man seine Fragen beantwortete und seine Befehle befolgte. Von Anfang zwanzig bis Mitte dreißig war er ein aufsteigender Stern innerhalb des SWR gewesen, dem man bereits in diesen jungen Jahren den hervorgehobenen Posten des stellvertretenden Leiters der Londoner Station übertragen hatte. Dann hatte er sich vor einigen Monaten zu einem schweren beruflichen und persönlichen Fehler verleiten lassen und war brutal abgestürzt.

Seit seiner Verhaftung durch Beamte des russischen Inlandsgeheimdiensts FSB in einem Lagerhaus im Moskauer Mitino-Viertel im Januar saß er nun in dieser Untersuchungshaftanstalt. Grundlage hierfür war eine Verfügung des Präsidenten. Die wenigen leitenden Gefängnisverwalter, denen er bisher begegnet war, hatten ihm seitdem immer wieder mitgeteilt, dass sein Prozess auf unbestimmte Zeit verschoben worden sei. Einer von ihnen hatte ihm sogar geraten, sich mental darauf vorzubereiten, dass er noch viele Jahre in seiner hiesigen Zelle verbringen würde. Wenn er Glück hätte, würde man vielleicht irgendwann alles vergessen und ihn nach Hause schicken. Andererseits sei es auch durchaus möglich, dass er nach Sibirien in ein Arbeitslager verfrachtet würde.

Kowalenko wusste, dass dies sein Todesurteil bedeutet hätte.

Vorläufig musste er sich Tag für Tag ein Eckchen in einer Massenzelle erkämpfen, in die man hundert Gefangene gepfercht hatte. Nachts schliefen sie alle in Schichten auf ihren mit Ungeziefer verseuchten Pritschen. Krankheiten, Streitereien und die nackte Verzweiflung prägten jetzt jede einzelne Stunde seines armseligen Daseins.

Von anderen Insassen erfuhr er, dass man durchschnittlich zwei bis vier Jahre auf seine Verhandlung warten musste, wenn man nicht die entsprechenden Verantwortlichen bestach oder politische Verbindungen besaß. Kowalenko wusste, dass er keine zwei bis vier Jahre mehr hatte. Wenn seine Mithäftlinge erfuhren, dass er ein hochrangiges Mitglied des russischen Geheimdiensts gewesen war, würden sie ihn innerhalb von zwei bis vier *Minuten* zu Tode prügeln.

Die meisten Insassen der Matrosskaja Tischina mochten Polizisten und Geheimdienstleute nicht besonders.

Die Angst vor Enttarnung und dem, was diese für ihn bedeuten würde, kam Kowalenkos Feinden außerhalb des Gefängnisses, die meist zur Federalnaja Sluschba Besopasnosti, dem russischen Inlandsgeheimdienst, gehörten, recht gelegen. Sie gewährleistete, dass ihr lästiger Gefangener über die näheren Umstände seiner Gefangennahme schweigen würde.

In den ersten ein oder zwei Monaten hatte er noch ab und zu Kontakt zu seiner Frau gehabt, die in ihrer Verwirrung regelrecht hysterisch wirkte. In ihren kurzen Telefongesprächen hatte er ihr nur versichert, dass am Ende alles in Ordnung käme und sie sich keine Sorgen machen müsse.

Schließlich stellte sie jedoch ihre Besuche im Gefängnis ein und rief ihn auch nicht mehr an. Nach einiger Zeit teilte ihm der stellvertretende Anstaltsdirektor mit, dass sie die Scheidung eingereicht und das alleinige Sorgerecht für ihre gemeinsamen Kinder beantragt habe.

Aber das war noch nicht einmal die schlimmste Nachricht. Kowalenko erfuhr aus dunklen Kanälen, dass tatsächlich niemand seinen Fall bearbeitete. Es war schon frustrierend genug gewesen, dass er bisher keinen Verteidiger gesehen hatte, aber die Tatsache, dass nicht einmal eine Anklage vorbereitet wurde, verhieß nichts Gutes. Er würde wohl in diesem schrecklichen Käfig einfach verrotten.

Er hatte Angst, innerhalb der nächsten sechs Monate an einer Gefängniskrankheit zu sterben.

Während die Rolltrage nach rechts abbog, musterte Kowalenko im gedämpften, kalten Licht der Deckenbeleuchtung seine Wärter. Er erkannte zwar keinen von ihnen, aber sie wirkten auf ihn ebenso roboterhaft wie der Rest der Wachmannschaft. Er wusste, dass er von ihnen keine nützlichen Informationen bekommen würde. Trotzdem schrie er sie in seiner Panik wieder einmal an, als sie ihn durch ein weiteres Gittertor schoben, das aus dem Zellenblock hinaus in den Verwaltungstrakt der Haftanstalt führte.

Im nächsten Moment wurde er in die Krankenabteilung des Gefängnisses gekarrt.

Walentin Kowalenko wusste jetzt, was hier vorging. Er hatte dies irgendwie sogar erwartet. Er hätte das Drehbuch dafür selber schreiben können. Dass man ihn mitten in der Nacht aus der Zelle holte. Dass man ihn mit Ledergurten auf diese Rolltrage mit den quietschenden Rädern schnallte. Dass ihn diese stummen Wärter ins Innere des Gefängnisses brachten.

Man würde ihn jetzt gleich hinrichten. Heimlich und gegen das Gesetz würden sich seine Feinde seiner entledigen.

Die riesige Krankenabteilung war verlassen. Kein Arzt und keine Krankenschwester war zu sehen. Außer den vier Männern, die seine Trage schoben, gab es hier niemand. Dies bestätigte Kowalenkos Befürchtungen. Man hatte ihn bereits einmal hierhergebracht, als ihm ein Wärter mit seinem Gummiknüppel ins Gesicht geschlagen hatte und die Wunde genäht werden musste. Obwohl man ihn damals spät in der Nacht verarztet hatte, war die Krankenabteilung noch voll besetzt gewesen.

Heute schien jedoch jemand alle potenziellen Zeugen entfernt zu haben.

Walentin kämpfte vergeblich gegen seine Hand- und Fußgurte an.

Die vier Wärter rollten ihn in ein Untersuchungszimmer, das auf den ersten Blick leer zu sein schien. Danach verließen sie den Raum, schlossen die Tür von außen und ließen ihn gefesselt und hilflos im Halbdunkel zurück. Kowalenko schrie ihnen nach, aber als die Tür ins Schloss gefallen war, schaute er sich nach allen Seiten um. Rechts von ihm stand ein mobiler Raumteiler, hinter dem er jetzt eine Bewegung hörte.

Offensichtlich war da noch jemand.

»Wer ist da?«, fragte Kowalenko.

»Wer sind denn Sie?«, antwortete eine raue Männerstimme. »Wo bin ich hier?«

»Schauen Sie sich doch um, Sie Narr! Das ist die Krankenabteilung. Ich habe Sie nach Ihrem Namen gefragt.«

Bevor der Mann hinter dem Vorhang antworten konnte, öffnete sich die Tür, und zwei Männer kamen herein. Beide trugen Laborkittel, und beide waren älter als Kowalenko. Er schätzte sie auf etwa fünfzig. Walentin hatte sie noch nie gesehen, hielt sie jedoch für Ärzte.

Sie schauten äußerst nervös drein.

Keiner von ihnen blickte Kowalenko an, als sie an seiner Rolltrage vorbeigingen. Sie rollten den Raumteiler an die Wand, sodass Walentin jetzt auch den Rest des Zimmers sehen konnte. Im Halbdunkel erblickte er einen anderen Mann, der wie er auf einer Trage lag. Obwohl diesen von den Schultern abwärts ein weißes Tuch bedeckte, konnte Walentin doch erkennen, dass er wie er selbst an Händen und Füßen fixiert war.

Der andere Häftling schaute die Ärzte an. »Wo bin ich hier? Wer sind Sie?«

Walentin fragte sich, was mit diesem Mann nicht stimmte. *Wer sind Sie?* War ihm denn nicht klar, wo er hier war und wer sie waren? Seine Frage hätte eher lauten müssen: *»Was zum Teufel geht hier vor?«*

»Was zum Teufel geht hier vor?«, schrie Kowalenko zu den beiden älteren Männern hinüber. Sie ignorierten ihn jedoch und stellten sich an das Fußende der Liege des anderen Gefangenen.

Einer der Ärzte trug einen Stoffbeutel über der Schulter. Er griff hinein und holte eine Spritze heraus. Im Dämmerlicht konnte Walentin beobachten, wie er mit verkrampftem Kiefer und zitternden Händen die Verschlusskappe entfernte und dann die dünne Decke von den nackten Füßen des Häftlings zog.

»Was zum Teufel machen Sie denn da? Bleiben Sie mir mit diesem Ding da vom ...«

Der Arzt packte den großen Zeh des Mannes, während Kowalenko entsetzt und fassungslos zuschaute. Als er dem Gefangenen ins Gesicht blickte, entdeckte er darauf eine ähnliche Verwirrung.

Der Doktor mit der Spritze brauchte eine Weile, um die Haut an der Spitze des großen Zehs vom Nagel zu trennen. Sobald jedoch die Lücke groß genug war, jagte er die Nadel tief ins Nagelbett und drückte den Kolben nach unten.

Der Mann schrie vor Schmerzen und Entsetzen laut auf.

»Was soll denn das?«, fragte Walentin, der dem Ganzen immer noch entgeistert zusah. »Was machen Sie mit diesem Mann?«

Der Arzt zog die Nadel aus dem Zeh heraus und warf die leere Spritze in seinen Schulterbeutel zurück. Er wischte den Nagel mit einem Alkoholtupfer ab. Dann standen er und sein Kollege einfach da und beobachteten ihr Opfer.

Kowalenko fiel auf, dass der andere Mann verstummt war. Als er ihm erneut ins Gesicht schaute, verzerrte es sich gerade in einem anscheinend plötzlichen Schmerz.

Durch zusammengebissene Zähne presste der misshandelte Gefangene stoßweise hervor: »Was haben Sie mit mir gemacht?«

Die beiden Ärzte standen jedoch weiterhin nur da und verfolgten seine Tortur mit angespannter Miene.

Nach einer weiteren Sekunde bäumte sich der Mann auf der Rolltrage auf und kämpfte gegen seine Gurtfesseln an.

Seine Hüfte hob sich hoch in die Luft, und sein Kopf schnellte von einer Seite zur anderen.

Walentin Kowalenko schrie aus voller Lunge um Hilfe.

Plötzlich spritzten Schaum und Speichel aus dem Mund des Gepeinigten, gefolgt von einem gutturalen Stöhnen. Gleichzeitig wurde er von Krämpfen geschüttelt. Nur seine Gurtfesseln verhinderten, dass er von der Liege rutschte, als er gegen die Wirkung des Giftes ankämpfte, das man ihm offensichtlich injiziert hatte.

Nach einer weiteren qualvollen und entsetzlich langsam verlaufenden Minute erlöste ihn der Tod von seinen Leiden. Als die Krämpfe aufhörten und sein immer noch angegurteter Körper zur Ruhe kam, schienen seine großen, leeren Augen direkt auf Kowalenko zu starren.

Der ehemalige stellvertretende SWR-*Resident* schaute die Ärzte an. Seine Stimme war heiser vom Schreien. »Was haben Sie getan?«

Ohne etwas zu antworten, trat der Mann mit der Schultertasche jetzt an Kowalenkos Rollliege heran und griff in seinen Beutel.

Gleichzeitig zog der andere Mann die Decke von Kowalenkos Beinen und Füßen herunter.

Walentin wollte schreien, aber es kam nur noch eine Art heiseres Krächzen heraus. »Hören Sie mir zu! Hören Sie! Fassen Sie mich nicht an! Ich habe Freunde, die Sie bezahlen werden … die Sie bezahlen, oder die Sie töten, wenn Sie …«

Walentin Kowalenko verstummte sofort, als er die Pistole sah.

Der Arzt hatte nämlich keine Spritze, sondern eine kleine Edelstahlpistole aus dem Beutel geholt, die er jetzt auf Kowalenko richtete. Sein Begleiter trat an die Rolltrage heran und schnallte die Gurte an den Armen und Beinen des Untersuchungshäftlings auf. Walentin lag ganz ruhig da, während ihm der Schweiß in die Augen lief oder ihn an den Stellen, wo er zuvor die Betttücher durchgeschwitzt hatte, erschauern ließ.

Als der unbewaffnete Arzt Walentin vollends von den Ledergurten befreit hatte, trat er einen Schritt zurück neben seinen Kollegen. Kowalenko setzte sich langsam auf, wobei er seine Hände etwas in die Luft hob und mit den Augen die Pistole in der zitternden Hand des Mannes fixierte, der gerade eben den anderen Patienten umgebracht hatte.

»Was wollen Sie?«, fragte Walentin.

Keiner der beiden Männer sagte ein Wort. Der mit der Pistole, die Kowalenko jetzt als Walther PPK/S identifizierte, deutete jedoch mit seiner kleinen, kompakten Waffe auf einen Seesack, der vor ihm auf dem Boden lag.

Der Häftling rutschte von seiner Trage herunter und kniete sich neben die Segeltuchtasche. Es fiel ihm schwer, seinen Blick von der Pistole loszureißen. Als er schließlich doch in den Seesack hineinschaute, fand er darin Kleidung zum Wechseln und ein Paar Tennisschuhe. Als er zu den beiden älteren Männern emporblickte, nickten sie ihm nur zu.

Walentin zog seine Häftlingskluft aus und abgetragene Bluejeans und einen braunen Pullover an, der einen unangenehmen, starken Körpergeruch ausströmte. Die zwei Ärzte behielten ihn die ganze Zeit im Auge. »Was passiert jetzt?«, fragte er sie beim Umkleiden, aber sie blieben stumm. »Okay, vergessen Sie es!«, sagte er schließlich. Er begriff, dass er von ihnen keine Antworten erhalten würde. Da es nicht so aussah, dass sie ihn gleich umbringen würden, beließ er es dabei.

Würden ihm diese Mörder möglicherweise sogar zur Flucht verhelfen?

Als sie die Krankenstation verließen, ging Kowalenko voraus. Drei Schritte hinter ihm folgten die Ärzte. Der eine von ihnen hielt weiterhin seine Pistole auf ihn gerichtet.

Der andere rief plötzlich: »Nach rechts!« Seine nervöse Stimme hallte im langen, dunklen Gefängnisgang wider. Walentin tat, wie ihm geheißen. Sie führten ihn durch einen weiteren stillen Korridor und dann eine Treppe hinunter. Sie passierten zwei unverschlossene Stahltüren, die durch Mülleimer aufgehalten wurden. Schließlich erreichten sie ein großes Eisentor.

Auf dem ganzen Weg durch diesen Teil der Haftanstalt waren sie keiner einzigen Seele begegnet.

»Klopfen Sie!«, wies ihn einer der Ärzte an.

Walentin schlug mit den Knöcheln leicht an das Tor.

Er wartete einen Moment. Um ihn herum herrschte absolute Stille, wenn man einmal von seinem laut klopfenden Herzen und dem leichten Keuchen bei jedem Atemzug absah, das von seiner Bronchitis herrührte. Ihm war schwindlig, und seine Beine drohten jederzeit nachzugeben. Er hoffte wirklich, dass er bei diesem Gefängnisausbruch, oder was immer da gerade vor sich ging, nicht rennen, springen oder über irgendetwas hinüberklettern musste.

Nach ein paar weiteren Sekunden drehte er sich nach den Männern um.

Der Gang war völlig leer.

Plötzlich wurden Türriegel aufgeschoben, das Tor öffnete sich langsam mit quietschenden Angeln, und der Untersuchungshäftling trat ins Freie.

Walentin Kowalenko hatte in den letzten acht Monaten nur ein paar Stunden lang ein wenig frische Luft atmen können. Einmal in der Woche hatte man ihn zum »Bewegungshof« auf dem Dach hinaufgeführt, wo er zumindest durch ein verrostetes Drahtgitter den freien Himmel sehen konnte. Die warme Morgenbrise, die ihm jetzt an der Schwelle zu seiner neuen Freiheit ins Gesicht wehte, war das erfrischendste und schönste Gefühl, das er je empfunden hatte.

Draußen gab es keine Drahtverhaue, Gräben, Wachttürme oder Hunde, nur einen kleinen Parkplatz, auf dem entlang der gegenüberliegenden Wand ein paar zweitürige Zivilautos parkten. Rechts von ihm lag eine staubige Straße, die, soweit er dies im Licht der schwachen Straßenlaternen feststellen konnte, immer geradeaus führte.

Auf einem Straßenschild stand *Uliza Matrosskaja Tischina*.

Er war nicht mehr allein. Ein junger Gefängniswärter hatte das Eisentor von außen geöffnet. Walentin konnte ihn jedoch kaum erkennen, da jemand die Glühbirne über der Tür aus ihrer Fassung gedreht hatte. Der Wärter ging an Walentin vorbei in die Haftanstalt zurück und zog das Tor hinter sich zu.

Wieder war das Quietschen der Angeln zu hören, bevor zwei Bolzenschlösser einrasteten.

Walentin Kowalenko war ein freier Mann.

Für etwa fünf Sekunden.

Dann bemerkte er eine schwarze BMW-7er-Limousine, die mit laufendem Motor auf der anderen Seite der Straße stand. Ihre Scheinwerfer waren ausgeschaltet, aber die heißen Auspuffgase trübten bei ihrem Aufsteigen das Licht der Straßenlaterne. Dies war das einzige Lebenszeichen, das er bemerkte, deshalb ging Kowalenko langsam in diese Richtung.

Eine Hintertür des Wagens öffnete sich, als wollte sie ihn heranwinken.

Walentin legte den Kopf schief. Jemand hatte einen Sinn für melodramatische Auftritte. Nach allem, was er durchgemacht hatte, wäre das jedoch kaum nötig gewesen.

Der ehemalige Spion beschleunigte seine Schritte, überquerte die Straße und stieg in den BMW ein.

»Schließen Sie die Tür«, forderte ihn eine Stimme aus dem Dunkeln auf. Auch die Innenbeleuchtung war ausgeschaltet. Dabei trennte eine Rauchglasscheibe den Rückraum der Limousine von den Vordersitzen. Kowalenko erkannte am anderen Ende der Rückbank ganz schwach eine Gestalt, die sich ihm offenbar zuwandte. Der Mann war groß und breit, aber seine Gesichtszüge konnte Walentin nicht erkennen. Er hatte gehofft, ein bekanntes Gesicht zu sehen, aber jetzt war er sich sicher, dass ihm dieser Mensch unbekannt war.

Kowalenko schloss die Tür, und die Limousine setzte sich langsam in Bewegung.

Plötzlich ging ein schwaches rotes Licht an, dessen Quelle schwer zu bestimmen war, und Kowalenko konnte seinen Begleiter endlich genauer betrachten. Er war viel älter als Walentin. Er hatte einen dicken, fast quadratischen Kopf und tief liegende Augen. Außerdem strömte er eine Aura von Härte und Wichtigkeit aus, die für die Führungsebenen des russischen organisierten Verbrechens typisch war.

Kowalenko war enttäuscht. Er hatte gehofft, ein früherer Kollege oder ein Regierungsbeamter, der sein Schicksal bedauerte, hätte ihn aus dem Gefängnis befreit. Stattdessen wies jetzt alles darauf hin, dass sein Retter ein Mafioso war.

Die beiden Männer fixierten einander.

Schließlich war Kowalenko diesen Anstarr-Wettbewerb leid. »Ich kenne Sie nicht, deshalb weiß ich auch nicht, was ich sagen soll. ›Danke‹ oder eher ›O Gott, nicht *Sie*‹?«

»Ich bin für Sie gar nicht so wichtig, Walentin Olegowitsch.«

Kowalenko erkannte an seinem Akzent, dass er aus Sankt Petersburg stammte. Dies verstärkte seine Gewissheit, dass er zum organisierten Verbrechen gehörte, denn Sankt Petersburg war eine Hochburg der russischen Mafia.

»Ich vertrete hier nur die Interessen von Leuten, die gerade eine Menge Geld und Mühe aufgewendet haben, um Sie aus Ihren Verpflichtungen gegenüber dem Staat auszulösen.«

Der 7er BMW fuhr in Richtung Süden, wie Walentin anhand der Straßenschilder, an denen sie vorbeikamen, erkannte. »Danke«, sagte er dann. »Und danken Sie auch Ihren Auftraggebern. Bin ich jetzt frei und kann gehen, wohin ich will?« Tatsächlich glaubte er das nicht, aber er wollte das Gespräch etwas beschleunigen, um endlich Antworten zu bekommen.

»Es steht Ihnen frei, ins Gefängnis zurückzukehren.« Der Mann zuckte die Achseln. »Oder für Ihren neuen Wohltäter zu arbeiten. Sie wurden ja nicht aus dem Gefängnis entlassen, Sie sind nur entflohen.«

»Ich dachte mir das schon, als Sie den anderen Gefangenen umbringen ließen.«

»Das war kein Häftling. Das war irgendein Trunkenbold, den wir hinter dem Bahnhof aufgelesen haben. Es wird keine Obduktion geben. In dem offiziellen Bericht wird stehen, dass Sie auf der Krankenstation einem Herzanfall erlegen sind. Sie können also schlecht zu Ihrem früheren Leben zurückkehren.«

»Also ... bin ich in dieses Verbrechen verwickelt?«

»Ja. Aber Sie brauchen nicht zu befürchten, dass dies Ihren Fall in irgendeiner Weise beeinflussen könnte. Tatsächlich gab es keinerlei Untersuchungen, und es hätte auch nie einen Prozess gegeben. Für Ihre Zukunft gab es nur zwei Möglichkeiten. Entweder hätte man Sie in den Gulag geschickt, oder man hätte Sie genau in dieser Krankenstation getötet. Glauben Sie mir, Sie wären nicht der Erste gewesen, der in der Matrosskaja Tischina heimlich hingerichtet worden wäre.«

»Was ist mit meiner Familie?«

»Ihrer Familie?«

Kowalenko legte den Kopf schief. »Ja, Ljudmila und meine Jungs.«

Der Mann mit dem Quadratschädel zog die Augenbrauen hoch und sagte: »Ach so, Sie sprechen von der Familie eines gewissen Walentin Olegowitsch Kowalenko. Der war ein Untersuchungshäftling, der in der Matrosskaja Tischina an einem Herzanfall starb. Sie, mein Lieber, haben keine Familie. Und keine Freunde. Nichts außer Ihrem neuen Wohltäter. Ihre Verpflichtung gegenüber Ihrem Lebensretter ist ab jetzt Ihr einziger Lebenszweck.«

Er hatte also seine eigene Familie verloren, und die Mafia sollte künftig seine einzige Verwandtschaft sein? Nein. Kowalenko reckte das Kinn und drückte die Schultern nach hinten. *»Idi na hui«,* zischte er seinen Nebenmann an. Das war eine eigentlich unübersetzbare russische Beschimpfung, die man am ehesten mit dem englischen »Fuck you« vergleichen konnte.

Der Mafioso klopfte mit den Knöcheln an die Trennscheibe zum Vordersitz und fragte dann: »Glauben Sie wirklich, dass die Schlampe, die Sie verlassen und Ihre Kinder mitgenommen hat, erfreut reagieren würde, wenn Sie plötzlich vor der Tür stünden, ein Mann, den die Polizei wegen Mordes sucht, ein Mann, der auf der Abschussliste des Kremls steht? Sie wird froh sein, wenn sie morgen von Ihrem Tod erfährt. Sie erspart sich dadurch ja auch die Peinlichkeit der Scheidung von einem Mann, der im Gefängnis sitzt.«

Der BMW rollte langsam aus und hielt dann an. Walentin schaute aus dem Fenster und fragte sich, wo sie gerade waren. Plötzlich erkannte er die langen gelb-weißen Mauern der Matrosskaja Tischina.

»Hier können Sie aussteigen. Ich weiß, dass Sie einst zu den großen Hoffnungen der russischen Geheimdienstwelt gezählt haben, aber das ist lange vorbei. Sie können es sich jetzt nicht mehr leisten, jemand wie mich mit *›Idi na hui‹* zu beschimpfen. Sie sind jetzt ein gewöhnlicher Verbrecher, der hier und überall auf der Welt gesucht wird. Wenn ich meinem Auftraggeber erzähle, dass Sie *›Idi na hui‹* zu mir gesagt haben, wird er Sie Ihrem Schicksal überlassen.

Ich kann Sie aber auch am Bahnhof absetzen. Dann können Sie zu Ihrer verhurten Frau heimfahren, die Sie sofort bei der Polizei anzeigen wird.«

In diesem Moment öffnete der Fahrer die Tür des BMW.

Bei der Vorstellung, in dieses Gefängnis zurückkehren zu müssen, lief es Kowalenko heiß und kalt über den Rücken. Nach einigen Sekunden absoluter Stille zuckte Walentin die Achseln. »Sie haben mich überzeugt. Bringen Sie mich fort von hier.«

Der Mann mit dem Quadratschädel blickte ihn unverwandt an. Sein Gesicht zeigte keinerlei Regung. Schließlich schaute er zu seinem Chauffeur hinaus und sagte: »Fahren wir.«

Die Hintertür schloss sich, der Fahrer setzte sich wieder ans Steuer, und Walentin wurde zum zweiten Mal in fünf Minuten von der Untersuchungshaftanstalt weggebracht.

Er starrte aus dem Fenster und versuchte sich wieder so weit zu fangen, dass er dieses Gespräch kontrollieren und damit sein weiteres Geschick vielleicht positiv beeinflussen konnte.

»Ich werde Russland verlassen müssen.«

»Ja. Das wurde bereits arrangiert. Ihr Auftraggeber lebt im Ausland, und auch Sie werden künftig außerhalb Russlands tätig sein. Als Erstes werden Sie einen Arzt aufsuchen, der sich um Ihre Gesundheit kümmern wird. Danach werden Sie wieder eine Art von Geheimdienstarbeit leisten, allerdings nicht dort, wo sich Ihr neuer Dienstherr aufhält. Sie werden Agenten rekrutieren und führen und dabei jede Anordnung Ihres Wohltäters befolgen. Man wird Sie dafür weit besser bezahlen als Ihr ehemaliger russischer Geheimdienst. Im Wesentlichen werden Sie jedoch allein operieren.«

»Wollen Sie mir sagen, dass ich meinen neuen Chef gar nicht treffen werde?«

Der stämmige Mann nickte. »Ich arbeite jetzt schon seit fast zwei Jahren für ihn und bin ihm noch nie begegnet. Ich weiß nicht einmal, wer er ist.«

Kowalenko runzelte die Stirn. »Es handelt sich dabei offensichtlich nicht um den Repräsentanten eines offiziellen ausländischen Dienstes. Ist das ... ist das etwa eine illegale Organisation?« Er hatte das längst erraten und heuchelte jetzt nur Überraschung, um seinen Abscheu zu zeigen.

Als Antwort erhielt er nur ein kurzes Nicken.

Walentin ließ die Schultern hängen und sackte immer weiter in sich zusammen. Seine Krankheit machte ihn müde. Darüber hinaus wurde das Adrenalin immer weiter abgebaut, das ihm während des Mordes an diesem Mann und seiner eigenen Todesangst durch die Adern gebraust war. Nach einigen Sekunden sagte er: »Mir bleibt wohl nichts anderes übrig, als Ihrer lausigen Verbrecherbande beizutreten.«

»Es ist nicht meine Bande, und lausig ist sie schon gar nicht. Diese Organisation hat eine ganz andere Führungsstruktur. Wir ... Sie, ich und alle anderen ... erhalten unsere Befehle über Cryptogram.«

»Was zum Himmel ist denn Cryptogram?«

»Ein absolut sicheres ›Instant Messaging‹.«

»Ein was?«

»Ein Nachrichtensofortversand. Das ist ein Kommunikationssystem, das weder mitgelesen noch gehackt werden kann und sich nach der Übermittlung sofort eigenständig löscht.«

»Auf dem Computer?«

»Ja.«

Walentin begriff, dass er sich einen Computer zulegen musste. »Sie sind also nicht mein Führungsoffizier?«

Der Russe schüttelte nur den Kopf. »Mein Job ist jetzt erledigt. Wir beide sind miteinander fertig. Ich nehme an, dass Sie mich in Ihrem ganzen Leben nicht mehr wiedersehen werden.«

»Okay.«

»Wir bringen Sie jetzt in ein Haus, wo Sie erst einmal bleiben werden. Ein Kurier wird Ihnen neue Ausweispapiere und die weiteren Instruktionen bringen. Ich weiß jedoch nicht genau, wann das sein wird. Vielleicht morgen. Vielleicht später. Dann werden meine Leute Sie aus dem Land schleusen.«

Kowalenko schaute aus dem Rückfenster und sah, dass sie gerade in die Moskauer Innenstadt hineinfuhren.

»Ich möchte Ihnen noch eine Warnung mit auf den Weg geben, Walentin Olegowitsch. Ihr Auftraggeber – ich sollte eher sagen, unser gemeinsamer Auftraggeber – hat seine Leute überall.«

»Überall?«

»Wenn Sie Ihre Pflichten vernachlässigen oder unsere Abmachung sogar aufzukündigen versuchen, werden seine Leute Sie finden und nicht zögern, Sie dafür zur Rechenschaft zu ziehen. Sie wissen alles und sie sehen alles.«

»Ich verstehe.«

Zum ersten Mal musste der Mann mit dem Quadratschädel kichern. »Nein, das tun Sie nicht. Sie können das jetzt noch gar nicht verstehen. Wenn Sie diese Leute *irgendwann irgendwie* verärgern, werden Sie deren Allwissenheit sofort kennenlernen. Sie sind wie Götter.«

Dem kultivierten, gebildeten Walentin Kowalenko wurde klar, dass er weit weltläufiger war als dieser kriminelle Drecksack, der da neben ihm saß. Dieser Mann hatte eben nicht für einen gut geführten Nachrichtendienst gearbeitet, bevor er für seinen gegenwärtigen ausländischen Arbeitgeber tätig wurde. Walentin machte sich dagegen über die Möglichkeiten und den Einflussbereich seines neuen Chefs weit weniger Sorgen. Immerhin war er bis vor Kurzem Mitglied des russischen Geheimdiensts gewesen, dem kaum eine andere Spionageorganisation auf diesem Planeten das Wasser reichen konnte.

»Noch eine weitere Warnung.«

»Ich höre.«

»Dies ist kein Verein, aus dem Sie eines Tages einfach so austreten oder in Ruhestand gehen können. Sie werden ihren Anordnungen Folge leisten, solange die es wünschen.«

»Ich verstehe.«

Der vierschrötige Russe zuckte mit den Schultern. »Entweder das oder in diesem Gefängnis sterben. Sie sollten dies immer im Gedächtnis behalten, damit tun Sie sich selbst einen Gefallen. Jeder weitere Tag ist für Sie ein Geschenk. Sie sollten also Ihr Leben genießen und das Beste daraus machen.«

Kowalenko schaute aus dem Fenster und sah das frühmorgendliche Moskau an sich vorbeigleiten. *Eine Motivationsrede von einem einfältigen Gangster.*

Walentin seufzte.

Er würde sein altes Leben vermissen.

7

Jack Ryan wachte um 5.14 Uhr auf, eine Minute, bevor sein iPhone ihn geweckt hätte. Er stellte den Weckruf ab, um die nackte schlafende Frau nicht zu stören, die sich neben ihm in die Kissen kuschelte. Er betrachtete sie im Licht des iPhone-Bildschirms. Er tat das an den meisten Morgen, hatte ihr dies jedoch noch nie erzählt.

Melanie lag ihm zugewandt auf der Seite, ihre langen dunklen Haare bedeckten ihr Gesicht. Ihre linke weiche und doch straffe Schulter glänzte im Schein des Displays.

Jack lächelte und strich ihr das Haar aus dem Gesicht.

Sie öffnete die Augen. Es dauerte ein paar Sekunden, bis sie so weit wach war, dass sie eine Empfindung in ein Wort umformen konnte. »Hi«, flüsterte sie verschlafen.

»Hi«, erwiderte Jack.

»Ist heute Samstag?«, fragte sie in einem so hoffnungsvollen wie spielerischen Ton, obwohl sie immer noch dabei war, die Spinnweben des Schlafes aus ihrem Gehirn zu wischen.

»Nein, Montag«, antwortete Jack.

Sie rollte sich auf den Rücken, wobei sie ihre wunderschönen Brüste entblößte. »Verdammt. Wie ist denn das passiert?«

Jack ließ sie nicht aus den Augen, während er die Schultern zuckte. »Die Erdumdrehung. Die Entfernung von der Sonne. Solche Sachen. Ich habe das wahrscheinlich alles bereits in der vierten Klasse gelernt, aber inzwischen vergessen.«

Melanie war gerade dabei, wieder einzuschlafen.

»Ich mache uns Kaffee«, sagte er und wälzte sich aus dem Bett.

Sie nickte abwesend. Die Haare, die ihr Ryan aus dem Gesicht gestrichen hatte, fielen ihr wieder über die Augen.

Fünf Minuten später nippten sie an ihren dampfenden Kaffeebechern. Sie saßen nebeneinander auf dem Wohnzimmersofa von Jacks Apartment in Columbia, Maryland. Jack trug eine Jogginghose und ein Georgetown-T-Shirt und Melanie ihren Bademantel. Sie hatte inzwischen eine Menge Kleidung und andere persönliche Sachen in Jacks Wohnung deponiert. Im Lauf der Wochen wurden es immer mehr, was Jack nicht das Geringste ausmachte.

Schließlich war sie wunderschön und er über beide Ohren in sie verliebt.

Sie gingen jetzt schon seit einigen Monaten miteinander. Dies war bereits jetzt die längste Beziehung, die Jack jemals gehabt hatte. Vor ein paar Wochen hatte er sie ins Weiße Haus mitgenommen, um sie seinen Eltern zu präsentieren. Mit Absicht wurden er und Melanie auf Umwegen in den Wohnbereich geführt, damit die Presse nicht von ihnen Wind bekam. Jack hatte seine Freundin in der West Sitting Hall direkt neben dem Esszimmer des Präsidenten seiner Mutter vorgestellt. Die beiden Frauen saßen auf dem Sofa unter dem schönen Halbmondfenster und plauderten über Alexandria, ihren Job und ihren gemeinsamen Respekt vor Melanies Chefin Mary Pat Foley. Ryan beobachtete Melanie die ganze Zeit und war von ihrem sicheren und ruhigen Auftreten begeistert. Natürlich hatte er bereits zuvor Mädchen nach Hause gebracht, damit sie seine Mutter kennenlernten, aber die hatten diese Erfahrung gerade so überlebt. Melanie schien es dagegen wirklich zu genießen, einige Zeit mit seiner Mutter verbringen zu können.

Jacks Vater, der Präsident der Vereinigten Staaten, betrat leise den Raum, während die Frauen noch miteinander plauderten. Jack junior sah, wie sein angeblich so knallharter Vater einfach nur dahinschmolz, als er der brillanten und wunderschönen Freundin seines Sohnes begegnete. Er lächelte über das ganze Gesicht und spielte den geistreichen Gastgeber. Junior kicherte in sich hinein, als sein Dad eine regelrechte Charmeoffensive startete.

Beim Abendessen im Speisezimmer herrschte eine lebhafte Unterhaltung, bei der sich alle Beteiligten gut zu amüsieren schienen. Jack junior sagte am wenigsten. Von Zeit zu Zeit fing er allerdings Melanies Blick auf, und sie lächelten sich an.

Jack war überhaupt nicht überrascht, dass Melanie zwar die meisten an sie gestellten Fragen beantwortete, dabei jedoch so wenig wie möglich über sich selbst preisgab. Ihre Mutter war bereits vor geraumer Zeit gestorben, ihr Vater war Oberst in der US Air Force gewesen, und sie hatte einen Großteil ihrer Kindheit im Ausland verbracht. Dies alles war ihren Antworten an den Präsidenten und die First Lady zu entnehmen. Ryan jr. wusste allerdings auch nicht mehr über ihre Jugend und ihre Familie.

Jack war sich sicher, dass die Secret-Service-Einheit, die ihrem Besuch im Weißen Haus zugestimmt hatte, mehr über die Vergangenheit seiner Freundin wusste als er selbst.

Nach dem Abendessen schlüpften sie so heimlich aus dem Weißen Haus hinaus, wie sie zuvor hineingeschlichen waren. Melanie gestand ihrem Freund, dass sie zuerst etwas nervös gewesen sei. Dann seien seine Eltern ihr gegenüber jedoch so nett und natürlich aufgetreten, dass sie den Großteil des Abends vergessen habe, dass sie ihn mit dem Oberbefehlshaber der US-Streitkräfte und der Chefchirurgin der Wilmer-Augenklinik des Johns-Hopkins-Hospitals verbrachte.

Jack musste jetzt wieder an diesen Abend denken, als er Melanies Kurven unter ihrem Bademantel bewunderte.

Als sie merkte, dass er sie beobachtete, fragte sie: »Kraftraum oder Joggen?« An den meisten Morgen taten sie das eine oder das andere, egal, ob sie die Nacht im selben Bett verbracht hatten oder nicht. Wenn sie bei ihm übernachtete, trainierten sie im Kraftraum von Jacks Apartmenthaus oder joggten über eine Strecke von beinahe fünf Kilometern, die sie um den Wilde Lake herum und danach durch den Fairway-Hills-Golfplatz führte.

Andererseits verbrachte Jack Ryan niemals die Nacht in Melanies kleiner Wohnung in Alexandria. Irgendwie fand er es schon seltsam, dass sie ihn noch nie eingeladen hatte, bei ihr zu übernachten. Auch ihre Begründung dafür fand er etwas eigentümlich. Sie meinte nur, dass sie sich ihm gegenüber für ihre winzige Bude in einer Gartenremise geniere, die insgesamt nicht einmal so groß war wie Jacks Wohnzimmer.

Er ließ es dabei bewenden und drang nicht weiter in sie. Melanie war die Liebe seines Lebens, davon war er überzeugt, sie war jedoch auch immer ein wenig geheimnisvoll und reserviert, manchmal sogar ausweichend.

Er war sich sicher, dass das an ihrer CIA-Ausbildung lag. Außerdem machte das Ganze sie nur noch reizvoller.

Als er sie einfach nur weiter betrachtete, ohne ihre Frage zu beantworten, lächelte sie ihn hinter ihrem Kaffeebecher an. »Kraftraum oder Joggen, Jack?«

Er zuckte die Achseln. »15 Grad. Kein Regen.«

Melanie nickte. »Also gehen wir joggen.« Sie stellte ihren Becher auf den Tisch, stand auf und verschwand im Schlafzimmer, um sich umzuziehen.

Jack schaute ihr hinterher und rief ihr dann nach: »Tatsächlich gibt es auch noch eine dritte Option.«

Melanie blieb stehen und drehte sich zu ihm um. Er entdeckte ein leichtes Lächeln auf ihren Lippen. »Und was könnte das sein, Mr. Ryan?«

»Ernst zu nehmende Wissenschaftler behaupten, dass man beim Sex mehr Kalorien verbrennt als beim Joggen. Außerdem ist es besser für das Herz.«

Sie hob die Augenbrauen. »Wissenschaftler behaupten das?«

Er nickte. »Das tun sie tatsächlich.«

»Da besteht jedoch immer die Gefahr, dass man es mit dem Training übertreibt und sich zu sehr verausgabt.«

Ryan lachte. »Keine Chance.«

»Also dann, wenn du meinst«, sagte sie. Melanie öffnete ihren Bademantel und ließ ihn auf den Parkettboden gleiten. Dann drehte sie sich um und ging nackt ins Schlafzimmer hinüber.

Jack nahm noch einen letzten Schluck Kaffee und erhob sich, um ihr zu folgen.

Das würde ein guter Tag werden.

Um 7.30 Uhr stand Melanie frisch geduscht und angezogen mit ihrer Tasche über der Schulter in der Eingangstür von Jacks Apartment. Ihr langes Haar hatte sie zu einem Pferdeschwanz zurückgebunden. Ihre Sonnenbrille hatte sie auf den Kopf geschoben. Sie gab Jack einen langen Abschiedskuss, der ihm zeigte, dass sie nur ungern ging und es kaum erwarten konnte, ihn wiederzusehen. Dann ging sie durch den Etagengang zum Aufzug hinüber. Vor ihr lag eine längere Fahrt nach McLean, Virginia. Eigentlich war sie eine Analystin der CIA. Erst kürzlich war sie jedoch vom National Counterterrorism Center über den Parkplatz des Liberty-Crossing-Komplexes ins Büro des »Director of National Intelligence« umgezogen. Dabei war sie ihrer Chefin Mary Pat Foley, der bisherigen stellvertretenden Direktorin des NCTC, gefolgt, die von Präsident Ryan zur Direktorin der Nationalen Geheimdienste ernannt worden war, was sie sogar zu einem Kabinettsmitglied der neuen Regierung machte.

Jack war erst halb angezogen, aber er musste nachher nicht so weit fahren. Sein Arbeitsplatz lag nur ein Stück die Straße hinunter in West Odenton. Er zog also in aller Gemütlichkeit seinen Anzug an, band seine Krawatte und gönnte sich dann noch eine weitere Tasse Kaffee, während er auf seinem 60-Zoll-Plasmafernseher im Wohnzimmer die Morgennachrichten von CNN anschaute. Kurz nach acht Uhr ging er die Treppe zur Tiefgarage hinunter. Dort unterdrückte er den gewohnheitsmäßigen Impuls, nach seinem ehemaligen riesigen kanariengelben Geländewagen Ausschau zu halten. Stattdessen stieg er in den schwarzen BMW der 3er Reihe, den er seit sechs Monaten fuhr, und machte sich auf den Weg.

Der Hummer war ein richtiges Spaßfahrzeug gewesen. Er war ein Ausdruck seiner Persönlichkeit und seines abenteuerlustigen Geistes. Vom Sicherheitsstandpunkt aus hätte er jedoch genauso gut eine drei Tonnen schwere Signalbake fahren können. Jeder, der ihm durch den Hauptstadtverkehr folgen wollte, konnte den normalen Verfolgungsabstand auf das Dreifache erhöhen.

Eigentlich hätte Jack selbst dieses Sicherheitsrisiko berücksichtigen müssen, denn in seinem gegenwärtigen Beruf musste er rund um die Uhr wachsam sein und nach möglichen Verfolgern Ausschau halten. Trotzdem war es nicht seine Idee gewesen, auf diese kanariengelbe Zielscheibe zu verzichten.

Tatsächlich war es ein höflicher, aber umso deutlicherer Vorschlag des Secret Service gewesen.

Obwohl Jack auf den Personenschutz durch den Secret Service verzichtet hatte, der einem erwachsenen Kind des amtierenden Präsidenten eigentlich zustand, hatte ihn die Schutzeinheit seines Vaters dringend zu einer Reihe von privaten Treffen mit Agenten aufgefordert, die ihm Sicherheitsratschläge geben sollten.

Obwohl seine Eltern es durchaus gern gesehen hätten, wenn er sich unter professionellen Schutz gestellt hätte, verstanden sie doch beide, warum er darauf verzichten musste. Es wäre, gelinde gesagt, »problematisch« gewesen, wenn Jack Ryan jr. seine Operationen flankiert von staatlichen Agenten durchgeführt hätte. Der Secret Service war über diese Entscheidung überhaupt nicht glücklich. Er wäre jedoch noch unendlich unglücklicher gewesen, hätte er auch nur die geringste Ahnung gehabt, wie oft Jack sich in allerhöchste Gefahr begab.

Während der Treffen hatten die Agenten ihn mit Tipps und Vorschlägen überschüttet, wie er sich möglichst unauffällig und bedeckt halten könne. Das erste Thema war dabei leider sein Hummer gewesen.

Also musste er seinen Hummer schweren Herzens abschaffen.

Natürlich verstand Jack die Logik dieses Schritts. Auf den Straßen fuhren Zehntausende schwarze BMW. Außerdem machten ihn die getönten Scheiben seines neuen Wagens noch weniger sichtbar. Jack war klar, dass er sein Fahrzeug viel leichter auswechseln konnte als sein Gesicht. Er sah immer noch wie der Sohn des Präsidenten der Vereinigten Staaten aus. Daran konnte er ohne kosmetische Chirurgie auch kaum etwas ändern.

Er musste sich damit abfinden, dass er bekannt war. Er war jedoch beileibe kein Promi, den jeder sofort auf der Straße erkannte.

Seine Eltern hatten sich bemüht, ihn und seine Geschwister von den Kameras fernzuhalten, seit sein Vater in die Politik gegangen war. Jack selbst hatte alles vermieden, was ihn ins Rampenlicht gerückt hätte. Einzige Ausnahme waren seine halb offiziellen Pflichten als Sohn eines Präsidentschaftskandidaten und dann amtierenden Präsidenten. Im Gegensatz zu Zehntausenden von zweitrangigen Promis und amerikanischen Möchtegern-Reality-Stars hatte Jack den sogenannten Ruhm für ausgesprochen lästig gehalten. Dies hatte sich verständlicherweise noch verstärkt, seitdem er für den Campus Geheimoperationen durchführte.

Er hatte seine Freunde, und er hatte seine Familie. Warum sollte er sich darum scheren, ob Leute, die ihm selbst unbekannt waren, wussten, wer er war?

Mit Ausnahme des Wahlabends und der Amtseinführungsfeier seines Vaters zwei Monate später war Jack nicht im Fernsehen zu sehen gewesen. Obwohl der Durchschnittsamerikaner wusste, dass Jack Ryan einen Sohn genannt »Junior« hatte, hätte er ihn bei einer Gegenüberstellung nicht aus einer Gruppe von großen, dunkelhaarigen, gut aussehenden amerikanischen Männern Mitte bis Ende zwanzig herausfinden können.

Jack wollte es gern dabei belassen. Einerseits entsprach dies seinem Selbstverständnis, andererseits konnte es ihm auch helfen, am Leben zu bleiben.

8

Auf dem Schild vor dem neunstöckigen Bürogebäude, in dem Jack arbeitete, stand *Hendley Associates,* was jedoch nichts darüber aussagte, was da drinnen tatsächlich vor sich ging. Das harmlose, nichtssagende Schild passte gut zur Allerweltserscheinung des Baus. Das Gebäude sah genauso aus wie Tausende ähnlicher Büros überall in Amerika. Jeder Passant hätte es auf den ersten Blick für das Regionalbüro einer Genossenschaftsbank, das Verwaltungszentrum eines Telekommunikationsunternehmens, eine Arbeitsvermittlungsagentur oder eine Werbefirma halten können. Auf dem Dach stand eine ganze Reihe von Satellitenschüsseln und neben dem Gebäude eine eingezäunte Antennenfarm. Beides war jedoch von der Straße aus kaum zu erkennen, und selbst wenn es jemand auffiel, würde er das für nichts Besonderes halten.

Sollte sich doch einer für diese Firma interessieren, würde er herausfinden, dass es sich um ein internationales Finanzunternehmen handelte, wie es im Großraum Washington viele gab. Das einzig Bemerkenswerte an dieser Gesellschaft war die Tatsache, dass sie von einem früheren US-Senator geleitet wurde, dem sie auch gehörte.

Tatsächlich war diese Ziegel-und-Glas-Fassade jedoch die ideale Tarnung für eine ganz besondere Institution. Obwohl es vor dem Gebäude keine Sicherheitseinrichtungen außer einem niedrigen Zaun und einigen Überwachungskameras gab, verbarg sich hinter dem »offiziellen«

Finanzhandelsunternehmen eine »inoffizielle« Geheimdienstorganisation namens »Campus«, von der außer einigen wenigen Mitgliedern der US-Geheimdienstgemeinde niemand etwas wusste. Der Campus war einige Jahre zuvor von Präsident Ryan während seiner ersten Amtszeit ins Leben gerufen worden. Er hatte die Organisation mithilfe einiger enger Geheimdienstfreunde geplant und den ehemaligen Senator Gerry Hendley an ihre Spitze gesetzt. Inzwischen arbeiteten hier ein paar der besten Geheimdienstanalysten und Computerfachleute Amerikas. Dank der Satelliten auf dem Dach und der Code-Knacker in der IT-Abteilung verfügte der Campus über einen direkten Zugang zu den Computernetzwerken der Central Intelligence Agency und der National Security Agency.

Das Unternehmen finanzierte sich zur Gänze selbst, da die Tarnfirma Hendley Associates mit großem Erfolg alle möglichen Finanzgeschäfte durchführte. Natürlich waren die Gigabytes von Wirtschaftsdaten, die tagtäglich in das Gebäude strömten, für diese Aktien-, Wertpapier- und Währungsspekulationen ausgesprochen hilfreich.

Ryan fuhr auf den Firmenparkplatz, stellte seinen Wagen ab, hängte sich seine lederne Kuriertasche über die Schulter und betrat die Lobby. Am Empfangsschalter saß der diensthabende Wachmann, auf dessen Namensschild *Chambers* stand, und lächelte ihn an.

»Guten Morgen, Jack. Wie geht's Ihrer Frau?«

»Morgen, Ernie. Ich bin nicht verheiratet.«

»Ich erkundige mich morgen noch einmal.«

»Geht in Ordnung.«

Es war ein Witz, den sie Tag für Tag austauschten, ohne dass Ryan ihn so ganz verstanden hätte.

Jack ging zum Aufzug hinüber.

Jack Ryan jr., das älteste Kind des Präsidenten der Vereinigten Staaten, arbeitete seit beinahe vier Jahren für Hendley Associates. Obwohl er offiziell »Finanzanlagen-

Manager« war, verbrachte er den Großteil seiner Zeit mit der Analyse von Geheimdienstberichten. Zusätzlich war er seit einigen Jahren einer der fünf Außenagenten des Campus.

In dieser operationellen Rolle hatte er in den letzten drei Jahren eine Menge Action erlebt. Allerdings beschränkte sich diese seit der Rückkehr aus Istanbul auf einige Trainingseinheiten mit Domingo Chavez, Sam Driscoll und Dominic Caruso.

Dabei hatten sie in Übungshallen ihr Nahkampfverhalten verbessert und auf Schießständen in Maryland und Virginia dafür gesorgt, dass ihre Schussfertigkeiten nicht einrosteten. Darüber hinaus hatten sie Überwachungsabwehr- und Observierungspraktiken eingeübt, indem sie im dichtesten Stadtverkehr von Washington und Baltimore die Fahrzeuge ihrer Campusausbilder abwechselnd zu verfolgen oder abzuschütteln versuchten.

Das waren faszinierende Übungen, die für Männer äußerst praktisch waren, die von Zeit zu Zeit bei Angriffsoperationen irgendwo auf der Welt ihr Leben aufs Spiel setzten. Trotzdem waren es natürlich keine echten Außeneinsätze. Jack Junior war jedoch der »dunklen Seite« von Hendley Associates nicht beigetreten, um auf einem Schießstand oder in einer Übungshalle zu trainieren oder einen Typ durch die ganze Innenstadt zu verfolgen, mit dem er noch am gleichen Nachmittag ein Bier trinken würde.

Nein, er brauchte inzwischen diese gefährlichen Außeneinsätze, bei denen ihm das Adrenalin durch die Adern schoss. Es war – zumindest für einen Mann in den Zwanzigern – wie eine Sucht. Tatsächlich litt Ryan jetzt unter Entzugserscheinungen.

Allerdings waren vorerst alle diesbezüglichen Aktivitäten gestoppt worden. Sogar die gesamte Zukunft des Campus stand auf der Kippe, und dies alles wegen etwas, das jeder nur noch die »Istanbul-Festplatte« nannte.

Dabei handelte es sich um einige Gigabytes digitaler Bilder, E-Mails, Softwareanwendungen und etlicher anderer Computerprogramme, die an jenem Abend auf der Festplatte von Emad Kartals PC gespeichert waren, als ihn Jack in einer Wohnung im Istanbuler Taksim-Viertel erschossen hatte.

Noch in der gleichen Nacht hatte Gerry Hendley, der Chef des Campus, seinen Männern befohlen, alle Angriffsoperationen einzustellen, bis man wisse, wer sie dabei beobachtet hatte. Die fünf Außenagenten, die es gewohnt waren, mit dem Gulfstream-Firmenjet des Campus durch die ganze Welt zu fliegen, waren jetzt erst einmal an ihre Schreibtische verbannt. Zusammen mit den Analysten der Organisation versuchten sie seitdem Tag für Tag herauszufinden, wer ihre fünf Tötungsaktionen in der Türkei überwacht und aufgezeichnet hatte.

Jemand hatte sie gesehen und in flagranti gefilmt. Glücklicherweise hatte Ryan die Beweise für diese Überwachungsaktion gesichert, indem er die Festplatte mitgenommen hatte.

Als Jack sich jetzt in seinen Schreibtischstuhl fallen ließ und seinen Computer einschaltete, kam ihm wieder die Nacht in Istanbul in den Sinn. Als er damals die Festplatte aus Emads PC ausbaute, hatte er zuerst geplant, sie ins Campus-Hauptquartier zu bringen, damit sie Gavin Biery dort möglichst schnell überprüfen konnte. Biery war IT-Chef des Campus und ein begnadeter Hacker, der in Harvard in Mathematik promoviert hatte und danach einige Zeit bei IBM und der NSA tätig war.

Biery lehnte diese Idee jedoch sofort ab. Stattdessen fuhr er zum Baltimore-Washington-Flughafen hinaus, um die Außenagenten abzuholen. Er brachte sie und das Festplattenlaufwerk in ein benachbartes Hotel. Danach montierte er es in einer Zweisternesuite auseinander und suchte es nach einem Aufspürgerät ab. Währenddessen sicherten die fünf erschöpften Außenagenten den gesamten Raum. Vor allem achteten sie auf die Fenster, Türen und den Parkplatz für den Fall, dass ein verborgener Peilsender dem Feind bereits den Aufenthaltsort der Festplatte mitgeteilt haben sollte. Nach einer zweistündigen intensiven Untersuchung war sich Biery sicher, dass das Laufwerk keine unangenehmen Überraschungen barg. Er kehrte mit dem Team und der Festplatte zu Hendley Associates zurück. Er hoffte, mit deren Hilfe herauszufinden, wer die Männer in Istanbul beobachtet hatte.

Sosehr die übrigen Mitarbeiter des Campus entsetzt waren, dass ihre Operation in der Türkei aufgeflogen war, hielten die meisten Bierys Vorsicht doch für etwas übertrieben. Für sie grenzte sie sogar an Paranoia. Dies überraschte allerdings niemand, denn Gavins Sicherheitsmaßnahmen zur Abschottung des Hendley-Netzwerks waren legendär. So bestand er auf wöchentlichen Sicherheitsbesprechungen und einem häufigen Wechsel der Passwörter, mit denen die Campusmitarbeiter Zugang zu seinem Computernetz bekamen.

Biery hatte immer wieder versichert, dass niemals ein Computervirus sein Netz infizieren würde. Um dieses Versprechen halten zu können, blieb er allzeit wachsam, auch wenn dies den übrigen Hendleyangehörigen manchmal lästig wurde. Das Computernetzwerk des Campus sei sein Baby, erklärte er stolz, das er vor jedem Schaden bewahren werde.

Als Biery mit der Festplatte zur Technikabteilung des Campus zurückkehrte, deponierte er das taschenbuchgroße Gerät in einem Safe, der mit einem Kombinationsschloss gesichert war. Ryan und der Operationschef Sam Granger, die neben ihm standen, schauten ihn ziemlich entgeistert an. Biery erklärte ihnen jedoch, dass er der Einzige im ganzen Gebäude sein würde, der Zugang zu dieser Festplatte habe. Obwohl er zu seiner Zufriedenheit feststellen konnte, dass kein Peilgerät versteckt gewesen sei, wisse er nicht, ob sich auf der Festplatte selbst nicht doch ein Virus oder eine andere Schadsoftware befinde. Am liebsten hätte er dieses ungeprüfte Gerät überhaupt nicht in ihrem Gebäude aufbewahrt. Da dies aber nicht möglich sei, werde er persönlich die Sicherheit der Festplatte gewährleisten und den Zugang zu ihr kontrollieren.

Am nächsten Tag stellte Gavin einen Desktop-Computer in einem Konferenzraum im ersten Stock auf, den man nur mithilfe einer ganz bestimmten Schlüsselkarte betreten konnte. Dieser Rechner war nicht an das Netzwerk des Gebäudes angeschlossen. Er verfügte über kein Modem und war auch nicht Bluetooth-fähig. Sowohl in der realen als auch in der Cyberwelt war er total isoliert.

Jack Ryan fragte Biery sarkastisch, ob er Angst habe, dass der Festplatte Beine wachsen würden und sie versuchen könnte, aus dem Raum zu entwischen. »Nein, Jack«, erwiderte Biery. »Aber ich *habe* Angst, dass einer von euch Jungs noch spät in der Nacht arbeitet und einen USB-Stick oder einen Laptop mit einem Synchronkabel in diesen Raum hineinzubringen versucht, weil er es zu eilig hat oder zu faul ist, meine Sicherheitsmaßnahmen zu respektieren.«

Zuerst verlangte Biery sogar, dass nur er sich in diesem Raum aufhalten dürfe, wenn der Computer lief. Dagegen hatte der Leiter der Analyseabteilung Rick Bell sofort Protest eingelegt und dafür recht vernünftige Gründe angeführt. Biery sei kein Analyst und wisse doch gar nicht, wonach er suchen müsse. Er werde einen Großteil der relevanten Daten weder erkennen noch interpretieren können.

Schließlich einigte man sich darauf, dass bei der ersten Sichtung der Festplatte neben Biery nur ein einziger Analyst, nämlich Jack Junior, anwesend sein würde. Jack durfte nur einen Schreibblock und einen Kugelschreiber dabeihaben. Allerdings würde er eine verkabelte Telefonverbindung benutzen dürfen, um seine Kollegen an ihrem Schreibtisch zu kontaktieren, wenn während der Untersuchung ein Zugriff auf Netzwerkdaten nötig werden sollte.

Gavin zögerte ein paar Sekunden, bevor er den Raum betrat. Er wandte sich Jack zu. »Hättest du etwas dagegen, wenn ich dich erst einmal abtaste?«

»Kein Problem.«

Biery war angenehm überrascht. »Wirklich?«

Jack schaute ihn an. »Natürlich. Und um ganz sicherzugehen, warum untersuchst du nicht auch noch meine Körperöffnungen? Soll ich mich schon einmal an dieser Wand in Positur bringen?«

»Okay, Jack. Es gibt keinen Grund, den Klugscheißer zu spielen. Ich möchte nur wissen, ob du einen USB-Stick, ein Smartphone oder irgendetwas anderes dabeihast, das von dem, was wir auf dieser Festplatte finden werden, infiziert werden könnte.«

»Nein, habe ich nicht, Gav. Das habe ich dir allerdings bereits versichert. Warum kannst du dich nicht einfach an den Gedanken gewöhnen, dass es hier auch noch ein paar andere Leute gibt, die dein Netz auf keinen Fall verhunzen wollen? Du hast hier nicht das Sicherheitsmonopol. Wir haben alles getan, was du verlangt hast, aber ich werde mich von dir keinesfalls abtasten lassen.«

Biery dachte ein paar Sekunden nach. »Wenn das Netz einmal infiziert ist …«

»Das habe ich schon verstanden«, versicherte ihm Jack.

Biery und Ryan betraten den Konferenzraum. Biery holte die Istanbul-Festplatte aus dem Safe und schloss sie an den PC an. Er schaltete den Computer ein und wartete, bis er hochgefahren war.

Die erste Überprüfung des Festplatteninhalts zeigte ihnen, dass das Betriebssystem die neueste Windowsversion war und dass auf der Platte eine ganze Menge Programme, E-Mails, Dokumente und Tabellen gespeichert waren, die sie natürlich alle untersuchen mussten.

Das E-Mail-Programm und die Dokumente waren passwortgeschützt, aber Gavin Biery kannte das entsprechende Verschlüsselungsprogramm so gut, dass er nur ein paar Minuten brauchte, um es durch ein Hintertürchen zu knacken, das er und sein Team schon vor einiger Zeit herausgefunden hatten.

Zuerst schauten Biery und Ryan die E-Mails durch. Sie waren darauf vorbereitet, arabisch und türkisch sprechende Analysten aus Rick Bells Team im zweiten Stock hinzuzuziehen. Tatsächlich fanden sie auf der Festplatte Dutzende von Dokumenten in einer der beiden Sprachen. Trotzdem wurde schon bald ersichtlich, dass ein Großteil der Daten, speziell diejenigen, die für ihre Untersuchung wahrscheinlich am wichtigsten sein würden, in englischer Sprache abgefasst waren.

Sie fanden fast drei Dutzend englische E-Mails, die der gleiche Absender seit etwa sechs Monaten geschickt hatte. Als sie sie in chronologischer Ordnung durchschauten, rief Jack mit seinem Spezialtelefon die anderen Analysten an: »Aus seinen E-Mails geht hervor, dass unser Mann in Istanbul direkt mit einem englischsprachigen Typen zusammengearbeitet hat, der den Codenamen ›Center‹ benutzte. Dieser Bezeichnung bin ich bisher bei meinen Datenanalysen noch nie begegnet. Ich kenne auch kein entsprechendes Pseudonym, aber das ist nicht weiter überraschend. Wir haben uns ja bisher auf Terroristen konzentriert, aber hier haben wir es wohl mit einer anderen Kategorie zu tun.«

Jack las noch ein paar weitere E-Mails durch und gab deren Inhalt an seine Kollegen weiter. »Der Libyer hat Zahlungen für einige kleinere Dienstleistungen ausgehandelt, die er und sein Team in ganz Istanbul für Center erledigen sollten …« Jack machte eine kleine Pause, während er die nächste E-Mail überflog. »Hier sollten sie einen Raum in einem Lagerhaus mieten« – er öffnete die nächste E-Mail – »hier bekamen sie die Anweisung, ein Paket abzuholen und es einem Mann auf einem Frachter im Istanbuler Hafen zu übergeben. In einer anderen E-Mail wurden sie beauftragt, einen Koffer von einem Typen auf dem Cengiz-Topel-Flughafen abzuholen. Der Inhalt wird nicht erwähnt, aber das war auch nicht zu erwarten. Außerdem haben sie die Büros des Mobilfunkunternehmens Turkcell ausgeforscht.«

Nachdem er noch ein paar weitere E-Mails durchgesehen hatte, zog er ein ernüchterndes Fazit: »Das waren nur einfache, billige Gelegenheitsjobs. Da ist nichts Interessantes dabei.«

Außer den Bildern von ihm und seinen Kameraden, musste Jack denken.

Als er sich doch noch etwas näher mit den E-Mails befasste, stieß er auf eine Eigentümlichkeit. Nur elf Tage bevor der Campus zuschlug, hatte Center die E-Mail-Kommunikation mit dem Libyer eingestellt. In der letzten Mail hieß es einfach: »Ändern Sie sofort das Kommunikationsprotokoll, und löschen Sie die gesamte bisherige Korrespondenz.«

Jack hielt das für ziemlich interessant. »Ich frage mich, was dieses neue Kommunikationsprotokoll war.«

Biery schaute ein paar Sekunden das System durch. »Das kann ich dir sagen. Er hat noch am gleichen Tag, an dem er diese E-Mail erhielt, Cryptogram installiert.«

»Was ist Cryptogram?«

»Das ist ein Instant-Messaging-System für Spione und Gauner. Center und Kartal konnten sich mit dessen Hilfe über das Internet miteinander unterhalten und sich sogar ganze Dateien zuschicken. Diese wurden dabei so verschlüsselt, dass niemand ihre Konversation verfolgen konnte. Danach wurden alle Spuren der Kontaktaufnahme sofort und dauerhaft auf beiden Computern oder Datenempfängern gelöscht und auch nicht auf einem Übertragungsserver gespeichert.«

»Lässt sich dieses System überhaupt nicht knacken?«

»Nichts ist ›unknackbar‹. Ganz sicher sitzt gerade irgendwo ein Hacker und versucht, Cryptogram und andere solche Programme auseinanderzunehmen und einen Weg zu finden, ihre Sicherheitssperren zu überlisten. Aber bisher ist es bei Cryptogram offensichtlich noch keinem gelungen. Wir benutzen zwar etwas Ähnliches, aber Cryptogram ist uns tatsächlich eine Generation voraus. Ich werde uns allerdings schon bald auf ein verbessertes Programm umstellen. Das der CIA hinkt sogar vier Generationen hinterher.«

»Aber ...« Jack las noch einmal die kurze E-Mail durch. »Er hat Kartal befohlen, die alten E-Mails zu löschen.«

»Das stimmt.«

»Ganz offensichtlich hat er diese Anordnung ignoriert.«

»Ja«, bestätigte Gavin. »Und ich nehme an, Center wusste nicht, dass sein Mann in der Türkei sie nicht gelöscht hat. Oder es war ihm egal.«

Jack widersprach. »Ich glaube, wir können davon ausgehen, *dass* er es wusste und dass es ihm *keinesfalls* egal war.«

»Wie kommst du denn darauf?«

»Weil Center beobachtet hat, wie wir Kartals Kumpel getötet haben, und er ihn trotzdem nicht gewarnt hat, dass seine Zelle angegriffen wird.«

»Das ist ein gutes Argument.«

»Lieber Gott«, murmelte Jack, als er über die Konsequenzen nachdachte. »Dieser Bastard Center nimmt seine Computersicherheit wirklich ernst.«

»Ein Mann nach meinem Herzen«, sagte Gavin Biery ohne jeden Anflug von Sarkasmus.

Nachdem sie die englischsprachigen E-Mails durchgeschaut hatten, überprüften sie mithilfe der Übersetzer den Rest der elektronischen Korrespondenz. Sie fanden jedoch nichts Interessantes außer einigen Mitteilungen, die die ehemalige JSO-Zelle untereinander ausgetauscht hatten, und einem belanglosen E-Mail-Geplauder zwischen Kartal und einem alten Kollegen in Tripolis.

Als Nächstes versuchte Biery, Centers E-Mail-Adresse herauszufinden. Ihm wurde jedoch sehr schnell klar, dass der geheimnisvolle Auftraggeber der libyschen Zelle ein kompliziertes Verschleierungssystem benutzt hatte, das seine Verbindungen um die ganze Welt von einem Proxy-Server zum anderen weiterleitete. Biery konnte die Quelle der E-Mails immerhin über vier Stationen bis zu einem Datenknoten in der South-Valley-Filiale der Albuquerque/Bernalillo-County-Bücherei in New Mexico zurückverfolgen.

Als er dies Jack erzählte, rief dieser begeistert: »Gute Arbeit! Ich bitte Granger, ein paar Agenten dorthin zu schicken, um nachzuschauen.«

Biery blickte seinen jungen Kollegen einen Moment an und sagte dann trocken: »Sei nicht naiv, Ryan. Ich habe nur herausgefunden, dass wir künftig die South-Valley-Filiale der Bibliothek von Albuquerque als Centers Operationsbasis ausschließen können. Dort ist er ganz bestimmt nicht. Zwischen ihm und uns gibt es wahrscheinlich noch ein weiteres Dutzend Relaisstationen.«

Nach diesem Misserfolg begannen Jack und Gavin, Kartals Finanz-Software durchzugehen, wobei sie sich vor allem für die elektronischen Geldüberweisungen interessierten, mit denen Center den Libyer für dessen Istanbuler Botendienste bezahlt hatte. Die Überweisungen stammten von der Abu Dhabi Commercial Bank Ltd. in Dubai. Zuerst sah es so aus, als könnten sie ihnen einen ernsthaften Hinweis auf Centers Identität verschaffen. Einem von Bierys

Computerfreaks gelang es nämlich, sich in das Kontoinhaber-Verzeichnis der Bank einzuhacken. Eine Rückverfolgung der entsprechenden Transaktion ergab jedoch, dass das Geld illegal vom Lohnkonto einer in Dubai sitzenden Hotelgruppe überwiesen, mit anderen Worten elektronisch gestohlen worden war.

Obwohl sich auch dies als Sackgasse bei der Identifizierung von Center erwiesen hatte, gab es ihnen doch einen gewissen Hinweis auf dessen Hintergrund. Für Biery als Computernetzwerk-Experten war jetzt klar, dass Center selbst ein äußerst geschickter Hacker sein musste.

Als er den Systemordner durchsuchte, fand Gavin doch noch etwas Interessantes. »Aber hallo«, rief er, während er Dateien öffnete, Fenster verschob und mit seinem Cursor überall auf dem Bildschirm Textzeilen markierte, und dies alles in einer Geschwindigkeit, die es Ryan unmöglich machte, dem Ganzen mit den Augen zu folgen.

»Was ist das für ein Zeug?«, fragte Jack.

»Das ist ein ausgesprochen gelungenes Angriffs-Toolkit.«

»Und was kann man damit anstellen?«

Gavin öffnete und schloss immer noch mit erstaunlicher Geschwindigkeit Computerfenster und Ordner. Jack schätzte, dass er in den letzten 45 Sekunden etwa 20 verschiedene Ordner angeschaut hatte. Während er alle Daten auf dem Bildschirm vor sich anklickte und, wie Jack vermutete, in sich aufnahm, antwortete er: »Der Libyer hätte mit diesem elektronischen Werkzeugkasten in Computer und Computernetzwerke einbrechen, Passwörter stehlen, an höchst private Informationen gelangen, Daten verschieben und Bankkonten leeren können. Eben das übliche üble Zeug, das man mit einem Computer anstellen kann.«

»Kartal war also ein Hacker?«

Gavin schloss alle Fenster und drehte sich in seinem Stuhl herum, um Jack direkt anschauen zu können. »Nöö. Das ist kein echtes Hacken.«

»Was meinst du damit?«

»Das hier ist ein Toolkit für ein Skriptkiddie.«

»Ein was?«

»Das ist der Ausdruck für jemand, der selbst keinen bösartigen Code schreiben kann und stattdessen ein vorgefertigtes Programm wie dieses hier benutzt, das von jemand anderem entworfen wurde. Dieses Angriffs-Toolkit ist das Schweizer Armeemesser unter den Computerkriminalitäts-Gadgets. Es steckt voller benutzerfreundlicher Hackerprogramme – Schadsoftware, Computerviren, Keylogger oder Tastenrekorder, Passwortknacker und solche Sachen. Das Skriptkiddie schickt das Programm einfach an einen Zielcomputer, und dieses erledigt dort selbsttätig die ganze Arbeit.«

Biery wandte seine Aufmerksamkeit wieder dem Bildschirm zu, um noch mehr Dateien durchzuschauen. »Hier gibt es sogar ein Benutzerhandbuch für ihn und spezielle Tipps, wie er Zugang zu Computern bekommt, die von Netzwerkadministratoren betrieben werden.«

»Wenn er Zugang zu einem einzigen Computer erhält, der unter einem bestimmten Administrator läuft, kann er dann nicht auch in andere Geräte in dem Netz eindringen, zu dem dieser Computer gehört?«

»Ganz genau, Jack. Nimm einfach dich als Beispiel. Du kommst zur Arbeit, fährst deinen Netzwerkknoten hoch, gibst dein Passwort ein …«

»Und mache dann, was immer ich will.«

Biery schüttelte den Kopf. »Du hast nur einen *Benutzerzugang*, also wirst du nur das tun, was ich dich tun lasse. Ich dagegen habe einen Administratorzugang. Du kannst dir eine Menge Daten in unserem Netzwerk anschauen, aber ich habe Zugang zu einer weit höheren Datenmenge und übe eine größere Kontrolle aus.«

»Also, unser Libyer hatte durch diese Tools die Möglichkeit, als Administrator in gewisse Netzwerke einzudringen.

Was waren das für Netze? Ich meine, welche Art von Unternehmen oder Branchen waren betroffen? Was konnte er mit diesen Skripten infizieren?«

»Die Art der Branche spielte dabei überhaupt keine Rolle. Wenn er zum Beispiel Kreditkartennummern stehlen wollte, konnte er Restaurants, Einzelhandelskassen oder so etwas attackieren. Genauso leicht konnte er jedoch in ein Universitätsnetz, eine Fluglinie, eine Regierungsbehörde oder eine Notenbank eindringen. Den Tools, mit denen man in Netzwerke einbrechen kann, sind die Angriffsziele egal. Sie werden alles unternehmen, um einen Weg zu finden, wie sie mittels verschiedener Angriffsvektoren und Schwachstellen Zugang zu einem Netzwerk bekommen.«

»Welche Schwachstellen meinst du?«

»Na, zum Beispiel solche Passwörter wie *Passwort, 1234* oder *Lassmichrein,* die leicht zu erraten sind, oder offen gebliebene Ports, die den Zugang gestatten, oder Daten, die nicht durch eine Firewall gesichert sind und den Eindringling darüber informieren können, wer zu welchen Informationen Zugang hat. Dann kann der Angreifer diese Leute in den Sozialen Medien oder im Meatspace ausforschen und eine begründete Vermutung anstellen, wie ihr Passwort lauten könnte. Eigentlich unterscheiden sich diese Methoden gar nicht so sehr von den Sozialrecherchen, die ihr Spione anstellt.«

»Moment, Moment. Was zum Teufel ist denn der Meatspace?«

»So nennen wir Computerfreaks den Gegenteil vom Cyberspace, also die reale Welt. So Dinge wie dich und mich und alles Körperliche, im Gegensatz zum Virtuellen.«

Jack zuckte die Achseln. »Okay.«

»Hast du noch nie etwas von William Gibson gelesen?«

Als Ryan zugeben musste, dass er noch nie von diesem Gibson gehört hatte, schaute ihn Biery fassungslos an.

Jack tat sein Bestes, um Gavin wieder zu ihrer gemeinsamen Aufgabe zurückzubringen. »Kannst du mir erzählen, gegen wen er dieses Angriffskit eingesetzt hat?«

Biery schaute sich den elektronischen Werkzeugkasten noch einmal genau an. »Tatsächlich gegen niemand.«

»Warum nicht?«

»Ich habe keine Ahnung, aber er hat dieses Zeug nie eingesetzt. Er hat es, genau eine Woche bevor du ihn umgenietet hast, heruntergeladen, aber nie verwendet.«

»Woher hatte er es eigentlich?«

Biery dachte einen Augenblick darüber nach und öffnete dann den Webbrowser der Festplatte. Er scannte in aller Eile das Verzeichnis der Webseiten durch, die Kartal in den Wochen vor seinem Tod besucht hatte. Schließlich sagte er: »Skriptkiddies können diese Toolkits auf speziellen Untergrundsites im Internet kaufen. Aber ich glaube nicht, dass er es von dort hat. Ich würde mein ganzes Geld darauf verwetten, dass dieser Center ihm das Kit via Cryptogram geschickt hat. Es wurde installiert, nachdem der E-Mail-Verkehr zwischen den beiden eingestellt wurde und Kartal Cryptogram installiert hatte. Außerdem hat der Libyer offensichtlich nie eine Webseite aufgerufen, auf der man solche Tools kaufen kann.«

»Interessant«, sagte Jack, war sich jedoch nicht sicher, was das alles bedeutete. »Wenn Center sie ihm geschickt hat, war das vielleicht Teil eines größeren Plans. Etwas, das dann nicht mehr durchgeführt werden konnte.«

»Vielleicht. Obwohl dieses Zeug nicht zu den besten Hackingprogrammen gehört, könnte es doch einen ziemlich großen Schaden anrichten. Im letzten Jahr wurde das Computernetzwerk der Federal Reserve Bank in Cleveland gehackt. Die Ermittlungen des FBI dauerten Monate und kosteten viele Millionen Dollar. Am Ende kam heraus, dass ein Siebzehnjähriger dahintersteckte, der seinen Cyberangriff in einer Karaokebar und einem Internetcafé in Malaysia durchgeführt hatte.«

»Verdammt. Und er hat ein Toolkit wie dieses hier benutzt?«

»Genau. Die große Mehrzahl der Hackerangriffe wird von irgendwelchen kleinen Nummern und Mitläufern durchgeführt, die gerade einmal wissen, wie sie auf ihre Maus klicken können. Die Schadsoftware selbst wird von sogenannten Black-Hat-Hackern geschrieben. Das sind die wirklichen bösen Jungs. Kartal mag dieses Angriffs-Toolkit auf seinem Rechner gehabt haben, aber ich habe das Gefühl, dass Center der ›Black Hat‹ war, der es ihm geschickt hat.«

Nachdem Jack alle Dokumente auf ihren nachrichtendienstlichen Wert untersucht hatte, begann Biery, die Software nach irgendwelchen Hinweisen zu durchleuchten, wie Center die Kamera fernsteuern konnte. Auf der Festplatte befand sich kein entsprechendes Anwendungsprogramm. Es gab auch keine E-Mail zwischen Kartal und Center, in der ein entsprechender Zugang erwähnt worden wäre. Biery zog den Schluss, dass Center wahrscheinlich den Computer des Libyers ohne dessen Wissen gehackt hatte. Gavin entschloss sich, diese Hackertools bis in ihre letzte Einzelheit aufzudröseln, um dadurch mehr über Center und seine Persönlichkeit zu erfahren.

Ryan kehrte zu seinen Analystenkollegen zurück und machte sich zusammen mit ihnen daran, auf ihre eigene Weise mehr über die libysche Zelle und ihren mysteriösen Auftraggeber herauszufinden. Wenn er nicht gerade seine gewöhnlichen IT-Pflichten für Hendley Associates und den Campus erledigen musste, verbrachte Biery ab jetzt praktisch jede wache Minute in seinem einsamen, aber sicheren Konferenzraum, um den Geheimnissen der Istanbul-Festplatte auf die Spur zu kommen. Wochenlang öffnete und überprüfte er Hunderte von Programmdateien, um herauszufinden, was sie taten und wie sie den Rest des

Rechners beeinflussten. Als diese mühselige Arbeit nichts Bedeutsames ergab, befasste er sich mit dem Quellcode, den textbasierten Instruktionen für jedes Programm, Zehntausenden von Datenzeilen, die schließlich nichts anderes enthüllten als die ausführbaren Programme.

Nach diesen Wochen harter Arbeit begann er, den Maschinencode zu analysieren. Es handelte sich dabei um die sequentielle Computersprache, lange Ketten von Nullen und Einsen, die dem Prozessor letztendlich befahl, was er zu tun hatte.

Während bereits der Quellcode hochkomplex und undurchsichtig war, konnte der Maschinencode praktisch nur noch von einem absoluten Programmierexperten entziffert werden.

Selbst für einen Mann, dessen ganzes Leben um den Computer kreiste, war diese Untersuchung atemberaubend langweilig. Trotz der Andeutungen der anderen Computerfreaks, er würde Gespenster jagen, und der gelegentlichen Aufforderungen der Hendley-Führungsebene, schneller zu machen oder das Ganze als fruchtlos abzubrechen, arbeitete Gavin in seinem langsamen, methodischen Rhythmus weiter.

Jack dachte wieder einmal über die Nacht in Istanbul und die anschließende einmonatige Untersuchung nach, während sein Computer hochfuhr. Er bemerkte, dass er einen Moment lang jedes Zeitgefühl verloren hatte. Als er schlagartig in die Gegenwart zurückkehrte, bemerkte er, dass er wie gebannt in die Kamera über seinem Computermonitor starrte. Es war ein eingebautes Gerät, das er manchmal für Internetunterhaltungen mit anderen Abteilungen in diesem Gebäude benutzte. Obwohl Gavin ihnen allen versichert hatte, dass das Netzwerk des Campus unverwundbar sei, hatte Jack immer wieder das seltsame Gefühl, dass ihn jemand beobachtete.

Er schaute noch tiefer in die Kamera hinein, wobei er immer noch an diesen ominösen Abend in der Stadt am Bosporus dachte.

Mit einem Kopfschütteln tadelte er sich schließlich selbst. »Du bist einfach zu jung, um an Verfolgungswahn zu leiden.«

Er stand auf, um sich einen Kaffee im Pausenraum zu gönnen.

Bevor er jedoch sein Arbeitszimmer verließ, zog er von einem Block, der neben seiner Computertastatur lag, einen Post-it-Notizzettel ab und klebte ihn auf das Kameraobjektiv. Eine Low-Tech-Lösung für ein High-Tech-Problem, die vor allem seinem Seelenfrieden diente.

Jack wollte gerade auf den Gang hinaustreten, als er plötzlich überrascht stehen blieb.

Vor ihm stand Gavin Biery.

Jack sah Biery praktisch jeden Werktag. Dabei war ihm der Mann noch nie als ein Ausbund von Gesundheit erschienen. Heute Morgen um 8.30 Uhr sah er allerdings wie eine wandelnde Leiche aus. Seine Kleidung war total zerknittert, sein dünnes grau-braunes Haar zerzaust, und seine dunklen Augenringe mit den geschwollenen Tränensäcken bildeten einen starken Kontrast zu seinen fleischigen Wangen.

An den besten Tagen wirkte Gavins Gesicht, als wäre das einzige Licht, das es jemals erblickte, das Leuchten seines LCD-Bildschirms. Heute dagegen sah er aus wie ein Vampir in seinem Sarg.

»Heilige Scheiße, Gav. Hast du die Nacht hier verbracht?«

»Tatsächlich das ganze Wochenende«, antwortete Biery mit einer müden, aber begeisterten Stimme.

»Brauchst du einen Kaffee?«

»Ryan … im Moment schwitze ich Kaffee aus allen Poren aus.«

Jack musste kichern. »Hoffentlich hat dein beschissenes Wochenende auch etwas gebracht.«

Ein strahlendes Lächeln überzog Bierys weiches Gesicht. »Ich habe es gefunden. Ich habe es, verdammt noch mal, gefunden!«

»Was hast du gefunden?«

»Ich habe auf der Istanbul-Festplatte Reste einer Schadsoftware gefunden. Es ist nicht viel, aber es ist eine Spur.«

Jack reckte die Faust in die Luft. »Großartig!«, rief er. Innerlich dachte er jedoch: *Das wurde aber auch wirklich Zeit*.

9

Während Ryan und Biery in die Technologieabteilung hinuntergingen, saß John Clark in seinem Büro und trommelte mit den Fingern seiner guten Hand auf den Schreibtisch. Es war kurz nach 8.30 Uhr. Der Operationsleiter des Campus, Sam Granger, arbeitete bestimmt bereits seit einer Stunde in seinem Büro, während der Direktor des Campus und Chef der »offiziellen« Firma Hendley Associates gewöhnlich zu dieser Zeit seinen Arbeitstag begann.

Es gibt keinen Grund, dies länger hinauszuschieben. Clark hob den Hörer ab und wählte eine Nummer.

»Granger.«

»He, Sam, hier ist John.«

»Guten Morgen. Schönes Wochenende gehabt?«

Nein, eigentlich nicht, dachte er. »Kann nicht klagen. He, könnte ich mal mit Ihnen und Gerry reden, wenn Sie beide einen Moment Zeit haben?«

»Kein Problem. Gerry kommt gerade zur Tür herein. Wir hätten jetzt Zeit. Kommen Sie doch gleich vorbei.«

»Roger.«

Fünf Minuten später betrat Clark Gerry Hendleys Büro im achten Stock des Gebäudes. Gerry kam hinter seinem Schreibtisch hervor und streckte John die linke Hand hin, wie es seit Januar jeder im Campus machte, wenn er Clark begrüßte. Sam saß in einem Stuhl vor Grangers Schreibtisch und bedeutete John mit einem Zeichen, neben ihm Platz zu nehmen.

Durch das Fenster hinter Hendleys Schreibtisch sah man auf die weite Landschaft Marylands hinaus, die Maisfelder und Pferdefarmen, die sich von hier nach Norden bis zur Stadtgrenze Baltimores erstreckten.

»Was gibt's, John?«

»Meine Herren, ich habe mich entschieden, den Tatsachen ins Auge zu sehen. Meine rechte Hand wird ihre alte Funktionsfähigkeit nicht mehr zurückerlangen. Auf keinen Fall hundert Prozent. Vielleicht 75 Prozent, aber auch das nur nach einer langen Physiotherapie. Eventuell muss ich mich sogar noch ein oder zwei Mal unters Messer legen.«

Hendley zuckte zusammen. »Verdammt, John. Das höre ich aber gar nicht gern. Wir hatten alle gehofft, dass die letzte Operation Sie wieder vollkommen herstellen würde.«

»Das habe ich auch.«

»Nehmen Sie sich so viel Zeit, wie Sie brauchen«, meldete sich Sam zu Wort. »Die Istanbul-Festplatte ist immer noch nicht vollkommen ausgewertet, bis dahin sind alle Operationen eingefroren. Das könnte noch einige Wochen dauern, und wenn die Analyse keine ...«

»Nein«, unterbrach ihn John und schüttelte den Kopf. »Es ist Zeit, dass ich aufhöre und in Ruhestand gehe.«

Sam und Gerry starrten ihn nur an. Schließlich sagte Sam: »Sie sind einer unserer wichtigsten Mitarbeiter, John.«

Clark seufzte. »Das *war* ich. Dieser Hurensohn Walentin Kowalenko und seine Handlanger haben dem ein Ende gemacht.«

»Unsinn. Sie stecken immer noch die meisten Agenten des National Clandestine Service in Langley in die Tasche.«

»Danke, Gerry, aber ich kann nur hoffen, dass die CIA nur solche paramilitärischen Einsatzagenten beschäftigt, die eine Waffe mit ihrer dominanten Hand bedienen können, wenn dies nötig werden sollte. Genau das kann ich im Moment jedoch nicht.«

Weder Gerry noch Sam hatten diesem Argument etwas entgegenzusetzen.

»Es ist ja auch nicht nur die Hand«, fuhr Clark fort. »Meine Deckung ist doch durch die vielen Presseberichte, die über mich im letzten Jahr erschienen sind, weitgehend aufgeflogen. Sicher, im Moment ist es ruhiger geworden. Die meisten Medien haben den Schwanz eingezogen, als herauskam, dass sie vom russischen Geheimdienst manipuliert worden waren und unwissentlich für ihn Propagandaarbeit geleistet haben, aber ganz ausgestanden wird das niemals sein, Gerry. Es braucht doch nur einen hartnäckigen Reporter, der in der Saure-Gurken-Zeit einen von diesen ›Was macht eigentlich‹-Artikeln verfassen möchte. Er wird mich hier aufspüren, sie werden noch etwas tiefer bohren, und hast du nicht gesehen, steht eine ganze Kameracrew von *60 Minutes* unten in unserer Lobby und bittet Sie um einen Kommentar.«

Hendley kniff die Augen zusammen. »Ich werde ihnen sagen, dass sie sofort mein Grundstück verlassen sollen.«

Clark lächelte. »Wenn das so einfach wäre. Im Ernst. Ich möchte nicht ein zweites Mal erleben müssen, wie ein ganzer Konvoi von schwarzen Geländewagen voller FBI-Agenten vor meiner Farm auftaucht. Das eine Mal war schon einmal zu viel.«

»Aber die Erfahrung, über die Sie verfügen, ist für uns unersetzlich«, wandte Sam ein. »Wie wäre es, wenn Sie künftig keine Außeneinsätze mehr durchführen und uns hauptsächlich als Berater dienen würden?«

Auch darüber hatte Clark natürlich bereits nachgedacht. Am Ende war er jedoch zum Schluss gekommen, dass die Organisationsstruktur des Campus gegenwärtig so effizient war, dass man sie auf keinen Fall verändern sollte.

»Ich werde hier nicht durch das Gebäude wandern und meine Dienste anbieten wie saures Bier, Sam.«

»Wovon reden Sie? Natürlich werden Sie Ihr Büro behalten und weiterhin ...«

»Hören Sie, seit Istanbul haben wir unsere operationelle Arbeit eingestellt. Das gesamte Team sitzt jeden Tag acht Stunden lang vor den Computern. Es ist jedoch eine traurige Tatsache, dass mein Enkel mehr von Computern versteht als ich. Im Moment gibt es hier für mich absolut nichts zu tun. Sollte die Istanbul-Festplatte geknackt werden und die Außenagenten wieder grünes Licht bekommen, dann kann ich sie mit meiner Behinderung ebenso wenig unterstützen.«

»Was sagt eigentlich Sandy dazu, dass Sie künftig ständig daheim durch Ihr Farmhaus ›wandern‹ werden?«, fragte Gerry.

Clark musste lachen. »Stimmt, das wird für uns beide eine ziemliche Umstellung werden. Aber auf dieser Farm gibt es eine Menge zu tun. Gott weiß warum, aber sie scheint sich sogar darauf zu freuen, dass sie mich ab jetzt ständig um sich haben wird. Vielleicht bekommt sie mich schließlich doch noch über, aber ich muss ihr zumindest die Gelegenheit geben, dies selbst herauszufinden.«

Gerry verstand ihn vollkommen. Er fragte sich, was er wohl jetzt tun würde, wenn seine Frau und seine Kinder noch am Leben wären. Er hatte sie vor ein paar Jahren bei einem Autounfall verloren und lebte seitdem allein. Seine Arbeit war jetzt sein Leben, und er würde dieses Leben keinem Mann wünschen, auf den daheim jemand wartete.

Gerry wusste, dass er auf keinen Fall 60 oder 70 Stunden in der Woche im Hauptquartier von Hendley Associates sitzen würde, wenn er noch eine Familie hätte. Er würde ganz gewiss Wert darauf legen, möglichst viel Zeit mit ihr zu verbringen.

Er konnte es John Clark also nicht verdenken, dass dieser ein Leben führen wollte, das Gerry selbst gern gehabt hätte.

Trotzdem war Hendley Chef des Campus, und Clark war einer seiner besten Männer. Er musste also alles versuchen, um ihn zu halten. »Sind Sie wirklich sicher, dass Sie das Richtige tun, John? Warum nehmen Sie sich nicht noch ein bisschen Zeit, um das Ganze zu überdenken?«

John schüttelte den Kopf. »Ich habe in den letzten Tagen über nichts anderes nachgedacht. Ich bin mir sicher. Ich bleibe künftig zu Hause. Ich werde weiterhin rund um die Uhr sieben Tage die Woche für Sie oder irgendein anderes Mitglied des Teams erreichbar sein, allerdings nicht in offizieller Funktion.«

»Haben Sie schon mit Ding gesprochen?«

»Ja. Wir waren gestern den ganzen Tag auf der Farm zusammen. Er hat versucht, es mir auszureden, aber er kann mich verstehen.«

Gerry stand von seinem Schreibtisch auf und streckte seine linke Hand aus. »Ich verstehe Sie auch und akzeptiere Ihre Kündigung. Aber Sie sollten nie vergessen, dass Sie hier immer einen Platz finden werden, John.«

Sam bestätigte diese Aussage durch ein Nicken.

»Vielen Dank, Jungs.«

Während Clark oben in Hendleys Büro seinen Rücktritt einreichte, saßen Jack Ryan jr. und Gavin Biery in dem verschlossenen Konferenzraum neben Bierys Büro im ersten Stock. Auf dem Tisch vor ihnen stand ein PC, dessen Gehäuse entfernt worden war, sodass alle Bauteile, die Platinen und die Verdrahtung des Geräts offen lagen. Kabel unterschiedlicher Dicke und Farbe verbanden das System mit zusätzlichen Peripheriekomponenten, die planlos über den ganzen Tisch verstreut waren.

Neben der Computerhardware befanden sich auf diesem Tisch nur noch ein Telefon, ein einzelner Kaffeebecher, der auf der weißen Tischoberfläche Dutzende kleiner brauner Ringe hinterlassen hatte, und ein gelber Notizblock.

Ryan hatte in den letzten beiden Monaten viele Stunden in diesem Raum verbracht, was jedoch mit der Zeit, die Biery hier gearbeitet hatte, nicht im Entferntesten zu vergleichen war.

Der Monitor des PCs war voller Ziffern, Bindestriche und anderer Symbole und Zeichen.

»Als Erstes solltest du dir über eine Sache im Klaren sein«, sagte Gavin.

»Und die wäre?«

»Dieser Kerl, wenn es sich denn bei diesem Center wirklich um einen Mann handeln sollte, ist richtig gut. Er ist ein erstklassiger Black-Hat-Hacker.« Biery schüttelte halb erstaunt, halb bewundernd den Kopf. »Eine solch geniale Code-Verschleierung oder Code Obfuscation, wie wir Nerds sagen, habe ich noch nie gesehen. Er benutzt eine völlig neue Art von Schadsoftware, die ich erst nach einer langwierigen, gründlichen Untersuchung des Maschinencodes gefunden habe.«

Jack nickte. Er deutete auf eine Zahlenreihe auf dem Monitor. »Ist das der Virus?«

»Ein Teil von ihm. Ein Computervirus besteht aus zwei Komponenten, dem Verbreitungsmechanismus und der Nutzlast oder Schadensroutine. Die Nutzlast ist immer noch auf der Festplatte verborgen. Es handelt sich um ein RAT, ein ›Remote Access Tool‹, ein ›Werkzeug für den Fernzugriff‹. Es ist eine Art von Rechner-Rechner-Protokoll, das ich jedoch noch nicht aufspüren konnte. Was du hier siehst, ist ein Teil des Verbreitungsmechanismus. Center hat nach dem Zugriff das meiste davon gelöscht, aber diese kleine Zahlenreihe übersehen.«

»Warum hat er diesen Mechanismus überhaupt gelöscht?«

»Er wollte seine Spuren verwischen. Ein guter Hacker –

wie ich zum Beispiel – räumt immer hinter sich auf. Stell dir einen Einbrecher vor. Wenn der durch ein Fenster in ein Haus eindringt, macht er als Erstes dieses Fenster hinter sich zu, damit niemand von außen merkt, dass er sich im Inneren dieses Gebäudes aufhält. Als Center in den Computer des Libyers eingedrungen war, brauchte er den Verbreitungsmechanismus nicht mehr und hat ihn gelöscht.«

»Allerdings nicht ganz.«

»Genau. Und das ist wichtig.«

»Warum?«

»Weil er dadurch einen digitalen Fingerabdruck hinterlassen hat. Es könnte etwas in seiner eigenen Schadsoftware sein, von dem er nichts weiß und von dem er deshalb auch nicht weiß, dass er es zurückgelassen hat.«

Jack verstand. »Du meinst, er könnte es auch auf anderen Rechnern hinterlassen. Wenn du also später einmal darauf stoßen solltest, weißt du, dass Center etwas damit zu tun hat.«

»So ist es. Wir wissen dann, dass diese extrem seltene Schadsoftware benutzt wurde und der Angreifer wie Center diese eine kleine Programmsequenz nicht gelöscht hat. Wir können dann davon ausgehen, dass es sich *vermutlich* um denselben Kerl handelt.«

»Irgendeine Idee, wie er diesen Virus in Kartals Computer einschleusen konnte?«

»Für einen Typ mit Centers Fähigkeiten war das ein Kinderspiel. Das wirklich Schwierige bei der Installierung eines Virus ist das Social Engineering, also die dafür notwendige ›Sozialtechnik‹, die andere Menschen dazu bringt, genau das zu tun, was du möchtest, dass sie tun. Etwa ein Programm anklicken, eine bestimmte Webseite aufrufen, ihr Passwort preisgeben, einen USB-Stick anschließen, und was es da noch alles gibt. Center und der Libyer kannten einander, und sie haben häufig miteinander kommuniziert. Aus den E-Mails wissen wir, dass der Libyer keinen Verdacht hegte, dass Center seinen Rechner ausforschte, dessen Webcam bediente und in seine Computersoftware eindrang, um Dateien zu installieren und danach seine Fußspuren zu verwischen. Er hatte Kartal komplett an der Angel.«

»Ziemlich cool«, musste Jack zugeben. Die Welt des Computerhackens war für ihn eigentlich ein Buch mit sieben Siegeln, aber jetzt erkannte er, dass es sich dabei ebenfalls um eine Form der Spionage handelte, deren Prinzipien ihm durchaus vertraut waren.

Gavin seufzte. »Ich werde die Festplatte noch weiter untersuchen müssen. Das kann noch einen Monat dauern oder mehr. Im Moment haben wir nur einen elektronischen Fingerabdruck, den wir Center zuordnen können, wenn wir noch einmal auf ihn stoßen sollten. Das ist nicht viel, aber immerhin etwas.«

»Ich werde ein Treffen mit Gerry und den anderen Außenagenten anberaumen und ihnen mitteilen, was du herausgefunden hast«, sagte Jack. »Soll ich das allein machen, damit du heimgehen kannst, um dich mal richtig auszuschlafen?«

Gavin schüttelte den Kopf. »Nein. Das packe ich schon. Da möchte ich dabei sein.«

10

Todd Wicks hatte so etwas vorher noch nie gemacht, allerdings war er zuvor auch noch nie in Shanghai gewesen.

Er war wegen der Shanghai-Hightech-Expo in die Stadt gekommen. Obwohl dies beileibe nicht seine erste Auslandsmesse war, hatte er zweifellos zum ersten Mal in der Lobby-Bar seines Hotels eine wunderschöne junge Frau kennengelernt, die ihm unmissverständlich klarmachte, dass er sie auf ihr Zimmer begleiten solle.

Klar, sie war eine Prostituierte. Todd war zwar nicht der Weltläufigste, aber das hatte er sofort gemerkt. Ihr Name war Bao. In ihrem starken, aber reizenden Akzent hatte sie ihm erzählt, dass dies »kostbarer Schatz« bedeute. Sie war absolut hinreißend, vielleicht dreiundzwanzig Jahre alt, mit langen, glatten Haaren, deren Farbe und Glanz an schwarzen Shanxi-Granit erinnerten. Sie trug ein enges, rotes Kleid, das so glamourös wie sexy wirkte. Sie war hochgewachsen und schlank. Auf den ersten Blick hätte er sie für einen Filmstar oder eine Tänzerin gehalten. Als sie jedoch bemerkte, dass er sie im Blick hatte, griff sie sich mit ihren zierlichen Fingern das Glas Chardonnay, das vor ihr auf dem Marmortresen stand, und tänzelte mit einem leichten, aber einladenden Lächeln zu ihm hinüber.

In diesem Moment wurde Todd klar, dass sie ein Freudenmädchen war, das offensichtlich gerade seiner Arbeit nachging.

Er fragte sie, ob er ihr einen Drink ausgeben dürfe, und der Barkeeper füllte ihr Weinglas wieder auf.

Wie gesagt, eigentlich machte Todd Wicks solche Sachen nicht, aber sie war dermaßen hinreißend, dass er sich entschloss, dieses eine Mal eine Ausnahme zu machen.

Eigentlich war Todd ein netter Kerl mit einem netten Leben. Mit seinen vierunddreißig Jahren war er Gebietsverkaufsleiter des kalifornischen IT-Unternehmens Advantage Technology Solutions LLC für die Region Virginia/Maryland/Washington. Er besaß ein geräumiges Haus im angesagten West End von Richmond. Er hatte zwei reizende Kinder und eine Frau, die klüger war, besser aussah und in ihrem Beruf als Generalvertreterin für Pharmaprodukte erfolgreicher war als er.

Ihm fehlte es an nichts, er war zufrieden mit seinem Leben, und er hatte keine Feinde.

Bis zu dieser Nacht.

Wenn er sich später an diesen Abend erinnerte, verfluchte er die Wodka Tonics, die er seit dem Dinner mit seinen Kollegen gekippt hatte. Außerdem sei er von den Erkältungsmitteln beeinträchtigt gewesen, die er wegen dieser Nebenhöhlenentzündung einnahm, die er sich auf dem vierundzwanzigstündigen Flug von Dallas nach China zugezogen hatte.

Vor allem gab er jedoch diesem verdammten Mädchen die Schuld, Bao, dem »kostbaren Schatz«, die sein ganzes Leben verpfuscht hatte.

Kurz vor Mitternacht traten Todd und Bao im zehnten Stock des Sheraton Shanghai Hongkou aus dem Aufzug. Sie gingen Arm in Arm den Gang hinunter, wobei Todd wegen der vielen Drinks etwas schwankte. In seiner Aufregung und Begeisterung schlug ihm das Herz bis zum Hals. Trotzdem verspürte er keinerlei Schuldgefühle wegen dem, was er gleich tun würde. Er würde sich nur überlegen müssen, wie er die 3500 Yuan, also immerhin 500 US-Dollar, aus dem Geldautomaten des Hotels vor seiner Frau verbergen konnte. Doch darum würde er sich später kümmern.

Jetzt war nicht die Zeit, sich irgendwelche Sorgen zu machen.

Ihre Suite glich der seinen, ein Kingsizebett neben einer Sitzecke mit einem Sofa und einem Breitbildfernseher. Einen Unterschied gab es jedoch. In ihrer Suite brannten ungezählte Kerzen und Räucherstäbchen. Sie setzten sich auf das Sofa, und sie bot ihm aus ihrer Minibar einen weiteren Drink an. Inzwischen hatte er jedoch die Sorge, dass der Alkohol seine »Leistungsfähigkeit« beeinträchtigen könnte, und lehnte dankend ab.

Es war jedoch nicht nur die Schönheit der jungen Frau, die Todd Wicks die Sinne benebelte. Genauso faszinierend fand er die Art, wie sie das Gespräch mit ihm gestaltete. Sie erzählte ihm eine Geschichte aus ihrer Kindheit, erkundigte sich nach seinen Geschwistern und wollte wissen, wo er aufgewachsen war. Schließlich fragte sie ihn, welchen Sport er denn betreibe, dass er in solch außergewöhnlich guter körperlicher Verfassung sei. All das feuerte einen Mann nur noch weiter an, der inzwischen nur allzu bereit war, alle Bedenken in den Wind zu schlagen.

Er liebte ihre Stimme. Sie war eher leise und stockend, trotzdem intelligent und selbstsicher. Eigentlich hätte er sie gern gefragt, was ein solch nettes Mädchen wie sie an einem Ort wie diesem verloren hatte, aber dann erschien ihm das doch nicht ganz angebracht. Tatsächlich war dies ein recht angenehmer Ort, und Todds Hemmungen waren inzwischen so weit verflogen, dass er an der ganzen Sache kaum noch etwas Falsches finden konnte. Im Grunde sah er nichts mehr außer ihren strahlenden Augen und ihrem tiefen Ausschnitt.

Sie beugte sich vor, um ihn zu küssen. Er hatte ihr noch

nicht einmal die 3500 Yuan übergeben. Er war sich jedoch sicher, dass sie in diesem Augenblick nicht an Geld dachte.

Todd hielt sich tatsächlich für einen tollen Hecht. Er war bestimmt zehnmal besser als jeder Freier, den sie bisher gehabt hatte. Bao fand ihn attraktiv und stand ebenso auf ihn wie er auf sie, daran hegte er keinerlei Zweifel.

Er gab ihr einen leidenschaftlichen Kuss, packte ihr schmales Gesicht mit beiden Händen und hielt es fest, um sie noch besser küssen zu können.

Nach einigen Minuten glitten sie von der Couch auf den Boden. Nach ein paar weiteren Minuten lagen nur noch ihr Kleid und ihre hochhackigen Schuhe vor dem Sofa, während sie auf dem Bett lag und er splitternackt davor stand.

Er kniete sich nieder, seine feuchten Hände strichen über die Innenseite ihrer Schenkel und arbeiteten sich zu ihrem Unterhöschen empor, an dem er ganz leicht zupfte. Sie war fügsam und willfährig und schien seine Berührungen zu genießen. Dies war für ihn ein weiteres Zeichen, dass sie ebenso große Lust empfand wie er selbst. Sie hob ihren Unterleib etwas in die Höhe, damit er ihr den Seidenslip von den schmalen Hüften ziehen konnte.

Ihr Bauch war flach und straff, und ihre Alabasterhaut glänzte im weichen Kerzenlicht, das den ganzen Raum erfüllte.

Todd spürte, wie seine Knie zu zittern begannen. Er stand langsam und leicht schwankend auf, um sich neben ihr aufs Bett zu legen.

Augenblicke später vereinigten sich ihre Körper. Er lag auf ihr, sein Zuhause war elftausend Kilometer entfernt, und niemand würde je davon erfahren.

Zuerst bewegte er sich ganz langsam, allerdings nur für einen Augenblick, dann wurden seine Bewegungen immer schneller. Der Schweiß tropfte ihm von der Stirn auf ihr verkrampftes Gesicht hinunter. Sie hielt die Augen fest geschlossen, was er für ein Zeichen ihrer Ekstase hielt.

Er beschleunigte seinen Rhythmus, und schon bald schaute er fasziniert in ihr wunderschönes Gesicht, während sie den Kopf im Orgasmus hin und her warf.

Klar, das Ganze war ihr Job, für den er sie bezahlte. Trotzdem fühlte er, dass sie ihn in diesem Augenblick tatsächlich *spürte*. Er war sich absolut sicher, dass ihr Orgasmus echt war und dass er sie auf eine Weise befriedigte, wie es bisher kein anderer Mann geschafft hatte.

In diesem Moment empfanden sie füreinander Gefühle, wie sie sich intensiver kaum vorstellen ließen.

Er setzte seine Bewegungen noch einige Zeit fort. Tatsächlich war seine Ausdauer jedoch nicht so groß, wie er gehofft hatte. Kurz darauf kam er.

Während er weiterhin auf ihr lag, keuchte und nach Luft rang, öffnete sie ganz langsam die Augen.

Er schaute tief in sie hinein. Die Kerzen des Zimmers spiegelten sich in ihnen als goldenes Glitzern wider.

Gerade als er ihr versichern wollte, dass sie absolut perfekt sei, blinzelten ihre Augen und konzentrierten sich dann auf einen Punkt direkt über seiner rechten Schulter.

Todd lächelte und drehte langsam den Kopf, um ihrem Blick zu folgen.

Am Fuße des Bettes stand eine Chinesin mittleren Alters in einem mattgrauen Hosenanzug und schaute mit ernster Miene auf Todds nackten Körper herab. Mit messerscharfer Stimme fragte sie: »Sind Sie jetzt fertig, Mr. Wicks?«

»Was zum Teufel ...«

Als er sich von dem Mädchen löste und aus dem Bett sprang, merkte Todd, dass sich noch etwa ein halbes Dutzend weitere Männer und Frauen in der Suite aufhielten. Sie mussten hereingeschlüpft sein, als Todd ganz in seinem Liebesspiel gefangen war.

Nackt wie er war, ließ er sich auf den Boden fallen und begann, auf Händen und Knien nach seiner Hose zu suchen.

Seine gesamte Kleidung war jedoch verschwunden.

Zehn Minuten später war Todd Wicks immer noch weitgehend nackt. Die Frau im grauen Hosenanzug hatte ihm immerhin ein Handtuch aus dem Badezimmer geholt, das er sich um die Hüften wickeln konnte. Jetzt saß er damit auf dem Bettrand, musste es jedoch ständig festhalten, weil es nicht groß genug war, um seine Blöße ganz zu bedecken. Jemand hatte die Kerzen ausgeblasen, und die Suite wurde jetzt von den Deckenlampen hell erleuchtet. Die Fremden um ihn herum schenkten ihm im Augenblick keinerlei Beachtung. Er saß halb nackt da, während die Männer und Frauen in schwarzen und grauen Anzügen und Regenmänteln in der Suite umherwuselten.

Bao hatte man nur Sekunden nach dem Eindringen der Fremden in einem Morgenmantel aus dem Zimmer geführt. Seitdem hatte er sie nicht mehr gesehen.

Auf dem 52-Zoll-Flachbildschirm in der Sitzecke, den Todd vom Bettrand aus sehen konnte, schauten sich zwei Männer eine Aufzeichnung an, die offensichtlich von einer Überwachungskamera stammte. Als Todd näher hinschaute, sah er sich selbst auf dem Sofa sitzen und nervös mit Bao plaudern. Sie spulten die Aufnahme ein paar Minuten vor, und der Blickwinkel änderte sich. Offensichtlich war in einer Schlafzimmerecke hoch über dem Bett eine zweite Kamera versteckt gewesen.

Todd konnte mitverfolgen, wie er seine Kleider auszog, nackt mit erigiertem Penis dastand und sich dann zwischen Baos Schenkel kniete.

Die Männer spulten die Aufnahme noch etwas weiter vor. Todd verzog das Gesicht, als er seinen splitternackten weißen Hintern mit slapstickartiger Geschwindigkeit auf und nieder sausen sah.

»Lieber Gott«, murmelte er und wandte sich ab. Dies in einem Raum voller fremder Männer und Frauen anschauen zu müssen war für ihn eine Tortur. Er hätte sich nicht einmal selbst beim Sex zuschauen mögen, wenn er ganz allein gewesen wäre. Seine Brust war wie zugeschnürt, und die Muskeln in seinem Kreuz waren total verspannt.

Todd hatte unwillkürlich das Gefühl, sich gleich übergeben zu müssen.

Einer der beiden Männer vor dem Fernsehgerät drehte sich zu ihm um. Er war älter als Todd, etwa Mitte vierzig, und hatte einen melancholischen Hundeblick und schmale Schultern. Er zog seinen Regenmantel aus, während er zu Todd hinüberging, und hängte ihn über den Unterarm. Er zog einen Stuhl zum Bett und setzte sich direkt vor Wicks.

Er blickte Todd mit seinen traurigen Augen an, während er ihm ganz leicht auf die Schulter klopfte. »Mein lieber Mr. Wicks. Es tut mir wirklich leid, dass wir Sie auf diese Weise behelligen. Ich möchte mir gar nicht vorstellen, wie Sie sich jetzt fühlen müssen.«

Todd schaute auf den Boden.

Das Englisch des Mannes war wirklich gut. Er hatte einen britischen Akzent, der leicht asiatisch gefärbt war.

»Ich bin Inspektor Wu Fan Jun von der Shanghaier Stadtpolizei.«

Todd hielt den Blick weiterhin auf den Boden gerichtet. Sein Gefühl der Beschämung und Erniedrigung war fast unerträglich. »Kann ich um Himmels willen *bitte* meine Hose wieder anziehen?«

»Es tut mir leid, aber die mussten wir als Beweismittel beschlagnahmen. Wir werden Ihnen aber eine aus Ihrem Zimmer bringen lassen. Nummer 1844, nicht wahr?«

Wicks nickte.

Rechts von ihm lief in der Sitzecke immer noch der Plasmafernseher. Als Todd zu ihm hinüberschielte, sah er sich aus einem anderen Blickwinkel.

Dieser war jedoch auch nicht schmeichelhafter als der vorherige.

Was zum Teufel ging hier vor? Schnitten und bearbeiteten diese Typen die Aufnahme etwa in Echtzeit?

Todd hörte seinem eigenen Stöhnen und Grunzen zu.

»Können Sie das nicht abstellen? *Bitte?*«

Wu klatschte in die Hände, als ob er das selbst vergessen hätte. Dann rief er in Mandarin etwas quer durch den Raum. Sofort eilte ein Mann zum Fernsehgerät hinüber. Endlich wurde der Bildschirm schwarz, und auch Todds Lustgestöhn hallte nicht mehr durch die sonst so stille Suite.

»Na also, das ist doch schon besser«, sagte Wu. »Ich muss Ihnen sicher nicht erst erzählen, dass Sie sich in eine äußerst heikle Lage gebracht haben.«

Todd nickte, ohne die Augen vom Boden zu heben.

»Wir untersuchen seit einiger Zeit gewisse ... bedauerliche Aktivitäten in diesem Hotel. Prostitution ist in China illegal, da sie für die betroffenen Frauen ungesunde und schlimme Folgen hat.«

Todd sagte kein Wort.

»Haben Sie Familie?«

Wicks wollte dies gerade reflexhaft verneinen, um seine Familie aus dieser ganzen Sache herauszuhalten, verkniff sich das allerdings im letzten Moment. *Meine Brieftasche und mein verdammter Laptop sind doch voller Bilder von mir und Sherry und den Kindern.* Er wusste, dass er deren Existenz nicht ableugnen konnte.

Er nickte. »Eine Frau und zwei Kinder.«

»Jungs? Mädchen?«

»Von jedem eines.«

»Sie sind ein glücklicher Mann. Ich selbst habe eine Frau und einen Sohn.«

Todd hob endlich den Kopf und schaute Wu in seine traurigen Hundeaugen. »Was passiert jetzt mit mir, Sir?«

»Mr. Wicks, persönlich tut mir das Ganze fürchterlich leid, aber Sie haben sich schließlich selbst in diese Lage gebracht. Sie liefern uns die Beweise, die wir bei unseren Ermittlungen gegen dieses Hotel benötigen. Dessen Förderung der Prostitution ist für unsere Stadt höchst schädlich und bedenklich. Stellen Sie sich nur einmal vor, Ihre eigene Tochter würde auf diese Weise ihren Lebensunterhalt ...«

»Es tut mir wirklich schrecklich leid, das müssen Sie mir glauben. Normalerweise mache ich so etwas nicht. Ich habe keine Ahnung, was über mich gekommen ist.«

»Ich sehe, dass Sie kein schlechter Mensch sind. Wenn es nach mir ginge, würden wir das Ganze als misslichen Vorfall abhaken, ein Tourist, der in etwas äußerst Unangenehmes verwickelt wurde, und es dabei belassen. Aber ... Sie müssen schon verstehen, ich bin *gezwungen,* Sie zu verhaften und Sie wegen Förderung der Prostitution anzuzeigen.« Wu lächelte. »Wie soll ich das Hotel und diese Frau anklagen, wenn ich nicht den dritten Beteiligten an diesem Dreieckshandel vorweisen kann, der dieses traurige, traurige Verbrechen erst möglich gemacht hat?«

Todd Wicks nickte abwesend. Er konnte immer noch nicht glauben, was ihm da gerade geschah. Dann fiel ihm jedoch etwas ein, und er zitterte vor Erregung, während er seinem Gegenüber einen Vorschlag machte: »Ich könnte eine eidesstattliche Versicherung abgeben. Ich könnte eine Geldstrafe zahlen. Ich könnte versprechen, dass ...«

Wu schüttelte den Kopf, und die Tränensäcke unter seinen Augen schienen noch weiter herunterzusinken. »Todd, Todd, Todd. Das klang gerade, als wollten Sie mir irgendeine Form von Bestechung anbieten.«

»Nein. Natürlich nicht. An so etwas würde ich niemals denken ...«

»Nein, Todd. *Ich* würde niemals an so etwas denken. Ich gebe zu, dass es hier in China Korruption gibt, allerdings nicht so viel, wie es der Rest der Welt behauptet. Außerdem beruht ein Großteil der Korruption auf westlichen Einflüssen, wenn ich mir diese Bemerkung erlauben darf.« Wu wedelte mit seiner kleinen Hand im Raum herum. Damit wollte er wohl andeuten, auch Todd habe sein armes Heimatland durch seine Sittenlosigkeit korrumpiert. Anstatt dies jedoch laut auszusprechen, schüttelte er nur den Kopf und sagte: »Ich wüsste nicht, wie ich Ihnen helfen könnte.«

»Ich möchte mit meiner Botschaft sprechen«, sagte Todd.

»Hier in Shanghai gibt es nur ein US-Konsulat. Die Botschaft der Vereinigten Staaten befindet sich in Peking.«

»Dann möchte ich mit jemand vom Konsulat sprechen.«

»Natürlich, das lässt sich arrangieren. Ich möchte jedoch als jemand, der selbst Familienvater ist, darauf hinweisen, dass mein Büro in diesem Fall Ihrem Konsulat unsere Erkenntnisse und Beweise mitteilen müsste. Wir wollen nämlich auf keinen Fall den Eindruck erwecken, dass unsere Vorwürfe gegen Sie haltlos oder gar fabriziert seien.«

In Todd keimte ein Fünkchen Hoffnung auf. Es wäre zwar eine weitere Demütigung, wenn das US-Konsulat erfuhr, dass er seine Frau mit einer chinesischen Nutte betrogen hatte, aber vielleicht konnte es ihn doch hier herausholen.

»Und glauben Sie ja nicht, dass das Konsulat diese Sache unter den Teppich kehren könnte. Sie werden nur Ihre Angehörigen in den Vereinigten Staaten informieren und Ihnen helfen, einen örtlichen Anwalt zu finden.«

Verdammte Scheiße, fluchte Todd im Geiste, während das Fünkchen Hoffnung erlosch.

»Und was ist, wenn ich mich schuldig bekenne?«

»Dann werden Sie eine ganze Weile hierbleiben müssen. Sie werden ins Gefängnis wandern. Natürlich, wenn Sie die Vorwürfe gegen sich bestreiten …« Wu kratzte sich am Hinterkopf. »Obwohl ich nicht weiß, was Sie dagegen vorbringen könnten, da wir ja Video- und Audioaufnahmen des ganzen … des ganzen ›Vorgangs‹ besitzen, wird es einen Prozess geben, der bestimmt gerade bei Ihnen daheim in den Vereinigten Staaten einiges Aufsehen erregen wird.«

Todd Wicks hatte wieder einmal das Gefühl, sich jeden Augenblick übergeben zu müssen.

In diesem Moment streckte Wu einen Finger in die Luft, als ob ihm gerade etwas eingefallen wäre. »Sehen Sie, Mr. Wicks, ich mag Sie. Ich halte Sie für einen Mann, der einen schweren Fehler begangen hat, weil er auf seine fleischlichen Gelüste und nicht auf seinen gesunden Menschenverstand gehört hat, ist es nicht so?«

Todd nickte eifrig. Seine Hoffnung lebte wieder auf.

»Ich könnte mit meinen Vorgesetzten reden, ob wir nicht doch noch einen Ausweg für Sie finden.«

»Hören Sie ... was immer ich dafür tun muss ... ich werde es tun.«

Wu nickte nachdenklich. »Ich glaube, dass dies auch im Interesse Ihrer Frau und Ihrer beiden kleinen Kinder wäre. Lassen Sie mich kurz telefonieren.«

Wu verließ den Raum, führte jedoch kein Telefongespräch, da er tatsächlich mit niemand reden musste. Er war weder Inspektor der Shanghaier Stadtpolizei noch Familienvater, und er war auch nicht hier, um die Prostitution in diesem Hotel zu bekämpfen. Nein, er war Agent des Ministeriums für Staatssicherheit, und Todd Wicks war gerade in seine Sexfalle geraten.

Normalerweise lockte er Gelegenheitsopfer in die Falle, aber Todd Wicks aus Richmond, Virginia, war ein besonderer Fall. Seine Vorgesetzten hatten ihm vor Kurzem eine Liste mit den Namen einiger amerikanischer IT-Händler und -vertreter übergeben. Die Shanghai-Hightech-Expo war eine der wichtigsten Technologiemessen der Welt, deshalb war es auch keine große Überraschung, dass drei Männer auf der Wunschliste seiner Vorgesetzten an ihr teilnahmen. Zwar war der erste Mann Wu durch die Lappen gegangen, aber der zweite war dann ein voller Erfolg. Während Wu auf dem Hotelgang stand, wusste er, dass auf der anderen Seite der Wand, an die er sich gerade lehnte, ein Amerikaner saß, der sich in seiner Verzweiflung bereit erklären würde, für China zu spionieren.

Er wusste nicht, wozu seine Vorgesetzten diesen Todd Wicks benötigten, es gehörte nicht zu seinem Job, das zu wissen, und im Übrigen kümmerte es ihn auch nicht weiter. Wu lebte wie eine Spinne. Sein ganzes Leben, seine gesamte Existenz, war darauf ausgerichtet, das leise Zucken in seinem Netz zu spüren, das ihm signalisierte, dass ein neues Opfer angebissen hatte. Er hatte Todd Wicks wie schon so viele zuvor in sein Netz eingesponnen. Jetzt dachte er bereits über einen japanischen Chefverkäufer im selben Hotel nach, ein Gelegenheitsziel, das Wu noch vor Sonnenaufgang in sein Netz zu verwickeln hoffte.

Wu liebte diese Shanghai-Hightech-Expo.

Todd war immer noch nackt. Allerdings hatte er einen Polizisten durch wiederholte Handzeichen dazu gebracht, ihm ein größeres Handtuch zu bringen, das er nicht ständig festhalten musste, um seine Blöße zu verbergen.

Als Wu ins Zimmer zurückkehrte, schaute ihn Todd hoffnungsvoll an. Der Chinese schüttelte jedoch nur bekümmert den Kopf und sagte dann etwas zu einem der jüngeren Beamten.

Dieser zückte seine Handschellen, und seine Kollegen zogen Todd vom Bett hoch.

»Ich habe mit meinen Vorgesetzten gesprochen. Sie bestehen darauf, dass ich Sie einliefere.«

»O mein Gott. Sehen Sie, ich kann nicht …«

»Das örtliche Gefängnis ist wirklich schrecklich, Todd. Ich empfinde es als persönliche und berufliche Schande, einen gebildeten Ausländer dorthin bringen zu müssen. Es entspricht leider nicht den Standards Ihres Landes, muss ich zugeben.«

»Ich flehe Sie an, Mr. Wu. Bringen Sie mich nicht ins Gefängnis. Meine Familie darf von dieser Sache hier nichts erfahren. Ich werde alles verlieren. Ich bin erledigt. Ich *weiß,* dass ich selbst daran schuld bin, aber ich flehe Sie an, mich gehen zu lassen.«

Wu schien einen Moment zu zögern. Nach einem müden Schulterzucken, das wohl seine innere Teilnahmslosigkeit signalisieren sollte, sprach er leise mit den fünf anderen im Raum, die daraufhin die Suite verließen. Wu und Todd blieben allein zurück.

»Todd, Ihren Reiseunterlagen entnehme ich, dass Sie China eigentlich in drei Tagen verlassen wollten.«

»Das stimmt.«

»Ich kann vielleicht verhindern, dass Sie ins Gefängnis müssen, aber dann müssen Sie mir Ihrerseits entgegenkommen.«

»Ich schwöre Ihnen, dass ich alles tun werde, was Sie von mir verlangen.«

Wu schien immer noch mit sich zu kämpfen, als könnte er sich nicht recht entscheiden. Doch schließlich trat er dicht an den Amerikaner heran und sagte leise: »Gehen Sie auf Ihr Zimmer zurück. Morgen werden Sie Ihre normale Arbeit hier auf der Messe wieder aufnehmen. Und Sie dürfen mit niemand über das hier sprechen.«

»Natürlich! Natürlich. O mein Gott, ich kann Ihnen gar nicht genug danken!«

»Man wird Kontakt zu Ihnen aufnehmen. Dies wird wahrscheinlich jedoch erst nach der Rückkehr in Ihr Land geschehen.«

Todd hörte mit seinen Dankesbekundungen auf. »Oh. Okay. Das ist ... was immer Sie sagen.«

»Darf ich Ihnen als jemand, der Ihnen freundlich gesinnt ist, noch eine Warnung mit auf den Weg geben, Todd. Die

Leute, die von Ihnen einen Gefallen verlangen werden, erwarten, dass Sie ihnen den auch erweisen. Sie werden die Beweise über das, was hier vorgefallen ist, aufbewahren und sie notfalls gegen Sie verwenden.«

»Ich verstehe«, sagte er, und tatsächlich verstand er plötzlich, was hier vor sich ging. Nein, Todd Wicks mochte vielleicht nicht sehr weltläufig sein, aber jetzt begriff er, dass man ihn geleimt hatte.

Verdammt! Wie konnte ich nur so dumm sein!

Ob nun geleimt oder nicht, sie hatten ihn an der Angel. Er würde alles tun, damit seine Familie dieses Video niemals zu Gesicht bekam.

Er würde alles tun, was der chinesische Geheimdienst von ihm verlangte.

11

Das von Jack Ryan jr. gewünschte Mitarbeitertreffen wurde von der Führung des Campus für elf Uhr vormittags einberufen. In der Zwischenzeit kehrte Jack an seinen Schreibtisch zurück und schaute sich noch einmal die Analysen durch, die er heute vorstellen würde. Seine Kollegen konzentrierten sich derweil auf das Material, das sie von der CIA aufgefangen hatten und das mit dem Tod der fünf Libyer in der Türkei vor zwei Monaten zu tun hatte. Dabei war es nicht weiter überraschend, dass sich die CIA dafür interessierte, wer diese Nordafrikaner umgebracht hatte. Jack fand es so unheimlich wie aufregend, die Theorien der Analysten in Langley über diesen gut organisierten Anschlag durchzulesen.

Die Klügeren wussten sehr wohl, dass dies kein Racheakt des neuen libyschen Geheimdiensts gegen die türkische Zelle ehemaliger Gaddafispione sein konnte. Darüber hinaus herrschte jedoch wenig Übereinstimmung.

Auch das Office of the Director of National Intelligence hatte sich einige Tage mit dieser Frage befasst. Selbst Jacks Freundin Melanie Kraft wurde beauftragt, die Befunde und Indizien über diese Mordanschläge durchzugehen. Fünf verschiedene Tötungen in derselben Nacht, die alle ganz unterschiedlicher Art waren und sich alle gegen eine einzige Zelle richteten, deren Mitglieder eigentlich untereinander eine ordentliche Kommunikationsbeziehung pflegten, machten auf Melanie gehörigen Eindruck. In dem Bericht, den sie für ihre Chefin Mary Pat Foley verfasste, lobte sie die Geschicklichkeit der Angreifer in höchsten Tönen.

Jack hätte ihr eines Abends bei einer guten Flasche Wein gern erzählt, dass er einer dieser Attentäter war.

Nein. Niemals. Jack schlug sich das sofort aus dem Kopf.

Melanie war zu dem Schluss gekommen, dass die Akteure dieser Anschläge, wer auch immer sie sein mochten, wahrscheinlich keine Bedrohung für die Vereinigten Staaten darstellten. Die Zielpersonen waren gewissermaßen Feinde der USA gewesen, und die Täter waren begabte Killer, die zwar einige Risiken eingegangen waren, diese ganze Angelegenheit jedoch mit List und Geschick durchgezogen hatten. Aus all diesen Gründen beschäftigte sich das ODNI auch nicht allzu lange mit dieser Sache.

Obwohl sich die US-Regierungsstellen die Ereignisse in dieser fraglichen Nacht nicht erklären konnten, waren ihre Kenntnisse über die libysche Zelle selbst für Jack von höchstem Interesse. Der NSA war es gelungen, einige SMS aufzufangen, die die fünf Mitglieder der Zelle über ihre Handys ausgetauscht hatten. Jack las die übersetzten Mitschriebe der NSA durch. Die kurzen, kryptischen Dialoge machten deutlich, dass diese Männer nicht mehr über die Identität oder die übergreifenden Absichten dieses Center wussten als Ryan selbst.

Seltsam, dachte Jack. *Wer arbeitet für jemand dermaßen Schattenhaften, dass er keine Ahnung hat, wer er überhaupt ist?*

Entweder waren die Libyer völlige Dummköpfe, oder ihr neuer Auftraggeber war ein Meister darin, seine eigene Identität zu verbergen.

Jack glaubte jedoch nicht, dass die Libyer Dummköpfe waren. Vielleicht hatten sie ihre persönliche Sicherheit etwas vernachlässigt. Das lag aber wahrscheinlich an ihrer Vermutung, dass nur der neue libysche Geheimdienst hinter ihnen her war, von dessen Fähigkeiten sie nicht allzu viel hielten.

Jack musste beinahe darüber lächeln, als er die Dateien auf seinem Monitor durchscannte und dabei nach Erkenntnissen der CIA suchte, die er der Campusführung bei dem für heute anberaumten Treffen mitteilen konnte.

Plötzlich spürte Jack, dass jemand hinter ihm stand. Als er über die Schulter blickte, sah er, wie sich sein Cousin Dom Caruso gerade auf den Rand von Jacks Winkelschreibtisch setzte. Hinter Dom standen Sam Driscoll und Domingo Chavez.

»He, Jungs«, begrüßte er sie. »Ich bin in fünf Minuten fertig, dann können wir zum Chef hochgehen.«

Sie schauten alle ernst.

»Was ist los?«, fragte Jack.

»Clark hat gekündigt«, antwortete Chavez.

»Gekündigt?«

»Er hat bei Gerry und Sam seinen Abschied eingereicht. Er packt noch ein oder zwei Tage seine Sachen zusammen, aber Mitte der Woche verschwindet er.«

»Scheiße.« Ryan schwante für die Zukunft nichts Gutes. Sie brauchten Clark. »Und warum?«

»Seine Hand funktioniert immer noch nicht«, sagte Dom. »Und er hat Angst, dass all die Fernsehnachrichten über ihn im letzten Jahr den Campus auffliegen lassen könnten. Er hat seine Entscheidung getroffen. Er hört auf.«

»Meinst du wirklich, dass er einfach so wegbleiben kann?«

Chavez nickte. »John macht keine halben Sachen. Er ist ab jetzt Vollzeit-Großvater und -Ehemann.«

»Und ›Gutsherr‹«, sagte Dom mit einem Lächeln.

Ding musste kichern. »So was in der Richtung, nehme ich an. Mein Gott, wer hätte das gedacht?«

Das Treffen begann ein paar Minuten später. John war nicht anwesend. Er hatte einen Termin bei seinem orthopädischen Chirurgen in Baltimore. Außerdem hasste er dramatische Abschiedsszenen und verließ nicht zuletzt deshalb still und heimlich das Gebäude, während die anderen zum Konferenzraum im achten Stock hinauffuhren.

Zuerst drehte sich das Gespräch natürlich um Johns Entscheidung, beim Campus aufzuhören. Hendley lenkte jedoch die Aufmerksamkeit der anderen nach kurzer Zeit wieder auf ihr anstehendes Problem.

»Okay. Wir haben uns in letzter Zeit hauptsächlich am Kopf gekratzt und über die Schulter geschaut. Jack hat mich gewarnt, dass er heute auch nicht allzu viele Antworten für uns hat. Trotzdem werden er und Gavin uns über ihre forensische Untersuchung der Festplatte auf den neuesten Stand bringen.«

Ryan und Gavin berichteten den anderen fünfzehn Minuten lang über alles, was sie über die Festplatte herausgefunden und aus den CIA-Quellen erfahren hatten. Sie erzählten ihnen, dass Center in Emid Kartals Computer eingedrungen war, dass Center die Libyer in Istanbul immer wieder mit kleineren Aufträgen betraut hatte und dass er anscheinend plante, mit ihrer Hilfe in ein Netzwerk einzudringen, es sich später jedoch offensichtlich anders überlegte.

Gerry Hendley stellte schließlich die Frage, die jeder in diesem Raum beantwortet haben wollte: »Aber warum das Ganze? Warum saß dieser Center einfach nur da und schaute zu, wie ihr die ganze Istanbuler Zelle getötet habt, die bisher für ihn gearbeitet hatte? Welchen Grund könnte er dafür haben?«

Ryan schaute einen Augenblick lang in die Runde und trommelte mit den Fingern auf den Tisch. »Ganz sicher weiß ich das nicht.«

»Aber Sie haben eine Vermutung?«, fragte Hendley.

Jack nickte. »Ich vermute, dass Center bereits seit einiger Zeit von unserer Absicht, die libysche Zelle auszuschalten, gewusst hat.«

Hendley traute seinen Ohren nicht. »Sie wussten von uns bereits vor dieser Nacht? Wie?«

»Ich habe keine Ahnung. Und ich könnte mich täuschen.«

»Wenn du recht hast und er tatsächlich wusste, dass wir in die Türkei kommen würden, um die Libyer zu töten, die für ihn arbeiteten, warum zum Teufel hat er sie dann nicht gewarnt?«, fragte Chavez.

»Also, das sind jetzt wieder nur Spekulationen«, erwiderte Jack. »Aber ... vielleicht waren sie nur der Köder. Vielleicht wollte er unsere Aktion beobachten. Vielleicht wollte er schauen, ob wir so etwas tatsächlich durchziehen können.«

Rick Bell, Jacks Analysechef, beugte sich über den Tisch. »In Ihrer Analyse gibt es ein paar massive unvermittelte Gedankensprünge, Jack.«

Ryan hob die Hände, als ob er kapitulieren wollte. »Ja, da haben Sie hundertprozentig recht. Vielleicht habe ich gegenwärtig einfach nur so ein Gefühl.«

»Gehen Sie dorthin, wohin die Daten Sie führen, und nicht dorthin, wohin Ihr Herz Sie führt«, warnte Bell. »Das soll keine Beleidigung sein, aber Sie könnten einfach nur erschrocken sein, als Sie sich plötzlich in der Sendung ›Versteckte Kamera‹ wiederfanden.«

Jack stimmte zu, obwohl er diesen Kommentar seines Analysechefs überhaupt nicht mochte. Ryan hatte ein starkes Ego und gab nur ungern zu, dass er seine eigenen persönlichen Vorurteile in irgendwelche Analysen einfließen ließ. Aber tief innen wusste er, dass Rick recht hatte. »Verstanden. Wir versuchen immer noch, dieses Puzzle zusammenzusetzen. Ich bleibe dran.«

»Eines verstehe ich nicht, Gavin«, sagte Chavez.

»Was denn?«

»Center ... dieser Typ, der offensichtlich diesen Rechner kontrollierte. Er wollte anscheinend, dass Ryan mitbekam, dass er ihn beobachtete.«

»Ja, offensichtlich.«

»Wenn er seine gesamte Schadsoftware mit Ausnahme einer ganz schwachen Spur löschen konnte, warum hat er dann nicht auch alle E-Mails gelöscht, die mit ihm und seinen Operationen zu tun hatten?«

»Ich habe mir wochenlang den Kopf über genau diese Frage zerbrochen, Domingo, und ich glaube, ich habe die Antwort gefunden«, erwiderte Gavin. »Center hat den Verbreitungsmechanismus der Schadsoftware gelöscht, sobald er erfolgreich in diesen Computer eingedrungen war, er hat jedoch den Rest der Festplatte wie etwa die E-Mails und die anderen Sachen draufgelassen, damit Kartal nicht merkte, dass er seinen Rechner gehackt hatte. Als Ryan dann dorthin kam und Kartal ins Jenseits beförderte, lud Center diese Fotos vom Rest des Teams auf den Computer, damit Ryan sie sehen würde und sie per E-Mail an seine eigene Adresse schickte oder sie auf einem USB-Stick oder einer DVD speicherte.«

Jack unterbrach ihn. »Und dann hätte ich sie hier zum Campus mitgenommen und sie auf meinen eigenen Rechner geladen.«

»Genau. Die Idee war hervorragend, aber sie hat dann doch nicht geklappt. Er dachte an alle Arten, wie Jack diese Daten zum Campus mitnehmen könnte, außer an eine.«

»Dass er den ganzen verdammten Computer stehlen würde«, sagte Hendley.

»Das stimmt. Center konnte sich ganz bestimmt nicht vorstellen, dass Jack mit dem Rechner unter dem Arm aus der Wohnung stürmen könnte. Das war so hirnrissig, dass es schon wieder brillant war.«

Jack kniff die Augen zusammen. »Vielleicht war es auch nur brillant.«

»Wie auch immer. Wichtig ist nur, dass du nicht nur den *Inhalt* der Festplatte nach Hause gebracht hast, um ihn hier zu untersuchen.«

Ryan erklärte den anderen im Raum, die Bierys Argumentationslinie nicht gefolgt waren oder folgen konnten, was er damit meinte. »Center hat versucht, mit meiner Hilfe einen Virus in unser System einzuschleusen.«

»Verdammt richtig«, bestätigte Biery. »Er hat dir diese E-Mails als Köder vor die Nase gehalten, damit du anbeißt, was du dann auch getan hast. Allerdings dachte er, du würdest mit den digitalen Daten und nicht mit dem ganzen Gerät verschwinden. Ich bin mir sicher, dass er den Computer vollkommen ›gereinigt‹ hätte, bevor die Polizei aufgetaucht wäre.«

»Hätte Center auf diese Weise unser Netzwerk infizieren können?«, wollte Hendley von Biery wissen.

»Wenn diese Schadsoftware gut genug war, ganz bestimmt. Mein Netzwerk verfügt über Abwehrfunktionen, die besser sind als die sämtlicher Regierungsnetze. Trotzdem ... es braucht nur ein Arschloch mit einem Speicherstick oder einem USB-Kabel, um sie alle außer Gefecht zu setzen.«

Gerry blickte einen Augenblick ins Leere und sagte dann: »Meine Herren ... alles, was Sie uns heute erzählt haben, verstärkt meine Gewissheit, dass jemand viel mehr über uns weiß, als uns recht sein kann. Ich weiß nicht, wer dieser potenzielle Gegner ist, aber solange wir dessen Hintergründe nicht kennen, werden wir keine Operationen mehr durchführen. Rick, Jack und der Rest des Analyseteams werden weiterhin den Datenverkehr aus Fort Meade und Langley abfangen und versuchen, durch dessen Auswertung Centers Identität herauszufinden.«

Hendley schaute Gavin Biery an. »Gavin? Wer ist dieser

Center? Für wen arbeitet er? Warum hat er das alles unternommen, um uns auffliegen zu lassen?«

»Da bin ich überfragt. Ich bin kein Analyst.«

Gerry Hendley schüttelte den Kopf. Diese ausweichende Antwort stellte ihn nicht zufrieden. »Ich frage Sie nach Ihrer besten Einschätzung.«

Gavin Biery setzte seine Brille ab und säuberte sie mit dem Taschentuch. »Meiner Einschätzung nach handelt es sich bei diesen Leuten um die fähigsten, bestorganisierten und skrupellosesten Cyberspionage- und Cyberkriegsexperten auf diesem Planeten. Ich würde sagen, es sind die Chinesen.«

Im ganzen Konferenzraum erklang ein leises Stöhnen.

12

Wei Zhen Lin nippte an einem großen Glas gelben Pfirsichsaft, während er die Wärme der Sonne genoss. Seine Zehen waren in den weichen, feuchten Sand eingesunken, und das Wasser umspülte bei jeder neuen Welle seine Füße, manchmal bis hinauf zu den Knöcheln. Dabei berührte es beinahe den Stoff seiner Hose, die er aufgekrempelt hatte, damit sie nicht nass wurde.

Wei sah wirklich nicht wie ein gewöhnlicher Strandgänger aus. Er trug ein weißes Pinpoint-Oxford-Hemd und eine Regimentskrawatte. Sein Sakko hatte er sich über die Schulter gehängt, während er aufs Meer hinausschaute und das blaugrüne Wasser bewunderte, das in der Mittagssonne glänzte.

Es war ein strahlend schöner Tag. Wei ertappte sich bei dem Wunsch, mehr als einmal im Jahr hierherkommen zu können.

Hinter ihm rief eine Stimme: »Zongshuji?« Das war einer seiner Titel, »Generalsekretär«. Obwohl Wei auch Staatspräsident war, hielten seine Mitarbeiter seine Rolle als Generalsekretär der Kommunistischen Partei für sehr viel wichtiger.

Die Partei war eindeutig wichtiger als die Nation.

Wei ignorierte die Stimme und schaute lieber zu den beiden grauen Schiffen etwa anderthalb Kilometer vor der Küste hinaus. Es handelte sich um zwei 062C-Küstenpatrouillenboote, die bewegungslos auf dem stillen Wasser dümpelten, während ihre Kanonen und Flakgeschütze in den Himmel gerichtet waren. Sie sahen stark, eindrucksvoll und Unheil bringend aus.

Auf Wei wirkten sie jedoch irgendwie unzulänglich. Der Ozean und der Himmel waren beide riesig und steckten voller Bedrohungen. Wei wusste, dass er mächtige Feinde hatte.

Tatsächlich fürchtete er, dass sich die Liste seiner Feinde nach dem bevorstehenden Treffen mit dem obersten Militärbefehlshaber seines Landes noch vergrößern würde.

Das mächtigste Gremium der Volksrepublik China war der neunköpfige Ständige Ausschuss des Politbüros, der die Richtlinien der Politik für diese Nation mit ihren 1,4 Milliarden Einwohnern festlegte. Jedes Jahr im Juli verließen die Führer der KPCh sowie Dutzende, wenn nicht Hunderte von Adjutanten und Sekretären ihre Büros in Peking und reisten dreihundert Kilometer nach Osten in den ruhig gelegenen Badeort Beidaihe.

Manche behaupteten, dass in den kleinen Sitzungsräumen der eher unscheinbaren Bauten in den Wäldern und entlang den Stränden mehr strategische Entscheidungen über die Zukunft Chinas getroffen wurden als in Peking selbst.

Bei der diesjährigen Sommertagung des Ständigen Ausschusses waren die Sicherheitsvorkehrungen strenger denn je. Dafür gab es gute Gründe. Präsident und Generalsekretär Wei Zhen Lin hatte zwar dank der Unterstützung des Militärs seine Macht behalten, aber der Volkszorn gegen die Partei wurde immer stärker. In mehreren Provinzen hatte es Massenproteste und Aktionen des zivilen Ungehorsams in einer Größenordnung gegeben, wie man sie so seit dem Massaker auf dem Tiananmen-Platz im Jahr 1989 nicht mehr erlebt hatte. Darüber hinaus hatte man zwar die Verschwörer, die den gescheiterten Staatsstreich geplant hatten, verhaftet und ins Gefängnis geworfen, aber viele ihrer Anhänger und Helfer bekleideten immer noch hohe Stellungen. Wei fürchtete einen zweiten Putschversuch mehr als alles andere.

In ihrer über neunzigjährigen Geschichte war die KPCh noch nie so gespalten gewesen wie gegenwärtig.

Vor einigen Monaten war Wei kurz davor gewesen, sich selbst eine Kugel ins Hirn zu jagen. In den meisten Nächten schreckte er schweißgebadet aus dem Schlaf auf, wenn er in schlimmen Albträumen diese Augenblicke nacherlebte. Auch tagsüber wurde seine Paranoia immer stärker.

In Wirklichkeit war Wei ungeachtet seiner Ängste im Moment besser geschützt denn je. Die Streitkräfte und Geheimdienste seines Landes gaben jetzt nämlich besonders gut auf ihn acht. Er stand in ihrer Schuld und musste deswegen nach ihrer Pfeife tanzen. Deshalb wollten sie unbedingt vermeiden, dass ihm etwas zustieß.

Dies war für ihn allerdings kein allzu großer Trost. Er wusste, dass die Volksbefreiungsarmee sich jeden Augenblick gegen ihn wenden konnte und seine Beschützer dann zu seinen Henkern werden würden.

Die Beidaihe-Konferenz war am Tag zuvor zu Ende gegangen, und die meisten Teilnehmer waren bereits in den Smog und das Gewimmel Pekings zurückgekehrt. Der Präsident hatte jedoch seine Abreise um einen Tag verschoben, um sich mit seinem engsten Verbündeten im Politbüro zu treffen. Er musste mit General Su, dem Vorsitzenden der Zentralen Militärkommission, einige wichtige Dinge besprechen. Er hatte den Ort des Treffens damit begründet, dass die Regierungsbüros in Peking inzwischen nicht mehr sicher genug seien, um solche Angelegenheiten zu bereden, da man dort ständig damit rechnen müsse, abgehört zu werden.

Wei setzte große Hoffnungen in dieses informelle Treffen, nachdem die Konferenz selbst ein Fehlschlag gewesen war.

Er hatte die Konferenzwoche mit einem offenen und schonungslosen Vortrag über den bedenklichen Zustand der chinesischen Wirtschaft begonnen.

Die Nachricht über den gescheiterten Putsch hatte nur noch mehr ausländische Investoren abgeschreckt und die Wirtschaft weiter geschwächt. Weis Gegner wendeten jetzt diese Tatsache gegen ihn und führten sie als Beweis dafür an, dass seine Öffnung des chinesischen Binnenmarkts China den Launen und der Willkür der kapitalistischen Hurennationen ausgeliefert habe. Hätte China seine Autarkie befördert und nur mit gleichgesinnten Nationen Handel getrieben, wäre seine Wirtschaft jetzt nicht so verwundbar.

Wei hörte diesen Aussagen seiner politischen Feinde mit unbewegtem Gesicht zu. Allerdings hielt er ihre Behauptungen für idiotisch und sie selbst für Narren. China hatte vom Welthandel in außerordentlichem Maße profitiert. Hätte es sich in den letzten dreißig Jahren nach außen abgeschottet, während sich die Wirtschaft weltweit auf atemberaubende Weise entwickelte, würden die Chinesen jetzt wie die Nordkoreaner Dreck fressen oder, wahrscheinlicher, das Proletariat hätte Zhongnanhai gestürmt und sämtlichen Männern und Frauen in den Regierungsbehörden den Garaus gemacht.

Seit dem Putschversuch hatte Wei, meist im Geheimen, unermüdlich an einem neuen Plan gefeilt, wie man die Ökonomie seines Landes wieder auf die rechte Bahn bringen könnte, ohne dabei seine Regierung zu kompromittieren. Seine Ideen hatte er auf der Sommertagung des Ständigen Ausschusses vorgetragen, wo sie jedoch rundheraus abgeschmettert wurden.

Seine Genossen gaben Wei deutlich zu verstehen, dass sie *ihn* für die Wirtschaftskrise verantwortlich machten und dass sie auf keinen Fall seinen Plan unterstützen würden, die Ausgaben, Löhne und Sozialleistungen zu kürzen, um eine Überhitzung der Wirtschaft zu vermeiden.

Wei wusste also seit dem gestrigen Ende der Beidaihe-Konferenz, dass er seine eigentlichen Absichten nicht durchführen konnte.

Heute würde er jedoch die Grundlage für seinen Plan B legen. Er war sich sicher, dass dieser funktionieren würde, auch wenn er seinem Land mehr abverlangte als ein kurzfristiger Entwicklungsstopp.

Während er seine Gedanken wandern ließ, meldete sich hinter ihm erneut diese Stimme: »Genosse Generalsekretär!«

Wei drehte sich um und sah den Rufer mitten zwischen seinen Sicherheitsleuten stehen. Es war Cha, sein Sekretär.

»Ist es Zeit?«

»Man hat mir gerade gemeldet, dass der Vorsitzende Su eingetroffen ist. Wir sollten zurückkehren.«

Wei nickte. Er wäre gern den ganzen Tag in Hemdsärmeln und mit aufgekrempelten Hosenbeinen hier am Strand geblieben. Aber er hatte etwas Wichtiges zu erledigen, das keinen Aufschub duldete.

Er ging den Strand hinauf, zurück zu seinen Verpflichtungen.

Wei Zhen Lin betrat ein kleines Konferenzzimmer, das direkt neben seiner Ferienwohnung lag. Der Vorsitzende Su Ke Qiang wartete bereits auf ihn.

Die beiden Männer umarmten sich flüchtig. Dabei spürte Wei, wie die Orden auf General Sus Uniform auf seine Brust drückten.

Wei mochte Su nicht, aber ohne ihn wäre er nicht mehr an der Macht. Ohne Su wäre er wahrscheinlich nicht einmal mehr am Leben.

Nach ihrer oberflächlichen Umarmung lächelte Su und setzte sich an einen kleinen Tisch, der mit einem kunstvollen chinesischen Teeservice gedeckt war. Der große General – Su maß immerhin über 1,82 Meter – goss sich und seinem Gastgeber Tee ein, während ihre beiden Sekretäre auf Stühlen an der Wand Platz nahmen.

»Vielen Dank, dass Sie noch geblieben sind, um mit mir zu sprechen«, sagte Wei.

»Das war doch eine Selbstverständlichkeit, *Tongzhi*.«

Zuerst plauderten sie eine gewisse Zeit über die anderen Mitglieder des Ständigen Ausschusses und den Ablauf der Sommertagung. Schon bald wurden Weis Augen jedoch hart und ernst. »Genosse General, ich habe unseren Kollegen die katastrophalen Folgen klarzumachen versucht, die zu erwarten sind, wenn wir nicht sofort entscheidende Maßnahmen ergreifen.«

»Das war für Sie eine schwierige Woche. Sie wissen ja, dass Sie die volle Unterstützung der Volksbefreiungsarmee genießen, und meine eigene, wenn ich dies noch hinzufügen darf.«

Wei lächelte. Er wusste, dass ihn Sus Unterstützung etwas kostete. Sie hing davon ab, dass er dessen politischem Kurs folgte.

Genau das würde Wei jetzt tun. »Erzählen Sie mir vom Bereitschaftsgrad unserer Streitkräfte.«

»Dem Bereitschaftsgrad?«

»Ja. Sind wir stark? Sind wir vorbereitet?«

Su runzelte die Stirn. »Vorbereitet *worauf*?«

Wei seufzte. »Ich habe schwierige, aber absolut notwendige staatliche Sparmaßnahmen in die Wege zu leiten versucht. Ich konnte diese allerdings nicht durchsetzen. Wenn wir jedoch gar nichts tun, wird die chinesische Entwicklung am Ende des gegenwärtigen Fünfjahresplans um mindestens eine Generation zurückgefallen sein. Wir selbst werden die Macht verloren haben, und die neuen Führer werden unser Land noch weiter in die Vergangenheit zurücklenken.«

Su sagte kein Wort.

»Ich sehe mich deshalb gezwungen, eine ganz neue

Richtung einzuschlagen, um ein stärkeres China zu schaffen«, fuhr Wei fort.

Er schaute Su in die Augen und bemerkte darin eine wachsende Freude, als dem General die Bedeutung seiner Worte langsam klar wurde.

»Wird diese neue Richtung den Einsatz unserer Streitkräfte erfordern?«, fragte Su.

Wei nickte. »Anfangs könnte es vielleicht ... *Widerstände* gegen meinen Plan geben.«

»Widerstände von innen oder welche von außen?«, fragte Su und nahm einen weiteren Schluck Tee.

»Ich spreche von *ausländischem* Widerstand, Genosse Vorsitzender.«

»Ich verstehe«, sagte Su, ohne eine Gefühlsregung zu zeigen. Wei wusste jedoch, dass er diesem Mann gerade das gab, was dieser begehrte.

Su stellte seine Teetasse ab und fragte: »Und was schlagen Sie vor?«

»Ich schlage vor, dass wir unsere militärische Macht dazu benutzen, endlich wieder die Führungsposition in unserer Region zu übernehmen.«

»Und was wird uns das bringen?«

»Wir werden überleben.«

»Überleben?«

»Wir können einen Zusammenbruch unserer Wirtschaft nur noch abwenden, indem wir unser Territorium erweitern und uns neue Rohstoffquellen, Produkte und Absatzmärkte sichern.«

»Von welchem Territorium sprechen Sie?«

»Wir müssen vor allem im Südchinesischen Meer unsere Interessen viel aggressiver vertreten.«

Su tat jetzt endlich nicht mehr so, als ob ihn das Ganze kaltlassen würde, und nickte heftig. »Ganz meine Meinung. In letzter Zeit haben sich unsere Nachbarn viel zu viel herausgenommen. Die Kontrolle über das Südchinesische Meer ist unser gutes, angestammtes Recht. Trotzdem entgleitet sie uns gegenwärtig zusehends. Der Kongress der Philippinen hat vor Kurzem ein Gesetz erlassen, in dem ›die Grundlinie der Territorialgewässer des philippinischen Archipels‹ festgelegt wurde. In diesem beanspruchen sie unter anderem die Huangyan-Inseln, die schon seit ewigen Zeiten zu unserer Nation gehören. Indien hat sich mit Vietnam zusammengetan, um vor der vietnamesischen Küste nach Öl zu bohren. Sie drohen jetzt, ihren neuen Flugzeugträger in diese Gewässer zu schicken, um uns auf provokante Weise herauszufordern und unsere Entschlossenheit zu testen.

Malaysia und Indonesien weigern sich, unsere Wirtschaftszonen im Südchinesischen Meer zu respektieren, und behindern immer wieder unsere dortigen Fischfangoperationen.«

»In der Tat«, sagte Wei und bestätigte Sus Ausführungen mit einem Nicken.

Der Vorsitzende der Militärkommission lächelte und sagte: »Mit einigen wohlkalkulierten Aktionen im Südchinesischen Meer werden wir die Finanzen unseres Landes aufbessern können.«

Wei schüttelte den Kopf wie ein Lehrer, dessen Schüler das Grundprinzip seiner Ausführungen nicht verstanden hatte. »Nein, Vorsitzender Su. *Das* wird uns nicht retten. Vielleicht habe ich Ihnen den Ernst unserer wirtschaftlichen Probleme nicht ganz klarmachen können. Wir werden unseren Wohlstand nicht durch das Fangen von Fischen wiedergewinnen.«

Su ließ diese herablassende Abfuhr an sich abgleiten. »Ihre Pläne gehen also noch weiter.«

»Die totale Dominanz über das Südchinesische Meer ist natürlich der erste Schritt, dem jedoch noch zwei weitere Schritte folgen müssen.« Wei machte eine Pause, da er wusste, dass Su auf das Folgende nicht gefasst war.

Wei wusste jedoch auch, dass es danach kein Zurück mehr geben würde.

Nach einem kurzen Zögern fuhr er fort: »Schritt zwei ist die Rückkehr Hongkongs zum Mutterland, die Abschaffung des Hongkonger Grundgesetzes und die Umwandlung des gesamten Territoriums in eine normale chinesische Sonderwirtschaftszone. Natürlich wird unsere bewährte Politik des ›Ein Land, zwei Systeme‹ weitergeführt werden, aber ich möchte, dass aus uns auch wirklich *ein* Land wird. Die Hongkonger Kapitalisten sollten der Pekinger Regierung Steuern zahlen. Immerhin sorgen wir für ihre Sicherheit. Meine Berater haben mir versichert, dass sich, wenn wir Hongkong und dessen kleine hässliche Cousine Macao mit unserer Sonderwirtschaftszone Shenzhen zusammenlegen, unsere Einkünfte gegenüber dem, was wir heute aus diesem Territorium erhalten, vervierfachen würden. Dieses Geld würde der KPCh zugutekommen, während die dortigen Kapitalisten hinsichtlich ihrer beträchtlichen Gewinne kaum große Einbußen erleiden würden.

Außerdem möchte ich auch in den Hongkonger Schulen das Unterrichtsfach ›Nationale Moral‹ einführen und dafür sorgen, dass möglichst viele Hongkonger Regierungsbeamte der Kommunistischen Partei beitreten. ›Nationalismus‹ ist dort zu einem Schimpfwort geworden. Dem werde ich ein Ende setzen.«

Su nickte zwar, aber Wei sah, wie die Gedanken in seinem Kopf rotierten. Der General dachte bestimmt gerade an den Widerstand, der bei einer Umsetzung dieser Ideen von dem halbautonomen Staatswesen Hongkong, vor allem aber von Großbritannien, der EU, Amerika, Australien und jeder anderen Nation zu erwarten war, die dort massive Kapitalinvestitionen getätigt hatte.

Hongkong und Macao waren Sonderverwaltungszonen der VR China. Sie genossen weitgehende Autonomie und konnten ihr demokratisch-marktwirtschaftliches System beibehalten, auch nachdem sie 1997 von den Briten bzw. 1999 von den Portugiesen China zurückgegeben worden waren. Die Chinesen hatten sich damals verpflichtet, diesen Status mindestens fünfzig Jahre lang keinesfalls anzutasten. Niemand in China und ganz bestimmt kein chinesischer Führer hatte jemals vorgeschlagen, die Selbstverwaltung der beiden Stadtstaaten abzuschaffen und sie wieder vollständig in den chinesischen Staatsverband zu integrieren.

»Ich verstehe jetzt, warum wir zuerst das Südchinesische Meer kontrollieren müssen«, sagte Su. »Viele Länder werden sich im Rahmen ihrer nationalen Interessen für die Beibehaltung des gegenwärtigen Hongkonger Status einsetzen.«

Wei wischte diese Bemerkung mit einer Handbewegung beiseite. »Schon, aber ich gedenke, es der internationalen Gemeinschaft deutlich zu machen, dass ich ein Freund der Geschäftswelt bin, der sich für den Freimarkt-Kapitalismus einsetzt, und dass es am Status von Hongkong und Macao nur minimale Änderungen geben wird, die für die Außenwelt kaum bemerkbar sein werden.«

Bevor Su etwas erwidern konnte, fügte Wei hinzu: »Schritt drei wird dann das seit Langem erklärte Ziel unserer Nation sein: die Eingliederung Taiwans. Wenn wir dies richtig machen und die Insel in unsere größte Sonderwirtschaftszone verwandeln, wird sie nach der festen Erwartung meiner Berater den größten Teil ihrer Wirtschaftskraft behalten. Natürlich werden sich die gegenwärtige Regierung und ihre Verbündeten dem widersetzen, aber ich habe keinesfalls vor, in Taiwan einzumarschieren. Ich gedenke, diese Provinz durch diplomatische Mittel, wirtschaftlichen Druck und die Kontrolle ihrer Schifffahrtswege wieder einzugliedern. Dies alles wird ihnen mit der Zeit deutlich machen, dass sie nur als stolzes Mitglied unseres Neuen Chinas eine Zukunft haben.

Sie sollten immer daran denken, Vorsitzender Su, dass die chinesischen Sonderwirtschaftszonen, ein Wirtschaftsmodell, das ich während meiner ganzen Laufbahn verbessert und gefördert habe, in der ganzen Welt als großer Erfolg gelten, da in ihnen der Kapitalismus mit unserem System versöhnt wird. Mich persönlich hält man im Westen für den Garanten eines positiven Wandels. In bin jedoch nicht naiv, ich weiß, dass mein Ansehen leiden wird, wenn die Außenwelt unsere Ziele begreift, aber das ist mir egal. Wenn wir einmal haben, was wir benötigen, werden wir schneller wachsen, als wir uns das heute überhaupt vorstellen können. Außerdem fühle ich mich dafür verantwortlich, alle Beziehungen, die durch unsere Aktionen beschädigt werden, wieder zu kitten.«

Su war die Überraschung über die Kühnheit dieses Plans deutlich anzusehen, den er von diesem friedfertigen Präsidenten so nicht erwartet hatte, einem Mann, der doch eigentlich ein Mathematiker und Wirtschaftswissenschaftler und kein militärischer Führer war.

Wei bemerkte die Verwirrung auf Sus Gesicht und lächelte. »Ich habe die Amerikaner studiert und verstehe sie jetzt. Ihre Wirtschaft natürlich, aber auch ihre Kultur und Politik. Sie haben eine Redensart: ›Nur Nixon konnte nach China gehen.‹ Kennen Sie diesen Spruch?«

Su nickte. »Natürlich.«

»Nun, Vorsitzender Su, ich werde für eine neue Redewendung sorgen: ›Nur Wei konnte Taiwan zurückerlangen.‹«

Su hatte seine Fassung wiedergewonnen. »Das Politbüro wird jedoch nur schwer zu überzeugen sein. Dies gilt selbst für die neuen Mitglieder, die nach diesem ... unerfreulichen Ereignis ernannt wurden. Ich spreche da aus eigener Erfahrung, als jemand, der sich seit fast einem Jahrzehnt für ein robusteres Auftreten gegenüber unseren Nachbarn gerade bei der Verteidigung unserer angestammten Meeresterritorien einsetzt.«

Wei nickte nachdenklich. »Nach allem, was in der letzten Zeit geschehen ist, erwarte ich nicht mehr, unsere Genossen allein durch Vernunftargumente überzeugen zu können. Diesen Fehler werde ich nicht noch einmal begehen. Ich möchte stattdessen in gebotener Zeit mit politischen Maßnahmen, aber auch dem Einsatz Ihrer Streitkräfte den ersten Schritt meiner Planungen umsetzen, bevor ich mit den nächsten beiden Schritten beginne. Wenn wir das Meeresterritorium im Umkreis unserer beiden Zielgebiete erst einmal kontrollieren, wird auch das Politbüro begreifen, dass unsere Pläne Erfolg haben werden.«

Su interpretierte das so, dass Wei zuerst kleinere Maßnahmen ergreifen wollte, die man dann im Erfolgsfall immer weiter ausdehnen konnte.

»An welchen Zeitrahmen haben Sie gedacht, *Tongzhi?*«

»Den würde ich natürlich gern mit Ihrer Hilfe festlegen. Im Interesse unserer wirtschaftlichen Entwicklung sollten wir jedoch innerhalb von zwei Jahren das Südchinesische Meer, also das gesamte Meeresgebiet bis in achthundert Kilometer Entfernung von unserer Südküste, unter unsere Kontrolle bringen. Das wären etwa dreieinhalb Millionen Quadratkilometer Ozean. Zwölf Monate danach werden wir unser Abkommen mit Hongkong aufkündigen. Am Ende des fünften Jahres sollten wir dann Taiwan kontrollieren.«

Su dachte eine Zeit lang intensiv nach. Schließlich sagte er: »Das sind gewagte Schritte. Aber ich stimme Ihnen zu, dass sie notwendig sind.«

Wei wusste, dass sich Sus Wirtschaftskenntnisse auf den chinesischen militärisch-industriellen Komplex beschränkten. Dagegen hatte er bestimmt keine Ahnung, wie man die allgemeine Wirtschaft wieder ankurbeln konnte. Su war einzig und allein an einem Ausbau der chinesischen Militärmacht interessiert.

Dies behielt Wei allerdings für sich. Stattdessen sagte er:

»Ich freue mich, dass Sie mir zustimmen, Genosse Vorsitzender. Ich werde bei jedem einzelnen Schritt Ihre Hilfe benötigen.«

Su nickte. »Am Anfang unseres Gesprächs haben Sie mich nach der Einsatzbereitschaft unserer Streitkräfte gefragt. Zu der Art von Blockadeoperationen, die zur Durchsetzung Ihrer Planungen notwendig sind, ist unsere Marine durchaus fähig. Allerdings möchte ich dies zuerst mit meinen Admirälen und Geheimdienstleuten näher erörtern. Ich möchte Sie bitten, mir ein paar Tage Zeit zu geben, damit ich in Zusammenarbeit mit der militärischen Führung einen Plan ausarbeiten kann, der auf den Vorstellungen beruht, die Sie mir gerade skizziert haben. Meine Geheimdienstexperten können dann ganz genau festlegen, was wir zur Durchsetzung unserer Ziele benötigen.«

Wei nickte. »Ich danke Ihnen. Bitte bereiten Sie einen vorläufigen Bericht vor, den Sie mir in einer Woche persönlich übergeben sollten. Wir werden dies alles nur in meinem Privatquartier in Peking besprechen, nirgends sonst.«

Su wandte sich zum Gehen, und die Männer schüttelten sich die Hand. Präsident Wei wusste, dass der Vorsitzende Su bereits über detaillierte Eroberungspläne für jede Insel, Klippe, Sandbank und jedes Felsenriff im Südchinesischen Meer verfügte. Außerdem hatte er bereits Pläne entwickelt, wie man Taiwan völlig von der Außenwelt abschneiden und die Insel mit Raketen, Bomben und Artilleriegeschossen in die Steinzeit zurückbefördern konnte. Nur was Hongkong anging, hatte er vielleicht noch keinen Einsatzplan erstellt. Eine Woche würde ihm dazu jedoch üppig ausreichen.

Wei wusste auch, dass Su es gar nicht erwarten konnte, in sein Hauptquartier zurückzukehren und seinen Führungsstab von den neuesten Entwicklungen in Kenntnis zu setzen.

Zehn Minuten später erreichte der Vorsitzende Su Ke Qiang den aus acht Fahrzeugen bestehenden Konvoi, der ihn die dreihundert Kilometer zurück in die Hauptstadt bringen würde. Er wurde von seinem Adjutanten Xia, einem Zweisternegeneral, begleitet, der während seines gesamten Aufstiegs unter ihm gedient hatte. Xia war während der Besprechung mit Wei im Konferenzraum gewesen, hatte still zugehört und sich immer wieder Notizen gemacht.

Als sie beide auf der Rückbank der gepanzerten Roewe-950-Limousine saßen, schauten sie sich eine ganze Zeit lang an, ohne etwas zu sagen.

»Was denken Sie?«, fragte der Zweisternegeneral schließlich seinen Boss.

Su zündete sich eine Zigarette an. »Wei glaubt, wir könnten einfach ein paar Warnschüsse ins Südchinesische Meer feuern und die ganze Weltgemeinschaft würde einen Rückzieher machen und uns ungehindert weitermachen lassen.«

»Und was glauben *Sie?*«

Über Sus Gesicht huschte ein verschmitztes Lächeln, während er sein Feuerzeug in die Manteltasche zurücksteckte. »*Ich* glaube, dass es Krieg geben wird.«

»Krieg? Mit *wem?*«

Su zuckte die Achseln. »Mit Amerika. Wem sonst?«

»Vergeben Sie mir die Bemerkung, Sir, aber Sie scheinen darüber nicht gerade unglücklich zu sein.«

Jetzt musste Su hinter seiner Zigarettenrauchwolke laut lachen. »Ich begrüße diese Entwicklung tatsächlich. Wir sind bereit, und nur wenn wir diesen fremden Teufeln ihre Nasen in einer schnellen und entscheidenden Aktion blutig schlagen, werden wir unsere Ziele in unserer Region erreichen.« Er machte eine Pause, wobei sich sein Gesicht etwas verdüsterte. »Wir sind bereit ... aber nur, wenn wir jetzt sofort handeln. Weis Fünfjahresplan ist rundheraus töricht. Alle seine Absichten müssen innerhalb eines Jahres verwirklicht werden, oder wir werden die Gelegenheit verpassen. Ein Blitzkrieg, ein Angriff an allen Fronten, wird auf unserem gesamten Kontinent eine neue Realität schaffen, die die gesamte Welt akzeptieren muss. Nur so werden wir Erfolg haben können.«

»Wird Wei dem zustimmen?«

Der General schaute aus dem Fenster, während der Konvoi nach Westen in Richtung Peking brauste.

»Nein«, antwortete er in entschiedenem Ton. »Deshalb werde ich eine Realität schaffen, in der *er* keine andere Wahl haben wird, als meinem Plan zuzustimmen.«

13

Walentin Kowalenko wachte kurz vor fünf Uhr morgens in seinem Zimmer im Blue Orange auf, einem Hotel im Letňani-Viertel im Prager Nordosten, das vor allem für seinen Wellnessbereich bekannt war. Er hatte ganze drei Tage dort verbracht, die Sauna besucht, sich einige Massagen gegönnt und ganz ausgezeichnet gegessen. Daneben hatte er sich jedoch auf eine Operation vorbereitet, die für diesen Morgen geplant war.

Wie es der Mafioso prophezeit hatte, der ihm bei seinem Gefängnisausbruch half, hatte er seine Befehle mittels eines gesicherten Instant-Messaging-Programms namens Cryptogram erhalten. Kurz nach seiner Ankunft in dem Unterschlupf, den ihm die Sankt Petersburger Mafia eingerichtet hatte, übergab man ihm einen Computer mit der entsprechenden Software, neue Ausweise und Geld und erteilte ihm die Anweisung, sich nach Westeuropa abzusetzen. Er tat, wie ihm geheißen, und ließ sich in Südfrankreich nieder. Einmal am Tag schaute er in seinem Rechner nach, ob irgendwelche Befehle für ihn eingetroffen waren.

Zwei Wochen lang gab es keinerlei Kontakt. Er suchte einen örtlichen Arzt auf und ließ sich gegen die Krankheiten behandeln, die er sich im Moskauer Gefängnis eingefangen hatte. Nach kurzer Zeit ging es ihm besser. Eines Morgens öffnete er wieder einmal Cryptogram und begann seinen täglichen Passwort- und Authentifizierungsprozess.

Schließlich erschien eine einzelne Textzeile im Fenster des Instant Messengers.

»Guten Morgen.«

»Wer sind Sie?«, tippte Kowalenko ein.

»Ich bin Ihr Führungsagent.«

»Wie soll ich Sie nennen?«

»Nennen Sie mich Center.«

Mit einem halben Lächeln gab Walentin ein: »Darf ich wissen, ob es sich um Mr. oder Ms. Center handelt, oder sind Sie ein reines Internetkonstrukt?«

Diese Pause war länger als die bisherigen.

»Ich glaube, Letzteres ließe sich so sagen.« Nach einer kurzen Pause erschienen die Wörter auf Kowalenkos Bildschirm in viel schnellerem Rhythmus. »Sind Sie bereit, mit Ihrer Arbeit zu beginnen?«

Walentin feuerte eine schnelle Antwort ab. »Ich möchte wissen, für wen ich arbeite.« Die Frage erschien ihm nur zu berechtigt, wenngleich der Mafioso ihn gewarnt hatte, dass sein neuer Arbeitgeber dies ganz und gar nicht so sehen würde.

»Ich verstehe Ihre Besorgnis über Ihre gegenwärtige Situation, aber ich habe jetzt nicht die Zeit, Sie zu beschwichtigen.«

Walentin Kowalenko kam es allmählich so vor, als ob er mit dem Computer selbst sprechen würde. Die Antworten waren steif, hölzern und logisch.

Seine Muttersprache ist das Englische, dachte Kowalenko. Dann war er sich dessen jedoch nicht mehr so sicher. Obwohl Walentin fließend englisch sprach, konnte er wohl doch nicht beurteilen, ob einer Muttersprachler war. Wenn er ihn sprechen hören würde, könnte er es vielleicht einigermaßen sicher feststellen.

Für den Moment einigte er sich mit sich selbst darauf, dass sein Herr und Meister die englische Sprache ziemlich gut beherrschte.

»Wenn Sie jemand sind, der mittels Computer Spionage betreibt, was ist dann meine Rolle?«, fragte Kowalenko.

Die Antwort kam prompt. »Personaleinsätze vor Ort. Ihre Spezialität.«

»Der Mann, der mich vom Gefängnis abgeholt hat, meinte, Sie seien überall. Allwissend und allsehend.«

»Ist das eine Frage?«

»Und wenn ich mich weigere, irgendwelche Anordnungen auszuführen?«

»Lassen Sie Ihre Fantasie spielen.«

Kowalenko runzelte die Stirn. Er war sich nicht sicher, ob Center einen Anflug von Humor zeigte, oder ob es sich hier um eine nackte Drohung handelte. Er hatte für diesen »jemand« ja bereits zu arbeiten begonnen, indem er hierhergekommen war, diese Wohnung bezogen hatte und jeden Tag den Computer überprüfte, ob eine neue Nachricht da war. Er war eindeutig nicht in der Position, über seine gegenwärtige Lage zu diskutieren.

»Wie lauten meine Anweisungen?«, tippte er deswegen ein.

Centers Antwort führte Walentin nach Prag.

Von den Auswirkungen seiner Bronchitis, der Ringelflechte und des Gefängnisessens, das hauptsächlich aus Gerstensuppe und schimmligem Brot bestand, hatte er sich immer noch nicht vollständig erholt. Vor seiner Zeit in der Matrosskaja Tischina war er jedoch gesund und fit wie ein Turnschuh gewesen, und er verfügte immer noch über die nötige Disziplin, um schneller wieder auf den Damm zu kommen als die meisten Menschen.

Der Kraftraum im Blue Orange war dabei sehr hilfreich gewesen. Er hatte in den letzten drei Tagen stundenlang dort trainiert. Dies hatte ihm zusammen mit seinen frühmorgendlichen Dauerläufen neue Energie und Kraft verschafft.

Jetzt zog er seine Joggingmontur an, einen schwarzen

Sportanzug, den auf einer Seite ein einzelner dünner grauer Streifen zierte. Dann stülpte er sich eine Strickmütze über seine dunkelblonden Haare. Er steckte ein schwarzklingiges Klappmesser, ein Dietrichset und einen faustgroßen Filzbeutel in die Jackentasche und machte den Reißverschluss zu.

Danach zog er dunkelgraue Socken und seine Brooks-Laufschuhe an und streifte sich dünne Under-Armour-Handschuhe über, bevor er sein Zimmer verließ.

Augenblicke später trat er vors Hotel und begann im kühlen Nieselregen in Richtung Süden zu joggen.

Den ersten Kilometer rannte er auf dem Gras die Tupolevova-Straße entlang. Dabei sah er in der Dunkelheit um ihn herum keine Seele. Nur ein paar Lieferwagen rumpelten an ihm vorbei.

Er bog nach Westen in die Křivoklátská ab und trabte in gemächlichem Tempo weiter. Er merkte, dass sein Herz bereits auf den ersten Kilometern stärker schlug, als er es eigentlich gewohnt war. Dies überraschte ihn etwas. In seiner Londoner Zeit war er an den meisten Morgen zehn Kilometer durch den Hyde Park gejoggt und hatte dabei außer in den heißesten Sommermonaten kaum geschwitzt.

Er wusste zwar, dass er nicht mehr so fit wie in Großbritannien war, vermutete jedoch, dass seine angeschlagene Gesundheit nicht an seinem erhöhten Herzschlag schuld war.

Nein, heute Morgen war er nervös, weil er endlich wieder im Einsatz war.

Allerdings hatte Walentin Kowalenko als stellvertretender *Resident* des russischen Auslandsgeheimdiensts SWR in London gewöhnlich keine solchen Feldeinsätze erledigen müssen. Verdeckte Übergaben, das Überprüfen und Anlegen von toten Briefkästen und der Einbruch in die Wohnungen von Zielpersonen waren Aufgabe von Agenten, die auf der Karriereleiter viel weiter unten standen.

Tatsächlich hatte Walentin Kowalenko einen Großteil seiner Aufgaben als Chefspion aus seinem bequemen Büro in der russischen Botschaft heraus oder bei einem Filet Wellington im Hereford-Road-Restaurant erledigt, wenn nicht sogar bei einem Ochsenbäckchen mit Brunnenkresse, Markknochen und Salsa, das in einem Josper-Ofen im Les Deux Salons zubereitet worden war.

Das waren die guten alten Zeiten, musste er denken, als er seine Geschwindigkeit etwas verlangsamte, um das heftige Pochen in seiner Brust unter Kontrolle zu bekommen. Seine heutige Aufgabe war dabei nicht einmal besonders gefährlich, allerdings auch bei Weitem nicht so anspruchsvoll wie seine Arbeit in London.

Natürlich hatte er zuvor in Russland eine ganze Menge Routinearbeit verrichten müssen. Um stellvertretender *Resident* zu werden, musste man erst einmal die Ochsentour absolvieren. Er hatte an vielen Orten überall in Europa und für eine kurze Zeit sogar in Australien als »Illegaler« gearbeitet, wie man einen Agenten nannte, der ohne den offiziellen Schutzstatus eines russischen »Diplomaten« auskommen musste. Damals war er natürlich noch weit jünger. In Sydney war er zum Beispiel erst vierundzwanzig Jahre alt gewesen. Seinen Schreibtischjob hatte er bekommen, als er noch keine dreißig war. Trotzdem hatte er diese Außeneinsätze genossen.

Er bog auf die Beranových-Straße ein, die direkt nach Norden führte. Dabei folgte er einer Route, die er bereits an den letzten beiden Vormittagen eingeschlagen hatte, obwohl er heute ganz kurz für ein paar Minuten vom Weg abweichen würde.

Der Regen wurde etwas stärker. Obwohl er ihn durchnässte, bot er ihm doch auch eine bessere Deckung, als sie ihm die Dunkelheit allein hätte verschaffen können.

Kowalenko lächelte. Spione liebten die Dunkelheit. Und sie liebten den Regen.

Trotz aller Nervosität war er doch froh, diese Operation durchführen zu können, wenngleich sie ihm etwas seltsam erschien. Obwohl er nicht genau wusste, was seine Auftraggeber damit erreichen wollten, zweifelte er an den Erfolgsaussichten.

Etwa hundert Meter, nachdem er in die Beranových eingebogen war, schaute er nach links, rechts und über die Schulter. Da die Luft rein war, überquerte er in aller Eile die Straße, kniete sich vor ein kleines Eisentor in einer weiß getünchten Mauer und knackte in Sekundenschnelle dessen einfaches Schloss. Obwohl das Ganze ein Kinderspiel war, hatte er doch schon so lange keinen Dietrich mehr eingesetzt, dass er sich jetzt ein kurzes Lächeln erlaubte, während er ihn in seine Jacke zurücksteckte.

Er öffnete die Tür und betrat den Vorgarten eines zweistöckigen Hauses. In seiner schwarzen Kluft war er an diesem pechschwarzen Morgen kaum zu erkennen. Er schlich rechts am Gebäude vorbei und passierte ein hölzernes Tor, das den Vorgarten vom hinteren Teil des Anwesens trennte. Er überquerte einen Swimmingpool, der in dieser Jahreszeit abgedeckt war, und erreichte einen Durchgang zwischen einer Gartenhütte und einem Vorratsschuppen, der zur Umfassungsmauer führte, die das Privatgrundstück im Osten abschloss. Walentin Kowalenko schwang sich auf die Mauer und ließ sich auf der anderen Seite ins nasse Gras fallen. Er war jetzt genau dort, wo er laut seiner gestrigen Recherche bei Google Maps sein sollte.

Er befand sich auf dem Gelände des Wissenschafts- und Technologiezentrums VZLÚ.

Kowalenkos neuer Agentenführer Center hatte ihm in seinen Befehlen nicht erklärt, worum es beim heutigen Einsatz überhaupt ging. Auch was den Zielort betraf, hatte er ihm nur dessen Adresse mitgeteilt, ihn dann jedoch genau instruiert, was er dort zu tun hatte. Der Russe hatte allerdings seine eigenen Recherchen angestellt und herausgefunden, dass VZLÚ »Aeronautisches Forschungs- und Prüfungsinstitut« bedeutete und ein Forschungszentrum für Luft- und Raumfahrt war, das sich vor allem mit Fragen der Aerodynamik sowie der Entwicklung von Flugzeugtriebwerken und Hubschrauberrotoren befasste.

Auf dem riesigen Campus befanden sich zahlreiche Gebäude und verschiedene Testgelände.

Walentins Aufgabe hier war relativ einfach, er sollte hier nur einige Gegenstände hinterlassen.

Im Schutz der Dunkelheit und des starken Regens kniete er sich auf dem ersten Parkplatz, an dem er vorbeikam, hin und zog den Filzbeutel aus der Jackentasche. Er holte einen mattgrauen USB-Stick heraus und legte diesen einfach auf den Parkplatz. Auf dem Speicherstick klebte zwar ein Etikett mit der Aufschrift »Testergebnisse«, aber Walentin gab acht, dass die etikettierte Seite nach unten zeigte.

Kowalenko war kein Narr. Er war sich sicher, dass auf diesem Stick keine Testergebnisse, zumindest keine echten, zu finden waren. Stattdessen enthielt er einen Computervirus. Wenn sein Arbeitgeber etwas taugte, war dieser Virus versteckt und so entworfen, dass er in dem Moment tätig wurde, wenn er an den USB-Port eines hiesigen Netzwerk-Computers angeschlossen wurde. Der Plan war also ganz einfach. Jemand würde den Speicherstick hier finden und ihn in seinen Computer stecken, um nachzuschauen, welche Dateien er enthielt. Sobald jemand den USB-Stick öffnete, würde irgendein Virus den Rechner und dadurch das ganze Netzwerk des Forschungszentrums infizieren.

Walentin hatte die Instruktion erhalten, jeweils nur einen einzigen Stick vor jedes Gebäude auf dem Gelände zu legen, um die Erfolgschancen der Operation zu erhöhen. Wenn ein halbes Dutzend Forschungsangestellte gleichzeitig dasselbe Gebäude betreten würden, nachdem jeder von ihnen gerade auf dem Parkplatz einen mysteriösen Datenträger gefunden hatte, war die Wahrscheinlichkeit groß, dass zwei oder drei sich begegnen würden und dann natürlich Misstrauen schöpften. Natürlich würden wohl die meisten Menschen, die einen solchen Speicherstick fanden, misstrauisch werden. Kowalenko wusste jedoch aufgrund seiner eigenen Recherchen, dass sämtliche Forschungsabteilungen durch ein einziges Computernetzwerk miteinander verbunden waren. Es würde also die erfolgreiche Infektion eines einzigen Client-Rechners irgendwo im VZLÚ genügen, um in das gesamte Netz einzudringen.

Walentin Kowalenko war also ein Angriffsvektor, der durchaus mit einer Phishing-E-Mail verglichen werden konnte.

Es war gar kein schlechter Plan, musste Walentin zugeben. Allerdings hätte er die Einzelheiten der Mission kennen müssen, um die Erfolgsaussichten wirklich bewerten zu können. Er fragte sich, was passieren würde, wenn die IT-Abteilung des Forschungs- und Prüfungsinstituts erfuhr, dass gerade zwei Dutzend ähnliche oder identische Speichersticks auf ihrem Gelände aufgetaucht waren. Sie würden dann doch ganz bestimmt annehmen, dass man einen Hackerangriff gegen ihr Computernetz durchführen wollte, und daraufhin das Netz abschalten, um nach dem Virus zu suchen. Obwohl Walentin nicht allzu viel über Computerspionage wusste, konnte er sich kaum vorstellen, dass man den Virus nicht entdecken und löschen würde, bevor das ganze System ernsthaft Schaden genommen hatte.

Allerdings hatte ihn Center ja auch nicht an der Planung der Operation beteiligt. Eigentlich fand er das ziemlich kränkend. Kowalenko nahm an, dass er für eine Industriespionage-Organisation tätig war. Dieser Typ und seine Handlanger wussten doch wohl, dass er ein hochrangiger Geheimagent gewesen war, der in einem der besten Spionagedienste der Welt, dem SWR, einen wichtigen Posten bekleidet hatte.

Während er auf dem Parkplatz in der Nähe des kleinen Grasflugplatzes des Instituts auf Händen und Knien zwischen zwei Lieferwagen hindurchkroch, um einen weiteren USB-Stick auf dem nassen Beton zu hinterlassen, fragte er sich, was zum Teufel sich diese billigen Industriespione dabei dachten, ausgerechnet ihn als ihren Laufburschen zu benutzen.

Er musste jedoch zugeben, dass das immer noch besser war als das Gefängnis. Außerdem war das Risiko gering und die Bezahlung gut.

14

Das zweite Treffen zwischen Wei Zhen Lin und Su Ke Qiang fand in Zhongnanhai, dem Regierungskomplex in der Mitte Pekings, statt. Dort befanden sich Sus und Weis Büros sowie Weis Privatresidenz. Die beiden vereinbarten ein abendliches Treffen in Weis persönlichem Arbeitszimmer.

Wie vor einer Woche in Beidaihe waren außer ihnen noch Weis Sekretär und Sus Adjutant zugegen. Alle Anwesenden warteten jetzt darauf, dass der Vorsitzende Su seine Vorstellungen darlegte.

Wei hatte Su eine Woche Zeit gegeben, um mit seinem Geheimdienststab einen Plan zu entwickeln, wie man die Herrschaft über das Südchinesische Meer festigen konnte. Dies sollte der Ausgangspunkt für Weis nächste Schritte werden, die die Annektierung Hongkongs und Taiwans vorsahen. Er wusste, dass Su in der Zwischenzeit kaum geschlafen, kaum etwas gegessen und an nichts anderes gedacht hatte.

Tatsächlich dachte Su seit mehr als einem Jahrzehnt daran, mit Soldaten, Schiffen und Flugzeugen das Südchinesische Meer unter chinesische Kontrolle zu bringen.

Als sie sich zu dem Treffen niederließen, hielt der Vorsitzende der Zentralen Militärkommission seinen Bericht in der Hand. Bevor er ihn jedoch dem Präsidenten übergab, sagte er: »*Tongzhi,* erst kürzlich wurden Sie beinahe gestürzt, weil Sie Ihrer Umgebung die Wahrheit gesagt haben. Diese Wahrheit war jedoch so bitter, dass Ihre Umgebung sie nicht hören wollte.«

Wei nickte zustimmend.

»Ich befinde mich jetzt in einer ähnlichen Lage. Sie haben einen Fünfjahresplan entwickelt, um unser Land zu der Stärke und dem Ruhm zurückzuführen, die es seit Generationen nicht mehr genießen durfte. Schweren Herzens muss ich Sie jedoch über einige Aspekte unserer gegenwärtigen militärischen Lage aufklären, die Ihren Fünfjahresplan schwierig, wenn nicht sogar unmöglich machen.«

Wei legte überrascht den Kopf schief. »Die Ziele, die ich erreichen möchte, können nicht allein durch militärische Mittel errungen werden. Ich benötige nur die militärische Unterstützung, um das fragliche Gebiet kontrollieren zu können. Sind wir etwa gar nicht so stark, wie es uns die Jahresberichte glauben machen wollen?«

Su wischte dies mit einer Handbewegung beiseite. »Wir *sind* militärisch stark. Alles in allem so stark wie nie zuvor. Durch die alljährliche zwanzigprozentige Erhöhung des Militärhaushalts in den letzten beiden Jahrzehnten konnten wir unsere militärischen Kapazitäten zu Lande, zu Wasser, in der Luft und im Weltraum in bedeutendem Maße erhöhen.«

Su stieß einen Seufzer aus.

»Dann sollten Sie mir erzählen, was Sie bedrückt.«

»Ich befürchte, dass unsere Stärke gerade jetzt, gerade in diesem Augenblick an ihrem Höhepunkt angelangt ist und sie von nun an im Verhältnis zu unseren Gegnern abnehmen wird.«

Wei begriff nicht, was er meinte. Was militärische Angelegenheiten anging, war er nicht gerade ein Fachmann. »Warum sollte sie abnehmen?«

Su machte eine längere Pause, die Wei zeigen sollte, dass er etwas ausholen musste, um diese Frage zu beantworten.

»Wir könnten bereits morgen früh damit beginnen, jeden Gegner in unserer Region zu eliminieren. Aber das wird uns am Ende nicht viel helfen. Für uns ist nur ein einziger Gegner wichtig. Wenn wir diesen neutralisieren, werden wir alle unsere künftigen Kriege gewinnen, ohne sie überhaupt führen zu müssen.«

»Glauben Sie tatsächlich, dass sich die Vereinigten Staaten in unseren Kampf um das Südchinesische Meer einmischen werden?«, fragte Wei.

»Da bin ich mir absolut sicher, Genosse Präsident.«

»Und unsere militärischen Fähigkeiten ...«

»Ich will ganz offen zu Ihnen sein. Unsere konventionelle Schlagkraft ist mit der der Vereinigten Staaten in keiner Weise vergleichbar. Auf fast jedem Gebiet, bei der Zahl der Waffen, der Qualität der Ausrüstung und der Ausbildung der Soldaten sind uns die Amerikaner weit überlegen. Sie haben die besseren Schiffe, Flugzeuge, Panzer, Lastwagen und Schlafsäcke. Außerdem haben sie in den letzten zehn Jahren Kampferfahrung sammeln können, während wir nur trainiert haben.«

Weis Gesichtszüge verhärteten sich. »Das klingt, als ob der Ausbau unserer Streitkräfte in den letzten beiden Jahrzehnten unserem Land nur wenig gebracht hätte.«

Su reagierte keineswegs verärgert auf diese Bemerkung. Stattdessen nickte er.

»Da gibt es die andere Seite der Medaille. Das ist die gute Nachricht. Tatsächlich waren viele Aspekte unserer strategischen Modernisierung äußerst erfolgreich. In einer Disziplin der Kriegsführung genießen wir sogar einen großen Vorsprung. In jedem künftigen Konflikt werden wir gegenüber jedem denkbaren Gegner eine vollkommene Informationsdominanz besitzen.

Die Armee des Vorsitzenden Mao, die Armee, in der Ihr und mein Vater gedient haben, wurde durch etwas viel Großartigeres ersetzt. Diese neue Streitmacht folgt dem revolutionären Konzept, das unsere amerikanischen Gegner C4ISR nennen. Dabei geht es um die Vernetzung von Führung und Steuerung, Kommunikation, Computern, Informationsbeschaffung, Überwachung und Aufklärung. Wir sind gut vernetzt, gut organisiert und besitzen die notwendigen Ressourcen. Unsere entsprechenden Spezialtruppen sind zu einem sofortigen Angriff bereit.«

»Angriff? Sie sprechen von Cyberkrieg?«

»Cyberkrieg und Cyberspionage, die Kommunikation zwischen Systemen und Truppenverbänden, um deren Wirkungskraft zu erhöhen. Die vollständige Informatisierung des Gefechtsfelds. Auf diesen Gebieten sind wir den Amerikanern um Längen voraus.«

»Sie haben mir doch gesagt, Sie hätten schlechte Nachrichten«, sagte Wei. »Das alles scheint mir doch eher eine gute Nachricht zu sein.«

»Die schlechte Nachricht, Genosse Generalsekretär, ist der Zeitplan, den Sie mir vorgegeben haben. Der ist nämlich vollkommen unrealistisch.«

»Aber wir müssen das bis zu unserem nächsten Parteitag schaffen, der in fünf Jahren stattfindet. Wenn es länger dauern sollte, wird unsere Führungsrolle leiden, und wir könnten ...«

»Sie missverstehen mich«, unterbrach ihn der Vorsitzende der Militärkommission. »Ich will sagen, dass wir auf keinen Fall *mehr* als ein Jahr brauchen dürfen, um unsere Ziele zu erreichen. Sehen Sie, diese neuen Fähigkeiten sind unser einziger wirklicher, echter taktischer Vorteil gegenüber den Amerikanern. Es ist ein unglaublicher Vorteil, aber er wird abnehmen. Die Amerikaner sind gerade dabei, ihre Cyberverteidigung auszubauen, und ihr Land und ihre Streitkräfte sind bekannt dafür, dass sie sich widrigen Gegebenheiten ausgesprochen schnell anpassen. Der US-amerikanische Netzwerkschutz beruht im Moment hauptsächlich auf reaktiven Kontrollen.

Aber das amerikanische Cyber Command ist dabei, dies zu ändern und neue Voraussetzungen für einen künftigen Cyberkrieg zu schaffen. Präsident Ryan hat dem Cyber Command höhere Mittel bewilligt. Dies alles wird bald auch auf unsere Cyberkrieg-Fähigkeiten Auswirkungen haben.«

Wei verstand. »Sie meinen also, dass jetzt die Zeit zum Handeln gekommen ist.«

»Das Zeitfenster wird sich schließen, und ich fürchte, dass es sich auch nicht mehr öffnen wird. Niemals. Amerika holt immer weiter auf. In ihrem Kongress bereiten sie gerade Gesetze vor, die ihre heimische Computer-Infrastruktur modernisieren werden. Präsident Ryans Regierung nimmt diese Angelegenheit sehr ernst. Wenn wir unser ... *Ihr* Expansionsprogramm verzögern, werden wir uns nur selbst schaden.«

»Sie möchten also, dass wir sofort damit beginnen.«

»Wir *müssen* sofort beginnen. Zuerst müssen wir öffentlich unsere Überzeugung kundtun, dass das Gebiet des Südchinesischen Meeres für China von zentraler Bedeutung ist. Danach müssen wir sofort die Kontrolle über das gesamte Seegebiet übernehmen. Innerhalb von Tagen und keinesfalls Wochen müssen wir unsere Patrouillen bis hinunter zur Straße von Malakka verstärken und Flottenverbände mit Marineinfanteristen an Bord zu den Spratly- und Huangyan-Inseln schicken. Ich kann innerhalb einer Woche Soldaten auf einigen der unbewohnten Inseln landen lassen. Es steht alles in meinem Bericht. Danach müssen wir innerhalb von sechs Monaten unsere neue Beziehung zu Hongkong verkünden und mit der Blockade von Taiwan beginnen. Mit dieser aggressiven und konsequenten Einstellung werden wir in einem einzigen Jahr alle unsere Ziele erreichen. Die Amerikaner werden viel zu sehr damit beschäftigt sein, ihre eigenen Wunden zu lecken, als dass sie uns aufhalten könnten.«

Wei dachte einen Augenblick nach. »Amerika ist also die einzige strategische Bedrohung?«

»Ja. Vor allem mit Jack Ryan im Weißen Haus. Wie damals während unseres Kriegs mit Russland stellt er wieder einmal das Hauptproblem dar. Dabei geht es nicht nur um die direkte Bedrohung durch sein Militär, sondern auch um unsere Nachbarn, die sich unter seinem Schutz aufplustern. Sie sagen sich, dass China nichts gegen die Verbündeten der Amerikaner unternehmen wird, solange Ryan an der Macht ist.«

»Weil er uns während des letzten Kriegs diese Niederlage zugefügt hat«, ergänzte Wei.

Su war damit nicht ganz einverstanden. »Es ist fraglich, ob tatsächlich *er* uns damals besiegt hat. Immerhin waren auch die Russen daran beteiligt, wie Sie sich bestimmt erinnern werden.«

Wei hob entschuldigend die Hand. »Das stimmt, obwohl meiner Erinnerung nach *wir* es waren, die Russland angegriffen haben.«

»Aber die Vereinigten Staaten haben wir nicht angegriffen«, gab Su Kontra. »Wie auch immer, das Ganze ist sieben Jahre her, und trotzdem patrouilliert die US-Marine immer noch routinemäßig direkt in unserer Nachbarschaft durch das Ostchinesische Meer. Außerdem haben sie gerade militärische Ausrüstungsgüter im Wert von neun Milliarden Dollar an Taiwan verkauft. Solange sie in unseren Gewässern operieren, sind sie eine Bedrohung. Ich brauche Ihnen ja nicht zu erzählen, dass achtzig Prozent des Öls, das wir benötigen, durch die Straße von Malakka transportiert werden. Die Vereinigten Staaten könnten diese lebenswichtige Zufuhr mit einer einzigen Flugzeugträgerkampfgruppe unterbrechen. Wir müssen gegen sie in die Offensive gehen, wenn Ihr Plan gelingen soll.«

Wei verstand nicht viel von militärischen Dingen, aber diese Tatsache kannte jeder im Politbüro.

»Aber wenn wir derartige feindselige Handlungen einleiten, wird Ryan ...«

»Genosse Präsident«, unterbrach ihn Su. »Ryan wird gar nicht mitbekommen, dass wir einen Angriff starten. Wir machen das, ohne uns als Aggressoren zu erkennen zu geben.«

Wei nippte an seinem Tee. »Geht es hier um eine Art Computerangriff?«

»Genosse Präsident, es gibt da eine Geheimoperation, von der Sie nichts wissen.«

Wei runzelte hinter seiner Teetasse die Stirn. »Ich hoffe eigentlich, dass es viele Geheimoperationen gibt, von denen ich nichts weiß.«

Su lächelte. »In der Tat. Aber diese eine wird für die Verwirklichung Ihrer Ziele entscheidend sein. Es braucht nur einen Befehl von mir, um sie zu starten. An ihrem Ende werden wir den Vereinigten Staaten die Fähigkeit weitgehend genommen haben, sich unseren Forderungen zu widersetzen. Wir werden dabei jedoch erst einmal ganz langsam und mit größter Sorgfalt vorgehen, damit niemand das Ganze mit China in Verbindung bringen kann. Die Amerikaner werden sich mit ganz anderen äußeren Feinden auseinandersetzen müssen. Außerdem werden wir dafür sorgen, dass sie sich auf schwere innere Probleme konzentrieren müssen, die ihre Aufmerksamkeit und ihre Ressourcen in Anspruch nehmen werden. Sie werden dadurch gar nicht die Zeit haben, sich allzu sehr mit unseren Maßnahmen hier zu beschäftigen.«

»Das ist eine kühne Behauptung, Vorsitzender Su«, erwiderte Wei.

Su dachte kurz über Weis Kommentar nach und erwiderte: »Die ich keinesfalls leichtfertig abgebe. Wir werden dem Riesen Amerika nur kleine Stiche versetzen. Diese werden jedoch zu bluten beginnen und den Körper dieses Riesen schwächen.«

»Und sie werden tatsächlich nicht mitbekommen, wer sie da eigentlich schwächt?«

»Unsere Armee wird unsichtbar bleiben. Die Amerikaner werden nie erfahren, dass sie unsere Volksbefreiungsarmee in die Knie gezwungen hat.«

»Das klingt zu schön, um wahr zu sein.«

Su nickte langsam. »Natürlich wird es Rückschläge und taktische Misserfolge geben. Kein Schlachtplan lässt sich problemlos durchführen. Strategisch werden wir jedoch den Sieg davontragen. Dafür verbürge ich mich.«

Wei richtete sich in seinem Stuhl auf. »Als Befehlshaber unserer Streitkräfte werden Sie das auch tun müssen, Genosse.«

Su lächelte. »Ich verstehe. Aber wir verfügen über die nötige Infrastruktur und sollten unseren Vorteil nutzen, solange wir ihn noch besitzen. Es geht um eine bedeutende Sache, aber auch unsere Fähigkeiten sind bedeutend.«

Wei war irritiert, dass Su in solch deutlicher Form die Vollmacht verlangte, sofort die ersten Schritte in diesem schwerwiegenden Konflikt einzuleiten. Er zögerte für einen Moment. »Unsere Vorgänger haben dasselbe gesagt. Kurz vor dem Krieg gegen Russland.«

Der Vorsitzende der Militärkommission nickte mit ernster Miene. »Ich weiß. Ich kann Ihrer Bemerkung eigentlich auch nichts entgegensetzen, außer Sie an einen großen Unterschied zwischen damals und heute zu erinnern.«

»Und der wäre?«

»Vor sieben Jahren haben unsere Vorgänger Jack Ryan gewaltig unterschätzt.«

Wei lehnte sich in seinem Stuhl zurück und schaute ein paar Sekunden an die Decke, bevor er zu kichern begann. »*Diesen* Fehler werden wir bestimmt nicht mehr begehen.«

»Nein. Ganz bestimmt nicht. Wenn Sie mir die Genehmigung zur Einleitung unserer ersten Schritte erteilen sollten, möchte ich Ihre Aufmerksamkeit auf eine gewisse

Sache lenken. Ich spreche mich seit Jahren dafür aus, dass wir im Südchinesischen Meer etwas unternehmen, um unsere Kerninteressen zu schützen. Für mehr als alles andere, was ich gesagt und getan habe, bin ich als der Mann bekannt, der dieses ganze Gebiet für China zurückgewinnen will. Wenn wir unsere Operationen beginnen, ohne dass Sie sich dazu geäußert haben, wird der Westen wahrscheinlich denken, diese Aktionen hätte ich ohne Ihre Zustimmung in Gang gesetzt.«

Su beugte sich nach vorn und fuhr in freundlichem, beschwichtigendem Ton fort: »Ich möchte Sie auf keinen Fall an den Rand drängen. Ich glaube, Sie sollten sich in dieser Frage ganz deutlich äußern und der Welt zeigen, dass Sie in China das Kommando führen.«

»Ich bin einverstanden«, stimmte Wei zu. »Ich werde meinen Standpunkt über unsere Kerninteressen im Südchinesischen Meer öffentlich klarmachen.«

Su schien diese Antwort zu befriedigen. Er lächelte. »Also, damit keine Missverständnisse aufkommen. Sie geben mir hiermit die Erlaubnis, meine ersten Militäraktionen einzuleiten?«

»Das tue ich. Sie können tun, was Sie für nötig halten. Sie haben meinen Segen, mit den Vorbereitungen für Ihre Maßnahmen zu beginnen. Aber gleichzeitig muss ich Sie warnen, Genosse Vorsitzender. Wenn Ihr Geheimplan auffliegen sollte und dies unser ganzes Unternehmen bedroht, werde ich Sie auffordern, Ihre Operation sofort zu beenden.«

Su hatte eine solch halbherzige Zustimmung erwartet. »Vielen Dank. Die Aktionen, mit denen wir jetzt beginnen, werden die Gegenschläge des Gegners mildern, wenn später offene Feindseligkeiten ausbrechen sollten. Sie können versichert sein, dass Ihre heutige Entscheidung unser gemeinsames Anliegen ungemein befördert.«

Wei Zhen Lin nickte nur.

Als Su den Sitzungsraum verließ, war er sicher, dass Wei Zhen Lin keine Ahnung hatte, was er da gerade autorisiert hatte.

Zwanzig Minuten später war General Su zurück in seinem Büro. Er hatte seinem Zweisterneadjutanten Xia aufgetragen, persönlich eine Telefonverbindung mit einer ganz bestimmten Person herzustellen. Als Xia jetzt den Kopf durch die Tür streckte und »Er ist am Telefon« sagte, nickte sein Vorgesetzter kurz und winkte ihn mit den Fingerspitzen aus dem Zimmer.

Als sich die Tür geschlossen hatte, hob Su den Hörer ab. »Guten Abend, Doktor.«

»Guten Abend, Genosse Vorsitzender.«

»Ich habe wichtige Neuigkeiten. Mit diesem Anruf erteile ich Ihnen die Genehmigung, die Operation Erdschatten anlaufen zu lassen.«

»Ausgezeichnet.«

»Wann werden Sie loslegen?«

»Die notwendigen Geräte und Einsatzkräfte sind vor Ort, wie Sie es angeordnet haben, insofern können wir mit unseren Aktionen sofort beginnen. Wenn diese in einer Woche, höchstens zwei Wochen erfolgreich beendet sind, werden wir mit den cyberkinetischen Operationen anfangen. Danach wird es ganz schnell gehen.«

»Ich verstehe. Und wie läuft es mit den Vorbereitungen für die Operation Sonnenfeuer?«

Die Antwort kam prompt. »Die Vorbereitungen sind abgeschlossen, sobald wir eine Hardwarelieferung aus Shenzhen erhalten und sie ans Internet angeschlossen haben. In zehn Tagen werden wir bereit sein. Ich erwarte dann Ihre Befehle.«

»Und ich erwarte meine.«

»Genosse Vorsitzender?«

»Ja, Doktor?«

»Es ist meine Pflicht, Sie noch einmal daran zu erinnern, dass die entscheidenden Aspekte der Operation Erdschatten nach ihrer Initialisierung von mir nicht mehr rückgängig gemacht werden können.«

General Su Ke Qiang lächelte in sein Telefon hinein. »Doktor ... tatsächlich *verlasse* ich mich auf unser Unvermögen, einen Rückzieher zu machen, sobald Erdschatten erst einmal begonnen hat. Unsere zivile Führung hat uns nur genehmigt, den ersten Dominostein in der Reihe umzustoßen, als ob wir dann noch verhindern könnten, dass auch der zweite und dritte fällt. Im Augenblick ist die Entschlossenheit unseres Präsidenten groß, jetzt, wo die Feindseligkeiten überhaupt noch nicht begonnen haben. Wenn er später unter dem zu erwartenden Druck schwankend werden sollte, werde ich ihm klarmachen, dass uns nur noch der Weg nach vorn offensteht.«

»Ja, Genosse Vorsitzender.«

»Sie haben Ihre Befehle, Doktor. Sie werden von mir erst wieder etwas hören, wenn ich die Einleitung der Operation Sonnenfeuer sanktioniere.«

»Ich werde Ihnen weiterhin durch unsere gewohnten Geheimkanäle Bericht erstatten.«

»Ich wünsche Ihnen Glück«, sagte Su.

»Xie-xie.« Danke.

Nach dem Ende des Gesprächs schaute General Su den Hörer an, bevor er ihn zurück auf die Gabel legte, und kicherte.

Center war wahrlich kein Anhänger des Small Talks.

15

Das Silicon Valley war die Heimat von Intel, Apple, Google, Oracle und Dutzender anderer großer Technologiefirmen. Als Zulieferer und Zuarbeiter dieser Unternehmen waren in den vergangenen Jahren in deren Umgebung Hunderte, wenn nicht Tausende kleiner Firmen wie Pilze aus dem Boden geschossen.

Menlo Park, Kalifornien, lag mitten im Valley, etwas nördlich von Palo Alto. Seine Bürogebäude und Gewerbegebiete beherbergten Hunderte von Hightech-Start-ups.

In einem mittelgroßen Komplex am Ravenswood Drive unweit des Mega-Forschungsunternehmens SRI stand auf einem Schild auf einer Glastür *Adaptive Data Security Consultants*. Darunter war zu lesen, dass die Beratungsfirma dieselben Geschäftszeiten hatte wie alle anderen kleinen Start-ups, die sich in diesem »Business Park« angesiedelt hatten. Allerdings war der Nachtwächter, der um vier Uhr morgens mit seinem Golfmobil vorbeifuhr, nicht weiter überrascht, dass noch mehrere Autos auf dem Firmenparkplatz standen, die bereits da gewesen waren, als er vor sechs Stunden seinen Dienst begonnen hatte.

Die Chefs von ADSC, Lance Boulder und Ken Farmer, waren es gewohnt, Überstunden zu machen. Das gehörte in ihrem Geschäft einfach dazu.

Lance und Ken waren in San Francisco als Nachbarskinder aufgewachsen. In den frühen Tagen des Internets verbrachten sie jede freie Minute vor dem Computer. Als sie zwölf Jahre alt waren, bauten sie ihre eigenen Rechner und programmierten die Standardprogramme nach ihren Bedürfnissen um. Mit fünfzehn waren die beiden Freunde zu versierten Hackern geworden.

Sie wurden Mitglieder einer Hacker-Subkultur, die vor allem aus intelligenten männlichen Teenagern bestand, die sich gegenseitig zu immer neuen Hackingangriffen anspornten. Ken und Lance begannen, gemeinsam in die Computernetzwerke ihrer Highschool, der örtlichen Universitäten und anderer Organisationen überall auf der Welt einzubrechen. Dabei verursachten sie keinen allzu großen Schaden. Sie waren weder an Kreditkartenbetrug noch an Identitätsdiebstahl interessiert. Auch verkauften sie keine Daten an andere weiter. Das Ganze war für sie nur ein aufregendes Spiel und eine ständige Herausforderung.

Außer einigen »Graffitiattacken« auf die Homepage ihrer Schule ließen sie sich nichts zuschulden kommen.

Allerdings sah dies die örtliche Polizei ganz anders. Beide Jungs wurden wegen Computergraffiti angeklagt, die ihr Computerlehrer bis zu ihnen zurückverfolgen konnte. Lance und Ken gaben sofort alles zu.

Nach einigen Wochen gemeinnütziger Arbeit, zu der sie das Jugendgericht verurteilt hatte, beschlossen sie, auf solche Streiche künftig zu verzichten. Beim nächsten Mal würde es Einträge ins Strafregister geben, was ihre Zukunftsaussichten ernsthaft beeinträchtigen würde.

Stattdessen lenkten sie ihr Talent und ihre Energie in die richtige Bahn. Sie bestanden die Eingangsprüfung zum Caltech, wo sie als Hauptfach Computerwissenschaften studierten. Nach ihrem erfolgreichen Abschluss arbeiteten sie eine Zeit lang für Softwarefirmen im Silicon Valley.

Zwar waren sie jetzt Musterbürger, blieben aber im Herzen immer noch Hacker. Kurz vor ihrem dreißigsten Geburtstag kündigten sie deshalb ihre bisherigen Jobs und gründeten ihr eigenes Unternehmen, das auf Penetrationstests spezialisiert war, mit denen sie die Schwachstellen von Computerprogrammen und Netzwerken aufzuspüren versuchten. Sie wurden also zu dem, was man in der IT-Szene »ethische Hacker« nannte.

Sie wurden von Banken, Einzelhandelsketten, Fabrikkonzernen und anderen Unternehmen beauftragt, gezielt in ihre Netzwerke einzubrechen und ihre Websites zu hacken.

Bald konnten sie dabei eine hundertprozentige Erfolgsquote vorweisen und ihren Auftraggebern die geeigneten Ratschläge erteilen, wie sie ihre IT-Sicherheit verbessern konnten.

Sie bekamen bald den Ruf, zu den besten »White-Hat-Hackern« im Silicon Valley zu gehören. Die großen Antivirusunternehmen McAfee und Symantec versuchten mehrmals, sie aufzukaufen, aber die beiden jungen Männer waren entschlossen, aus ihrer Firma selbst und ohne die Hilfe anderer etwas Großes zu machen.

Mit ihrem Renommee wuchs auch ihre Auftragslage. Bald führten sie Penetrationstests bei Regierungsnetzwerken durch und versuchten dabei, in sogenannte Bulletproof Systems einzudringen, streng geheime Computersysteme, wie sie etwa die US-Nachrichtendienste unterhielten, und nach Schwachstellen zu suchen, die die böswilligen »Black-Hat-Hacker« bisher noch nicht gefunden hatten. Auch dabei erzielten Lance, Ken und ihre zwei Dutzend Mitarbeiter große Erfolge, was ihrer Firma ADSC weitere Regierungsaufträge verschaffte.

Die beiden Unternehmer hatten es in den letzten fünf Jahren weit gebracht. Trotzdem waren Lance und Ken immer noch bereit, wenn nötig zwanzig Stunden am Tag zu arbeiten.

Dies war etwa heute Nacht der Fall.

Sie und drei ihrer Mitarbeiter machten Überstunden, weil sie in einer Windows-Serverkomponente ein Exploit gefunden hatten, das jedem gesicherten Regierungsnetzwerk gefährlich werden konnte. Sie hatten es aufgedeckt, als sie das Netzwerk des Hauptquartiers eines Auftragnehmers der US-Regierung im benachbarten kalifornischen Sunnyvale einem Penetrationstest unterzogen hatten.

Als Lance und Ken die Schwachstelle in der Software entdeckt hatten, entwickelten sie ihren eigenen Trojaner, eine Malware, die sich an ein legitimes Programm anheftete und mit dessen Hilfe in das gesicherte Netzwerk eindrang. Sie waren überrascht, dass sie jetzt die Datenverbindung dieses Unternehmens zum US-Verteidigungsministerium dazu benutzen konnten, einen »Upstream-Angriff« auszuführen, der ihnen Zugang zu den geheimsten und am strengsten gesicherten Datenbanken des US-Militärs verschaffte.

Jeder bei ADSC wusste, was das bedeutete. Wenn ein geschickter, entschlossener Hacker diese Schwachstelle entdeckte, bevor Microsoft sie patchte, könnte der Black Hat seinen eigenen Virus bauen, mit dessen Hilfe er ganze Terabytes für die amerikanische Kriegsführung entscheidender Daten stehlen, verändern oder löschen konnte.

Lance und Ken hatten ihren Kunden, das Verteidigungsministerium oder ihre Kollegen von der Digital Crimes Unit von Microsoft bisher noch nicht informiert. Sie wussten, dass sie sich über ihre Erkenntnisse absolut sicher sein mussten, deshalb wollten sie sie die ganze Nacht noch einmal überprüfen.

Selbst jetzt um vier Uhr morgens waren sie damit noch nicht zu Ende, als plötzlich im ganzen Büro der Strom ausfiel.

Verdammte Scheiße«, fluchte Lance, als er sich im dunklen Labor umschaute. Das Glühen der Monitore vor den fünf Männern war das einzige Licht im ganzen Raum. Die Computer liefen noch. Die Back-up-Batterie, über die jedes Gerät verfügte, sorgte dafür, dass keine Daten verloren gingen. Allerdings reichte ihre Kapazität nur für eine Stunde. Falls es nicht bald wieder Strom gab, würden die Männer ihre Arbeit vorzeitig beenden müssen.

Marcus, der Datenfluss-Chefanalytiker von ADSC, holte eine Zigarettenpackung und ein Feuerzeug aus seiner Schreibtischschublade und stand auf. Während er die Arme und Schultern streckte, sagte er: »Wer hat vergessen, unsere Stromrechnung zu bezahlen?«

Keiner der fünf jungen Männer in diesem Raum glaubte jedoch nur eine Sekunde lang, dass es daran liegen könnte. Es lag wohl eher an ihrem enormen Stromverbrauch. Immerhin gab es in ihrem Büro zwei Dutzend Workstations, und im Keller standen mehrere Hochleistungsserver. Dazu kamen noch Dutzende von Peripheriegeräten, die alle Strom aus dem Netz zogen. Es war nicht das erste Mal, dass es die Sicherung herausgehauen hatte.

Ken Farmer stand auf und trank einen Schluck lauwarmes Pepsi aus einer Dose. »Ich geh mal pinkeln und danach in den Keller runter, um die Sicherung wieder reinzumachen.«

»Ich begleite dich«, sagte Lance.

Die Datenflussanalytiker Tim und Rajesh blieben bei ihren Rechnern, legten jedoch den Kopf in die Hände, um sich etwas auszuruhen.

Ein belastbares, leistungsfähiges und sicheres Computernetzwerk war für ein Unternehmen unverzichtbar, das sein Geld mit dem Aufspüren von Computerhackern verdiente. Tatsächlich hatte ADSC die nötigen Tools und Sicherheitsprotokolle eingerichtet, die sicherstellten, dass Cyberangriffe auf ihre Firma keinen Erfolg haben würden.

Lance und Ken hatten alles unternommen, um das ADSC-Netz so unangreifbar zu machen wie möglich.

Auf die physische Sicherheit ihres Geschäftssitzes hatten sie jedoch weit weniger geachtet.

Hundert Meter von der Stelle entfernt, wo Lance, Ken und ihre drei Mitarbeiter sich streckten, rauchten und pinkelten, ging ein einzelner Mann durch den dichten Nebel, der zwischen den Bäumen hing, die den dunklen, stillen Ravenswood Drive auf beiden Seiten säumten. Er war auf dem Weg zu dem Geschäftsgebäude, das ADSC beherbergte. Mit Ausnahme der frühen Stunde, in der er unterwegs war, und dem offensichtlichen Bemühen, dem hellen Licht der Straßenlampen auszuweichen, war an ihm nichts Ungewöhnliches.

Er trug eine schwarze Regenjacke mit Reißverschluss, hatte jedoch deren Kapuze nicht aufgezogen. Seine behandschuhten Hände waren leer und sein Schritt gemächlich.

Etwa dreißig Meter hinter ihm folgte ihm ein zweiter Mann, der jetzt schneller ging, um zur ersten Person aufzuschließen. Auch er trug eine dunkle Kapuzen-Regenjacke.

Zwanzig Meter hinter dem zweiten Fußgänger joggte jetzt ein dritter Mann heran und schloss seinerseits zu seinen beiden Vorderleuten auf. Er trug einen dunklen Trainingsanzug.

Ein paar Meter vor dem Gebäudekomplex trafen die drei Männer zusammen.

Mit äußerster Lässigkeit zogen sie sich ihre Kapuzen über den Kopf. Jeder von ihnen trug einen Schlauchschal um den Hals, den sie jetzt hochzogen, bis ihre Gesichter unterhalb der Augen bedeckt waren.

Sie betraten den kleinen Parkplatz, der eigentlich hell erleuchtet gewesen wäre, wenn nicht gerade der Strom ausgefallen wäre.

Alle drei griffen unter ihre Jacken und holten belgische halb automatische Pistolen heraus. Jede dieser FN FiveseveN verfügte über ein Magazin mit zwanzig 5,7x28-mm-Patronen, einem für Handfeuerwaffen ziemlich kraftvollen Kaliber.

Auf den Läufen ihrer Pistolen waren lange Schalldämpfer aufgeschraubt.

Ein Mann mit dem Decknamen »Crane« war der Anführer der kleinen Kampfeinheit. Er hatte noch mehr Männer unter seinem Kommando – insgesamt waren es sieben –, aber er war sich sicher, dass für den Anfang drei Mann absolut genügten.

Damit hatte er vollkommen recht. ADSC war beim besten Willen kein »Hartziel«.

Auf dem ganzen Gelände gab es nur einen einzigen Nachtwächter, der zu dieser frühmorgendlichen Stunde in seinem Golfmobil durch den ganzen Bürokomplex patrouillierte. Sein Golfmobil war mit einer Regenabdeckung aus Kunststoff ausgerüstet, die ihn vor dem kalten Nebel schützen sollte. Als das Licht nach dreißig Sekunden immer noch nicht anging, holte er sein iPhone aus dem Gürtel. Er wusste, dass von den sechs Unternehmen in diesem Komplex nur noch ein paar Typen von ADSC in ihrem Büro arbeiteten. Er wollte sie anrufen und fragen, ob sie ihn mit seiner Taschenlampe benötigten.

Als der Nachtwächter im Adressbuch seines iPhones nach der Nummer der Firma schaute, bemerkte er in der Dunkelheit außerhalb seines Plastikschutzes eine Bewegung. Er blickte in ihre Richtung.

Crane feuerte aus anderthalb Metern eine einzige Kugel durch die durchsichtige Regenabdeckung in die Stirn des Nachtwächters. Blut und Hirnmasse spritzten in alle Richtungen, und der junge Mann sackte nach vorn. Das Mobiltelefon glitt ihm aus den Fingern und fiel zwischen seine Füße.

Crane öffnete die Abdeckung, durchsuchte die Taschen des Toten und holte ein Schlüsselbund heraus.

Danach schlichen die drei Männer zur anderen Seite des

Gebäudes hinüber. In der Dunkelheit war dort nur das orangene Glühen einer Zigarette zu sehen.

»He« war eine erstaunte Stimme zu hören.

Crane hob seine Five-seveN und gab drei schallgedämpfte Schüsse ab. Im Schein des Mündungsfeuers sah er einen jungen Mann rückwärts durch eine offene Tür stürzen, die in eine kleine Küche führte.

Cranes Kumpane zogen den Toten wieder nach draußen und schlossen die Tür. Crane griff zu seinem Walkie-Talkie und klickte drei Mal auf die Sprechtaste.

Die drei Männer warteten etwa eine halbe Minute an dieser Seitentür. Plötzlich bog ein schwarzer Ford Explorer mit gelöschten Scheinwerfern auf den Parkplatz ein. Er hielt an, und fünf Männer stürzten heraus, die genauso gekleidet waren wie ihre Vorhut, nur dass sie auch noch große Rucksäcke trugen.

Jedes Gangmitglied hatte seinen eigenen Decknamen, der sinnigerweise gleichzeitig der Name eines Vogels war – Crane, *Kranich,* Grouse, *Moorhuhn,* Quail, *Wachtel,* Stint, *Strandläufer,* Snipe, *Schnepfe,* Gull, *Möwe,* Wigeon, *Pfeifente,* und Duck, *Ente.* Crane war der Anführer, die anderen waren seine Untergebenen, aber alle waren ausgebildete Killer.

Sie hatten sich den Bauplan des Gebäudekomplexes verschafft und dessen Grundriss eingeprägt. Einer von ihnen hatte eine Planskizze der Serverfarm im Keller dabei. Zusammen schlichen sie jetzt lautlos durch die Tür in die Küche und gingen einen Gang entlang, bis sie die Eingangslobby erreichten. Hier teilten sie sich in zwei Gruppen auf. Vier Mann huschten zur Treppe hinüber, die anderen vier gingen an den Aufzügen vorbei in Richtung Hauptlabor.

Lance Boulder hatte sich aus einem Werkzeugkasten in einem Wandschrank neben der Küche eine Taschenlampe besorgt, in deren Licht er jetzt den Gang zur Treppe hinunterging, um das USV-System zu überprüfen, die »Unterbrechungsfreie Stromversorgungs«-Batterie, die seine Server am Laufen hielt. Er betete zu Gott, dass tatsächlich die Sicherung die Ursache der Störung war. Er beschloss sich zu erkundigen, ob der Strom im gesamten Gewerbepark ausgefallen war, holte sein BlackBerry aus dem Gürtel und begann eine SMS an Randy, den Nachtwächter des Komplexes, einzutippen.

Als er von seinem BlackBerry hochschaute, erschrak er zu Tode. Nur ein paar Meter vor ihm stand im Schein seiner Taschenlampe ein von Kopf bis Fuß schwarz gekleideter Mann. Hinter ihm tauchten weitere Männer auf.

Und dann sah er die lange Pistole in der Hand dieses Mannes.

Er konnte nur noch ein kurzes Keuchen hervorstoßen, bevor ihm Crane zweimal in die Brust schoss. Trotz des Schalldämpfers bellten die Schüsse durch den Gang. Lances Körper prallte gegen die Wand zu seiner Rechten, drehte sich nach links und sackte zusammen.

Seine Taschenlampe fiel auf den Boden und leuchtete den vier Mördern den Weg ins Labor.

Ken Farmer kam der Stromausfall in seinem Gebäude gar nicht so ungelegen. Er hatte Computer und Schreibtisch seit mehr als sechs Stunden nicht mehr verlassen und war froh, jetzt endlich einmal auf die Toilette gehen zu können. Da die Notbeleuchtung nicht bis zum Toilettenflur reichte, musste er die ersten Meter seines Rückwegs ins Büro buchstäblich mit den Händen ertasten.

Plötzlich sah er vor sich die Umrisse von Männern. Er wusste sofort, dass es nicht seine Kollegen waren.

»Wer sind Sie?«, fragte er. Er war viel zu geschockt, um Angst zu haben.

Der erste Mann in der Gruppe trat an ihn heran und hielt ihm die heiße Spitze eines Pistolenschalldämpfers an die Stirn.

Ken hob langsam die Hände. »Wir bewahren kein Geld hier im Büro auf.«

Der Schalldämpfer drückte ihn nach hinten, und er ging rückwärts ins dunkle Labor zurück. Sobald er es betrat, sah er schwarze Gestalten, die sich um ihn herum- und an ihm vorbeibewegten. Er hörte Rajesh und Tim schreien. Dann hörte er die dumpfen Schläge schallgedämpfter Pistolenschüsse und das Geklirr leerer Patronenhülsen, die auf den Fliesenboden prallten.

Rohe, behandschuhte Hände führten Ken zurück zu seinem Schreibtisch, drehten ihn um und setzten ihn auf seinen Stuhl. Im Licht der Monitore sah er Tim und Raj regungslos auf dem Boden liegen.

Sein Geist konnte die Tatsache jedoch nicht verarbeiten, dass sie tot waren.

»Was immer Sie wollen … es gehört Ihnen. Nur lassen Sie mich bitte …«

Crane hielt den Schalldämpfer seiner Five-seveN an Ken Farmers rechte Schläfe und feuerte einen einzigen Schuss ab. Knochen- und Gewebemasse spritzten auf den Teppich, und sein Körper fiel in diese rote Schmiere.

Einige Sekunden später meldete sich Stint über Funk. Auf Mandarin sagte er: »Gebäude gesichert.«

Crane antwortete nicht auf seinem Walkie-Talkie. Stattdessen holte er sein Satellitentelefon aus der Jacke. Er drückte auf einen Knopf und sagte dann ebenfalls auf Mandarin: »Den Strom anschalten!«

Fünfzehn Sekunden später gab es im ganzen Gebäude wieder Elektrizität. Während vier von Cranes Männern an den Eingängen von ADSC Wache hielten, stiegen drei weitere in den Keller hinunter.

Crane selbst setzte sich an Kens Schreibtisch und öffnete dessen persönliches E-Mail-Programm. Er begann, eine neue Mail zu schreiben, in deren Empfängerliste er sämtliche Namen in Kens Adressbuch aufnahm, was dafür sorgen würde, dass mehr als tausend unterschiedliche Adressaten diese Nachricht erhalten würden. Dann griff er in seine Jackentasche und holte einen kleinen Notizblock heraus, auf dem ein englischer Brieftext stand. Diesen tippte er ganz langsam mit seinen behandschuhten Fingerspitzen in die E-Mail-Maske ein.

> Liebe Familie, liebe Freunde und Kollegen!
> Ich liebe Euch alle, aber ich kann nicht mehr weitermachen.
> Mein Leben ist verpfuscht.
> Unsere Firma war eine Lüge. Ich vernichte jetzt alles.
> Ich töte sie alle. Ich habe keine andere Wahl.
> Es tut mir so leid.
> Friede, Ken

Crane drückte jedoch noch nicht auf die Versendentaste. Stattdessen sprach er erneut in sein Walkie-Talkie. Immer noch auf Mandarin sagte er: »Zehn Minuten.« Er stand auf, stieg über Kens Körper hinüber und ging in den Keller hinunter, wo die drei anderen bereits damit begonnen hatten, ein Dutzend selbst gemachte Sprengkörper in und zwischen den Servern einsatzbereit zu machen. Jede Bombe wurde sorgfältig neben die Festplatten und Speicherplatinen der Server platziert, um zu gewährleisten, dass keinerlei Digitaldaten übrig bleiben würden.

Sämtliche Festplatten und Datenträger zu löschen hätte Stunden gedauert, die Crane aber nicht zur Verfügung hatte. Deshalb hatte man ihm befohlen, diese Aufgabe mit einem »kinetischeren Ansatz« zu lösen.

Nach sieben Minuten waren die Vorbereitungen beendet. Crane und Gull kehrten ins Labor zurück. Crane reichte Gull seine Pistole, trat an Kens Computer heran und klickte mit der Maus auf »Senden«. Immerhin 1130 Adressaten würden jetzt diese verstörende Massen-E-Mail erhalten.

Crane steckte den Notizblock mit dem Originalbrief in die Tasche und schaute auf Ken Farmers Leiche hinunter. Gull hatte dem Toten seine Five-seveN-Pistole in die rechte Hand gedrückt.

Er steckte Farmer noch ein paar Extramagazine in die Hosentasche. Eine Minute später räumten die vier Männer das Labor. Ein Bandenmitglied zündete die Zündschnur im Keller an. Sie verließen das Gebäude durch die Küchentür und stiegen in den Explorer, in dem bereits die vierköpfige Wachmannschaft auf sie wartete.

Sie fuhren langsam und gemächlich aus dem Parkplatz heraus, ganze dreizehn Minuten, nachdem sie das Gelände betreten hatten. Vier Minuten nachdem sie vom Ravenswood Drive auf die Autobahn abgebogen waren, erhellte eine gewaltige Explosion den frühmorgendlichen Himmel hinter ihnen.

16

Jack Ryan jr. fuhr mit seinem schwarzen BMW 335i nach Washington hinein. Er wollte heute als Morgenlauf einmal um die National Mall joggen. Melanie saß neben ihm. Sie hatte die Nacht bei ihm verbracht. Sie trugen beide Jogginganzüge und Laufschuhe. Melanie hatte sich eine Bauchtasche um die Hüfte geschnallt, in der eine Wasserflasche, ihre Schlüssel, ihr Portemonnaie und noch ein paar andere nützliche Kleinigkeiten steckten. Sie hatten eine Thermoskanne mit Kaffee dabei, aus der sie jetzt abwechselnd tranken, um die Restmüdigkeit zu vertreiben.

Ryan bog in den Parkplatz direkt nördlich des Capitol Reflecting Pool ein. Sie leerten den Rest der Kanne, während sie den Morgennachrichten lauschten. Unter anderem wurde von einem Selbstmord und Mord mit fünf Opfern in einem Softwareunternehmen in Menlo Park, Kalifornien berichtet.

Weder Jack noch Melanie gaben dazu einen Kommentar ab.

Nach den Nachrichten stiegen sie aus und gingen zum Reflecting Pool hinüber, wo sie ein paar Minuten Dehnübungen machten, einen Schluck Mineralwasser tranken, die vielen Morgenläufer beobachteten und den Sonnenaufgang über dem Kapitol bewunderten.

Bald setzten sie sich selbst in Richtung Westen in Bewegung. Obwohl sowohl Melanie als auch Jack über eine ausgezeichnete Kondition verfügten, war Melanie doch der komplettere und bessere Athlet. Sie hatte als Teenager mit dem Fußballspielen begonnen, als ihr Vater als ein Luftwaffenoberst in Ägypten stationiert war. Schließlich war sie so gut, dass sie ein Vollstipendium an der American University bekam, in deren Team sie als harte und verlässliche Verteidigerin spielte und in ihrem letzten Studienjahr sogar zum Mannschaftskapitän ernannt wurde.

Auch während ihres Aufbaustudiums blieb sie eine eifrige Sportlerin. In den beiden Jahren seit dem College sorgte sie durch regelmäßige Morgenläufe und stundenlange Übungen im Kraftraum dafür, dass nichts von ihrer Fitness verloren ging.

Jack war daran gewöhnt, drei oder vier Mal die Woche Morgenläufe von fünf bis sieben Kilometer Länge zu absolvieren. Dies half ihm jetzt, zumindest einen Großteil der Zeit mit Melanie Schritt zu halten. Am Ende des siebten Kilometers ging ihm jedoch regelmäßig die Puste aus, und er keuchte wie eine Dampflokomotive. Als sie an diesem Morgen das Smithsonian Institute passierten, hätte er sie gern gebeten, langsamer zu machen, aber sein Ego erlaubte es dann doch nicht, ihr zu zeigen, wie hart er zu kämpfen hatte.

Er merkte, dass sie ihn nach dem achten Kilometer mehrmals von der Seite ansah. Er wusste, dass ihm die Anstrengung anzusehen war, aber er wollte keinesfalls zugeben, dass er fast am Ende seiner Kräfte war.

»Sollen wir anhalten?«, fragte sie ihn in völlig entspanntem Ton.

»Warum?«, stieß er zwischen zwei keuchenden Atemzügen hervor.

»Jack, wenn ich langsamer machen soll, musst du es mir sagen ...«

»Mir geht's gut«, sagte er. »Legen wir einen kleinen Spurt ein?« Er legte einen Zahn zu, um an ihr vorbeizuziehen.

Melanie lachte. »Nein danke«, sagte sie. »Dieses Tempo ist gerade recht für mich.«

Jack machte etwas langsamer und dankte heimlich Gott, dass sie ihn nicht gezwungen hatte, Farbe zu bekennen. Er spürte, dass sie ihn die nächsten fünfzig Meter immer wieder beobachtete, und er nahm an, dass sie ihn durchschaute. Sie tat ihm den Gefallen, ihn an diesem Morgen nicht noch weiter anzutreiben, und er war ihr dafür dankbar.

Insgesamt legten sie fast zehn Kilometer zurück. Wieder an ihrem Ausgangspunkt angekommen, beugte sich Jack nach vorn und stützte die Hände auf die Knie.

»Alles in Ordnung?«, fragte sie und legte ihm die Hand auf die Schulter.

»Jaha …« Er versuchte, wieder zu Atem zu kommen. »Ich glaube, ich bekomme eine Erkältung.«

Sie klopfte ihm auf den Rücken, holte die Wasserflasche aus ihrem Bauchbeutel und bot sie ihm an. »Trink einen Schluck. Dann lass uns heimgehen. Wir können uns unterwegs ein paar Orangen besorgen. Ich presse sie aus, und wir können den Saft zu dem Omelett trinken, das ich uns machen werde.«

Jack richtete sich wieder auf, ließ die erfrischende Flüssigkeit durch die Kehle rinnen und küsste Melanie auf die Wange. »Ich liebe dich.«

»Ich dich auch.« Melanie holte sich ihre Flasche zurück und nahm selbst einen tiefen Schluck. Plötzlich wurden ihre Augen zu Schlitzen.

Etwa hundert Meter weiter stand ein Mann im Trenchcoat und mit Sonnenbrille am Capitol Reflecting Pool. Er schaute zu ihnen beiden hinüber und machte keinerlei Anstalten, Melanies Blick auszuweichen.

Jack bemerkte den Mann nicht, da er ihm den Rücken zuwandte. »Sollen wir zum Auto zurückkehren?«

Melanie drehte sich schnell um und sagte: »Ja. Gehen wir.«

Sie machten sich in Richtung Pennsylvania Avenue auf den Weg.

Nach etwa zwanzig Metern blieb Melanie jedoch plötzlich stehen und fasste Jack an die Schulter. »Mist. Mir ist gerade etwas eingefallen. Es tut mir fürchterlich leid, aber ich muss heute Vormittag in meine Wohnung in Alexandria.«

Ryan war überrascht. »Du kommst nicht mit mir heim?«

Sie sah ihm seine Enttäuschung an. »Nein, ich muss etwas für meinen Hauswirt erledigen.«

»Brauchst du Hilfe? Ich kann ganz gut mit dem Schraubenzieher umgehen.«

»Nein ... nein danke. Das schaffe ich schon.«

Sie sah, wie seine Augen hin und her wanderten, als suchten sie nach dem wirklichen Grund, warum sie ihre Meinung geändert hatte.

Bevor er sie jedoch noch weiter ausfragen konnte, sagte sie: »Wir treffen uns doch heute Abend mit deiner Schwester in Baltimore zum Dinner, oder?«

Jack nickte langsam. »Ja.« Er machte eine kurze Pause. »Stimmt etwas nicht?«

»Nein, nein, alles in Ordnung. Ich hatte nur vergessen, dass ich meinem Vermieter versprochen habe, ihm bei einer Reparaturarbeit zu helfen. Außerdem muss ich noch ein paar Sachen für die Arbeit am Montag vorbereiten.«

»Kannst du das in deinem Apartment erledigen, oder musst du nach Liberty Crossing hinüberfahren?« Liberty Crossing war der Name des Gebäudekomplexes, in dem das ODNI saß, für das Melanie tätig war.

»Nein, das sind nur ein paar unverbindliche Internetrecherchen.« Dann sagte sie mit einem Lächeln, von dem sie hoffte, dass es nicht so gezwungen aussah, wie es sich anfühlte: »Du weißt ja, dass ich mich immer auf dem Laufenden zu halten versuche.«

»Ich kann dich noch heimbringen«, sagte er. Er kaufte

ihr die Geschichte ganz offensichtlich nicht ab, spielte das Spiel jedoch mit.

»Nicht nötig. Mit der Metro bin ich im Handumdrehen zu Hause.«

»In Ordnung«, sagte Jack und küsste sie. »Schönen Tag noch! Ich hole dich so gegen 17.30 Uhr ab.«

»Ich kann es kaum erwarten.« Während er sich auf den Weg zu seinem Auto machte, rief sie ihm nach: »Besorg dir auf dem Heimweg etwas Orangensaft! Kümmere dich um deine Erkältung!«

»Danke.«

Einige Minuten später eilte Melanie am Capital-Grille-Restaurant vorbei. Sie war zur Metrostation »Archives« unterwegs. Als sie gerade in die 6th Street einbog, stand plötzlich der Mann im Trenchcoat vor ihr.

»Miss Kraft«, sagte er mit einem höflichen Lächeln.

Melanie blieb wie angewurzelt stehen, starrte ihn ein paar Sekunden an und sagte dann: »Was zum Teufel ist mit Ihnen los?«

»Was meinen Sie?«, fragte der Mann immer noch lächelnd.

»Sie können doch nicht einfach so auftauchen.«

»Doch, das kann ich und ich habe es ja auch getan. Ich möchte nur ein paar Minuten Ihrer Zeit in Anspruch nehmen.«

»Sie können zur Hölle fahren.«

»Das ist aber nicht sehr nett, Miss Kraft.«

Sie setzte ihren Weg in Richtung Metro fort. »Er hat sie gesehen. Jack hat sie gesehen.«

Er folgte ihr und schloss nach ein paar Schritten zu ihr auf. »Sind Sie sich sicher oder vermuten Sie das nur?«

»Ich nehme es an. Sie haben mich vollkommen überrumpelt. Ich musste ihm eine offensichtliche Abfuhr erteilen, weil ich nicht wusste, ob Sie tatsächlich zu uns herüberkommen. Natürlich hat er gemerkt, dass da etwas faul war. Er ist ja kein Idiot.«

»Zu merken, dass man beschattet wird, hat nichts mit Intelligenz zu tun. Das muss man trainieren, Melanie.«

Melanie gab keine Antwort. Sie ging einfach weiter.

»Wo könnte er Ihrer Meinung nach ein solches Training erhalten haben?«

Melanie blieb stehen. »Wenn Sie mit mir reden müssen, warum haben Sie mich dann nicht einfach angerufen?«

»Weil ich persönlich mit Ihnen sprechen wollte.«

»Worüber?«

Der Mann lächelte sie schief an. »Bitte, Melanie. Das Ganze wird nicht lange dauern. Ich parke drüben an der Indiana Avenue. Wir können uns dann ein stilles Plätzchen suchen.«

»In diesem Aufzug?« Sie schaute zu ihren hautengen Lycra-Laufhosen und ihrer körperbetonten Puma-Joggingjacke hinunter.

Der Mann musterte sie jetzt von oben bis unten, nahm sich dafür allerdings etwas zu viel Zeit. »Warum nicht? Ich würde Sie so überallhin mitnehmen.«

Melanie stöhnte in sich hinein. Darren Lipton war nicht das erste geile Arschloch, dem sie während ihrer Arbeit für die Bundesregierung begegnet war. Er war jedoch von all denen das erste geile Arschloch, das gleichzeitig auch noch ein leitender Spezialagent des FBI war, also folgte sie ihm widerstrebend zu seinem Auto.

17

Sie gingen gemeinsam die Rampe einer Parkgarage hinunter, die an diesem Samstagmorgen fast leer war. Lipton führte sie zu einem Toyota-Sienna-Minivan, und sie stiegen ein. Er steckte den Schlüssel ins Zündschloss, ließ den Motor vorerst jedoch noch nicht an. Sie saßen schweigend im Halbdunkel der Tiefgarage da. Nur das schwache Licht einer Leuchtstofflampe an der Betonwand erhellte ihre Gesichter.

Lipton war in den Fünfzigern, hatte sich jedoch sein dunkelblondes Haar zu einer jungenhaften Frisur schneiden lassen, die ihn irgendwie jedoch nicht jünger, sondern nur weniger seriös aussehen ließ. Sein Gesicht war voller Aknenarben. Außerdem sonnte er sich offensichtlich ebenso gern, wie er Alkohol trank. Melanie konnte sich gut vorstellen, dass er beides oft miteinander verband. Er hatte so viel Aftershave aufgetragen, dass sich Melanie fragte, ob er seine ganze Badewanne damit füllte und dann jeden Morgen einfach untertauchte. Er sprach viel zu laut und schnell. Bereits bei ihrer ersten Begegnung fand sie es äußerst befremdlich, dass er ihr während des Gesprächs ständig auf den Busen starrte und es offensichtlich sogar genoss, dabei ertappt zu werden.

Er erinnerte Melanie an den Onkel eines ehemaligen Highschool-Freundes, der sie ebenfalls die ganze Zeit angegafft und zu allem Überfluss ständig Komplimente über ihren »sportlichen Körper« gemacht hatte. Dabei hatte er seine Worte so geschickt gewählt, dass ihre Schlüpfrigkeit zwar deutlich wurde, man ihm deswegen trotzdem nicht an den Karren fahren konnte.

Diese Mühe schien sich Lipton gar nicht erst zu machen. Kurz, er war ein absoluter Widerling.

»Es ist eine ganze Weile her«, sagte er schließlich.

»Ja. Ich hatte schon angenommen, Sie seien abgezogen worden.«

»Abgezogen worden? Dachten Sie, dass ich nicht mehr für das FBI tätig bin?«

»Ich dachte, Sie seien von dieser speziellen Untersuchung abgezogen worden.«

»Die Ermittlungen gegen Jack Ryan jr.? Nein, Ma'am, im Gegenteil. Wie Sie sind auch wir immer noch sehr an ihm interessiert.«

»Aber offensichtlich hat es bisher zu einer Anklage doch nicht gereicht«, sagte sie spöttisch.

Lipton trommelte mit den Fingern aufs Lenkrad. »Bei dieser Untersuchung des Justizministeriums geht es gegenwärtig nur um das Sammeln von Informationen. Ob das Ganze in eine Anklage mündet, steht noch nicht fest.«

»Und Sie führen diese Untersuchung?«

»Ich führe *Sie*. Im Moment ist das alles, was Sie wissen müssen.«

Melanie schaute durch die Windschutzscheibe auf die Betonwand, während sie ihm entgegnete: »Als ich im Januar zum ersten Mal etwas von Ihnen gehört habe, nachdem der stellvertretende CIA-Direktor Alden verhaftet worden war, haben Sie mir genau das Gleiche gesagt. Die National Security Branch des FBI würde Aldens Verdacht weiter nachgehen, dass sich Jack Junior und Hendley Associates auf irgendeine Weise streng geheime Informationen über Angelegenheiten der nationalen Sicherheit beschaffen würden, um mit ihrer Hilfe illegale Handelsgeschäfte auf den Weltfinanzmärkten durchzuführen. Sie meinten damals jedoch auch, dass dies bisher reine Spekulationen seien und sich die Counterintelligence Division noch gar nicht sicher sei, ob tatsächlich eine Straftat vorliege. Wollen Sie mir erzählen, dass wir hier sechs Monate später zusammensitzen und sich nichts geändert hat?«

»Die Dinge *haben* sich verändert, Miss Kraft, aber es handelt sich dabei um Dinge, in die Sie keinen Einblick haben.«

Melanie seufzte. Das Ganze war ein Albtraum. Sie hatte gehofft, nie mehr etwas von Darren Lipton und der Counterintelligence Division zu hören. »Ich möchte wissen, was Sie über ihn haben. Ich möchte wissen, worum es hier geht. Wenn Sie meine Hilfe wollen, werden Sie mich aufklären müssen.«

Lipton schüttelte den Kopf, behielt aber sein leichtes Lächeln bei. »Sie sind eine CIA-Analystin, die zum Büro der Direktorin der Nationalen Nachrichtendienste abgeordnet wurde, und Sie sind bei diesen Ermittlungen in gewisser Weise meine vertrauliche Informantin. Das verschafft Ihnen jedoch noch keinerlei Recht auf Einblick in die Ermittlungsakten. Sie haben die rechtliche Verpflichtung, mit dem FBI zusammenzuarbeiten, von der moralischen einmal ganz abgesehen.«

»Was ist mit Mary Pat Foley?«

»Was soll mit ihr sein?«

»Bei unserer ersten Begegnung haben Sie mir erzählt, dass sie ebenfalls Teil der Ermittlungen gegen Hendley Associates sei, weswegen ich ihr gegenüber auch nichts verlauten lassen dürfe. Konnten Sie wenigstens sie von diesem Verdacht entlasten?«

»Nein«, antwortete Lipton kurz und unmissverständlich.

»Sie vermuten also weiterhin, dass Mary Pat und Jack irgendwie in eine Straftat verwickelt sind?«

»Diese Möglichkeit können wir zumindest nicht ausschließen. Die Foleys sind seit über dreißig Jahren mit den Ryans befreundet. In meinem Metier lernt man schnell, dass solche engen Beziehungen bedeuten, dass die Leute miteinander sprechen. Wir kennen zwar die Einzelheiten der Beziehung zwischen Junior und Foley nicht, aber wir wissen, dass sie sich im letzten Jahr mehrmals getroffen haben. Es ist durchaus möglich, dass sie ihm dabei geheime Informationen weitergegeben hat, die Hendley Associates für ihre krummen Geschäfte nutzen konnten.«

Melanie lehnte den Kopf gegen die Kopfstütze und seufzte lange und tief. »Das ist doch alles vollkommen verrückt, Lipton. Jack Ryan ist Finanzanalyst. Mary Pat Foley ist ... zum Teufel, sie ist eine amerikanische Institution. Sie haben es doch gerade selbst gesagt. Sie sind alte Freunde. Alle Jubeljahre gehen sie zusammen essen. Gewöhnlich bin ich dabei. Die Vorstellung, dass sie in ein Verbrechen gegen die nationale Sicherheit der Vereinigten Staaten verwickelt sein könnten, ist haarsträubend.«

»Darf ich Sie daran erinnern, was *Sie* uns erzählt haben. Als Charles Alden Sie nach Informationen fragte, die John Clark mit Jack Ryan jr. und Hendley Associates verbanden, deuteten Sie an, dass sie alle in mehr verwickelt sein könnten als in einfache Finanzgeschäfte und Währungsspekulationen. Bereits bei unserer zweiten Unterredung haben Sie mir erzählt, dass Ryan ziemlich sicher während der Ereignisse, die sich im letzten Winter dort abgespielt haben, in Pakistan war.«

Sie zögerte einen Moment. »Ich *glaubte,* dass er dort gewesen sei. Er reagierte ziemlich verdächtig, als ich es erwähnte. Außerdem gab es damals noch weitere ... Indizien, die mich vermuten ließen, dass er mich anlog. Ich konnte jedoch nichts beweisen. Aber selbst wenn er mich angelogen haben sollte und er *tatsächlich* in Pakistan war ... beweist das noch gar nichts.«

»Dann müssen Sie einfach etwas tiefer bohren.«

»Ich bin keine Polizistin, Lipton, und schon gar keine FBI-Agentin für nationale Sicherheit.«

Lipton lächelte sie an. »Sie wären eine verdammt gute, Melanie. Wie wär's, wenn ich mal mit ein paar Leuten rede?«

Sie erwiderte sein Lächeln nicht. »Wie wär's, wenn ich passe?«

Sein Lächeln erlosch. »Wir müssen dem Ganzen auf den Grund gehen. Wenn Hendley Associates in Straftaten verwickelt ist, müssen wir das wissen.«

»Wie lange habe ich schon nicht mehr mit Ihnen gesprochen? Sechs Monate? Warum haben Sie im letzten halben Jahr nichts getan?«

»Das haben wir, Melanie, mit anderen Mitteln. Sie sind eben nur ein winziges Teil des Puzzles. Gleichwohl sind Sie unser Spitzel, unser Insider ... ich sollte wohl eher ›Insiderin‹ sagen.« Er grinste und musterte Melanies hautenge Puma-Jacke.

Sie ignorierte seinen Sexismus und sagte: »Und? Was hat sich geändert? Warum sind Sie heute hier?«

»Sie scheinen unsere kleinen Treffen nicht besonders zu mögen ...«

Melanie blickte Lipton nur wortlos an. Ihr Gesichtsausdruck sagte jedoch *Leck mich*. Es war ein Blick, den ihm in seinem Leben bereits viele Frauen zugeworfen hatten.

Darren zwinkerte ihr zu. »Meine Vorgesetzten wollen, dass das Ganze endlich vorangeht. Sie überlegen sich, ob man Wanzen oder Ortungsgeräte einsetzen oder gar ein Überwachungsteam auf Ryan und einige seiner Kollegen ansetzen sollte.«

Melanie schüttelte energisch den Kopf. »Nein!«

»Ich habe ihnen ebenfalls gesagt, dass das nicht nötig ist. Aufgrund Ihrer ... *intimen* Beziehung mit der potenziellen Zielperson wäre jede Überwachungsoperation natürlich auch eine Verletzung Ihrer Privatsphäre. Meine Vorgesetzten hat dieses Argument allerdings nicht sehr beeindruckt. Sie haben nicht den Eindruck, dass Sie bisher allzu hilfreich waren. Am Ende habe ich Ihnen jedoch etwas Zeit verschafft, Zeit, in der Sie uns mit Ihren Mitteln ein paar justiziable Informationen verschaffen können, bevor das FBI mit all seinen Möglichkeiten tätig wird.«

»Und was genau wollen Sie?«

»Wir müssen rund um die Uhr möglichst exakt wissen, wo er sich gerade aufhält. Wir müssen wissen, ob er irgendwelche Reisen unternimmt. In diesem Fall brauchen wir die Flugzeiten und Flugnummern, die Hotels, in denen er absteigt, und die Leute, mit denen er sich trifft.«

»Er nimmt mich doch nie auf seine Geschäftsreisen mit.«

»Dann müssen Sie diese Informationen eben durch subtile Fragen aus ihm herauskitzeln.« Mit einem Augenzwinkern fügte er hinzu: »Bettgeflüster …«

Sie gab keine Antwort.

»Sorgen Sie dafür, dass er Ihnen per E-Mail seine Reiseroute mitteilt«, fuhr Lipton fort. »Erzählen Sie ihm, dass Sie ihn vermissen und wissen möchten, wohin er unterwegs ist. Beschaffen Sie sich irgendwie die E-Mail-Reisebestätigungen der Fluglinie, bei der er seine Flüge bucht.«

»Er nimmt nie einen Linienflug. Sein Unternehmen besitzt einen Firmenjet.«

»Einen Firmenjet?«

»Ja, eine Gulfstream. Sie ist am Internationalen Flughafen von Baltimore-Washington stationiert, mehr weiß ich jedoch auch nicht. Er hat sie ein paar Mal erwähnt.«

»Warum weiß ich davon nichts?«

»Ich habe keine Ahnung. Ich habe Alden davon erzählt.«

»Gut, aber mir haben Sie es nicht erzählt. Ich bin beim FBI, Alden war bei der CIA. Außerdem steht er im Moment unter Hausarrest. Mit uns arbeitet er ganz bestimmt nicht mehr zusammen.« Schon wieder ein Augenzwinkern. »Wir sind in diesem Spiel die guten Jungs.«

»Wenn Sie das sagen.«

»Wir benötigen auch Informationen über seine Kollegen. Vor allem wer mit ihm zusammen reist.«

»Und wie soll ich das herauskriegen?«

»Erzählen Sie ihm, Sie seien eifersüchtig, würden vermuten, dass er andere Liebhaberinnen hätte. Was immer nötig ist. Ich habe Sie beide ja gerade eben erst zusammen gesehen. Sie haben ihn doch bereits um den Finger gewickelt. Das ist großartig. Das können Sie nutzen.«

»Fuck you, Lipton.«

Lipton verzog das Gesicht zu einem schmutzigen Lächeln. Sie konnte sehen, wie sehr ihm ihre Retourkutsche gefiel. »Das lässt sich arrangieren, meine Liebe. Jetzt funken wir endlich auf derselben Wellenlänge. Lassen Sie mich nur noch diesen Liegesitz nach hinten klappen. Das wäre nicht das erste Mal, dass die Federung meines Siennas einem Härtetest unterzogen wird, wenn Sie verstehen, was ich meine.«

Obwohl er nur Spaß machte, hätte sich Melanie Kraft am liebsten übergeben. Fast instinktiv holte sie aus und schlug dem FBI-Agenten ins Gesicht.

Als ihre flache Hand auf Liptons fleischigen Backen und seinem vollen Mund auftraf, klang das in dem geschlossenen Minivan fast wie ein Gewehrschuss.

Lipton zuckte vor Schmerz und Überraschung zurück, und sein mokantes Lächeln verschwand.

»Mit Ihnen bin ich fertig!«, schrie ihn Melanie an. »Sagen Sie Ihren Vorgesetzten, sie sollen einen anderen Agenten schicken. Dass das FBI mit mir reden will, kann ich nicht verhindern. Aber mit Ihnen spreche ich kein einziges Wort mehr!«

Lipton fasste sich mit den Fingerspitzen an die Lippen und schaute auf einen kleinen Blutfleck hinunter.

Melanie funkelte ihn an. Sie gedachte, aus dem Minivan auszusteigen und zu Fuß zur Metrostation zu gehen. Worin auch immer Jack verwickelt sein mochte, er stellte bestimmt keine Gefahr für die Vereinigten Staaten dar. Sie hatte alles getan, was sie im letzten Januar von ihr verlangt hatten.

Jetzt konnte sie das FBI am Arsch lecken.

Als sie gerade nach dem Türgriff greifen wollte, begann Lipton zu sprechen. Sein Ton war gedämpft, aber ernst. Plötzlich klang er wie eine ganz andere Person.

»Miss Kraft. Ich werde Ihnen jetzt eine Frage stellen. Ich möchte, dass Sie mir darauf eine ehrliche Antwort geben.«

»Ich habe es Ihnen doch gerade gesagt. Mit Ihnen spreche ich nicht mehr.«

»Beantworten Sie nur diese eine Frage. Dann können Sie sofort aussteigen, wenn Sie wollen. Ich werde Ihnen nicht folgen.«

Melanie ließ sich in den Sitz zurückfallen und starrte strikt geradeaus durch die Windschutzscheibe. »Gut. Schießen Sie los.«

»Miss Kraft, waren Sie jemals als Agentin einer fremden Macht tätig?«

Sie wandte sich ihm verblüfft zu. »Wovon reden Sie überhaupt in drei Teufels Namen?«

»Mit einer fremden Macht meine ich die Regierung eines anderen Landes als die der Vereinigten Staaten.«

»Ich weiß, was eine fremde Macht ist. Ich weiß nur nicht, warum Sie mich das fragen.«

»Ja oder nein?«

Melanie schüttelte den Kopf. Jetzt war sie endgültig verwirrt. »Nein. Natürlich nicht. Aber wenn Sie mir hier etwas rechtlich Relevantes vorwerfen, möchte ich, dass ein Anwalt der Agency zugegen ...«

»Hat irgendein Mitglied Ihrer Familie jemals als Agent für eine fremde Macht gearbeitet?«

Melanie erstarrte.

Darren Lipton schaute sie wortlos an. Auf seiner Lippe glänzte im Licht der Leuchtstoffröhre an der Tiefgaragenwand ein frischer Blutstropfen.

»Warum ... sind Sie ... was ist das hier?«

»Beantworten Sie die Frage.«

Dies tat sie dann auch, allerdings weit zögerlicher als zuvor. »Nein. Natürlich nicht. Und ich weise die Anschuldigung entschieden zurück, dass ...«

Lipton unterbrach sie. »Kennen Sie Titel 22 des United States Code, des Bundesgesetzbuchs der Vereinigten Staaten von Amerika? Ich meine hier besonders Unterkapitel 2, Abschnitt 611?«

Ihre Stimme war brüchig, als sie den Kopf schüttelte und leise verneinte.

»Dort findet man den Foreign Agents Registration Act. Ich könnte Ihnen diesen jetzt wortwörtlich aufsagen, aber ich glaube, es genügt, wenn ich Ihnen den Tenor dieses US-Bundesgesetzes mitteile. Wenn jemand für ein anderes Land, zum Beispiel als Spion, arbeitet und dies der US-Bundesregierung nicht anzeigt, kann er für jede Aktion als Repräsentant dieses fremden Landes zu einer Gefängnisstrafe bis zu fünf Jahren verurteilt werden.«

Melanie Kraft brachte nur noch ein zögerliches und verwirrtes »Und?« heraus.

»Nächste Frage. Sind Sie mit Titel 18 des USC vertraut?«

»Noch einmal, Agent Lipton, ich weiß nicht, warum ...«

»Dieses Gesetz ist wirklich eine Perle. Es ist mein persönlicher Liebling. Es besagt – das ist jetzt eine Umschreibung, aber ich könnte es Ihnen vorwärts und rückwärts zitieren –, dass man bis zu fünf Jahre in einem Bundesgefängnis absitzen muss, wenn man einen Bundesbeamten belügt.« Darren lächelte zum ersten Mal, seitdem ihm Melanie diesen Schlag versetzt hatte. »Ein Bundesbeamter wie ich zum Beispiel.«

Aus Melanies Stimme war die Wut und Aufsässigkeit, die sie noch vor zwei Minuten ausgezeichnet hatte, vollkommen verschwunden. »Und?«

»*Und,* Melanie, Sie haben mich gerade belogen.«

Melanie sagte nichts.

»Ihr Vater, Colonel Ronald Kraft, hat im Jahr 2004 streng geheime militärische Informationen an die Palästinensische Autonomiebehörde weitergegeben. Dies macht ihn zum Agenten einer fremden Macht. Er hat sich jedoch todsicher nie als ein solcher registrieren lassen. Außerdem wurde er nie verhaftet, nie angeklagt und von keiner US-Regierungsbehörde jemals verdächtigt.«

Melanie war wie vor den Kopf geschlagen. Ihre Hände begannen zu zittern, und ihre Sicht verengte sich.

Liptons Lächeln wurde dagegen immer breiter. »Und Sie, mein Schatz, wissen über das alles Bescheid. Sie wussten es schon immer, was bedeutet, dass Sie gerade einen Bundesbeamten belogen haben.«

Melanie Kraft angelte nach dem Türgriff, aber Lipton packte sie an der Schulter und drehte sie mit Gewalt zu sich um.

»Außerdem haben Sie bei Ihrer Bewerbung bei der CIA gelogen, als Sie behaupteten, dass Sie keine Agenten einer fremden Regierung kennen würden oder gar Kontakt zu ihnen hätten. Ihr lieber alter Papa war ein beschissener Spion und Verräter, und Sie *wussten* es!«

Erneut wollte sie an den Türgriff gelangen, und erneut drehte sie Lipton zu sich um.

»Sie sollten mir jetzt gut zuhören! Von hier bis zum Hoover Building sind es nur vierhundert Meter. In zehn Minuten kann ich an meinem Schreibtisch sitzen und eine Anzeige gegen Sie aufsetzen. Am Montag zur Mittagszeit wird man Sie dann verhaften. Für Bundesverbrechen gibt es keine Bewährung oder vorzeitige Entlassung. Fünf Jahre bedeuten also fünf verdammte Jahre!«

Melanie Kraft war im Schock. Sie spürte, wie ihr das Blut aus Kopf und Händen wich. Ihre Füße wurden eiskalt.

Sie versuchte, etwas zu sagen, aber sie brachte kein einziges Wort heraus.

18

Liptons Stimme wurde noch weicher. »Honey ... beruhigen Sie sich. Ihr beschissener Dad ist mir egal. Das müssen Sie mir glauben. Und eigentlich ist mir seine arme, bemitleidenswerte Tochter auch ziemlich egal. Aber Jack Ryan jr. ist mir ganz und gar nicht egal, und es ist mein verdammter Job, alles zu erfahren, was ich über ihn wissen muss.«

Melanie schaute ihn mit tränenverhangenen Augen an.

Er sprach im selben Ton weiter. »Und ich scheiß schon zweimal drauf, ob Jack Ryan jr. der Sohn des Präsidenten der Vereinigten Staaten ist. Wenn er und seine noble Finanzfirma dort drüben in West Odenton Geheimdienstinformationen dazu benutzen, um sich ihre Taschen zu stopfen, werde ich sie alle bis auf den letzten Mann hopsnehmen. Werden Sie mir dabei helfen, Melanie?«

Melanie starrte aufs Armaturenbrett, kämpfte mit den Tränen und nickte ganz leicht.

»Das braucht ja nicht lange zu dauern. Sie müssen nur genau aufpassen, sich alles aufschreiben und es mir dann berichten. Und ich meine alles, so unbedeutend es Ihnen auch erscheinen mag. Verdammt, Sie sind doch CIA-Beamtin, das müsste für Sie ein Kinderspiel sein.«

Melanie schniefte und wischte sich mit dem nackten Armrücken über Augen und Nase. »Ich bin eine Analystin, die Berichte verfasst. Ich führe keine Agenten, und ich spioniere auch nicht selbst.«

Darren lächelte sie an. »Jetzt tun Sie es.«

Sie nickte erneut. »Kann ich jetzt gehen?«

»Ich brauche Ihnen wohl nicht zu sagen, wie politisch heikel das ist«, erwiderte Lipton.

Sie zog die Nase hoch. »Es ist für mich in höchstem Maße persönlich heikel, Mr. Lipton.«

»Das verstehe ich. Er ist immerhin Ihr Liebhaber. Wie auch immer. Machen Sie einfach Ihre Arbeit, und das Ganze hier ist in ein paar Wochen vorbei. Wenn diese Ermittlungen nichts ergeben, könnt ihr zwei Turteltauben euch beruhigt in euer kleines Liebesnest zurückziehen.«

Sie nickte schon wieder. Ganz folgsam.

»Ich führe seit fast dreißig Jahren solche Operationen durch. Ich habe gegen Amerikaner, die für fremde Mächte, und gegen Amerikaner, die für das organisierte Verbrechen gearbeitet haben, ermittelt, aber auch gegen Amerikaner, die einfach nur so zum Spaß Spionage betrieben haben, Arschlöcher, die Geheimdokumente ins Internet gestellt haben, nur weil sie es konnten. Ich bin so lange dabei, dass sich die Härchen in meinem Nacken schon automatisch aufstellen, wenn man mich anlügt. Solche Lügner landen dann unweigerlich in einem Bundesgefängnis.«

Seine bisher so sanfte Stimme nahm jetzt einen bedrohlichen Unterton an.

»Wenn mir meine Nackenhärchen melden sollten, dass Sie mich hintergehen, junge Dame, schwöre ich bei allem, was mir heilig ist, dass Sie und Ihr Vater in die beschissenste, härteste Strafanstalt wandern, die die Bundesjustizverwaltung für Sie finden kann. Haben Sie mich verstanden?«

Melanie starrte nur ins Leere.

»Für heute sind wir fertig«, sagte Lipton. »Aber Sie können sicher sein, dass Sie schon bald wieder von mir hören.«

Melanie Kraft saß fast ganz allein in dem Wagen der Yellow Metro Line, der sie über den Potomac zurück in ihre kleine Remise in Alexandria brachte. Einen Großteil der Fahrt stützte sie das Gesicht in die Hände. Obwohl sie ständig gegen ihre Tränen ankämpfte, schluchzte sie doch von Zeit zu Zeit laut auf, während sie über ihr Gespräch mit Lipton nachdachte.

Vor fast neun Jahren hatte sie erfahren, dass ihr Vater die Vereinigten Staaten verraten hatte. Sie besuchte damals die Abschlussklasse der Highschool in Kairo und hatte bereits ihr Stipendium für die dortige American University in der Tasche, wo sie im Hauptfach Internationale Beziehungen studieren wollte. Danach hoffte sie, eine Stelle im Regierungsdienst, wenn möglich im US-Außenministerium, zu ergattern.

Ihr Vater arbeitete in der Kairoer US-Botschaft im »Büro für militärische Zusammenarbeit«. Melanie war stolz auf ihren Dad, sie liebte die Botschaft und die Leute dort und hoffte, dass sich auch ihr künftiges Berufsleben in diesem Rahmen abspielen würde.

Einige Wochen vor Melanies Schulabschlussfeier war ihre Mutter nach Texas geflogen, um sich dort um eine Tante zu kümmern, die im Sterben lag. Ihr Vater hatte Melanie erzählt, er werde währenddessen eine mehrtägige Dienstreise nach Deutschland unternehmen.

Zwei Tage später machte Melanie an einem Samstagmorgen eine kleine Spritztour mit ihrer Vespa. Plötzlich sah sie, wie ihr Vater ein Apartmenthaus in Maadi verließ, ein Viertel im Kairoer Süden, das für seine Alleen und Wohnhochhäuser bekannt war.

Sie war überrascht, dass er sie offensichtlich angelogen hatte. Bevor sie ihn jedoch zur Rede stellen konnte, sah sie eine Frau aus dem Gebäude kommen und ihm in die Arme sinken.

Sie war eine bildschöne, exotische Erscheinung. Melanie

hatte sofort den Eindruck, dass sie keine Ägypterin war. Ihre Gesichtszüge waren zwar mediterran, aber irgendwie anders. Vielleicht stammte sie aus dem Libanon.

Sie schaute zu, wie sie sich umarmten.

Sie schaute zu, wie sie sich küssten.

In ihren ganzen siebzehn Jahren hatte sie ihre Eltern sich niemals auf diese Weise umarmen oder küssen sehen.

Melanie blieb mit ihrer Vespa eine ganze Zeit auf der anderen Straßenseite im Schatten eines Alleebaums stehen, um die beiden zu beobachten. Schließlich stieg ihr Vater in sein Auto und fuhr davon. Sie folgte ihm nicht. Stattdessen stieg sie von ihrem Roller, setzte sich in den Schatten zwischen zwei geparkten Autos und behielt das Gebäude im Auge.

Plötzlich kamen ihr die Tränen, sie wurde wütend und stellte sich vor, wie die Frau aus der Eingangstür ihres Wohnblocks trat und sie zu ihr hinüberstürzte und ihr mitten auf dem Gehsteig einen Schlag versetzte.

Nach einer halben Stunde hatte sie sich wieder etwas beruhigt. Sie stand auf, um sich auf ihren Roller zu setzen und davonzufahren. In diesem Moment verließ die Frau mit einem Rollkoffer das Gebäude. Sekunden später näherte sich ein gelber Citroën und hielt direkt neben ihr an. Zu Melanies Überraschung lud sie ihr Gepäck in dessen Kofferraum und stieg ein.

Die beiden Männer wirkten irgendwie verdächtig. Sie sahen wie harte Jungs aus und blickten sich bei ihrem kurzen Stopp unruhig nach allen Seiten um. Dann reihten sie sich wieder in den Verkehr ein und brausten davon.

Kurz entschlossen folgte Melanie dem Wagen. Auf ihrer Vespa fiel es ihr leicht, mit dem gelben Citroën Schritt zu halten. Während sie ihren Roller steuerte, kamen ihr die Tränen, als sie an ihre Mutter dachte.

Sie fuhren zwanzig Minuten durch die Stadt und überquerten den Nil auf der Brücke des 6. Oktobers. Als sie das

Dokki-Viertel erreichten, wurde Melanie noch schwerer ums Herz. Dokki war voller ausländischer Botschaften. Sie begann zu ahnen, dass ihr Vater nicht nur eine Affäre mit irgendeiner Diplomatenfrau hatte. Sie wusste, dass er als Geheimnisträger für diese unbedachte Dummheit vors Kriegsgericht kommen oder sogar ins Gefängnis wandern konnte.

Plötzlich bog der Citroën ins Tor der palästinensischen Botschaft ein. Jetzt wusste sie endgültig, dass dies nicht nur eine simple Liebesaffäre war.

Ihr Vater war in einen Spionagefall verwickelt.

Sie konfrontierte ihn jedoch vorerst nicht mit ihrer Entdeckung. Sie dachte an ihre eigene Zukunft. Sie wusste, dass sie im Falle seiner Verhaftung als Tochter eines Verräters niemals einen Job beim Außenministerium bekommen würde.

Am Abend vor der Rückkehr ihrer Mutter aus Dallas ging Melanie jedoch in sein Arbeitszimmer. Er saß hinter seinem Schreibtisch, und sie stellte sich direkt vor ihn, wobei sie mit den Tränen kämpfte.

»Was ist los?«

»Du weißt doch, was los ist.«

»Ich?«

»Ich habe sie gesehen. Ich habe euch zusammen gesehen. Ich weiß, was du machst.«

Zuerst stritt Oberst Kraft die Anschuldigungen ab. Er erzählte ihr, dass sich seine Reisepläne im letzten Moment geändert hätten und er daraufhin eine alte Freundin besucht habe. Melanies rasiermesserscharfer Verstand zerpflückte jedoch sein Lügengebäude Stück für Stück. Ihr Vater verwickelte sich immer weiter in Widersprüche, aus denen er schließlich nicht mehr herausfand.

Plötzlich brach er seinerseits in Tränen aus. Er gestand diese Beziehung ein, erzählte Melanie, dass die Frau Mira heiße und er mit ihr seit einigen Monaten eine Affäre habe.

Er versicherte ihr, dass er ihre Mutter immer noch liebe und es keine Entschuldigung für sein Verhalten gebe. Schließlich bat er Melanie, ihm etwas Zeit zu geben, um die ganze Angelegenheit zu bereinigen.

Aber Melanie war noch nicht fertig mit ihm.

»Wie konntest du so etwas tun?«

»Ich habe es dir doch bereits erklärt, sie hat mich verführt. Ich war schwach.«

Melanie schüttelte den Kopf. Das hatte sie nicht gefragt. »Ging es dabei um Geld?«

Ron Kraft schaute von seinen Händen hoch. *»Geld?* Welches *Geld?«*

»Wie viel haben sie dir bezahlt?«

»Wer? Wie viel hat mir *wer* bezahlt?«

»Erzähle mir nicht, dass du es getan hast, um ihre Sache zu befördern.«

»Wovon sprichst du eigentlich?«

»Den Palästinensern.«

Colonel Kraft setzte sich jetzt kerzengerade auf. Er schien wirklich empört zu sein. »Mira ist keine Palästinenserin. Sie ist Libanesin. Eine Christin. Woher hast du die Idee, dass ...«

»Nachdem du euer Liebesnest verlassen hast, haben sie zwei Männer mit dem Auto abgeholt und sind mit ihr zur palästinensischen Botschaft in der Al-Nahda-Straße gefahren!«

Vater und Tochter starrten sich eine lange Zeit wortlos an.

Schließlich sagte er mit leiser und unsicherer Stimme: »Du musst dich irren.«

Sie schüttelte nur den Kopf. »Ich weiß doch, was ich gesehen habe.«

Offensichtlich hatte ihr Vater wirklich keine Ahnung gehabt, dass seine Geliebte ihn benutzte.

»Was habe ich getan?«

»Was hast du ihr erzählt?«

Er legte den Kopf wieder in die Hände und saß einige Zeit schweigend da. Während seine Tochter vor ihm stand, versuchte er sich an jedes Gespräch zu erinnern, das er mit der schönen Mira geführt hatte. Schließlich nickte er. »Ich habe ihr ein paar Dinge erzählt. Ein paar Kleinigkeiten über meine Arbeit. Über meine Kollegen. Über unsere Verbündeten. Nichts Wichtiges. Sie hasste die Palästinenser ... Sie hat ständig über sie gesprochen und sich über sie beschwert. Ich ... ich habe ihr erzählt, was wir alles tun, um Israel zu helfen. Ich war stolz. Ich habe ein wenig angegeben.«

Melanie erwiderte nichts. Aber ihr Vater sagte selbst, was sie gerade dachte.

»Ich bin ein Narr.«

Er wollte sich selbst anzeigen und seinen Vorgesetzten ohne Rücksicht auf die Konsequenzen erzählen, was er getan hatte.

Die siebzehnjährige Melanie schrie ihm jedoch ins Gesicht, er denke wieder einmal nur an sich. Wenn er wirklich auf diese Weise mit seinem Fehler klarkommen wolle, werde er gleichzeitig ihr Leben und das ihrer Mutter zerstören. Sie forderte ihn auf, wie ein verantwortungsvoller Familienvater zu handeln, die Beziehung mit Mira zu beenden und das Ganze nie mehr zu erwähnen.

Ihr und ihrer Mutter zuliebe.

Er war einverstanden.

Kurz darauf zog sie daheim aus, um mit ihrem Studium zu beginnen. Seitdem hatte sie ihren Vater nicht mehr gesehen. Er nahm seinen Abschied vom Militär und brach jeden Kontakt zu seinen Freunden und Kollegen von der Air Force ab. Er und seine Frau zogen in ihre Heimatstadt Dallas, wo er einen Job als Vertreter für industrielle Schmier- und Lösungsmittel annahm.

Melanies Mutter starb zwei Jahre später an der gleichen Art von Krebs, der bereits ihre Tante zum Opfer gefallen war. Melanie gab ihrem Vater die Schuld, obwohl sie nicht sagen konnte, warum.

Auf dem College versuchte Melanie, das Ganze aus dem Gedächtnis zu löschen und diese wenigen Höllentage aus ihrem sonst so glücklich verlaufenden Leben auszugrenzen, das zielgerichtet zu einer Karriere bei der US-Bundesregierung führte.

Trotzdem prägte sie dieses Erlebnis auf tief greifende Weise. Sie wollte jetzt nicht mehr Diplomatin werden, sondern beim Geheimdienst arbeiten. Es war ab jetzt ihre Absicht, etwas gegen die Art von feindlichen Agenten zu unternehmen, die ihre eigene Familie und Welt beinahe zerstört hätten.

Sie erzählte auch später niemand, was sie an diesem Tag gesehen hatte. Sie log in ihrer Bewerbung bei der CIA und bei den anschließenden Interviews. Sie redete sich selbst ein, dass sie das Richtige tat. Sie würde ihr Leben und ihre Zukunft nicht der traurigen Tatsache opfern, dass ihr Vater seine Hosen nicht anlassen konnte. Sie würde ihrem Land so viel Gutes tun können, dass es ihre kleine Schwindelei bei Weitem aufwiegen würde.

Ein wenig überraschte es sie schon, dass der Lügendetektor ihr Täuschungsmanöver nicht aufdeckte. Anscheinend hatte sie sich selbst so sehr davon überzeugt, dass die Verfehlungen ihres Vaters nichts mit ihr zu tun hatten, dass ihre Herzschlagfrequenz sich selbst dann nicht änderte, wenn sie daran dachte.

Obwohl sie sich immer noch ganz leicht schämte, hatte sie es sich seit Langem in dem Wissen bequem gemacht, dass niemals ein anderer von dieser Sache erfahren würde.

Als Darren Lipton sie mit dieser Angelegenheit konfrontiert hatte, war das, als ob jemand sie an den Fußgelenken gepackt und unter Wasser gezogen hätte. Sie geriet in Panik, konnte nicht mehr atmen und wollte einfach nur noch weg.

Jetzt da sie wusste, dass die Leute beim FBI die ganze Geschichte kannten, hatte sie Angst um ihre Zukunft. Sie musste damit rechnen, dass sie diese alte Sache jederzeit wieder heimsuchen konnte.

Während der Metrofahrer über den Zuglautsprecher ihre Zielstation ausrief, entschloss sie sich, Lipton zu verschaffen, was er über Jack benötigte. Manches an ihrem Freund schien ihr ja selbst verdächtig, etwa seine plötzlichen Auslandsreisen, seine Ausflüchte, wenn sie ihn fragte, wohin er denn gehe, und seine vagen Auskünfte über seine Arbeit. Aber sie kannte diesen Mann, sie liebte diesen Mann, und sie glaubte nicht eine Sekunde daran, dass er Geheiminformationen stahl, um sich die eigenen Taschen zu füllen.

Sie würde Lipton helfen, aber es würde nichts dabei herauskommen. Lipton würde dann aus ihrem Leben verschwinden, und der Spuk wäre vorbei. Ein weiterer Teil ihres Lebens, den sie dann aus ihrem Gedächtnis verbannen musste. Aber im Gegensatz zu Kairo würde sie diese Geschichte später nicht mehr heimsuchen.

Der leitende FBI-Spezialagent Darren Lipton bog mit seinem Toyota Sienna auf die U.S. 1 ein und fuhr nach Süden in Richtung 14th Street Bridge. Um exakt neun Uhr morgens überquerte er den Potomac. Sein Herz schlug immer noch heftig, wenn er an das Treffen mit dieser geilen Braut von der CIA dachte, ganz zu schweigen davon, wohin er jetzt unterwegs war.

Es war sogar zu einem Körperkontakt zwischen ihm und dieser Melanie Kraft gekommen, allerdings nicht auf die Weise, wie er es sich eigentlich gewünscht hätte. Als sie ihm ins Gesicht schlug, hätte er sie am liebsten am Hals gepackt, auf den Rücksitz gezogen und sie gebührend bestraft. Er wusste jedoch, dass seine Vorgesetzten sie noch benötigten.

Lipton hatte gelernt, zu tun, was man ihm sagte, ungeachtet dieses ständigen sexuellen Verlangens, das ihn beinahe auffraß.

Der Fünfundfünfzigjährige wusste, dass er jetzt eigentlich nach Hause fahren sollte, aber da gab es diesen Massagesalon in dem heruntergekommenen Motel in der Nähe des Flugplatzes von Crystal City, den er immer wieder aufsuchte, wenn er gerade kein Geld für ein hochklassiges Callgirl hatte. Außerdem war ein solcher Laden auch zu dieser morgendlichen Stunde schon offen. Er wollte dort ein wenig von dem Druck ablassen, den Miss Melanie Kraft in ihm aufgebaut hatte, bevor er nach Chantilly zu seiner ständig herumzickenden Frau und seinen gelangweilten Teenagerkids zurückkehrte.

Morgen würde er seinen Vorgesetzten dann Bericht erstatten und auf weitere Anweisungen warten.

19

Nach zuverlässigen Schätzungen schalteten fast eine halbe Milliarde Menschen regelmäßig die tägliche Hauptnachrichtensendung des Chinesischen Zentralfernsehens um neunzehn Uhr ein. Dazu trug zweifellos bei, dass sämtliche chinesischen Lokalsender per Regierungsdekret verpflichtet waren, diese Sendung ebenfalls auszustrahlen. An diesem Abend war die Einschaltquote wahrscheinlich noch weit höher, da in den Tagen zuvor immer wieder angekündigt worden war, dass der Präsident eine wichtige Rede an die Nation halten würde.

Wei Zhen Lins Ansprache wurde zeitgleich vom Chinesischen Nationalradio übertragen. Damit sollten auch diejenigen erreicht werden, die in den äußeren Provinzen kein Fernsehsignal empfingen oder sich bisher noch kein Fernsehgerät leisten konnten. Damit auch der Rest der Welt die Botschaft des Präsidenten erfahren würde, war sie darüber hinaus auf China Radio International zu hören.

Nachdem die Nachrichtensprecherin den Präsidenten angekündigt hatte, sah man auf allen Fernsehschirmen des Landes einen gut aussehenden und selbstsicheren Wei allein auf ein Rednerpult zugehen, das mitten auf einem roten Teppich stand. Hinter ihm prangte auf einem riesigen Monitor eine chinesische Flagge. Diese bühnenhafte Inszenierung wurde noch durch zwei goldene Seidenvorhänge verstärkt, die auf beiden Seiten des Pultes von der Decke herunterhingen.

Wei trug einen grauen Anzug und eine blau-rot gestreifte Regimentskrawatte. Seine Drahtgestellbrille hatte er etwas auf die Nase heruntergeschoben, damit er seine vorbereitete Rede besser vom Teleprompter ablesen konnte. Bevor er jedoch zu sprechen begann, begrüßte er die halbe Milliarde Landsleute, die ihm an diesem Abend zuschauten, mit einem breiten Lächeln und einem Nicken.

»Meine Damen und Herren, Genossinnen und Genossen, liebe Freunde. Ich spreche heute Abend zu Ihnen aus Peking, aber meine Botschaft gilt allen Menschen hier in China, in unseren Sonderverwaltungszonen Hongkong und Macao und in Taiwan, sie gilt den Auslandschinesen und allen unseren Freunden auf der ganzen Welt.

Ich wende mich heute an Sie, um Ihnen Neuigkeiten über die Zukunft unserer stolzen Nation und wichtige Entwicklungen auf dem Weg zum Sozialismus mitzuteilen.

Mit großer Freude gebe ich Ihnen hiermit unsere Absichten in Bezug auf das Südchinesische Meer kund.«

Auf dem riesigen Monitor hinter Wei war jetzt statt der chinesischen Fahne eine Karte des Südchinesischen Meers zu sehen. Eine aus neun Strichen bestehende Linie erstreckte sich von der chinesischen Südküste hinaus aufs Meer. Im Osten führte sie direkt an der Westgrenze des philippinischen Archipels vorbei, reichte im Süden fast bis zur Nordküste Malaysias und Bruneis, wandte sich dann wieder nach Norden und streifte dabei beinahe die vietnamesische Küste.

Das von dieser »Neun-Striche-Linie« umschlossene Gebiet umfasste beinahe das gesamte Südchinesische Meer.

»Hinter mir sehen Sie eine Darstellung des chinesischen Territoriums. Dies ist und war seit der Gründung der Volksrepublik China und schon viele Jahre davor chinesisches Hoheitsgebiet, obwohl viele unserer Freunde und Nachbarn sich weigern, diese Tatsache zu akzeptieren. China hat einen unbestreitbaren Souveränitätsanspruch auf das gesamte Südchinesische Meer, der von der Geschichte und vom Völkerrecht gestützt wird. Die dortigen Wasserwege sind für China von entscheidender Bedeutung. Dabei haben wir es unseren Nachbarn schon viel zu lange gestattet, uns, den angestammten Besitzern dieses Territoriums, ihre Bedingungen zu diktieren.

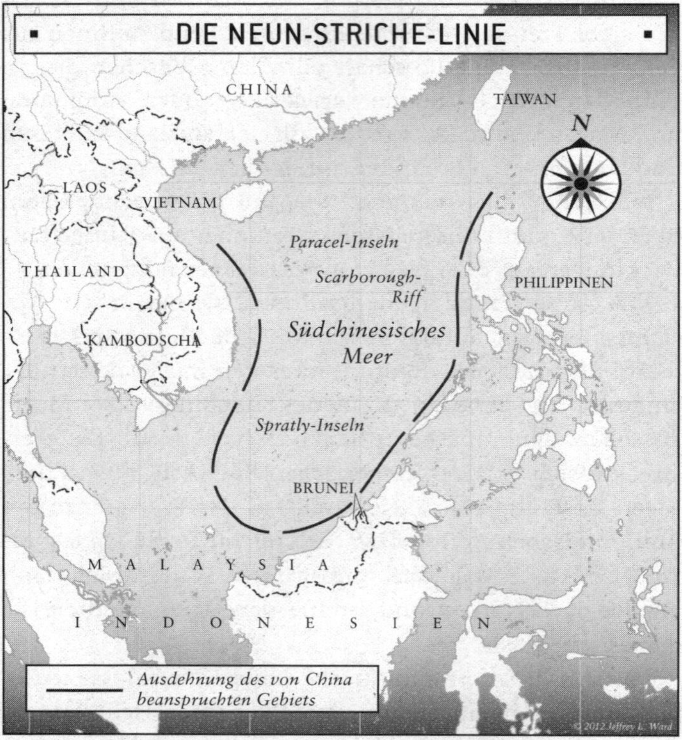

Bereits bevor er Vorsitzender der Zentralen Militärkommission wurde, war mein Kollege, Genosse und Freund, der Vorsitzende Su Ke Qiang, ein entschiedener Kritiker unserer zögerlichen Behandlung des Problems, das diese Missachtung unserer Rechte im Südchinesischen Meer darstellt. Als

Viersternegeneral und Fachmann für Militärgeschichte erkannte er, wie verwundbar wir geworden waren, als wir es unseren Nachbarn gestatteten, uns vorzuschreiben, wie wir uns in unseren eigenen Gewässern zu bewegen haben, wo wir fischen dürfen und wo wir das Recht haben, nach Bodenschätzen wie Öl zu suchen und diese zu fördern. Der Vorsitzende Su hatte bei seiner langjährigen Modernisierung unserer Streitkräfte immer deren Aufgabe vor Augen, diesen Ungerechtigkeiten ein für alle Mal ein Ende zu setzen. Ich kann den Vorsitzenden Su für seine glänzende Voraussicht und Initiative nur beglückwünschen.

Dass heute ich zu Ihnen spreche und nicht der Genosse Vorsitzende Su, soll Ihnen zeigen, dass ich mit seiner Einschätzung vollkommen übereinstimme und persönlich alle Flottenoperationen autorisieren werde, die unsere Gebietsansprüche durchsetzen werden.

Es wäre deshalb ein schwerer Fehler, wenn andere Nationen darauf bauen sollten, dass zwischen dem Vorsitzenden Su und mir irgendwelche Meinungsunterschiede bestünden. Dies gilt für alle wichtigen Fragen, vor allem jedoch für die bilateralen Beziehungen zu unseren Nachbarn im Südchinesischen Meer. Ich unterstütze vollkommen die kürzlich erfolgten klaren Aussagen des Vorsitzenden über den historischen Anspruch Chinas auf diese Gewässer.«

Wei machte eine Pause, trank einen Schluck Wasser und räusperte sich.

Dann richtete er die Augen wieder auf den Teleprompter. »Ich bin Wirtschaftswissenschaftler und Politiker und kein Soldat oder Seemann. Aber als Wirtschaftsmann verstehe ich sehr gut den Wert von Besitzverhältnissen und wie wichtig es ist, seine Eigentumsrechte ausüben zu können. Als Politiker vertrete ich den Willen des Volkes. Als oberster Repräsentant der Volksrepublik China fordere ich den Besitz unserer Ahnen für das heutige China ein.

Meine Damen und Herren, Tatsachen sind nichts, was man nach Belieben akzeptieren oder zurückweisen kann. Tatsachen sind Wahrheiten, und auf der Karte hinter mir sehen Sie die Wahrheit. Seit fast tausend Jahren sind diese Gewässer und alles Land, das in ihnen liegt, historischer chinesischer Besitz. Es ist deshalb höchste Zeit, die historische Ungerechtigkeit zu beenden, die der Diebstahl dieses Eigentums darstellt.

Wenn wir unseren Gebietsanspruch durchgesetzt haben, stellt sich natürlich die Frage, was wir mit den Menschen tun sollen, die illegal auf unserem Territorium leben und wirtschaftliche Tätigkeiten ausüben. Wenn jemand in Ihrem Haus lebt, ohne dass Sie ihn eingeladen haben, werfen Sie ihn nicht einfach hinaus, wenn Sie ein guter Mensch sind. Sie teilen ihm erst einmal mit, dass er gehen muss, bevor Sie weitere Schritte unternehmen.

Meine Vorgänger haben seit etwa sechzig Jahren solche Erklärungen abgegeben. Ich sehe also keinen Grund, warum ich dasselbe tun sollte. Als Führer meines Volkes sehe ich es als meine Aufgabe an, den Nationen, die sich unrechtmäßig auf unserem Hoheitsgebiet niedergelassen haben, zu verkünden, dass wir uns unseren rechtmäßigen Besitz im Südchinesischen Meer zurückholen werden. Und zwar nicht irgendwann in der Zukunft, sondern sofort.«

Wei schaute jetzt direkt in die Kamera und wiederholte: »Sofort!

Wenn bei dieser Aufgabe der Einsatz von Gewalt notwendig werden sollte, muss die Weltgemeinschaft einsehen, dass die Verantwortung dafür nicht bei uns, sondern bei denjenigen liegt, die sich auf chinesischem Gebiet festgesetzt haben und die höfliche Aufforderung, sich von dort zurückzuziehen, ignorieren.«

Wei schob seine Brille höher auf die Nase, schaute erneut direkt in die Kamera und lächelte. »Wir bemühen uns seit vielen Jahren, zu Ländern auf der ganzen Welt gute

Beziehungen aufzubauen. Gegenwärtig treiben wir mit hundertzwanzig Nationen Handel und betrachten uns vor allen Dingen als Freunde unserer Geschäftspartner. Unsere Schritte in diesem kritischen Gebiet des Südchinesischen Meers sollte man als Versuch anerkennen, die Seewege für alle sicherer zu machen. Wir handeln also im Interesse der Weltwirtschaft.«

Er setzte ein breites Lächeln auf und sagte dann in einem holprigen, aber gut verständlichen Englisch: »Ladies and gentlemen, China is open for business.«

Er wechselte wieder ins Hochchinesische zurück. »Vielen Dank. Ich wünsche Ihnen allen Wohlstand und Glück.«

Der Präsident ging nach der Seite ab. Die Kamera zoomte zum Schluss auf die Karte des Südchinesischen Meers, sodass jetzt die Neun-Striche-Linie deutlich hervortrat, die fast das gesamte Seegebiet umschloss.

Während dieses Bild auf Hunderten Millionen chinesischer Fernsehgeräte zu sehen war, spielte im Hintergrund die »Internationale«, die Hymne der Kommunistischen Partei Chinas.

20

Am Montagmorgen nach Präsident Weis Ansprache an die Nation waren um zehn Uhr im Oval Office die wichtigsten Mitglieder der amerikanischen Regierung versammelt. Zwölf Männer und Frauen saßen auf den beiden Sofas und den sechs Stühlen, während der Präsident der Vereinigten Staaten Jack Ryan seinen eigenen Stuhl vor den Schreibtisch gerollt hatte, um näher am Geschehen zu sein.

Präsident Ryan hatte zuerst daran gedacht, das Treffen im Konferenzbereich des Situation Rooms im Untergeschoss des Westflügels des Weißen Hauses abzuhalten. Er hatte sich dann jedoch für das Oval Office entschieden, da China außer vagen Drohungen in einer verklausulierten Diplomatensprache eigentlich noch nichts Wesentliches unternommen hatte. Außerdem wollte Ryan, dass er und seine engsten Mitarbeiter sich endlich auf eine Aufgabe konzentrierten, die seine Regierung seiner Meinung nach in ihrem ersten Amtsjahr etwas vernachlässigt hatte.

Für einen solchen Zweck war das Oval Office mit seiner Ausstrahlung von Autorität der geeignetere Ort.

Auf dem Sofa direkt vor Ryan saß Außenminister Scott Adler neben der Direktorin der Nationalen Nachrichtendienste Mary Pat Foley. Neben ihnen hatte Vizepräsident Rich Pollan Platz genommen. Auf dem zweiten Sofa auf der anderen Seite des Couchtischchens saß der Direktor der CIA Jay Canfield zwischen Verteidigungsminister Bob Burgess und Ryans Stabschef Arnie van Damm. Die Nationale Sicherheitsberaterin Colleen Hurst hatte sich den bequemen Ohrensessel hinter dem Couchtisch gesichert. Auf den restlichen Stühlen saßen links und rechts neben ihr der Vorsitzende der Vereinigten Stabschefs, General David Obermeyer, der US-Botschafter in China Kenneth Li und Justizminister Dan Murray.

Ein Stück dahinter hatten der Direktor der NSA und die Handelsministerin Platz genommen.

Ebenfalls anwesend war der Kommandeur der Pazifikflotte, Admiral Mark Jorgensen. Verteidigungsminister Burgess hatte um die Erlaubnis gebeten, Jorgensen mitbringen zu dürfen, da dieser Chinas Flottenverbände im Südchinesischen Meer besser kannte als irgendwer sonst.

Als sich alle gesetzt und gegenseitig begrüßt hatten, schaute Ryan Botschafter Kenneth Li an. Den ersten US-Botschafter in China mit chinesischem Hintergrund hatte man am Tag zuvor aus Peking zurückgerufen. Sein Flugzeug war gerade erst nach einem siebzehnstündigen Flug auf der Andrews-Luftwaffenbasis gelandet. Obwohl Lis Anzug und Krawatte frisch und makellos aussahen, bemerkte Ryan, dass Li selbst verquollene Augen hatte und die Schultern hängen ließ. »Ken«, sagte Ryan. »Im Moment kann ich mich nur entschuldigen, dass ich Sie so kurzfristig zurückrufen musste, und Ihnen anbieten, dass Sie kostenlos Kaffee nachfüllen können, so oft Sie wollen.«

Im ganzen Raum war leises Kichern zu hören.

Kenneth Li rang sich trotz seiner Müdigkeit ein Lächeln ab und erwiderte: »Eine Entschuldigung erübrigt sich. Ich freue mich, hier zu sein. Und ich nehme das Kaffeeangebot dankend an, Mr. President.«

»Schön, dass Sie heute bei uns sind.« Ryan, der seine schmale Brille fast bis zur Nasenspitze heruntergeschoben hatte, wandte sich jetzt an alle Anwesenden. »Meine Damen und Herren, Präsident Weis Rede hat mir zu denken gegeben, und ich glaube, dass es Ihnen genauso gegangen ist. Ich möchte jetzt gern wissen, was Sie wissen, und ich möchte zudem wissen, was Sie denken. Wie üblich, bitte ich Sie, deutlich zwischen diesen beiden Sachen zu unterscheiden.«

Die Männer und Frauen im Oval Office nickten. Jack Ryan sah ihren Augen an, dass jeder hier die Wichtigkeit von Weis Aussagen erkannt hatte.

»Fangen wir mit Ihnen an, Ken. Bis vor zwanzig Stunden sah es so aus, als ob Präsident Wei zu Hause zwar eine Art Hardliner war, gleichzeitig jedoch wusste, dass man seine Geschäftspartner nicht verärgern sollte. Er war der wirtschaftsfreundlichste und kapitalismusfreundlichste chinesische Führer, mit dem wir es jemals zu tun hatten. Was hat sich geändert?«

»Offen gesagt, Mr. President, hat sich an seinem Wunsch, mit dem Westen Geschäfte zu machen, überhaupt nichts geändert«, antwortete Botschafter Li. »Er will diese Handelsbeziehungen, und er braucht diese Handelsbeziehungen. Angesichts der wirtschaftlichen Probleme, mit denen China zu kämpfen hat, braucht er uns sogar mehr denn je, und er weiß das besser als irgendwer sonst.«

Ryans nächste Frage richtete sich erneut an den Botschafter. »Wir kennen den Unterschied zwischen Weis Image im Westen und seinem harten innenpolitischen Kurs, der vor allem die Interessen der Partei im Auge hat. Was können Sie uns über diesen Mann sagen? Ist er so fähig, wie viele denken, oder ist er so übel, wie manche befürchten, vor allem wenn man an all die Proteste denkt, die China gegenwärtig erschüttern?«

Li dachte einen Moment nach, bevor er antwortete. »Die Kommunistische Partei Chinas zwingt dem chinesischen Volk bereits seit 1949 ihren Willen auf. Über die Tuidang-Bewegung wurde zwar in der Auslandspresse bisher noch nicht allzu viel berichtet, sie ist jedoch in China selbst ein wichtiges Kulturphänomen geworden. Gerade die alte Parteigarde ist ihretwegen ernstlich besorgt.

Darüber hinaus hat es in den letzten Monaten zahlreiche Streiks und Menschenrechtsproteste gegeben, die Unruhe in den Provinzen ist gewachsen, und fern von der Hauptstadt sind sogar einige kleinere Aufstände ausgebrochen.

In den letzten vierzig Jahren war man im Westen im Allgemeinen der Ansicht, dass das Wachstum des Kapitalismus und die zunehmenden Verbindungen zum Rest der Welt dazu führen würden, dass sich in China langsam, aber sicher eine freiheitlichere Denkweise durchsetzen würde. Aber diese ›Liberale Entwicklungstheorie‹ hat sich unglücklicherweise als falsch herausgestellt. Anstatt sich politisch zu liberalisieren, hat die Kommunistische Partei Chinas ihre Ablehnung des Westens auf fast paranoide Weise verstärkt. Was wir als freiheitliche Werte betrachten, halten sie für einen Trick des Westens, die Entwicklung Chinas zu behindern. Wei ist zwar immer für eine Liberalisierung der Wirtschaft eingetreten, hat jedoch gleichzeitig die Notwendigkeit betont, mit aller Kraft gegen die Tuidang und größere persönliche Freiheiten vorzugehen.«

Jetzt meldete sich Außenminister Scott Adler zu Wort. »Wei hatte immer schon zwei Gesichter. Er glaubt an die Partei und an eine von ihr geführte Zentralregierung. Er glaubt nur nicht mehr an das kommunistische Wirtschaftsmodell. Seit er an die Macht gekommen ist, hat er jede abweichende Meinung unterdrückt, die Reisefreiheit zwischen den Provinzen beseitigt und an einem einzigen Tag mehr Websites abschalten lassen als sein Vorgänger in einem ganzen Monat.«

Ryan ergänzte: »Es sieht bei ihm eben alles nicht so schlimm aus. Mit seinem breiten Grinsen und seiner Eliteuniversitätskrawatte bekommt er in den weltweiten Medien immer eine gute Presse.«

Jack schüttelte den Kopf und dachte, dass Wei Zhen Lin der Weltpresse weit sympathischer war als John Patrick Ryan. Er verzichtete jedoch darauf, dies laut zu äußern.

»Was hat er vor? Warum dieses Säbelrasseln? Soll das nur seine Partei und sein Militär aufrütteln? Scott?«

»Wir sehen das nicht so«, antwortete der Außenminister. »Es hat in der letzten Zeit etliche öffentliche Aussagen von Generälen und Admirälen gegeben, die diesen Tenor hatten. Es scheint ihnen auch gelungen zu sein, den Nationalstolz anzufachen und eine feindliche Stimmung gegen ihre Rivalen in der Region zu befördern. Wenn jetzt auch noch ihr entschieden nicht-militaristischer Präsident und Generalsekretär ins gleiche Horn stößt und seine Generäle in dieser Hinsicht unterstützt, muss er wissen, dass er damit den Rest der Welt vor den Kopf stößt. Das sind also keine einfachen politischen Profilierungsübungen. Dies scheint vielmehr ein aggressiver Politikwechsel zu sein.«

Ryan beugte sich nach vorn. »Sie meinen also, dass dies *tatsächlich* bedeutet, dass sie die Volksbefreiungsarmee und ihre Marine losschicken werden, um das Südchinesische Meer unter ihre Kontrolle zu bringen?«

»Wir im Außenministerium sind in der Tat besorgt, dass man das chinesische Militär dazu benutzen könnte, Chinas Einfluss nach Süden auszudehnen.«

Ryan wandte sich an die Direktorin der Nationalen Nachrichtendienste. Als Chefin aller siebzehn US-Geheimdienste hatte Mary Pat Foley einen höheren Informationsstand als irgendwer sonst in diesem Raum.

»Was bedeutet das alles, Mary Pat?«

»Ehrlich gesagt, nehmen wir Wei beim Wort. Wir erwarten, dass sie schon bald auf einer unbefestigten umstrittenen Insel Truppen landen lassen und dass sie ihre Flotte ausschicken werden, um bisher internationale Gewässer nicht mehr nur rhetorisch, sondern mit Kanonenbooten für sich zu beanspruchen.«

»Warum jetzt?«, wollte Ryan wissen. »Wei ist Wirtschaftsfachmann. Er hat sich zuvor doch noch nie dermaßen militant gezeigt.«

Jetzt war Verteidigungsminister Bob Burgess an der Reihe. »Richtig, aber da kommt der Vorsitzende Su ins Spiel. Vor dem Staatsstreich verfügte er bereits über großen Einfluss. Nachdem er jedoch im Sommer Weis Arsch gerettet hat, als er seine Panzer ins Regierungsviertel schickte, um das Ministerium für Öffentliche Sicherheit an einer Verhaftung des Präsidenten zu hindern, können wir wohl davon ausgehen, dass Su jetzt die Fäden zieht. Wei kann ja unmöglich annehmen, dass es seiner Wirtschaft groß helfen wird, wenn man einen größeren Teil des Südchinesischen Meeres unter chinesische Kontrolle bringt. Sicher, dort gibt es Öl, Mineralien und Fisch, aber die Verwerfungen mit dem Westen, die das verursachen wird, sind das Ganze bestimmt nicht wert.«

Dies konnte Handelsministerin Regina Barnes nur bestätigen: »Es besteht sogar die Gefahr, dass größere militärische Aktionen im Südchinesischen Meer der Volksrepublik wirtschaftlich schwer schaden. Die Chinesen hängen von einer sicheren Passage der Frachter und Tankschiffe ab, die sie mit allem Nötigen versorgen. Diese Passage wird jedoch unterbrochen werden, wenn es in diesen Gewässern zu irgendwelchen Feindseligkeiten kommt. Saudi-Arabien ist Chinas größter Öllieferant, was niemand überraschen wird. Überraschender ist vielleicht, dass Angola der zweitgrößte ist. Das Öl beider Länder gelangt auf Tankern durch das Südchinesische Meer ins chinesische Mutterland. Jede Unterbrechung des Schiffsverkehrs in diesem Seegebiet würde die chinesische Industriemaschinerie in weiten Teilen lahmlegen.«

»Schauen Sie sich nur die Straße von Malakka an«, ergänzte Foley. »Dieser Engpass ist die Schwachstelle, und die Chinesen wissen das. Es ist ihre Achillesferse. Bis zu achtzig Prozent allen Öls, das nach Ostasien unterwegs ist, passiert die Straße von Malakka.«

»Sir, vielleicht tut Wei das gar nicht, um der Wirtschaft zu helfen«, gab Botschafter Li zu bedenken. »Vielleicht macht Wei das, um sich selbst zu schützen.«

»Schützen wovor oder vor wem?«

»Vor dem Vorsitzenden Su. Vielleicht stimmt er dem Ganzen nur zu, um Su zu beschwichtigen.«

Ryan fixierte einen Punkt auf der gegenüberliegenden Wand des Oval Office. Seine Mitarbeiter saßen schweigend da und warteten, bis er seine Gedanken geordnet hatte.

Schließlich sagte er: »Ich glaube auch, dass so etwas dahintersteckt. Aber nur teilweise. Ich bin mir sicher, dass Wei noch etwas in der Hinterhand hat. Er weiß doch, dass dies geschäftsschädigend ist. Wenn man sich seine ganze Karriere anschaut, wird man keine einzige Aktion finden, die den Handel mit dem Westen hätte gefährden können, außer wenn sie für seine innenpolitische Situation unverzichtbar war. Sicher, er hat Entscheidungen der Hardliner im Ständigen Ausschuss unterstützt, Aufstände auf eine Weise niederzuschlagen, die der Wirtschaft schadete, aber das waren Dinge, von denen er glaubte, sie seien für die Aufrechterhaltung der absoluten Macht der Partei notwendig. Ich glaube deshalb, dass sich hinter seinen Äußerungen noch etwas anderes verbirgt.«

Admiral Mark Jorgensen hob langsam die Hand, um die Aufmerksamkeit des Präsidenten auf sich zu ziehen.

»Admiral?«

»Sir, nur eine Spekulation.«

»Spekulieren Sie«, sagte Ryan.

Jorgensen machte ein Gesicht, als hätte er in eine saure Zitrone gebissen, während er etwas zögerte. Schließlich sagte er: »Su möchte Taiwan übernehmen. Daraus hat er auch noch nie einen Hehl gemacht. Wei möchte seine Wirtschaft stärken. Wenn Taipeh unter rotchinesische

Herrschaft käme, könnte das durchaus passieren. Eine Herrschaft über das Südchinesische Meer wäre der erste notwendige Schritt, wenn die chinesischen Kommunisten tatsächlich Taiwan im Visier haben. Wenn sie den Zugang zur Straße von Malakka nicht unter ihre Kontrolle bringen, könnten wir ihnen den Ölhahn zudrehen, und ihr ganzes Land würde zum Stillstand kommen. Es könnte sich also durchaus um den ersten Schritt in ihrem Bemühen handeln, sich Taiwan in naher Zukunft unter den Nagel zu reißen.«

Einige Sekunden lang war es im Oval Office totenstill. »Das war nur so ein Gedanke, Sir«, fügte Jorgensen schließlich hinzu.

Scott Adler war offensichtlich völlig anderer Meinung. »Das sehe ich nicht so. Die Wirtschaftsbeziehungen zwischen Rotchina und Taiwan sind gegenwärtig ziemlich gut, zumindest besser als früher. Es gibt Direktflüge, einen regen Geschäftsverkehr, der Zugang zu den direkt vor der Festlandsküste liegenden, von Taiwan verwalteten Inseln ist problemlos ... die Lage ist absolut friedlich. Die Taiwanesen investieren jährlich hundertfünfzig Milliarden Dollar in Festlandchina.«

»Eine gute wirtschaftliche Zusammenarbeit bedeutet noch lange nicht, dass nichts Schlimmes passieren wird«, warf Verteidigungsminister Burgess ein.

Präsident Ryan unterstützte Burgess' Einwand. »Die Tatsache, dass jeder im Moment Geld verdient, hält die chinesischen Kommunisten nicht unbedingt davon ab, dem gegenwärtigen Zustand ein Ende zu bereiten. Geld war ja noch nie ihr einziges Ziel. Ihre Macht beruht auf ganz anderen Fundamenten. Sie könnten durchaus recht haben, Scott, vor allem wenn man die augenblicklich guten Beziehungen zwischen dem Festland und Taiwan in Betracht zieht. Wir sollten jedoch nicht vergessen, dass die KPCh diese Annäherung von jetzt auf nachher beenden kann.

Die Parteiführung ist bekanntlich, was Taiwan angeht, mit dem Status quo überhaupt nicht zufrieden. Sie wollen es unbedingt zurückhaben, und sie wollen der Republik China in Taipeh ein Ende setzen. Ein paar Direktflüge zwischen Shanghai und Taipeh werden sie von diesem langfristigen Ziel ganz bestimmt nicht abbringen.«

Adler räumte die Stichhaltigkeit dieses Arguments ein.

Ryan seufzte. »Also ... der Admiral hat uns das Worst-Case-Szenario vorgelegt, von dem ich möchte, dass es jeder im Kopf behält, während wir diese ganze Sache behandeln. Wir dachten eigentlich, dass Weis Präsidentschaft die Taiwan-freundlichste aller bisherigen werden würde, aber der Putschversuch und General Sus neu gewonnene Stärke haben dies möglicherweise geändert.«

Ryan konnte sehen, dass die meisten Anwesenden Jorgensen für viel zu pessimistisch hielten. Er selbst hatte seine Zweifel, ob Wei wirklich Taiwan vereinnahmen wollte, selbst wenn ihn Su dazu drängen sollte. Er wollte jedoch auch nicht, dass seine Topleute kalt erwischt wurden, wenn es denn tatsächlich geschehen sollte.

Die Vereinigten Staaten hatten Taiwan offiziell anerkannt. Wenn zwischen den beiden Ländern Krieg ausbrach, konnten die Amerikaner also ganz leicht mit hineingezogen werden. Obwohl Ryan in einem Großteil der Weltpresse als Kriegstreiber verunglimpft wurde, hoffte er dennoch inständig, dass im Pazifik kein offener Krieg drohte.

»Okay«, fuhr Ryan fort. »Wei behauptet, China habe einen historischen Anspruch auf diese Gewässer. Was ist mit dem Völkerrecht? Oder dem Seerecht, was immer hier in Betracht kommt. Können die Chinesen hier irgendwelche Ansprüche geltend machen?«

Außenminister Adler schüttelte den Kopf. »Nicht die geringsten, aber die Chinesen sind clever. Sie waren stets darauf bedacht, keine bindenden Abkommen abzuschließen, die es ihren Nachbarn erlauben würden, sich in dieser oder einer anderen Frage zusammenzuschließen. Für die Chinesen ist das Südchinesische Meer keine internationale Angelegenheit. Sie nennen es ein bilaterales Problem, das sie mit jedem der beteiligten Staaten individuell behandeln müssen. Sie wollen nicht, dass die Sache vor die UN oder eine andere internationale Organisation kommt. Sie wollen ihre Ansprüche nacheinander gegenüber jedem einzelnen betroffenen Land durchsetzen.«

»Teile und herrsche«, murmelte Jack.

»Teile und herrsche«, bestätigte Adler.

Jack stand auf und begann, im Zimmer auf und ab zu gehen, wie er es immer tat, wenn er sich über etwas klar werden wollte. Plötzlich blieb er stehen und sagte: »Was wissen wir überhaupt von dem, was gerade in China vor sich geht?«

Jetzt waren die anwesenden Geheimdienstleute am Zug.

In den nächsten zwanzig Minuten informierten der Nationale Sicherheitsberater, der Chef der CIA und die Direktorin der Nationalen Nachrichtendienste die übrigen Teilnehmer über sogenannte »verdeckte technische Spionagemittel«. Damit waren Flugzeuge und Schiffe gemeint, die hart an der chinesischen Grenze entlangflogen oder -fuhren und dabei das Land abhörten, Satelliten, die China regelmäßig überflogen, ebenso wie weiter entfernte Funkempfangsstationen, die einen Großteil der chinesischen unverschlüsselten Kommunikationen auffingen.

Ryan zeigte sich befriedigt, dass Amerikas elektronische Augen auf das Reich der Mitte gerichtet waren. Dabei kamen die drei entscheidenden modernen Informationsgewinnungsmethoden zum Einsatz: »Signals Intelligence« oder SIGINT, die Informationsgewinnung aus abgehörten Funksignalen, MASINT oder »Measurement and Signatures Intelligence«, die sich mit der Aufdeckung von Waffenfähigkeiten und industriellen Aktivitäten befasste, und

ELINT, »Electronic Intelligence Means«, die »Elektronische Aufklärung«, also das Abfangen und die Auswertung von elektromagnetischer Strahlung, die nicht zur Kommunikation genutzt wurde, mit dem Ziel, Informationen über den Emitter zu gewinnen, zu dem etwa Waffensysteme gehören konnten.

Aber etwas fehlte Ryan. »Jetzt habe ich eine Menge über alle möglichen elektronischen Spionagemethoden gehört. Wie steht es denn mit den *menschlichen* Quellen, die für uns in der Volksrepublik tätig sind?« Die Frage war natürlich für den Direktor der CIA bestimmt.

»Was die HUMINT, die ›Human Intelligence‹ angeht, haben wir leider nicht viel zu bieten, Sir«, erklärte Direktor Canfield. »Ich wünschte, ich könnte Ihnen berichten, dass wir in Zhongnanhai wichtige Informanten hätten, Mr. President. Das ist jedoch nicht der Fall. Tatsächlich beschränkt sich unsere Spionagetätigkeit weitgehend auf unsere in der US-Botschaft residierenden Agenten, die nur ein paar relativ niedrig angesiedelte chinesische Informanten führen. Unsere besten Quellen sind im vergangenen Jahr verhaftet worden.«

Ryan hatte davon gehört. Nachdem ein für die USA arbeitender Agentenring im Frühjahr aufgeflogen war, entstand das Gerücht, dass es in der CIA einen Maulwurf gebe, der für die chinesische Regierung tätig sei. Eine interne Untersuchung war jedoch zu dem Ergebnis gekommen, dass dies unwahrscheinlich war.

»Wenn ich das recht verstehe, haben wir keinen einzigen verdeckten Agenten oder Informanten in ganz Peking?«, fragte Ryan.

»Ja, Sir. Wir haben ein paar im übrigen China, aber keinen in Peking. Außerdem bekleidet keiner unserer Agenten eine herausgehobene Stellung. Wir arbeiten ständig daran, mehr Agenten in die Volksrepublik einzuschleusen, aber unsere Anstrengungen werden immer wieder von erstaunlich robusten Spionageabwehr-Operationen zunichtegemacht.«

Erstaunlich robuste Spionageabwehr-Operationen, wiederholte Ryan im Stillen. Er wusste, dass es sich dabei um eine vorsichtige Umschreibung der Tatsache handelte, dass die verdammten Chinesen jeden hingerichtet hatten, den sie verdächtigten, für die Vereinigten Staaten zu spionieren.

Laut sagte er: »Während unserer letzten Auseinandersetzung mit Peking verfügten wir über einen Informanten, der uns wichtige Informationen direkt aus dem Politbüro lieferte.«

Mary Pat Foley nickte. »Wer hätte sich damals vorstellen können, dass dies einmal die guten, alten Tage sein würden?«

Viele im Raum kannten die Geschichte, aber Ryan erzählte sie noch einmal in Kurzform für die, die damals entweder nicht in der Regierung waren oder das Ganze nicht zu erfahren brauchten. »Als Mary Pat stellvertretende Direktorin der CIA war, hatte sie einen Agenten, der für die Computerfirma NEC arbeitete. Er verkaufte einen verwanzten Computer an das Büro eines chinesischen Ministers ohne Geschäftsbereich, einen der engsten Vertrauten des damaligen Ministerpräsidenten. Auf dem Höhepunkt des Konflikts bekamen wir auf diese Weise fast täglich genaue Berichte über die Pläne und Einstellungen der chinesischen Führung. Diese Informationen waren für unseren Erfolg unverzichtbar.«

»Und dann erlag Minister Fang einige Monate nach dem Krieg einem Aneurysma, während er gerade seine Sekretärin vögelte«, ergänzte Mary Pat.

»Verdammt ungeschickt von ihm«, stimmte Ryan zu. »Der Führungsoffizier, der dies alles damals durchgezogen hat, hieß der nicht Chet Nomuri?«

Mary Pat nickte. »Das stimmt, Mr. President.«

»Der muss doch inzwischen Stationschef sein.«

CIA-Direktor Jay Canfield schüttelte den Kopf. »Er hat die CIA schon vor langer Zeit verlassen. Soweit ich weiß, arbeitet er für eine Computerfirma an der Westküste.« Er zuckte die Achseln. »In der Privatindustrie verdient man einfach mehr Geld.«

»Wem sagen Sie das«, murmelte der Präsident.

Der ganze Raum brach in Gelächter aus. Alle waren froh, dass es bei diesem ernsten Thema endlich etwas zum Lachen gab.

»Mr. President«, meldete sich Handelsministerin Barnes zu Wort. »Ich hoffe, wir vergessen nicht, dass Wei seine Rede mit den Worten beendet hat: ›China is open for business.‹«

»Sie meinen sicher, dass *ich* nicht vergessen soll, wie wichtig China für unsere Wirtschaft ist«, konterte Jack.

Sie zuckte entschuldigend die Achseln. »Es ist eine Tatsache, dass wir ihnen ganz schön viel Geld schulden, Sir. Und sie können dieses Geld jederzeit zurückfordern.«

»Und sich dadurch selbst zerstören«, erwiderte Ryan. »Wenn sie unserer Wirtschaft schaden, schaden sie sich doch auch selbst.«

»Ein Gleichgewicht des Schreckens«, kommentierte die Handelsministerin.

Jack nickte. »He, so unschön es war, im Kalten Krieg hat es doch ganz gut funktioniert.«

Barnes nickte.

»Wir sollten zum Schluss noch über ihre militärische Schlagkraft reden«, sagte Ryan und wandte sich seinem Verteidigungsminister zu. »Wenn sie tatsächlich das Südchinesische Meer unter ihre alleinige Kontrolle bringen wollen, was genau können sie dann tun?«

»Wie Sie wissen, Mr. President, hat China seit fast zwei Jahrzehnten seinen Militärhaushalt jährlich um über zwanzig Prozent aufgestockt. Wir schätzen, dass sie pro Jahr über zweihundert Milliarden Dollar für Angriffs- und Verteidigungswaffen, Logistik und ihre Truppen ausgeben.

Die chinesische Marine ist in letzter Zeit sprunghaft gewachsen. Sie verfügt gegenwärtig über dreißig Zerstörer, fünfzig Fregatten und etwa fünfundsiebzig Unterseeboote. Insgesamt umfasst die chinesische Marine rund dreihundert Schiffe, von denen aber nur wenige hochseetauglich sind. Bisher jedenfalls.«

»Darüber hinaus konzentrieren sie sich auf Flugzeuge der vierten Generation«, ergänzte der Vorsitzende der Vereinigten Stabschefs Obermeyer. »Sie bekommen von Russland Su-27 und Su-30. Sie haben mit der J-10 ein eigenes Kampfflugzeug entwickelt, das zwar im Land selbst hergestellt wird, dessen Triebwerke sie bis jetzt jedoch von Frankreich kaufen. Darüber hinaus verfügen sie über etwa fünfzehn SU-33.«

»Aber es sind nicht nur ihre Marine und Luftwaffe«, sagte Burgess. »Sie haben ihre Kapazitäten in allen fünf Domänen der Kriegsführung erhöht: zu Lande, zu Wasser, in der Luft, im Weltraum und in der Cyberwelt. Nach meiner Einschätzung haben sie in den vergangenen fünf Jahren ihren Landstreitkräften die geringste Aufmerksamkeit geschenkt.«

»Was können wir daraus schließen?«

»Die Chinesen glauben nicht, dass sie in absehbarer Zukunft mit Angriffen auf ihr Landterritorium rechnen müssen. Auch erwarten sie keine größeren Kriege mit ihren Nachbarn. Kleinere Konflikte können sie sich jedoch durchaus vorstellen. Vor allem bereiten sie sich auf größere bewaffnete Auseinandersetzungen mit Weltmächten vor, die zu weit entfernt liegen, um mit ihren Truppen an der chinesischen Küste landen zu können.«

»Besonders uns«, sagte der Präsident. Es war keine Frage.

»Ausschließlich uns«, erwiderte der Verteidigungsminister.

»Was ist mit ihrem Flugzeugträger?«

Jetzt war wieder der Vorsitzende der Vereinigten Stabschefs an der Reihe. »Mr. President, die *Liaoning* ist als Chinas einziger Flugzeugträger eine Quelle des Nationalstolzes, aber das war's dann auch schon. Es ist keine Übertreibung, wenn ich sage, dass wir mit der *Ranger,* der *Constellation* und der *Kitty Hawk* drei eingemottete Flugzeugträger besitzen, die in weit besserem Zustand sind als dieser nachgerüstete Schrotthaufen, den sie von Russland gekauft haben.«

Ryan wollte es genauer wissen. »Wäre es nicht möglich, dass dieser Flugzeugträger ihnen trotz seines schlechten Zustands den *Eindruck* vermittelt, dass sie über eine Hochseeflotte verfügen? Könnte sie das nicht doch gefährlich machen?«

Obermeyer verneinte. »Sollten sie das tatsächlich glauben, können wir ihnen ziemlich leicht das Gegenteil beweisen, wenn es tatsächlich zum offenen Krieg kommen sollte. Ich möchte hier nicht großspurig erscheinen, aber wir könnten diesen Flugzeugträger bereits am ersten Tag des Konflikts auf den Boden des Ozeans schicken.«

»Wenn wir nicht gleich ihren Flugzeugträger versenken wollen, welche anderen Optionen haben wir, um ihnen zu zeigen, dass wir ihre Drohungen ernst nehmen?«, fragte Ryan.

»Die *North Carolina* befindet sich gerade im Südchinesischen Meer«, antwortete Admiral Jorgensen. »Sie ist ein Angriffs-Atom-U-Boot der *Virginia*-Klasse. Unter Wasser ist sie kaum auffindbar.«

Ryan warf Jorgensen einen langen Blick zu.

»Sorry, Mr. President, ich wollte nicht den Oberlehrer spielen«, entschuldigte sich der Admiral. »Sie wissen über die U-Boote der *Virginia*-Klasse Bescheid?«

»Ja, und ich kenne auch die *North Carolina.*«

»Entschuldigung. Aber ich musste immer wieder Ihren

Vorgänger briefen ... und dabei manchmal etwas weiter ausholen.«

»Ich weiß, was Sie meinen, Admiral. Was wollten Sie über die *North Carolina* sagen?«

»Ich frage mich, ob sie nicht einen unangekündigten Hafenbesuch in Subic Bay auf den Philippinen machen könnte.«

Ryan gefiel diese Idee. »Sie würde dann mitten in der Gefahrenzone auftauchen und den Chinesen zeigen, dass wir nicht gedenken, den toten Mann zu spielen und nichts zu tun.«

Auch Verteidigungsminister Burgess mochte die Vorstellung. »Außerdem könnten wir den Filipinos gleichzeitig zeigen, dass wir sie unterstützen. Sie werden diese Geste zu schätzen wissen.«

Scott Adler hob die Hand. Er konnte dieser Idee offensichtlich ganz und gar nichts abgewinnen. »Peking wird das als Provokation auffassen.«

»Scheiße, Scott«, rief Ryan. »Wenn ich heute Abend italienisch anstatt chinesisch esse, wird Peking das auch als Provokation auffassen.«

»Sir ...«

Ryan schaute den Admiral an. »Machen Sie es. Geben Sie die üblichen Erklärungen ab, dass dieser Hafenbesuch schon vor geraumer Zeit festgelegt wurde und dass der Zeitpunkt auf keinen Fall bedeutet, dass bla bla bla.«

»Geht klar, Sir.«

Ryan setzte sich auf den Rand seines Schreibtischs und wandte sich jetzt an alle Anwesenden: »Wir wissen schon seit einiger Zeit, dass das Südchinesische Meer gegenwärtig eine der größten Gefahrenstellen darstellt. Wie Sie sich vorstellen können, möchte ich, dass Sie mir darüber alle wichtigen Informationen geben, über die Sie verfügen. Wenn Sie etwas mit mir persönlich besprechen wollen, setzen Sie sich einfach mit Arnies Büro in Verbindung.«

Jack blickte zu Arnie van Damm hinüber. »Dieses Thema genießt ab jetzt allerhöchste Priorität. Wenn jemand hier im Raum ein paar Minuten meiner Zeit braucht, um mir etwas darüber mitzuteilen, möchte ich nicht, dass man mich stattdessen zum Fototermin mit einer Pfadfinderin schickt, die im letzten Jahr die meisten Plätzchen verkauft hat.«

Der ganze Raum brach in Lachen aus. Arnie stimmte mit ein, obwohl er wusste, dass sein Boss es tatsächlich tödlich ernst meinte.

21

Die jährliche DEFCON in Las Vegas, Nevada, war einer der größten und wichtigsten Hackerkongresse der Welt. Jedes Jahr kamen bis zu zehntausend Computersicherheitsprofis, Cyberkriminelle, Journalisten, Bundesbeamte und andere Computerbegeisterte mehrere Tage zusammen, um alles über neue Hacker-Techniken, -Produkte und -Organisationen zu erfahren, Vorträge anzuhören und an Wettbewerben teilzunehmen, die sich auf alle Aspekte des Hackens und Codeknackens erstreckten.

Es war das alljährliche Woodstock für die weltweit besten Hacker und Computerfreaks.

Der Kongress fand im Rio Hotel and Casino statt, das nicht direkt am Strip lag. Die meisten Teilnehmer stiegen dort oder in einem der vielen Hotels in unmittelbarer Nachbarschaft ab. Eine Gruppe von alten Freunden mietete sich dagegen Jahr für Jahr zusammen ein Haus, das ein paar Kilometer östlich in Paradise lag.

Kurz vor dreiundzwanzig Uhr bog Charlie Levy mit seinem gemieteten Nissan Maxima auf die Einfahrt des luxuriösen Ferienhauses am Ende des South Hedgeford Court ein. Das ganze Viertel bestand fast nur aus ruhigen Wohnstraßen voller solcher Ferienmiethäuser. Levy hielt am Tor an, ließ das Seitenfenster herunter und drückte auf den Knopf der Gegensprechanlage.

Während er wartete, betrachtete er den hohen Eisenzaun, der von Palmen gesäumt war, und die begrünte Auffahrt, die zu dem Sechs-Schlafzimmer-Haus hinaufführte. Er und eine Gruppe langjähriger DEFCON-Teilnehmer mieteten dieses Haus jetzt bereits seit zehn Jahren. Es war schön, wieder einmal hier zu sein.

Nach einem Piepston aus der Sprechanlage sagte eine nasale Stimme: »DarkGod? Wie lautet das Passwort, du fetter Bastard?«

»Öffne dieses Tor, du Stück Scheiße«, antwortete Levy lachend. Sekunden später glitt das Zufahrtstor lautlos zur Seite.

Charlie trat das Gaspedal durch und legte einen Kavaliersstart hin. Der Gestank von verbranntem Gummi drang ihm in die Nase. Die Reifen quietschten so laut, dass man es sicher oben im Haus hören konnte.

Charlie »DarkGod« Levy war zwar kein Gründungsmitglied der DEFCON, aber er war bereits bei deren zweiter Auflage im Jahr 1994 dabei gewesen. Als Vertreter der alten Garde war er inzwischen fast so etwas wie eine Legende.

Damals im Jahr '94 absolvierte er gerade sein erstes Studienjahr an der University of Chicago. Gleichzeitig war er ein autodidaktischer Hacker, der einfach so zum Spaß Passwörter knackte und als Hobby Computerprogramme schrieb. Seine erste DEFCON war dann eine Erfahrung, die ihn fürs Leben prägte. Er war plötzlich Teil einer großen Gemeinde begeisterter Computerfreaks, die niemand fragten, womit er sein Geld verdiente, sondern jeden mit einer Mischung aus Argwohn und Kameradschaftlichkeit behandelten. In diesem ersten Jahr hatte er eine Menge lernen können. Vor allem erfüllte ihn seitdem ein unstillbares Verlangen, die anderen mit seinen Hackerfähigkeiten zu beeindrucken.

Nach dem College arbeitete Levy als Programmierer in der Computerspielbranche. In seiner Freizeit verfolgte er jedoch hauptsächlich seine eigenen Projekte, den Entwurf und die Konfigurierung von Computerprogrammen und die Entwicklung neuer Schadsoftware und Eindringungsmethoden.

Er hackte jedes nur mögliche Prozessorgerät und reiste Jahr für Jahr nach Vegas, um seinen Freunden und »Rivalen« seine neuesten Erfolge zu zeigen. Seine Vorträge vor dem Plenum waren berühmt, und er besaß inzwischen sogar seine eigene Fangemeinde. Nach der Konferenz waren seine Heldentaten ein wichtiges Thema in den einschlägigen Chatforen.

Charlie Levy hatte das Gefühl, sich ab jetzt jedes Jahr selbst übertreffen zu müssen. Deshalb arbeitete er immer härter, vertiefte sich immer weiter in die Geheimnisse der unterschiedlichsten Betriebssystemcodes und suchte nach immer größeren Opfern für seine Angriffe.

Nach seinem diesjährigen Vortrag würde die ganze Welt über Charlie Levy sprechen, da war er sich sicher.

Er stieg aus dem Maxima und begrüßte die fünf Freunde, die er seit dem letztjährigen Treffen nicht mehr gesehen hatte. Levy war zwar erst achtunddreißig, sah aber trotzdem bereits wie der späte Jerry Garcia von Grateful Dead aus, klein gewachsen und schwergewichtig, mit einem langen grauen Bart und schütteren grauen Haaren. Er trug ein schwarzes T-Shirt mit dem Schriftzug »Hack Naked« und dem weißen Umriss einer vollbusigen Frau. Er war für seine lustigen T-Shirts bekannt, die sich über seinen dicken Bauch spannten. In diesem Jahr hatte er jedoch auch ein paar Button-Down-Hemden eingepackt, weil er wusste, dass er nach seiner Präsentation am ersten Konferenztag eine Menge Presseinterviews geben würde.

Er ging in sein Zimmer, packte den Koffer aus und traf sich dann mit seinen Freunden an dem großartigen Swimmingpool hinter dem Haus. Er holte sich aus einer vollen Kühlbox eine Flasche Corona, um ein paar Minuten mit den anderen zu plaudern. Die Freunde erzählten sich, was sie in den vergangenen Monaten so getrieben hatten. Schließlich sonderte er sich ein wenig ab und stellte sich vor den künstlichen Wasserfall, um keine weiteren Fragen über seine eigenen Aktivitäten oder gar über seinen morgigen Vortrag beantworten zu müssen.

Levys Freunde waren alles große Nummern in der Computerbranche. Zwei waren Microsoft-Führungskräfte, die an diesem Nachmittag eingeflogen waren. Außerdem gab es da noch einen Technikvorstand von Google, der mehr verdiente als die beiden Microsofttypen zusammen. Die beiden übrigen waren nur »einfache« Millionäre. Einer arbeitete für die Gerätesparte von AT&T, und der andere leitete die IT-Abteilung einer französischen Bank.

Charlie fühlte sich unter ihnen irgendwie immer wie ein Außenseiter.

Er war Videospielprogrammierer. Das wurde zwar recht gut bezahlt, aber er hatte ein ganzes Jahrzehnt lang jede Beförderung abgelehnt, weil er nicht einfach reich werden wollte.

Nein, Charlie Levy wollte eine Legende werden.

Dieses Jahr war es zweifellos so weit.

Morgen würde er während seines Vortrags die Entdeckung einer Zero-Day-Schwachstelle enthüllen, die es ihm erlaubte, JWICS, das Joint Worldwide Intelligence Communications System, zu infiltrieren und von dort aus in Intelink-TS einzudringen, das streng geheime gesicherte Intranet, das die US-Geheimdienste zur Übertragung ihrer geheimsten Daten benutzten.

Charlie »DarkGod« Levy hatte sich – so wollte er dies während seiner einführenden Worte auch ausdrücken – wie ein Wurm in das Gehirn der CIA hineingebohrt.

Obwohl die Website der CIA schon mehrere Male durch Denial-of-Service-Angriffe außer Gefecht gesetzt worden war, würde Levy als Erster öffentlich beweisen können, dass er tatsächlich streng geheime CIA-Botschaften gehackt hatte und dabei vertrauliche Informationen lesen konnte, die zwischen dem CIA-Hauptquartier in Langley und CIA-Stützpunkten und -Agenten in der ganzen Welt ausgetauscht wurden.

Dies würde in der Welt der Amateurhacker wie eine Bombe einschlagen. Ein »Garagenhacker« hatte es wirklich geschafft, den wichtigsten amerikanischen Geheimdienst zu knacken. Aber das würde nicht einmal der interessanteste Teil seines Vortrags werden. Levy würde ebenfalls verkünden, er verfüge über den Beweis, dass ihm das nicht als Erstem gelungen sei.

Als Charlie in Intelink-TS eingedrungen war und sich darin umsah, bemerkte er, dass ihm offensichtlich ein anderer zuvorgekommen war und genau in diesem Moment mithilfe eines RAT, eines »Remote Access Trojan« (»Fernsteuerungstrojaners«), CIA-Botschaften las.

Charlie besaß die Screenshots des Eindringvorgangs, den Code und eine Thumbnail-Skizze des gesamten brillanten RAT.

Charlie war von der Qualität dieser Malware zutiefst beeindruckt. Er beschloss jedoch, bei seinem Vortrag nicht zu erwähnen, dass dieser RAT des anderen Hackers seinem eigenen Code, mit dem er die Zero-Day-Schwachstelle ausgenutzt hatte, um mehrere Größenordnungen überlegen war.

Diese Erkenntnis hatte ihn regelrecht vom Sitz gehauen. Trotzdem hatte er in den fünfunddreißig Tagen, seitdem er diese Entdeckung gemacht hatte, keinem Menschen davon erzählt.

Er schaute zu den DEFCON-Berühmtheiten am Pool hinüber und wusste, dass sie in vierundzwanzig Stunden eine Nummer ziehen mussten, um mit ihm sprechen zu können.

Diese DEFCON würde ihn ganz groß herausbringen.

Natürlich wusste Levy auch, dass er eine ganze Menge Schwierigkeiten bekommen würde. Alle möglichen Regierungsbeamten würden bei ihm auf der Matte stehen, und dies nicht nur wegen seines eigenen erfolgreichen Angriffs, sondern vor allem weil er gewusst hatte, dass noch jemand anderer jetzt in Amerikas tiefste und dunkelste Geheimnisse eingeweiht war, ohne dass er dies den Sicherheitsbehörden mitgeteilt hatte. Andererseits hoffte er, dass die Mitglieder seiner Community ihn massiv unterstützen und ihm gegen die staatlichen Stellen beistehen würden.

Außerdem war es in seinen Kreisen ein Initiationsritus, vom FBI drangsaliert zu werden.

Levys Geschichte war damit aber noch nicht zu Ende. Auch das würde er bei seiner morgigen Präsentation offenbaren.

Der geheimnisvolle Hacker, der wie er ins CIA-Netz eingedrungen war, hatte nämlich Levys eigene Infiltration entdeckt. Sein RAT war so gut konstruiert, dass er mitbekam, wenn sich jemand anderer mit den gleichen Methoden in das entsprechende Netz einschlich.

Charlie hatte das herausgefunden, weil der Hacker sich per SMS vor zwei Wochen bei ihm gemeldet hatte. Er hatte DarkGod Geld geboten, wenn er künftig für ihn bei anderen Projekten mitarbeiten würde, die ebenfalls mit JWICS und Intelink-TS zu tun hatten.

Levy war verblüfft, dass er identifiziert worden war. Er war sich jedoch absolut sicher, dass dies dem geheimnisvollen Hacker nicht über Intelink-TS gelungen sein konnte. Levy vertraute auf seine Tarnmethoden. Er hatte seinen digitalen Angriff auf das CIA-Netz über eine komplizierte Reihe von Zwischenstationen und Proxy-Servern durchgeführt, die den Ursprungsrechner vollkommen abschirmten. Für seine Enttarnung konnte er nur eine einzige Erklärung finden. Sie musste mit seinen Recherchen über JWICS, Intelink-TS und die Protokolle und den Aufbau der entsprechenden Netze zu tun haben. Einige dieser Nachforschungen hatte er in frei zugänglichen Netzen und Webseiten durchgeführt, die theoretisch von dem geheimnisvollen Hacker ohne Weiteres überwacht werden konnten.

Irgendwie musste es der fremde Hacker geschafft haben, Levy übers Internet aufzuspüren.

Levy wollte jedoch auf keinen Fall Handlanger für einen anderen werden. Seitdem er jedoch das Angebot des Fremden abgelehnt hatte, wurde sein Computer ständig unter Zuhilfenahme der raffiniertesten Bedrohungsvektoren angegriffen. Der mysteriöse Hacker versuchte mit allen Mitteln, in Levys Rechner einzudringen. Aber DarkGod war kein Normalsterblicher, wenn es um Cybersicherheit ging. Er nahm die Herausforderung an und begann mit seinem unbekannten Gegenüber Hacking-Schach zu spielen. Tatsächlich hatte er es in den letzten beiden Wochen geschafft, seinen Computer vor jeder Schadsoftware zu bewahren.

Charlie Levy nahm an, dass sein neuer Gegner ebenfalls an der DEFCON teilnehmen würde. Vielleicht würde er aber auch die Black-Hat-Konferenz mit seiner Anwesenheit beehren, ein Kongress von berufsmäßigen IT-Sicherheitsexperten, der in der kommenden Woche hier in Vegas stattfinden würde.

Charlie mochte gar nicht daran denken, dass dieser Hundesohn ihm die Schau stehlen könnte.

Es dauerte eine Weile, bis Levy sich im Kreise der übrigen Jungs etwas entspannte. Um drei Uhr morgens hatte er jedoch zehn Coronas intus und fühlte sich richtig gut. An diesem ersten Abend am Pool floss der Alkohol gewohnheitsmäßig in Strömen. Obwohl die anderen Männer alle verheiratet waren und Kinder hatten, kamen sie nicht zuletzt nach Vegas, um mal so richtig einen draufzumachen und so viel wie möglich zu trinken.

Der Googletyp war bereits ins Bett gewankt, aber der Rest der Mannschaft weilte immer noch am Pool, um sich die Kante zu geben. Levy lag auf einem Liegestuhl mit einer frischen Flasche Corona in der Hand. Neben ihm rauchten die Microsoftjungs eine Cohiba, während sich der AT&T-Mann und der Banker mit einem Drink in der Hand und ihrem Laptop auf dem Schoß auf ihren Luftmatratzen im Pool treiben ließen.

Während die Party in dem Haus am South Hedgeford Court allmählich ihrem Ende entgegenging, öffnete sich in einer anderen Ferienwohnung fünf Häuser weiter auf der East Quail Avenue lautlos die Glastür zum Patio. In dem ganzen Gebäude brannte kein einziges Licht, und es wirkte unbewohnt. Aus dem dunklen Innern traten jetzt jedoch acht Männer auf die monderhellte Terrasse hinaus und gingen am abgedeckten Swimmingpool vorbei zu einem hölzernen Zaun hinüber.

Jeder von ihnen hatte einen schwarzen Rucksack geschultert und ein Hüftholster umgeschnallt, in dem eine Pistole mit einem langen Schalldämpfer steckte. Einer nach dem anderen kletterte über den Zaun in den Nachbarhof. Sie bewegten sich lautlos und ohne jede Hast.

Der AT&T-Mann schaute von seinem Laptop hoch, während er immer noch auf seiner Luftmatratze auf dem Pool dümpelte. »He, DarkGod. Wir haben bereits alle über unsere Präsentationen morgen geredet, aber du hast über dein Thema kein einziges Wort verloren.«

Einer der Microsofttypen blies eine Menge Cohibarauch in die Luft und sagte: »Das bedeutet, dass Charlies Vortrag entweder richtig gut oder richtig schlecht ist.«

»Und möchtest du es denn nicht wissen?«, erwiderte Charlie.

Der Banker schüttelte den Kopf und paddelte mit seinen Händen im Wasser, um seine Luftmatratze in Richtung der Männer am Poolrand zu drehen. »Wenn es so etwas ist wie vor zwei Jahren, als du dich in die Betriebsanlage des Bellagio-Hotels eingehackt hast, um den Druck der Fontänenpumpen zu erhöhen, dann möchte ich das gar nicht wissen. Ein paar Dutzend Touristen nass zu spritzen ist nicht meine Vorstellung. – Hi. Können wir Ihnen helfen?«

Die übrigen Männer am Pool drehten sich um, um nachzusehen, mit wem der Banker da gerade sprach. Im Mondschein genau außerhalb des Leuchtbereichs der Poollampen standen mehrere Männer in einer Reihe nebeneinander und schauten zum Pool hinüber.

Charlie setzte sich auf. »Wer zum Teufel seid ihr Jungs?«

Die Corona-Flasche in Charlies Hand explodierte mit einem lauten Knall, und er schaute an sich hinunter. Sein Hack-Naked-T-Shirt hatte einen Riss, und aus seiner Brust floss Blut. Während er noch schaute, tauchte neben dem ersten ein zweites Loch auf.

Eine dritte Kugel traf ihn in die Stirn. Er sackte im Stuhl zusammen und starb.

Die zwei Männer in den Liegestühlen waren zwar vom Alkohol etwas benebelt, schafften es jedoch trotzdem noch aufzustehen. Einer lief noch ein paar Meter in Richtung Haus, aber beide wurden durch Schüsse in den Rücken niedergestreckt.

Der eine stürzte in den Swimmingpool, der andere fiel über seinen Stuhl in einen kleinen Felsengarten.

Die beiden Männer auf den Luftmatratzen waren völlig hilflos. Sie schrien aus vollem Hals, wurden dann jedoch abgeschossen wie die Tontauben. Ihr Blut strömte in das bisher so klare Poolwasser und vermischte sich dort mit dem des Microsoftmanns, der mit dem Gesicht nach unten auf der Wasseroberfläche trieb.

Als alle an diesem Pool tot waren, wandte sich Crane, der Anführer der Bande, Stint zu. Auf Mandarin sagte er: »Es muss noch einen geben. Finde ihn.«

Stint rannte mit gezogener Pistole ins Haus.

Der Googlemann hatte alles verschlafen, aber Stint fand ihn in seinem Bett und schoss ihm eine einzige Kugel in den Hinterkopf.

Draußen am Pool sammelten drei Männer im Licht ihrer kleinen Taschenlampen die leeren Patronenhülsen auf, während drei andere das Haus betraten und Zimmer für Zimmer durchkämmten, um DarkGods Gepäck zu finden. Außer seiner Kleidung packten sie alles ein: seinen Laptop, alle Peripheriegeräte, seine schriftlichen Aufzeichnungen, USB-Sticks, DVDs und sein Handy. Um keinen Verdacht zu erregen, tauschten sie sie gegen einige mitgebrachte Speichersticks und DVDs aus. Vor allem ließen sie jedoch ein Handy liegen, das unter Levys eigentlicher Nummer erreichbar war und auf das sie einige Daten von seinem echten Mobiltelefon überspielt hatten.

Dies alles dauerte mehr als zehn Minuten, aber Crane hatte ihnen befohlen, alles methodisch und perfekt zu erledigen und keinesfalls einen Fehler zu machen.

Danach trafen sich alle am Pool. Dessen Wasser hatte sich inzwischen hellrosa verfärbt. Auf Cranes Befehl holte Wigeon drei kleine Tütchen aus seinem Rucksack, die mit erstklassigem Kokain gefüllt waren. Er warf sie in der Nähe des Zauns ins Gras. Wenn die Polizei die Leichen zusammen mit diesem Rauschgift fand, würde sie annehmen, dass hier ein Drogengeschäft schiefgelaufen war.

Dass keiner der Männer Kokain im Blut hatte, ließ sich durch die Tatsache erklären, dass die Käufer gar nicht mehr die Zeit hatten, etwas davon zu konsumieren.

Schließlich machten sich sechs Mann auf den Weg zurück zu ihrem sicheren Unterschlupf. Nur Crane und Snipe blieben zurück.

Die beiden stellten sich neben den Pool, schraubten die Schalldämpfer von ihren FN Five-seveN ab und verstauten sie in ihren Rucksäcken. Dann zielten sie mit ihren Pistolen hoch in den südlichen Himmel kurz unter den nebligen Halbmond und eröffneten das Feuer.

Sie schossen so lange, bis ihre Magazine leer waren und der Verschluss ihrer Waffe offen blieb. Sie luden in aller Eile nach, steckten die Pistolen in ihr Holster zurück und kickten die leeren, heißen Patronenhülsen in alle Richtungen. Einige fielen in den blutigen Pool und sanken dort auf den Boden. Andere rollten ins Gras oder noch etwas weiter auf die Betonfläche hinter dem Haus.

Während in der ganzen Nachbarschaft die Hunde zu bellen anfingen und entlang der East Quail Avenue und im Umkreis des South Hedgeford Court die Lichter angingen, gingen Crane und Snipe ruhig, aber schnellen Schrittes die Auffahrt hinunter. Sie öffneten eine Fußgängerpforte neben dem Haupttor und traten auf die Straße hinaus.

Auf der anderen Straßenseite öffnete sich eine Haustür, und eine Frau im Bademantel kam heraus, die von der Deckenlampe ihres Eingangsflurs von hinten beleuchtet wurde. Snipe zog seine Pistole und schoss zweimal in ihre Richtung. Sie ließ sich zu Boden fallen und kroch in Panik zurück in die Sicherheit ihres Hauses.

Nach ein paar Sekunden näherte sich ein grauer Kastenwagen, hielt direkt neben den beiden Männern an, und sie kletterten hinein. Das Fahrzeug preschte los und fuhr nach Norden in Richtung I-15. Während Grouse steuerte und die anderen Männer still dasaßen, holte Crane sein Handy aus der Tasche und drückte auf ein paar Tasten. Es dauerte eine ganze Weile, bis die Verbindung hergestellt war. Dann sagte er: »Alle Ziele erreicht.«

22

Ein achtundvierzigjähriger Chinese mit zerknittertem Hemd und einer am Hals etwas locker sitzenden Krawatte nickte zufrieden, als er Cranes Nachricht hörte. Er saß allein vor einer ganzen Reihe matt leuchtender Computermonitore in einem gläsernen Büro, von dem aus er ein ganzes Stockwerk voller offener Arbeitsboxen überblicken konnte.

»Fangen Sie mit dem Hochladen der Daten an, sobald Sie können.«

»Jawohl, Sir«, antwortete Crane.

»Xie-xie« – danke –, erwiderte der Mann im Büro.

Dr. Tong Kwok Kwan, Deckname »Center«, tippte auf den gesicherten Voice-Over-Internet-Ohrhörer in seinem rechten Ohr, um die Verbindung zu beenden. Er schaute an seinen Bildschirmen vorbei in sein Großraumbüro hinein und überlegte den nächsten Schritt. Er entschied sich, quer durch die Operationsabteilung zum Arbeitsplatz seines besten Programmierers hinüberzugehen, um ihm mitzuteilen, dass in Kürze DarkGods Daten aus Amerika eintreffen würden.

Normalerweise hätte er nur auf einen Knopf auf seinem Schreibtisch gedrückt und mit dem jungen Mann über eine Videoverbindung gesprochen. Er wusste jedoch, dass ein persönlicher Besuch den Programmierer noch mehr anspornen würde, diese ganze Angelegenheit äußerst ernst zu nehmen.

Tong ließ den Blick durch sein makellos sauberes Büro schweifen. Es waren keinerlei Familienbilder oder andere persönliche Gegenstände zu sehen. Nur an der Glastür zum Gang hing ein kleines, ungerahmtes Kartonschild.

Es war mit flüssigen chinesischen Schriftzeichen beschrieben, die übereinander in einer einzigen vertikalen Reihe angeordnet waren. Es handelte sich offensichtlich um eine Kalligrafie. Der Text stammte aus dem *Buch von Qi,* einer Geschichte Chinas von 479 bis 502 nach Christus. Es war eines der berühmten »36 Strategeme«, Kriegslisten, die jedoch auch in der Politik und in zwischenmenschlichen Beziehungen angewendet werden konnten.

Tong las den Text dieses dritten Strategems laut vor: *»Jie dao sha ren.«* Töte mit einem geborgten Messer.

Obwohl seine Agenteneinheit in den Vereinigten Staaten gerade auf sein Geheiß getötet hatte, wusste Tong, dass er selbst das geborgte Messer war.

Es gab wenig, was ihm echtes Vergnügen bereitete. Sein Gehirn war von seinem Staat so umprogrammiert worden, dass er auf solche Reize wie Freude oder Vergnügen überhaupt nicht mehr ansprach. Aber seine Operation war jetzt auf den Weg gebracht, und das verschaffte Dr. Tong eine gewisse Befriedigung.

Er stand auf und verließ sein dunkles Büro.

Tong Kwok Kwan stammte ursprünglich aus Peking. Er war das einzige Kind aus einer Verbindung zwischen zwei Mathematikern, die beide in der Sowjetunion studiert hatten und danach in Chinas ballistischem Raketenprogramm arbeiteten, das damals noch in den Kinderschuhen steckte.

Kwok Kwan war zwar kein Prinzling, aber seine brillanten Eltern förderten seine intellektuellen Fähigkeiten mit allen Mitteln. Vor allem lenkten sie sein Interesse auf die Mathematik. Er arbeitete sich bereits als Kind durch mathematische Lehrbücher durch und löste Rechenprobleme, die für sein Alter eigentlich viel zu schwer waren. In seinen Jugendjahren kam gerade der Personal Computer auf. Seine Familie sah sofort, dass die fast grenzenlosen Möglichkeiten dieser unglaublichen Geräte seine Zukunft bestimmen würden.

Wegen seiner guten Noten schickte ihn der Staat auf die besten Schulen und Universitäten. Schließlich ging er im Jahr 1984 in die Vereinigten Staaten, um dort Computerwissenschaften zu studieren, zuerst am MIT und seit 1988 auf der Caltech in Pasadena, wo er seinen Master machte.

Danach kehrte er wieder nach China zurück, um an der Chinesischen Universität für Wissenschaft und Technik Kurse im Computerprogrammieren zu geben. Nach einigen Jahren begann er ein Promotionsstudium in Computerwissenschaften an der renommierten Peking-Universität.

Im Zentrum seiner Studien standen inzwischen das Internet und das neue World Wide Web. Er interessierte sich vor allem für deren Schwachstellen und wie man diese in einem künftigen Konflikt mit dem Westen ausnutzen konnte.

Im Jahr 1995 schrieb er als dreißigjähriger Doktorand einen Aufsatz mit dem Titel »Weltkriege unter den Bedingungen der Informatisierung«, der außerhalb der chinesischen Forschungsgemeinde sofort die Aufmerksamkeit der Volksbefreiungsarmee VBA und des Ministeriums für Staatssicherheit MSS erregte. Die chinesische Regierung erklärte den Text für streng geheim. Beamte des MSS schwärmten im ganzen Land in die Hochschulen aus, um dort sämtliche Druckexemplare des Aufsatzes und die Disketten, auf denen er gespeichert war, zu beschlagnahmen und mit allen Professoren und Studenten, die mit ihm in Kontakt gekommen waren, lange, eindringliche und einschüchternde Gespräche zu führen.

Tong selbst begann einige Wochen später, hohen Militärs und Geheimdienstleuten in Peking Vorträge zu halten, wie man Cyberoperationen gegen Chinas Feinde durchführen könnte.

Die Zuhörer waren von den Vorlesungen des brillanten jungen Mannes zwar etwas überfordert, die vor Spezialausdrücken nur so strotzten, aber sie begriffen sofort, welch wichtige Ressource sie in Tong besaßen. Man verlieh ihm den Doktortitel und vertraute ihm die Leitung einer kleinen, aber hocheffizienten Cyberkriegstruppe innerhalb des MSS an, die die einschlägigen chinesischen Cyberprogramme entwickeln, testen und lehren sollte. Darüber hinaus wurde ihm die Verantwortung über die Computerabwehrsysteme des MSS und der VBA übertragen.

Tong genügte es jedoch nicht, Teams von Computernetzoperatoren zu führen, die im Dienst der Regierung standen. Er wollte darüber hinaus das Potenzial der chinesischen individuellen Computerhacker nutzen. Im Jahr 1997 gründete er eine Organisation aus unabhängigen Hackern, die den Namen Green Army Alliance bekam. Unter seiner Leitung griffen sie Webseiten und Netzwerke von Chinas Feinden an, drangen in sie ein und verursachten einigen Schaden. Obwohl ihre Wirkung nicht allzu groß war, zeigte sich, dass sein wissenschaftlicher Ansatz tatsächlich in der realen Welt umgesetzt werden konnte. Dies erhöhte seinen Ruf innerhalb der chinesischen Sicherheitsorgane nur noch weiter.

Kurz darauf gründete er die Information Warfare Militia, eine größere Gruppe von Zivilisten in der IT-Industrie und an den Hochschulen, die zwar unabhängig voneinander arbeiteten, aber insgesamt der Dritten Generalstabsabteilung der Volksbefreiungsarmee (Signalaufklärung) unterstanden.

Darüber hinaus schuf Tong die Red Hacker Alliance. Er warb Hunderte der besten chinesischen Amateur-Computerprogrammierer über Online-Mailboxen an, auf denen sich die Hacker untereinander austauschten, wobei er durchaus manchmal auch zu »robusteren« Mitteln griff. Er machte aus ihnen eine engagierte, zielgerichtete Gemeinschaft aus Männern und Frauen, die in Industrie- und Regierungsnetze auf der ganzen Welt eindrangen, um für China Geheimnisse zu stehlen.

Tong und seine Truppe entwickelten jedoch auch Werkzeuge, die mehr konnten, als einfach nur digitale Daten abzugreifen. Als ein chinesisches staatliches Ölunternehmen mit einer amerikanischen Ölfirma um einen Pipelinevertrag in Brasilien konkurrierte, fragte Tong die Führung des MSS schlicht und einfach, ob seine »Roten Hacker« nicht die US-Firma »zerstören« sollten.

Die Minister wollten wissen, ob er die Dominanz dieser amerikanischen Ölfirma auf den Weltmärkten zerstören wolle.

»Das meine ich nicht. Ich meine vielmehr, sie physisch zerstören.«

»Ihre Computer lahmlegen?«

Tongs regungslosem Gesicht war nicht anzusehen, was er über diese begriffsstutzigen Minister wirklich dachte. »Natürlich nicht. Wir brauchen ihre Computer. Wir haben bereits mit ihrer Hilfe die technische Kommandogewalt über ihre Pipelines und Ölbohreinrichtungen übernommen. Wir können deren Funktionsfähigkeit beeinflussen und sie, wenn nötig, zerstören.«

»Sie meinen, sie tatsächlich plattmachen?«

»Sie plattmachen, in die Luft jagen, wie auch immer.«

»Und die können Sie nicht daran hindern?«

»An den entsprechenden Stellen gibt es für alles manuelle Notabschaltungen. Das nehme ich zumindest an. Es wird sicherlich einigen Leuten dort gelingen, eine Pumpe abzuschalten oder die Stromzufuhr zu einer Kontrollstation zu kappen. Aber ich kann das Ganze so schnell und in einem Ausmaß in die Wege leiten, dass mich dort anwesende reale Menschen bestimmt nicht aufhalten können.«

Man entschloss sich schließlich, in diesem konkreten Fall doch nicht zu solchen Maßnahmen zu greifen. Trotzdem wurde der chinesischen Regierung jetzt endgültig die Bedeutung Tongs und seiner Talente bewusst. Er war nicht nur eine wertvolle Ressource, er war eine mächtige Waffe, und sie würden seine gewaltigen Fähigkeiten nicht in einer solchen Auseinandersetzung mit einer einzelnen Privatfirma vergeuden.

Stattdessen hackten sich er und sein Team in die Website des Ölunternehmens ein und lasen den vertraulichen internen Meinungsaustausch der Führungskräfte über die Einzelheiten des versuchten Pipelinekaufs. Tong leitete diese Informationen an die staatliche chinesische National Petroleum Corporation weiter, die auf diese Weise das Angebot der Amerikaner überbieten konnte und den Zuschlag bekam.

Später bekam Tong den Auftrag, die Pläne der US Navy für den lautlosen Elektroantrieb ihrer U-Boote zu stehlen. Tong und seine Roten Hacker konnten sich die Konstruktionspläne, deren Entwicklung die US-Marine fünf Milliarden Dollar gekostet hatte, in weniger als sechs Wochen beschaffen.

Als Nächstes lud er persönlich aus der *frei zugänglichen* Datenbank des US-Verteidigungsministeriums mehr als zwanzig Terabytes Daten herunter und konnte danach der VBA die Namen und Heimatadressen aller amerikanischen Special-Forces-Soldaten, die Tankpläne der US-Marine im Pazifik und die Ausbildungstermine und Einsatz- und Ablösungspläne praktisch aller US-Militäreinheiten übergeben.

Einige Zeit später stahlen er und seine Männer die Pläne des ersten serienmäßigen amerikanischen Tarnkappen-Kampfflugzeugs F-35.

Kurz vor der Jahrtausendwende entwickelte Tong in Zusammenarbeit mit den Leitern der Dritten Generalstabsabteilung der Volksbefreiungsarmee (Signalaufklärung) und der Vierten Generalstabsabteilung (Elektronische Gegenmaßnahmen und Radar) die Computernetzwerk-Komponenten für die neue VBA-Strategie des INEW, Integrated Network Electronic Warfare, wie die formelle Bezeichnung der gesamten chinesischen Strategie der elektronischen Kriegsführung lautete. INEW zielte darauf ab, die amerikanische Fähigkeit, Informationen zu empfangen, zu verarbeiten und zu verbreiten, mit elektronischen Mitteln zu behindern, zu verfälschen und zu unterdrücken. Allen in der VBA war inzwischen klar, dass K. K. Tong und seine zivile Hackerarmee für den Erfolg dieser Strategie unverzichtbar waren.

Er und seine Gefolgsleute infizierten Millionen Computer in der ganzen Welt und schufen dadurch eine Roboterarmee, ein Botnetz, das man dazu nutzen konnte, eine Website oder ein Netzwerk anzugreifen und es mit Anfragen zu überlasten, sodass es auf weitere Anfragen nicht mehr reagieren konnte und damit nicht mehr verfügbar war. Man nannte diese Attacken »DDoS« oder »Distributed Denial of Service«. Tong ließ seine Botnetze Chinas Gegner mit verheerenden Folgen angreifen. Dabei wussten die Besitzer der Netzwerkknoten der Roboterarmee nicht einmal, dass ihre Computer für die Volksrepublik China arbeiteten.

Im Gegensatz zum übrigen China befand sich Tong in ständigem Kriegszustand mit den Vereinigten Staaten. Durch ihre Spionage- und Sabotageoperationen versuchten er und die Mitglieder seiner Truppe, von denen die meisten von zu Hause oder von Workstations an ihrem Arbeitsplatz aus operierten, amerikanische Computernetzwerke zu schädigen und gleichzeitig ein Zielportfolio aufzubauen für den Fall, dass tatsächlich ein offener Krieg ausbrechen sollte.

Soweit es die Chinesen betraf, gab es mit Tong und seinen Bemühungen nur ein einziges Problem. Er war zu erfolgreich. Seine ständigen Angriffe auf die unterschiedlichsten US-Netze begannen schließlich auch den Amerikanern aufzufallen. Den US-Behörden wurde bewusst, dass es irgendwo einen digitalen Staubsauger geben musste, der ihre Daten absaugte.

Sie nannten die ständigen Attacken auf ihre Regierungs- und Industrienetze zuerst »Titan Rain«. Eine zweite Angriffsserie bekam den Namen »Shady Rat«. Hunderte von Ermittlern wurden beauftragt herauszufinden, wer hinter dem Ganzen steckte. Von Anfang an geriet China in Verdacht. Als Tongs Operationen immer größere Ausmaße annahmen, sorgten sich das MSS und die Politbüro-Insider, die von dem Cyberprogramm wussten, dass man einige dieser aufsehenerregenden Angriffe nach China zurückverfolgen könnte.

Die Amerikaner verhafteten eine Reihe von Hackern, die an den Operationen beteiligt waren, von denen einige tatsächlich chinesischer Abstammung waren. Dies ließ die Besorgnisse der chinesischen Führung noch stärker werden. Sie übte Druck auf das MSS und die VBA aus, ihre Spuren in Zukunft besser zu verwischen.

Auch diese beiden Institutionen hielten inzwischen Tong für viel zu verwundbar. Sie beschlossen, ihn um jeden Preis zu schützen. Dazu war es nötig, jede offizielle Verbindung zwischen ihm und der chinesischen Regierung zu beenden. Immerhin herrschte zwischen China und Amerika offiziell noch Frieden. Deshalb durften dermaßen aggressive Computernetzoperationen keinesfalls mit den chinesischen Staatsorganen in Verbindung gebracht werden.

Nun war Tong ja auch in den Vereinigten Staaten als ein wichtiger ziviler Computerexperte bekannt, der für die VBA arbeitete. Die Ermittler des FBI und der NSA, die die chinesischen Cyberoperationen untersuchten, bezeichneten ihn, seine Mitarbeiter und seinen Einfluss auf die

Cyberstrategie des Reichs der Mitte bereits als die »Tong-Dynastie«. Als die Chinesen von Tongs Bekanntheit in Amerika erfuhren, wussten sie, dass es höchste Zeit zum Handeln war.

Nach langen Diskussionen entschied der Minister für Staatssicherheit, dass K. K. Tong, dessen offizieller Titel eines »Direktors für technologische Ausbildung des Ersten Technischen Aufklärungsbüros der Chengdu-Militärregion« seinen fast feldmarschallgleichen Einfluss auf eine der wichtigsten Kriegsführungsdomänen Lügen strafte, wegen »Korruption« verhaftet werden sollte, um gleich darauf aus dem Gefängnis zu »entfliehen«.

Danach würde er nach Hongkong gehen und sich unter den Schutz der 14K-Triade stellen. »Triade« war ein Sammelbegriff für die unterschiedlichsten Organisationen des organisierten Verbrechens, deren Mitglieder Chinesen oder chinesischer Abstammung waren. Die 14K-Triade war jedoch tatsächlich die größte und mächtigste mafiöse Bande in Hongkong. Das MSS und die 14K hatten jedoch keinerlei operationelle Beziehungen, ganz im Gegenteil. Die Aktivitäten der Triade waren der chinesischen Regierung schon lange ein Dorn im Auge. Tong würde sich und seine Hackerarmee an die Triade »verkaufen« und sie für ihren Schutz mit Geld bezahlen, das aus den Dutzenden von dubiosen Finanzgeschäften stammte, die seine Leute auf der ganzen Welt am Laufen hatten.

Die 14K würde natürlich nur erfahren, dass Tong aus einem Gefängnis auf dem Festland geflohen war und sich jetzt auf computergestützte Unterschlagungs-, Erpressungs- und Betrugsoperationen spezialisiert hatte.

Die Triade würde allerdings keine Ahnung haben, dass sich Tongs Organisation vor allem mit Cyberspionage und Cyberkrieg befasste und dies alles im Auftrag der Kommunistischen Partei Chinas, des Todfeinds der Triaden.

Tong wurde »verhaftet«. In der *Volkszeitung,* dem offiziellen Parteiorgan der KPCh, erschien eine kurze Meldung, in der seine »Verfehlungen« aufgelistet wurden. Er wurde wegen Computerverbrechen angeklagt. In dem Artikel wurde behauptet, Tong habe versucht, auf elektronischem Weg Geld von der ICBC, der Industrial and Commercial Bank of China, zu ergaunern. Der Zeitungsbericht sollte dem Westen zeigen, dass der mysteriöse Dr. Tong in Peking in Ungnade gefallen war. Gleichzeitig sollte er den Hongkonger Triaden den Eindruck vermitteln, dass der mysteriöse Dr. Tong über Fähigkeiten verfügte, die ihnen eine Menge Geld einbringen konnten.

Tong wurde zum Tod durch Erschießen verurteilt. Am Tag seiner Hinrichtung war jedoch aus dem Gefängnis zu hören, er habe mithilfe von Gefängnisangestellten fliehen können. Um diese Tarngeschichte noch glaubhafter zu machen, ließ die Gefängnisverwaltung am Tag darauf mehrere Wärter wegen ihrer angeblichen Beteiligung an Tongs Flucht an die Wand stellen.

Die 14K-Triade, die mächtigste Unterweltorganisation in Hongkong und größte Triade der Welt, nahm K. K. Tong einige Wochen später unter ihre Fittiche. Er reorganisierte seine Armee von zivilen Hackern und setzte sein Botnetz wieder in Betrieb. Mithilfe der Zehntausenden von Netzwerkknoten seines Botnetzes konnte er sich mit Phishing-E-Mails Kreditkartennummern beschaffen. Durch die anschließenden Schwindelgeschäfte machte er eine Menge Geld, das seiner Triade zugutekam.

Dann startete er ein völlig neues Unternehmen. Mit dem Segen der 14K, die allerdings keine Ahnung hatte, was er wirklich vorhatte, kaufte Tong Hunderte von Computern und warb auf dem Festland und in Hongkong erstklassige Hacker an, die sie bedienen sollten. Die Festlandchinesen unter ihnen holte er nicht auf einmal, sondern ganz allmählich nach Hongkong, um keinesfalls die Aufmerksamkeit auf sich zu ziehen.

K. K. Tong nahm den Decknamen »Center« an und nannte das neue Hauptquartier seiner weltweiten Operationen »Ghost Ship«. Es befand sich in der zehnten bis fünfzehnten Etage eines Bürogebäudes, das der Triade gehörte. Es lag in Mong Kok, einem dicht bevölkerten, eher ärmlichen Teil von Kowloon, ein ganzes Stück nördlich von den Lichtern und dem Glanz von Hongkong Island. Hier standen Tong und seine Leute Tag und Nacht unter dem Schutz der Triade, die immer noch nichts von seinen wahren Absichten ahnte.

Für Tong arbeiteten jetzt Dutzende der besten Programmierer, meistens Männer und Frauen aus seinen früheren »Hackerarmeen«. Einige Mitarbeiter hatte er zu »Controllern« ernannt. Das waren jetzt seine privaten Geheimdienst-Führungsoffiziere, die alle im Umgang mit ihren »Außenagenten« den Decknamen »Center« benutzten. Ihre Arbeitsplätze lagen in der Operationsetage des »Geisterschiffs«. Sie kommunizierten mit den Hackern, Informanten, Einsatzagenten und Killerkommandos auf der ganzen Welt, und zwar über ein Instant-Messaging-System namens »Cryptogram«.

In kurzer Zeit war es diesen Controllern gelungen, durch Geldzahlungen, Erpressung, Zwangsmittel und nicht zuletzt durch arglistige Täuschung individuelle Hacker, Skriptkiddies, Verbrecherbanden, Geheimagenten, Regierungsbeamte und IT-Fachleute aus der Privatindustrie zu einer riesigen Geheimdienstorganisation zu vereinigen, wie sie die Welt in dieser Form noch nicht gesehen hatte.

Tong und seine Führungsleute schauten sich ständig auf den Hunderten von Internetforen der chinesischen Hacker nach neuen Mitgliedern ihrer Armee um. Stieß man auf jemand Interessanten, wurde er genau überprüft. Hielt er dieser Prüfung stand, trat man an ihn heran und stellte ihn ein.

Im Moment arbeiteten für Ghost Ship im Hauptquartier

selbst dreihundert Mitarbeiter. Tausende weitere waren über die ganze Welt verstreut. Wenn die Mitarbeiter kein Mandarin verstanden, war die Umgangssprache das Englische, oder man benutzte die ausgefeiltesten und modernsten Übersetzungsprogramme. Wenn es um ausländische Hacker ging, stellte Tong diese meist nicht als offizielle Mitarbeiter von Ghost Ship ein. Sie wussten also nicht, dass sie in Diensten der chinesischen Regierung standen, obwohl viele von ihnen sicherlich merkten, dass ihre neuen Arbeitgeber aus Asien kamen.

Als Letztes wurden die »Einsatzagenten« rekrutiert. Dabei handelte es sich meist um Unterweltorganisationen, die bei einzelnen Projekten die notwendige Drecksarbeit im »Meatspace« erledigten. Die besten von ihnen wurden von Center regelmäßig beschäftigt.

Ein Beispiel hierfür waren diese Libyer in Istanbul. Allerdings hatte ihr Controller nach kurzer Zeit den Eindruck, dass diese Narren bald der natürlichen Selektion zum Opfer fallen würden. Dies galt vor allem für ihren Kommunikationsspezialisten Emad Kartal, der nicht einmal seine eigenen Sicherheitsprotokolle befolgte.

Der Controller, der die Istanbuler Zelle betreute, hatte dann entdeckt, dass eine Gruppe von Amerikanern, die für die Firma Hendley Associates arbeiteten, die Libyer observierte und sie offensichtlich ausschalten wollte. Mit Dr. Tongs Genehmigung ließ er die Ermordung der gesamten Fünfmannzelle zu, um einen Virus in das geschlossene Netzwerk von Hendley Associates einschleusen zu können, um mehr über diese eigentümliche Organisation zu erfahren. Der Plan war leider gescheitert, als der maskierte Hendley-Killer den ganzen Computer mitnahm, anstatt die Daten des Rechners auf einen Speicherstick zu überspielen, diesen in die Staaten mitzunehmen und an seinen eigenen Netzwerk-Computer anzuschließen, wie es der Controller gehofft hatte.

Allerdings hatten Tongs Controller inzwischen andere Wege gefunden, um die wahre Natur dieser seltsamen Firma Hendley Associates aufzudecken.

Zu den Verbrecherorganisationen, die Center engagiert hatte, gehörten Triaden-Gangs in Kanada und den Vereinigten Staaten und russische Mafia-»Bruderschaften«, die sogenannten *Bratwas*.

Darüber hinaus beschloss Tong, sich die Dienste erfahrener Geheimdienstprofis zu sichern. So fand er auch Walentin Kowalenko, der für solche Aufgaben einfach perfekt schien. Tong beauftragte eine russische *Bratwa,* ihn aus dem Gefängnis zu befreien. Danach zwang er den ehemaligen stellvertretenden Residenten durch Druck und Erpressung, künftig für ihn zu arbeiten.

Wie seine anderen Spione führte Center Kowalenko erst einmal ganz langsam in seine neue Tätigkeit ein. Er sorgte zunächst für eine ausreichende Tarnung und betraute ihn dann mit einigen einfacheren Aufträgen. Künftig gedachte er ihn jedoch bei weit wichtigeren Operationen einzusetzen.

Auf eine andere Art von Informant und Spitzel war Tong besonders stolz.

Die umgedrehten Spione.

Es handelte sich dabei um Regierungsbeamte und Geheimagenten, leitende Angestellte der IT- und Finanzbranche, Angestellte von Militärfirmen und Polizeibeamte in der ganzen Welt.

Keiner dieser auf die unterschiedlichste Weise angeworbenen Mitglieder und Zuarbeiter seiner Organisation hatte dabei auch nur die geringste Ahnung, dass er für die chinesische Regierung tätig war. Manche, wie etwa Walentin Kowalenko, vermuteten, dass sie als Industriespione für einen großen, skrupellosen ausländischen Technologiekonzern arbeiteten. Andere waren überzeugt, dass ihre Auftraggeber zum organisierten Verbrechen gehörten.

K. K. Tong, der die gesamte Organisation koordinierte und kontrollierte, erhielt seine Anweisungen vom chinesischen Militär und den Geheimdiensten seines Landes. Er gab diese dann an seine Controller weiter, die ihrerseits ihre Männer und Frauen vor Ort auf geeignete Weise einsetzten.

Dabei erwies es sich als äußerst hilfreich, dass Tong ein Soziopath war. Er bewegte seine menschlichen Hilfskräfte quer über den Globus, wie er Einsen und Nullen über seine Informationsautobahn schickte. Die einen waren ihm genauso gleichgültig wie die anderen. Tatsächlich lagen ihm die Schadcodes, die er und seine Hacker entwickelten, sogar mehr am Herzen als die für ihn arbeitenden Menschen, da diese weit fehlerhafter funktionierten.

Im dritten Ghost-Ship-Jahr sah Tong am Horizont eine neue Gefahr auftauchen. Allmählich wurde in der Cyberwelt bekannt, dass immer neue brillante Computerviren auftauchten, die weltweite Cyberkriminalität bedrohlich anstieg und mehr und mehr Industrie- und Regierungsnetzwerke erfolgreich geknackt wurden. Um diesen Informationsfluss zurückzudrängen, musste man dringend etwas unternehmen. Tong teilte der Führung der VBA und des MSS mit, dass er dazu zusätzliche Einsatzkräfte benötige. Er dachte an eine Einheit von Geheimdienstsoldaten, die in Amerika operieren würde. Sie sollte jedoch nicht aus angeheuerten Söldnern, sondern aus Männern bestehen, die sich der Kommunistischen Partei Chinas und Center absolut verpflichtet fühlten.

Nach längeren Beratungen innerhalb der Armeeführung übertrug man Tong den Befehl über ein Team, dessen Mitglieder zu den Spezialtruppen der VBA gehörten. Der chinesische Generalstab war inzwischen der Überzeugung, dass Tong wusste, was zu tun war. Seine bisherige zweijährige Arbeit hatte China und seinem Militär bereits große strategische Vorteile verschafft. Es sprach also nichts dagegen, ihn jetzt auch noch mit einer kleinen Spezialtruppe auszustatten.

Crane und sein Achtmannteam gehörten zum »Göttlichen Schwert«, einer Einheit für Spezialoperationen der Pekinger Militärregion. Sie waren ausgewiesene Fachleute für Aufklärungsarbeit, Terrorismusbekämpfung und Nahkampfpraktiken. Bevor das Team in die Vereinigten Staaten geschickt wurde, erhielten alle Mitglieder ein Sondertraining in den neuesten Geheimdienstmethoden. Darüber hinaus wurden ihre ideologische Linientreue und Standfestigkeit noch einmal eingehend überprüft und gestärkt.

In den ersten Monaten arbeiteten sie für eine kriminelle Triade in Vancouver. Danach überquerten sie die durchlässige kanadisch-amerikanische Grenze nach Süden. In den Vereinigten Staaten lebten sie in ständig wechselnden sicheren Unterschlupfen, die von Ghost-Ship-Tarnfirmen gemietet oder gekauft wurden. Ab jetzt unterstanden sie dem direkten Befehl Centers, der sie auch mit den nötigen Ressourcen und Informationen versorgte.

Sollten Crane und seine Zelle tatsächlich einmal gefangen genommen oder getötet werden, waren sie einfach nur eine Triaden-Gangsterbande aus Vancouver, die für Computerkriminelle irgendwo in der Welt gearbeitet hatte. Niemand würde sie mit der KPCh in Verbindung bringen.

Wie in Menlo Park und Las Vegas beseitigten Crane und seine Männer Leute, die eine Bedrohung für Centers Operationen darstellten. Gleichzeitig stahlen sie Computerprogramme und Unterlagen, die die Aktivitäten von Ghost Ship beförderten.

Die wenigen hohen Chargen in der VBA und dem MSS, die von Center und seinem Ghost Ship wussten, waren über dessen Entwicklung höchst erfreut. Die Chinesen verfügten jetzt über eine mächtige Waffe, deren Besitz sich im Bedarfsfall jedoch auf plausible Weise abstreiten ließ. Sie konnten sich auf diese Weise wichtige Geheiminformationen von der Regierung, der Industrie und den Militärs der Vereinigten Staaten verschaffen und dadurch das Schlachtfeld eines künftigen Konflikts mit Amerika in ihrem Sinne gestalten. Sollten Tong und seine Organisation jedoch irgendwann auffliegen, war er einfach ein Feind Pekings, der mit den Triaden zusammenarbeitete. Keiner würde dann behaupten können, er und seine Leute seien *für* die chinesischen Kommunisten tätig gewesen.

Es war nur ein kurzer Weg von Tongs Büro den Gang hinunter bis zu einer Doppeltür, die auf beiden Seiten von grimmig dreinschauenden Männern bewacht wurde. Sie hielten QCW-05-Maschinenpistolen vor der Brust, die jedem Science-Fiction-Film zur Ehre gereicht hätten. Die Wachen trugen keine Uniform. Einer hatte eine abgewetzte Lederjacke und der andere ein blaues Polohemd an, dessen weißen Kragen er fast bis zu den Ohren hochgestülpt hatte.

Dr. Tong sprach die beiden nicht an, als er durch die Tür trat. Das war jedoch nichts Ungewöhnliches. Er sprach niemals mit ihnen. Tong kam nie auf die Idee, mit einem seiner Untergebenen ein paar Worte zu wechseln, geschweige denn mit einem der dreißig oder vierzig Triadenmitglieder, deren Aufgabe es war, ihn, sein Hauptquartier und seine Operationen zu schützen.

Sicherlich war das Ganze eine seltsame Beziehung. Eine Beziehung, aus der sich Tong selbst wenig machte, obwohl er natürlich verstand, dass es strategisch nötig gewesen war, sein Heimatland zu verlassen und nach Hongkong umzusiedeln.

Hinter der Doppeltür ging K. K. Tong mitten durch die offene Operationsetage, wobei er an Dutzenden von Männern und Frauen vorbeikam, die an ihren Schreibtischen ihre Aufgaben erledigten. In zwei Fällen stand jemand auf, verbeugte sich vor Center und bat ihn um einen Augenblick seiner Zeit. Beide Male hob Dr. Tong beim Vorbeigehen nur eine Hand in die Höhe, um zu signalisieren, dass er gleich zurückkehren werde.

Im Augenblick war er auf dem Weg zu jemand ganz Bestimmtem.

Er ging nacheinander an der Bankgeschäfte- und Phishingabteilung, der Forschungs- und Entwicklungsabteilung und der Social-Engineering- und Soziale-Medien-Abteilung vorbei, bis er die Programmiererabteilung erreichte.

Hier arbeiteten die Männer und Frauen, die sich in die unterschiedlichsten Computernetzwerke hackten.

An einem Arbeitsplatz in der hintersten Ecke des Raumes saß ein junger Mann mit einer Igelfrisur, die jedem Punkmusiker zur Zierde gereicht hätte. Auf seinem Arbeitstisch standen nebeneinander vier Monitore. Um nicht abgelenkt zu werden, hatte er vor das deckenhohe Fenster, aus dem er sonst weit über das südliche Kowloon hätte schauen können, rote Veloursvorhänge gezogen.

Als Tong hinter ihm auftauchte, stand der junge chinesische Punk auf und verbeugte sich ehrerbietig.

»Der Einsatz wurde erfolgreich abgeschlossen«, sagte Tong. »Sie sollten die Daten in Kürze erhalten.«

»Sie de, xiansheng.« Jawohl, Sir. Mit einer weiteren Verbeugung setzte sich der junge Mann wieder an seinen Schreibtisch.

»Zha?«

Sofort sprang er wieder auf und drehte sich um.

»Ja?«

»Ich möchte, dass Sie mir über alles, was Sie finden, Bericht erstatten. Ich erwarte nicht, dass DarkGods Code irgendetwas enthält, mit dem Sie Ihren RAT optimieren könnten, bevor wir das US-Verteidigungsministerium angreifen, aber Sie sollten ihn trotzdem genau untersuchen. Immerhin ist es ihm mit seinen beschränkten Ressourcen gelungen, in das CIA-Intelink-Netz einzudringen.«

»Natürlich, Sir«, sagte der Punk. »Ich werde mir DarkGods Code anschauen und Ihnen darüber berichten.«

Tong drehte sich um und machte sich ohne ein weiteres Wort auf den Weg zurück in sein Büro.

Der Name des jungen Punks war Zha Shu Hai. Im Cyberspace war er jedoch nur als FastByte22 bekannt.

Zha war zwar in China geboren worden, aber seine Eltern waren in die Vereinigten Staaten ausgewandert, als er noch ein Kind war. Dadurch wurde er zu einem US-Bürger. Wie Tong war er so etwas wie ein Computer-Wunderkind. Auch er studierte auf der Caltech, wo er bereits mit zwanzig seinen Abschluss machte. Ein Jahr später erhielt Zha eine Sicherheitsfreigabe der US-Regierung und begann, in der Forschungs- und Entwicklungsabteilung von General Atomics, einer Hightech-Waffen-Firma in San Diego, zu arbeiten, die für das US-Militär und die Geheimdienste unbemannte Flugkörper herstellte. Zhas Aufgabe war die Überprüfung gesicherter und verschlüsselter Netzwerke. Er sollte feststellen, ob die Systeme gehackt werden konnten.

Nach zwei Jahren informierte er seinen Arbeitgeber, dass solche Hackerangriffe ohne eine genaue Kenntnis der Netzwerke, der Kommunikationsgeräte, die den Drohnen die Signale übermittelten, und eine unglaublich ausgeklügelte, hoch entwickelte Ausrüstung praktisch unmöglich seien.

Gleichzeitig nahm der junge Sino-Amerikaner zur chinesischen Botschaft in Washington Kontakt auf und bot ihnen sein gesamtes Spezialwissen an. Er wolle seinem Mutterland helfen, die ausgeklügelten, hoch entwickelten Geräte zu bauen, mit denen man die amerikanischen Drohnen außer Gefecht setzen konnte.

Unglücklicherweise musste sich Zha genau zu dieser Zeit zur Verlängerung seiner Sicherheitsfreigabe einem Lügendetektortest unterziehen, der klare Anzeichen für eine Täuschungsabsicht ergab. Bei einer Überprüfung seiner Computer fand man seine Korrespondenz mit der chinesischen Botschaft. Der junge General-Atomics-Penetrationstester wurde verhaftet und zu einer Gefängnisstrafe verurteilt. Als Tong sein Gost Ship aufbaute, nutzte er seine Verbindungen, um den jungen Mann aus den Vereinigten Staaten herauszuschmuggeln, damit er künftig für Tongs Organisation in Hongkong arbeiten konnte.

Zhas Programmierkenntnisse und seine Fertigkeiten im Penetrieren gesicherter Netzwerke waren für seinen neuen Arbeitgeber ein großer Gewinn. Er entwickelte Ghost Ships schlagkräftigen Remote-Access-Trojaner, die Schadsoftware, die es Center erlaubte, heimlich Daten zu stehlen und die Bilder der Kameras und Tonaufnahmen der Mikrofone sämtlicher Rechner zu empfangen, die der RAT infizierte.

Zhas Virus war auf brillante Weise heimtückisch. Er führte als Erstes einen Port-Scan durch. Dabei suchte er nach der Computerversion eines offenen Fensters. Fand er tatsächlich einen nutzbaren Port, suchte er in Windeseile nach dem richtigen Passwort, um in den Rechner eindringen zu können.

Dies alles dauerte nur ein paar Hundertstelsekunden. Niemand, der zu dieser Zeit den Computer bediente, würde bemerken, dass irgendetwas nicht stimmte, wenn er nicht ständig das Betriebssystem genau überwachte. Aber wer tat das schon.

Wenn der Wurm in das Unterbewusstsein des Rechners eingedrungen war, führte er zunächst eine superschnelle Erkundungsmission durch. Dabei achtete er besonders auf die installierten Anwendungsprogramme und die Qualität des Prozessors und der Hauptplatine. Minderwertige und alte Geräte wurden sofort abgelehnt. Der Wurm meldete dem Hacker, dass dieser Rechner als Netzknoten nicht geeignet war, und löschte sich dann selbst. In hochwertige Geräte drang die Schadsoftware dagegen noch weiter ein. Der Virus nahm das Gehirn des Computers in Besitz und teilte dem Hacker mit, dass ein weiteres Mitglied der Roboterarmee dienstbereit war.

Sobald Ghost Ship den Computer übernommen hatte, drang eine Subroutine, die FastByte22 selbst entwickelt hatte, in den Maschinencode des Systems ein und löschte jede Spur des Verbreitungsmechanismus.

Das dachte Zha zumindest. In Wahrheit übersah seine Subroutine eine einzige winzige Codezeile. Genau diese hatte Gavin Biery auf der Istanbul-Festplatte entdeckt.

Mit diesem Virus war es Zha als Erstem gelungen, in den Intelink-TS-Netzwerk-Router der CIA einzudringen. Bei einem seiner Vorstöße in dessen Quellcode entdeckte er plötzlich, dass er nicht allein war. Er versuchte die Identität des anderen Hackers aufzuspüren, indem er auf frei zugänglichen Internetforen, Mailboxen und IT-Technikseiten Nachforschungen anstellte. Nach einiger Zeit wurde ihm klar, dass es sich um einen bekannten amerikanischen Amateurhacker namens Charles Levy handeln musste. Centers Controller bemühten sich daraufhin, Levy zur Zusammenarbeit mit ihrer Organisation zu überreden, damit Zha die Kenntnisse des Mannes abschöpfen konnte.

Als diese Bemühungen fehlschlugen, versuchte Tong, Levys Wissen herauszufinden, indem er seinen Rechner hackte.

Aber auch das war gescheitert. Also verschafften sich Crane und seine Männer diese Informationen auf die altmodische Weise, indem sie Charlie Levy umbrachten und seine digitalen Daten stahlen.

Tong wusste, dass Zha sehr von sich überzeugt war und deswegen bezweifelte, dass in DarkGods Virus etwas stecken könnte, was Zhas eigene Schadsoftware verbessern würde.

Tong hatte jedoch schon früh gelernt, dass durch das Zusammenschalten des Know-hows und der intellektuellen Ressourcen vieler einzelner Hacker ganz neue Erkenntnisse möglich waren, selbst dann, wenn diese Hacker ihr Wissen nicht freiwillig offenbarten.

Zha glaubte vielleicht nicht, dass Levy etwas zu seinem Code beitragen konnte, aber Tong hatte ihm jetzt wohl ausreichend klargemacht, dass er von ihm erwartete, dass er DarkGods Daten seine ganze Aufmerksamkeit widmete.

23

Der vierunddreißigjährige Adam Yao saß hinter dem Steuer seines zwölf Jahre alten C-Klasse-Mercedes und wischte sich das Gesicht mit dem Handtuch ab, das er immer auf dem Beifahrersitz liegen hatte. In Hongkong war es in diesem Herbst bereits um 7.30 Uhr morgens glühend heiß. Außerdem ließ er seine Klimaanlage nicht laufen. Das Motorengeräusch sollte keinesfalls die Aufmerksamkeit auf ihn lenken und dadurch seine Überwachungsmission gefährden.

Er befand sich sowieso viel zu nahe am Zielobjekt, und er wusste das. Aber er hatte keine Wahl. Hinter ihm lag eine Kurve. Außerdem war es in Hongkong ungeheuer schwierig, überhaupt einen Parkplatz zu finden.

Er ging zwar ein gewisses Risiko ein, aber es blieb ihm gar nichts anderes übrig. Adam Yao arbeitete ganz allein.

Als er sich den Schweiß aus den Brauen gewischt hatte, hob er seine Nikon-Kamera ans Auge zurück und zoomte auf die Eingangstür des Wohnhochhauses auf der anderen Seite der Straße, das den hochtrabenden Namen Tycoon Court trug. Tatsächlich war das Innere ziemlich luxuriös. Adam wusste, dass die Penthouse-Apartments hier im feinen Mid-Levels-Viertel ein Vermögen kosteten.

Er nutzte sein Teleobjektiv, um die Lobby nach der Zielperson abzusuchen. Natürlich war es ziemlich unwahrscheinlich, dass der Mann einfach so in der Lobby herumstand. Adam kam bereits seit Tagen hierher, und jeden

Morgen geschah das Gleiche. Etwa um 7.30 Uhr stürzte die Zielperson aus dem Penthouse-Aufzug heraus, ging zielstrebig über den Marmorboden der Lobby, trat ins Freie hinaus und stieg in einen Geländewagen, der das mittlere Fahrzeug eines Dreier-Konvois war.

Weiter hatte Adam Yao den Mann bisher nicht verfolgen können. Die Fenster des Geländewagens waren getönt, außer der Zielperson stieg nie jemand ein, und Adam hatte gar nicht erst versucht, den Konvoi durch die kurvigen, engen Straßen von Mid-Levels zu verfolgen.

Allein wäre das auch fast unmöglich gewesen.

Adam hätte sich eine größere Unterstützung durch seine Organisation gewünscht. Es wäre schön, wenn er in Zeiten wie diesen Ressourcen oder Kollegen hätte anfordern können, die ihm bei seiner Aufgabe halfen. Aber Adam arbeitete für die CIA, und fast jeder CIA-Agent in Asien wusste, dass es in seiner Organisation eine undichte Stelle gab. Langley leugnete das zwar ab, aber die Männer und Frauen hier an der Front waren sich sicher, dass die Chinesen auf irgendeine Weise Informationen über die Pläne, Absichten, Quellen und Methoden der CIA erhielten.

Adam Yao hätte bei seiner Beschattungsaktion zwar etwas Hilfe gebraucht, aber er benötigte sie nicht so dringend, dass er deswegen seine Enttarnung riskiert hätte. Im Gegensatz zu den meisten anderen CIA-Agenten in China und Hongkong arbeitete Adam Yao ohne Netz. Er war ein inoffizieller Undercoveragent, was bedeutete, dass er keinerlei diplomatischen Schutz genoss.

Er war ein Spion draußen in der Kälte.

Obwohl ihm im Moment etwas Kälte durchaus recht gewesen wäre. Er packte sein Handtuch und wischte sich wieder einmal den Schweiß von der Stirn.

Einige Tage zuvor hatte Yao durch eine seiner Quellen erfahren, dass sich ein Mann vom Festland hier im Tycoon

Court aufhielt. Es handelte sich um einen bekannten Hersteller gefälschter Festplatten und Mikroprozessoren, die es irgendwie tatsächlich in wichtige Computersysteme des US-Militärs geschafft hatten. Sein Name war Han, und er war Direktor einer staatlichen Fabrik für Computerteile in Shenzhen. Es musste einen Grund für Hans Aufenthalt in Hongkong geben. Jeden Morgen wurde er von diesen drei weißen Geländewagen abgeholt und an einen unbekannten Ort gebracht.

Auch wenn dieser Markenpirat seine gefälschten Produkte dem US-Militär angedreht hatte, war dies für die CIA doch ein Wirtschaftsfall, und Wirtschaftsspionage stand nicht im Zentrum der CIA-Arbeit hier vor Ort.

Die Cyberspionage und die Cyberkriegsvorbereitungen der chinesischen Kommunisten waren für die Leute in Langley von allergrößter Wichtigkeit. Wirtschaftsverbrechen in der Computerindustrie waren für sie dagegen nur kleine Fische.

Obwohl Adam also bewusst war, dass Langley sich für seine Initiative kaum interessieren würde, setzte er seine Ermittlungen fort. Er wollte einfach wissen, mit wem sich verdammt noch mal dieser Produktfälscher hier in seinem Revier traf.

Yao hatte sich bereits so lange die Kamera ans Auge gehalten, dass die Gummi-Augenmuschel über dem Sucher inzwischen voller Schweiß war. Er wollte die Kamera gerade absetzen, als sich die Türen des Penthouse-Aufzugs in der Lobby öffneten, der Markenpirat aus Shenzhen seinem täglichen Ritual gemäß heraustrat und quer durch die Lobby ging. Genau in diesem Moment fuhren die drei weißen Geländewagen an Yaos Auto vorbei und hielten unter dem Vordach des Tycoon Court.

Tatsächlich waren es jeden Tag dieselben Fahrzeuge. Adam war an den Tagen zuvor zu weit entfernt gewesen, als dass er ihre Nummernschilder hätte erkennen können.

Heute stand er jedoch nahe genug, dass er Fotos von ihnen machen konnte.

Die Hintertür des zweiten Fahrzeugs öffnete sich von innen, und der Markenfälscher stieg ein. Sekunden später rollten die Geländewagen nach Osten den Conduit Court entlang und verschwanden hinter einer bergigen Kurve.

Yao entschied sich, heute den Geländewagen zu folgen. Er durfte nicht zu nahe auffahren, deshalb bestand die Gefahr, dass er sie im dichten Verkehr verlieren würde. Vielleicht könnte er ihnen jedoch bis zu einer größeren Kreuzung auf der Spur bleiben. Da er annahm, dass sie jeden Tag denselben Weg wählten, würde er sich morgen an diese Kreuzung stellen und würde vielleicht dann herausfinden, wohin sie unterwegs waren.

Notfalls musste er diese Prozedur an mehreren Tagen hintereinander wiederholen, aber das war immer noch besser, als jeden Morgen sinnlos den gleichen Vorgang zu beobachten.

Er legte die Kamera auf den Beifahrersitz und wollte gerade den Zündschlüssel umdrehen, als jemand ans Seitenfenster klopfte.

Zwei Polizeibeamte schauten zu ihm in den Wagen hinein. Einer hämmerte mit der Plastikantenne seines Walkie-Talkies gegen das Fensterglas.

Na prima.

Yao ließ das Fenster herunter. *»Ni hao«*, begrüßte er die Beamten auf Mandarin, obwohl sie wahrscheinlich Kantonesisch sprachen. Aber er war über den vergeudeten Morgen so genervt, dass er es an Freundlichkeit fehlen ließ.

Der Beamte blickte jedoch an Yao vorbei zum Beifahrersitz des Mercedes, auf dem neben der Kamera mit ihrem 200-mm-Zoom-Objektiv noch ein Richtmikrofon mit Kopfhörern, ein Hochleistungsfernglas, ein Notebook und ein Notizblock voller handgeschriebener Notizen lagen.

Der Polizist schaute Adam mit größtem Argwohn an. »Aussteigen!«

Adam folgte dieser Aufforderung.

»Gibt es ein Problem?«

»Papiere!«, bellte der Beamte.

Adam holte seine Brieftasche heraus. Die Polizisten hatten sich ein paar Meter von ihm entfernt aufgestellt und beobachteten ihn aufmerksam.

Adam reichte ihnen seine Ausweise und wartete schweigend, bis sie sie kontrolliert hatten.

»Was ist das alles in Ihrem Auto?«

»Das ist mein Job.«

»Ihr Job? Sind Sie etwa ein Spion?«

Adam Yao lachte. »Nicht ganz. Mir gehört eine Privatdetektei, die Fälle von Markenpiraterie untersucht. Meine Karte steckt direkt hinter meinem Führerschein. Die Firma heißt SinoShield Business Investigative Services Limited.«

Der Beamte musterte die Karte. »Und was machen Sie genau?«

»Ich vertrete Kunden aus Europa und den Vereinigten Staaten. Wenn diese vermuten, dass eine chinesische Firma gefälschte Versionen ihrer Produkte herstellt, heuern sie mich an, um das Ganze näher zu untersuchen. Wenn wir glauben, dass tatsächlich etwas dahintersteckt, beauftragen sie Anwälte von hier, die vor Gericht gehen, um diese Fälschungen zu stoppen.« Adam lächelte. »Das Geschäft läuft gut.«

Die Polizisten entspannten sich etwas. Es war eine vernünftige Erklärung, warum ein Typ am helllichten Vormittag von einem Parkplatz aus das Kommen und Gehen in einem benachbarten Gebäude fotografierte.

»Beschatten Sie gerade jemand im Tycoon Court?«, wollte einer der beiden wissen.

»Es tut mir leid, Officer, aber ich darf über laufende Ermittlungen nichts sagen.«

»Die Sicherheitsleute des Gebäudes haben uns angerufen. Sie meinten, Sie seien bereits gestern da gewesen. Sie dachten, Sie würden einen Raub vorbereiten oder so etwas.«

Adam kicherte und sagte: »Ich werde sie nicht ausrauben. Ich werde sie überhaupt nicht belästigen, obwohl ich mir wünschte, in ihrer Lobby sitzen zu können und die Klimaanlage zu genießen. Sie können mich gern überprüfen. Ich habe Freunde bei der Hong Kong Police, vor allem im B-Department. Rufen Sie einfach dort an, die werden für mich bürgen.« Das B-Department der Hongkonger Polizei war für kriminalpolizeiliche Ermittlungen zuständig und bekämpfte vor allem das organisierte Verbrechen. Adam wusste, dass die beiden Beamten wie alle Streifenpolizisten der Stadt zum A-Department gehörten.

Einer der Polizisten fragte Yao nach ein paar B-Department-Beamten, die er kannte. Yaos Antworten schienen ihn zufriedenzustellen.

Schließlich stiegen sie wieder in ihren Streifenwagen und ließen Yao vor seinem Mercedes stehen.

Er kletterte in sein Auto und schlug mit der Hand frustriert ans Lenkrad. Außer den Nummernschildern, die wahrscheinlich nicht weiterhelfen würden, war das wieder einmal ein vergeudeter Tag gewesen. Über den Markenfälscher und seine Aktivitäten hatte er nichts herausbekommen, was er nicht bereits gestern gewusst hätte. Außerdem hatte ihn irgendein verdammter Sicherheitsmann in diesem Apartmenthochhaus auffliegen lassen.

Trotzdem war Adam wieder einmal für seine fantastische Tarnung dankbar. Als Privatdetektiv konnte er alles unternehmen, was für seine Geheimarbeit für die CIA nötig war, ohne weiter Verdacht zu erregen.

Er ließ den Motor an und fuhr den Hügel hinunter zurück in sein Büro in der Nähe des Hafens.

24

Als Jack Ryan jr. neben Melanie Kraft aufwachte, wurde ihm sofort bewusst, dass sein Telefon klingelte. Er hatte keine Ahnung, wie spät es war, aber sein Körper teilte ihm mit, dass sein innerer Wecker noch lange nicht angeschlagen hätte.

Er angelte sich das Handy und schaute nach der Uhrzeit. *2.05*. Er stöhnte und überprüfte die Anruferkennung.

Gavin Biery.

Er stöhnte noch einmal.

Melanie regte sich jetzt neben ihm. »Arbeit?«

»Ja.« Er wollte nicht, dass sie Verdacht schöpfte, deshalb fügte er hinzu: »Der Direktor der IT-Abteilung.«

Melanie lachte leise und sagte: »Du hast bestimmt deinen Computer nicht ausgeschaltet.«

Jack kicherte und wollte das Handy zurück auf den Nachttisch legen.

»Muss wichtig sein. Du solltest rangehen.«

Jack wusste, dass sie recht hatte. Er setzte sich auf und antwortete. »Hallo, Gavin.«

»Du musst sofort kommen!«, stieß ein atemloser Gavin Biery hervor.

»Es ist zwei Uhr morgens!«

»Es ist zwei Uhr *sechs*. Um halb drei kannst du hier sein.« Biery legte auf.

Jack kämpfte gegen den Drang an, das Handy an die Wand zu werfen. »Ich muss ins Büro.«

»Zu diesem IT-Typ?« In Melanies Stimme schwang Skepsis mit.

»Ich helfe ihm bei einem Projekt. Es war zwar wichtig, aber nicht ›Komm mitten in der Nacht‹-wichtig. Aber er scheint dies offensichtlich jetzt ganz anders zu sehen.«

Melanie rollte sich von ihm weg und kehrte ihm den Rücken zu. »Viel Spaß.«

Jack merkte, dass sie ihm nicht glaubte. Das geschah in letzter Zeit immer öfter, selbst wenn er ihr die Wahrheit sagte.

Kurz nach 2.30 Uhr bog Jack auf den Parkplatz von Hendley Associates ein. Er betrat das Gebäude durch den Haupteingang und winkte William, dem Nachtwächter hinter dem Empfang, müde zu.

»Morgen, Mr. Ryan. Mr. Biery hat mir schon angekündigt, dass Sie hereinwanken würden, als wären Sie gerade erst aufgestanden. Ich muss allerdings sagen, dass Sie immer noch besser aussehen als Mr. Biery während der normalen Geschäftszeiten.«

»Er wird noch viel schlechter aussehen, nachdem ich ihm in den Arsch getreten habe, weil er mich zu dieser nachtschlafenden Zeit aus dem Bett geholt hat.«

William lachte.

Jack fand Biery in seinem Büro. Er unterdrückte den leichten Ärger über Bierys Eingriff in sein Privatleben und fragte: »Was ist los?«

»Ich weiß jetzt, wer den Virus in den Rechner des Libyers eingeschleust hat.«

Dies weckte Jacks Lebensgeister mehr als die ganze Fahrt von Columbia hierher. »Du kennst Centers Identität?«

Biery zuckte auf leicht dramatische Weise die Achseln. »Ganz sicher bin ich mir nicht. Aber wenn es nicht Center selbst ist, ist es zumindest jemand, der für ihn tätig ist oder mit ihm zusammenarbeitet.«

Jack schaute zu Bierys Kaffeemaschine hinüber, weil er hoffte, sich eine Tasse einschenken zu können.

Aber die Maschine war ausgeschaltet, und die Kanne war leer.

»Du warst die ganze Nacht hier?«

»Nein. Ich habe von zu Hause aus gearbeitet. Ich wollte bei dem, was ich tue, nicht das Campus-Netzwerk gefährden. Deshalb habe ich meinen eigenen PC benutzt. Ich bin auch gerade erst angekommen.«

Jack setzte sich. Es sah tatsächlich so aus, dass Biery wirklich einen guten Grund gehabt hatte, ihn aus dem Bett zu scheuchen.

»Und was hast du daheim gemacht?«

»Ich habe mich ein bisschen im digitalen Untergrund herumgetrieben.«

Jack war immer noch müde. Zu müde, um mit Gavin ein Frage-und-Antwort-Spiel zu spielen. »Kannst du mich nicht einfach über alles informieren, während ich mit geschlossenen Augen hier sitze und zuhöre?«

Biery hatte Erbarmen mit Ryan. »Im Cyberspace gibt es Websites, die man aufsuchen kann, wenn man illegale Geschäfte durchführen will. Man kann auf diese Onlinebasare gehen und falsche Identitäten, Anleitungen zum Bombenbau, gestohlene Kreditkartennummern oder sogar den Zugang zu den Netzwerken zuvor gehackter Computer kaufen.«

»Du meinst Botnetze.«

»Genau. Man kann sich den Zugang zu infizierten Geräten überall auf der Welt mieten oder kaufen.«

»Man gibt einfach seine Kreditkartennummer ein und mietet sich ein Botnetz?«

Biery schüttelte den Kopf. »Keine Kreditkartennummern. Bitcoins. Das ist eine Onlinewährung, die nicht aufgespürt werden kann. Wie Bargeld, nur besser. Da draußen ist Anonymität das Allerwichtigste.«

»Du willst mir also erzählen, dass du ein Botnetz gemietet hast?«

»Mehrere Botnetze.«

»Ist das nicht illegal?«

»Es ist illegal, wenn du etwas Illegales mit ihnen anstellst. Das habe ich aber nicht.«

»Und was hast du gemacht?« Jetzt war es doch noch zu einem Frage-und-Antwort-Spiel geworden.

»Ich hatte da diese Theorie. Kannst du dich noch daran erinnern, dass ich dir erzählt habe, diese Maschinencodezeile könnte uns zu dem Täter führen?«

»Klar.«

»Ich beschloss, im Cyberuntergrund nach anderen infizierten Geräten zu suchen, die dieselbe Maschinencodezeile haben wie die auf dem Rechner des Libyers.«

»Das klingt wie die berühmte Suche nach der Nadel im Heuhaufen.«

»Na ja, ich ging davon aus, dass es da draußen viele Rechner mit diesem Virus geben musste. Es war also mehr wie die Suche nach einer ganzen Nadelpackung im Heuhaufen. Außerdem versuchte ich, den Heuhaufen möglichst klein zu halten.«

»Wie das?«

»Auf der Welt gibt es etwa eine Milliarde an ein Netz angeschlossene Computer, aber die Teilmenge der hackbaren Geräte ist viel kleiner, vielleicht hundert Millionen. Und die Teilmenge der Rechner, die tatsächlich gehackt wurden, beträgt wahrscheinlich ein Drittel davon.«

»Aber dann musstest du immer noch dreißig Millionen Computer überprüfen, um ...«

»Nein, Jack, denn eine solch gute Schadsoftware wird nicht zum Eindringen in ein paar wenige Geräte benutzt. Nein, ich nahm an, dass es dort draußen Tausende, Zehntausende, wenn nicht sogar Hunderttausende von Netzknoten geben musste, auf denen genau dieser Remote-

Access-Trojaner zu finden war. Ich schränkte das Ganze dann noch weiter ein, indem ich nur Botnetze mit Computern mietete, die dasselbe Betriebssystem wie der Rechner des Libyers benutzten und über leistungsfähige Prozessoren und Komponenten verfügten, da ich davon ausging, dass Center sich mit alten, leistungsschwachen Geräten gar nicht erst abgeben würde. Er würde ganz sicher hauptsächlich in die Computer wichtiger Leute, Unternehmen, Netzwerke und so weiter einbrechen. Deshalb habe ich nur hochkarätige Botnetze ausgewählt.«

»Man kann wirklich Botnetze unterschiedlicher Qualität mieten?«

»Aber sicher. Man kann ein Botnetz bestellen, das aus fünfzig AT&T-Rechnern besteht, eines, das auf zweihundertfünfzig Computern in Büros des kanadischen Parlaments läuft, ein Zehntausend-Knoten-Botnetz von Europäern, die jeweils wenigstens tausend Facebookfreunde haben, oder ein Botnetz mit fünfundzwanzigtausend Computern, von denen jeder an eine hochwertige Überwachungskamera angeschlossen ist. Man kann so ziemlich jede Zusammenstellung kaufen oder mieten.«

»Das wusste ich nicht«, gab Jack zu.

»Als ich Botnetze fand, die alle gewünschten Eigenschaften besaßen, warf ich ein Netz aus, das so groß war, wie ich es mir leisten konnte, mietete sie an und ließ dann auf den gehackten Rechnern einige Diagnoseprogramme laufen, um sie noch weiter einzugrenzen. Dann schrieb ich ein Multi-Thread-Programm, das in jedem Rechner nachschaute, ob es in dessen Maschinencode diese Codezeile gab.«

»Und du hast tatsächlich einen Computer mit diesem Code der Istanbul-Festplatte gefunden?«

Das Lächeln des IT-Direktors wurde noch breiter. »Nicht *einen* Computer. Hundertsechsundzwanzig Computer.«

Jack beugte sich nach vorn. »Mein Gott. Alle mit genau

dieser Schadprogrammzeile, die du auf der Festplatte des Libyers aufgespürt hast?«

»Ja.«

»Wo stehen diese Rechner? Über welche physikalischen Orte sprechen wir hier?«

»Center ist ... Ich möchte nicht zu dramatisch klingen, aber Center ist *überall,* in Europa, Nord- und Südamerika, Asien, Afrika und Australien. Auf allen bewohnten Kontinenten hat er Rechner infiziert.«

»Und wie hast du herausgefunden, wer er ist?«, fragte Jack.

»Ein infiziertes Gerät wurde als Relaisstation zu einem Command-Server benutzt. Es beförderte Datenverkehr vom Botnetz zu einem Netzwerk im ukrainischen Charkow weiter. Als ich in die Netzwerk-Server eingedrungen bin, habe ich gesehen, dass sie Dutzende von illegalen oder zumindest zweifelhaften Websites hosteten. Die übelste Pornografie, die man sich vorstellen kann, Onlinemarktplätze für den Kauf und Verkauf von gefälschten Pässen und Geldkartenskimmern und solche Sachen. Ich konnte mich in jede dieser Sites ganz einfach reinhacken. Nur in eine kam ich nicht hinein. Ich habe nur den Namen des Administrators herausgefunden.«

»Und wie lautete der?«

»FastByte22.«

Jack Ryan schaute Biery entgeistert an. »Gavin, das ist doch kein Name.«

»Es ist sein Spitzname, sein Computer-Handle. Gut, es ist nicht seine Sozialversicherungsnummer oder Heimatadresse, aber wir können diesen Namen benutzen, um ihn zu finden.«

»Jeder kann einen solchen Namen erfinden.«

»Vertrau mir, Jack. Irgendwo da draußen gibt es Leute, die die Identität von FastByte22 kennen. Wir müssen sie nur noch finden.«

Jack nickte langsam und schaute dann auf die Uhr an der Wand.

Es war nicht einmal drei Uhr morgens.

»Ich hoffe, du hast recht, Gavin.«

25

Adam Yao lehnte sich gegen die Eingangstür eines verrammelten Schuhgeschäfts in der Nelson Street in Hongkongs Mong-Kok-Viertel und aß mit Stäbchen Fleischklößchen und Nudeln aus einer Pappschale. Es war fast neun Uhr abends, und das letzte Tageslicht war bereits geraume Zeit aus dem kleinen Stück Himmel gewichen, das zwischen den Hochhäusern zu sehen war, die die Straße auf beiden Seiten säumten. Im Schatten dieses Eingangs war der dunkel gekleidete Yao fast unsichtbar.

Es waren inzwischen weit weniger Fußgänger unterwegs als während des Tages. Trotzdem hasteten immer noch zahlreiche Menschen in den benachbarten Straßenmarkt oder kehrten schwer bepackt zurück. Adam war über jeden Passanten froh, da er die Chancen, dass er entdeckt wurde, weiter verminderte.

Adam beschattete immer noch ganz allein Mr. Han, den Hersteller gefälschter Computerchips aus Shenzhen. Vor einigen Tagen hatte er die Nummernschilder der Geländewagen fotografiert, die Han jeden Tag vom Tycoon Court abholten. Danach hatte er einen Freund beim B-Department der Hongkonger Polizei angerufen und ihn gebeten, den Eigentümer des Wagens zu ermitteln. Der Kommissar erzählte Adam, dass sie einem Immobilienunternehmen in Wan Chai, einem zwielichtigen Viertel auf Hong Kong Island, gehörten. Adam überprüfte den Hintergrund der

Firma und fand heraus, dass ihr Besitzer ein bekanntes Triadenmitglied war. Tatsächlich gehörte er zu den 14K, der größten und gewalttätigsten Unterweltorganisation Hongkongs. Dies erklärte auch die Herkunft dieser Gorillas, die auf Han aufpassten. Trotzdem fand es Yao ziemlich seltsam, dass dieser Hightech-Fabrikant sich mit den 14K einließ. Die Triaden befassten sich praktisch ausschließlich mit schmutzigen Geschäften wie Prostitution, Schutzgelderpressung und Drogenhandel, und auch die 14K machten da keine Ausnahme. Als Markenpirat benötigte Han jedoch hoch qualifizierte Computerfachleute und Hightechmaschinen, die ihm die Triaden ganz bestimmt nicht liefern konnten.

Es ergab also keinen Sinn, dass dieser Typ nach Hongkong gekommen war und jetzt die ganze Zeit mit 14K-Ganoven herumhing.

Nachdem Adam erfahren hatte, dass Han jeden Morgen von Gangstern abgeholt wurde, schaute er sich in den Tagen darauf in den Restaurants und Striptease-Klubs um, die der 14K-Triade gehörten, weil er hoffte, dass auch die Fahrer der Geländewagen dort verkehren würden. Tatsächlich stieß er schließlich auf alle drei glänzend weißen Geländewagen, die gerade auf einem überdachten Stellplatz vor einem Feuertopf-Restaurant in Wan Chai parkten. Jetzt konnte er die Fertigkeiten gut brauchen, die er sich in seinen beiden Jobs angeeignet hatte. Er schlich an die Fahrzeuge heran und brachte ein winziges magnetisiertes GPS-Ortungsgerät unter der hinteren Stoßstange eines der Wagen an.

Am nächsten Morgen saß er gemütlich in seinem Apartment und beobachtete, wie sich auf seinem iPhone ein blinkender Punkt durch eine Karte von Hongkong bewegte, zuerst die Mid-Levels hinauf bis zum Tycoon Court und dann wieder hinunter nach Wan Chai. Der Punkt verschwand. Adam wusste, dass der Geländewagen gerade durch den Cross-Harbour-Tunnel unter dem Victoria Harbour hindurchfuhr.

Adam rannte nach draußen und sprang in seinen Mercedes. Er wusste jetzt, wohin Han unterwegs war.

Er fuhr nach Kowloon.

Yao spürte den Geländewagen dort auf. Er stand vor dem großen Büro- und Geschäftsgebäude, in dem das Mong-Kok-Computerzentrum untergebracht war, ein mehrstöckiges Gewirr kleiner Geschäfte, die von raubkopierten Computerprogrammen bis zu brandneuen originalen Marken-Kinofilmkameras alles verkauften, was mit Elektronik zu tun hatte. Vor allem fand man dort alle Sorten von Druckern und Computern, obwohl viele von ihnen Markenfälschungen und noch weit mehr Hehlerware waren.

Über dem Computerzentrum gab es noch zwei Dutzend weitere Etagen, in denen sich Büros befanden.

Adam verzichtete darauf, das Gebäude zu betreten. Er war schließlich nur eine Ein-Mann-Einheit und wollte sich auf keinen Fall zu einem solch frühen Zeitpunkt seiner Untersuchung gegenüber seiner Jagdbeute enttarnen. So wartete er an diesem Abend einfach, bis Han wieder herauskommen würde. In der Zwischenzeit fotografierte er jeden, der das Geschäftshaus verließ oder betrat.

Er hatte eine ferngesteuerte, schwenk- und zoombare Miniaturkamera mit einem Magneten an die Außenseite eines geschlossenen Zeitungskiosks auf dem Gehweg vor dem Computerzentrum geheftet, mit der er jetzt in rascher Folge hochwertige Fotos machen konnte.

Er saß also ein Stück entfernt auf der Straße, beobachtete das Gebäude, schlürfte Nudeln und Fleischklößchen aus seiner Pappschale und nahm alles auf, was vor dem Gebäude oder in einer schmalen Passage vor sich ging, die zu einem Seiteneingang führte.

Drei Nächte hintereinander hatte er mehr als zweihundert Gesichter fotografiert. Daheim im Büro hatte er die Bilder dann durch ein Gesichtserkennungsprogramm laufen lassen. Er suchte nach jemand Interessantem, der irgendwelche Verbindungen zu Mr. Han oder dem Verkauf von minderwertigen Militärcomputern an die Vereinigten Staaten haben könnte.

Bisher hatte er niemand gefunden.

Es war eine langweilige Arbeit, aber Adam Yao machte das schon lange, und er liebte seinen Job. Für den Fall, dass er jemals auf eine Botschaftsstelle innerhalb des National Clandestine Service der CIA versetzt werden sollte, hatte er sich vorgenommen, seinen Abschied von der Agency zu nehmen und seine eigene Firma zu gründen, die genau das tun würde, was er im Moment nur aus Tarnungsgründen tat, nämlich in China und Hongkong für Geschäftsunternehmen private Detektivarbeit zu leisten. Er fand es immer noch aufregend, solche verdeckten Operationen durchzuführen.

Plötzlich traten vier Männer aus der schmalen Passage, die am Computerzentrum seitlich vorbeiführte. Sie kamen ganz dicht an Adam vorbei, aber er schaute auf seine Pappschale hinunter und schaufelte sich mit seinen Stäbchen Nudeln und Klößchen in den Mund. Nachdem sie ihn passiert hatten, schaute er wieder hoch und erkannte sofort, dass drei von ihnen Triadenkämpfer waren. Sie trugen auch an diesem warmen Abend lange Jacken. Adam vermutete, dass sie darunter kleine Maschinenpistolen trugen. Der vierte im Bunde sah jedoch ganz anders aus. Er war schmächtiger als die anderen und hatte seine langen Haare mit Gel zu einzelnen Spitzen hochgezwirbelt. Außerdem war er sehr eigentümlich gekleidet. Er trug ein enges rosafarbenes T-Shirt, hautenge Jeans, ein halbes Dutzend Armringe und eine Goldkette um den Hals.

Er sah weniger wie ein Triadenmitglied als wie ein Punk-Rocker aus.

Der CIA-Mann hatte den Eindruck, dass die drei Triaden-Gorillas auf den Jungen aufpassten, so wie ihre Kollegen Mr. Han schützten.

Adam steckte seine Hand in die Hosentasche und holte die Fernbedienung für die Kamera am Zeitungskiosk heraus. Dann schaute er auf sein Smartphone hinunter und sah auf dessen Monitor die Bilder des Kameraobjektivs. Er bewegte einen winzigen Steuerknüppel auf der Fernbedienung, die Kamera drehte sich um neunzig Grad und zentrierte sich mehr oder weniger auf den sich schnell bewegenden Punk. Adam drückte auf einen Knopf auf dem Steuerkasten, und die Kamera begann aus weniger als zwei Metern Entfernung vier hochauflösende Bilder pro Sekunde zu machen.

Die Aufnahmesequenz ging zwar automatisch weiter, aber Yao musste ständig mit dem Steuerknüppel die Kamera schwenken, um die Zielperson nicht aus dem Bild zu verlieren. Innerhalb von Sekunden gingen die vier Männer die Nelson Street hinauf und bogen dann links in die Fa Yuen Street ab, wo sie Adam Yao aus den Augen verlor.

Er hatte keine Ahnung, ob sie heute Abend noch einmal zurückkehren würden. Er zog sich wieder in den Schatten des Geschäftseingangs zurück, um auf Han zu warten. Während er dort saß und den Rest seiner Nudeln verzehrte, entschied er sich, einen kurzen Blick auf die Aufnahmen zu werfen, die er gerade gemacht hatte.

Die Kamera war über Bluetooth mit seinem iPhone verbunden. Es war also nicht weiter schwer, die letzte Bilderfolge durchzugehen. Die Kamera war nachtsichtfähig, deshalb waren die Gesichter zwar nicht bis ins Letzte ausgeleuchtet, aber immer noch besser zu erkennen, als wenn sie in dieser dunklen Straße mit einer normalen Kamera ohne Blitzlicht aufgenommen worden wären.

Er ließ die Aufnahmen durchlaufen. Zunächst gingen

die beiden ersten Gorillas an ihm vorbei. Sie hatten das übliche »Hau bloß ab«-Gesicht aufgesetzt, das für diese Sorte Gangster typisch war, die glaubten, dass ihnen der Gehsteig allein gehörte. Direkt hinter ihnen kam der dritte Mann. Er war eindeutig ebenfalls ein Triaden-Mitglied, aber Adam bemerkte, dass er mit seiner linken Hand den Punk am Ellenbogen führte, während sie die Straße hinaufgingen.

Der Junge war wirklich seltsam, und das lag nicht nur an seiner Bekleidung. Er hielt einen Handheld-Computer in den Händen, auf den er wie wild einhämmerte. Ob er ein Videospiel spielte oder seine Doktorarbeit tippte, war nicht zu erkennen, aber der Junge war so konzentriert, dass er seine Umgebung überhaupt nicht mehr wahrzunehmen schien. Adam hatte den Eindruck, der Junge wäre direkt in ein Auto gelaufen, wenn ihn die drei Männer nicht durch die Straße geführt hätten.

Adam schaute sich jetzt das Gesicht des Jungen genauer an, das durch das Nachtsichtsystem etwas aufgehellt wurde. Yao suchte die beiden Fotos heraus, die aus nächster Nähe aufgenommen worden waren und auf denen die Bildschärfe am besten war. Er scrollte sie vor und zurück. Vor und zurück.

Vor und zurück.

Der CIA-Mann konnte seinen Augen nicht glauben. »Dieses Arschloch kenne ich doch«, murmelte er vor sich hin.

Yao sprang auf und ging in die Richtung, in die die vier Männer verschwunden waren. Als er an seiner Kamera vorbeikam, streckte er blitzschnell die Hand aus und pflückte sie von dem Zeitungsstand, ohne seinen Schritt zu verlangsamen.

Nach kurzer Zeit sah er die Gruppe vor sich in der Menge. Er hielt zwar einen ganzen Häuserblock Abstand, aber er verlor sie trotzdem nicht aus den Augen, bis sie ein paar Minuten später das Postamt in der Kwong Wa Street betraten.

Normalerweise wäre der junge CIA-Agent ein solches Risiko nicht eingegangen, aber jetzt floss ihm bereits so viel Adrenalin durch die Adern, dass er den Männern folgte und direkt hinter ihnen das Postamt betrat. Die Schalter waren zwar bereits geschlossen, aber die Briefkästen, Postfächer und ein Briefmarkenautomat waren immer noch zugänglich.

Adam ging direkt an den vier Männern vorbei. Er spürte, dass ihm die Augen der 14K-Gangster folgten, wich jedoch ihren Blicken aus. Stattdessen holte er ein paar Hongkong-Dollar aus der Tasche und kaufte sich einige Briefmarken.

Während er vor dem Automaten wartete, schaute er einmal ganz kurz über die Schulter und machte einen mentalen Schnappschuss von dem, was er sah. Der Punker hatte ein Postfach an der Wand aufgeschlossen und ging seine Post auf einem Holztisch durch. Adam konnte die Postfachnummer aus der Entfernung nicht erkennen, machte aber auf dem Weg zum Ausgang blitzschnell einen zweiten mentalen Schnappschuss.

Er trat auf die Straße hinaus. Er unterdrückte ein Lächeln. Er hätte seine Tarnung niemals auf diese Weise gefährdet. Aber innerlich freute er sich wie ein Schneekönig.

Er hatte es tatsächlich geschafft.

Er wusste jetzt, dass das Postfach des jungen Mannes an der südlichen Wand das vierte von links und das zweite von unten war.

Er entfernte sich etwa hundert Meter von dem Postamt und drehte sich um.

In diesem Moment verließen die vier Männer das Gebäude, gingen ein Stück in die entgegengesetzte Richtung und betraten dann ein Apartmentgebäude, das Kwong Fai Mansion.

Yao schaute an dem Bau empor. Er war mindestens dreißig Stockwerke hoch. Es gab nicht die geringste Chance, jemand in diesem Hochhaus zu beschatten. Er drehte sich um und ging zurück zu seinem Auto. Die Entdeckung von heute Abend wirkte auf ihn wie ein Schock.

Schließlich stolperte Adam Yao ja nicht jeden Tag über einen flüchtigen Verbrecher.

Der Name des Jungen war Zha Shu Hai. Adam hatte vor mehr als einem Jahr zum ersten Mal von ihm gehört, als er eine E-Mail vom US Marshals Service erhielt, in der er gebeten wurde, nach einem geflohenen Häftling Ausschau zu halten, von dem sowohl die Marshals als auch das FBI vermuteten, dass er nach China unterwegs sei.

Zha war ein amerikanischer Staatsbürger, der in San Diego verhaftet worden war, als er den chinesischen Kommunisten geheime Konstruktionspläne seines Arbeitgebers, der Firma General Atomics, verkaufen wollte, die für die Air Force Kampfdrohnen herstellte. Man hatte ihn auf frischer Tat mit Hunderten von Gigabyte geheimer Informationen über die gesicherten Netzwerke erwischt, über die diese unbemannten Luftfahrzeuge gesteuert werden sollten. Gleichzeitig hatte er gegenüber der chinesischen Botschaft geprahlt, dass er wisse, wie man das ganze System lahmlegen könnte, indem man sich in seine Satellitenverbindung einhacke. Außerdem hatte er behauptet, er könne sich Zugang zum geheimen Computernetzwerk des Verteidigungsministeriums verschaffen, indem er einen RAT konstruierte, der das Netz einer militärischen Zulieferfirma infizieren würde und von dort aus in die Regierungsrechner eindrang. Das FBI hatte ihm nicht geglaubt, war sich jedoch auch nicht ganz sicher. Sie boten ihm deshalb teilweise Immunität an, wenn er General Atomics alles erzählte, was er über die Schwachstellen des Systems wusste.

Zha weigerte sich und wurde zu acht Jahren Haft verurteilt.

Nach gerade einmal einem Jahr in einem Minimalsicherheitsgefängnis war er von einem Arbeitsfreigang nicht mehr zurückgekehrt und einfach verschwunden.

Jeder in den Vereinigten Staaten wusste, das Zha versuchen würde, sich nach China abzusetzen. Adam arbeitete zu dieser Zeit in Shanghai und erhielt dort den Steckbrief der US Marshals. Diese vermuteten, dass ihn eine Computerfirma in Shanghai einstellen könnte, wenn er es zurück nach Festlandchina schaffte.

Adam hatte das alles beinahe vergessen, vor allem nachdem er nach Hongkong umgezogen war.

Bis heute Abend. Zha hatte sich offensichtlich bemüht, sein Aussehen zu verändern. Das Fahndungsfoto auf dem Steckbrief zeigte einen unauffälligen chinesischen jungen Mann und keinen ausgeflippten Punk mit Igelfrisur. Trotzdem hatte Adam Yao ihn gleich erkannt.

Als Adam in sein Auto stieg, fragte er sich, was wohl hinter dieser eigentümlichen Beziehung steckte. Warum zum Teufel stand Zha unter dem Schutz der Triaden? Für ihn galt noch mehr als für diesen Mr. Han, dass seine Fähigkeiten als Black-Hat-Hacker mit den üblichen Tätigkeiten der 14K-Triade eigentlich überhaupt nichts zu tun hatten.

Yao hatte zwar keine Ahnung, was das alles bedeutete, aber er wusste, dass er in nächster Zeit alles unternehmen würde, um das herauszufinden.

Eines war jedoch ebenso sicher. Er würde den US Marshals und dem FBI keinesfalls eine E-Mail schicken.

Adam Yao war ein allein arbeitender Undercoveragent. Er war nicht gerade das, was man einen Teamplayer nennen könnte. Er wusste, dass ein Anruf beim Marshals Service dazu führen würde, dass es im Postamt an der Kwong Wa Street und im Mong-Kok-Computerzentrum bald von Marshals und Botschaftsbeamten nur so wimmelte. Er wusste auch, dass Zha und die 14K diese Westler mit ihren

Ohrhörern bemerken und sofort das Feld räumen würden. Das wäre dann das Ende der Geschichte.

Aber da gab es noch einen weiteren Grund, warum Adam diese Nachricht vorerst nicht weitergeben würde.

In der CIA gab es offensichtlich einen Maulwurf.

In den vergangenen Monaten waren mehrere CIA-Operationen vom MSS durchkreuzt worden. In den Regierungsdienst eingeschleuste Agenten waren aufgeflogen, Dissidenten, die in Kontakt zu Langley standen, wurden verhaftet oder hingerichtet, und elektronische Aufklärungsoperationen gegen die Volksrepublik China wurden entdeckt und abgeschaltet.

Zuerst erschien das Ganze nur als Pechsträhne. Aber mit der Zeit kamen viele zur Überzeugung, dass jemand in der Pekinger Station der CIA für die Chinesen arbeitete.

Die Ein-Mann-Einheit Adam Yao hatte sich schon immer bedeckt gehalten und möglichst wenig in die Karten schauen lassen. Als Undercoveragent war das auch besser so. Aber jetzt arbeitete er ganz bewusst nur noch für sich allein. Er schickte Langley so wenige Depeschen wie möglich und hatte keinerlei Kontakt zum Pekinger CIA-Stützpunkt und den CIA-Agenten im US-Konsulat in Hongkong.

Nein, Adam würde seine Erkenntnisse über Zha Shu Hai erst einmal für sich behalten und allein herausfinden, was dieser Typ hier eigentlich tat.

Er hätte sich nur etwas Unterstützung gewünscht. Als Ein-Mann-Truppe machte man ständig Überstunden und erlebte frustrierende Rückschläge.

Trotzdem war das immer noch besser, als aufzufliegen.

26

Viele Gäste des Indian Spring Casinos an Nevadas Route 95 wären wohl ziemlich überrascht gewesen, hätten sie gewusst, dass Amerikas geheimste und fernste Kriege von einer Gruppe von Mobilheimen aus geführt wurden, die nur knapp einen Kilometer von den Blackjack-Tischen entfernt waren.

Die Startbahnen, Rollfelder, Hangars und restlichen Gebäude der Creech-Luftwaffenbasis in der Mojave-Wüste nordwestlich von Las Vegas waren Sitz des 432. Air Expeditionary Wing, des einzigen Air-Force-Geschwaders, das nur aus unbemannten Flugkörpern bestand. Von hier, in Sichtweite des Spielcasinos, lenkten Piloten und Sensorbediener Flugdrohnen über die Weiten Afghanistans, Pakistans und Afrikas.

Drohnenpiloten steigen zum Start nicht in ein Cockpit. Stattdessen melden sie sich in ihrer Bodenkontrollstation zum Dienst, einem 8 x 2,50 Meter großen Trailer, der auf einem Parkplatz auf dem Gelände der Creech Air Force Base stand. Böse Zungen, meistens »echte« Luftwaffenpiloten, nannten das 432. Geschwader oft die »Chair Force«, die »Stuhlwaffe«. Obwohl jedoch die Männer und Frauen in Creech tatsächlich etwa zwölftausend Kilometer von dem Kampfgebiet entfernt waren, das ihre Drohnen überflogen, waren sie mit ihren hochmodernen Computern, Kameras und Satellitenkontrollsystemen ebenso ein Teil des Kampfeinsatzes wie die Jagdflieger in ihrer Flugzeugkabine.

Major Bryce Reynolds war Pilot von Cyclops 04 und Hauptmann Calvin Pratt der Sensorbediener dieses Flugkörpers. Während Reynolds und Pratt bequem in ihrer Bodenkontrollstation saßen, flog ihre Drohne, eine MQ-9 Reaper, sechstausend Meter über Belutschistan gerade über die pakistanische Grenze.

Ein paar Meter hinter dem Piloten und dem Sensorbediener saß der Hauptkontrolloffizier, der intern nur MC (Master Control) hieß, ein Oberstleutnant, der die gesamte Mission der Reaper überwachte. Dabei musste er ständig mit den Kampfeinheiten in Afghanistan, dem tatsächlichen Startplatz der Drohne im afghanischen Bagram und den Geheimagenten, die den Flug in beiden Hemisphären verfolgten, Kontakt halten. Obwohl heute Abend eigentlich nur eine Aufklärungsmission vorgesehen war und die Reaper keinen vorbestimmten Zerstörungs- oder Tötungsbefehl hatte, war an den Flügeln der Drohne eine volle Waffenladung befestigt, die aus vier Hellfire-Raketen und zwei fünfhundert Pfund schweren lasergelenkten Bomben bestand. Auf solchen Aufklärungsflügen taten sich oft sogenannte Gelegenheits-Zielobjekte auf, die Cyclops 04 ausschalten konnte, wenn es nötig werden sollte.

Reynolds und Pratt hatten bereits drei Stunden ihrer sechsstündigen Mission hinter sich. Sie beobachteten gerade den Verkehr auf dem pakistanischen Nation Highway N-50 in der Nähe von Muslim Bah, als die Stimme des Hauptkontrolloffiziers in ihrem Kopfhörer zu hören war.

»Pilot, hier MC. Fliegen Sie weiter zum nächsten Wegpunkt.«

»MC, hier Pilot, verstanden«, sagte Reynolds und bewegte den Joystick nach links, um Cyclops 04 eine Zwanzig-Grad-Kurve fliegen zu lassen. Danach gönnte er sich einen Schluck Kaffee. Als er wieder auf seinen Monitor blickte, erwartete er, dass die nach unten schauende Infrarot-Kamera eine Wende nach Westen anzeigen würde.

Auf dem Bildschirm war jedoch zu sehen, dass die Drohne weiterhin geradeaus flog.

Als er dies auf dem künstlichen Horizont überprüfte, stellte er fest, dass die Flügel tatsächlich noch waagerecht standen. Obwohl er wusste, dass er den Autopiloten nicht eingeschaltet hatte, schaute er doch noch einmal nach.

Nein.

Major Reynolds drückte noch etwas stärker auf den Joystick, aber nichts passierte.

Jetzt versuchte er, eine Wendung nach rechts durchzuführen, aber der Vogel flog ungerührt geradeaus weiter.

»MC, hier Pilot. Mein Stick funktioniert nicht mehr. Ich bekomme überhaupt keine Reaktion mehr. Ich glaube, wir haben die Verbindung zur Drohne verloren.«

»MC bestätigt. Habe verstanden, dass Cyclops 04 nicht mehr reagiert.« Dass die Drohne nicht mehr auf die Kommandos des Piloten reagierte, war so selten, dass sofort alle diensthabenden Techniker tätig wurden.

Jetzt meldete sich der rechts von Reynolds sitzende Sensorbediener Captain Pratt: »Sensor bestätigt. Bekomme keine Reaktion vom UAV.« Mit UAV meinte er das »Unmanned aerial vehicle«, das »Unbemannte Luftfahrzeug«, wie die offizielle Bezeichnung für solche Kampfdrohnen lautete.

»Roger«, bestätigte der Hauptkontrolloffizier. »Warten Sie kurz. Wir suchen nach dem Fehler.«

Während Reynolds beobachtete, wie sein Flugkörper immer weiter nach Norden flog und damit dem Richtungsbefehl folgte, den er ihm vor ein paar Minuten gegeben hatte, hoffte er, dass der MC ihm bald melden würde, sie hätten einen Fehler in der Software oder in der Satellitenverbindung gefunden. In der Zwischenzeit konnte er nichts anderes tun, als auf dem Bildschirm vor ihm die unbewohnten Felsenberge zu betrachten, die sechstausend Meter unter seiner Drohne vorbeizogen.

In der Reaper-Software gab es ein Sicherungssystem, von dem der Pilot erwartete, dass es in den nächsten Minuten eingeleitet werden würde, wenn die Techniker das UAV nicht wieder online bekommen konnten. Wenn Cyclops 04 eine gewisse Zeit lang keine Verbindung mit der Bodenkontrolle mehr hatte, wurde eine Autopilot-Landesequenz ausgelöst, die die Drohne zu einem vorherbestimmten Punkt führte, wo sie selbsttätig und sicher landen würde.

Nach ein paar weiteren Minuten, in denen die Techniker vergeblich herauszufinden versuchten, was mit der auf Linux basierenden Software nicht stimmte, bemerkte Reynolds, dass sich der Fluglageanzeiger bewegte. Der Backbord-Flügel hob sich über den künstlichen Horizont, und der Steuerbord-Flügel sank darunter.

Das Notfall-Autopilot-Landeprogramm war jedoch noch nicht ausgelöst worden. Die Drohne führte selbsttätig eine Kurskorrektur durch.

Major Reynolds ließ den Joystick los, um sicherzugehen, dass er die Reaper nicht zufällig gelenkt hatte. Die Flügel behielten ihre Neigung jedoch bei. Alle Kamerabilder bestätigten, dass die Drohne in einem Fünfundzwanzig-Grad-Winkel nach Osten abbog.

Captain Pratt, der Sensorbediener, fragte leise: »Bryce, bist du das?«

»Äh-äh … negativ. Das ist nicht *meine* Eingabe. Pilot an MC, Cyclops 04 hat gerade den Kurs geändert.« Gerade als er seinen Funkspruch beendet hatte, sah er, dass die Flügel wieder in die Waagrechte zurückkehrten. »Jetzt fliegt sie geradeaus auf 0-2-5 Grad. Höhe und Geschwindigkeit unverändert.«

»Äh … wiederholen Sie letzte Meldung!«

»Pilot an MC. Cyclops wählt seinen eigenen Kurs.«

Einen Augenblick später bemerkte Major Reynolds, dass Cyclops 04 schneller wurde.

»Pilot an MC. Die Grundgeschwindigkeit ist gerade auf 140, 150 ... 165 Knoten gestiegen.«

Während es ab und zu vorkam, dass ein Flugkörper zeitweise nicht mehr reagierte, hatten das Leitpersonal im Kontrollzentrum und die Techniker, mit denen sie sich in Verbindung gesetzt hatten, noch nie davon gehört, dass eine Drohne von sich aus den Kurs wechselte und die Geschwindigkeit erhöhte.

In den nächsten Minuten arbeiteten der Pilot, der Sensorbediener und der MC schnell und professionell, aber mit stetig wachsender Besorgnis. Sie gingen auf mehreren Bildschirmen die unterschiedlichsten Programme durch, überprüften Autopilot-Befehle, Wegpunkt-Koordinaten und Informationseingaben und versuchten dabei irgendein fehlerhaftes Kommando zu finden, das ihre Kampfdrohne vom rechten Weg abgebracht hatte.

Gleichzeitig zeigten ihre Monitore das Infrarotbild des Bodens, während das UAV weiterhin in Richtung Osten unterwegs war. Keiner ihrer Versuche, die Kontrolle über das Fluggerät zurückzugewinnen, hatte funktioniert.

»Pilot an MC. Arbeitet noch jemand anderer daran?«

»Ja. Wir ... wir versuchen, die Verbindung wiederherzustellen. Wir haben mit General Atomics Kontakt aufgenommen, und die untersuchen das Problem gerade.«

Die Drohne führte noch mehrere Geschwindigkeits- und Richtungskorrekturen durch, während sie sich der Grenze zu Afghanistan näherte.

Sensorbediener Cal Pratt sprach als Erster auf der Creech-Luftwaffenbasis laut aus, was jeder hier dachte. »Das ist kein Softwarefehler. Jemand hat sich in die PSL gehackt.« Die »primäre Satellitenverbindung« war die Kommunikationsnabelschnur, die Botschaften und Befehle von Creech zur Reaper schickte. Es war – zumindest theoretisch – unmöglich, sie zu unterbrechen oder zu kapern. Aber keiner hier im Kontrollzentrum hatte eine andere Erklärung für das, was mit der zwölftausend Kilometer entfernten Kampfdrohne gerade passierte.

Der GPS-Empfänger zeigte an, dass Cyclops 04 um 2.33 Uhr Ortszeit die Grenze nach Afghanistan überqueren würde.

Reynolds berechnete den anliegenden Kurs. »Hier Pilot. Unter Beibehaltung gegenwärtiger Geschwindigkeit und Richtung wird Cyclops 04 über bewohntem Gebiet ankommen. Sie wird zwei Kilometer östlich an Qalat, Afghanistan, vorbeifliegen.«

»MC hat verstanden.«

»Sensor hat verstanden.«

Nach ein paar weiteren Sekunden: »Hier MC. Wir stehen in Kontakt mit Geheimdienstleuten in Kandahar ... Sie berichten, dass zwei Kilometer östlich von Qalat eine vorgeschobene Operationsbasis liegt. FOB Everett. Dort sind amerikanische und afghanische Truppen stationiert.«

»Die Drohne wird direkt darüberfliegen.«

Im Kontrollzentrum herrschte ein paar Sekunden völlige Stille. Dann sagte Captain Pratt: »Gott sei Dank ...« Er machte eine Pause, als wollte er den Rest nicht laut aussprechen. »Gott sei Dank kann sie keine Waffen abfeuern.«

»Nein«, bestätigte Reynolds, klang jedoch weit weniger sicher. »Pilot an MC. Sollten wir nicht ... äh ... feststellen, ob wir in dieser Gegend irgendwelche Flugzeuge haben, die, äh, die Drohne abschießen könnten?«

Es kam keine Antwort.

»Pilot an MC, haben Sie meine letzte Meldung erhalten? Sie wird ganz klar von jemand anderem kontrolliert, dessen Absichten wir nicht kennen.«

»Verstanden, Pilot. Wir setzen uns mit Bagram in Verbindung.«

Reynolds schaute Pratt an und schüttelte den Kopf. Der Luftwaffenstützpunkt in Bagram war viel zu weit weg, um gegen Cyclops 04 noch etwas ausrichten zu können.

Plötzlich gab es auf den Bildschirmen im Kontrollzentrum große Aktivitäten. Die Bilder auf mehreren Displays änderten sich, und die Bordkameras schalteten sich mehrmals mit unterschiedlichem Tempo durch die Farbmodi hindurch. Nachdem sie einige Male zwischen Infrarot/Black-Hot und Infrarot/White-Hot gewechselt hatten, entschieden sie sich schließlich für den White-Hot-Modus.

Reynolds blickte zu Pratt hinüber. »Diese Eingaben macht ein Mensch und keine Maschine.«

»Kein Zweifel«, bestätigte der Sensorbediener.

»MC an Pilot. Bagram meldet den Start einiger F-16. Geschätzte Ankunftszeit in sechsunddreißig Minuten.«

»Scheiße«, sagte Pratt, ohne dies jedoch zu senden. »Wir haben keine sechsunddreißig Minuten.«

»Noch nicht mal annähernd«, bestätigte der Sensorbediener.

Das Kamerabild auf der primären Kontrollkonsole begann sich scharf zu stellen. Schließlich zoomte es auf eine entfernte Anhöhe, auf der mehrere kreisförmig angeordnete Gebäude standen.

»MC. Das muss Everett sein.«

Auf der primären Kontrollkonsole erschien über dem größten Gebäude auf dem Hügel ein grünes Quadrat.

»Die Zielerfassung ist aktiviert«, rief Pratt. »Jemand hat Zugang zu allen Funktionen von Cyclops.« Er versuchte fieberhaft über die Tastatur seines Steuerungsgeräts die Zielerfassung wieder auszuschalten, aber der Flugkörper reagierte nicht.

Jeder im Kontrollzentrum wusste jetzt, dass ihre Drohne die amerikanische Basis im Visier hatte. Und jeder wusste, was als Nächstes kommen würde.

»Kann denn nicht jemand diesen Stützpunkt warnen, dass sie jeden Moment beschossen werden?«

Der MC meldete sich über ihren Kopfhörer. »Kandahar ist dran, aber da gibt es eine Zeitverzögerung.« Nach einer kurzen Pause fügte er hinzu: »Alles, was passieren wird, passiert, bevor wir sie benachrichtigen können.«

»Allmächtiger Gott«, sagte Reynolds. »Fuck!« Er drückte seinen Joystick hart nach links und rechts, nach vorn und hinten. Auf dem Bildschirm war keinerlei Reaktion zu sehen. Er war nur noch ein einfacher Zuschauer dieser sich anbahnenden Katastrophe.

»Master-Arm-Sicherheitsschalter betätigt«, teilte Captain Pratt mit.

Und dann begann er, alles zu melden und vorzulesen, was auf seinen Displays zu sehen war. Er konnte nur noch das Desaster nacherzählen. »Mittlere Waffenaufhängung ausgewählt.«

»Pilot hat verstanden.«

»Sensor an Pilot«, sagte Pratt mit leicht zitternder Stimme. »Die Hellfire wird abschussfertig gemacht. Laser ist betriebsbereit. Waffe ist scharf. Wo bleiben diese gottverdammten F-16?«

»MC an Sensor. Noch dreißig Minuten.«

»Verdammt! Warnt endlich diese verdammte Basis!«

»Laserstrahl abgefeuert!« Dieser würde der Drohne die genauen Zielkoordinaten mitteilen. Es war der letzte Schritt vor dem Start der Rakete selbst.

Sekunden später feuerte die Reaper eine Hellfire ab. Ihr über vierzig Kilo schwerer Gefechtskopf raste am unteren Rand des Monitors davon. Die Rückstoßflamme blendete einen Moment die Kamera, bevor der Bildschirm wieder klar wurde und nur noch ein heller, rasend schneller Fleck zu sehen war.

»Rifle!«, rief Reynolds. *Rifle* war die Meldung eines Drohnen-Piloten, dass er eine Rakete abgeschossen hatte. Da es jedoch keinen Ausdruck für einen Phantomstart gab, griff er auf die gewohnte Meldung zurück. Dann las er laut die Zielannäherungsdaten von seiner Kontrollkonsole ab. »Restliche Flugzeit: dreizehn Sekunden.«

Sein Magen zog sich zusammen.

»Fünf, vier, drei, zwei, eins.«

Der Einschlag der Hellfire färbte die Mitte des Bildschirms blendend weiß. Es war eine riesige Detonation mit mehreren Sekundärexplosionen, die darauf hindeuteten, dass die Rakete ein Munitions- oder Treibstofflager getroffen hatte.

»Verdammte Scheiße, Bryce«, flüsterte Pratt und sah dabei zum rechts von ihm sitzenden Major Bryce Reynolds hinüber.

»Du sagst es.«

»Mist!«, rief Pratt. »Eine weitere Hellfire macht sich scharf!«

Dreißig Sekunden später musste Reynolds schon wieder »Rifle!« rufen. »Sie hat offensichtlich dasselbe Ziel.«

Nach einer kurzen Pause: »Verstanden.«

Sie konnten nichts tun, außer dazusitzen und mit den Augen ihrer Drohne zu verfolgen, wie ihre eigene Waffe ihre eigenen Leute angriff.

Die Reaper feuerte ihre vier Hellfire-Raketen ab, die in drei unterschiedliche Fertigbauten in der vorgeschobenen Operationsbasis einschlugen.

Ihre beiden Bomben warf sie jedoch über einem unbewohnten Felsplateau ab.

Jetzt vollführte die Cyclops 04 eine Wende um hundertachtzig Grad, beschleunigte auf ihre Höchstgeschwindigkeit von fast zweihundert Knoten und raste nach Süden in Richtung pakistanische Grenze.

Der MC hielt seine Leute über die Annäherung der F-16-Jets auf dem Laufenden. Erst waren sie noch zwanzig Minuten, dann noch zehn Minuten und dann noch fünf Minuten von dem Punkt entfernt, wo die Drohne in die Reichweite ihrer AIM-120-AMRAAM-Luft-Luft-Raketen geraten würde.

Inzwischen ging es nicht mehr darum, irgendwelche Leben zu retten. Ziel war es nun, die Reaper zu zerstören, bevor sie nach Pakistan »entkam«, wo sie in feindliche Hände geraten konnte.

Die Drohne schaffte es jedoch tatsächlich über die Grenze, bevor sie sie abschießen konnten. Die F-16-Jäger flogen jetzt ihrerseits über die Grenze nach Pakistan hinein. Sie wollten unbedingt versuchen, das hochmoderne Fluggerät zu vernichten. Die Drohne ging jedoch auf fünfzehnhundert Meter hinunter und erreichte die Außenbezirke des dicht besiedelten Quetta. Die F-16-Jets mussten unverrichteter Dinge zu ihrem Stützpunkt zurückkehren.

Schließlich konnten neben den Männern und Frauen in Creech auch die inzwischen alarmierten US-Verantwortlichen in Afghanistan, bei der CIA und im Pentagon in Echtzeit-Aufnahmen aus der »entführten« Reaper beobachten, wie die Cyclops 04 ein paar hundert Meter von Samungli, einem Vorort von Quetta, entfernt über einem Weizenfeld kreiste.

Die Piloten merkten, dass selbst der »Absturz« von langer Hand vorbereitet sein musste. Der Sinkflug wurde fast perfekt ausgeführt, und dem Phantompiloten gelang es, die Geschwindigkeit kontrolliert zu verringern, während die Reaper die Landestelle mit ihren vorderen Kameras aufnahm. Erst im letzten Augenblick, als die Drohne im Zielanflug in achtzehn Meter Höhe neben einer viel befahrenen vierspurigen Straße entlangschwebte, zog das Phantom hart am Steuerknüppel, ließ die Drohne nach links abschmieren und nahm jeden Antrieb weg. Die Drohne fiel wie ein Stein vom Himmel, schlug auf dem harten Feld auf, überschlug sich mehrere Male und blieb liegen.

Die Männer und Frauen in Creech, in Langley und in Arlington, die diesen Albtraum aus der ersten Reihe verfolgen konnten, zuckten alle zur selben Zeit zusammen, als der ruhige Flug durch diesen überraschenden geplanten Absturz beendet wurde.

Im Kontrollzentrum der Creech Air Force Base waren Major Reynolds und Captain Pratt immer noch wie vom Donner gerührt. Gleichzeitig kochten sie vor Wut. Sie rissen sich die Kopfhörer herunter, gingen in den warmen, windigen Nachmittag hinaus und warteten auf die Opferzahlen aus der FOB Everett.

Beide Männer waren schweißgebadet, und ihre Hände zitterten.

Schließlich erfuhren sie, dass bei diesem Angriff acht amerikanische und einundvierzig afghanische Soldaten ums Leben gekommen waren.

Der Air-Force-Oberst hatte im Pentagon vor dem 72-Zoll-Bildschirm gestanden, auf dem das gesamte Geschehen zu sehen gewesen war, bis die Übertragung zwei Minuten zuvor abrupt abgerissen war.

»Ich schlage vor, wir bereinigen die Sache vor Ort.«

Er bat seine Vorgesetzten um die Genehmigung, eine zweite Drohne in diese Gegend zu schicken, um das entführte UAV an seinem Absturzort zu zerstören. Zumindest sollte jeder Hinweis darauf vernichtet werden, dass es sich um eine *amerikanische* Drohne handelte. Mit etwas Glück – und einer Menge Hellfire-Raketen – konnte man die Reaper vielleicht völlig vom Erdboden tilgen.

Einige im Raum stimmten zu, viele hielten sich jedoch erst einmal bedeckt. Tatsächlich gab es die Vorschrift, dass Drohnen, die jenseits der Grenze im Al-Qaida-Gebiet abstürzten, zerstört werden mussten, um ihre Geheimnisse zu bewahren und dem Feind nicht als Propaganda dienen zu können.

Verteidigungsminister Bob Burgess saß am Ende des langen Tisches. Er klopfte mit dem Bleistift auf einen vor ihm liegenden Notizblock, während er nachdachte. Nach einiger Zeit hörte er mit dem Getrommel auf und fragte: »Colonel, können Sie mir garantieren, dass diese zweite Drohne nicht ebenfalls entführt wird und direkt neben der Cyclops 04 zum Absturz gebracht wird oder, noch schlimmer, über die Grenze fliegt und unsere eigenen Truppen oder die unserer Verbündeten angreift?«

Der Oberst schaute den Verteidigungsminister an und schüttelte den Kopf. »Offen gesagt, Sir, bis wir mehr darüber wissen, was da gerade passiert ist, kann ich für überhaupt nichts garantieren.«

»Dann sollten wir unsere Drohnen retten, solange wir noch welche haben«, sagte Burgess.

Der Colonel nickte. Zwar mochte er den Sarkasmus des Verteidigungsministers überhaupt nicht, aber dessen Logik war unumstößlich.

»Jawohl, Sir.«

Der Minister hatte in der letzten halben Stunde mit Admirälen, Generälen, Obersten, CIA-Beamten und dem Weißen Haus konferiert. Von allen Gesprächen, die er seit dem Ausbruch dieser Krise geführt hatte, war das mit einem General-Atomics-Techniker jedoch das informativste gewesen. Dabei war dieser nur zufällig im Pentagon anwesend. Trotzdem hatte man ihn sofort zum Verteidigungsminister gebracht.

Als man dem Mann das Ausmaß der Krise erklärte, warnte er mit deutlichen Worten, dass die Annahme äußerst gefährlich wäre, dass es für die Täter irgendwelche technischen Begrenzungen gäbe, was die geografische Reichweite ihrer Operationen angehe. Dabei käme es auch nicht darauf an, wie genau sie sich in diese Drohne eingehackt hätten. Kein Militär und kein General-Atomics-Techniker könne beim gegenwärtigen spärlichen Wissensstand ausschließen, dass ein Hacker, der eine Drohne in Pakistan unter seine Kontrolle brachte, nicht auch eine US-Drohne, die gerade die mexikanisch-amerikanische Grenze überquerte, oder eine, die in Südostasien oder Afrika unterwegs war, übernehmen könnte.

Der Verteidigungsminister traf auf der Grundlage dieser Aussage seine Entscheidung, die er jetzt allen im Raum Anwesenden verkündete: »Wir wissen nicht, wer dieser Angreifer ist. Wir wissen ebenso wenig, wie genau er in unser Netzwerk eingedrungen ist. Deshalb ordne ich bis auf Weiteres ein Flugverbot für alle Reaper-Drohnen an.«

Ein Oberst, der vor allem mit UAV-Operationen befasst war, hob die Hand. »Sir. Wir wissen nicht, ob dieser Zugangspunkt auf das Reaper-System beschränkt ist. Es könnte durchaus sein, dass jemand mit den Fähigkeiten, die wir gerade ›bewundern‹ konnten, sich auch in andere UAV-Systeme hacken könnte.«

Der Verteidigungsminister dachte darüber nach. Er stand auf, nahm sein Jackett von der Stuhllehne und zog es an. »Im Moment gilt das Verbot nur für die Reaper. Für uns, die CIA und das Heimatschutzministerium sind genau in diesem Augenblick wie viele Drohnen unterwegs? Hundert?« Er schaute eine Sachbearbeiterin an. »Ich brauche die genaue Zahl für den Präsidenten.«

Die Frau nickte und eilte aus dem Raum.

Burgess sprach weiter: »Es gibt eine Menge Soldaten, Grenzschützer und Strafverfolgungsbeamte, deren Sicherheit von den Lageerkenntnissen abhängt, die uns diese Drohnen verschaffen. Ich gehe jetzt ins Weiße Haus hinüber und werde mit dem Präsidenten sprechen. Ich werde ihm die zwei Seiten der Medaille vorstellen, und er wird dann entscheiden, ob wir alle Drohnen weltweit stilllegen, bis wir herausgefunden haben, was das … bis wir wissen, was genau da vor sich geht. In der Zwischenzeit brauche ich alle Informationen, die ich bekommen kann. Ich muss wissen, wer, wie und warum. Dieses Ereignis wird uns allen noch eine Menge Kopfzerbrechen bereiten, aber wenn wir diese drei Fragen nicht bald beantworten, wird die Sache noch schmutziger werden und länger dauern. Ich möchte erst wieder etwas von Ihnen hören, wenn Sie und Ihre Leute mir und meinen Leuten Antworten auf diese drei Fragen geben können.«

In der ganzen Runde war ein deutliches *Jawohl, Sir* zu hören. Bob Burgess verließ den Raum, gefolgt von einer ganzen Kavalkade von Anzug-, Damenkostüm- und Uniformträgern.

Am Ende hatte der Präsident der Vereinigten Staaten Jack Ryan nicht einmal mehr die Zeit, zu entscheiden, ob es nötig war, alle Drohnen im US-Militär und bei den Geheimdiensten vorerst stillzulegen. Als der schwarze Chevrolet Suburban des Verteidigungsministers eine Stunde nach dem Absturz der Reaper durch die Tore des Weißen Hauses rollte, verlor eine riesige Global-Hawk-Drohne, das größte unbemannte Fluggerät der Vereinigten Staaten, den Kontakt zu ihrer Crew, während sie gerade in achtzehntausend Meter Höhe an der äthiopischen Küste entlangflog.

Es war eine weitere feindliche Übernahme. Dies wurde endgültig klar, als der Phantompilot den Autopiloten ausschaltete und leichte Kurs- und Höhenkorrekturen durchführte, als wollte er sich erst einmal mit dem riesigen Fluggerät vertraut machen.

Die Männer und Frauen, die die Bildübertragung aus der Drohne verfolgten, erkannten schnell, dass der Phantompilot dieses Mal entweder nicht so erfahren war wie der Drohnenführer, der die Reaper so meisterlich durch Ost-Afghanistan gesteuert hatte, oder sich dieser mit dem größeren und komplexeren Fluggerät noch nicht so gut auskannte. Warum auch immer, die Global Hawk begann nur Augenblicke nach der Übernahme außer Kontrolle zu geraten. Ganze Systeme wurden unsachgemäß abgeschaltet und danach in falscher Reihenfolge wieder in Gang gesetzt. Die Drohne flog noch mehrere Kilometer hoch, als sie endgültig abschmierte.

Sie stürzte wie ein Stein in den Golf von Aden.

Alle Verantwortlichen, die diesen Höllensturz verfolgt hatten, fassten ihn als eine Botschaft der Hacker auf. Sie wollten ihnen damit sagen, dass die gesamte amerikanische Drohnenflotte infiziert war. Jeder weitere Drohnenflug stellte eine Gefahr dar.

27

Adam Yao trug eine schwarze Baseballkappe, ein weißes T-Shirt und schmutzige Bluejeans. Er sah aus wie die meisten jungen Männer seines Alters hier in Mong Kok. Er bewegte sich durch die Fußgängermassen dieses Viertels voller Geringverdiener, als ob er hier leben würde, obwohl er tatsächlich in Soho Central, einer der feinsten Hongkonger Gegenden, wohnte. Er spielte die Rolle eines lokalen Ladenbesitzers, der wie viele andere Leute im Postamt in der Kwong Ha Street seine Post abholen wollte.

Natürlich besaß er keinen Laden und hatte keine Adresse in Mong Kok. Tatsächlich wollte er das Schloss von Zha Shu Hais Postfach knacken und sich einmal die Post des jungen Mannes genauer anschauen.

Das Postamt war voller Menschen. Man musste sich regelrecht durch die Tür drängen, um überhaupt hineinzukommen. Adam hatte bewusst diese Zeit kurz vor zwölf Uhr Mittag gewählt, wo auch in Mong Kok am meisten los war, weil er hoffte, in der dichten Menge nicht weiter aufzufallen.

Bei seinen Einsätzen folgte Adam seit jeher einem einfachen Motto: »Verkaufe dich richtig!« Ob er nun einen Obdachlosen oder einen hippen Börsenhändler an der Hong Kong Stock Exchange mimte, versenkte sich Adam immer vollkommen in seine Rolle. Dies ermöglichte es ihm, Gebäude ohne die nötige Legitimation zu betreten und wieder zu verlassen oder an Triaden-Gangstern vorbeizugehen, ohne deren Aufmerksamkeit zu erregen. Dadurch konnte er auch schon einmal Sekretärinnen belauschen, die in ihrer Mittagspause vor einem Imbiss anstanden, um sich Tee und Nudeln zu besorgen, und dabei über ihre Arbeit plauderten. Manchmal erfuhr er dabei mehr über ein Unternehmen und seine Geheimnisse, als wenn er am Wochenende in dessen Büros eingebrochen wäre und die Aktenschränke durchsucht hätte.

Adam war ein Schauspieler, ein Trickser, eben ein geborener Spion. Und jetzt verkaufte er sich wieder einmal richtig. Er hatte eine Reihe von Dietrichen in der Hand, kämpfte sich in das Postamt hinein, ging direkt zu Zha Shu Hais Postfach hinüber und kniete sich hin. Von den Männern und Frauen, die auf beiden Seiten nur ein paar Zentimeter von ihm entfernt waren, beachtete ihn keiner auch nur eine Sekunde lang.

Yao knackte das Schloss in weniger als zehn Sekunden. Er griff mit der Hand hinein und fand zwei Postsendungen, einen Geschäftsumschlag und ein kleines Päckchen, das offensichtlich einen in Luftpolsterfolie eingepackten Gegenstand enthielt. Er holte beide Sendungen heraus, drückte die Postfachtür zu, zog den Dietrich heraus, der die Zacken an der Zuhaltung offen hielt, wodurch die Tür sofort wieder verschlossen war.

Eine Minute später stand er draußen auf der Straße. Er vergewisserte sich, dass er nicht beschattet wurde und ihm keiner aus dem Postamt gefolgt war. Danach stieg er in die nächste U-Bahn-Station hinunter und fuhr zurück zu seinem Büro auf Hong Kong Island.

Dort zog er sich sofort um. In Anzug und Krawatte setzte er sich an den Schreibtisch, nachdem er das Päckchen und den Umschlag in das Gefrierfach des kleinen Kühlschranks gelegt hatte, der direkt neben seinem Schreibtisch stand. Nach einer Stunde holte er den Umschlag heraus und öffnete ihn mit einem scharfen Messer. Der Kleber war inzwischen hart gefroren. Das Messer konnte ihn deshalb jetzt durchtrennen, ohne das Papier zu zerreißen. Dies machte es auch einfacher, den Umschlag wieder zu verschließen, wenn er aufgetaut war.

Als Adam ihn geöffnet hatte, las er erst einmal die Adresse und den Absender auf der Außenseite. Laut Stempel war er in Festlandchina in einer Stadt in der Provinz Shanxi abgeschickt worden, die Yao nicht kannte. Die handgeschriebene Adresse lautete nicht auf Zha Shu Hai, sondern auf sein Postfach. Der Absender war offensichtlich ein Frauenname. Er notierte ihn sich auf einem Notizblock, der auf seinem Schreibtisch lag, und griff in den Umschlag hinein.

Er war etwas überrascht, darin einen zweiten Umschlag zu finden. Dieser trug überhaupt keine Aufschrift. Er öffnete ihn auf die gleiche Weise wie den ersten. Drinnen lag ein Brief auf Mandarin, den jemand mit zittriger Hand geschrieben hatte. Adam las ihn in aller Eile durch. Bereits im dritten Absatz verstand er, worum es ging.

Der Brief stammte von Zhas Großmutter. Offensichtlich lebte sie in den Vereinigten Staaten und hatte diesen Brief an eine Verwandte in der Provinz Shanxi geschickt, um die US Marshals nicht aufmerksam zu machen, von denen sie wusste, dass sie ihren Enkel jagten.

Die Verwandte aus Shanxi hatte ihn dann zu diesem Postfach weitergeschickt, ohne irgendeine eigene Notiz hinzuzufügen.

Die Großmutter erzählte von ihrem Leben in Nordkalifornien, von einer kürzlich erfolgten Operation, von anderen Familienangehörigen und einigen alten Nachbarn. Am Schluss bot sie Zha an, ihm etwas Geld zu schicken und ihn mit anderen Familienmitgliedern in Kontakt zu bringen, die seit seiner Ankunft in China vor einem Jahr nichts mehr von ihm gehört hätten.

Es war der typische Brief einer Großmutter. Adam erfuhr durch ihn nur, dass eine kleine alte chinesische Lady in den Staaten einem gesuchten Flüchtling ihre Unterstützung anbot, was nicht weiter erstaunlich war, da es sich um ihren Enkel handelte.

Er legte den Umschlag und den Brief zur Seite und holte das Päckchen aus dem Gefrierfach. Es war nicht größer als ein Taschenbuch, und er öffnete es schnell, bevor der Kleber wieder auftaute. Als es offen war, überprüfte er die Adresse. Auch dieses Mal war es ohne Namensangabe an das Postfach geschickt worden. Der Absender war eine Adresse im französischen Marseille.

Neugierig griff Adam hinein und holte eine kleine, in Luftpolster verpackte Scheibe heraus, die ungefähr die Größe eines Silberdollars hatte. Aus ihren Seiten kamen Verbindungsstifte heraus, als ob sie an eine Computerhauptplatine oder irgendein anderes elektronisches Gerät angeschlossen werden sollte.

Neben diesem Gegenstand befand sich in dem Päckchen ein mehrseitiges Datenblatt, dem zu entnehmen war, dass es sich bei dem Gerät um einen Low-Power-Überlagerungsempfänger handelte. Des Weiteren wurde erklärt, dass man diesen Superheterodynempfänger oder Superhet bei schlüssellosen Zugangssystemen, Garagentoröffnern, Alarmanlagen, medizinischen Apparaten und vielen anderen Geräten einsetzen könne, die externe Funkfrequenzübertragungen als Kommandos zur Ausführung mechanischer Funktionen benutzten.

Adam hatte keine Ahnung, wozu Zha dieses Gerät benötigte. Er schaute sich die letzte Seite der Begleitpapiere an und bemerkte zu seiner Freude, dass es sich um die Korrespondenz handelte, die zwei E-Mail-Adressen ausgetauscht hatten.

Beide Parteien benutzten dabei Englisch. Der Mann in Marseille war ganz offensichtlich der Mitarbeiter eines

Technologieunternehmens, das dieses Gerät herstellte. Er hatte seine E-Mails an jemand namens FastByte22 geschickt.

Adam las das Ganze noch einmal durch. »FastByte22. Ist das Zha?«

Die E-Mails waren kurz und bündig. Offensichtlich hatte FastByte22 mit diesem Firmenangestellten über das Internet Kontakt aufgenommen und ihn gefragt, ob er ihm nicht einen solchen Superheterodynempfänger schicken könne, weil dessen Unternehmen normalerweise keine Produkte nach Hongkong exportiere. Die beiden handelten dann eine Bezahlung in Bitcoin aus, einer nicht zurückverfolgbaren Onlinewährung, von der Adam wusste, dass sie Computer-Hacker für Kompensationsgeschäfte und Verbrecher für den Kauf und Verkauf illegaler Waren im Internet benutzten.

Die E-Mails gingen einige Wochen zurück, boten jedoch keinen Hinweis darauf, wozu FastByte22 das kleine Gerät benötigte, das man für alles von einem Garagentor bis zu einem medizinischen Apparat benutzen konnte.

Adam holte seine Kamera, um den Brief von Zhas Großmutter, den Hightech-Empfänger und dessen Begleitpapiere zu fotografieren. Den Rest des Tages würde er hauptsächlich damit verbringen müssen, das Ganze rückgängig zu machen. Er würde das Päckchen und den Umschlag wieder einpacken und verschließen und danach nach Mong Kok zurückkehren, um das Postfach erneut zu knacken und die beiden Postsendungen hineinzulegen, bevor Zha den vorübergehenden Diebstahl bemerken würde.

Es würde ein langer Nachmittag werden. Dabei wusste er nicht einmal, ob er heute irgendetwas erreicht hatte.

Immerhin hatte er ein mögliches Pseudonym von Zha Shu Hai gefunden.

FastByte22.

28

Der Konferenzbereich im Situation Room des Weißen Hauses ist kleiner, als es sich die meisten wohl vorstellen. An dem schmalen ovalen Tisch finden gerade einmal zehn Personen Platz, was bedeutet, dass bei vielen wichtigen Sitzungen die Assistenten der Hauptbeteiligten hinter ihren Chefs nebeneinander an den Wänden stehen müssen.

Jetzt herrschte im Raum gerade mal wieder ein einziges Chaos, während sich alle Anwesenden auf die kommende Sitzung vorbereiteten. An den Wänden stand eine Vielzahl von Männern und Frauen, viele von ihnen in Uniform. Einige stritten offensichtlich miteinander, andere versuchten die letzten Informationen über die Ereignisse des Vormittags zu erhaschen.

Die Hälfte der Stühle war noch leer, aber CIA-Direktor Canfield und Verteidigungsminister Burgess saßen bereits auf ihren Plätzen. Der Direktor der NSA und der Direktor des FBI waren zwar ebenfalls bereits eingetroffen, unterhielten sich aber noch mit ihren Untergebenen und tauschten mit ihnen alles aus, was sie in den letzten zehn Minuten erfahren hatten. Die Lage war in ständigem Fluss, und jeder wollte bereit sein, alle Fragen des Präsidenten zu beantworten.

Diese Vorbereitungszeit war endgültig vorüber, als Jack Ryan durch die Tür trat. Er ging zum oberen Ende des Tisches und schaute sich um. »Wo ist Mary Pat?«

In diesem Moment betrat die Direktorin der Nationalen Nachrichtendienste den Raum. Dies war zwar ein leichter Protokollbruch, aber jeder in Ryans Weißem Haus, von den Putzfrauen bis zum Vizepräsidenten, wusste, dass Ryan das Zeremoniell absolut egal war.

»Entschuldigen Sie, Mr. President«, sagte sie, als sie ihren Platz einnahm. »Ich habe gerade erfahren, dass es eine dritte Drohnenentführung gegeben hat. Eine Predator des Heimatschutzministeriums, die an der kanadischen Grenze zur Zollüberwachung und Grenzkontrolle eingesetzt wird, hat sich vor zwanzig Minuten selbständig gemacht.«

»In den Vereinigten Staaten?«

»Jawohl, Sir.«

»Wie zum Teufel konnte das passieren? Ich habe doch ein Startverbot für alle Drohnen angeordnet. Auch die Homeland Security wurde davon unterrichtet.«

»Das stimmt, Sir. Diese Predator stand auf dem Vorfeld der Grand-Forks-Luftwaffenbasis in North Dakota. Sie sollte heute einen Überwachungsflug entlang der Grenze durchführen, aber der Einsatz wurde wegen des Flugverbots abgesagt. Sie wollten sie gerade wieder in den Hangar zurückschieben, als plötzlich alle Systeme angingen, die Drohne selbsttätig vom Kontrollzentrum auf eine Rollbahn rollte und startete. Gegenwärtig fliegt sie in sechstausend Meter Höhe über South Dakota nach Süden.«

»Lieber Gott. Wohin ist sie denn unterwegs?«

»Das wissen wir im Moment nicht. Die Flugaufsicht FAA verfolgt ihren Kurs und leitet den Luftverkehr entsprechend um. Wir haben zwei Abfangjäger losgeschickt, um sie abzuschießen. Natürlich hat sie keine Waffen an Bord, aber man könnte ihre kinetische Energie als Waffe benutzen. Man könnte sie zum Beispiel auf einen anderen Flugkörper oder ein Fahrzeug auf einer Autobahn prallen lassen oder sie in ein Gebäude steuern.«

»Das kann doch nicht wahr sein«, murmelte die Nationale Sicherheitsberaterin Colleen Hurst.

»Ich möchte, dass jede einzelne Drohne in den Vereinigten Staaten, unabhängig von ihrem Besitzer, ihrem Modell oder ihrem Hersteller, in einer Weise physisch abgerüstet wird, dass kein weiterer Start mehr möglich ist.«

»Jawohl, Mr. President«, sagte Verteidigungsminister Burgess. »Wir sind dabei, genau dies zu tun.«

Der Heimatschutzminister und der CIA-Direktor meldeten, dass sie mit ihren Drohnen gerade dasselbe anstellten.

Jack Ryan schaute Außenminister Scott Adler an: »Ihr Ministerium muss alle unsere Verbündeten, die ebenfalls Drohnen besitzen, auffordern, unserem Beispiel zu folgen, bis wir mehr Informationen besitzen.«

»Jawohl, Sir.«

»Gut. Und was wissen wir bisher über diesen Cyberangriff?«

Jetzt war Mary Pat an der Reihe. »Die NSA lässt gerade alle ihre Leute nachschauen, wie das durchgeführt wurde. Man hat mich jedoch gewarnt, dass wir in den nächsten Stunden keine Antworten bekommen werden. Sie hoffen, uns in ein paar Tagen mehr erzählen zu können. Immerhin steht fest, dass dies ein ausgesprochen raffinierter und hochkomplexer Angriff war.«

»Und was genau *wissen* sie?«

»Sie vermuten, dass jemand die Übertragungsfrequenz der Verbindung der Drohne zu ihrem Satelliten lahmlegte, woraufhin die Reaper auf Autopilot umgeschaltet hat, wie sie es immer tut, wenn es eine Kommunikationsstörung gibt. Als das Fluggerät dann nicht mehr unter unserer Kontrolle stand, nutzte jemand seine eigenen Geräte, um der Drohne das gültige Sicherheitssignal vorzutäuschen. Dafür müssen sie ganz tief in das geheimste und am meisten gesicherte Netzwerk des Verteidigungsministeriums eingedrungen sein.«

»Wer könnte das gemacht haben?«

»Wir denken an den Iran«, sagte CIA-Direktor Canfield.

»Mr. President, bitte beachten Sie, dass es nicht unbedingt ein *Staat* sein muss«, sagte Mary Pat.

Ryan dachte einen Moment darüber nach. »Sie meinen also, dass wir in unsere Bedrohungsmatrix auch terroristische und kriminelle Organisationen, Privatunternehmen … verdammt, vielleicht sogar einen wild gewordenen oder von unseren Gegnern umgedrehten Drohnenspezialisten in unseren eigenen Reihen aufnehmen müssen.«

»Im Moment können wir nur schauen, wer ein Motiv und die Mittel dazu hat«, sagte CIA-Direktor Canfield. »Was den Angriff in Afghanistan angeht, sind das al-Qaida, die Taliban und der Iran, die alle seit einiger Zeit unsere afghanischen Operationen mit allen Mitteln behindern wollen. Was die Mittel angeht, können wir jedoch die Taliban vergessen. In technologischer Hinsicht leben die noch im Mittelalter.

Die al-Qaida ist den Taliban um Lichtjahre voraus. Sie könnten also durchaus einige Website-Angriffe durchführen, allerdings nur auf einem Niveau, das bei uns jeder gewiefte allein arbeitende Hacker erreicht. Für das hier kommen sie nicht infrage.«

»Sie glauben also, dass es der Iran war?«

»Wenn jemand in diesem Teil der Welt dahintersteckt, dann bestimmt der Iran.«

»Sie hacken offensichtlich jeweils nur eine Drohne«, meinte Ryan. »Sagt das irgendetwas darüber aus, wie sie das anstellen? Liegt das an ihren technischen Möglichkeiten, oder haben sie nur einen Piloten, der diese Drohnen fliegen kann?«

»Beides wäre möglich, Sir. Vielleicht verfügen sie auch nur über ein einziges Flugkontrollzentrum. In Anbetracht dessen, was wir heute gesehen haben, kann ich jedoch kaum glauben, dass es einen *technischen* Grund geben sollte, warum sie jeweils nur ein UAV unter ihre Kontrolle bringen.

Jemand übermittelt uns eine Botschaft. Sosehr ich ihm darauf eine Antwort geben möchte, glaube ich doch, dass wir im Moment dazu gar nicht fähig sind und auf weitere Mitteilungen warten müssen.«

»Da stimme ich Ihnen zu, Sir«, sagte Mary Pat. »Wir müssen dieser Sache erst einmal auf den Grund gehen, bevor wir jemand die Schuld daran geben können.«

Ryan nickte und wandte sich dann wieder dem Verteidigungsminister zu: »Ihr seid schon zuvor gehackt worden, oder?«

»Der 24. Air-Force-Verband hat vor sechs Monaten in einem Software-Upgrade des Reaper-Systems im Netzwerk von Creech einen Virus entdeckt«, sagte Bob Burgess. »Sie stellten die Flüge erst einmal ein, während sie jede einzelne Drohne überprüften. Keine war jedoch infiziert worden. Trotzdem mussten wir in jedem Kontrollzentrum in Creech jede einzelne Festplatte löschen und dann wieder ganz von vorn beginnen.«

»Das gesicherte Netzwerk des Verteidigungsministeriums sollte eigentlich nicht mit dem Internet verbunden sein«, hakte Ryan nach. »Wie zum Teufel konnte dann ein Virus die Reaper-Software infizieren?«

»Das stimmt«, bestätigte Burgess. »Es sollte eigentlich einen ›Air Gap‹, einen Isolationsraum, zwischen unserem gesicherten Netzwerk und dem Internet geben, der solche Angriffe unmöglich macht.«

»Aber?«

»Aber daran sind immer Menschen beteiligt, und Menschen sind fehlbar. Wir fanden den Virus auf einer mobilen Festplatte, mit der man die Kartensoftware in einer unserer Bodenkontrollstationen aktualisiert hatte. Es war ein Protokollverstoß eines unserer Zulieferer.«

»Der Iran hat so etwas schon einmal gemacht«, sagte

CIA-Direktor Canfield. »Vor einigen Jahren haben sich die Iraner erfolgreich in eine Predator-Übertragung eingehackt und Videos von deren Kameras heruntergeladen.«

»Die Videos einer Satellitenübertragung zu kapern ist etwas ganz anderes, als die totale Kontrolle über den ganzen Flugkörper zu übernehmen, dessen Waffen abzufeuern und ihn dann abstürzen zu lassen«, warf die Direktorin der Nationalen Nachrichtendienste ein. »Das ist um mehrere Größenordnungen komplizierter.«

Ryan nickte. Er hörte sich alle Argumente an, ohne im Moment ein Urteil zu fällen. »Okay«, sagte er. »Ich erwarte, dass Sie mich über alle neuen Erkenntnisse in dieser Angelegenheit sofort unterrichten.«

»Mr. President«, meldete sich der Verteidigungsminister zu Wort. »Wie Sie wissen, haben wir acht Mitglieder der First Cavalry Division und einundvierzig afghanische Spezialkräfte-Soldaten verloren. Bisher haben wir nichts über diese Verluste gemeldet, aber ...«

»Geben Sie es bekannt«, unterbrach ihn Ryan. »Und geben Sie zu, dass eine Drohne daran beteiligt war und eine technische Fehlfunktion hatte. Wir müssen auch in dieser Angelegenheit die Informationshoheit behalten und der Welt verkünden, dass wir gehackt wurden und deshalb amerikanische und afghanische Soldaten ermordet wurden.«

»Sir, davon möchte ich abraten«, sagte Burgess. »Unsere Feinde werden das gegen uns verwenden. Es lässt uns schwach aussehen.«

Die Direktorin der Nationalen Geheimdienste schüttelte den Kopf, aber Ryan kam Mary Pat zuvor. »Bob, wer immer die Drohne gehackt hat, besitzt die Videoaufzeichnungen ihrer Kameras. Er kann damit also jederzeit beweisen, dass er unsere Technologie außer Gefecht gesetzt hat. Sollten wir das vertuschen, wird das unser Problem also nur noch vergrößern.«

Der Präsident fügte hinzu: »Meine Damen und Herren, es bleibt uns also vorerst gar nichts anderes übrig, als das Ganze zu schlucken. Ich möchte, dass Sie die Meldung herausgeben, dass sich eine unbekannte Macht einer unserer Kampfdrohnen bemächtigt hat, die sich mit Zustimmung der afghanischen Regierung auf einem Einsatz in Afghanistan befand, und mit ihr eine vorgeschobene US-Operationsbasis angegriffen hat. Unsere Versuche, die Waffe zu zerstören, bevor sie nach Pakistan hinüberwechselte, waren erfolglos. Wir werden die Täter, diese Mörder, aufspüren und sie ihrer gerechten Strafe zuführen.«

Ryan merkte, dass dies Burgess ganz und gar nicht gefiel. Der Verteidigungsminister stellte sich bereits vor, wie nur Stunden nach dieser Bekanntgabe die Taliban auf Al-Dschasira behaupten würden, dass sie selbst hinter diesem Anschlag steckten.

Laut sagte er: »Ich finde es nicht gut, dass wir unsere Schwachstellen der ganzen Welt mitteilen. Das wird nur noch mehr Leute ermutigen, es ebenfalls zu versuchen.«

»Mir gefällt es ebenso wenig, Bob«, erwiderte Ryan. »Ich glaube nur, dass die Alternativen noch schlechter sind.«

In diesem Augenblick klingelte das Telefon auf dem Konferenztisch. Ryan hob selbst den Hörer ab. »Ja?«

»Sir, wir haben vom Heimatschutzministerium gerade eben eine Meldung erhalten. Die Predator-Drohne wurde über dem westlichen Nebraska abgeschossen. Es hat keine Opfer gegeben.«

»Gott sei Dank«, sagte Ryan. Es war die erste gute Nachricht an diesem Tag.

29

Der Gebietsverkaufsleiter des Computerunternehmens Advantage Technology Solutions, Todd Wicks, saß in einer Pizzeria. Das Fett der Käsepizza durchtränkte den Pappteller, der vor ihm auf dem Tisch stand.

Er hatte keinen Appetit, aber er konnte sich keinen anderen Grund vorstellen, warum er hier am Nachmittag um drei Uhr sitzen sollte. Er zwang sich, ein Stück abzubeißen. Er kaute ganz langsam und schluckte das Ganze hinunter, obwohl er befürchtete, es würde nicht lange da unten bleiben.

Todd befürchtete, sich jeden Moment übergeben zu müssen. Das lag allerdings nicht an der Pizza.

Man hatte ihn heute Morgen um acht Uhr zu diesem Treffen einbestellt. Der Anrufer hatte keinen Namen genannt und auch nicht gesagt, worum es bei diesem Treffen gehen würde. Er teilte ihm nur Zeit und Ort mit und forderte ihn auf, beides zu wiederholen.

Und das war es dann auch schon. Nach dem Anruf fühlte sich Wicks' Magen an, als ob er eine ganze Katze gegessen hätte. Er starrte nur noch auf die Wände seines Büros. Alle drei oder vier Minuten schaute er auf die Uhr, wobei er sich einerseits wünschte, es würde nie drei Uhr werden, andererseits den Wunsch verspürte, es wäre endlich so weit und er könnte es hinter sich bringen.

Der Mann, der ihn angerufen hatte, war Chinese, das hatte er an seiner Stimme erkannt. Das und das kurze und kryptische Gespräch waren für ihn Grund genug, sich Sorgen zu machen.

Dieser Mann war ganz sicher ein Spion, und er würde Todd irgendeinen Akt von Landesverrat begehen lassen, der ihn töten oder für den Rest des Lebens ins Gefängnis bringen konnte. Trotzdem wusste er auch, dass er alles, was man von ihm verlangte, tun würde.

Als Todd nach der Episode mit der Nutte und dem chinesischen Polizeiinspektor aus Shanghai nach Hause zurückgekehrt war, hatte er sich noch vorgenommen, dem Agenten, der ihn irgendwann unweigerlich kontaktieren würde, zu sagen, er könne sich diese beschissene Spionageaktion, die er von ihm verlangte, ins Knie ficken. Aber natürlich konnte und würde er das nicht tun. Sie besaßen das Video und den Tonmitschnitt. Er brauchte sich nur an den 52-Zoll-Fernseher in dieser Hotelsuite zu erinnern, auf dem er beobachten konnte, wie sein splitternackter lilienweißer Hintern mit slapstickartiger Geschwindigkeit auf und nieder sauste, um zu wissen, dass ihn dieser Chinese an seinen verdammten Eiern hatte.

Wenn er sich dessen Anordnung verweigerte, würde seine Frau Sherry zweifellos einige Tage später eine E-Mail bekommen, die ein HD-Video des ganzen unappetitlichen Vorgangs enthielt.

Nein. Das durfte auf gar keinen Fall passieren. Das hatte er sich damals gesagt, und seitdem hatte er auf diesen Anruf gewartet und sich davor gefürchtet, was sie von ihm verlangen würden.

Fünf Minuten nach drei betrat ein Asiate mit einer Einkaufstüte die Pizzeria, kaufte sich von dem Mann hinter dem Tresen eine Calzone und eine Dose Pepsi und trug sein spätes Mittagessen zu den kleinen Tischen im hinteren Teil des Lokals hinüber.

Sobald Todd erkannte, dass der Mann asiatischer Herkunft war, beobachtete er jede seiner Bewegungen. Als er sich jedoch Todds eigenem Tisch näherte, blickte der Computerverkäufer auf seine fettige Pizza hinunter. Er nahm an, dass direkter Augenkontakt in einer derartigen Situation das Falsche war.

»Guten Tag.« Der Mann setzte sich an Todds kleinen Bistrotisch.

Todd schaute auf und schüttelte die Hand, die ihm der Chinese hinstreckte.

Wicks war vom Aussehen dieses Spions überrascht. Er war in seinen Zwanzigern und damit jünger, als Todd erwartet hatte. Tatsächlich hatte er etwas von einem Computer-Nerd an sich, dicke Brillengläser, ein weißes Button-down-Hemd und leicht zerknitterte Sansabelt-Hosen.

»Wie ist die Pizza?«, fragte der Mann mit einem breiten Lächeln.

»Ganz okay. Hören Sie, sollten wir nicht irgendwo hingehen, wo wir mehr unter uns sind?«

Der junge Mann mit der dicken Brille schüttelte lächelnd den Kopf. Er biss in seine Calzone und zuckte zusammen, als ihm der heiße Käse den Mund verbrannte. Er schüttete eine Menge Pepsi hinterher und sagte dann: »Nein, nein. Das passt schon.«

Todd fuhr sich mit den Fingern durchs Haar. »Dieser Laden hier hat Überwachungskameras. Wie eigentlich jedes Lokal hier in der Gegend. Was ist, wenn jemand ...«

»Im Moment funktioniert die Kamera nicht«, sagte der chinesische Spion und schmunzelte. Er wollte gerade einen weiteren Bissen zum Mund führen, als er plötzlich mitten in der Bewegung stoppte. »Todd, ich frage mich langsam, ob Sie nicht nach einer schlechten Ausrede suchen, um uns nicht helfen zu müssen.«

»Nein. Das ist schon okay. Ich bin nur ... etwas besorgt.«

Der andere biss ein Stück Pizza ab und nahm einen weiteren Schluck aus seiner Coladose. Er schüttelte den Kopf und winkte ab. »Kein Grund zur Beunruhigung. Überhaupt nicht. Wir möchten nur, dass Sie uns einen kleinen Gefallen tun. Es ist ganz einfach. Einen einzigen Gefallen, und das war's.«

Todd hatte im letzten Monat an fast nichts anderes als an diesen »Gefallen« denken können.

»Und worum handelt es sich?«

Mit seiner gewohnten Lässigkeit sagte der chinesische Spion: »Wie ich weiß, wollen Sie morgen Vormittag einem Ihrer Kunden eine Lieferung überbringen.«

Scheiße, dachte Wicks. Tatsächlich sollte er morgen um genau acht Uhr der Defense Intelligence Agency auf der Bolling-Luftwaffenbasis zwei kürzlich bestellte Hauptplatinen übergeben. Panik stieg in ihm auf. Er würde für die Chinesen spionieren. Man würde ihn erwischen. Er würde alles verlieren.

Aber er hatte keine Wahl.

Todd ließ den Kopf fast auf die Tischplatte sinken. Er hätte am liebsten geweint.

»Hendley Associates«, sagte der Chinese. » In Maryland.«

Todd richtete sich blitzschnell wieder auf.

»Hendley?«

»Sie *haben* doch einen Termin bei denen?«

Wicks wunderte sich schon gar nicht mehr darüber, dass der Chinese von seinen Geschäften mit diesem bestimmten Kunden wusste. Er war erleichtert, dass es hier offensichtlich »nur« um Industriespionage ging und er nicht gezwungen war, einen US-Geheimdienst auszuforschen. »Richtig. Um elf Uhr vormittags. Ich bringe ihnen die neue Hochgeschwindigkeitsfestplatte eines deutschen Herstellers.«

Der junge Chinese, der ihm immer noch nicht seinen Namen gesagt hatte, schob die Einkaufstüte unter den Tisch.

»Was ist das?«, fragte Todd.

»Das ist Ihr Produkt. Die Festplatte. Es ist genau das

gleiche Produkt, das Sie morgen übergeben wollten. Wir möchten, dass Sie dorthin gehen, aber Ihnen *diese* Festplatte aushändigen. Keine Angst, sie sind identisch.«

Wicks schüttelte den Kopf. »Ihr IT-Direktor ist ein Sicherheitsfanatiker. Er wird Ihre Festplatte mit allen möglichen Diagnoseprogrammen überprüfen.« Todd machte eine Pause. Er wusste nicht, ob er das Offensichtliche laut aussprechen sollte. Nach ein paar Sekunden platzte es jedoch aus ihm heraus: »Er wird finden, was Sie dort draufgeladen haben.«

»Ich habe nicht gesagt, dass wir etwas ›dort draufgeladen‹ haben.«

»Nein. Haben Sie nicht. Aber ich bin mir sicher, dass Sie es gemacht haben. Ich meine ... warum sonst sitzen wir denn hier?«

»Auf dieser Festplatte gibt es nichts, was irgendein IT-Direktor finden könnte.«

»Sie kennen diesen Typ und seine Firma nicht. Sie sind erste Sahne.«

Der Chinese lächelte, während er in seine Calzone biss. »Ich *kenne* Gavin Biery, und ich kenne Hendley Associates.«

Wicks schaute ihn lange an, ohne etwas zu sagen. Hinter ihnen kam eine Gruppe von Highschool-Schülern herein. Sie waren so laut, dass man sein eigenes Wort nicht mehr verstand. Ein Junge nahm einen anderen in den Schwitzkasten, während sie an der Theke warteten, bis man ihre Bestellung entgegennahm. Der Rest der Gruppe schüttelte sich vor Lachen.

Todd Wicks saß inmitten dieser alltäglichen und banalen Normalität und wusste, dass sein Leben ab jetzt nicht mehr normal sein würde.

Plötzlich kam ihm eine Idee. »Ich könnte meine eigene Diagnosesoftware auf diesem Gerät laufen lassen. Wenn ich nichts finden kann, übergebe ich es Gavin.«

Der Chinese lächelte schon wieder. Er strahlte über das

ganze Gesicht. »Todd, hier gibt es nichts zu verhandeln. Sie werden tun, was man Ihnen sagt, und Sie werden es dann tun, wenn man es Ihnen sagt. Dieses Gerät ist absolut sauber. In dieser Hinsicht brauchen Sie sich keinerlei Sorgen zu machen.«

Todd biss ein Stück von seiner Pizza ab, ließ es aber im Mund liegen, ohne zu kauen. Er fragte sich, ob er je wieder etwas würde essen können. Gleichzeitig war ihm jedoch klar, dass er dem Chinesen vertrauen musste.

»Ich mache das, und dann ist die ganze Sache für mich erledigt?«

»Sie machen das, und die ganze Sache ist für Sie erledigt.«

»In Ordnung«, sagte er und zog die Einkaufstüte näher an sich heran.

»Ausgezeichnet. Und jetzt sollten Sie sich entspannen. Sie haben überhaupt nichts zu befürchten. Das hier ist nur ein einfaches Geschäft. Wir machen so etwas die ganze Zeit.«

Todd schnappte sich die Tüte und stand auf. »Nur dieses eine Mal.«

»Versprochen.«

Wicks verließ die Pizzeria ohne ein weiteres Wort.

30

Adam Yao hatte den ganzen Tag in seinem Deckmantel-Job als Präsident, Direktor und einziger Angestellter von SinoShield, seiner Ein-Mann-Wirtschaftsdetektei für Produkt- und Markenpiraterie, gearbeitet. Neben seinen Pflichten für die CIA durfte er keinesfalls dieses Tarnunternehmen vernachlässigen, das seinen Aufenthalt hier in Hongkong begründete, ihm einen ständigen Kontakt mit den örtlichen Polizisten und Regierungsbeamten ermöglichte und für seine CIA-Beschattungsoperationen Deckung gab.

Aber jetzt war es einundzwanzig Uhr, und angesichts des zwölfstündigen Zeitunterschieds zwischen Langley und Hongkong beschloss Adam, sich über seine gesicherte E-Mail-Verbindung bei der »dunklen Seite« seines Berufslebens zu melden.

Gestern hatte er sich noch gegen eine solche Meldung entschieden, da er wusste, dass es irgendwo in der Asienabteilung des National Clandestine Service der CIA ein Leck geben musste. Über Nacht hatte sich jedoch die Lage geändert, und er musste seinen Vorgesetzten jetzt diese Botschaft unbedingt senden.

Gestern hatte man der gesamten US-amerikanischen Drohnenflotte, ob sie nun für das Militär, die Geheimdienste oder das Heimatschutzministerium tätig war, Startverbot erteilt, weil sich jemand in das Computernetz oder die Satellitensignale oder beides gehackt hatte. Dass ein solcher Hacker dahintersteckte, war zumindest die vorherrschende Meinung in den vorläufigen »Tech Reports« der NSA, die Adam heute gelesen hatte.

Als er von der UAV-Entführung über Afghanistan erfuhr, wusste Adam, dass er Langley mitteilen musste, dass er hier in Hongkong im Moment einen chinesischen Drohnenhacker namens Zha Shu Hai beschattete, der aus einem amerikanischen Gefängnis geflohen war.

Nein, diese Information konnte er jetzt unmöglich für sich behalten.

Yao wusste, dass seine Meldung in Langley auf große Skepsis stoßen würde. Seine Vermutung, dass ein junger chinesischer Hacker, der vor zwei Jahren ein UAV-Softwareprogramm gestohlen hatte, irgendwie in den Computerangriff von dieser Woche verwickelt sei und mehrere amerikanische Drohnen entführt haben könnte, beruhte auf keinerlei belastbaren Indizien oder gar Beweisen.

Im Gegenteil schien sogar einiges darauf hinzudeuten, dass Zha Shu Hai bestimmt nichts mit einer solch hochbedeutsamen Sache wie diesen Angriffen zu tun hatte. Yao hatte in seiner Depesche die Triade nicht erwähnt. Er wusste jedoch sehr genau, dass das Hacken von Drohnen und die Tötung amerikanischer Soldaten in Afghanistan mit dem üblichen Geschäft der 14K nicht das Geringste zu tun hatte. Wenn Zha tatsächlich für die 14K-Triade arbeitete, beschäftigte er sich eher mit dem Hacken von Bank-Softwareprogrammen oder anderen Formen des Computerbetrugs.

Aber Adam wollte das genau wissen und fragte seine Vorgesetzten, ob man ihm nicht bei seiner Untersuchung der Vorgänge im Mong-Kok-Computerzentrum personelle Unterstützung gewähren könne.

Langley lehnte diese Bitte jedoch ab. Alle Agenten in Asien seien im Moment mit anderem beschäftigt. Aus Amerika Agenten einzufliegen komme schon gar nicht infrage.

Adam musste zugeben, dass diese Antwort nachvollziehbar war, wenn sie ihn auch unheimlich ärgerte. Im unwahrscheinlichen Fall, dass die Chinesen tatsächlich etwas mit den UAV-Attacken zu tun hätten, wären diese bestimmt aus China selbst gekommen, hatte Langley argumentiert. Alle Geheimdiensterkenntnisse wiesen darauf hin, dass offensive Computernetzwerkoperationen militärischer Natur in der Größenordnung der Drohnenentführungen von der Vierten Generalstabsabteilung der Volksbefreiungsarmee durchgeführt wurden, in der die chinesische Cyberkriegselite konzentriert war.

Ein derartig perfekt koordinierter Angriff auf die Vereinigten Staaten würde von ihnen und nicht von irgendwelchen Hackern in Hongkong ausgehen.

In der CIA-Computerbotschaft an Adam Yao hieß es weiter, dass von Zha in seinem Hongkonger Bürogebäude bestimmt keine Gefahr für das gesicherte Computernetz des US-Verteidigungsministeriums drohe.

Schließlich sei Hongkong ja nicht China.

»Tatsächlich!«, murmelte Adam, als er die Botschaft auf seinem Monitor las. »Wer hätte das gedacht.« Wenngleich an diesem Argument ja etwas dran war, ärgerte er sich doch über den herablassenden Ton. Er wusste, dass seine Beobachtungen ungewöhnlich waren, aber gerade deshalb hätten sie es verdient, hier vor Ort näher überprüft zu werden.

Da waren jedoch seine Vorgesetzten, die CIA-Analysten, ganz anderer Meinung.

Adam bekam also keine Verstärkung. Das war jedoch nicht einmal die schlimmste Nachricht in dieser Depesche aus Langley. Seine Vorgesetzten im National Clandestine Service teilten ihm nämlich ebenfalls mit, dass sie seine hilfreiche Information über den gegenwärtigen Aufenthaltsort von Zha Shu Hai an den US Marshals Service weiterleiten würden.

Das bedeutete, wie Adam wusste, dass in ein paar Tagen ein paar große Limousinen in Mong Kok auftauchen würden, aus denen ein ganzes Team von Deputy Marshals aussteigen würde. Die Triaden würden sie sofort als Bedrohung identifizieren und FastByte22 aus der Stadt schaffen. Yao würde dann nie mehr etwas von ihm hören.

Adam loggte sich aus dem gesicherten E-Mail-System aus und lehnte sich in seinem Stuhl zurück. »Scheiße!«, schrie er die Wände seines kleinen Arbeitszimmers an.

Zha Shu Hai war noch nie zuvor in Centers Büro gewesen. Nur wenige Mitarbeiter von Ghost Ship, selbst solche wichtigen wie Zha, hatten jemals den überraschend beengten und spartanischen Arbeitsraum ihres Anführers betreten.

Zha stand mit den Händen straff an den Seiten und geschlossenen Knien in einer fast militärischen Stellung da, weil Center ihm keinen Platz angeboten hatte. Das steinharte Gel in seinen Igelspitzen glänzte und funkelte im Licht der Flachbildschirme auf Centers Schreibtisch. Center selbst saß in einem Stuhl vor seinen Monitoren. Im Ohr trug er seinen allgegenwärtigen VoIP-Ohrhörer, und auch sein Auftreten war so brüsk und abweisend wie gewöhnlich.

»Drei amerikanische Drohnen wurden zum Absturz gebracht, bevor die Amerikaner alle derartigen Flüge einstellten«, sagte er schließlich.

Zha nahm weiterhin eine Habachtstellung ein. *War das eine Frage?*

Center klärte dies sofort auf. »Warum nur drei?«

»Sie haben ihre anderen Drohnen sofort landen lassen. Es gelang uns, nur Minuten nach dem Absturz der ersten in eine zweite in Afghanistan einzudringen, aber sie landete, bevor unser Pilot die Eingabekontrolle übernehmen konnte. Außerdem waren die Waffen bereits abgeschaltet worden. Sobald ich dies erkannte, kaperte ich die Global

Hawk vor der afrikanischen Küste. Es handelt sich dabei um eine äußerst teure und technologisch fortgeschrittene Maschine. Das wird den Amerikanern zeigen, dass wir die Möglichkeit besitzen, ihnen großen Schaden zuzufügen.«

»Die Global Hawk ist ins Meer gestürzt«, sagte Center in einem Ton, den Zha nicht interpretieren konnte.

»Ja. Sie ist ein Northrop-Grumman-Produkt, und meine Software wurde für die Reaper- und Predator-Plattformen von General Atomics optimiert. Ich hoffte, der Pilot könnte sie vielleicht noch auf ein Schiff stürzen lassen, aber er verlor die Kontrolle, sobald ich ihm die Verantwortung übergeben hatte.

Die dritte Drohne habe ich über dem US-amerikanischen Festland entführt. Ich dachte, das würde ihnen endgültig einen Schreck einjagen.«

Zha war offensichtlich stolz auf sich. Er hätte von Center gern etwas mehr Anerkennung erfahren, als dies jetzt der Fall war.

»Wir hätten mehr Piloten haben sollen«, sagte Center.

»Sir. Ich hielt es für nötig, mich an jeder Entführung persönlich zu beteiligen. Ich hätte das Signal kapern und dann sofort den verschiedenen Piloten die Kontrolle übergeben können, aber bei jeder einzelnen Operation galt es viele technische Nuancen zu beachten. Die Piloten waren nicht darauf trainiert, das Signal ständig aufrechtzuerhalten.«

Tong schaute einen Bericht durch, den Zha ihm über die Einzelheiten jeder Operation geschickt hatte. Zuerst sah es so aus, als wollte er weitere Kommentare abgeben, dann legte er das Papier jedoch wieder auf seinen Schreibtisch.

»Ich bin zufrieden.«

Zha stieß innerlich einen langen Seufzer aus. Er wusste, dass dies das höchste Lob war, das man von Center erhalten konnte.

Dieser fügte dann noch hinzu: »Ich hatte mir eigentlich

fünf oder sogar mehr Kaperungen erhofft, aber die drei UAV, die Sie übernommen haben, waren in Bezug auf die größtmögliche Wirkung gut ausgewählt.«

»Danke, Center.«

»Und der Trojaner in ihrem Netzwerk?«

»Der bleibt. Ich habe ihnen eine falsche Spur gelegt. Die werden sie noch diese Woche finden, aber der echte Trojaner wird sofort wieder aktiv werden, sobald sie ihre Drohnen fliegen lassen.«

»Diese falsche Spur wird ihre Aufmerksamkeit auf den Iran lenken?«

»Ja, Center.«

»Gut. Die VBA hofft, dass die Amerikaner den Iran deswegen angreifen werden. Ich glaube jedoch, dass sie die Fähigkeit der NSA unterschätzen, diese Irreführung aufzudecken. Trotzdem ist jeder Tag, an dem Washington Chinas Verwicklung in die Operation Erdschatten noch nicht erkennt, ein gewonnener Tag, der uns unseren Zielen näher bringt.«

»Ja, Center.«

»Gut, gut«, sagte Center. Zha verbeugte sich und wandte sich zum Gehen.

»Da gibt es noch etwas.«

Der junge Mann nahm sofort wieder Habachtstellung ein und schaute Dr. Tong an. »Sir?«

Der Ältere holte ein Schriftstück von seinem Schreibtisch und schaute es einen Moment durch. »Zha, anscheinend werden Sie von der CIA beschattet. Sie haben einen Spion hier in Hongkong sitzen, der Sie beobachtet. Sie brauchen sich jedoch keine Sorgen zu machen. Sie stecken nicht in Schwierigkeiten. Selbst mit Ihrer Verkleidung hielten wir es für möglich, dass Sie jemand irgendwann erkennen wird. Er kennt Ihren Namen, und er kennt Ihr Computer-Pseudonym. Sie dürfen also den Namen FastByte22 künftig nicht mehr verwenden!«

»Jawohl, Center«, sagte Zha.

»Dieser örtliche CIA-Agent scheint jedoch keine näheren Einzelheiten unserer Operation zu kennen. Seine Vorgesetzten haben ihm mitgeteilt, dass sie im Moment kein gesteigertes Interesse an Ihnen haben. Sie könnten jedoch durchaus die amerikanische Polizei benachrichtigen, die vielleicht versuchen wird, Sie in die Vereinigten Staaten zurückzubringen.«

Der junge Mann mit der Igelfrisur sagte kein Wort.

Nach einem kurzen Moment wedelte Center mit einer Hand durch die Luft. »Ich werde das mit unseren Gastgebern besprechen. Sie sollten besser auf uns aufpassen. Schließlich bringen unsere Bankgeschäfte ihnen eine Menge Geld ein.«

»Jawohl, Center.«

»Sie sollten Ihre Aktivitäten in der Stadt etwas einschränken. Ich werde darauf bestehen, dass man Ihre Leibwache verdoppelt.«

»Und was machen wir wegen der Amerikaner?«, fragte Zha.

Offensichtlich hatte Center auch darüber bereits nachgedacht. »Im Moment? Nichts, außer die 14K zu größerer Wachsamkeit anzuhalten. Die Operation Erdschatten befindet sich in einer kritischen Phase. Wir können deshalb diesem Agenten nichts allzu« – er suchte nach dem passenden Wort – »Robustes antun, ohne die Aufmerksamkeit der Amerikaner zu erregen.«

Zha nickte.

»Im Moment warten wir einfach ab. Wenn wir uns später nicht mehr länger im Schatten bewegen müssen, werden wir Hongkong verlassen. Unsere Freunde hier werden sich dann um Mr. Adam Yao von der CIA kümmern.«

31

Jack Ryan jr. ließ sich wie jeden Werktag um genau 8.30 Uhr auf den Stuhl in seiner Box des Großraumbüros fallen.

Auch heute war er wieder seiner gewohnten Morgenroutine gefolgt. Um 5.15 Uhr aufstehen, mit Melanie Kaffee trinken, Kraftraum oder Morgenlauf, ein Abschiedskuss und eine fünfzehnminütige Fahrt zu seiner Arbeitsstelle.

Im Büro schaute er gewöhnlich erst einmal die Daten und Berichte durch, die die CIA drunten in Langley der NSA droben in Fort Meade über Nacht geschickt hatte. Das hatte sich seit der Cyberübernahme der drei amerikanischen Drohnen jedoch etwas geändert. Jetzt verbrachte er mehr Zeit damit, den Datenfluss in die entgegengesetzte Richtung zu sichten. Die Cyberschnüffler bei der NSA schickten ihren CIA-Kollegen täglich ein Update über ihre Untersuchung des Angriffs.

Jack las diese Informationen der NSA jeden Morgen durch. Er hoffte, dass die Jungs da droben dieser Geschichte schnell auf den Grund kommen würden. Eigentlich waren die Drohnenentführungen nichts, womit der Campus sich offiziell befasste. Jack und die anderen waren immer noch mit der Aufklärung der Hintergründe der Istanbul-Festplatte beschäftigt. Trotzdem hielt er sich ständig über die Erkenntnisse der NSA auf dem Laufenden.

Er hatte sogar mit Melanie ein langes Gespräch über diese Ereignisse geführt. Er war inzwischen ein Experte darin, mit seiner Freundin in eher leichtem und mäßig interessiertem Ton über ihre Arbeit zu reden, obwohl er die Meinungen dieser äußerst fähigen Geheimdienstanalystin in Wirklichkeit höchst interessant fand. Sie bearbeitete diese Angelegenheit im Auftrag von Mary Pat Foley. Im Augenblick waren die Computerforensiker der NSA jedoch die wichtigsten Ermittler in dieser Angelegenheit.

Heute Morgen gab es eine neue Entwicklung. Aus den Daten, die Ryan einsehen konnte, ging hervor, dass der Iran am Angriff auf die Drohnen beteiligt war.

»Verdammt«, sagte Ryan, als er auf seinem Notizblock einige Stichpunkte für die Morgenbesprechung notierte. »Dad bekommt einen Herzanfall.« Jacks Vater hatte vor einigen Jahren mit der Vereinigten Islamischen Republik eine Auseinandersetzung auf Leben und Tod führen müssen. Deren Machthaber hatten ihn und seine Tochter zu töten versucht. Ryan Senior hatte daraufhin die Teheraner Führung durch einen Bombenangriff auslöschen lassen. Obwohl der Irak und der Iran inzwischen wieder zwei separate Staaten waren, war Ryan Junior doch nicht weiter überrascht, dass die Iraner wieder einmal Probleme machten.

Er konnte sich gut vorstellen, dass sein Vater sofort mit der Planung einer Vergeltungsaktion beginnen würde, wenn er diese Nachricht erhielt.

Jack verbrachte einen Großteil des Vormittags damit, den Datenfluss von der NSA zur CIA durchzugehen. Danach blätterte er jedoch auch noch schnell die interne Kommunikation der CIA durch. Über die Drohnensache erfuhr er dabei kaum etwas Neues. Plötzlich meldete jedoch sein Data-Mining-Programm, dass es etwas entdeckt hatte.

Jack klickte auf das Programm, um es zu starten.

Ryan suchte mit seiner Data-Mining-Software regelmäßig den gesamten CIA-Datenverkehr nach ganz bestimmten Schlüsselbegriffen ab. Täglich bekam er zwischen zehn und hundert Treffer für solche Stichwörter wie »libysche JSO-Agenten«, »Computer-Hacken« und »Attentat«. Als er jetzt darauf wartete, welcher Suchbegriff dieses Mal in einer CIA-Meldung aufgetaucht war, hoffte er, dass er ihm helfen würde, den operationellen Stillstand des Campus zu beenden.

Als das Programm hochgefahren war, blinzelte er einige Male überrascht mit den Augen.

Der gefundene Begriff lautete: »FastByte22«.

»Mich laust der Affe«, murmelte Jack. Der Hacker der Istanbul-Festplatte war in einer CIA-Depesche aufgetaucht.

Ryan las sie in aller Eile durch. Ein inoffizieller Undercoveragent der CIA namens Adam Yao, der gegenwärtig in Hongkong operierte, hatte einen amerikanischen Computerhacker chinesischer Abstammung namens Zha Shu Hai gefunden, der in einem Hongkonger Viertel lebte und arbeitete. Yao teilte mit, dass Zha wahrscheinlich im Cyberspace unter dem Decknamen FastByte22 auftrat und er definitiv ein entflohener amerikanischer Sträfling war.

Yao erklärte in seiner Depesche, dass der Hacker als Penetrationstester für das Rüstungsunternehmen General Atomics gearbeitet habe und danach zu einer Haftstrafe verurteilt worden sei, weil er den Chinesen angeboten hatte, ihnen geheime Informationen über das Hacken von Drohnen und das Eindringen in gesicherte Netzwerke zu verkaufen.

»Mich laust der Affe«, wiederholte Jack.

Adam Yao schlug vor, ein CIA-Team nach Hongkong zu schicken, um Zha zu beschatten und dadurch mehr über seine Tätigkeiten und Verbindungen in Hongkong zu erfahren. Vor allem sollte man der Frage nachgehen, ob er etwas mit dem kürzlich erfolgten Eindringen in das geheime Informationsnetzwerk des Verteidigungsministeriums zu tun haben könnte.

Jack Ryan jr. hatte in seinen vier Jahren bei Hendley Associates Tausende – nein *Zehn*tausende – CIA-Depeschen gelesen. Diese spezielle Meldung enthielt jedoch erstaunlich wenige Einzelheiten, etwa darüber, wie Yao Zha gefunden hatte, wie Yao die Verbindung zum Decknamen FastByte22 hergestellt hatte und welchen Tätigkeiten Zha gegenwärtig nachging. Dieser Adam Yao schien seinen Vorgesetzten in Langley nur einen kleinen Teil des Puzzles liefern zu wollen.

Langley hatte Adam Yaos Bitte um personelle Unterstützung bei der Beschattung von Zha Shu Hai jedoch abgelehnt.

Jack rief einige alte CIA-Berichte auf, um mehr über diesen Undercoveragenten Adam Yao zu erfahren. Während er darauf wartete, schaute er auf die Uhr. Das Morgentreffen würde in ein paar Minuten beginnen.

Zwanzig Minuten später informierte Jack im achten Stock die übrigen Außenagenten sowie Gerry Hendley, Sam Granger und Rick Bell über die neuesten Entwicklungen. »Die NSA meint, sie habe noch eine Menge aufzuklären. Immerhin haben sie jedoch auf dem gesicherten Netzwerk auf der Creech-Luftwaffenbasis einen Trojaner gefunden. Eine Programmzeile schleicht in die Software ein, die den Drohnenflug kontrolliert, und befiehlt dann, dass dieses Programm zu einem Server im Internet geschickt wird.«

»Das Netzwerk des Verteidigungsministeriums ist bekanntlich ja nicht ans Internet angeschlossen«, sagte Bell. »Wie kann dann dieses Programm auf einen Internet-Server übertragen werden?«

Ryan erklärte es ihm. »Jedes Mal, wenn jemand mit einer externen Festplatte Netz-Programme updated oder neue Daten auf dieses Netzwerk aufspielt, schmuggelt dieser Trojaner automatisch gestohlene Daten aus dem Netz auf verborgene Abschnitte dieser Festplatte, ohne dass der

Benutzer das merkt. Wenn man diese Festplatte später an einen Computer mit Internetzugang anschließt, werden diese Daten sofort auf einen Command Server übertragen, den die bösen Jungs kontrollieren. Wenn die Malware nur ein wenig taugt, geschieht das ganz im Geheimen.«

Domingo Chavez schüttelte den Kopf. »Wenn wir früher unsere Stellungen verteidigten, kam es auf die Befestigungsmaßnahmen, die Waffen und die Leute an. Mit dieser Methode kann man diesen Typen heute überhaupt nichts mehr anhaben.«

»Und wohin wurden diese Daten geschickt?«, fragte Sam Granger.

»Die Daten wurden an einen Network Server, einen physischen Computer, in der Technischen Universität von Qom geschickt.«

»Qom?« Caruso sagte dieser Name nichts.

Ding Chavez ließ einen tiefen Seufzer hören. »Liegt im Iran.«

»Diese verdammten Hurensöhne«, murmelte Sam Driscoll leise.

»Sieht ganz so aus, dass der Verdacht der CIA bestätigt wurde«, sagte Sam Granger.

»Das ist nicht ganz richtig, Sam«, korrigierte ihn Jack. »Dieser Virus hat diese Drohne nicht *kontrolliert*. Dieser Virus ist ein Trojaner, der die gesamte Kontroll-Software kopiert und weitergeleitet hat. Der Trojaner weist zwar auf eine Universität im Iran hin. Wenn die Iraner die Reaper jedoch *fliegen* wollten, hätten sie das Signal übernehmen und die Drohne täuschen müssen. Dazu sind eine hochkomplexe Apparatur und profunde Kenntnisse nötig, was natürlich nicht heißen soll, dass sie dazu nicht vielleicht doch fähig wären.«

»Also, war es der Iran?«

»Ich weiß es nicht. Je mehr ich darüber nachdenke, desto größer werden meine Zweifel. Diese Codezeile macht es so offensichtlich, dass es für mich eher so aussieht, als wollten die Urheber der Operation den Verdacht ganz gezielt auf den Iran lenken.«

»Ich würde gern Gavin Biery hinzuziehen, um seine Ansichten über das Ganze zu erfahren«, sagte Jack. »Er denkt doch kaum noch über etwas anderes nach.«

Rick Bell schien diese Idee nicht zu gefallen. »Das mag wohl sein, aber er ist kein Analyst.«

»Nein, natürlich nicht. Ihm fehlt die entsprechende Ausbildung. Außerdem verfügt er weder über die Geduld noch über die Gelassenheit, mit Meinungen umzugehen, die seiner eigenen widersprechen, was für jeden Analysten, der auch nur einen Pfifferling wert ist, unerlässlich ist. Trotzdem sollten wir Biery meiner Meinung nach als Quelle betrachten.«

»Als Quelle?«

»Ja. Wir geben ihm alles, was die NSA über den Angriff weiß, angefangen mit dieser Information über den Datenklau-Server.«

Rick Bell schaute Gerry Hendley an, der als Chef die Entscheidung treffen musste.

»Gavin versteht sein Handwerk«, sagte Gerry. »Wir sollten ihn einbeziehen und nach seiner Meinung über diese Sache hier fragen. Jack, warum gehen Sie nicht runter und reden mit ihm, wenn wir hier fertig sind?«

»Geht in Ordnung. Ich habe jedoch heute Morgen bei der CIA noch etwas anderes gefunden. Ich hätte das Gavin bereits erzählt, denn es geht vor allem ihn an, aber dann musste ich zuerst hier herauf zu unserer Sitzung.«

»Worum geht es?«, fragte Granger.

»In Hongkong gibt es einen Undercoveragenten, der behauptet, FastByte22, der Typ, der mit unserer Istanbul-Festplatte zu tun hat, lebe im Moment in Hongkong. Er sagt, dass er ihn seit ein paar Tagen beobachtet.«

»Was genau macht er?«, fragte Hendley.

»Das geht aus der Depesche nicht ganz hervor. Der inoffizielle Agent hat versucht, personelle Verstärkung zu bekommen, um seine Beschattungsoperation ausdehnen zu können. Als Begründung gibt er an, dass dieser Hacker einst an den Software-Programmen einiger Drohnen, die angegriffen wurden, mitgearbeitet hat. Er fragt sich, ob er deshalb nicht auch etwas mit den gegenwärtigen Ereignissen zu tun haben könnte.«

»Was sagt Langley dazu?«

»Sie sagen: ›Danke, aber nein danke.‹ Ich nehme an, die CIA ist im Moment viel zu sehr mit dem Iran beschäftigt, als dass sie einer solchen unsicheren Spur in Hongkong nachgehen möchte. Sie hatten für ihre Ablehnung auch ein paar richtig gute Argumente.«

»Sind wir denn sicher, dass es sich hier um denselben FastByte22 handelt?«, fragte Hendley.

»Er ist der Einzige, der jemals irgendwo aufgetaucht ist. Im offenen Internet, in Geheimdienstberichten und bei LexisNexis. Ich glaube, das ist unser Mann.«

Sam Granger bemerkte bei Ryan einen nachdenklichen Gesichtsausdruck. »Was geht Ihnen im Moment durch den Kopf, Jack?«

»Ich habe mir gerade überlegt, Gerry, ob wir nicht rüberfliegen sollten, um diesem Adam Yao zu helfen.«

Sam Granger schüttelte den Kopf. »Jack, Sie wissen doch, dass der Campus seine operativen Einsätze für den Moment eingestellt hat.«

»Der Campus schon, aber nicht Hendley Associates!«

»Was genau meinst du damit, Jack?«, fragte Chavez verwundert.

»Dieser Adam Yao betreibt dort drüben als Tarnunternehmen eine Wirtschaftsdetektei. Wir könnten dort doch als Vertreter der Firma Hendley auftauchen und behaupten, dieser FastByte-Typ habe versucht, in unser Netzwerk einzudringen. Wir tun einfach so, als ob wir nicht wüssten, dass Adam Yao diesen Kerl bereits in seiner Rolle als CIA-Agent beschattet.«

Für gute fünfzehn Sekunden herrschte im Konferenzraum tiefes Schweigen.

Schließlich sagte Gerry Hendley: »Mir gefällt das.«

»Das ist eine großartige Idee, Junge«, gab Chavez zu.

»Okay, aber wir machen das nur in kleiner Besetzung«, goss Granger etwas Wasser in den Wein. »Ryan und Chavez können nach Hongkong fliegen und sich dort mit Yao treffen. Seht, was ihr dort über FastByte22 herausfinden könnt, und erstattet uns dann Bericht.«

Jack nickte, aber Ding sagte: »Sam, ich habe einen Vorschlag zu machen, und ich hoffe, dass Sie ihn berücksichtigen.«

»Schießen Sie los.«

»Ryan und ich haben ziemlich wenig Ahnung, wenn es um diese Hacker-Geschichte geht. Ich meine auch konzeptionell. Ich weiß nicht, wie diese Server aussehen, wie viele Leute es braucht, um sie zu bedienen, wer das macht und so weiter und so fort.«

»Stimmt, das geht mir genauso«, gab Ryan zu.

»Ich schlage also vor, dass wir Biery mitnehmen«, sagte Chavez.

Granger verschluckte sich fast an seinem letzten Schluck Kaffee, als er das hörte.

»Gavin? Draußen im Feld?«

»Ich weiß, das ist nur so eine Idee«, sagte Chavez. »Aber er ist hundertprozentig vertrauenswürdig und besitzt die Kenntnisse, die wir benötigen, um diesen Undercoveragenten von unserer Geschichte zu überzeugen. Vor allem kann er uns helfen, unseren Tarnstatus beizubehalten.«

»Das müssen Sie mir aber jetzt erklären.«

»Wir erscheinen bei dieser Detektei und behaupten, wir würden einen Hacker jagen, aber nur Gavin kann das Problem, vor dem wir angeblich stehen, richtig darlegen. He, ich habe einen Masterabschluss, und Jack ist ein absolutes Genie, aber wenn uns dieser Typ zu viele Fragen stellt, wird er merken, dass wir auf diesem Gebiet wenig Ahnung haben. Wir werden im Vergleich zu diesen Computerfreaks wie zwei Primitivos aussehen.«

Sam nickte. »Okay, Ding. Genehmigung erteilt. Was seine Sicherheit angeht, muss ich mich jedoch auf euch Jungs verlassen können. Er ist doch hilflos wie ein neugeborenes Kind, wenn die Lage brenzlig wird.«

»Verstanden. Da die CIA die US Marshals benachrichtigen wird, kann es gut sein, dass wir nicht mehr viel Zeit haben. Wenn sie dort rüber gehen, FastByte verhaften und er wieder ins Gefängnis wandert, werden wir wahrscheinlich nie erfahren, für wen er gearbeitet hat.«

Nach einer kurzen Pause setzte Chavez hinzu: »Außerdem könnte er über unsere Operation hier plaudern, um eine Strafverkürzung auszuhandeln.«

»Warum fliegt ihr Jungs nicht schon heute Nacht dort hinüber?«, schlug Hendley vor.

»Das klingt gut«, sagte Ryan.

Chavez gab keine Antwort.

»Ding?«, fragte Granger. »Stimmt etwas nicht?«

»Patsy ist bis morgen für irgendeine Fortbildung in Pittsburgh. JP ist in der Schule und danach bei der Hausaufgabenbetreuung, aber um fünf Uhr muss ich ihn dort abholen.« Er dachte einen Moment nach. »Ich kriege einen Babysitter. Das ist kein Problem.«

»Und was wird Biery davon halten, dass er mit zwei Außenagenten nach Hongkong gehen soll?«, fragte Caruso.

Jack stand auf. »Um das zu erfahren, müssen wir ihn fragen. Ich rede mit ihm und bitte ihn, zu unserem Nachmittagstreffen zu kommen. Dann werden wir seine Meinung zu dieser Iran-These hören und ihm mitteilen, dass er mit uns nach Hongkong fliegt.«

32

Todd Wicks schwitzte nicht und er fühlte, dass weder sein Puls noch sein Blutdruck überhöht waren. Tatsächlich war er seit Jahren nicht mehr so ruhig gewesen.

Dazu hatte er allerdings drei Valium gebraucht.

Er saß in seinem Lexus auf dem Parkplatz von Hendley Associates und wartete noch ein paar Sekunden, damit die Tabletten ihre volle Wirkung entfalten konnten. Er hatte dreimal so viel Antitranspirant wie gewöhnlich aufgetragen und an diesem Morgen auf seinen doppelten Caffè Latte bei Starbucks verzichtet, weil er Angst hatte, das Koffein könnte ihn zittrig machen.

Er hatte auf der halbstündigen Fahrt von Washington nach West Odenton sogar einen Cool-Jazz-Radiosender eingeschaltet, weil er hoffte, diese Musik würde ihn noch weiter beruhigen.

Kurz vor elf Uhr entschied er, dass er bereit war. Er stieg aus seiner Luxuslimousine und holte eine kleine Plastikbox aus dem Kofferraum, die seine Lieferung für Hendley Associates enthielt.

Eigentlich wusste er kaum etwas über dieses Unternehmen. Er hatte in seinem Verkaufsbereich fast hundert Kunden. Er konnte sich deshalb auch nicht weiter darum kümmern, was jeder einzelne von ihnen verkaufte, anbot oder womit er sich sonst beschäftigte. Die Hälfte von ihnen waren die IT-Abteilungen von Regierungsbehörden und die andere Hälfte Unternehmen wie Hendley, das, soweit Todd Wicks wusste, mit Aktien handelte und Finanztransaktionen oder so etwas durchführte.

Er kannte Gavin Biery. Irgendwie mochte er diesen zerzausten Computer-Nerd sogar, obwohl Gavin ein ziemlicher Miesepeter sein konnte.

Immerhin feilschte Biery nie um den Preis. Hendley Associates war ein guter Kunde, und Wicks tat nur ungern etwas, das ihnen schaden könnte, aber er hatte sich mit der Tatsache abgefunden, dass es heute eben sein musste.

Er wusste das eine oder andere über Industriespionage. Er las regelmäßig das *Wired*-Magazin und arbeitete in einer Branche, in der durch Unternehmensgeheimnisse ganze Vermögen gewonnen oder verloren wurden. Die Chinesen hatten wahrscheinlich auf der deutschen Festplatte eine Spionagesoftware versteckt. Er tippte auf den Master Boot Record. Er hatte keine Ahnung, warum sie das taten und weswegen sie sich überhaupt für Hendley Associates interessierten, aber es war für ihn auch keine allzu große Überraschung. Wenn es um den Diebstahl von Industriegeheimnissen vor allem in der Hightech- und Finanzbranche des Westens ging, waren die Chinesen gewissenlose Bastarde.

Wicks drehte es den Magen um bei dem Gedanken, dass er diesen Chinesen dabei half, aber er musste gleichzeitig zugeben, dass es hätte schlimmer kommen können.

Es war immer noch besser, als die eigene Regierung auszuspionieren.

Genau zur vollen Stunde betrat er das Hendley-Gebäude. In der Hand trug er die Einkaufstüte mit der Festplatte. Er ging zum Empfangsschalter hinüber und erklärte den Wachmännern in ihren blauen Blazern, dass er eine Verabredung mit Gavin Biery habe.

Während er in der Lobby wartete, waren seine Knie zwar wegen der Muskelrelaxanzien, die er an diesem Morgen eingenommen hatte, etwas weich, aber sonst fühlte er sich überraschend gut.

Tatsächlich war er sogar entspannter als am Tag zuvor.

»Wie zum Teufel konnten Sie nur, Wicks?«

Todd wurde unsanft in die Realität zurückgeholt, wirbelte herum und schaute direkt in das ärgerliche Gesicht von Gavin Biery. Hinter ihm hatten sich die beiden Sicherheitsleute vor dem Empfangstisch aufgebaut.

Scheiße, scheiße, scheiße.

»Wa–was ist los?«

»Sie wissen genau, was los ist!«, sagte Biery. »Sie bringen sonst immer Donuts mit! Wo sind meine verdammten Donuts?«

Todd seufzte innerlich tief auf. Gleichzeitig lief ihm der Schweiß den Nacken hinunter auf den Rücken. Er zwang sich ein gequältes Lächeln ab. »Es ist beinahe Mittagessenszeit, Gavin. Gewöhnlich komme ich viel früher hierher.«

»Wo steht geschrieben, dass Donuts nur etwas fürs Frühstück sind? Ich habe schon oft süße Stückchen zu Mittag gegessen, genauso wie Apfelkrapfen am Abend.«

Bevor Todd eine halbwegs witzige Antwort einfiel, sagte Gavin: »Gehen wir in die IT-Abteilung. Ich möchte mir das neue Spielzeug anschauen, das Sie mir mitgebracht haben.«

Wicks und Biery stiegen im ersten Stock aus dem Aufzug und machten sich auf den Weg in Bierys Büro. Wicks hätte diesem am liebsten die Festplatte in die Hand gedrückt und wäre gegangen, aber er fuhr immer mit Gavin in die IT-Abteilung hinauf, um einige Minuten mit ihm und den anderen Computerfreaks von Hendley zu fachsimpeln. Er wollte auf keinen Fall ausgerechnet heute anders erscheinen als sonst, deshalb folgte er auch jetzt wieder dieser alten Gewohnheit.

Nach ein paar Metern sah Todd einen groß gewachsenen jungen Mann mit dunklen Haaren auf sie zusteuern.

»He, Gav. Ich habe dich gesucht.«

»Ich verlasse mein Büro nur fünf Minuten in der Woche, wenn ich einen Besucher habe«, sagte Biery. »Jack, das ist Todd Wicks, einer unserer Computerlieferanten. Todd, das ist Jack Ryan.«

Todd Wicks streckte die Hand aus, um den jungen Mann zu begrüßen, als ihm plötzlich bewusst wurde, dass der Sohn des Präsidenten der Vereinigten Staaten vor ihm stand.

Schlagartig durchzuckte Panik seinen Körper, seine Knie wurden weich und sein Rücken steif.

»Freut mich, Sie kennenzulernen«, sagte Ryan.

Aber Wicks hörte überhaupt nicht mehr zu. Die Gedanken rasten ihm wie wild durch den Kopf, als ihm klar wurde, dass er dem chinesischen Geheimdienst bei einer Operation half, die gegen die Arbeitsstelle eines Mannes gerichtet war, dessen Vater in seiner ersten Amtszeit gegen die Chinesen Krieg geführt hatte und jetzt wieder im Weißen Haus saß.

Er konnte gerade noch ein »Ganz meinerseits« hervorstammeln, bevor Biery Ryan erklärte, er werde ihn anrufen, wenn sein Besucher gegangen sei.

Jack Ryan jr. stieg wieder in den Aufzug.

Als Gavin und Todd den Flur hinuntergingen, geriet Wicks plötzlich ins Schwanken und musste sich an der Wand abstützen.

»Scheiße, Wicks. Sind Sie in Ordnung?«

»Ja. Es geht mir gut.« Er erholte sich etwas. »Wahrscheinlich bin ich einfach von den Stars beeindruckt, die hier durch die Gegend laufen.«

Gavin musste lachen.

Sie setzten sich ins Büro, und Biery schenkte ihnen beiden Kaffee ein.

»Sie haben mir nie erzählt, dass der Sohn des Präsidenten bei Ihnen arbeitet.«

»Ja. Seit etwa vier Jahren. Ich verzichte gewöhnlich darauf, es zu erwähnen. Er mag keine Aufmerksamkeit.«

»Und was macht er hier?«

»Dasselbe wie die meisten anderen, die nicht in der IT-Abteilung arbeiten.«

»Und das wäre?«

»Finanzmanagement, Währungshandel, solche Dinge. Jack ist ein helles Köpfchen. Er hat den Verstand seines Vaters«, sagte Biery.

Wicks würde Biery nicht erzählen, dass er bei der letzten Wahl für Kealty gestimmt hatte.

»Interessant.«

»Er scheint Sie wirklich beeindruckt zu haben. Sie sehen aus, als ob Sie einen Geist gesehen hätten.«

»Was? Nein. Nein. Ich war lediglich überrascht, nichts weiter.«

Biery musterte ihn noch einmal von der Seite, und Todd tat sein Bestes, um so ruhig, cool und gefasst zu wirken wie nur möglich. Er wünschte sich, er hätte vor dem Aussteigen aus dem Auto noch eine vierte Valium-Tablette geschluckt. Er überlegte sich, wie er das Gespräch auf ein anderes Thema lenken könnte. Glücklicherweise war das nicht mehr nötig.

Biery öffnete die Plastikbox, nahm die Festplatte heraus und sagte: »Da ist sie ja.«

»Ja, das ist sie.«

Gavin holte das Gerät aus seiner Schutzhülle und schaute es sich genau an. »Warum gab es eigentlich diese Verzögerung?«

»Verzögerung?«, fragte Wicks nervös.

Biery neigte den Kopf zur Seite. »Ja. Wir haben sie am sechsten dieses Monats bestellt. Gewöhnlich liefert ihr solche Standardprodukte innerhalb einer Woche.«

Todd zuckte die Achseln. »Sie war kurzfristig ausverkauft, und wir mussten sie nachbestellen. Sie kennen mich doch, alter Freund, ich liefere, so schnell ich kann.«

Biery schaute den Verkaufsleiter an. Er lächelte, während er die Box wieder verschloss. »›Alter Freund‹? Versuchen Sie mir Honig um den Bart zu schmieren? Wollen Sie mir noch ein paar Mauspads verkaufen, oder was?«

»Nein. Ich bin nur freundlich.«

»Arschküssen ist allerdings nur ein schwacher Ersatz für eine Tüte Donuts.«

»Ich werde mir's merken. Ich hoffe, die leichte Lieferverzögerung hat Ihre Arbeit nicht behindert.«

»Nein, aber ich werde die Festplatte in den nächsten ein bis zwei Tagen selbst installieren. Wir brauchen dieses Upgrade dringend.«

»Das ist großartig. Wirklich großartig.«

Biery schaute von dem Gerät hoch, von dem Wicks wusste, dass es ihn ins Gefängnis bringen konnte. »Alles okay mit Ihnen?«, fragte Gavin.

»Alles bestens. Warum?«

Biery legte den Kopf schief. »Sie scheinen irgendwie neben der Spur zu sein. Ich weiß nicht, ob Sie einen Urlaub brauchen oder gerade von einem zurückgekehrt sind.«

Todd lächelte. »Komisch, dass Sie das sagen. Ich fahre mit meiner Familie für ein paar Tage runter auf die Saint Simons Island in Georgia.«

Gavin Biery vermutete, dass sein Lieferant den Urlaub innerlich bereits angetreten hatte.

Zwanzig Minuten nach seinem Treffen mit Todd Wicks saß Biery im Konferenzraum neben Gerry Hendleys Büro. Während die anderen sieben Männer im Raum frisch und wie aus dem Ei gepellt wirkten, sah Gavin aus, als ob er die Treppe zum achten Stock auf Händen und Knien hinaufgeklettert wäre. Seine Hose und sein Hemd waren total zerknittert, außer an den Stellen, die von seiner beträchtlichen Wampe glatt gezogen wurden, seine Haare waren zerzaust, und seine Augen mit ihren Tränensäcken erinnerten Ryan an einen alten Bernhardiner.

Jack erzählte Biery, dass die NSA eine Verbindung zwischen dem Iran und den Angriffen auf die Drohnen entdeckt habe. Er schilderte ihm genau, wie die gehackten Daten angeblich an einen Command Server in der Technischen Universität von Qom geschickt worden seien.

»Das glaube ich nicht eine Minute lang«, erklärte Biery sofort.

»Warum nicht?«, wollte Rick Bell wissen.

»Denken Sie doch einmal nach. Wer immer in das gesicherte Air-Force-Netzwerk eingedrungen ist und diese Daten herausgeschmuggelt hat, würde doch den Ursprung dieser Attacke unbedingt geheim halten wollen. Außerdem ist es völlig unvorstellbar, dass die Iraner eine Codezeile in den Virus eingebaut haben sollen, die die Daten an einen Zielort schickt, der *innerhalb* ihrer eigenen Grenzen liegt. Sie könnten diesen Server irgendwo auf diesen Planeten stellen und die Daten dann auf irgendeine andere Weise in ihr Land befördern.«

»Sie glauben also nicht, dass der Iran irgendetwas damit zu tun hat?«

»Nein. Jemand möchte uns das nur glauben machen.«

»Aber wenn es nicht die Iraner waren, wer ...«, sagte Ryan.

»Es waren die Chinesen. Daran besteht für mich kein Zweifel. Sie sind die Besten, und etwas wie das hier schaffen nur die Besten.«

»Warum die Chinesen?«, fragte Caruso. »Die Russen sind doch bei diesem Cyberzeug ebenfalls gut. Warum könnten sie das nicht sein?«

Gavin hob zu einer längeren Erklärung an: »Hier ist eine

gute Faustregel, die ihr Jungs immer im Gedächtnis behalten solltet, wenn es um Cyberverbrechen und Cyberspionage geht. Die Osteuropäer sind verdammt gut. Die Russen, Ukrainer, Moldawier, Litauer und so weiter. Sie haben viele großartige Technische Hochschulen und bilden in großer Zahl hoch qualifizierte Computerprogrammierer aus. Wenn diese Kids ihr Studium beendet haben ... dann gibt es dort keine Jobs für sie. Außer in der Unterwelt. Einige wandern in den Westen ab. Tatsächlich ist Rumänisch die am zweithäufigsten gesprochene Sprache im Microsoft-Hauptquartier. Trotzdem ist das nur ein kleiner Teil des gesamten ost- und ostmitteleuropäischen Talentpools. Von den Übrigen verdienen die meisten ihr Geld mit Cyberverbrechen. Sie stehlen Bank- und Finanzinformationen und hacken sich in Firmenkonten ein.

In China haben sie ebenfalls hervorragende Technische Universitäten, die so gut oder sogar besser sind als die in den ehemaligen Ostblockstaaten. Außerdem bildet das Militär junge Programmierer aus. Und wenn diese jungen Männer und Frauen ihr Studium oder ihre militärische Ausbildung beendet haben ... bekommt jeder einzelne von ihnen einen Job, etwa in einem der vielen, über ganz China verstreuten Informationskriegs-Bataillone. Andere arbeiten für das Cyberdirektorat des Ministeriums für Staatssicherheit. Aber selbst diejenigen Programmierer, die bei den staatlichen Telekom-Unternehmen oder ähnlichen Staatsfirmen anheuern, werden bei offensiven und defensiven Computernetzwerk-Operationen eingesetzt, da die Regierung mehrere Cybermilizen eingerichtet hat, in denen die besten und hellsten Köpfe zusammengefasst wurden.«

Hendley trommelte mit den Fingern auf seinen Schreibtisch. »Offensichtlich sind die Chinesen bestens darauf vorbereitet, auf diesem Gebiet gegen uns anzutreten.«

»Ja«, bestätigte Gavin. »Ein russischer Hacker stiehlt dir

deine Bankkartennummer und deine PIN. Ein chinesischer Hacker legt das Stromnetz in deiner Stadt lahm und lässt dein Verkehrsflugzeug auf einen Berg prallen.«

Im Konferenzraum herrschte ein paar Sekunden lang absolute Stille.

Schließlich fragte Chavez: »Aber warum sollten die Chinesen so etwas tun? Wir setzen praktisch nie Drohnen gegen sie ein. Das Ganze ist doch in Afghanistan, Afrika und den Vereinigten Staaten passiert.«

Biery dachte einen Augenblick darüber nach. »Ich weiß es nicht. Dazu fällt mir nur ein, dass sie uns vielleicht ablenken wollen.«

»Ablenken wovon?«, fragte Ryan.

»Von dem, was sie tatsächlich im Augenblick tun«, erwiderte Gavin. Er zuckte die Achseln. »Ich weiß es nicht. Ich bin hier nur der Computer-Fuzzi. Ihr Jungs seid die Spione und Analysten.«

Sam Granger beugte sich über seinen Schreibtisch. »Also gut. Das ist ein perfekter Übergang zu unserem nächsten Tagesordnungspunkt.«

Biery schaute sich um. Er bemerkte zu seinem Erstaunen, dass ihn plötzlich alle anlächelten.

»Was ist los, Jungs?«

»Gavin«, sagte Chavez. »Wir möchten, dass du mit uns heute Abend in ein Flugzeug steigst.«

»Ein Flugzeug *wohin?*«

»Hongkong. Wir haben FastByte22 aufgespürt und brauchen jetzt deine Hilfe. Wir wollen dort rübergehen und ein bisschen mehr über ihn und seine Auftraggeber erfahren.«

Gavin bekam große Augen.

»Ihr habt FastByte22 gefunden?«

»Eigentlich war es die CIA.«

»Und ihr möchtet wirklich, dass ich auf einen Einsatz mitkomme? Mit den Außenagenten?«

»Wir glauben, dass du ein entscheidender Teil dieser Operation sein könntest«, bestätigte Ryan.

»Da besteht kein Zweifel«, sagte Gavin mit der ihm eigenen Bescheidenheit. »Bekomme ich auch eine Wumme?«

Chavez schaute ihn entgeistert an: »Eine *was?*«

»Eine Wumme. Na ihr wisst schon, eine Puste, eine Knarre …«

Ryan begann zu lachen. »Er meint eine Pistole.«

Chavez stöhnte laut auf. »Nein, Gavin. Es tut mir leid, wenn ich dich enttäuschen muss, aber du bekommst keine ›Wumme‹.«

Biery zuckte die Achseln. »Einen Versuch war's wert.«

John Clark saß auf seiner Veranda und schaute an diesem stürmischen Herbstnachmittag auf seine hintere Wiese hinaus. In der Linken hielt er ein Taschenbuch, das er seit ein paar Tagen zu lesen versuchte, und in seiner Rechten einen Racquetball.

Er schloss langsam die Augen und konzentrierte sich auf das Zusammenpressen des Balls. Seine drei funktionsfähigen Finger übten genug Druck aus, um den Gummiball ganz leicht einzudrücken, aber sein Zeigefinger wackelte nur ein bisschen hin und her und weigerte sich beharrlich, sich zu krümmen.

Er schleuderte den Ball fort und konzentrierte sich wieder auf das Taschenbuch. In dem Moment klingelte sein Handy. An diesem langweiligen Nachmittag war er für jede Ablenkung dankbar, selbst wenn es wahrscheinlich nur irgendein Telefonverkäufer war.

Er las den Namen auf der Anruferkennung, und seine Stimmung hellte sich schlagartig auf. »He, Ding.«

»He, John.«

»Wie geht's?«

»Gut. In der Sache mit der Istanbul-Festplatte haben wir eine Spur.«

»Ausgezeichnet.«

»Schon, aber es bleibt noch eine Menge zu tun. Du weißt ja, wie das ist.«

Das wusste Clark tatsächlich. Im Moment fühlte er sich jedoch total auf dem Abstellgleis. »Ja. Kann ich irgendwie helfen?«

Am anderen Ende der Leitung gab es eine kurze Pause.

»*Irgendwie,* Ding«, wiederholte Clark.

»John, es ist mir richtig peinlich, aber ich stecke in der Klemme.«

»Sag mir, worum es geht.«

»Es geht um JP. Patsy ist bis morgen in Pittsburgh, und ich muss gleich los zum Flughafen, um nach Hongkong zu fliegen.«

Er braucht einen Babysitter, sagte Clark zu sich selbst. Ding rief ihn an, weil er einen Babysitter brauchte. John erholte sich jedoch schnell und sagte: »Ich hole ihn von der Schule ab. Er bleibt bei uns, bis Patsy morgen zurückkommt.«

»Ich bin dir wirklich dankbar. Wir haben diese Spur, aber die Zeit wird knapp ...«

»Kein Problem. Ich habe einen neuen Angelplatz gefunden, den ich JP schon länger zeigen wollte.«

»Das ist großartig, John.«

»Und ihr passt in Hongkong gut auf euch auf, hörst du?«

»Großes Ehrenwort.«

33

Der Präsident der Vereinigten Staaten Jack Ryan öffnete die Augen und versuchte sie in aller Eile in der Dunkelheit zu fokussieren. An seinem Bett stand ein Mann, der sich über ihn beugte.

Einen gewöhnlichen Menschen würde das wahrscheinlich in Erstaunen versetzen, aber Ryan rieb sich nur die Augen.

Es war der Nachtdienstoffizier, in diesem Fall ein Air-Force-Angehöriger in voller Uniform. Er schaute etwas unbehaglich auf Ryan hinunter und wartete darauf, dass dieser vollends aufwachte.

Präsidenten werden nur selten geweckt, weil etwas so Wunderbares passiert ist, dass es der Nachtdienstoffizier unbedingt jemand erzählen muss, deshalb wusste Ryan, dass es sich um eine schlechte Nachricht handelte.

Er wusste jedoch nicht, ob der Mann ihn wach gerüttelt oder ihm etwas zugerufen hatte. Diese Leute sahen immer aus, als ob sie Hemmungen hätten, den Präsidenten im Schlaf zu stören. Dabei hatte ihnen Ryan schon oft erklärt, dass er wichtige Neuigkeiten sofort erfahren wollte, auch wenn dies bedeutete, ihn mitten in der Nacht aus dem Schlaf zu reißen.

Er setzte sich so schnell auf, wie er konnte, und holte sich seine Brille vom Nachttisch. Dann stieg er aus dem Bett und folgte dem Nachtdienstoffizier in die West Sitting Hall. Beide Männer waren dabei so leise wie möglich, um

Cathy nicht aufzuwecken. Jack wusste, dass sie einen leichten Schlaf hatte. In ihren Jahren im Weißen Haus hatte Ryan viel zu oft ihre Nachtruhe stören müssen.

An den Wänden brannten nur die Nachtlichter, abgesehen davon war es in der Hall genauso dunkel wie im Schlafzimmer.

»Was ist los, Carson?«

Der Luftwaffenoffizier versuchte möglichst leise zu sprechen. »Mr. President, Verteidigungsminister Burgess hat mich gebeten, Ihnen mitzuteilen, dass vor etwa drei Stunden ein Pionierbataillon und eine Kampfeinheit der chinesischen Volksbefreiungsarmee auf dem philippinischen Scarborough-Riff gelandet sind.«

Jack wünschte sich, dass ihn diese Nachricht mehr überrascht hätte. »Gab es irgendwelchen Widerstand?«

»Ein philippinisches Küstenwachboot hat nach Angaben der Chinesen auf das Landungsboot geschossen. Es wurde daraufhin von einem chinesischen Zerstörer der *Luda*-Klasse versenkt. Über eventuelle Opfer ist noch nichts bekannt.«

Jack ließ einen müden Seufzer hören. »Na gut. Bitten Sie den Verteidigungsminister herüberzukommen. Ich bin in dreißig Minuten im Situation Room.«

»Jawohl, Mr. President.«

»Ich möchte, dass Scott Adler, PACOM Jorgensen, Botschafter Li und DNI Foley an diesem Treffen entweder persönlich oder über eine Videokonferenzschaltung teilnehmen. Und …« Ryan rieb sich die Augen. »Helfen Sie mir, Carson. Habe ich jemand vergessen?«

»Ähm … den Vizepräsidenten, Sir?«

Jack zeigte ein kurzes Nicken, das im schwachen Licht der Sitting Hall kaum zu erkennen war. »Danke. Yeah, alarmieren Sie auch den Vize.«

»Jawohl, Sir.«

Präsident Ryan saß am Konferenztisch und nahm einen ersten Schluck aus der Tasse Kaffee, der noch viele weitere folgen würden, wie er sehr wohl wusste. Gerade waren Bob Burgess und einige seiner Chefmilitärs aus dem Pentagon eingetroffen. Sie sahen alle aus, als ob sie die ganze Nacht wach gewesen wären. Ebenfalls anwesend waren Mary Pat Foley und Arnie van Damm, während der Kommandeur der Pazifikflotte, der Vizepräsident und der Außenminister gerade nicht in Washington weilten und dem Treffen deshalb mittels einer Videokonferenzschaltung beiwohnten. Allerdings hatten sich Mitarbeiter aus ihren Büros und den Ministerien an der Wand entlang aufgestellt.

»Bob«, begann Ryan. »Wie ist der letzte Stand?«

»Die Filipinos sagen, auf dem Küstenwachboot seien sechsundzwanzig Besatzungsmitglieder gewesen, als es sank. Sie haben einige lebend bergen können, aber es wird Tote geben. In dem Gebiet befinden sich noch andere philippinische Kriegsschiffe, aber die sind den chinesischen Kräften hoffnungslos unterlegen und werden sie wahrscheinlich nicht angreifen.«

»Und jetzt stehen also wirklich chinesische Soldaten auf philippinischem Boden?«

»Ja, Sir. Wir beobachten das Ganze mit unseren Satelliten. Das Pionierbataillon errichtet gerade befestigte Stellungen.«

»Was wollen sie eigentlich mit diesem Riff? Ist dieses Stück Felsen wirklich militärstrategisch bedeutsam, oder geht es hier um Fischereirechte?«

»Sie wollen wohl einfach nur zeigen, wer im Südchinesischen Meer das Sagen hat«, meinte Mary Pat Foley. »Und sie wollen sehen, wie die Welt darauf reagieren wird.«

»Wie *ich* darauf reagiere.«

»Genau.«

Präsident Ryan dachte einen Moment nach. »Wir müssen ihnen sofort eine Botschaft zukommen lassen, die ihnen zeigt, dass wir ihren Aktionen dort nicht tatenlos zusehen werden.«

Scott Adler meldete sich jetzt von seinem Bildschirm aus. »Das U-Boot, das vor ein paar Wochen Subic Bay besucht hat. Die Chinesen werden behaupten, dass dies eine Provokation gewesen sei, die etwas mit ihrem gegenwärtigen Schritt zu tun habe.«

»Ich glaube keinen einzigen Moment daran, dass dies etwas mit *unseren* Aktionen zu tun hat«, widersprach Jack. »Außer wenn wir tatsächlich das Feuer auf die Chinesen eröffnen, werden diese weiterhin ihrem eigenen Zeitrahmen folgen.«

»Aber wir sollten ihnen auch nicht in die Falle gehen und ihnen eine Rechtfertigung für eine Verschärfung der Lage verschaffen«, warnte Adler.

»Zugegeben, Scott, aber eine *fehlende* Reaktion könnten sie ebenfalls als Ermutigung auffassen. Das würde so aussehen, als ob wir ihnen freie Hand lassen würden. Das werde ich jedoch auf keinen Fall tun.«

Ryan schaute Burgess an. »Irgendwelche Vorschläge, Bob?«

Bob wandte sich dem Bildschirm zu, auf dem Admiral Jorgensen zu sehen war. »Admiral, welche Kräfte können wir schnell in dieses Gebiet verlegen? Irgendetwas, das ihnen zeigt, dass wir es ernst meinen?«

»Die *Ronald Reagan* hält sich gegenwärtig an der Spitze der Flugzeugträgerkampfgruppe 9 im Ostchinesischen Meer auf. Wir könnten sie und ihre Begleitschiffe noch heute in Richtung Westen schicken. Ende der Woche würden sie vor der taiwanesischen Küste liegen.«

»Davon möchte ich abraten«, sagte Adler.

Arnie van Damm unterstützte ihn. »Ich auch. Die Presse fällt doch bereits jetzt über dich her, weil du angeblich die Leute verärgerst, bei denen wir hoch verschuldet sind.«

Ryan reagierte ärgerlich. »Wenn die Amerikaner sich den Chinesen unterwerfen wollen, müssen sie jemand anderen an meine Stelle setzen.« Jack strich mit den Fingern durch sein graues Haar, während er sich wieder beruhigte. Dann sagte er: »Wir werden wegen dieses Scarborough-Riffs bestimmt keinen Krieg anfangen. Die Chinesen wissen das. Und sie erwarten sicher, dass wir unsere Flugzeugträger in die Nähe unserer Verbündeten verlegen. Das haben wir doch schon früher getan. Machen Sie es, Admiral. Und stellen Sie sicher, dass die Flugzeugträgergruppe alles hat, was sie braucht.«

Jorgensen nickte, und Burgess drehte sich zu einem der anderen Navy-Offiziere um, die hinter ihm an der Wand standen, und begann leise die näheren Einzelheiten zu besprechen.

»Das ist ganz bestimmt noch nicht das Ende der Geschichte«, sagte Jack. »Das Bataillon, das auf diesem Riff gelandet ist, ist nur ein erster kleiner Schritt. Wir schützen Taiwan, wir unterstützen unsere Freunde im Südchinesischen Meer, und wir machen China deutlich, dass wir so etwas nicht tatenlos hinnehmen. Und, meine Damen und Herren, ich brauche mehr Informationen über ihre Absichten und Fähigkeiten.«

Die Männer und Frauen im Konferenzzimmer des Situation Room hatten jetzt ihre Anweisungen. Es würde für alle ein langer Tag werden.

Walentin Kowalenko mochte Brüssel im Herbst. Er hatte während seiner Zeit bei der SWR eine kurze Zeit hier verbracht. Er fand die Stadt auf eine Weise schön und kosmopolitisch, die sogar sein geliebtes London übertraf und von der Moskau nur träumen konnte.

Als Center ihm befahl, nach Brüssel zu gehen, war er deshalb höchst erfreut. Allerdings hatte ihn die Vorbereitung seines hiesigen Einsatzes bisher daran gehindert, die Stadt wirklich zu genießen. Im Moment saß er im Laderaum eines heißen Lieferwagens voller Abhörgeräte und beobachtete durch das Rückfenster die gut gekleideten Mittagsgäste eines teuren italienischen Restaurants.

Er versuchte, sich auf den Einsatz zu konzentrieren. Trotzdem schweiften seine Gedanken immer wieder in eine noch gar nicht so weit entfernte Vergangenheit ab, in der *er* in diesem Restaurant eine exquisite Portion Lasagne mit einem Glas köstlichen Chianti heruntergespült hätte, während irgendein anderer Bastard auf seinen Befehl hin in diesem Lieferwagen hätte sitzen müssen.

Dabei war Kowalenko nie ein starker Trinker gewesen. Sein Vater war wie viele Männer seiner Generation ein großer Wodka-Freund, aber Walentin gönnte sich lieber beim Essen ein gutes Glas Wein und hin und wieder einen Aperitif oder Digestif. Seit seinen Erfahrungen in diesem Moskauer Gefängnis und aufgrund des ständigen Drucks durch seinen neuen schattenhaften Arbeitgeber hatte er sich jedoch angewöhnt, ständig ein paar Flaschen Bier oder eine Flasche Rotwein im Kühlschrank zu haben, da er jetzt ein wenig Alkohol benötigte, um überhaupt einschlafen zu können.

Es habe ja keine Auswirkungen auf seine Arbeit, beruhigte er sich selbst. Zumindest half es ihm, sein Nervenkostüm zu stabilisieren.

Walentin blickte zu seinem heutigen Partner hinüber, einem etwa sechzigjährigen deutschen Techniker namens Max, der den ganzen Morgen kein einziges Wort gesagt hatte, das nicht direkt mit ihrer Operation zu tun hatte. Als er ihm Anfang der Woche auf dem Parkplatz des Brüsseler Hauptbahnhofs zum ersten Mal begegnet war, hatte Kowalenko Max in ein Gespräch über ihren gemeinsamen Boss Center verwickeln wollen. Aber Max hatte sich nicht darauf eingelassen. Er hob nur die Hand und sagte, dass er mehrere Stunden benötigen würde, um die Ausrüstung zu überprüfen. Außerdem bräuchten sie für ihre Operationsbasis eine Garage, in der es genug Steckdosen gebe.

Der Russe spürte, dass der Deutsche ihm misstraute. Wahrscheinlich befürchtete er, dass Walentin alles, was er sagte, an Center weiterleiten würde.

Walentin nahm an, dass die innere Sicherheit von Centers gesamtem Unternehmen auf dem Prinzip des gegenseitigen Misstrauens beruhte, was Walentin stark an seinen alten Arbeitgeber SWR erinnerte.

Im Moment drang Kowalenko der Knoblauchgeruch in die Nase, der aus dem Eingang des Stella d'Italia herausströmte. Ihm begann der Magen zu knurren.

Er versuchte, seinen Hunger zu verdrängen, hoffte jedoch, dass ihre Zielperson nicht zu lange beim Essen sitzen und danach in ihr Büro zurückkehren würde.

Wie auf ein Stichwort trat jetzt ein tadellos gekleideter Mann in einem blauen Nadelstreifenanzug und eleganten Budapestern aus dem Lokal, schüttelte seinen beiden Begleitern die Hand und ging in südlicher Richtung davon.

»Das ist er«, rief Walentin. »Er geht zu Fuß zurück. Das ist die Gelegenheit.«

»Ich bin bereit«, bestätigte Max in seiner typischen kurz angebundenen Art.

Kowalenko kroch in aller Eile an Max vorbei durch den Lieferwagen, um sich hinter das Lenkrad zu setzen. Um ihn herum summten und brummten elektronische Geräte und erhitzten die abgestandene Luft. Auf dem Weg nach vorn musste er sich an einer Metallstange vorbeiquetschen, die vom Boden bis zum Dach des Lieferwagens reichte. In der Stange steckte ein Kabel, das an eine kleine Antenne angeschlossen war, die ein Stück weit über das Dach hinausragte und von Max in alle Richtungen gedreht werden konnte.

Walentin ließ den Motor an und folgte ihrer Zielperson mit gebührendem Abstand die Avenue Dailly hinunter und nach links in die Chaussée de Louvain hinein.

Kowalenko wusste, dass es sich bei dem Mann um den amtierenden Vizegeneralsekretär für Verteidigungspolitik und Planung des Nordatlantikpakts handelte. Er war Kanadier, Mitte fünfzig und in keiner Weise, auch was seine Körperformen anbetraf, ein »hartes Ziel«.

Wenngleich er für die NATO arbeitete, war er kein Militär, sondern ein Diplomat und durch seine politischen Verbindungen auf diesen Posten gelangt.

Obwohl seine Auftraggeber dies Walentin nicht mitgeteilt hatten, würde dieser Vizegeneralsekretär in einigen Augenblicken Center Zugang zum geheimen, streng gesicherten Computer-Netzwerk der NATO verschaffen.

Kowalenko hatte von der Technik, die hinter ihm im Lieferwagen brummte und summte, keine Ahnung. Dafür war Max zuständig. Er wusste jedoch, dass die winzige Dachantenne die Funksignale eines Handys aufspüren und empfangen konnte. Genauer gesagt waren es die Signale des Chips in diesem speziellen Mobiltelefon, der die Verschlüsselungsberechnungen durchführte, die das Gerät »sicher« machten. Diese aufgefangenen Signale waren anfangs nur eine Reihe von Auf- und Abschwüngen in den Radiowellen, die der Computer im Lieferwagen jedoch in die Einsen und Nullen umwandelte, aus denen jedes digitale Signal bestand. Auf diese Weise ließ sich auch der Verschlüsselungscode des Mobiltelefons knacken.

Während sie dem Vizegeneralsekretär ganz langsam folgten, sah Kowalenko plötzlich voller Freude, dass der Mann sein Handy aus der Jacketttasche holte und ein Telefongespräch führte.

»Max. Er ist dran!«

»Ja.«

Während Kowalenko das Fahrzeug steuerte, hörte er, wie Max Schalter umlegte und in seine Steuertastatur eintippte. »Wie lange noch?«, rief er nach hinten.

»Nicht mehr lange.«

Der Russe passte auf, dass er immer nahe genug an der Zielperson blieb, damit die Antenne die Signale auffangen konnte, und weit genug, damit der Mann, sollte er doch einmal über die Schulter blicken, nicht auf den beigen Lieferwagen in seinem Rücken aufmerksam wurde.

Der Vizegeneralsekretär beendete sein Gespräch und steckte sein Handy in die Tasche zurück.

»Hast du es bekommen?«

»Ja.«

Walentin bog an der nächsten Kreuzung rechts ab und fuhr aus dem Viertel hinaus.

In der Nähe des Bahnhofs fanden sie einen Parkplatz, und Kowalenko kletterte in den Rückraum des Lieferwagens, um dem Techniker bei der Arbeit zuzusehen.

Kowalenko wusste, dass das Smartphone ihrer Zielperson einen Kryptoalgorithmus namens RSA benutzte. Der war zwar gut, aber nicht ganz neu. Mit den Tools, die dem Techniker zu Verfügung standen, war er leicht zu knacken.

Sobald der Deutsche den Schlüssel besaß, teilte ihm seine Software mit, dass sie jetzt das Gerät »vortäuschen« konnte.

Mit ein paar Klicks öffnete er die Website des gesicherten Brüsseler NATO-Command-Netzwerks und übermittelte diesem die Verschlüsselungsinformation, die er gerade von dem Vizegeneralsekretär erhalten hatte.

Danach täuschte er mit seinem Softwareprogramm dessen Smartphone vor und loggte sich in das gesicherte Netzwerk der NATO Communication and Information Services Agency ein.

Max und Walentin hatten nur den Auftrag, in das Netzwerk einzudringen, um zu überprüfen, ob ab jetzt ein Zugang zu ihm bestand. Danach würden sie sofort zu ihrer Operationsbasis zurückkehren und die Verschlüsselungsdaten des Diplomaten-Smartphones an Center schicken. Der Deutsche würde direkt danach abreisen, während Walentin noch ein oder zwei Tage bleiben würde, um den Lieferwagen zu entsorgen und die Operationsbasis zu säubern, bevor er selbst die Stadt verließ.

Das Ganze war eine leichte Arbeit, aber das war ja nichts Neues. Im letzten Monat hatte Kowalenko mitbekommen, dass man ihn offensichtlich nur bei solchen Routinejobs einzusetzen gedachte.

Für den Augenblick würde er sich damit abfinden, aber er hatte sich entschlossen, dies nicht auf Dauer zu akzeptieren. Er würde seinen Absprung organisieren und Center und seine Organisation verlassen.

Er war sich sicher, dass er in der SWR immer noch Freunde hatte. Er würde zu einem von ihnen in einer Botschaft irgendwo in Europa Kontakt aufnehmen, und sie würden ihm sicher helfen. Nach Russland würde er allerdings ganz bestimmt nicht zurückkehren. Dort könnte ihn die Regierung mit Leichtigkeit aufspüren und »verschwinden lassen«. Wenn er sich jedoch an ein oder zwei alte Freunde in einem Auslandsbüro seines ehemaligen Geheimdienstes wenden würde, könnte er vielleicht die Grundlagen für eine spätere Heimkehr legen.

Diese Reisen und das Warten auf eine günstige Gelegenheit würden allerdings Geld kosten. Deshalb würde Kowalenko vorerst für Center weiterarbeiten, bis die Zeit gekommen war.

Obwohl ihn dieser russische Mafioso gewarnt hatte, dass Center ihn in diesem Fall umbringen lassen würde, war er darüber nicht allzu sehr besorgt. Sicher, Center hatte diese ganze gewaltsame Ausbruchsoperation aus der Matrosskaja Tischina in die Wege geleitet, aber Kowalenko glaubte, dass er vor diesen Gangstern außerhalb Russlands relativ sicher war.

Centers Organisation bestand aus Computerhackern und technischen Überwachungsspezialisten, die selbst ganz bestimmt keine Mordoperationen durchführten.

34

Captain Brandon »Trash« White schaute von seinen Instrumenten hoch. Außerhalb seiner Kanzel sah er nichts als die schwarze Nacht und die Regentropfenschnüre, die von den Flugzeuglichtern beleuchtet wurden.

Irgendwo mehrere Dutzend Meter unter ihm tanzte in Richtung elf Uhr ein winziges briefmarkengroßes Deck mitten auf hoher See in heftigem Wellengang ständig auf und ab. Er näherte sich ihm mit konstanten 250 Stundenkilometern, wenn ihn die Windwirbel in dieser Höhe nicht gerade verlangsamten, beschleunigten oder ihn nach links oder rechts abdrängten.

Wenn es Gottes Wille war, würde er in einigen wenigen Minuten auf dieser sich heftig bewegenden Briefmarke landen.

Dies war eine »Fall-3«-Landung, die darüber hinaus auch noch bei Nacht stattfand. Er würde also die ganze Zeit die Zeigernadeln des Automatischen Flugzeugträger-Landesystems im Auge behalten müssen, die auf das Head-up-Display (HuD), die Blickfeldanzeige, direkt vor ihm projiziert wurden. Während er sich dem Flugzeugträger näherte, hielt er seine Maschine im Zentrum des Displays, was im Moment noch nicht weiter schwer war. Auf den letzten paar hundert Metern vor dem Erreichen des Decks würde er jedoch anstatt von der Radarkontrolle vom Landesignal-Offizier eingewiesen werden. Er wünschte beinahe, er hätte etwas länger hier oben in der Dunkelheit herumfliegen können, um sich noch ein wenig sammeln zu können.

Auf Deckhöhe wehte der Wind im Moment von vorn nach achtern. Dies würde die Dinge etwas erleichtern, wenn er tiefer kam, aber hier oben wurde er immer noch in alle Richtungen gestoßen. Inzwischen war es so schwierig, den Steuerknüppel ruhig zu halten, dass seine Handflächen in seinen Fliegerhandschuhen schweißnass waren.

Trotzdem war es hier oben immer noch sicher, während das Risiko ständig wachsen würde, je mehr er sich dem Trägerdeck näherte.

Trash hasste Trägerlandungen aus tiefster Seele, und er hasste Nachtlandungen auf Flugzeugträgern noch hundertmal mehr. Fügte man der Gleichung das schreckliche Wetter und die raue See hinzu, konnte sich White sicher sein, dass sein Abend noch beschissener werden würde.

Dort. Dort drunten sah er neben all der digitalen Information, die auf sein Head-up-Display projiziert wurde, eine winzige Reihe grüner Lichter, mit einem gelben Licht in der Mitte. Dies war das Optische Landesystem, dessen Helligkeit und Größe in seinem HuD jetzt immer mehr zunahm.

Einen Augenblick später hörte er eine Stimme in seinem Kopfhörer, die so laut war, dass sie sogar seine eigenen schweren Atemgeräusche in seinem Funkgerät übertönte. »Vier-null-acht, noch 1200 Meter. Beachten Sie den Meatball.«

Trash drückte auf seine Sendetaste. »Hier Vier-null-acht, Hornet ist im Ball, Gleitwinkel fünf-komma-neun Grad.«

Mit ruhiger, ausgewogener Stimme antwortete der Landesignaloffizier (LSO): »Verstanden, Sie sind im Ball, etwas links von der Mitte. Gehen Sie nicht höher.«

Trashs Linke zog den Gashebel ein klein wenig nach hinten. Mit der rechten Hand drückte er den Steuerknüppel etwas nach rechts.

Marines auf Flugzeugträgern – was hatten die dort zu suchen, dachte Trash bei sich. Natürlich kannte er die Antwort. Die Marines flogen seit zwanzig Jahren Flugzeugträger an, weil irgendein Bürohengst im Hauptquartier damals diese großartige Idee hatte. Sie beruhte auf der grundsätzlichen Einstellung, dass alles, was die Marineflieger tun konnten, die Flieger des Marine Corps genauso gut schafften.

Egal!

Trash White sah das Ganze etwas anders. Dass das Marine Corps etwas tun *konnte,* bedeutete für ihn noch lange nicht, dass es das auch tun *sollte.* Marines sollten von flachen Startbahnen in Dschungeln oder Wüsten abfliegen. Sie sollten mit anderen Marines in Zelten unter Tarnnetzen schlafen, durch tiefen Schlamm zu ihren Flugzeugen stapfen und dann abheben, um ihre Kämpfer am Boden zu unterstützen.

Sie waren einfach nicht dafür geschaffen, auf einem verdammten Schiff zu leben und von diesem aus zu operieren.

Das war zumindest Trashs Meinung, wenngleich ihn bisher noch niemand danach gefragt hatte.

Sein Name war eigentlich Brandon White, aber so hatte ihn schon lange niemand mehr genannt. Jeder nannte ihn heute Trash. Irgendein Klugscheißer hatte es vor langer Zeit lustig gefunden, seinen Nachnamen *White* mit dem Wort *Trash* zu verbinden. *White Trash,* der »weiße Abfall«, war ja eine böse Bezeichnung für die Mitglieder der weißen Unterschicht. In Wirklichkeit stammte der Mann aus Kentucky jedoch aus der gutbürgerlichen Mittelschicht. Sein Vater war Fußorthopäde mit einer gut gehenden Praxis in Louisville und seine Mutter Professorin für Kunstgeschichte an der University of Kentucky. Er stammte also bestimmt nicht aus den Slums. Trotzdem war sein Spitzname jetzt zu einem Teil von ihm geworden. Außerdem musste er zugeben, dass es in seiner Truppe schlimmere Spitznamen gab als »Trash«.

Der Pilot einer Nachbar-Staffel hieß zum Beispiel »Mangler«. Zuerst fand Trash diesen Ausdruck ziemlich cool, weil er an jemand dachte, der »andere in die Mangel nehmen« konnte, was für einen Marine ja fast eine Tugend war. Einige Zeit danach erfuhr er jedoch, dass der arme Kerl den Spitznamen nach einem Abend in einer Bar in Key West bekommen hatte, an dem er eindeutig zu viele hochprozentige Margaritas geschluckt hatte. Er war so betrunken, dass er auf der Toilette beim Hochziehen des Reißverschlusses seine Eier im Hosenladen einklemmte. Als er sie tatsächlich nicht mehr herausbekam, musste man ihn ins Krankenhaus bringen. Als Fallbezeichnung trug die Krankenschwester in den Krankenbericht »testicular mangling« ein, was der medizinische Ausdruck für eine solche Form der Hodenverletzung war. Obwohl der junge Leutnant sich gut von diesem unglücklichen Vorfall erholte, würde er diese Nacht in den Keys nicht mehr vergessen, weil sie ihm einen Spitznamen eingebracht hatte, den er bestimmt nie mehr loswurde.

Im Vergleich dazu war »Trash« White eine eher zahme Angelegenheit, vor allem da der Name mit seiner Persönlichkeit eigentlich überhaupt nichts zu tun hatte.

Als Junge wollte Brandon NASCAR-Rennfahrer werden. Als Teenager durfte er jedoch einmal im landwirtschaftlichen Sprühflugzeug eines Freundes seines Vaters mitfliegen. Dieses Erlebnis änderte für immer sein Leben. Als er an diesem Morgen im offenen Zweisitzer im Niedrigflug über die Sojafelder sauste, wurde ihm klar, dass der wahre Reiz nicht auf der ovalen Rennstrecke, sondern im weit offenen Himmel zu finden war.

Er hätte in die Air Force oder zur Navy gehen können, aber der große Bruder seines besten Freundes war den Marines beigetreten. Als er aus Paris Island heimkam, seinen kleinen Bruder und dessen Freund in ein McDonald's einlud und ihnen dort Geschichten über seine tolle Ausbildung und seine Heldentaten erzählte, hatte er Brandon für das Marine Corps gewonnen.

Jetzt war White achtundzwanzig Jahre alt und Pilot einer F/A-18C-Hornet, eines Mehrkampfflugzeugs, das von diesem ersten Agrarflugzeug so weit entfernt war, wie man es sich nur vorstellen konnte.

Trash liebte das Fliegen, und er liebte das Marine Corps. In den letzten vier Monaten war er in Japan stationiert gewesen, wo es ihm ziemlich gut gegangen war. Japan bot vielleicht nicht so viel Spaß wie San Diego, Key West oder ein paar andere Stationierungsorte, aber er konnte über die letzten Monate bestimmt nicht klagen.

Zumindest nicht bis vorgestern, als man ihm mitteilte, dass seine aus zwölf Flugzeugen bestehende Staffel auf die *Ronald Reagan* verlegt werden würde, die in Richtung Taiwan unterwegs war.

Einen Tag nachdem die Vereinigten Staaten verkündet hatten, dass die *Reagan* in die Gewässer vor der Republik China einfahren würde, begannen Kampfjets der Luftwaffe der Volksbefreiungsarmee in einer Art Vergeltung taiwanesische Flugzeuge zu belästigen. Trash und seine Marine-Corps-Flieger sollten die Super Hornets der US Navy verstärken, die bereits an Bord des Flugzeugträgers waren. Gemeinsam würden sie bewaffnete Luftpatrouillen auf der taiwanesischen Seite der Mittellinie der Formosastraße durchführen.

Er wusste, dass die Chinesen wahrscheinlich fuchsteufelswild wurden, wenn sie amerikanische Flugzeuge sahen, die die Republik China beschützten, aber Trash war das ziemlich egal. Er begrüßte die Gelegenheit, es den Chinesen einmal so richtig zu zeigen. Wenn es tatsächlich zu Feindseligkeiten kommen sollte, an denen F/A-18C beteiligt waren, wollte Trash, dass das Marine

Corps vor Ort war und sein eigenes Flugzeug mitten im Kampfgeschehen.

Aber er hasste Schiffe. Wie jeder Pilot des Marine Corps hatte er eine Ausbildung auf Flugzeugträgern durchmachen müssen. Trotzdem war er insgesamt weniger als zwanzigmal auf einem solchen Ungetüm gelandet, und das letzte Mal war auch schon mehr als drei Jahre her. In den letzten paar Wochen hatten sie auf einem Flugfeld auf Okinawa die Landung auf Flugzeugträgern simuliert, wobei auf der Landebahn wie auf See Fangseile montiert worden waren. Aber dieses flache Stück Betonpiste war nicht in völliger Dunkelheit in einem Regensturm hin und her gegiert wie jetzt das Deck der *Reagan* unter ihm.

Dieses Trockentraining hatte mit dem, was er hier erlebte, kaum etwas zu tun.

Nur zwei Minuten vorher hatte Trashs Rottenführer, Major Scott »Cheese« Stilton, eine anständige Decklandung hingelegt, obwohl er erst das letzte der vier Fangseile erwischt hatte. Die zehn restlichen Marine-F/A-18C-Piloten waren alle vor Cheese gelandet. Trash war heute Abend also der letzte. Nach ihm kam nur noch das Tankflugzeug, was für Trash besonders unangenehm war, da das Wetter Minute für Minute schlechter wurde und er weniger als sechstausend Pfund Treibstoff übrig hatte. Er hatte also nur zwei Landeversuche. Danach müsste er nämlich neu auftanken, bevor er es ein drittes Mal probieren würde. Das würde bedeuten, dass das gesamte Flugoperationspersonal unten auf der *Ronald Reagan* auf ihn warten müsste und sich ihr Dienst entsprechend verlängern würde.

»Gas«, wies der LSO Trash über Funk an. »Sie sind zu niedrig.«

Trash hatte den Gashebel zu weit zurückgezogen. Er drückte ihn wieder etwas nach vorn, was seinen Jet allerdings zu weit nach oben geraten ließ.

Zu hoch bedeutete, dass er nur noch das vierte und letzte Fangseil erwischen konnte. Wenn ihm dies misslang, würde er durchstarten und am anderen Ende des Trägerdecks wieder abheben müssen. Dann würde er erneut in den pechschwarzen Himmel aufsteigen, um einen neuen Landeanflug zu beginnen.

Zu hoch war also gar nicht gut, aber es war immer noch um Längen besser als zu niedrig. Zu niedrig bedeutete nämlich, dass man nicht einmal das erste Fangseil erwischte, sondern auf die hintere Rampe des Flugzeugträgers prallte und sich dadurch selbst umbrachte. Das brennende Wrack würde dann in einem Feuerball über das gesamte Deck schlittern. Die Videoaufnahme dieser Katastrophe würde man bei allen künftigen Flugzeugträgerausbildungen als leuchtendes Beispiel dafür zeigen, wie man es *nicht* machen sollte.

Trash wollte auf keinen Fall durchstarten, aber das war immer noch besser als die Alternative.

Trash konzentrierte sich jetzt ganz auf den »Meatball«, den bernsteingelben Lichtfleck im Zentrum des Optischen Landesystems OLS, der den Piloten half, den richtigen Anflugwinkel hinunter zum Deck beizubehalten. Jeder menschliche Instinkt trieb ihn eigentlich dazu an, das Deck selbst im Auge zu behalten, als er sich ihm mit 250 Stundenkilometern näherte, aber er wusste, dass er den tatsächlichen Auftreffpunkt ignorieren und dem Meatball vertrauen musste, der ihn sicher nach unten bringen würde.

Im Moment lag dieser genau in der Mitte des OLS, was einen guten Gleitwinkel von 3,5 Grad anzeigte. In einigen Sekunden würde er auf dem Deck aufsetzen. Es sah nach einer sicheren Landung im dritten Fangseil aus, was angesichts des Wetters hervorragend war.

Aber einige Augenblicke vor dem Aufsetzen stieg der bernsteinfarbene Lichtfleck auf dem OLS über die waagrechte, in Fliegerkreisen als »Datumslinie« bezeichnete Reihe aus grünen Lämpchen an.

Der LSO rief: »Weniger Gas!«

Trash zog in aller Eile den Gashebel zurück, aber der Meatball stieg immer höher.

»Scheiße«, presste er zwischen zwei heftigen Atemzügen hervor. Er nahm das Gas noch mehr zurück.

»Wieder mehr Gas!«, mahnte der LSO.

Trash brauchte einen Augenblick, um zu begreifen, was hier geschah. Er war eben kein Navy-Pilot, der an solche Flugzeugträgerlandungen gewöhnt war. Er war *tatsächlich* ideal heruntergekommen, aber jetzt war das Landedeck plötzlich abgesunken, als die *Ronald Reagan* ein Tal zwischen zwei riesigen Ozeanwellen durchfuhr.

Trashs Räder setzten auf dem Deck auf, aber er wusste, dass er zu hoch aufgekommen war. Er drückte den Gashebel ganz nach vorn, und seine Geschwindigkeit nahm schlagartig zu. Er raste das Deck hinunter der undurchdringlichen Dunkelheit entgegen.

»Durchstarten, durchstarten!«, rief der LSO und bestätigte etwas, das Trash bereits wusste.

Einige Sekunden später war er zurück im schwarzen Himmel, stieg über der See auf, um einen Bogen zu fliegen und einen neuen Landeanflug zu beginnen.

Wenn er beim nächsten Versuch wieder nicht landen konnte, würde ihm der Air-Boss des Flugzeugträgers, der Offizier, der die gesamten Flugoperationen leitete, befehlen, seine Maschine bei der F/A-18E aufzutanken, die auf der linken Seite vor dem Bug der *Reagan* kreiste.

Trash vermutete stark, dass der Pilot des Tankflugzeugs genauso wenig in dieser schwarzen Suppe hier oben bleiben wollte wie Trash selbst. Er schickte wahrscheinlich gerade ein Stoßgebet zum Himmel, dass dieser beschissene Marinepilot seinen Jet endlich auf das Deck hinunterbrachte, damit er selbst Feierabend machen konnte.

Trash konzentrierte sich auf die Instrumente, während er seinen Aufstieg beendete und dann eine Reihe von Wendungen flog, die ihn wieder hinter den Flugzeugträger brachten.

Fünf Minuten später war er zu einem neuen Landemanöver bereit.

Der LSO meldete sich über Funk: »Vier-null-acht, hier ist Peddles. Das Deck stampft ein wenig auf und ab. Konzentrieren Sie sich auf einen guten Start, und übertreiben Sie es in der Mitte nicht mit der Kontrolle!«

»Hier Vier-null-acht, Hornet ist im Ball, Gleitwinkel fünf Komma eins Grad.« Er hielt den Meatball fest im Auge. Er war das einzige verdammte Ding, das er im Moment sehen konnte, und er erkannte, dass er zu hoch flog.

Der LSO meldete sich wieder: »Verstanden. Wieder zu hoch. Nase ein Stück runter.«

»Roger.« Trash zog ganz leicht am Gashebel.

»Sie sind zu hoch und etwas zu weit links«, rief der LSO jetzt. »Etwas weniger Gas und etwas nach rechts.«

Thrash zupfte mit der linken Hand ganz leicht am Gashebel und drückte den Steuerknüppel nach rechts.

Er schwebte genau auf die Mitte des Decks vor ihm ein, war jedoch immer noch zu hoch.

Er war nur Augenblicke von einem erneuten Durchstarten entfernt.

Aber genau in dem Moment, als er die rückwärtige Rampe des riesigen Flugzeugträgers überquerte, sah er, wie sich die Decklichter unter ihm anhoben. Erstaunt konnte er beobachten, wie das Deck wie ein gigantischer Hydrauliklift zu seinem Flugzeug emporstieg.

Sein Fanghaken erwischte das dritte Fangseil, und das Haltekabel bremste sein Flugzeug ab. Es war der gleiche Effekt, als ob man einen fast 250 Stundenkilometer schnellen beladenen Sattelschlepper in weniger als drei Sekunden zu einem vollständigen Halt bringen würde.

Trash war tatsächlich erfolgreich auf dem Deck der *Ronald Reagan* gelandet.

Einen Augenblick später meldete sich der Air-Boss in seinem Headset: »Sehen Sie, wenn Sie nicht zur *Reagan* kommen können, kommt die *Reagan* zu Ihnen.«

Trash ließ ein erschöpftes Kichern hören. Seine Landung würde wie jede Landung auf einem Flugzeugträger benotet werden. Man würde sie als »ordentlich« einstufen, womit er keine Probleme hatte. Der Air-Boss hatte ihm jedoch gerade klargemacht, dass er durchaus wusste, dass er nur deshalb nicht noch einmal durchstarten musste, weil ihn das Schiff selbst im richtigen Moment vom Himmel gefischt hatte.

Das konnte jedoch seine Freude, endlich an Deck zu sein, in keiner Weise trüben. »Jawohl, Sir«, sagte er.

»Willkommen an Bord, Marine.«

»Semper Fi, Sir«, erwiderte er mit etwas zu viel falschem Schmalz in der Stimme. Er nahm seine behandschuhten Hände vom Steuerknüppel und dem Gashebel und hielt sie sich vors Gesicht. Sie zitterten ein wenig, was ihn nicht im Geringsten überraschte.

»Ich hasse Schiffe«, murmelte er vor sich hin.

35

Das Büro von SinoShield Business Investigative Services Ltd. lag im 33. Stock des IFC2, Two International Finance Centre, dem mit seinen achtundachtzig Stockwerken zweithöchsten Gebäude in Hongkong und achthöchsten Bürohaus der Welt.

Gavin, Jack und Domingo trugen sündteure Maßanzüge, und ihre Aktentaschen und Folios waren aus hochwertigem Leder. Sie fügten sich perfekt in die Tausende von Büroangestellten und Kunden ein, die sich durch die langen Flure des IFC2 bewegten.

Die drei Amerikaner meldeten sich bei der Empfangsdame des Stockwerks. Sie rief Mr. Yao an und sprach kurz mit ihm auf Kantonesisch.

»Er wird sofort hier sein«, teilte sie den drei Besuchern mit. »Wollen Sie sich nicht so lange setzen?«

Mehrere kleine Unternehmen teilten sich anscheinend die Rezeption, die dazugehörende Empfangsdame und alle Gemeinschaftsbereiche im 33. Stock.

Nach ein paar Minuten kam ein junger, gut aussehender Asiate den mit Teppichboden ausgelegten Gang herunter und trat auf die drei Amerikaner zu. Im Gegensatz zu den meisten chinesischen Geschäftsleuten trug er kein Jackett. Sein lavendelblaues Anzughemd war leicht zerknittert, und die Ärmel hatte er bis über die Ellenbogen hochgekrempelt. Als er sich seinen Besuchern näherte, strich er mit den Händen sein Hemd glatt und richtete seine Krawatte.

»Guten Morgen, Gentlemen«, begrüßte sie der Mann mit einem müden Lächeln und streckte ihnen die Hand entgegen. Sein Englisch hatte kaum einen Akzent, vielleicht einen Anflug von Südkalifornien. »Adam Yao, zu Ihren Diensten.«

Chavez schüttelte ihm die Hand. »Domingo Chavez, Direktor für Firmensicherheit.«

»Mr. Chavez, sehr erfreut«, erwiderte Yao höflich.

Jack und Ding erkannten sofort, dass dieser Typ wahrscheinlich ein großartiger Geheimagent und ganz bestimmt ein fantastischer Pokerspieler war. Jedes Mitglied des Clandestine Service der CIA würde sofort den Namen Domingo Chavez erkennen. Außerdem würde er wissen, dass dieser Chavez etwa Mitte bis Ende vierzig sein musste. Die Tatsache, dass Yao nicht einmal mit der Wimper gezuckt hatte, als er eine CIA-Legende erkannte, war ein Ausweis seiner großen fachlichen Fähigkeiten.

»Jack Ryan, leitender Finanzanalyst«, stellte sich Jack vor, als er dem Mann die Hand schüttelte.

Dieses Mal zeigte Adam Yao echte Überraschung.

»Wow«, sagte er mit einem breiten Lächeln. »Jack Junior! Über Hendley Associates wusste ich bisher nur, dass Senator Hendley der Boss ist. Ich wusste nicht, dass Sie ...«

Jack unterbrach ihn. »Ja, ich versuche, möglichst unauffällig zu bleiben. Ich bin nur einer seiner Angestellten, der mit einer Computertastatur und einer Maus arbeitet.«

Yaos Gesichtsausdruck ließ erkennen, dass er Jacks Bemerkung als reine Bescheidenheit auffasste.

Nachdem Yao sich auch noch mit Gavin Biery bekannt gemacht hatte, führte er seine Besucher in sein Büro.

Unterwegs sprach ihn Chavez an: »Es tut mir leid, dass wir uns so kurzfristig angemeldet haben, aber wir waren gerade in der Stadt und hatten ein Problem. Dafür brauchen wir jemand, der sich hier wirklich auskennt.«

»Meine Sekretärin hat mir erzählt, Vertreter Ihrer Firma

befänden sich in der Stadt und würden um eine kurze Beratung bitten«, erwiderte Yao. »Ich wünschte mir wirklich, dass ich mir mehr als zwanzig Minuten Zeit für Sie nehmen könnte, aber ich bin heute vollkommen ausgebucht. Sie können sich wahrscheinlich vorstellen, dass Marken- und Produktpiraterie-Ermittlungen in Hongkong und China einen Mann in meiner Branche ständig in Trab halten. Ich will mich nicht beklagen, wenngleich ich oft auf meinem kleinen Bürosofa übernachten muss, anstatt heimgehen zu können, um es mir dort gemütlich zu machen.« Er wedelte mit der Hand über sein leicht zerknittertes Hemd, als ob er sich für sein abgetragenes Aussehen entschuldigen wollte.

Als sie sein kleines, spartanisches Büro betraten, sagte Jack: »Wir wissen es wirklich zu schätzen, dass Sie uns überhaupt ein Stück Ihrer wertvollen Zeit opfern.«

Yaos Sekretärin brachte den vier Männern Kaffee, und sie ließen sich alle in einer kleinen Sitzecke direkt vor Yaos unordentlichem Schreibtisch nieder.

Jack fragte sich, was wohl gerade in Yaos Kopf vorging. Den Sohn des Präsidenten der Vereinigten Staaten in seinem Büro zu haben mochte vielleicht irgendwie cool sein, aber Domingo Chavez kennenzulernen und mit ihm plaudern zu können war zweifellos ein Höhepunkt im Berufsleben dieses CIA-Agenten.

»Also, wie haben Sie von mir erfahren?«, wollte Yao von ihm wissen.

»Es gab vor ein paar Monaten einen Artikel in einer Wirtschaftszeitung, der *Investor's Business Daily,* in dem Ihre Agentur neben einer Reihe von anderen erwähnt wurde«, erwiderte Jack. »Als unser eigenes Problem uns jetzt nach Hongkong führte, haben wir ihn hervorgekramt und Ihr Büro angerufen.«

»Stimmt, ich erinnere mich jetzt. Es ging um einen Fall im letzten Jahr, in dem einige Hightech-Patente in Shenzhen kopiert wurden. So etwas passiert eigentlich ständig, aber es war nett, etwas kostenlose Werbung zu bekommen.«

»Welche Art von Ermittlungen betreiben Sie gegenwärtig?«, fragte Jack.

»Eigentlich alles Mögliche. Ich habe Kunden aus der Computerindustrie, der Arzneimittelindustrie, im Einzelhandel, bei Verlagen und sogar im Restaurantgeschäft.«

»Restaurants?«

Adam nickte. »Ja. Es gibt da eine bekannte Kette in Südkalifornien mit über sechzig Filialen. Es stellte sich heraus, dass sie hier weitere elf Filialen haben, von denen sie überhaupt nichts wussten.«

»Sie machen Witze«, sagte Biery.

»Aber keineswegs. Der gleiche Name, die gleichen Firmenschilder, die gleiche Speisekarte und die gleichen kleinen Mützen auf den Köpfen des Personals. Nur von den Gewinnen sehen die Eigentümer dieser Kette keinen müden Pfennig.«

»Unglaublich.«

»So etwas geschieht immer häufiger. Sie haben hier gerade eine ganze Kette falscher Apple-Läden hochgehen lassen, in denen nachgemachte Macs verkauft wurden. Selbst die Angestellten haben gedacht, dass sie für Apple arbeiten würden.«

»Es muss schwierig sein, sie zu schließen«, sagte Ryan.

Yao lächelte freundlich. »Es *ist* schwer. Ich mag den Ermittlungsteil, aber der Umgang mit der chinesischen Bürokratie ist ... Nach welchem Wort suche ich hier?«

»Scheiße?«, schlug Jack vor.

Yao schmunzelte. »Ich wollte eigentlich ›mühselig‹ sagen, obwohl ›scheiße‹ es tatsächlich besser trifft.« Er betrachtete Ryan mit einem Lächeln. »Und jetzt zu Ihnen, Jack. Warum sehe ich hier nicht ein paar Sicherheitstypen mit kantigem Kinn, schwarzen Anzügen und Ohrsteckern hinter Ihnen stehen?«

»Ich habe den Schutz durch den Secret Service abgelehnt. Ich möchte meine Privatsphäre wahren.«

»Wenn nötig, passe ich auf ihn auf«, fügte Chavez mit einem Grinsen hinzu.

Yao kicherte, nahm einen Schluck Kaffee und änderte seine Sitzposition. Jack ertappte ihn dabei, dass er einen kurzen Moment zu Chavez hinüberblickte. »Also, meine Herren, welchen Tort hat China Ihrem Finanzmanagement-Unternehmen angetan?«

»Eigentlich geht es um ein Cyberverbrechen«, sagte Gavin Biery. »Jemand hat eine Reihe wohlüberlegter und gut organisierter Hackerangriffe auf mein Computer-Netzwerk durchgeführt. Tatsächlich gelang es ihnen, einzudringen und unsere Kundenliste zu stehlen. Selbstverständlich sind das für uns sehr sensible Daten. Ich konnte die Quelle der Eindringoperation zu einem Command Server in den Vereinigten Staaten zurückverfolgen, in den ich mich dann gehackt habe.«

»Sehr gut«, sagte Adam. »Ich mag Unternehmen, die gewillt sind, sich zu wehren. Wenn jeder das täte, gäbe es weit weniger Wirtschaftsverbrechen. Was haben Sie auf diesem Server gefunden?«

»Ich habe den Übeltäter gefunden. Dort gab es Daten, die mir offenbarten, wer hinter dem Hackerangriff stand. Kein echter Name, aber ein Online-Handle. Außerdem konnten wir zweifelsfrei feststellen, dass der Angriff von Hongkong aus erfolgte.«

»Das ist interessant, und es war sicher schwer, die Spuren bis hierher zu verfolgen, aber da gibt es etwas, das ich nicht verstehe. Wenn diese Leute diese Daten aus Ihrem Netzwerk einmal gestohlen haben … dann bringt es doch gar nichts, sie wieder zurückzubekommen. Sie sind jetzt da draußen, sie haben sie benutzt, sie haben sie kopiert, und sie haben Ihnen bereits geschadet. Aus welchem Grund sind Sie dann hergekommen?«

An diesem Punkt mischte sich Chavez ein. »Wir möchten den Kerl erwischen, der das getan hat, damit er es nicht noch einmal tun kann. Wir möchten ihn vor Gericht bringen.«

Yao schaute die drei Männer an, als ob sie hoffnungslos naiv seien. »Nach meiner beruflichen Erfahrung ist das *höchst* unwahrscheinlich, meine Herren. Selbst wenn Sie dieses Verbrechen beweisen können, wird man die Täter hier nicht anklagen, und wenn Sie an eine Auslieferung denken, können Sie das getrost vergessen. Wer immer dieser Typ ist, er arbeitet deshalb hier in Hongkong, weil das ein verdammt guter Ort für solche Verbrechen ist. Es wird zwar allmählich etwas besser, und Hongkong ist nicht mehr der Wilde Westen, der es einmal war, aber Sie haben mit Ihrem Anliegen hier immer noch keine Chancen. Es gefällt mir nicht, so deutlich sein zu müssen, aber ich teile Ihnen das lieber ganz ehrlich mit, damit Sie nicht eine Menge Geld aus dem Fenster werfen, um dann doch zur selben Erkenntnis zu kommen.«

»Vielleicht könnten Sie uns dennoch als Klienten nehmen und für uns ein paar Nachforschungen anstellen«, sagte Jack. »Wenn dabei nichts herauskommt, dann war es ja unser eigenes Geld, das wir aus dem Fenster geworfen haben, nicht wahr?«

Adam verzog das Gesicht. »Das Problem ist nur, dass man diese Ermittlungen ganz langsam und methodisch in die Wege leiten muss. Im Moment arbeite ich zum Beispiel an einem Fall, der vier Jahre alt ist. Ich wünschte, ich könnte Ihnen sagen, dass sich die Dinge hier schneller entwickeln, aber ich würde Ihnen dann ein falsches Bild von dem suggerieren, was Sie hier erwartet. Darüber hinaus kenne ich mich eher mit Markendiebstählen aus. Cybersicherheit ist zwar ein ständig wachsendes Problem, aber nicht meine Spezialität. Ganz ehrlich glaube ich sogar, dass es mich etwas überfordern würde.«

»Haben Sie eigentlich irgendwelche Kontaktpersonen, Hilfskräfte oder Ressourcen?«, fragte Chavez. »Wie Mr. Biery gerade erzählt hat, kennen wir den Benutzernamen des Hackers. Wir hofften, hier jemand mit einer Datenbank zu finden, der uns ein paar Informationen über die weiteren Operationen dieses Kerls beschaffen könnte.«

Yao lächelte sein Gegenüber ganz leicht herablassend an, ohne dass ihm das überhaupt bewusst wurde. »Mr. Chavez, in ganz China beschäftigen sich gegenwärtig wahrscheinlich zehn Millionen Hacker mit Computerbetrügereien der einen oder anderen Art. Jeder dieser Typen verwendet wahrscheinlich mehrere Benutzernamen. Ich kenne keine Datenbank, die mit dieser sich ständig verändernden Landschaft Schritt halten könnte.«

»Dieser Junge ist wirklich gut«, sagte Jack. »Ganz bestimmt weiß jemand etwas über ihn.«

Yao ließ ein leichtes Seufzen hören, behielt jedoch sein höfliches Lächeln bei. Er stand auf und setzte sich hinter seinen Schreibtisch. Er schob seine Tastatur zu sich heran. »Ich kann einem Freund drüben in Kanton eine Instant Message schicken, der sich mit Cyber-Finanzverbrechen etwas besser auskennt. Es wird sicher die Suche nach einer Nadel im Heuhaufen werden, aber es kann ja nicht schaden, ihn zu fragen, ob er von dem Typ jemals gehört hat.«

Während Adam Yao noch tippte, fragte er: »Wie lautet der Benutzername?«

»Sein Computername ist FastByte22«, antwortete Biery.

Yao hörte zu tippen auf. Seine Schultern wurden steif. Ganz langsam wandte er sich wieder seinen drei Gästen zu. »Sie machen Witze.«

Chavez beteiligte sich jetzt auch an dem Spiel, das seine Kollegen mit Yao trieben. Er fragte: »Kennen Sie den etwa?«

Yao schaute über seinen Schreibtisch zu ihnen hinüber. Ryan spürte, dass der CIA-Agent ganz leicht Verdacht schöpfte. Allerdings war die Erregung in seinen Augen noch offensichtlicher. Er fing sich jedoch sofort wieder, bevor er antwortete: »Ja. Ich kenne ihn. Er ist ... er ist mir im Rahmen einer anderen Untersuchung begegnet, an der ... an der ich am Rande beteiligt bin.«

Jack unterdrückte ein Lächeln. Er mochte diesen Jungen, er war blitzgescheit. Außerdem war deutlich zu erkennen, dass Yao sich hier ganz allein den Arsch aufriss. Er beobachtete mit Vergnügen, wie sich Adam Yao bemühte, die richtigen Worte zu finden, die seine Begeisterung verbargen, etwas über eine Zielperson zu erfahren, die bisher nur ihm aufgefallen war.

»Nun, vielleicht könnten wir in dieser Sache zusammenarbeiten und unsere Bemühungen zusammenlegen«, sagte Chavez. »Wie Jack gesagt hat, sind wir bereit, einiges Geld zu investieren, um zu sehen, ob wir ihn nicht doch aufspüren können.«

»Das Aufspüren kostet Sie nichts«, erwiderte Yao. »Er arbeitet in einem Büro im Mong-Kok-Computerzentrum drüben in Kowloon.«

»Sie haben ihn gesehen? Persönlich?«

»Habe ich. Es ist jedoch eine komplizierte Situation.«

»Inwiefern?«, fragte Ding.

Yao zögerte ein paar Sekunden. Schließlich fragte er: »Wo sind Sie abgestiegen?«

»Wir wohnen direkt über dem Hafen im Hotel Peninsula«, antwortete Jack.

»Haben Sie Zeit, heute Abend mit mir etwas trinken zu gehen? Dann können wir über alles sprechen und vielleicht sogar einen Plan entwickeln.«

Chavez sprach für die ganze Gruppe: »Um acht?«

36

Melanie Kraft saß auf dem Sofa im Wohnzimmer ihrer kleinen Remise in der Princess Street in der Altstadt von Alexandria. Es war sieben Uhr abends. Normalerweise wäre sie jetzt bereits in Jacks Apartment oder würde Überstunden machen, aber heute war Jack verreist, und sie wollte einfach nur im Dunkeln auf ihrer Couch sitzen, fernsehen und alle ihre Probleme vergessen.

Sie zappte durch die Kanäle, entschied sich gegen die Sendung des Discovery Channels über den Nahen Osten und einen History-Channel-Bericht über das Leben und die Karriere von Präsident Jack Ryan. Normalerweise hätten sie beide Sendungen interessiert, aber jetzt wollte sie einfach nur ein paar nette Bilder sehen.

Schließlich blieb sie bei einer Reportage über die Tierwelt Alaskas hängen. Das war sicher ganz interessant und würde sie vor allem ablenken.

Ihr Handy summte und bewegte sich dabei über den Couchtisch, der direkt vor ihr stand. Sie schaute auf die Anruferkennung und hoffte, dass es Jack war. Er war es aber nicht. Die Nummer war ihr unbekannt, sie erkannte nur an der Ortsvorwahl, dass der Anruf aus Washington kommen musste.

»Hallo?«

»He, Girl. Was machen Sie gerade?«

Es war Darren Lipton. Er war der letzte Mensch, mit dem sie heute Abend sprechen wollte.

Sie räusperte sich, versuchte, eine geschäftsmäßige Stimme anzunehmen, und sagte: »Was kann ich für Sie tun, Special Agent Lipton?«

»Senior Special Agent, aber das lasse ich Ihnen dieses Mal durchgehen.«

Melanie merkte, dass er höchstwahrscheinlich betrunken war.

»Senior Special Agent«, korrigierte sie sich.

»Hören Sie, wir müssen uns für ein kurzes Gespräch treffen. Dauert wahrscheinlich nur fünfzehn Minuten.«

Sie wusste, dass sie nicht ablehnen konnte. Aber sie wollte auch nicht sofort zusagen. Sie wollte nicht, dass Lipton sie für sein braves Schoßhündchen hielt, das angerannt kam, wann immer er es rief. Tatsächlich fühlte sich Melanie genau so, seitdem sie wusste, dass er ihre gesamte Zukunft in Händen hielt.

»Worum geht's denn?«, fragte sie.

»Das werden wir morgen bereden, am besten bei einer Tasse Kaffee. Morgen früh um 7.30 Uhr. Ich komme zu Ihnen nach Alexandria. Wie wär's mit dem Starbucks in der King Street?«

»In Ordnung«, sagte sie und legte auf. Dann sah sie wieder Grizzlybären beim Lachsfang zu, während ihr neue Sorgen durch den Kopf gingen.

Melanie und Lipton saßen trotz dieses kalten, windigen Morgens im Freien an einem Außentisch. Ihr Haar flog ihr immer wieder in die Augen, während sie ihren Tee schlürfte, um sich etwas aufzuwärmen. Lipton trank Kaffee. Unter seinem offenen Trenchcoat trug er einen dunkelblauen Anzug. Er hatte trotz des bedeckten Himmels eine Sonnenbrille aufgesetzt.

Sie fragte sich, ob er dadurch seine blutunterlaufenen Augen verbergen wollte. Auf alle Fälle gab er mit seiner Sonnenbrille, seinem blauen Anzug und dem schwarzen

Trenchcoat das perfekte, fast klischeehafte Bild eines FBI-Agenten ab.

Nach einem kurzen unverbindlichen Geplauder kam Lipton endlich zum Geschäft. »Mein Boss braucht etwas mehr von Ihnen. Ich habe versucht, ihn zu beschwichtigen, aber seit unserer letzten Unterhaltung haben Sie uns eigentlich nichts geliefert.«

»Ich weiß eben heute auch nicht mehr, als ich damals wusste. Offenbar möchten Sie, dass ich ihn irgendwie dabei erwische, wie er Nukleargeheimnisse an die Russen verkauft oder was auch immer.«

»Oder was auch immer«, sagte Lipton. Er strich sich seine graublonde Haartolle, die hinter seine Sonnenbrille geraten war, aus den Augen und griff in sein Jackett. Er holte ein Blatt Papier heraus und hielt es hoch.

»Was ist das?«

»Das ist eine gerichtliche Verfügung, eine Ortungsfunktion in Ryans Handy zu platzieren. Das FBI möchte seine täglichen Bewegungen verfolgen können.«

»Was?« Sie riss ihm das Dokument aus der Hand, um es durchzulesen.

»Wir haben Hinweise darauf, dass er einige höchst verdächtige Treffen mit ausländischen Staatsbürgern durchgeführt hat. Wir müssen das nächste Mal dabei sein und mitbekommen, was dort vor sich geht.«

Melanie war wütend, dass die Ermittlungen immer noch weitergingen. Aber dann kam ihr etwas anderes in den Sinn. »Was hat das mit mir zu tun? Warum erzählen Sie mir das überhaupt?«

»Weil Sie, meine schöne Frau, diese Ortungsfunktion auf sein Handy aufspielen werden.«

»O nein, das werde ich nicht!«, sagte Kraft in unwirschem Ton.

»O doch, das werden Sie! Ich habe hier die Karte, die Sie dazu benötigen. Sie müssen an seinem Handy überhaupt nicht herumdoktern, das macht alles die Software. Sie stecken nur diese kleine Karte in sein Mobiltelefon, warten, bis sie sich selbst hochgeladen hat, und ziehen sie dann wieder heraus. Das Ganze dauert keine dreißig Sekunden.«

Melanie schaute einen Moment auf die Straße hinaus. »Haben Sie für so etwas keine Einsatzagenten?«

»Doch. *Sie* sind meine qualifizierte Agentin, die obendrein noch ganz besondere Qualitäten hat.« Er musterte ihren Busen.

Melanie schaute ihn ungläubig an.

»Oh, oh!«, sagte Lipton mit einem bellenden Lachen. »Bekomme ich jetzt wieder einen Schlag ins Gesicht?«

Melanie konnte seinem Ton und seinem Gesichtsausdruck entnehmen, dass er es irgendwie genossen hatte, von ihr geschlagen zu werden.

Sie nahm sich vor, so etwas ganz bestimmt nicht mehr zu tun.

Sie brauchte einen Moment, um sich wieder zu fassen. Sie wusste, dass angesichts der Informationen, die das FBI über sie und ihren Vater besaß, er mit ihr machen konnte, was immer er wollte. »Bevor ich das mache, möchte ich noch mit jemand anderem von der National Security Branch sprechen.«

Lipton schüttelte den Kopf. »Ich führe Sie, Melanie. Finden Sie sich damit ab.«

»Ich sage ja nicht, dass ich einen neuen Agentenführer benötige. Ich möchte nur, dass jemand anderer mir das alles bestätigt. Jemand, der *über* Ihnen steht.«

Jetzt verschwand das schmierige Dauerlächeln aus dem Gesicht des Spezialagenten. »Das hier in meiner Hand ist eine gerichtliche Verfügung, unterschrieben von einem Richter. Ist Ihnen das nicht Bestätigung genug?«

»Ich bin nicht Ihre Sklavin. Wenn ich das machen soll, möchte ich irgendeine Zusicherung vom FBI haben, dass ich künftig nicht mehr für Sie arbeiten muss. Ich mache das, und das war's dann.«

»Das kann ich Ihnen nicht versprechen.«

»Dann finden Sie jemand, der das kann.«

»Das geht nicht.«

»Dann sind wir fertig miteinander.« Sie stand auf.

Er schob den Stuhl zurück und sprang auf die Füße. »Ist Ihnen eigentlich klar, welche Probleme ich Ihnen bereiten kann?«

»Ich möchte nur auch noch mit jemand anderem sprechen. Wenn Sie das nicht ermöglichen können, bezweifle ich, dass Sie über die Macht verfügen, mich ins Gefängnis zu stecken.«

Sie ging inmitten der morgendlichen Fußgängermenge die King Street in Richtung Metrostation hinauf.

Das Peninsula-Hotel lag auf der Südspitze Kowloons direkt am Victoria Harbour in einer teuren Geschäftsgegend namens Tsim Sha Tsui. Das Fünf-Sterne-Hotel war bereits im Jahr 1928 eröffnet worden und war vor allem für seinen an die gute alte Kolonialzeit erinnernden Charme bekannt.

Die Gäste des Hotels gingen erst einmal an der hoteleigenen Flotte von vierzehn grünen, verlängerten Rolls-Royce Phantoms vorbei, die vor dem Gebäude standen, betraten dann die prächtig ausgestattete Hotelhalle und gingen einen kurzen Gang zu einem Aufzug hinunter, der sie in den obersten Stock des Hotels brachte. Hier servierte das ultramoderne und schicke Felix-Restaurant, das der berühmte Designer Philippe Starck entworfen hatte, moderne europäische Küche. Die deckenhohen Fenster eröffneten einen fantastischen Ausblick über den Victoria Harbour auf Hong Kong Island. Über dem Restaurant lag noch eine kleine Bar, die man über eine Wendeltreppe erreichte. Hier saßen in einer hinteren Ecke die vier Amerikaner, tranken

Bier aus der Flasche und schauten auf die Lichter der Stadt und des Hafens hinaus.

»Sie haben uns heute Morgen gesagt, das mit FastByte sei eine komplizierte Situation«, sagte Chavez. »Was genau haben Sie damit gemeint?«

Yao nahm einen Schluck aus seiner Tsingtao-Flasche. »Der echte Name von FastByte22 ist Zha Shu Hai. Er ist vierundzwanzig Jahre alt. Er stammt vom Festland, ist jedoch schon als Kind in die USA gezogen und wurde amerikanischer Staatsbürger. Bereits als Jugendlicher war er ein Hacker, bekam jedoch eine Sicherheitsfreigabe und wurde von einem Rüstungsunternehmen angestellt, um Penetrationstests ihrer Systeme durchzuführen. Er fand tatsächlich heraus, wie man in sie eindringen konnte, und versuchte, diese Information an die Chinesen zu verkaufen. Er wurde jedoch geschnappt und wanderte ins Gefängnis.«

»Und wann haben sie ihn wieder rausgelassen?«

»Haben sie gar nicht. Er saß seine Zeit in einer Bundeshaftanstalt, einem Minimalsicherheitsgefängnis in Kalifornien, ab. Er hatte Arbeitsfreigang und brachte Senioren den Umgang mit Computern bei. Und dann, eines Tages ... *puff*.«

»Abgehauen?«, fragte Chavez.

»Ja. Das FBI beschattete sein Haus und alle seine bekannten Kontakte, aber er tauchte niemals auf. Entflohene Häftlinge kehren fast immer in ihr altes Leben zurück, zumindest nehmen sie Kontakt zu ihrer Familie auf. Bei Zha war das jedoch anders. Der US Marshals Service kam zu dem Schluss, dass ihm die Chinesen halfen, aus den Vereinigten Staaten zu verschwinden und aufs chinesische Festland zurückzukehren.«

Biery war etwas verwirrt. »Aber wir sind hier doch gar nicht auf dem Festland.«

»Nein. Deshalb ist es auch eine Überraschung, dass er hier aufgetaucht ist. Aber da gibt es sogar noch eine überraschendere Tatsache.«

»Und die wäre?«

»Er ist nun bei den 14K.«

Chavez legte den Kopf schief. »14K? Die Triade?«

»Genau.«

Ryan war überrascht, dass Ding diese Organisation kannte, von der er selbst noch nie gehört hatte. »Eine Gangsterbande?«

»Nicht wie eine Gang in den Staaten«, erklärte Chavez. »Hier verstößt es bereits gegen das Gesetz, wenn man zugibt, Mitglied zu sein. Das stimmt doch, oder, Adam?«

»Ja. Niemand wird in Hongkong zugeben, dass er zu den Triaden gehört. Selbst wenn man nur zu deren Unterführern zählt, bringt einem das ohne jeden weiteren Strafvorwurf fünfzehn Jahre Gefängnis ein.«

Ding erklärte Ryan und Biery die Hintergründe: »In der ganzen Welt gibt es gegenwärtig über zweieinhalb Millionen Triadenmitglieder. Der eigentliche Name der Organisation lautet San He Hui, die ›Drei-Harmonien-Gesellschaft‹. Die 14K ist nur einer der vielen Ableger, heute jedoch in dieser Region der mächtigste. Allein hier in Hongkong hat die 14K-Triade wahrscheinlich zwanzigtausend Mitglieder.«

»Ich bin beeindruckt«, sagte Adam.

Chavez wischte das Kompliment mit einer Handbewegung beiseite. »In meiner Branche zahlt es sich aus, die Unruhestifter zu kennen, wenn man ein neues Territorium betritt.«

»Also ist FastByte22 tatsächlich ein Mitglied?«, fragte Ryan.

»Ich glaube nicht, dass er ein Mitglied ist, aber er hat definitiv mit ihnen zu tun.«

»Wenn er kein Triaden-Mitglied ist, was ist dann seine Beziehung zu ihnen?«, hakte Ryan nach.

»Vielleicht steht er unter ihrem Schutz. Ein Typ wie er kann ihnen eine Menge Geld einbringen. Er setzt sich an seinen Computer und stiehlt in ein paar Stunden die Kreditkartennummern von zehntausend Leuten. Der Kerl ist sein Gewicht in Gold wert, wenn man seine cyberkriminellen Fähigkeiten berücksichtigt. Deshalb passen die 14K vielleicht auf ihn auf, weil er für sie äußerst wertvoll geworden ist.«

»Wie genau schützen ihn eigentlich die 14K?«, fragte Chavez.

»Sie lassen ihn rund um die Uhr von ein paar bewaffneten Kämpfern bewachen. Wenn er zur Arbeit geht, wird er von 14K begleitet, sie schützen sein Büro, und sie stehen vor seinem Apartmentgebäude. Er geht gern shoppen und nachts in die Klubs. Dabei besucht er vorzugsweise 14K-Bars und Viertel, die von dieser Triade kontrolliert werden, wobei seine Gorillas ihm nie von der Seite weichen. Ich habe mein Bestes getan, um herauszufinden, mit wem er sich so alles trifft, aber Sie sehen ja selbst, dass ich eine ganz kleine Agentur habe. Ich dachte auch, ich hätte immer ausreichend Abstand gewahrt, aber vor ein paar Tagen wurde mir klar, dass ich aufgeflogen bin.«

»Irgendeine Vorstellung, wie das passiert ist?«, fragte Ding.

»Nicht die geringste. Eines Morgens wurde er einfach von noch mehr Wächtern begleitet, die offensichtlich nach einer ganz bestimmten Bedrohung Ausschau hielten. Sie müssen mich am Abend zuvor bemerkt haben.«

»Das klingt, wie wenn Sie ein paar neue Leute brauchen, die Sie bei dieser Beschattung unterstützen«, sagte Ding.

Yao runzelte die Stirn. »Melden Sie sich etwa freiwillig?«

»Genau das.«

»Haben Sie solche Überwachungsoperationen überhaupt schon einmal gemacht?«, fragte Yao.

Ding lächelte. »Das könnte man so sagen. Ryan hat mir ein oder zwei Mal dabei geholfen. Ihm macht das sogar Spaß.«

Jack nickte. »Es steckt mir wohl im Blut, nehme ich an.«

»Das muss es wohl.«

Ryan entdeckte immer noch eine Spur von Verdacht bei Adam Yao. Der Junge war ganz klar ein geübter Beobachter. »Nur aus Neugierde, welche Art von Beschattung führt Hendley Associates, abgesehen von dieser Sache hier, eigentlich durch?«

»Typische geschäftliche Aufklärungsoperationen«, sagte Ding. »Auf Einzelheiten kann ich hier nicht eingehen.«

Adam schien dies zu akzeptieren. Dann schaute er Gavin Biery an.

»Mr. Biery, werden Sie sich uns anschließen?«

Chavez antwortete für ihn: »Gavin wird im Peninsula bleiben und uns von hier aus unterstützen.«

Adam Yao holte sein iPhone aus der Tasche, rief ein Foto auf und reichte das Gerät herum.

»Das ist Zha Shu Hai«, erklärte er.

Seine Igelhaare, sein Schmuck und seine Punkkleidung überraschten Ding und Jack. »So etwas hatte ich eigentlich nicht erwartet«, gab Ding zu.

»Ich habe mir eher eine jüngere chinesische Version von Gavin Biery vorgestellt«, ergänzte Ryan.

Alle, einschließlich Gavin, brachen in Gelächter aus.

»In China halten sich viele Hacker für Rockstars und Mitglieder der Gegenkultur«, erklärte Yao. »In Wirklichkeit arbeiten selbst zivile Hacker wie Zha gewöhnlich für den chinesischen Staat. Sie stellen also das genaue Gegenteil von Gegenkultur dar.«

»Besteht die Möglichkeit, dass auch Zha für die chinesischen Kommunisten arbeitet?«

Yao schüttelte den Kopf. »Dass er sich hier in Hongkong und nicht auf dem chinesischen Festland aufhält und dass er unter dem Schutz der Triaden steht, sind zwei gewichtige Argumente gegen die Theorie, dass der Junge für die KPCh tätig sein könnte.«

Ryan musste zugeben, dass Yaos Logik in diesem Punkt stimmig zu sein schien.

Nachdem auch das geklärt war, trank Yao sein Bier aus. »Okay, Jungs. Wir können Zha abpassen, wenn er morgen Abend das Mong-Kok-Computerzentrum verlässt. Da wir jetzt zu dritt sind, können wir vielleicht ein paar Fotos seiner Kontaktpersonen machen.«

»Gute Idee«, sagte Ding, stürzte ebenfalls sein restliches Bier hinunter und verlangte die Rechnung.

Als die Männer auf dem Weg zum Ausgang quer durch das Restaurant gingen, stand ein junger Amerikaner, der gerade mit einer attraktiven Frau an einem Esstisch saß, plötzlich auf und eilte direkt auf Jack zu.

Ding stellte sich sofort zwischen Ryan und den Mann und streckte eine Hand aus, um ihn auf diese Weise auf Abstand zu halten.

Der Restaurantgast rief etwas zu laut: »Junior?«

»Ja?«

»Ich bin ein großer Fan Ihres Vaters! Toll, Sie hier zu sehen! Mensch, Sie sind ja richtig groß geworden!«

»Danke.« Jack lächelte höflich. Er kannte den Mann nicht, aber Jacks Dad war eben berühmt, was dazu führte, dass auch Jack selbst von Zeit zu Zeit erkannt wurde.

Der Mann lächelte zwar immer noch, aber der kleine Latino, der aussah, als ob mit ihm nicht gut Kirschen essen wäre, hatte seine Begeisterung doch etwas gedämpft.

Jack schüttelte dem Mann die Hand. Er erwartete eigentlich, dass dieser ihn um ein Autogramm oder ein gemeinsames Foto bitten würde, aber Chavez schaute den Armen immer noch so grimmig an, dass dieser lieber den Rückzug antrat.

Yao, Ryan, Chavez und Biery fuhren mit dem Aufzug in die Lobby hinunter. »Das ist bestimmt manchmal lästig«, sagte Adam zu Jack.

Ryan kicherte. »Erkannt zu werden? Das ist kein großes

Problem. Im Vergleich zu früher werde ich kaum noch beachtet.«

»Neulich hatte ich einen Computerverkäufer in meinem Büro, der nicht wusste, dass Ryan bei uns arbeitet«, erzählte Biery. »Als ich die beiden miteinander bekannt machte, hatte ich Angst, der Typ würde sich in die Hosen machen, so aufgeregt war er. Das muss auch ein großer Fan von Jack Ryan Senior gewesen sein.«

Alle lachten. Das Campus-Team wünschte Adam noch einen guten Abend. Dieser ging dann in die Nacht hinaus, um eine Fähre zu erwischen, die ihn quer über den Victoria Harbour zurück in seine Wohnung bringen würde.

37

Melanie Kraft saß in einem Fast-Food-Restaurant in McLean, nur ein paar Blocks von ihrem Büro in Liberty Crossing entfernt, und stocherte in ihrem Salat herum. Nach dem Gespräch mit Lipton hatte sie keinen großen Appetit mehr. Sie hatte Angst, dass plötzlich Scharen von FBI-Agenten auftauchen könnten, um sie zu verhaften. Sie ertappte sich sogar mehrmals dabei, durch das Fenster des Lokals zu schauen, wenn draußen ein Auto anhielt.

Nicht zum ersten Mal dachte sie darüber nach, Jack alles zu erzählen. Sie wusste, dass das sein Vertrauen in sie zerstören würde. Er würde wahrscheinlich nie mehr mit ihr sprechen wollen. Wenn sie ihm jedoch die Hintergründe ihres Verhaltens erklärte, würde er sie eventuell zumindest so weit verstehen, dass er sie nicht für den Rest seines Lebens hasste. Immerhin war ihre Spionagetätigkeit für das FBI überschaubar gewesen. Wenn man einmal von ein paar Telefonanrufen über seine Auslandsreisen absah, hatte Lipton durchaus recht, wenn er sie als weitgehend nutzlose Agentin dargestellt hatte.

Ihr Telefon klingelte, und sie antwortete, ohne überhaupt auf die Anruferkennung zu blicken. »Hallo?«

»He, Honey.« Es war Lipton. »Okay. Sie bekommen, was Sie wollen. Kommen Sie rüber, dann können Sie mit meinem Boss, Special Agent in Charge Packard, sprechen.«

»Kommen Sie rüber? Rüber *wohin*?«

»Zum J. Edgar. Wohin sonst?« Das J. Edgar Hoover Building auf der Pennsylvania Avenue war das Hauptquartier des FBI.

Das war Melanie gar nicht recht. Sie wollte nicht, dass jemand beobachtete, wie sie das Hoover Building betrat. »Können wir uns nicht irgendwo anders treffen?«

»Schatz, glauben Sie etwa, SAIC Packard hätte nichts Besseres zu tun, als heute Nachmittag nach McLean hinauszufahren?«

»Ich nehme mir den Nachmittag frei und komme nach Washington. Gleich jetzt. Sie sagen mir, wohin. Überall, nur nicht ins Hoover Building.«

Lipton ließ einen langen Seufzer hören und sagte: »Ich rufe zurück.«

Eine Stunde später betrat Melanie die gleiche Tiefgarage, in der sie sich beim letzten Mal mit Lipton getroffen hatte. Im Gegensatz zum damaligen frühen Samstagmorgen war sie jetzt voller Autos.

Die beiden Männer standen neben einem schwarzen Chevy Suburban mit Regierungskennzeichen.

Packard war einige Jahre jünger als Lipton, obwohl sein Haar bereits vollkommen ergraut war. Er reichte Melanie seinen Ausweis, den sie kurz anschaute, um sich über seinen Namen und Titel zu vergewissern. Dann überreichte er ihr die Dokumente, die Lipton ihr an diesem Morgen gezeigt hatte.

»Was wir von Ihnen verlangen, Miss Kraft, ist wirklich ganz einfach«, sagte Packard. »Sie spielen ohne sein Wissen ein Aufspürprogramm auf Mr. Ryans Handy auf. Das ist alles. Das heißt nicht, dass wir Ihre Dienste später nicht doch noch einmal benötigen könnten, aber wir werden Sie künftig nicht mehr nach seinen Aufenthaltsorten fragen.«

»Ich habe heute Morgen von Special Agent Lipton keine klare Antwort bekommen, vielleicht können Sie mir die liefern«, sagte Melanie. »Welche Beweise haben Sie, dass er tatsächlich irgendwelche Verbrechen begangen hat?«

Packard wartete einen Moment, bevor er antwortete. »Das Ganze ist eine laufende Ermittlung, deren Gegenstand Mr. Ryan ist. Mehr kann und darf ich wirklich nicht sagen.«

Melanie gab sich damit nicht zufrieden. »Ich kann meinen Freund nicht ewig ausspionieren. Vor allem wenn ich keinen Grund habe, zu glauben, dass er irgendetwas falsch gemacht hat.«

Packard schaute Lipton an. »Darren, könnten Sie uns eine Minute allein lassen?«

Lipton sah aus, als wollte er dem widersprechen. Packard hob jedoch nur eine einzelne buschige Augenbraue, und Lipton schlurfte durch die Tiefgarage und dann die Rampe zur Straße hinauf.

Packard lehnte sich mit dem Rücken an seinen Suburban. »Erst einmal eine kleine Bemerkung. Ich weiß, dass der Umgang mit Special Agent Lipton nicht ganz einfach ist.«

»Das ist noch milde ausgedrückt.«

»Er ist verdammt gut bei dem, was er tut, deshalb drücke ich immer wieder ein Auge zu, aber ich weiß, dass das Ganze für Sie aus vielerlei Gründen ziemlich schwierig sein muss.«

Melanie nickte.

»Mir ist diese ganze Sache ebenfalls ziemlich unangenehm. Verdammt, offen gestanden ist Jack Ryan Senior mein absoluter Held! Das Letzte, was ich möchte, ist deshalb, seinen Sohn irgendeiner ungesetzlichen Handlung zu überführen. Allerdings habe ich einen Eid geleistet und werde deshalb alles tun, was das Gesetz von mir verlangt. Ich weiß, dass Lipton gedroht hat, den Geheimnisverrat Ihres Vaters an die Palästinenser damals in Ägypten zu enthüllen, wenn Sie nicht mit uns zusammenarbeiten.

Manchmal erfordert unser Job solche leicht schmutzigen Sachen.«

Melanie schaute auf ihre Hände hinunter.

»Ich will ehrlich zu Ihnen sein. Ich habe es genehmigt, dass er zu dieser Drohung greift. Das taten wir jedoch nur, weil wir bei dieser Untersuchung Ihre Hilfe unbedingt benötigen. Ich meine, natürlich könnten wir ein Zwölf-Mann-Überwachungsteam auf ihn ansetzen, sein Telefon mit gerichtlicher Genehmigung abhören und einen Durchsuchungsbefehl für seine Wohnung und sein Büro beantragen. Aber Sie und ich wissen, dass das in dieser Stadt eine Menge Aufmerksamkeit erregen würde, die wir unbedingt vermeiden wollen. Wenn bei diesen Ermittlungen nichts herauskommt, möchten wir seinen Ruf und den seines Vaters auf keinen Fall beschädigen. Deshalb würden wir es vorziehen, das Ganze so behutsam wie möglich zu erledigen. Sie verstehen doch, was ich meine, oder?«

Nach einem kurzen Zögern sagte Melanie: »Ja, Sir.«

»Gut. Wenn Sie das richterlich genehmigte Aufspürprogramm in seinem Handy platzieren können, werden wir seine Bewegungen ohne den ganzen Zirkus verfolgen können, der es bestimmt auf die Titelseite der *Washington Post* schaffen würde.«

»Und was ist mit meinem Problem?«, fragte sie.

»Niemand muss davon erfahren. Sie haben meine persönliche Versicherung, dass wir diese schlafenden Hunde nicht wecken werden.« Er lächelte. »Helfen Sie uns, und wir helfen Ihnen. Das Ganze ist eine Win-win-Situation, Miss Kraft.«

»In Ordnung«, sagte Melanie. »Er ist im Moment verreist, aber wenn er zurückkommt, werde ich das Programm auf sein Handy hochladen.«

»Das ist alles, was wir brauchen.« Packard überreichte ihr seine Visitenkarte.

»Wenn Darren Sie zu sehr behelligen sollte, können Sie

mich einfach anrufen. Ich kann ihn natürlich nicht abziehen. Wir wollen ja nicht noch einen Dritten in diese ganze Sache mit einbeziehen. Ich werde ihm jedoch in diesem Fall ins Gewissen reden.«

»Ich weiß das zu schätzen, Agent Packard.«

Sie schüttelten sich die Hand.

Adam Yao, Ding Chavez und Jack Ryan jr. trafen sich am frühen Nachmittag im Peninsula. Yao hatte mit einem Nachbarn den Wagen getauscht. Dieser durfte heute seinen Mercedes fahren, dafür hatte er ihm seinen braunen Mitsubishi Grandis geliehen, einen siebensitzigen Minivan, der in Asien häufig war. Yao hatte keine Ahnung, ob den Triaden sein eigenes Auto aufgefallen war, aber er wollte auf keinen Fall ein Risiko eingehen. Außerdem gefiel ihm die Vorstellung, den Männern von Hendley Associates ein geräumigeres Fahrzeug zur Verfügung stellen zu können.

Sie fuhren ein paar Blocks die Nathan Road hinunter. Yao stellte den Van auf einem Ein-Stunden-Parkplatz ab. »Ich dachte, wir könnten unsere abendliche Operation vorbereiten und dabei vielleicht eventuelle Schwachstellen in unserem Beschattungssystem beseitigen.«

»Sie sind hier der Boss«, sagte Chavez zu Yao. »Lassen Sie uns einfach wissen, was wir tun sollen.«

Adam zögerte etwas mit der Antwort. Ryan wusste, dass der CIA-Mann von der Vorstellung bestimmt etwas eingeschüchtert sein musste, dem berühmten Domingo Chavez bei einer Beschattungsoperation Vorschriften zu machen. Ding hatte in diesen Dingen fünfzehn Jahre mehr Erfahrung als Yao. Aber natürlich durfte Adam Yao den »Geschäftsleuten«, die heute mit ihm zusammenarbeiteten, sein Unbehagen keinesfalls zeigen.

»Okay«, sagte er schließlich. »Eins nach dem anderen. Jeder setzt jetzt sein Bluetooth-Headset auf und gibt diese Nummer ein!«

»Was für eine Nummer ist das?«, fragte Ding.

»Sie wird uns alle drei zu einer Konferenzverbindung zusammenschalten. Auf diese Weise können wir ständig miteinander kommunizieren.«

Sie loggten sich in die Konferenzschaltung ein und überprüften, ob sie tatsächlich miteinander in Kontakt standen.

Dann griff Adam in sein Handschuhfach und holte zwei kleine Geräte heraus, die nicht viel größer als eine Streichholzschachtel waren. Er reichte jedem der beiden Hendley-Associates-Männer eines.

»Was sind denn das für Dinger?«, fragte Jack.

»Das sind Mini-GPS-Magneten, kleine GPS-Peilsender mit einem starken Haft-Magneten. Ich benutze sie meistens zur Verfolgung von Fahrzeugen, aber ich kann Sie mit ihnen genauso gut orten. Stecken Sie sie einfach in die Tasche, und ich kann Ihren Aufenthaltsort jederzeit auf dem Stadtplan auf meinem iPad sehen. Ich werde mit meinem Wagen ständig hinter Ihnen beiden bleiben, während Sie unserer Zielperson zu Fuß folgen. Dabei kann ich Ihnen auch im Bedarfsfall den Weg weisen.«

»Cool«, gab Jack zu.

Ding und Jack stiegen aus dem Mitsubishi aus und gingen in Richtung Süden. Yao blieb mit ihnen in Funkkontakt, als sie die beiden gegenüberliegenden Seiten einer belebten Fußgängerstraße hinaufschlenderten. Chavez wählte aufs Geratewohl eine Passantin aus und begann ihr zu folgen, während sie die Schaufenster entlang der Nathan Road betrachtete.

Ryan kämpfte sich derweil durch die dichten Fußgängermassen und überholte die Zielperson auf der anderen Seite der baumgesäumten Allee. Er wartete in einem Bekleidungsgeschäft und beobachtete sie durch das Schaufenster, als sie vorüberging.

»Ryan hat Zielperson im Auge«, meldete er sich.

»Verstanden«, antwortete Chavez. »Sie scheint in Richtung Süden weitergehen zu wollen. Ich überquere jetzt die Straße und rücke zum nächsten Entscheidungspunkt vor.«

Jetzt war Yaos Stimme in ihren Headsets zu hören. »Ding, das ist die Kreuzung mit der Austin Road. Dort gibt es ein 7-Eleven-Geschäft. Da können Sie reingehen und die Zielperson beobachten, wenn sie an dieser Ecke eintrifft.«

»Verstanden.«

Yao kontrollierte beide Männer von dem Stadtplan auf seinem Tablet aus. Manchmal überholte er die Zielperson mit seinem Van, damit er ihr auf der Spur bleiben könnte, wenn sie selbst einmal in ein Auto einsteigen sollte.

Ihre Beschattungsoperation dauerte eine volle Stunde. Die ahnungslose Frau ging einkaufen, trank einen Kaffee, telefonierte mit ihrem Handy und kehrte schließlich auf ihr Hotelzimmer im fünften Stock des Holiday Inn zurück. Dabei bekam sie keine einzige Sekunde lang mit, dass sie die ganze Zeit von einem Drei-Mann-Team beschattet wurde.

Adam war von den Fähigkeiten dieser amerikanischen »Geschäftsleute« beeindruckt. Natürlich überraschte es ihn nicht, dass Chavez derartige Fertigkeiten besaß, aber Ryans Kompetenzen auf diesem Gebiet waren, gelinde gesagt, verdächtig, angesichts der Tatsache, dass er Analyst in einem Finanzmanagement- und Währungshandels-Unternehmen war.

Der Sohn des US-Präsidenten wusste, wie man sich bei einer Verfolgung zu Fuß verhalten musste, wenn man nicht auffliegen wollte.

Sie trafen sich alle am Van, der jetzt in einer Tiefgarage in der Nähe der Jordan-Road-MTR-Station parkte.

Yao hielt eine kleine Manöverkritik ab und sprach dann darüber, was sie an diesem Abend erwartete. »Die Triaden führen gewohnheitsmäßig Überwachungsabwehrmaßnahmen durch, deshalb werden wir noch etwas vorsichtiger auftreten müssen als gerade eben.«

Chavez und Jack nickten, aber Yao merkte, dass Ryan irgendetwas beschäftigte.

»Jack, macht Ihnen irgendwas Sorgen?«

»Mein Problem ist, dass ich zwei Mal erkannt wurde. Wenn man den Typ gestern Abend im Peninsula hinzuzählt, macht das drei Mal in gerade einmal achtzehn Stunden. Dabei werde ich daheim praktisch nie erkannt.«

Adam kicherte. »In Hongkong leben unglaublich viele Menschen, und es ist eines der Zentren der Weltfinanz. Darüber hinaus interessiert man sich in dieser Stadt brennend für alles, was mit dem Westen zu tun hat. Jeder hier weiß, wer Ihr Vater ist. Ein paar wissen eben auch, wer Sie sind.«

»Dagegen kann ich wohl kaum etwas tun.«

»Das stimmt nicht ganz«, erklärte Adam. »Wenn Sie vermeiden wollen, dass die Leute Notiz von Ihnen nehmen, ist die Lösung ganz einfach.«

»Ich bin ganz Ohr.«

Yao griff in seinen Rucksack und zog eine Papiermaske heraus, die man sich übers Gesicht ziehen und mit Gummibändern hinter den Ohren befestigen konnte.

Jack hatte auf den Straßen von Kowloon Hunderte Menschen gesehen, die diese Papiermasken trugen. Die Vogelgrippe und SARS hatten Hongkong hart getroffen, was angesichts seiner Bevölkerungsdichte nicht überraschend war. Viele Menschen, vor allem solche mit geschwächtem Immunsystem, wollten kein Risiko eingehen und trugen Atemschutzmasken, die die Luft zu einem gewissen Grad filterten.

Adam stülpte die blaue Papiermaske über Ryans Gesicht. Dann griff der Sino-Amerikaner erneut in seinen Rucksack, holte auch noch eine schwarze Baseballkappe heraus und setzte sie Ryan auf. Er trat einen Schritt zurück und schaute sich das Ergebnis seiner Tarnaktion an.

»Für einen Einheimischen sind Sie etwas groß, allerdings gibt es inzwischen eine Menge chinesischer Männer, die über 1,80 Meter groß sind. Außerdem leben immer noch viele Briten hier. Alles in allem werden Sie in dieser Aufmachung nicht weiter auffallen.«

Jack war nicht gerade wild darauf, eine Gesichtsmaske zu tragen, vor allem wenn man die drückende Hitze und die hohe Luftfeuchtigkeit berücksichtigte. Er verstand jedoch, dass es zu einer Katastrophe führen könnte, wenn man ihn bei dieser Fußverfolgung zur falschen Zeit erkennen würde.

»Eine Sache weniger, über die ich mir Sorgen machen muss, schätze ich«, sagte er zu Yao.

»Das stimmt. Das wird Ihnen bei den Westlern helfen, aber für die meisten Leute hier sind Sie selbst mit dieser Maske immer noch ein *Gweilo.*«

»Ein *Gweilo?*«

»Oh, Entschuldigung. Ein fremder Teufel.«

»Das ist aber ganz schön harsch.«

Adam nickte. »Schon. Sie sollten jedoch immer daran denken, dass die Chinesen ein ausgesprochen stolzes Volk sind. Sie glauben im Allgemeinen, sie seien allen fremden Rassen überlegen. Alles in allem sind sie keine integrative Gesellschaft.«

»Ich habe nicht vor, mir hier eine Eigentumswohnung zu kaufen. Ich will nur Zha beschatten.«

Adam kicherte. »Wir sollten zum Mong-Kok-Computerzentrum zurückkehren. Zha macht in etwa einer Stunde Feierabend.«

38

Um 20.30 Uhr verließ Zha Shu Hai unter dem Schutz seiner Vier-Mann-Leibwache den Seiteneingang des Mong-Kok-Computerzentrums. Chavez hatte ihn genau im Auge. Er stand ein Stück die Straße hinauf im 7-Eleven und ließ sich gerade ein paar Fleischklöße in der Mikrowelle aufwärmen. Er wollte sich gerade abwenden, um Ryan und Yao mitzuteilen, dass der Vogel das Nest verlassen hatte, als Zha plötzlich anhielt und auf dem Absatz kehrtmachte, als ob ihn jemand gerufen hätte. Er kehrte mit seinem Gefolge zum Eingang des Gebäudes zurück und nahm dort wie ein Obergefreiter Habachtstellung ein. Chavez konnte im schwachen Licht einer Straßenlaterne die Gestalt eines Mannes erkennen. Zha sprach mit ihm in einer fast ehrerbietigen Haltung. Ding wusste, dass das wichtig sein konnte, deshalb riskierte er, dass seine Tarnung in diesem Lebensmittelgeschäft aufflog, holte seine große Nikon-Kamera mit ihrem 300-mm-Objektiv aus dem Rucksack und machte eine Aufnahme von dem Mann, der fünfundvierzig Meter von ihm entfernt auf der Straße stand. Dann zog er sich schnell in den hinteren Teil des 7-Eleven zurück, um sich das Digitalbild im Ansichtsfenster seiner Kamera anzuschauen. Es war bestenfalls mittelmäßig geworden. Zha war darauf gut auszumachen, ebenso wie ein Triaden-Gorilla, der zum 7-Eleven hinüberblickte, aber die Gesichtszüge des Mannes im Dunkeln waren kaum zu erkennen.

Er aktivierte in aller Eile die E-Mail-Funktion seiner

Kamera und schickte das Foto an Gavin Biery in seiner Suite im Peninsula-Hotel. Danach meldete er sich vorübergehend von seinem Beobachtungsposten ab.

»Ryan, übernimm du jetzt, ich müsste mich mal kurz zurückziehen.«

»Verstanden.«

Ding eilte ein Stück die Straße hinunter und rief Gavin an.

»Was ist los, Domingo?«

»Ich habe dir gerade ein Bild geschickt.«

»Ich schaue es mir in diesem Moment an.«

»Ich brauche diesen kleinen Gefallen.«

»Du brauchst einen Fotografier-Lehrgang.«

»Ja. Richtig. Kannst du das Bild irgendwie deutlicher machen?«

»Kein Problem. Ich schicke es euch in ein paar Minuten auf eure Handys.«

»Klasse. So, wie dieser FastByte in Habachtstellung ging, als dieser Typ ihn rief, nehme ich an, dass es sich dabei um den MFIC handelt.«

»MFIC? Dieses Akronym kenne ich nicht. Ist das ein chinesischer Militärausdruck oder was?«

»Bearbeite einfach das Foto, und schicke es uns zurück«, sagte Chavez.

»Ihr bekommt es in ein paar Minuten.«

Fünf Minuten später saßen die drei Amerikaner im Mitsubishi Grandis und folgten dem weißen Geländewagen mit »FastByte22« Shu Hai und seinen vier 14K-Leibwächtern an Bord, als dieser das raue Mong-Kok-Viertel verließ und nach Süden durch den Feierabendverkehr durch Kowloon nach Tsim Sha Tsui fuhr.

Der Geländewagen hielt an einer Straßenecke vor einem schicken Einkaufszentrum an. Zhas Leibwächter stiegen zuerst aus, dann erschien Zha selbst. Er trug schwarze

Jeans, deren Seiten mit kleinen silbernen Nieten besetzt waren, ein hellrosafarbenes Muskelshirt und eine schwarze Nietenlederjacke. Seine Leibwächter trugen dagegen alle die gleichen Bluejeans und grauen T-Shirts unter ihren Jeansjacken.

Zha und sein Gefolge betraten gemeinsam ein Bekleidungsgeschäft.

Inzwischen hatte es zu regnen begonnen. Dies änderte jedoch nichts an der drückenden Hitze, sondern fügte dieser nur noch eine unangenehme feuchte Schwüle hinzu. Adam hielt zwei Blocks hinter dem Laden am Straßenrand an. Dann holte er vier Taschenschirme aus dem Handschuhfach und reichte seinen beiden Begleitern jeweils einen schwarzen und einen roten. Ding und Jack steckten sich den roten unter ihr Hemd ins Kreuz und nahmen erst einmal den schwarzen in die Hand. Dies würde ihre Chancen, nicht aufzufliegen, praktisch verdoppeln. Wenn sie unterwegs den Schirm wechselten, würden sie jemand, der sie zuvor vielleicht gesehen hatte, beim zweiten Mal kaum auffallen.

Als die beiden »Geschäftsleute« von Hendley Associates aus dem Mitsubishi kletterten, rief ihnen Adam hinterher: »Denken Sie immer daran, aus irgendeinem Grund hat man Zhas Leibwache alarmiert, dass jemand ihn beschattet. Sie müssen deshalb gut auf sich aufpassen. Gehen Sie kein Risiko ein. Halten Sie sich lieber zurück. Wenn wir ihn heute Abend verlieren, werden wir es eben morgen Abend noch einmal probieren.«

Jack und Ding trennten sich sofort und gingen abwechselnd alle paar Minuten an dem Laden vorbei. Die Dunkelheit, die vielen Fußgänger auf den Gehwegen und die großen Schaufenster des Bekleidungsgeschäfts machten es leicht, den jungen Hacker im Auge zu behalten, obwohl ein einzelner 14K-Mann draußen vor dem Laden stand, rauchte und die Passanten musterte.

Zha und die anderen verließen den Shop nach einigen Minuten, ohne etwas zu kaufen, stiegen jedoch nicht wieder in ihren Geländewagen ein. Stattdessen klappten die vier Leibwächter Schirme auf. Einer nahm Zha unter den seinen. Sie gingen in südlicher Richtung die Straße hinunter und statteten unterwegs einigen Geschäften einen kurzen Besuch ab.

Die Hälfte der Zeit betrachtete Zha die Schaufensterauslagen oder schaute sich in den verschiedenen Geschäften Kleidungsstücke oder Elektronikgeräte an. In der anderen Hälfte telefonierte er entweder mit seinem Handy oder gab etwas in einen winzigen Handheld-Computer ein, während sein 14K-Begleiter ihn am Arm durch die belebten Straßen führte.

In einem kleinen Laden am Kowloon Park Drive kaufte er einige Kabel und eine neue Laptop-Batterie. Danach zogen sie sich in ein Internet-Café in der Salisbury Road in der Nähe des Eingangs zur Star-Ferry-Anlegestelle zurück.

Ryan hatte ihn gerade im Auge. Er funkte Yao an. »Soll ich hineingehen?«

»Negativ«, meldete sich Yao. »Dort war ich schon mal. Es ist ein kleines, enges Lokal. Vielleicht trifft er sich dort mit jemand, aber wir können nicht riskieren, dass Sie auffliegen, wenn Sie jetzt dort hineingehen.«

Ryan verstand. »Ich ziehe mich zum Star-Ferry-Eingang zurück und beobachte von dort aus das Café.«

»Ding, dieses Lokal hat eine Hintertür«, sagte Yao. »Wenn er die benutzt, landet er in der Canton Road. Einer von euch sollte dort hinüberlaufen, vielleicht wollen sie auf diese Weise potenzielle Verfolger abschütteln.«

»Verstanden.« Ding hatte sich zwei Blocks hinter Ryan gehalten, aber jetzt beschleunigte er seine Schritte und bog nach rechts auf die Canton Road ab. Er stellte sich auf die andere Straßenseite und schaute von dort zur Rückseite des Cafés hinüber. Sein Schirm schützte ihn dabei nicht nur vor dem Regen, sondern verbarg gleichzeitig sein Gesicht vor dem Licht der Straßenlaternen.

Wie Yao vermutet hatte, tauchten Zha und sein Gefolge einige Minuten später auf der Canton Road auf. »Chavez hat Zielperson im Blick. Geht auf der Canton in Richtung Süden.«

Adam hatte in den letzten Tagen gemerkt, dass die Triaden ihre Beschattungsabwehrmaßnahmen immer weiter verstärkt hatten. Der amerikanische CIA-Agent hatte immer noch keine Ahnung, wie er aufgeflogen war, aber was immer der Grund dafür sein mochte, er war im Moment verdammt froh über die Hilfe von Chavez und Junior.

Nur Minuten nachdem Ding die Gruppe gesehen hatte, beobachtete Jack, wie Zha und die anderen unter ihren Schirmen direkt auf seinen derzeitigen Standort in der Nähe des Fähreneingangs zukamen.

»Sieht so aus, als wollten sie die Fähre nehmen«, teilte er den beiden anderen mit.

»Ausgezeichnet«, meldete sich Yao. »Er will wahrscheinlich nach Wan Chai. Dort sind die ganzen Bars. Er hat in der letzten Woche schon mehrmals irgendwelche Girlie-Bars in der Umgebung der Lockhart Road aufgesucht. Ich glaube nicht, dass er sich überhaupt für nackte Mädchen interessiert, aber die 14K betreiben die meisten dieser Klubs. Deswegen glauben seine Leibwächter wahrscheinlich auch, dass sie dort am besten auf ihn aufpassen können.«

»Können wir dort hineingehen, ohne aufzufliegen?«, fragte Jack.

»Ja, aber ihr müsst aufpassen. Es wird dort noch andere Triaden-Mitglieder geben. Sie gehören vielleicht nicht zu Zhas Leibwache, aber wenn sie trinken, sind sie alle mit äußerster Vorsicht zu genießen.«

»Sind das nicht alles Kampfsportler?«, fragte Jack.

Yao kicherte. »Hier geht es nicht immer wie in einem Jackie-Chan-Film zu. Nicht jeder hier ist ein Kung-Fu-Meister.«

»Gut, das beruhigt mich etwas.«

»Sollte es aber nicht. Sie haben alle Pistolen und Messer. Ich weiß nicht, wie es Ihnen geht, aber ich ziehe einen Eselstritt *gegen* die Brust einer 9-mm-Kugel *in* die Brust allemal vor.«

»Da mögen Sie recht haben, Yao.«

»Jack, Sie gehen vor und stellen sich in die Schlange für die nächste Fähren-Überfahrt. Sie werden keinen Verdacht schöpfen, wenn Sie *vor* ihnen stehen. Trotzdem sollten Sie sich genau überlegen, wo Sie sich auf dieser Fähre positionieren.«

»Verstanden.«

»Ding, ich bin auf dem Weg, Sie abzuholen. Wir nehmen den Tunnel und warten dann drüben, bis sie die Fähre verlassen.«

Das alte Star-Ferry-Schiff schwankte und tanzte auf der achtminütigen Überfahrt nach Hong Kong Island über das raue Gewässer des Victoria Harbour mitten durch den dichten Schiffsverkehr. Jack saß ein ganzes Stück hinter den 14K-Gorillas und ihrem Computerhacker, die sich sehr weit vorn auf dem überdachten Deck einen Platz gesucht hatten. Er war überzeugt, dass sie ihn nicht entdeckt hatten, und er war sich sicher, dass sie niemand auf dieser Fähre treffen wollten, da bisher noch keiner an sie herangetreten war.

Etwa auf halber Strecke fiel Jack jedoch etwas anderes auf.

Zwei Männer gingen direkt an Jack vorbei und setzten sich einige Reihen hinter Zha. Es waren kräftige, athletische Burschen von Ende zwanzig oder Anfang dreißig. Einer trug ein rotes Polohemd und Jeans. Auf seinen rechten Unterarm hatte er sich »Cowboy Up« tätowieren lassen, was man etwa mit »hör auf zu jammern und sei ein Mann« übersetzen könnte. Der andere trug ein loses Hemd und Cargo-Shorts.

Sie sahen – zumindest für Jack – wie Amerikaner aus. Beide Männer hielten ihre Augen fest auf Zhas Hinterkopf gerichtet.

»Wir könnten ein Problem haben«, sagte Ryan leise, während er in entgegengesetzter Richtung aus dem Fenster blickte.

»Was ist los?«, fragte Chavez.

»Ich glaube, dass noch zwei weitere Typen, zwei Amerikaner, unsere Zielperson beobachten.«

»Scheiße«, sagte Yao.

»Wer sind sie, Adam?«, fragte Chavez.

»Ich weiß es nicht. Es könnten US Marshals sein. Zha wird in den USA als entflohener Häftling gesucht. Wenn sie das sind, kennen sie sich in Hongkong jedoch überhaupt nicht aus. Sie wissen nicht, wie man hier auftritt, um nicht sofort aufzufallen. Sie wissen nicht, dass Zha und die 14K ständig nach Verfolgern Ausschau halten. Sie werden sich schwer die Finger verbrennen.«

»Sie sitzen ein bisschen zu nahe, aber sonst sind sie noch nicht auffällig geworden«, sagte Ryan.

»Schon«, wandte Yao ein. »Im Moment sind sie nur zu zweit, aber schon bald wird ein halbes Dutzend von ihnen Zha auf die Pelle rücken. Wenn jedoch eine ganze Gruppe solcher rundäugiger und langnasiger Amerikaner an einem einzigen Ort auftaucht, werden die Triaden sofort begreifen, dass ihr Schützling ungebetene Gefolgschaft bekommen hat.«

Die Fähre legte einige Minuten später auf Hong Kong Island an. Ryan ging als Erster weit vor Zha und seinen Leibwächtern von Bord. Er erreichte über eine lange Rampe das Central-Viertel und fuhr dann mit dem Aufzug zur

MTR-Station hinunter, ohne seine Zielperson noch einmal gesehen zu haben.

Das war auch nicht nötig. Chavez stand direkt am Fähren-Ausgang und folgte Zha und seinem Gefolge, bis sie in ein Großraumtaxi stiegen und Richtung Süden davonfuhren.

Adam hatte das aus seinem Mitsubishi-Minivan beobachtet. Er verkündete den beiden anderen über ihre Konferenzschaltung: »Ich bleibe ihnen auf den Fersen. Ding, gehen Sie bitte zu Jack in die MTR hinunter, und nehmen Sie einen Zug zur Wan-Chai-Station. Ich würde mein ganzes Geld darauf verwetten, dass sie dorthin unterwegs sind. Wenn Sie sich beeilen, können Sie vor ihnen dort sein. Ich leite Sie dann zu dem Ort, an dem sie sich befinden werden.«

»Bin schon unterwegs«, sagte Ding, beendete die Konferenzverbindung und rannte zum MTR-Eingang hinüber, um sich mit Jack zu treffen.

Als Chavez und Ryan in der U-Bahn Platz genommen hatten, beendete Jack ebenfalls die Konferenzverbindung mit Adam und beugte sich zu seinem Vorgesetzten und Mentor hinüber. »Wenn die Marshals Zha zu sehr auf die Pelle rücken, wird sich der sofort aus dem Staub machen. In diesem Fall werden wir nie die Hintergründe von Center und der Istanbul-Festplatte erfahren.«

Chavez hatte gerade das Gleiche gedacht. Allerdings hatte er daraus nicht dieselbe Folgerung gezogen wie Ryan, der weitersprach: »Wir müssen ihn uns schnappen.«

»Wie denn, Jack? Er hat eine ziemlich große Leibwache.«

»Das wäre trotzdem machbar«, erklärte Ryan. »Wir könnten eine schnelle und schmutzige Operation durchführen. Hier geht es um eine Menge. Wenn FastByte22 sich tatsächlich in diese Drohnen eingehackt hat, klebt Blut an seinen Händen. Ich werde also keine schlaflosen Nächte bekommen, wenn ich ein paar von seinen Gorillas ins Jenseits befördere.«

»Und was machen wir *dann,* Junge? Bringen wir FastByte ins Peninsula und verhören ihn in aller Gemütlichkeit, während uns der Zimmerservice Häppchen serviert?«

»Natürlich nicht. Wir schmuggeln ihn mit der Gulfstream außer Landes.«

Ding schüttelte den Kopf. »Im Moment arbeiten wir weiterhin mit Adam Yao zusammen. Wenn sich tatsächlich eine günstige Gelegenheit ergeben sollte, können wir ihn immer noch hopsnehmen. Bis dahin ist es jedoch am besten, diesen CIA-Mann zu unterstützen, der sich in Hongkong wie in seiner Westentasche auskennt.«

Jack seufzte. Er konnte Chavez' Argumente nachvollziehen, hatte jedoch Angst, FastByte könnte ihnen durch die Lappen gehen und sie würden niemals erfahren, für wen er arbeitete.

39

Die beiden Campus-Agenten stiegen an der Wan-Chai-Station aus. Inzwischen hatte Adam das Taxi aufgespürt. Es hatte die fünf Männer zu einem Stripklub namens Club Stylish gebracht, der nur vier Blocks entfernt in der Jaffe Road lag. Yao warnte die beiden Hendley-Männer, dass diese Girlie-Bar ein bekannter Treffpunkt der 14K-Triade sei. Neben zahlreichen einsamen Geschäftsmännern und philippinischen Kellnerinnen und Stripperinnen würden sie dort auf jede Menge schwer bewaffneter, schwer alkoholisierter 14K-Gangster treffen.

Jack und Ding vermuteten, dass Adam Yao von dem Begriff »schwer bewaffnet« etwas andere Vorstellungen hatte als sie. Allerdings hatten sie beide ja keinerlei Waffen dabei. Sie beschlossen deshalb, sich auf die Beobachterrolle zu beschränken und nichts zu unternehmen, was den Zorn der Gäste dieses Etablissements erregen könnte.

Tatsächlich war der Zugang zum Club Stylish gar nicht so leicht zu finden. Er war nur ein enger, dunkler Türeingang im Erdgeschoss eines heruntergekommenen Wohnhochhauses in einer Nebenstraße, die nur einen Block von der Lockhart Road, dem netteren Teil von Wan Chai, entfernt war, der vor allem bei den Touristen beliebt war. Ryan zog die Papiermaske ab und ging als Erster hinein. Er kam an einem gelangweilten Türsteher vorbei und stieg eine kleine Treppe hinunter, die nur durch eine an der Decke hängende Weihnachtslichterkette erleuchtet war. Die

Treppe führte offensichtlich zwei Stockwerke abwärts. Unten fand er sich in einem Keller-Nachtklub mit einer hohen Decke wieder. Rechts vom Eingang erstreckte sich an der Wand entlang die Bar. Vor ihm standen zahlreiche Tische, auf denen Kerzen brannten. Gegenüber war eine erhöhte Bühne aus durchsichtigen Kunststoffziegeln, die von hinten von grellgelben Lampen beleuchtet wurden. Dies verlieh dem ganzen Raum einen seltsamen Goldglanz. An der Decke drehte sich eine große Discokugel, deren kleine Spiegelplättchen die Gäste des Klubs in laufender Folge ganz unterschiedlich färbten.

An den Ecken der erhöhten Tanzfläche standen vier Stripperstangen.

Das Etablissement war im Moment wohl nur zu zwanzig Prozent ausgelastet. Das rein männliche Publikum saß an den Tischen, an der Bar und in Sitznischen entlang der rechten Wand. Einige sprachen mit den gelangweilt dreinschauenden »Tänzerinnen«, die sich zwischen ihnen bewegten und ständig auf einen Drink aus waren. Jack sah, dass Zha und seine vier Triaden-Wächter rechts von der Bühne in einer großen Ecknische saßen. Direkt neben ihnen lag der Eingang zu einer dunklen Passage, die offensichtlich zum Hinterausgang des Klubs führte. Jack nahm an, dass dort hinten auch die Toiletten lagen, aber er wollte nicht so nahe an Zha und seinen Begleitern vorbeigehen, um dies zu überprüfen. Gleich links von ihm befand sich eine kleine Wendeltreppe, und er beschloss, sie hinaufzusteigen. Sie führte zu einer kleinen Empore direkt über dem Barbereich. Dort oben saßen einige Geschäftsleute und betrachteten das Geschehen weiter unten. Ryan gefiel es hier. Er konnte Zha im Auge behalten, ohne seine Tarnung zu gefährden. Er setzte sich allein an einen Tisch und bestellte sich ein Bier.

Augenblicke später betraten zwei junge Filipinas die Bühne, die als »exotische Tänzerinnen« zu ohrenbetäubender, stampfender, asiatisch beeinflusster Techno-Musik ihre männlichen Zuschauer durch aufreizende Posen zu betören versuchten.

Zha und seine Leibwächter blieben in ihrer Nische sitzen. Jack beobachtete, dass der junge Mann sich weiterhin mehr für seinen Handheld-Computer als für die kaum sechs Meter von ihm entfernt tanzenden jungen, halb nackten Frauen interessierte. Er blickte kaum zu ihnen hinüber, während er wie wild mit den Daumen tippte.

Jack hätte alles dafür gegeben, diesen Handheld in die Hände zu bekommen. Nicht dass er gewusst hätte, was er damit anstellen sollte, aber für Gavin Biery wäre es sicher ein einziges Vergnügen gewesen, dessen Geheimnisse zu ergründen.

Einige Minuten später betrat Domingo Chavez den Klub und setzte sich in der Nähe des Eingangs an die Bar. Von hier hatte er eine gute Sicht auf die Treppe, die zur Straße führte, und eine einigermaßen ordentliche Sicht auf die 14K-Gruppe. Seine Hauptaufgabe war es jedoch, Jack, dem eigentlichen Späher, im Notfall den Rücken freizuhalten.

Mit Adam kommunizierten sie über ihre winzigen Ohrhörer. Yao saß in seinem geliehenen Mitsubishi, den er in einer kleinen Querstraße zwischen den Hochhäusern an der Jaffe Road und denen an der Gloucester Road nur einige Blocks vom Nordufer der Hong Kong Island entfernt geparkt hatte. Von seinem kleinen Stellplatz aus hatte er eine gute Sicht auf den Hintereingang des Club Stylish. Allerdings parkte er neben Dutzenden von Mülleimern, die mit dem Abfall des daneben liegenden Fischrestaurants gefüllt waren. Der Geruch von verrottendem Meeresgetier stach ihm in die Nase, während ihm einzig eine Armee von Ratten, die der ganze Unrat angelockt hatte, Gesellschaft leistete.

Adam informierte die Männer von Hendley Associates

über ihre Konferenzschaltung, wie gut sie es im Vergleich zu ihm hatten. Chavez nippte an seinem ersten Bier des Abends und schaute den Frauen zu, die sich auf der Bühne für Trinkgeld immer weiter auszogen. Er versicherte dem jungen Adam, dass er nicht viel verpasste.

Ein paar Minuten später betraten die beiden mysteriösen Amerikaner den Klub, die ebenfalls auf der Fähre gewesen waren. Dies bestätigte Jacks Verdacht, dass sie tatsächlich Zha beschatteten. Ding teilte es Ryan sofort mit. Jack konnte sie tatsächlich von seiner Empore aus sehen. Sie ließen sich in einer dunklen Ecke weit von der Bühne entfernt auf rosafarbenen Plüschsesseln nieder, nippten an ihrem Budweiser, das die Kellnerin ihnen gebracht hatte, und wehrten die Avancen der Anschluss suchenden Barmädchen ab.

Als Chavez sich wieder zur Eingangstreppe umdrehte, kamen gerade zwei weitere westliche Männer herunter, die beide blaue Blazer und Krawatten trugen.

Außer Ding, Jack und den beiden jungen Männern von der Fähre hielten sich im Moment noch ein halbes Dutzend Westler in diesem Klub auf, aber die beiden Neuankömmlinge erregten sofort Dings Aufmerksamkeit. FBI-Agenten erkannte Chavez auf den ersten Blick, was allerdings nicht weiter schwer war, da sie meist ein ganz besonderes Aussehen und Verhalten auszeichnete. Die beiden Männer setzten sich ein Stück von den Triaden entfernt an einen Tisch. Dabei rückten sie ihre Stühle so, dass sie einen besseren Blick auf FastByte22 als auf die Bühne hatten.

»Das sieht allmählich wie eine Versammlung von Schlapphüten aus«, sagte Chavez leise, wobei er seine Lippenbewegungen hinter seiner Bierflasche verbarg, bevor er einen Schluck aus ihr nahm.

Adam Yaos Stimme ertönte auf seinem Headset. »Noch mehr Amerikaner?«

»Zwei Anzugträger. Könnten Jungs vom US-Justizministerium sein, die im hiesigen Konsulat stationiert sind und Zhas Anwesenheit bestätigen wollen.«

»Okay«, sagte Yao. »Vielleicht sollten wir uns besser zurückziehen. Nach meiner Rechnung sitzen jetzt sechs *Gweilos* dort drin, die Zha beobachten. Das sind eindeutig zu viele.«

»Ich verstehe, was Sie meinen, Adam, aber ich habe eine andere Idee – warten Sie einen Moment«, sagte Chavez. Er griff in sein Jackett, holte sein Handy heraus und aktivierte die Videokamera-Funktion. Er klinkte sich vorübergehend aus der Konferenzschaltung mit Ryan und Adam aus und rief Gavin im Peninsula an.

Gavin meldete sich beim ersten Klingelton. »Biery.«

»He, Gavin. Ich schicke dir eine Videoübertragung von meinem Handy. Machst du deinen Laptop an und überprüfst, ob du sie empfängst?«

»Ich bin bereits online. Ich habe Empfang.« Ein paar Sekunden später sagte er: »Könntest du für mich auf diese Bühne zoomen?«

Ding legte das Handy auf den Tisch, rückte einen kleinen gläsernen Kerzenhalter heran, lehnte das Mobiltelefon dagegen, sodass es beinahe aufrecht stand, und drehte das Ganze in Richtung des Tisches von Zha und seinen Kumpanen.

»Du solltest dich auf die Zielperson und nicht auf die Tänzerinnen konzentrieren«, sagte Ding.

»Was du nicht sagst. Zoom ihn noch ein bisschen ran.«

Chavez tat, wie ihm geheißen, und zentrierte dann das Bild neu.

»Ich habe es. Wonach soll ich schauen?«

»Behalte sie nur im Auge. Du bist jetzt unser Beobachter. Ich ziehe Ryan ab und drehe mich weg von ihnen. In diesem Raum gibt es bereits viel zu viele Beschatter.«

»Verstehe.« Er lachte. »Ich bin also ab jetzt Teil einer Operation. Na ja ... zumindest einer *virtuellen* Operation.

He, ich schicke euch übrigens gleich das verbesserte Bild des Typen, den ihr vor dem Mong-Kok-Computerzentrum fotografiert habt. Ihr solltet den Mann im Dunkeln jetzt problemlos erkennen können.«

Domingo schaltete Gavin in die Konferenzschaltung mit den beiden anderen mit ein und erklärte Jack und Adam, was er in der Zwischenzeit getan hatte. Jack verließ sofort den Klub durch die Vordertür, überquerte die Jaffe Road und setzte sich in eine winzige Nudelbar, die zur Straße hin offen war. Von dort konnte er den Treppeneingang des Club Stylish beobachten.

Yao, Chavez und Ryan erhielten gleichzeitig E-Mails auf ihren Mobiltelefonen. Als sie sie öffneten, erblickten sie ein klares Bild, auf dem ein Viertel von Zhas Gesicht und drei Viertel seines Hinterkopfs zu sehen waren, während er mit einem älteren Chinesen sprach, der ein weißes Hemd und eine hellblaue oder graue Krawatte trug. Das Gesicht des älteren Mannes war deutlich zu erkennen, aber keiner der drei hätte sagen können, um wen es sich handelte.

Chavez wusste, dass Biery ein spezielles Gesichtserkennungsprogramm auf seinem Computer hatte, mit dem er bestimmt bereits versuchte, dem Mann auf dem Foto einen Namen zuzuordnen.

»Ich kenne ihn nicht, aber Sie meinten, dass er wohl jemand Wichtiges sei, Ding«, sagte Yao.

»Ja. Ich glaube, wir schauen hier auf den MFIC.«

»Den was?«, erwiderte Yao.

»Den Motherfucker in Charge.«

Ryan und Yao kicherten.

Eine Minute später war Gavin Bierys Stimme in den Headsets des Teams zu hören. »Domingo, schwenke die Kamera bitte etwas nach links.« Während Chavez dieser Anweisung folgte, schaute er in die andere Richtung zu den Barkeepern hinüber.

»Was siehst du dort?«

»Zhas Leibwächter haben alle zur gleichen Zeit zu etwas oder jemand hinübergeschaut. Ich glaube, es waren die zwei weißen Typen mit den blauen Blazern. Ein Triaden-Gorilla hat gerade mit seinem Handy jemand angerufen.«

»Scheiße«, sagte Ding. »Ich wette, diese Konsulatstypen haben etwas zu deutlich gezeigt, dass sie nicht hier sind, um sich die Stripperinnen anzusehen. Adam, was werden die 14K Ihrer Ansicht nach tun?«

»Ich nehme an, sie haben Verstärkung angefordert. Wenn sie jedoch wirklich besorgt wären, hätten sie Zha längst durch die Hintertür in Sicherheit gebracht, aber hier hinten ist alles ruhig. Ryan, wie sieht es auf der Vorderseite des Klubs aus?«

Jack beobachtete, wie drei chinesische Männer als Gruppe den Klub betraten. Zwei waren jung, etwa Anfang zwanzig, der dritte vielleicht sechzig. Jack hielt das für nicht weiter bedeutsam, da ständig irgendwelche Leute die Nachtbar betraten und verließen.

»Hier herrscht normaler Verkehr.«

»Okay«, sagte Yao. »Halten Sie aber Ausschau nach weiteren 14K-Kämpfern. Wenn diese Jungs im Klub gerade eine mögliche Bedrohung gemeldet haben sollten, könnte es dort drin noch heiß werden.«

Unser Junge hat Besuch«, sagte Biery eine Minute später, als die drei neuen Barbesucher, der ältere Chinese und seine beiden jungen Begleiter, sich in die Ecknische zu Zha und seiner Leibgarde setzten. »Ich schicke euch ein Foto auf euer Handy, damit ihr es selbst sehen könnt.«

Nachdem Adam das Bild erhalten hatte, schaute er es sich genau an. »Okay. Der ältere Typ ist Mr. Han. Er ist ein bekannter Schmuggler von hochwertiger Computerausrüstung und ein notorischer Markenpirat. Nur weil ich ihn beschattet habe, bin ich überhaupt auf Zha gestoßen. Ich weiß jedoch nicht, in welchem Verhältnis sie zueinander stehen. Die beiden anderen kenne ich nicht, aber es sind bestimmt keine 14K. Dazu sind sie viel zu schmächtig und nervös.«

Jetzt meldete sich Gavin wieder über ihre Konferenzschaltung: »Ich lasse ihre Gesichter durch mein Gesichtserkennungsprogramm laufen und gleiche sie mit einer Datenbank aller bekannten chinesischen Hacker ab.«

Ein paar Sekunden lang blieb es absolut ruhig.

Im Nudelshop fluchte Ryan vor sich hin, und an der Bar des Stripklubs stöhnte Chavez in sich hinein. Man würde Adam Yao nur schwer erklären können, wie eine Finanzmanagementfirma diese Datenbank, die der Campus im Übrigen der CIA heimlich entwendet hatte, einfach so auf einem Laptop abrufen konnte.

Ryan und Chavez warteten darauf, was Yao als Nächstes sagen würde.

»Das ist ziemlich geschickt, Gavin«, sagte er in einem offen sarkastischen Ton. »Lassen Sie es uns wissen, wenn Sie etwas finden.«

Gavin hatte keine Ahnung, was er gerade angestellt hatte, und auch Yaos Sarkasmus entging ihm völlig. »Klar lasse ich es Sie wissen«, sagte er. »Übrigens, ich habe auch diesen anderen Typ, den MFIC, durchlaufen lassen. Bisher keine Übereinstimmung.« Seiner Stimme war eine leichte Enttäuschung anzumerken.

»He, Domingo«, sagte Yao. »Könnten wir uns kurz hinter dem Klub sprechen?«

An der Bar rollte Ding die Augen. Dieser junge Undercoveragent würde ihn jetzt ausquetschen, dessen war er sich sicher.

Im Nudelladen legte Ryan das Gesicht in die Hände. Was diesen CIA-Mann anging, war ihre Tarnung ja wohl gründlich aufgeflogen.

»Ich bin sofort bei Ihnen, Adam. Ryan, warum kommst

du nicht wieder in den Klub und nimmst deinen alten Beobachtungsposten auf der Empore ein. Stelle vor allem sicher, dass keiner Zhas Leibwache verstärkt, ohne dass du es merkst.«

»Geht in Ordnung«, erwiderte Jack.

Es dauerte ein paar Minuten, bis Jack seine alte Position wieder eingenommen hatte und Chavez um den ganzen Block herumgegangen war. Schließlich stieg er auf der Beifahrerseite in den Mitsubishi ein.

Er schaute Adam an und sagte: »Sie wollten mit mir sprechen?«

Yao nickte. »Ich weiß, dass Sie bei der CIA waren, und ich habe Ihren gegenwärtigen Hintergrund überprüft. Sie besitzen immer noch Ihre Sicherheitsermächtigung der Stufe ›streng geheim‹.«

Chavez lächelte. Je eher sie diese Scharade hinter sich brachten, desto besser.

»Sie haben Ihre Hausaufgaben gemacht.«

Yao lächelte nicht. »Sie haben bei der Agency und überall Freunde. Und ich lehne mich jetzt mal aus dem Fenster und behaupte, dass Sie sehr genau wissen, dass ich ebenfalls bei der CIA bin.«

Ding nickte langsam. »Ich werde Sie nicht belügen, Junge. Ich weiß, dass Sie auf zwei Hochzeiten tanzen.«

»Würden Sie mir bitte den wahren Grund nennen, warum Sie hier sind?«

»Kein Problem. Wir sind hier, um herauszufinden, wer zum Teufel dieser Zha ist. Er versucht, in unser Netzwerk einzudringen.«

»Er versucht? Er hat es noch nicht geschafft?«

»Nicht dass wir wüssten.« Alles musste Yao nicht erfahren. »Tut mir leid, Junge. Wir haben Ihre Hilfe gebraucht. Und wir wollten Ihnen helfen. Deswegen haben wir Ihnen etwas Bullshit erzählt.«

»Mir etwas Bullshit erzählt? Sie kommen also den ganzen Weg nach Hongkong herüber, um einen Hacker zu beschatten, der versucht, in Ihr Netzwerk einzudringen? Es sieht so aus, als ob ich mit dem Bullshit, den Sie mir hier erzählen, ganze Viehweiden düngen könnte.«

Chavez seufzte. »Das ist zumindest ein *Teil* des Grundes. Darüber hinaus interessieren wir uns für ihn, weil er etwas mit diesen Drohnenangriffen zu tun haben könnte. Unsere Interessen und die Amerikas überschneiden sich in dieser Frage, und wir wollten Sie bei Ihren Ermittlungen unterstützen.«

»Woher wissen Sie, dass er an diesem Drohnenangriff beteiligt war?«

Chavez schüttelte nur den Kopf. »Man hört so dies und das.«

Yao schien diese Antwort nicht zu befriedigen, ging jedoch zum nächsten Thema über. »Was für eine Rolle spielt eigentlich Jack Junior in dieser Sache?«

»Er ist Analyst bei Hendley Associates. Ganz einfach.«

Yao nickte. Er wusste nicht, was er von dieser Firma halten sollte, aber er wusste auch, dass Domingo Chavez so viel oder sogar mehr Glaubwürdigkeit besaß als irgendein anderer, der jemals für einen US-Geheimdienst gearbeitet hatte. Chavez und seine Begleiter ermöglichten es ihm, Zha zu beschatten, und konnten hoffentlich auch einige der Leute identifizieren, die mit Zha zusammenarbeiteten. Er brauchte diese Jungs, auch wenn sie natürlich nicht echte Mitglieder seines Teams waren.

»Die CIA glaubt nicht, dass Zha an diesem UAV-Angriff beteiligt war. Sie glauben, dass hinter der Attacke ein Staat steckt, vielleicht China, vielleicht der Iran, und da Zha ja ganz offensichtlich hier drüben für keinen von beiden arbeitet, denkt die Agency, dass er nichts damit zu tun hat.«

»Wir sind da etwas anderer Meinung, Sie offensichtlich auch.«

»In der Tat.«

In diesem Moment rief Gavin Biery Chavez an. Ding schaltete seinen Telefonlautsprecher ein, damit Yao mithören konnte. »Bingo. Wir haben eine Übereinstimmung mit einem der jungen Männer, dem Typ mit dem schwarzen Shirt. Sein Name ist Chen Ma Long. Er lebt angeblich auf dem Festland in Shaoxing. Er war erwiesenermaßen Mitglied einer Organisation namens Tong-Dynastie.«

»Die Tong-Dynastie?«, wiederholte Yao überrascht.

»Was ist denn das?«, fragte Chavez.

»Das ist der inoffizielle Name, den die NSA einer Organisation gab, die so etwa zwischen 2005 und 2010 existierte. Sie wurde von einem Dr. K. K. Tong geleitet, den man als Vater der chinesischen offensiven Cyberkriegssysteme bezeichnen könnte. Er fasste Tausende von zivilen Hackern zu einer Art Armee zusammen. Dieser Junge muss ein Mitglied dieser Gruppe gewesen sein.«

»Wo ist Tong jetzt?«

»Er wurde in China wegen Korruption ins Gefängnis geworfen, ist jedoch entflohen. Niemand hat seit Jahren von ihm gehört. Unter den chinesischen Kommunisten geht das Gerücht um, er sei tot.«

»Interessant. Danke, Gavin«, sagte Chavez. Er beendete die Verbindung mit Biery und wandte seine Aufmerksamkeit wieder Yao zu.

»Wir werden über das, was hier vorgeht, nicht mehr erfahren, als wir bereits wissen, denn die Triaden werden jetzt schnell mitbekommen, dass Zha von einer Menge Leute beschattet wird. Und dann wird Zha auf Nimmerwiedersehen verschwinden.«

»Ich weiß.«

»Sie müssen sich noch einmal an Langley wenden. Wenn sie ihn wollen, dann sollen sie sich ihn besser *jetzt* greifen, denn er wird entweder aufs Festland flüchten, dann werden sie ihn nie mehr wiederfinden, oder der Marshals Service wird ihn verhaften, dann wandert er wieder ins Gefängnis. Wenn das passiert, bekommt er einen Anwalt, einen Klaps auf den Hintern, drei warme Mahlzeiten am Tag und ein weiches Bettchen. Die Agency wird dann niemals erfahren, mit wem er zusammengearbeitet hat.«

Adam nickte. Chavez merkte, dass die Aussicht, Zha Shu Hai zu verlieren, an dem jungen Undercoveragenten nagte.

»Ich habe bereits mit Langley gesprochen«, erwiderte Adam. »Sie glaubten zwar nicht, dass Zha etwas damit zu tun hätte, aber sie versprachen, die Nachricht an das Pentagon weiterzuleiten, da es ja deren System sei, das gehackt wurde.«

»Und wie hat das Pentagon reagiert?«

»Ich habe keine Ahnung. Ich versuche, mit Langley so wenig zu kommunizieren wie möglich.«

»Warum denn das?«

»Praktisch jeder weiß, dass es im CIA-Stützpunkt in Peking einen Maulwurf geben muss. Auch das Pentagon weiß von diesem CIA-Leck in China, deshalb bezweifle ich, dass sie es uns mitteilen würden, wenn sie tatsächlich an Zha interessiert sind.«

»Ein Maulwurf?«

»Ich lebe mit dieser Realität schon eine ganze Weile. Zu viele CIA-Operationen in China sind auf eine Weise gescheitert, die sich nur durch Insiderwissen erklären lässt. Ich versuche deshalb, mich bei allem, was ich tue, ziemlich bedeckt zu halten. Ich vermeide es möglichst, Langley meine Absichten mitzuteilen, damit die chinesischen Kommunisten nicht davon Wind bekommen. Obwohl in Hongkong eigentlich keine Festlandsverhältnisse herrschen sollten, wimmelt es hier nur so von chinesischen Spionen.«

»Vielleicht ist dieses Leck der Grund dafür, dass die 14K ihre Leibwache für Zha verdoppelt haben und alle paar Stunden Überwachungsabwehroperationen durchführen«, sagte Chavez.

»Das ergäbe nur einen Sinn, wenn die 14K mit den chinesischen Kommunisten zusammenarbeiten würden«, erwiderte Yao. »Das widerspricht jedoch allem, was ich über die Triaden gesehen oder gehört habe.«

Dings Handy piepste. Es war Ryan. Ding schaltete den Lautsprecher ein.

»Was ist los, Jack?«

»Die beiden jüngeren Amerikaner, die Jungs, die ich auf der Fähre gesehen habe, haben gerade ihre Rechnung bezahlt und sind gegangen.«

»Gut. Vielleicht machen sie tatsächlich Feierabend. Und die beiden Anzugträger?«

»Die sitzen immer noch am selben Platz und schauen alle dreißig Sekunden wie ein Uhrwerk zu Zha und seiner Begleitung hinüber. Es ist ziemlich offensichtlich.«

»Okay«, sagte Ding. »Ich komme wieder rein. Du passt so lange auf, bis ich dich ablöse, und dann kannst du wieder nach vorn raus.«

»Verstanden«, sagte Jack.

Chavez betrat den Klub durch die Hintertür. Dahinter lag eine lange, schmale Treppe, die zu einem Gang hinunterführte. Chavez passierte die Toilette und den Kücheneingang, betrat den Klub und ging an Zha und seinen Begleitern in ihrer Ecknische vorbei zu seinem alten Platz an der Bar zurück.

Ryan verließ jetzt den Klub durch den Vordereingang, ging zu dem Nudelladen an der Jaffe Road hinüber und bestellte sich ein Tsingtao-Bier.

Eine Minute nachdem Ryan an seinen Beobachtungsposten zurückgekehrt war, meldete er sich über Konferenzfunk: »Die 14K sind im Anmarsch. Gerade sind fast ein Dutzend Schlägertypen aus zwei silberfarbenen Geländewagen ausgestiegen. Obwohl es draußen noch fast dreißig Grad hat, tragen sie alle lange Jacken. Ich nehme also an, sie sind bewaffnet. Sie betreten jetzt den Club Stylish durch die Vordertür.«

»Scheiße«, rief Yao. »Ding, glauben Sie nicht, wir sollten abziehen?«

»Es ist Ihre Entscheidung«, erwiderte Chavez. »Aber bisher bin ich an meiner Bar nicht weiter aufgefallen, wenn man einmal davon absieht, dass ich alle paar Minuten mit mir selber rede. Wie wär's, wenn ich erst einmal sitzen bleibe und aufpasse, dass die beiden Konsulatstypen bei all den neuen Gorillas in diesem Raum nicht in Schwierigkeiten geraten?«

»Verstanden, aber seien Sie vorsichtig!«

Kurz darauf übernahmen die Triaden praktisch den ganzen Klub. Ein Dutzend offensichtlich bewaffnete Gangster schwärmte aus und bezog in den Ecken und entlang der Bar Stellung.

Ding sprach leise hinter seiner Bierflasche. »Yep ... die neuen Gorillas beäugen die beiden Anzugträger. Das hier könnte noch ziemlich heftig werden, Adam. Ich bleibe noch eine Minute hier, falls jemand die Kavallerie rufen muss.«

Adam Yao antwortete nicht.

»Ding an Adam, haben Sie mich verstanden?«

Nichts.

»Yao, hören Sie mich?«

Nach einer ganzen Weile antwortete Adam Yao im Flüsterton: »Jungs ... Das hier wird bald *richtig* heftig.«

40

Adam Yao hatte die Fahrersitzlehne des Mitsubishi-Minivans ganz heruntergelassen, sodass er jetzt flach unterhalb der Sichtlinie der Fenster lag. Er bewegte keinen Muskel, aber in seinem Kopf jagten sich die Gedanken.

Nur dreißig Sekunden zuvor war ein zwölf Passagiere fassender Minibus mit ausgeschalteten Scheinwerfern in die schmale Seitenstraße gerollt und hatte etwa zwölf Meter von Yaos Mitsubishi entfernt angehalten. Adam hatte sich geduckt, bevor der Fahrer ihn im Minivan entdeckte. Trotzdem konnte er zuvor noch einen kurzen Blick auf den Mann am Steuer erhaschen. Er sah amerikanisch aus, trug eine Baseballkappe und ein Funk-Headset. Hinter ihm sah Yao im Minibus mehrere dunkle Gestalten.

»Adam, was ist los?« Das war Dings Stimme in seinem Ohrhörer, aber Adam antwortete nicht. Stattdessen griff er zu seinem Rucksack auf dem Beifahrersitz hinüber, holte einen rechteckigen Handspiegel heraus und hob ihn vorsichtig über den unteren Rand seines Seitenfensters. Auf diese Weise konnte er den Minibus beobachten, der neben dem Hintereingang des Stripklubs angehalten hatte. Die Seitentüren öffneten sich, und sieben Männer schlüpften geräuschlos heraus. Sie pressten schwarze Gewehre dicht an den Körper und trugen kleine Rucksäcke, Seitenwaffen und Panzerwesten. Während er still und regungslos dalag, hörte er wieder Dings Stimme in seinem Ohrhörer. »Was ist los, Adam?«

»Hier hinten ist ein verdammtes Einsatzteam«, flüsterte Yao. »Keine Marshals, keine CIA-Agenten. Diese Jungs sind wahrscheinlich ›Jay-Socks‹.« »Jay-Socks« nannte man alle Einheiten, die dem JSOC, dem »Joint Special Operations Command« der US-Streitkräfte unterstellt waren. Zu diesen Spezialeinsatzkräften gehörten vor allem das SEAL Team 6 und die Delta Force. Yao wusste, dass das Pentagon solche Jobs nur von JSOC-Einheiten erledigen ließ. »Ich glaube, sie kommen gleich durch die Hintertür herein, und sie sehen nicht so aus, als ob sie in diesem Klub wackelnde Titten bewundern wollten.«

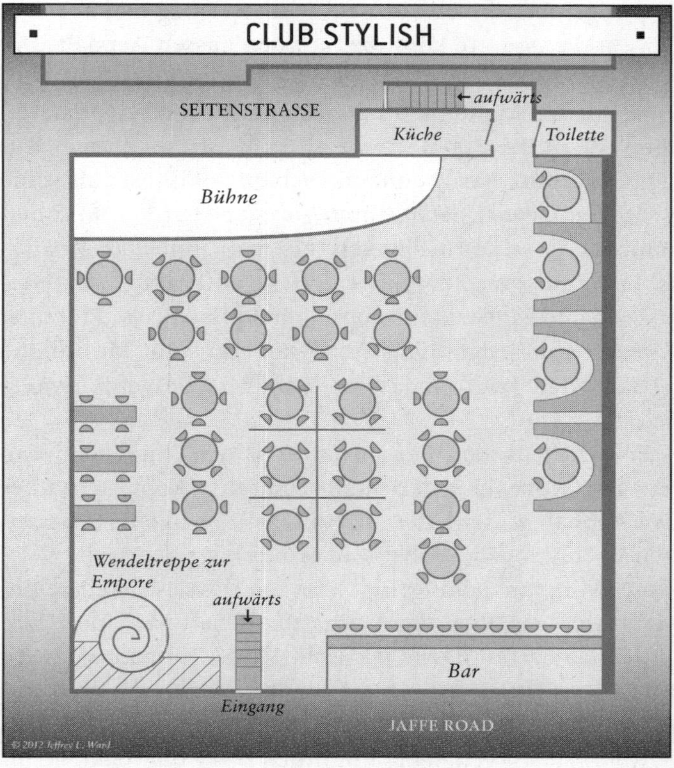

»Scheiße«, fluchte Ding. »Wie viele?«

»Ich zähle sieben.«

»Da drinnen halten sich im Moment vier oder fünf Mal so viele bewaffnete Triaden-Kämpfer auf«, meldete sich jetzt Jack. »Ihr müsst sie aufhalten, bevor sie abgeschlachtet werden.«

»Richtig«, sagte Adam, öffnete in aller Eile die Autotür und glitt aus dem Mitsubishi heraus. Die Amerikaner am Hintereingang schauten in die andere Richtung. Sie bereiteten sich darauf vor, in den Club Stylish einzudringen. Yao wollte ihnen etwas zurufen, aber er hatte noch nicht einmal einen Schritt zurückgelegt, als er von hinten zu Boden geschlagen wurde. Sein Ohrhörer flog ihm aus dem Ohr, und er stürzte kopfüber auf den nassen Asphalt. Der Aufprall raubte ihm den Atem.

Er sah den Mann nicht, der ihn niedergeschlagen hatte, aber er spürte das Gewicht eines Knies in seinem Rücken, er fühlte das Brennen in seinen Schultern, als seine Arme mit Gewalt nach hinten gezogen wurden, und den Schmerz in seinen Gelenken, als man ihm Plastikhandschellen anlegte. Bevor er etwas sagen konnte, hörte er, wie jemand Isolierband von einer Rolle abriss. Plötzlich wickelte ihm jemand das Band mehrmals auf Mundhöhe fest um den Kopf, sodass er keinen Laut mehr herausbekam.

Er wurde an den Füßen hinter seinen Mitsubishi-Van gezogen, wobei er sich bemühte, mit dem Kopf nicht über den Asphalt zu schleifen. Dann wurde er in eine Sitzposition hochgezogen, wobei sein Hinterkopf gegen die Seite seines Minivans schlug. Erst jetzt sah er, dass ein einzelner Mann ihm das alles angetan hatte. Er hatte blonde Haare und einen Bart und trug taktische Hosen, eine Einsatzweste mit Schutzplatten und Magazintaschen und eine Automatikpistole. Um die Schulter hing ihm ein kurzläufiges Gewehr. Adam versuchte ihn durch das Isolierband anzusprechen, aber der Amerikaner tätschelte nur seinen Kopf, bevor er eine Haube über ihn stülpte.

Als Letztes sah Yao den Unterarm des Mannes, auf dem »Cowboy Up« eintätowiert war.

Adam hörte, wie der Mann um seinen Minivan herumrannte, offensichtlich um sich seinen Kameraden an der Hintertür anzuschließen.

Chavez hatte zehn der letzten zwanzig Sekunden mit dem Versuch verbracht, Adam Yao über ihre Konferenzverbindung zu erreichen, zwei Sekunden hatte er in sich hineingeflucht, und die letzten acht Sekunden hatte er leise, aber eindeutige Befehle in sein Headset gebellt, während er durch den Stripklub zur Toilette im hinteren Teil des Raums unterwegs war.

»Gavin, hör mir gut zu! Du setzt dich jetzt ins Taxi und fährst sofort hierher! Gib dem Taxifahrer alles Geld, was du bei dir hast, dass er dich möglichst schnell hier abliefert!«

»Ich? Du möchtest, dass ich dorthin komme, um ...«

»Mach es einfach! Ich kläre dich dann über alles auf, wenn du hier bist.«

»Oh. Okay. Bin schon unterwegs.«

»Ryan, lauf, so schnell du kannst, zum Hintereingang und schau nach, was mit Yao passiert ist. Setz deine Maske auf!«

»Verstanden.«

Chavez kam auf seinem Weg zur Toilette an mehreren Triaden vorbei, die überall in dem inzwischen prall gefüllten Nachtklub herumstanden. Er musste die Männer, die durch die Hintertür im Anmarsch waren, unbedingt aufhalten, da es sonst ein Blutbad geben würde.

Ihm war jetzt klar, was passiert war. Die beiden jungen Männer, die Ryan auf der Fähre und später hier im Klub entdeckt hatte, waren Späher für dieses SEALs- oder Delta-Team gewesen. Sie hatten beobachtet, dass Zha in einer

Sitznische in der Nähe des Gangs saß, der zur Hintertür führte, und dabei nur von einer kleinen Leibgarde bewacht wurde, die unter Ausnutzung des Überraschungseffekts leicht auszuschalten war. Sie hatten dem Greiferteam mitgeteilt, dass jetzt eine gute Zeit zum Handeln sei.

Die Späher verließen den Klub im letztmöglichen Augenblick. Wahrscheinlich legten sie ihre Kampfausrüstung an und holten ihre Waffen, um an dem Einsatz teilzunehmen. Das Ganze entsprach nicht gerade den gängigen Vorschriften für solche Operationen. Aber das Team konnte ja nicht ahnen, dass in der Zwischenzeit eine ganze 14K-Armee eintreffen würde.

Chavez wusste, dass sich hier das totale Chaos anbahnte. Er konnte dieses nur noch verhindern, wenn er die Hintertür erreichte, bevor es einsetzte.

Aus der Dunkelheit des Gangs, der zur Treppe im hinteren Teil des Klubs führte, tauchte plötzlich in enger, sauberer Formation eine Gruppe bewaffneter Männer auf. Die Laserlichtvisiere ihrer Waffen sandten rote, schmale Lichtstrahlen aus, die durch die gedämpfte gelbe Beleuchtung des Klubs tanzten wie die farbigen Lichtblitze der Discokugel an der Decke.

Chavez steckte im Zentrum des Klubs fest. Er war zu weit entfernt, um die Männer noch aufzuhalten, aber nicht weit genug, um dem sich anbahnenden Gefecht zu entgehen. Nur sechs Meter vor ihm saß rechts Zha an einem Tisch voller Computerverbrecher und schwer bewaffneter 14K-Kämpfer. Direkt vor ihm lag die Bühne voller nackter Mädchen, und rings um ihn herum standen ein Dutzend 14K-Gangster, von denen die meisten sich auf zwei unbehaglich dreinschauende Männer aus dem US-Konsulat konzentrierten, die, wie Ding wusste, keine Ahnung hatten, dass gleich eine amerikanische Kommandoeinheit mit gezogenen Waffen und lauten Kampfrufen in den Raum stürmen würde.

Mit düsterer Stimme sprach Chavez in sein Mikrofon: »Es geht los.«

Chief Petty Officer Michael Meyer, der Gruppenführer dieser DEVGRU JSOC-Einheit (vormals SEAL-Team 6), war der zweite Mann der Angriffsreihe. Mit seiner HK MP7-Maschinenpistole zielte er über die linke Schulter des Spezialtruppen-Soldaten, der sich direkt vor ihm bewegte. Als sie den Gang verließen und den Nachtklub betraten, teilten sie sich in einzelne Teams auf. Meyer und sein Vordermann wandten sich nach rechts und ließen ihre Laser über die Bühne und die Gäste davor wandern.

Links von ihnen sicherten zwei Soldaten den Klub bis zur Bar im Hintergrund, und direkt hinter ihm packten drei seiner Männer Zha und richteten ihre Waffen auf seine Leibwächter.

Meyer spürte fast sofort, dass seine Zone gefahrenfrei war. Dort gab es nur die Stripperinnen und ein paar Geschäftsleute. Die Action fand in Richtung Bar und hinter ihm an Zhas Tisch statt, deshalb verließ er seinen SEAL-Kollegen und drehte sich um, um bei der Verhaftung des Computerhackers zu helfen.

Das Team hatte eigentlich vorgehabt, Zha zu ergreifen, nachdem er und seine Beschützer den Klub verlassen hatten. Aus diesem Grund hatten sie erst einmal einige Blocks entfernt gewartet. Dann hatten jedoch die beiden Männer, die Meyer mit Zhas Beschattung beauftragt hatte, gemeldet, dass noch zwei weitere Amerikaner, offensichtlich zwei gut geföhnte Anzugträger aus dem Konsulat, anwesend seien. Sie hatten deshalb Angst, dass die Leibwächter Zha vor ihnen in Sicherheit bringen könnten, bevor sie selbst zugreifen konnten.

Deshalb entschloss sich Meyer, den ursprünglichen Plan zu ändern, die Zielperson im Klub selbst zu ergreifen und sie durch den Hintereingang nach draußen zu schleusen.

Natürlich war es alles andere als eine perfekte Situation. DEVGRU-Einheiten operierten normalerweise mit einer weit höheren Truppenstärke und unter besseren Führungs-, Kontroll- und Kommunikationsbedingungen und einem weit besseren Zielbild des Einsatzortes. Aber hier handelte es sich um das, was in den Dienstvorschriften als »Notfalleinsatz« bezeichnet wurde. Die wichtigste Regel bei solchen Extremfall-Operationen lautete, das Beste aus einer unvollkommenen Situation zu machen.

Das Zwei-Mann-Erkundungsteam hatte das Gebäude zwar keine fünf Minuten zuvor verlassen, aber Meyer wurde sofort klar, dass sich in der Zwischenzeit die Lage vollkommen verändert hatte. Während er erwartet hatte, in dieser Ecknische vier oder fünf Leibwächter vorzufinden, waren es jetzt mindestens zehn.

Es handelte sich um grimmig dreinschauende, stämmige Männer mit langen Jacken und einem kurzen Haarschnitt, von denen keiner einen Drink in den Händen hielt.

Meyer hörte dann einen seiner Männer, die rechts von ihm den Klubbereich sicherten, etwas rufen, was er eigentlich gehofft hatte, heute Abend nicht hören zu müssen.

»Feindkontakt von vorn!«

Ab jetzt entwickelten sich die Dinge ganz schnell in die falsche Richtung. Ein einzelner 14K-Kämpfer, der hinten an der Bar neben dem Haupteingang stand und von einer Gruppe von Geschäftsmännern teilweise abgeschirmt wurde, ergriff die Gelegenheit und zog eine .45er-Pistole aus dem Hosenbund. Unter Ausnutzung der Deckung durch diese Zivilisten hob er seine Waffe und feuerte zweimal auf den Spezialeinsatz-Soldaten, der als erster den Klub betreten hatte. Eine Kugel streifte dessen linken Arm, die andere prallte mitten auf die Keramikschutzplatte auf seiner Brust.

Der Navy-SEAL, der dem verwundeten Operator am nächsten stand, erledigte den chinesischen Schützen mit einer kurzen Drei-Schuss-Salve. Die winzigen, aber durchschlagskräftigen 4,6x30-mm-Geschosse drangen dem Mann in die Stirn ein und sprengten den gesamten Oberteil seines Kopfes ab, der jetzt über die Männer in seiner Umgebung spritzte.

In den nächsten beiden Sekunden griffen im gesamten Stripklub etwa zwanzig 14K-Triaden zu ihren Waffen.

Und dann brach die Hölle los.

Als Chavez sich am Beginn des Feuergefechts im Niemandsland zwischen den beiden Parteien wiederfand, tat er das Einzige, was er in dieser Situation tun konnte: Er folgte seinem Selbsterhaltungstrieb. Er warf sich flach auf den Boden und rollte sich nach links ab, wobei er unterwegs Stühle und Leute umstieß. Er wollte unbedingt aus dem Kreuzfeuer zwischen den Amerikanern und den Triaden herauskommen. Zusammen mit einigen anderen Männern, die direkt vor der erhöhten Tanzfläche gesessen hatten, drückte er sich eng ans Bühnenpodium.

Er hätte sich jetzt unbedingt eine Pistole gewünscht. Dann hätte er den JSOC-Männern bei ihrem Einsatz helfen können, indem er einige ihrer Gegner ausgeschaltet hätte. Stattdessen schützte er seinen Kopf mit den Händen, während feine Herren in Maßanzügen und Tänzerinnen in Stringtangas und voller Body Glitter über ihn stürzten, als sie versuchten, dem Feuergefecht zu entkommen.

In der ganzen Zeit peilte er jedoch auch ständig die Lage. Er linste immer wieder zwischen den Fingern in die panikerfüllte Menge, sah an unterschiedlichen Stellen das Mündungsfeuer von Pistolen und Maschinenpistolen und hörte den gewaltigen Knall einer Pumpgun von der Bar herüberschallen. Die Menge wirkte wie Ratten, die im goldgelben Licht herumirrten, wobei die herumwandernden roten Laservisiere der SEALs und die bunten Lichtblitze der Discokugel die Unübersichtlichkeit der Szene noch verstärkten.

Chief Petty Officer Meyer begriff bereits nach Sekunden, dass er sein Team in ein Hornissennest geführt hatte. Er war auf einen gewissen Widerstand von Zhas Leibwächtern gefasst gewesen, er hatte jedoch beabsichtigt, diesen durch Geschwindigkeit, das Überraschungsmoment und einen überwältigenden Gewalteinsatz zu brechen. Jetzt hatten sie es jedoch nicht mehr mit einer überschaubaren Zahl überraschter Gegner zu tun, sondern befanden sich mitten in einer riesigen Schießbude. Darüber hinaus konnten seine Männer aufgrund der vielen Zivilisten, die gegenwärtig in diesem Klub im Kreuzfeuer standen, erst dann schießen, wenn sie tatsächlich eine Waffe in der Hand einer der Gestalten sahen, die durch das Halbdunkel huschten.

Zwei seiner Männer hatten Zha über den großen runden Tisch gezogen und auf den Boden vor der Ecknische geworfen. Der Chinese mit der Igelfrisur lag jetzt dort mit dem Gesicht nach unten. Ein SEAL kniete auf Zhas Genick, um ihn ruhigzustellen, während er gleichzeitig mit seinem Gewehr die lange Bar auf der anderen Seite des Klubs anvisierte.

Er feuerte zweimal auf einen Gewehrschützen, der in der Nähe des Haupteingangs stand, ließ seine Waffe in den Riemen fallen und fesselte seinen Gefangenen. Im gleichen Moment prallte ein 9-mm-Geschoss auf die Brustplatte von Meyers Panzerweste und ließ ihn ein Stück nach hinten taumeln. Der CPO erholte sich jedoch sofort und schoss in die Richtung des Pistolen-Mündungsfeuers, das gerade neben der Bar aufgeblitzt war.

Jack Ryan fand Adam Yao »gefesselt und geknebelt« neben seinem Minivan. Er hatte die ganze Zeit vergeblich versucht, sich von seinen Fesseln zu befreien. Die Beifahrertür des Mitsubishis war unverschlossen. Jack griff hinein und holte ein Klappmesser aus Yaos Rucksack, mit dem er die Plastikhandschellen des CIA-Agenten aufschnitt.

Aus dem Nachtklub waren Pistolenfeuer und kurze, präzise Salven aus Automatikwaffen zu hören. Ryan zog Yao die Haube vom Kopf und stellte den viel kleineren Mann wieder auf die Beine.

»Irgendwelche Waffen im Van?«, rief Jack.

Adam riss sich das Isolierband vom Mund, wobei er vor Schmerz kurz zusammenzuckte. »Ich habe keinen Waffenschein. Wenn ich mit einer erwischt ...«

Ryan drehte sich um und rannte unbewaffnet zum Hintereingang des Klubs hinüber.

Chavez lag immer noch flach auf dem Boden und presste den Körper möglichst eng an das Bühnenpodium. Bisher hatte ihn das vor dem Kreuzfeuer geschützt. Allerdings hatte ihn keiner der SEALs im Blick, während er gegenüber den bewaffneten Triaden-Kämpfern völlig exponiert war, die hinter Tischen, dem Bartresen und inmitten der Zivilisten Stellung bezogen hatten. Während das Feuergefecht um ihn herum tobte, war sich Ding stets bewusst, dass er in diesem einen Fall einmal kein Mitkämpfer war, sondern wie jeder andere verängstigte Geschäftsmann in diesem Raum nur noch auf irgendeine Weise überleben wollte.

Ding fragte sich, ob es die Kommandosoldaten tatsächlich durch den Gang, die ganze Treppe hinauf und in die Seitenstraße hinaus schaffen würden, bevor sie alle von den 14K-Kämpfern niedergemacht wurden. Ihr ursprüngliches Ziel, nämlich Zha Shu Hai *lebendig* zu ergreifen, schien ihm aus seiner zugegebenermaßen eher beschränkten Sicht inzwischen unerreichbar. Wenn sie überhaupt den Abzug schaffen wollten, mussten sie das tatsächlich durch die Hintertür versuchen. Chavez rief zwischen einzelnen Waffensalven in sein Headset.

»Ryan? Wenn du da draußen hinter dem Klub bist, geh sofort in Deckung! Es sieht aus, wie wenn diese Scheiße bald auf die Seitenstraße hinausschwappt!«

»Verstanden!«, bestätigte Ryan.

In diesem Moment kroch ein Triadenkämpfer mit einer 9-mm-Beretta-Edelstahlpistole zu Chavez hinüber, um sich neben ihm im Schatten des Bühnenpodiums vor den amerikanischen Kommandosoldaten zu verbergen.

Chavez erkannte, dass sich der Mann bis auf drei Meter der Stelle nähern konnte, wo das JSOC-Team im rückwärtigen Teil des Klubs Stellung bezogen hatte, ohne von diesem bemerkt zu werden. Dort konnte er einfach aufstehen und aus nächster Nähe mit seiner Beretta auf die Männer schießen, die sich im Moment ganz auf die Schützen an der dreißig Meter entfernten langen Bar konzentrierten.

Chavez wusste, dass der Chinese nur ein paar der siebzehn Schüsse in seinem Magazin abfeuern würde, bevor er von seinen Gegnern niedergemäht werden würde. Trotzdem war zu erwarten, dass er zuvor ein oder zwei Amerikaner töten würde.

Der 14K-Gangster ging auf Knie und Ellenbogen hoch, wobei seine Tennisschuhe beinahe Chavez' Gesicht gestreift hätten, und begann, sich den Kommandosoldaten zu nähern. Ding fuhr jedoch blitzschnell den Arm aus, packte die Schusshand des Mannes und zog an ihr, bis er das Gleichgewicht verlor und auf den Boden krachte. Ding zog ihn blitzschnell hinter einen umgestürzten Tisch und kämpfte mit dem erstaunlich starken Mann um die Pistole. Schließlich rollte er sich diesem auf den Rücken, packte die Beretta, zog sie nach hinten und brach dem Triadenkämpfer zwei Finger der rechten Hand, woraufhin dieser die Waffe endlich losließ.

Der Chinese schrie laut auf, aber seine Schreie gingen inmitten des Gewehrfeuers und des lauten Gebrülls verloren. Ding schlug dem Mann zwei Mal mit voller Wucht auf den Kopf. Beim ersten Mal brach er ihm die Nase, beim zweiten Mal verlor der 14K das Bewusstsein.

Ding blieb erst einmal hinter diesem Tisch liegen, der

ihn vor den Triaden, die von der Bar her schossen, verbarg. Er ließ das Magazin aus dem Pistolengriff herausgleiten und überprüfte, wie viele Patronen noch darin waren. Es war mit vierzehn Patronen noch beinahe voll. Dazu kam noch eine, die sich bereits im Patronenlager befand.

Jetzt hatte Domingo Chavez eine Waffe.

Chief Petty Officer Meyers Probleme wurden jede Sekunde größer. Er war jedoch schon zu lange in diesem Geschäft, als dass er dadurch den Kopf verloren hätte. Er und seine Männer würden nicht aufgeben, solange sie noch einen Puls und eine Aufgabe zu erfüllen hatten.

Sie hatten Zha Plastikhandschellen angelegt und ihn teilweise an seinem Hemd, teilweise an seiner Igelfrisur auf den rückwärtigen Gang hinausgezogen. Sie ließen ihn am Fuß der Treppe zum Hinterausgang liegen und warteten, bis ihre Kameraden aus dem Klub zu ihnen aufschlossen. Sie boten einander Deckung, während sie ihre Waffen aufluden.

Zwei SEALs hatten Kugeln auf ihre Schutzplatten bekommen, aber der erste ernsthaft Verletzte war Special Warfare Operator Kyle Weldon. Eine 9-mm-Kugel traf ihn direkt in die Kniescheibe und ließ ihn mitten im hinteren Gang kopfüber zu Boden stürzen. Seine HK-PDW-Maschinenpistole rutschte ihm aus den Händen, blieb aber durch den Gewehrriemen mit seinem Körper verbunden. Er biss die Zähne zusammen, kämpfte gegen den Schmerz an und drehte sich so weit herum, dass einer seiner Kameraden ihn an den Zugriemen seiner Schutzweste packen konnte.

Sekunden später wurde dieser Kamerad selbst angeschossen. Ein Querschläger durchschlug Petty Officer Humberto Reynosas linke Wade, als er Weldon aus der Schusslinie ziehen wollte, und er brach neben seinem Kumpel zusammen. Während Chief Petty Officer Michael

Meyer seinem Team gegenüber dem Klubeingang den Rücken freihielt, krochen zwei weitere SEALs ein Stück zurück, um die beiden Verletzten die Treppe hochzuschleppen.

Meyer rutschte im Blut aus, als er hinter ihnen rückwärts die Treppe emporstieg. Er gewann jedoch sofort sein Gleichgewicht zurück und zielte mit seinem Laservisier auf einen 14K-Kämpfer, der mit einer Pumpgun mit Pistolengriff in der Hand im Gangeingang auftauchte. Der Amerikaner jagte dem Mann eine Drei-Schuss-Salve in den unteren Rumpf, bevor der Triaden-Gangster auch nur einen einzigen Schuss abfeuern konnte.

Obwohl SWO Joe Bannerman bei ihrem Rückzug fast die Außentür erreicht hatte und deshalb auch am weitesten von den Kampfhandlungen entfernt war, bekam er dennoch die Kugel eines Triaden-Kämpfers in die Schulter, der plötzlich aus der Toilette aufgetaucht war. Die Wucht des Einschlags brachte Bannerman beinahe zu Fall, aber er blieb auf den Füßen und ging weiter, während Petty Officer Bryce Poteet die Triaden mit einer Zwölf-Schuss-Salve auf Distanz hielt.

Ryan hatte Chavez' Anweisung befolgt und Deckung gesucht. Er hatte gerade das Seitensträßchen überquert und sich mitten zwischen den stinkenden Mülleimern versteckt, als sich plötzlich von der Hauptstraße her Scheinwerfer näherten. Es war der schwarze Minibus, der die SEALs erst vor ein paar Minuten abgesetzt hatte. Sie hatten ihn zweifellos über Funk herbeigeordert.

Der Minibus hatte kaum angehalten, als die Hintertür des Klubs aufflog. Jack konnte durch die Lücke zwischen zwei Plastikeimern beobachten, wie ein bärtiger Amerikaner mit einer blutenden Schulter auf die Straße hinauslief und sofort in entgegengesetzter Richtung nach irgendwelchen Angreifern Ausschau hielt. Ein zweiter Mann kam heraus und blickte mit dem Gewehr im Anschlag zu den Mülleimern hinüber, ohne Jack zu bemerken.

Sekunden später sah Jack FastByte22 oder zumindest jemand, der dieselbe Kleidung wie FastByte22 trug. Man hatte ihm eine Haube über den Kopf gezogen, und seine Handgelenke waren gefesselt, während ihn ein amerikanischer Spezialkräfte-Soldat vorwärtsstieß.

Meyer trat als Letzter durch die Tür. Gleichzeitig warfen seine Männer Zha durch die geöffnete Seitentür in den Minibus, um dann selbst einzusteigen, wobei die unverletzten Operators ihren verwundeten Kameraden hineinhalfen.

Meyer zielte ein paar Sekunden mit seiner Waffe immer noch die Treppe hinunter. Dann folgte er seinen Männern in den Minibus.

Im Fahrzeug kontrollierte er, ob alle sechs Männer seines Teams tatsächlich eingestiegen waren. So lange blieb die Fahrzeugtür offen. In diesem Moment ging der Hintereingang des Klubs noch einmal auf, und zwei Männer mit schwarzen Lederjacken stürmten heraus. Einer schwenkte eine schwarze Pistole und der andere eine Pumpgun, Kaliber 12, mit Pistolengriff.

CPO Meyer jagte jedem von ihnen jeweils ein halbes Magazin in den Leib. Sie und ihre Waffen sanken zu Boden, während sich die Tür hinter ihnen wieder schloss.

»Los!«, rief Meyer, und der Minibus startete mit quietschenden Reifen und brauste durch die Seitenstraße nach Osten.

Als der Minibus an ihm vorbeigefahren war, kam Jack hinter den Mülleimern hervor und lief in Richtung Hintertür. Er musste unbedingt herausfinden, wie es Chavez ging. »Ding, Ding?«, rief er in sein Headset.

Als er noch sieben Meter von der Tür entfernt war, bog

westlich von ihm ein weißer Geländewagen in das Seitensträßchen ein. Offensichtlich sahen die Insassen am anderen Ende der Straße den Minibus mit Zha und den Amerikanern davonfahren, denn plötzlich steigerten sie ihre Geschwindigkeit.

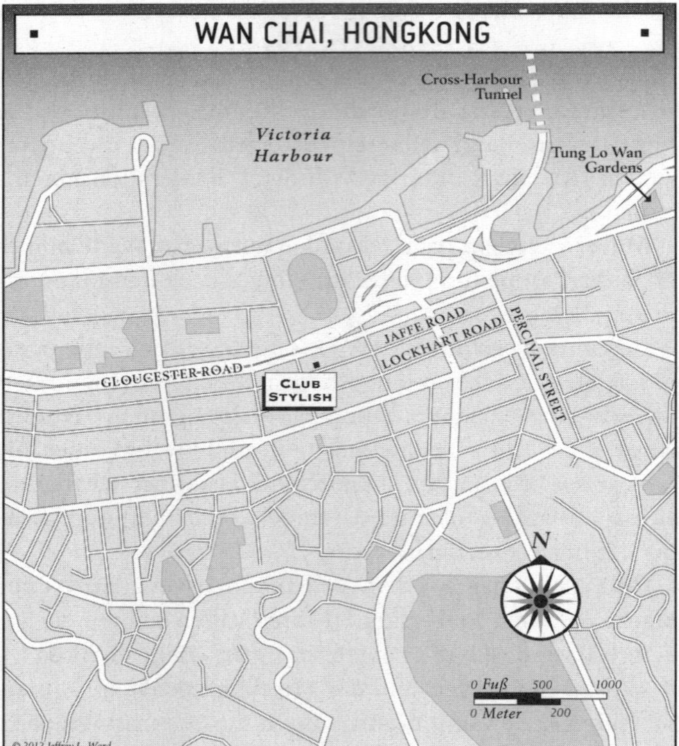

Jack hatte keinen Zweifel, dass dieser Geländewagen voller 14K-Kämpfer war. Er griff sich die Pumpgun, die neben dem toten Triaden-Gangster lag, und stellte sich damit mitten auf die Straße. Er hob die Waffe und feuerte eine einzelne Schrotpatrone auf die Fahrbahn direkt vor das näher kommende Fahrzeug. Die Schrotkügelchen prallten vom Asphalt ab und zerfetzten beide Vorderreifen. Der Geländewagen driftete nach links und krachte durch das Schaufenster eines 24-Stunden-Ladens.

Jack hörte rechts von sich ein Geräusch, drehte sich um und sah Adam Yao auf sich zurennen. Er lief jedoch an Jack vorbei zur Hintertür des Club Stylish weiter. Dabei sagte er zu Jack über ihre Konferenzschaltung: »Das werden nicht die Letzten sein, die hier auftauchen. Wir müssen durch den Klub hindurch und dann auf der anderen Seite verschwinden. Werfen Sie das Gewehr weg und folgen Sie mir. Und lassen Sie Ihre Papiermaske auf.«

Jack tat, wie ihm geheißen, und folgte Yao.

Als Yao die Tür öffnete, sah er, wie das Blut die Treppe hinunterfloss. Er rief auf Mandarin: »Sind alle okay?«

Er war erst einige Stufen hinuntergestiegen, als ihm von unten ein Mann entgegenkam und eine Pistole vors Gesicht hielt. Der 14K-Kämpfer erkannte jedoch sofort, dass er es hier mit zwei unbewaffneten Männern in Zivilkleidung und nicht mit schwer bewaffneten Angreifern zu tun hatte. »In welche Richtung sind sie verschwunden?«, fragte er.

»Nach Westen«, antwortete Adam. »Ich glaube, sie wollen zum Cross-Harbour-Tunnel!«

Der Triaden-Gangster ließ die Waffe sinken und rannte an ihnen vorbei die Treppe hinauf.

Drunten im Stripklub fanden Adam und Jack ein einziges blutiges Schlachtfeld vor. Insgesamt sechzehn Menschen lagen auf dem Boden. Einige stöhnten und krümmten sich vor Schmerzen, andere rührten sich nicht mehr.

Sieben 14K-Triaden waren tot oder lagen im Sterben, drei weitere waren leichter verletzt. Darüber hinaus waren sechs Gäste getötet oder schwer verwundet worden.

Adam und Jack fanden Chavez nach wenigen Sekunden, da dieser gerade seinerseits zur Hintertreppe unterwegs war. Als er sie erblickte, hielt er einen kleinen Handheld-Computer in die Höhe. Jack erkannte ihn sofort. Er gehörte Zha Shu Hai. Ding hatte ihn an der Stelle vom Boden aufgelesen, wo die SEALs FastByte gefesselt hatten.

Ding steckte ihn in die Innentasche seines Sakkos.

»Wir müssen hier weg«, sagte Adam. »Wir gehen durch die Vordertür, wie jeder andere auch.«

Der CIA-Agent ging voraus, und Jack und Ding folgten ihm.

Ryan konnte nicht glauben, was er in diesem Nachtklub sah. Tische und Stühle war umgestürzt worden, und überall lag zerbrochenes Glas. Das Blut, das aus den Leichen heraussickerte oder den Fliesenboden verschmierte, glänzte im rotierenden Licht der Discokugel, die aus unerfindlichen Gründen intakt geblieben war und sich immer noch drehte.

Das schrille Sirenengeheul draußen auf der Jaffe Road wurde immer lauter.

»Bald wird es hier drin von Polizisten nur so wimmeln«, sagte Yao. »In den Triaden-Vierteln rücken sie immer erst an, wenn die Schießerei vorbei ist.«

Während sie die Vordertreppe hinaufstiegen, sagte Jack: »Wer immer diese Typen waren, ich kann nicht glauben, dass sie das Ganze doch noch gepackt haben.«

In diesem Moment hörte man plötzlich das Geräusch von Gewehrfeuer. Dieses Mal kam es aus östlicher Richtung.

Ding schaute Jack an: »Sie haben es noch nicht gepackt. Geh noch mal runter, und besorg dir von einer Leiche eine Pistole.«

Jack nickte und eilte die Treppe hinunter.

»Was machen wir jetzt?«, fragte Yao Chavez.

»Was immer wir können.«

»Der Van«, sagte Adam. »Der Schlüssel steckt noch, und er ist unverschlossen. Vielleicht könnte ihn Biery abholen.«

Chavez nickte und rief Gavin an, der in einem Taxi zum Klub unterwegs war. »Du musst Adams braunen Mitsubishi Grandis aus dem Seitensträßchen hinter dem Club Stylish holen. Wenn du dort bist, ruf mich an. Ich bin mir sicher, dass wir eine Transportgelegenheit brauchen werden.«

»Okay.«

41

Meyer und sein Team leicht ramponierter SEAL-Team-6-Operators schafften es gerade einmal sechs Blocks, bevor die 14K-Kämpfer sie einholten.

Seit vor etwa fünf Minuten die ersten Gewehrschüsse aus dem Klub an der Jaffe Road zu hören waren, klingelten überall in Wan Chai die Handys und wurden Dutzende von SMS verschickt. Bald wussten alle 14K-Kämpfer in dieser Gegend, dass jemand in ihrem Herrschaftsgebiet einen Angriff gewagt hatte. Alle bekamen den Befehl, zur Kreuzung von Jaffe und Marsh Road zu kommen, wo der Club Stylish lag.

Die Koordination zwischen den verschiedenen 14K-Gruppen war zwar in diesen ersten Minuten ein einziges Chaos, aber die schiere Zahl der Kämpfer, die zu Fuß, auf Motorrädern, in Autos und selbst in MTR-Zügen herbeieilten, sorgte dafür, dass Meyer und sein Team bald zahlenmäßig um mindestens das Fünfzehnfache unterlegen waren. Die Triaden wussten nicht, dass Zha gekidnappt worden war – tatsächlich wusste nur ein kleiner Teil von ihnen, wer Zha überhaupt war. Sie alle wussten jedoch, dass es eine Schießerei in diesem Klub gegeben hatte und dass eine Gruppe schwer bewaffneter *Gweilos* gerade zu flüchten versuchte. Jemand meldete, sie säßen in einem schwarzen Minibus. Ab jetzt war es nur noch eine Frage der Zeit, wann Meyer und seine Einheit wie Kakerlaken im Licht der engen, belebten Straßen von Wan Chai aufgespürt werden würden.

Sie waren die Seitenstraße hinter dem Klub bis zu ihrem Ende an der Canal Road hinuntergeprescht und dann nach Süden abgebogen, bis sie die Jaffe Road erreichten, um auf ihr nach Osten weiterzufahren. Als sie an verrammelten Geschäften und Büro- und Apartmenthochhäusern vorbeirauschten, steuerte der Fahrer des Minibusses, Special Warfare Operator Terry Hawley, ständig nach links und rechts, um langsamere Fahrzeuge zu überholen und dem entgegenkommenden Verkehr auszuweichen.

Im hinteren Teil des Minibusses lag Zha immer noch gefesselt mit dem Gesicht nach unten und einer Haube über dem Kopf auf dem Boden. Die verletzten Männer wickelten Schnellverbände um ihre Schusswunden, während Meyer zum Extraktionsteam, das sie ausschleusen sollte, Kontakt aufnahm und mitteilte, dass sie in ein paar Minuten ankommen würden.

Aber die Dinge begannen schiefzulaufen, sobald Meyer seinen Funkspruch abgesetzt hatte. Sie fuhren gerade in die Kreuzung von Jaffe Road und Percival Street ein, die weniger als einen Kilometer vom Ort der Schießerei entfernt im eleganten Causeway-Bay-Viertel lag, als ein Mann in Zivilkleidung vom Rücksitz eines Ford-Mustang-Cabriolets aus mit einem Automatikgewehr auf sie feuerte. Special Warfare Operator Hawley wurde in beide Arme und die Brust getroffen und brach über dem Lenkrad zusammen.

Der Minibus geriet auf der regennassen Fahrbahn ins Schleudern, stellte sich quer und kippte dann auf die Seite. In dieser Lage schlitterte er noch dreißig Meter, bis er frontal auf einen Kleinbus der Hongkonger Verkehrsbetriebe prallte.

Hawley war auf der Stelle tot, und ein weiterer Spezialeinheitssoldat brach sich bei dem Zusammenstoß die Schulter.

Meyer war leicht betäubt. Glassplitter hatten ihm das Kinn, die Backen und die Lippen zerschnitten. Es gelang ihm jedoch, die rückwärtige Tür des Minibusses aufzutreten. Er und seine Männer krochen heraus und versammelten sich vor dem Fahrzeug. Der Tote und die Verwundeten wurden entweder getragen oder gestützt und der Gefangene an seinen Fesseln vorwärtsgezogen. Die Männer bogen in einen schmalen Durchgang ein, der zum Hafen hinunterführte, der etwa vierhundert Meter weiter nördlich lag.

Sie hatten die Kreuzung kaum verlassen, als der erste von Dutzenden von Streifenwagen heranbrauste. Die Polizisten begannen sofort damit, die völlig geschockten Hongkonger Fahrgäste aus dem Bus der Verkehrsbetriebe herauszuholen.

Dreihundert Meter westlich der Unfallstelle rannten Chavez, Ryan und Yao durch den Regen, drängten sich durch Gruppen von Nachtschwärmern hindurch und wichen allen möglichen Rettungsfahrzeugen aus, die entweder zum Club Stylish oder zum Ort des Gewehrfeuers weiter östlich unterwegs waren. Als sie die achtspurige Canal Road überquerten, schloss Adam zu Chavez auf und sagte: »Folgen Sie mir! Es gibt eine Fußgängerpassage, die mitten zwischen diesen Apartmenthochhäusern hindurchführt. Wir können dadurch von der belebten Jaffe Road in eine ruhigere Straße hinüberwechseln.«

»Einverstanden«, sagte Ding.

Während sie weiterliefen, fragte Yao: »Wie sieht unser Plan aus, wenn wir dort ankommen?«

»Wir improvisieren«, antwortete Domingo. Dann wurde er etwas deutlicher: »Wir können für diese Jungs nicht allzu viel tun, aber ich wette, sie nehmen jede Hilfe an, die sie kriegen können.«

Die sieben überlebenden SEALs hatten alle Hände voll zu tun. Zwei Männer trugen ihren toten Kameraden, einer zog mit der einen Hand FastByte am Kragen hinter sich her, während er in der anderen eine SIG-Sauer-Pistole hielt. Die beiden Soldaten mit den ernsthaften Beinverletzungen bekamen Unterstützung durch die SEALs, die noch gut auf den Beinen waren, wenngleich einer von ihnen sich die Schulter gebrochen hatte. Er hatte seine gesamte Ausrüstung abgeworfen und mit seinem gesunden Arm den Mann mit dem verletzten Knie unter den Achseln gepackt, während dieser neben ihm herhumpelte. Gleichzeitig kämpfte der Schulterverletzte ständig dagegen an, aufgrund seiner entsetzlichen Schmerzen einen körperlichen Schock zu erleiden.

CPO Meyer half Reynosa vorwärts, der ein beträchtliches Stück Fleisch aus seiner linken hinteren Wade verloren hatte.

Darüber hinaus hielten Meyer und ein weiterer Operator ihre kleinen, schallgedämpften HK-MPs ständig schussbereit. Zwei weitere Männer trugen ihre Pistolen in der Hand, während die restlichen drei Überlebenden an keinem Feuergefecht mehr teilnehmen konnten, weil sie entweder zu verletzt waren oder sich um ihre Kameraden kümmern mussten.

Die Kampfkraft von Meyers Team war also innerhalb von nur fünf Minuten um mehr als sechzig Prozent geschrumpft.

Sie humpelten und schleppten sich, so schnell sie konnten, über Parkplätze und Seitensträßchen. Dabei taten sie ihr Bestes, um den Polizeifahrzeugen aus dem Weg zu gehen, die durch die Hauptstraßen rasten, und sich von Gruppen von 14K-Kämpfern fernzuhalten, die ihre Anwesenheit durch lautes Schreien und Rufen verrieten.

Aufgrund des Regens und der späten Stunde waren hier, einige Blocks von den belebten Restaurants und Bars in der Lockhart Street entfernt, kaum noch normale Fußgänger unterwegs. Meyer wusste also, dass alle Männer im Kampfesalter, vor allem wenn sie gehäuft auftraten, höchstwahrscheinlich eine Bedrohung darstellten.

Als sie sich einer Reihe von geschlossenen Läden am Fuß eines Hochhauses näherten, das noch im Bau und deswegen mit einem Gerüst umgeben war, rief Bannerman plötzlich: »Feindkontakt links!« Meyer richtete seinen Laser auf drei junge Männer, die mit Gewehren in der Hand aus einer Seitenstraße auf sie zurannten. Einer feuerte aus seiner Klappschaft-Kalaschnikow eine wilde Salve ab, die in der Nähe der SEAL-Einheit Funken und Asphaltstücke aus der Straße riss. Meyer und Petty Officer Wade Lipinski machten diesem Schauspiel jedoch sofort ein Ende und erschossen mit ihren MP7 die drei Kämpfer.

Diese Bedrohung war zwar ausgeschaltet, aber das Gewehrfeuer aus der AK-47 und die Autoalarmanlagen, die in der ganzen Straße losgingen, waren für Meyer und sein Team ausgesprochen unangenehm. Die herumstreifenden Triaden-Banden würden sie jetzt ganz leicht aufspüren können.

Sie setzten ihren Weg in Richtung Norden zum Ufer fort und versuchten dabei, möglichst in Deckung zu bleiben, während strahlgetriebene Hubschrauber über ihren Köpfen kreisten, deren Scheinwerfer über die Hochhäuser in der Umgebung huschten.

Jack Ryan hatte fast den Eindruck, dass jede verdammte Sirene in Hongkong jetzt in der Umgebung von Wan Chai in Betrieb war. Bereits vor dem kurzen, bellenden Gewehrfeuer, das vor ein paar Sekunden durch die Hochhäuserschluchten geschallt war, hatten all diese Polizei- und Feuerwehrsirenen Jacks Ohrenklingeln verstärkt, das er sich beim Abschuss dieser Pumpgun in der Seitenstraße hinter dem Klub eingehandelt hatte.

Er rannte durch die Fußgängerpassage hinter Adam her, der die Führung übernommen hatte. Dabei spürte er das

Gewicht und den Druck der 9-mm-Beretta, die in seinem Gürtel steckte. Ohne Adam wären Ding und Jack alle paar Sekunden direkt in Polizeisperren oder die Arme herumstreifender 14K-Trupps gelaufen. Bisher waren sie nur an einer Gruppe aus fünf oder sechs Männern vorbeigekommen, die Adam als mögliche 14K-Kämpfer identifiziert hatte.

Eine weitere Gewehrsalve machte deutlich, dass das amerikanische Kommando immer noch in Richtung Norden unterwegs war. Sie waren nur noch ein paar Straßenecken vom Victoria Harbour entfernt.

Während des Rennens fragte Jack: »Ein Boot? Sollten wir ihnen nicht ein Boot besorgen?«

Ding wandte sich an Yao: »Wo liegt der nächste Bootshafen?«

»Es gibt dort droben eine private Marina, aber diese Idee können wir vergessen. Sie würden von sämtlichen verdammten Hafenpatrouillenbooten gestoppt werden, sobald sie auf dem Wasser sind. Außerdem würden sie die Hubschrauber bereits vor dem Ablegen entdecken. Diese Jungs werden nicht auf Wasserskiern aus dieser Scheiße herauskommen.«

Chavez tippte auf seinen Ohrhörer, während er weiterjoggte. Einen Augenblick später meldete sich Gavin.

»Wo bist du?«, fragte Chavez.

»Ich nähere mich gerade der Rückseite des Klubs, aber da stehen eine Menge Leute herum. Einige von ihnen sind bestimmt 14K.«

»Gavin, wir *brauchen* diese Fahrgelegenheit!«

»Okay, aber ich kann nichts versprechen. Ich bin mir nicht einmal sicher, dass …«

»Hier geht es um Leben und Tod! Wir verlassen uns auf dich!«

»Aber hier gibt es Polizisten und …«

»Finde eine Lösung und ruf mich zurück!« Chavez legte auf.

Plötzlich hielten alle drei Männer schlagartig an. Direkt vor ihnen hörten sie eine Waffe einzelne Feuerstöße abgeben. Es handelte sich eindeutig um eine schallgedämpfte HK MP7. Ding und Jack kannten dieses Geräusch gut.

Die JSOC-Operators mussten ganz in der Nähe sein.

Jack trat auf einen kleinen Betonhof zwischen vier absolut gleich aussehenden Gebäuden hinaus. Die einzige Beleuchtung stellten rote chinesische Lampions dar, die an Schnüren über metallenen Picknicktischen und einem kleinen eingezäunten Spielplatz aufgehängt waren. Auf der anderen Seite des Hofes sah Jack die Gruppe von Männern, die er am Hintereingang der Stripteasebar gesehen hatte, aus einer Fußgängerpassage herauskommen, die unter den Gebäuden hindurchführte.

Ryan zog sich hinter die nächste Ecke zurück, kniete sich hin und wagte einen kurzen Blick.

Die Männer sahen aus, als hätten sie gerade an der Landung am Omaha Beach teilgenommen. Jeder von ihnen war entweder ernstlich verwundet oder stützte jemand, der es war. Zwei Männer trugen offensichtlich sogar eine Leiche.

Jetzt schaute auch Ding kurz um die Ecke. Danach zog er Ryan in die Deckung zurück. Aus seiner geschützten Stellung heraus stieß Chavez einen lauten Pfiff aus und rief: »Hört mal! Hier stehen Freunde von euch! Eine Dreimann-OGA-Einheit! Wir sind bereit, euch zu helfen, wenn ihr uns braucht!« »OGA« nannten sich CIA-Agenten oft bei einem Einsatz vor Ort. Es stand für »Other Governmental Agency«.

Chavez wusste, dass die Männer den Ausdruck kennen würden, wenn sie zur JSOC, der CIA oder irgendeiner anderen US-amerikanischen paramilitärischen Einheit gehörten.

Meyer schaute zu Reynosa hinunter, um sicherzugehen, dass er gerade gehört hatte, was er gehört zu haben glaubte.

Der verwundete Operator nickte abwesend, stützte sich dann an der Hofmauer ab und hob sein Gewehr, um schussbereit zu sein, wenn das Ganze eine Falle sein sollte.

»Kommt raus, einzeln und mit erhobenen, leeren Händen!«, rief Meyer zurück.

»Wir kommen«, rief Chavez, hob die Hände über den Kopf und trat auf den Hof hinaus, der von den Papierlaternen nur schwach erleuchtet wurde.

Jack Ryan und Adam Yao folgten als Nächste. Innerhalb von dreißig Sekunden hatten die SEALs die Unterstützung dreier diensttüchtiger Männer gewonnen.

»Wir können reden, während wir weitergehen«, sagte Meyer.

Ryan kümmerte sich ab jetzt um den Mann mit dem blutigen Verband um die linke Wade, und Adam Yao befreite den aschfahlen SEAL mit der gebrochenen Schulter von seiner bisherigen Verantwortung und griff an seiner statt dem Mann mit der Schusswunde im Knie unter die Arme.

Chavez hob den toten SEAL vom Boden auf und legte ihn sich im Gamstragegriff über die Schulter. Auf diese Weise konnten die bisherigen Träger der Leiche wieder ihre HK-Maschinenpistolen einsetzen.

Die zehn Amerikaner und Zha Shu Hai, der immer noch Plastikhandschellen und eine Haube über dem Kopf trug, machten sich wieder in Richtung Norden auf den Weg. Sie kamen zwar immer noch viel zu langsam voran, trotzdem waren sie jetzt doch etwas schneller als zuvor.

In den Straßen um sie herum heulten Polizeisirenen und flackerten Warnblinklampen. Hoch oben flogen Hubschrauber, deren Scheinwerfer sich in den Fenstern spiegelten. Die SEALs, die beiden Campus-Agenten und Adam Yao hatten das Glück, dass die Hochhäuser diese Hubschrauber daran hinderten, den Ort des Geschehens genauer auszuleuchten.

Fünf Minuten später fand die ganze Gruppe Zuflucht unter den Bäumen und in der Dunkelheit des Tung Lo Wan Garden. Auf den Straßen um sie herum rasten Polizeiwagen in alle Richtungen. Immer wieder kamen auch Autos mit Schlägertypen vorbei, die oft sogar langsamer fuhren, um mit ihren Taschenlampen in den Park hineinzuleuchten.

Alle Amerikaner lagen flach auf dem Boden. Nur Petty Officer Jim Shipley hatte sich halb über Zha Shu Hai gelegt, um den Gefangenen still und ruhig zu halten.

Chavez rief Biery an und war angenehm überrascht, dass er seine erste größere Herausforderung an der Front glänzend bewältigt hatte. Er hatte an der Polizeisperre die Beamten so lange angebettelt, »seinen« Minivan vom Parkplatz hinter dem Klub holen zu dürfen, bis sie es ihm erlaubten. Ding erklärte ihm jetzt den Weg zu ihrem gegenwärtigen Aufenthaltsort.

CPO Meyer schaute nach seinen Verwundeten und kroch dann zu den drei neuen Mitgliedern seiner Gruppe hinüber. Tatsächlich wusste er ja nicht einmal, wer diese Männer eigentlich waren. Der klein gewachsene Latino war der älteste und hatte bisher als einziger mit ihnen gesprochen. Der große junge Amerikaner trug eine völlig durchgeschwitzte Papiermaske über dem Gesicht, und der Asiate sah völlig erschöpft und verpeilt aus.

Meyer deutete auf Yao. »Wir haben Sie hinter dem Einsatzort gesehen. Ich habe Poteet befohlen, Sie zu fesseln und zu knebeln. Ich wusste nicht, dass Sie zur OGA gehören. Tut mir leid.«

Yao schüttelte den Kopf. »Kein Problem.«

»Ich wünschte mir, wir hätten Sie von Anfang an an der Operation beteiligen können, aber man hat uns erzählt, dass ihr Jungs hier in China ein massives Leck habt. Deshalb sollten wir keinen Kontakt zu euch aufnehmen.«

»Dagegen kann ich leider gar nichts sagen. Tatsächlich

gibt es wohl einen Maulwurf, aber nicht hier in Hongkong. Vertrauen Sie mir, niemand weiß, wo ich bin und was ich gerade tue.«

Meyer hob eine Augenbraue hinter seinem ballistischen Augenschutz. »Okay.«

»Wer seid ihr Jungs?«, fragte Chavez.

»DEVGRU.«

U.S. Special Warfare Development Group, oder DEVGRU, war der neue offizielle Name der Einheit, die eher unter ihrer alten Bezeichnung »SEAL-Team 6« bekannt und Teil einer absoluten amerikanischen Eliteeinheit war. Obwohl ständig in Unterzahl und ganz schön ramponiert, hatten sie in den letzten zwanzig Minuten zwanzig Gegner ausgeschaltet und waren auf dem besten Weg, auch ihr Einsatzziel zu erreichen. Allerdings war Chavez schon viel zu lange dabei, als dass er nicht gewusst hätte, dass Meyer sich später hauptsächlich daran erinnern würde, dass er bei dieser Mission einen Mann verloren hatte.

Der Navy-Teamführer lud seine HK nach. »Mit unseren Verletzungen und den ganzen Hubschraubern in der Luft wird unser Abzug ein Scheißjob werden. Ihr Jungs kennt die Gegend besser als wir. Irgendeine Idee, wie wir aus dieser Scheiße herauskommen?«

Jetzt beugte sich Chavez zu ihm hinüber. »Ein Typ ist in einem Minivan hierher unterwegs, um uns abzuholen. Wenn wir uns etwas zusammendrängen, passen wir da alle rein. Wo treffen Sie sich mit Ihrer Abholmannschaft?«

»Am North Point Ferry Pier«, antwortete der SEAL. »Einige Kilometer östlich. Ein paar Festrumpfschlauchboote holen uns dort ab.«

Chavez begriff, dass diese Jungs mit einem kleineren Schiff oder einem Unterseeboot in den Hafen gekommen sein mussten. Ein Kamerad, der bereits zuvor an Land gegangen war, hatte sie dann mit dem Minibus abgeholt, während ihre beiden anderen Kollegen Zha beschattet hatten. Es war eine ziemlich schnelle und schmutzige Operation für eine belebte Stadt wie Hongkong, aber Ding wusste, dass das US-Verteidigungsministerium die Cyberbedrohung seines Netzwerks unbedingt so bald wie möglich beenden wollte.

Meyer wandte sich wieder Chavez zu. »Ich habe meine beiden Jungs aus der Bar abgezogen, weil ich die eigentliche Aktion mit sieben Operators und einem Mann am Lenkrad durchziehen wollte. Man hatte uns gesagt, die Zielperson werde nur von vier oder fünf bewaffneten Leibwächtern geschützt, und sonst sei kein Widerstand zu erwarten.«

»Es waren am Anfang tatsächlich nur vier, aber die Dinge gerieten ganz schnell außer Kontrolle«, sagte Ding. »Irgendwelche Beamte aus dem Konsulat kamen in den Klub, wahrscheinlich um Zha im Auftrag des Justizministeriums im Auge zu behalten. Zhas Leibwächter wurden auf sie aufmerksam. Deshalb ließ die 14K-Triade einen ganzen Van voller Kämpfer als Verstärkung anrücken, kurz bevor ihr durch die Hintertür eingedrungen seid.«

»Verdammter Mist«, sagte Meyer. »Das hätten wir wissen müssen.«

Chavez schüttelte den Kopf. »Murphys Gesetz.«

Meyer nickte. »Das holt einen immer wieder ein.«

In diesem Augenblick sahen sie die Scheinwerfer eines Fahrzeugs, das in die Straße einbog, die durch den kleinen Park führte. Es wurde immer langsamer, als ob der Fahrer etwas suchen würde.

Ding rief Gavin an: »Wo bist du gerade?«

»Ich fahre Richtung Osten. Ich ... ich habe irgendwie die Orientierung verloren. Ich weiß nicht, wo ich bin.«

»Halte genau dort an, wo du jetzt bist.«

Das Fahrzeug auf der Straße stoppte.

»Betätige kurz die Lichthupe!«

Die Scheinwerfer blendeten ganz kurz auf.

»Gut. Wir haben dich. Fahr noch etwa zweihundert Meter weiter, dann halte an und verzieh dich ins Hintere des Vans. Mach dich möglichst dünn, denn wir müssen ein Dutzend Leute dort hineinquetschen.«

»Ein *Dutzend?*«

Chavez saß jetzt am Lenkrad, das nach guter britischer Sitte auf der rechten Seite lag, und fuhr nach Nordosten. Er folgte Yaos Anweisungen, die dieser vom Beifahrersitz aus gab. Im Rückraum lagen auf einem großen Haufen neun lebendige Männer und eine Leiche zusammengepfercht wie Sardinen in einer Büchse. Die Männer ächzten und stöhnten bei jeder Bodenwelle, und in jeder Kurve wurde ihnen an der Fahrzeugwand die Luft aus den Lungen gepresst. SO Lipinski, der ST6-Sanitäter, kämpfte wie ein Löwe, um alle Verbände zu überprüfen, die er mit seiner einen freien Hand in diesem Gedränge erreichen konnte. Die übrigen Wunden mussten erst einmal unbehandelt bleiben.

Ding fuhr relativ langsam und wechselte nur ganz selten die Spur. Trotzdem trat an einer roten Ampel in der Gloucester Road ein 14K-Späher auf die Fahrbahn hinaus und schaute ihm direkt ins Gesicht. Der Mann zog ein Handy aus der Tasche und hielt es sich ans Ohr.

Chavez schaute stur geradeaus. »Verdammt, das ist noch nicht vorbei«, presste er zwischen den Zähnen hervor.

Als die Ampel auf Grün schaltete, fuhr er nicht allzu schnell an und hoffte wider alle Vernunft, dass der Späher zur Überzeugung gelangt war, dass der braune Minivan tatsächlich *nicht* voller bewaffneter *Gweilos* war, die vor den Triaden flohen.

Aber seine Hoffnungen waren vergeblich.

Als sie auf einer kleinen Parallelstraße der King's Road durch den strömenden Regen nach Osten fuhren, rollte ein kleines zweitüriges Auto mit ausgeschalteten Scheinwerfern aus einer Querstraße auf eine Kreuzung. Chavez schaffte es gerade noch, ihm auszuweichen. Beinahe wären sie von ihm gestreift worden.

Das Auto änderte jetzt die Richtung, fuhr hinter ihnen her und begann, ihren Minivan auf der rechten Seite zu überholen, wie es im Hongkonger Linksverkehr üblich war. Als es auf der Höhe der Fahrerkabine des Mitsubishis war, lehnte sich ein Mann aus dem geöffneten Beifahrerfenster und richtete eine Kalaschnikow auf Chavez.

Ding zog die Beretta aus seinem Hosenbund und schoss aus dem Fenster, während er mit der Linken das Lenkrad festhielt.

Trotzdem schlugen mehrere Kalaschnikow-Kugeln in den Minivan ein, bevor Chavez den Fahrer des Zweitürers mit einem Volltreffer in den Hals ausschalten konnte. Das Verfolgerauto kam ins Schleudern und prallte gegen die Wand eines Bürogebäudes.

»Jemand getroffen, jemand getroffen?«, schrie Chavez, der sich sicher war, dass bei den vielen Männern in diesem kleinen Fahrzeug mehrere Insassen von den durchschlagskräftigen 7,62-mm-Geschossen getroffen worden sein mussten.

Jeder schaute an sich hinunter, die Verwundeten erklärten, dass sie jetzt auch keine größeren Schmerzen verspüren würden als zuvor, und selbst FastByte22 antwortete Adam, er sei okay, als ihn dieser fragte, ob er verletzt sei.

Es war ein kleines Wunder, dass die vier Geschosse, die in die Seite des Mitsubishis eingeschlagen waren, alle den toten Operator getroffen hatten, der direkt an der Wand des Fahrzeugs lag.

Chavez legte jetzt einen Zahn zu, gab jedoch weiterhin acht, nicht zu viel Aufmerksamkeit zu erregen.

Nachdem er sich mit Adam Yao über den besten Ort beraten hatte, wo man sich möglichst weit vom Club Stylish entfernt von einem Boot abholen lassen konnte, versuchte Meyer, sein Funkmikrofon an den Mund zu führen, was unter dem Gewicht der im Rückraum auf ihm lastenden Körper seiner Kameraden gar nicht so einfach war. Schließlich gelang es ihm jedoch, Kontakt zum Extraktionsteam aufzunehmen und mitzuteilen, wo er und seine Männer abgeholt werden sollten.

Chavez erreichte den vereinbarten Ort, ein abgelegenes Felsenufer, kurz nach drei Uhr morgens. Alle waren froh, endlich aus dem überfüllten Minivan herauszukommen.

Nun konnte der Sanitäter im Schutz hoher Felsbrocken endlich alle verwundeten Männer neu verbinden. Reynosa und Bannerman hatten eine Menge Blut verloren, waren aber im Moment stabil.

Während sie auf die Festrumpfschlauchboote der SEALs warteten, beugte sich Jack zu Ding hinüber und sagte ganz leise: »Wie wär's, wenn wir FastBytes kleinen Computer behalten?«

Chavez schaute ihn nur an. »Das habe ich längst entschieden, Junge. Gavin wird sich das Gerät genauestens ansehen, und dann finden wir schon einen Weg, es dem Verteidigungsministerium zuzuspielen.«

Plötzlich tauchten drei Zodiac-Boote im schwarzen Küstenwasser auf.

Chief Petty Officer Michael Meyer versammelte seine Männer, die lebenden und den toten, um sich und schüttelte in aller Eile Yao die Hand. »Ich wünschte, wir hätten von Anfang an mit Ihnen zusammengearbeitet.«

»Dann hätten Sie nur noch mehr Probleme bekommen«, sagte Adam. »Wir lecken wie ein Sieb. Ich bin froh, dass wir Ihnen helfen konnten. Ich wünschte nur, wir hätten mehr tun können.«

Meyer nickte, dankte Ryan und Chavez und stieg dann mit seinen Männern in die Schlauchboote.

Die Zodiacs legten vom Ufer ab und verschwanden in der Dunkelheit.

Sobald die SEALs abgerückt waren, rief Gavin Biery Adam Yao zu: »Irgendeine Ahnung, wo man hier in der Nähe ein paar Pfannkuchen bekommt?«

Yao, Ryan und Chavez kicherten nur erschöpft, als sie in den Mitsubishi zurückkletterten.

42

Dr. K. K. Tong alias Center saß an seinem Schreibtisch und betrachtete die Aufnahmen Dutzender privater und öffentlicher Überwachungskameras. Es war eine Videomontage, die seine Ghost-Ship-Sicherheitsleute über die Ereignisse des vorhergehenden Abends zusammengestellt hatten.

Im Club Stylish beobachtete er, wie die bewaffneten Westler aus dem rückwärtigen Gang auftauchten, er sah, wie die Besucher des Klubs absolut panisch auf das Feuergefecht reagierten, und er konnte mitverfolgen, wie der junge Zha über einen Tisch gezogen, gefesselt und in die Dunkelheit geschleppt wurde.

Die Aufnahmen aus einer 7-Eleven-Sicherheitskamera, die auf die Straße gerichtet war, zeigten ihm, wie der schwarze Minibus der Angreifer mit einem Linienbus zusammenstieß, die Männer herauskletterten, Zha und einen Toten aus dem Wrack herauszogen und in einer dunklen Passage verschwanden.

Danach schaute er sich die Aufnahmen aus einer Verkehrsüberwachungskamera an der Kreuzung der King's Road an, die zeigten, wie ein brauner Minivan einem Auto mit 14K-Bewaffneten auswich und dann von diesem verfolgt wurde. Kurz darauf geriet der Zweitürer ins Schleudern und prallte gegen die Wand eines Bürogebäudes, während der Minivan mit Zha und seinen Kidnappern an Bord in die Nacht davonraste.

Tong zeigte die ganze Zeit keinerlei Gemütsregung.

Über seine Schulter verfolgte der Leiter der eigenen Sicherheitsabteilung des Ghost Ship ebenfalls diesen Zusammenschnitt. Er war kein Mitglied der Triade, war jedoch für die Koordination mit ihr verantwortlich. »29 Mitglieder der 14K wurden getötet oder verwundet«, sagte er jetzt. »Wie Sie diesen Aufnahmen entnehmen können, haben auch die gegnerischen Kräfte Opfer beklagen müssen. Keines tauchte jedoch in einem örtlichen Krankenhaus auf.«

Tong kommentierte diese Aussage nicht. Er sagte nur: »CIA.«

»Ja, Sir, ihr örtlicher Vertreter, Adam Yao, den wir bereits die ganze letzte Woche im Visier hatten, ist auf diesem Video hier deutlich zu erkennen.«

»Wir lesen den gesamten Nachrichtenverkehr der CIA. Wir wissen deshalb, dass Yao in Hongkong ist und unsere Operationen überwacht. Warum haben Sie das hier nicht verhindert?«

»Wenn die CIA dieses Kidnapping mit ihren eigenen paramilitärischen Einsatzkräften durchgeführt oder es zumindest koordiniert hätte, hätten wir das erfahren und wären vorbereitet gewesen. Aber das Pentagon setzte Militärkräfte ein, anscheinend Mitglieder ihres Joint Special Operations Command. Wir haben leider bisher keinen tieferen Zugang zu den gesicherten Kommunikationsnetzen des JSOC.«

»Warum hat die CIA diese JSOC-Einheit eingesetzt? Vermuten sie ein Leck in ihrer Nachrichtenverbindung?«

»Negativ. Nach den Erkenntnissen, die wir aus der Untersuchung des CIA-Nachrichtenverkehrs nach dieser Entführung gewonnen haben, hat diese Kommandoeinheit gerade zufällig in Südkorea trainiert und konnte deswegen gestern in aller Eile hierher verlegt werden, als sich kurzfristig die Gelegenheit ergab, Zha zu kidnappen. Keiner beim JSOC hat der CIA erzählt, dass sie kommen würden.«

»Und trotzdem war der örtliche CIA-Agent anwesend.«

»Ich … ich konnte noch nicht feststellen, was genau da passiert ist.«

»Ich bin sehr unzufrieden, dass dies alles überhaupt möglich war«, sagte Tong.

»Das verstehe ich, Sir«, erwiderte der Sicherheitschef. »Diese visuelle Nachvollziehung der Entführung hilft uns nicht groß weiter. Tatsächlich hätten wir sie verhindern müssen.«

»Haben Sie dies alles bereits unseren Kollegen in Peking übermittelt?«, fragte Tong.

»Jawohl. Sie bitten Sie, so bald wie möglich zu ihnen Kontakt aufzunehmen.«

Tong nickte. »Unsere Zeit in Hongkong ist vorüber.«

Er betrachtete noch einmal einen ganz bestimmten Teil des Videozusammenschnitts auf seinem Hauptmonitor. Plötzlich drückte er auf eine Taste. Die Videoaufzeichnung blieb genau in dem Moment stehen, als der Fahrer des Minivans eine Pistole aus dem Seitenfenster hielt. Zufälligerweise fuhr das Fahrzeug gerade ganz nahe an der Überwachungskamera vorbei, sodass der Fahrer relativ deutlich zu sehen war.

Tong speicherte diese Videostelle als Einzelbild, das er in Sekundenschnelle mit einem Softwareprogramm auf seinem Computer bearbeitete und scharfstellte.

»Dieser Mann hielt sich am Beginn dieser Sequenz, bevor der Angriff begann, im Club Stylish auf. Er war kein Teil der Angriffstruppe.«

»Ja, ich glaube, Sie haben recht.«

Tong und sein Sicherheitschef schauten sich die gesamten Aufnahmen aus dem Club Stylish vor und nach der Entführung noch einmal an. Sie sahen den Unbekannten vor dem Angriff ganz allein an der Bar sitzen. Nach dem

Kidnapping traf er sich jedoch mit zwei anderen Männern. Zusammen verließen die drei den Klub durch den Vordereingang. Einer war groß und hatte eine gewöhnliche Papiermaske auf.

Der andere Mann war Adam Yao.

Tong fand ein gutes Bild des klein gewachsenen Unbekannten mit seinem etwas dunkleren Teint, wie er zum ersten Mal den Klub betrat und dabei direkt an der Überwachungskamera am Eingang vorbeikam. Er machte das Bild noch klarer und vergrößerte das Gesicht der Person.

»Ich weiß, wer dieser Mann ist«, sagte K. K. Tong.

Er drückte einige Tasten auf seinem Computer, um eine Videoverbindung herzustellen. Eine Frau mit einem Headset saß an ihrem Schreibtisch irgendwo in der Operationsabteilung des Ghost Ship.

Sie war überrascht, sein Bild auf dem Monitor zu sehen. Sie setzte sich kerzengerade hin und verbeugte sich. »Tisch 41.«

»Kommen Sie in mein Büro.«

»Jawohl, Center.«

Einen Augenblick später betrat der weibliche Controller Tongs dunkles Büro, stellte sich neben den Sicherheitschef, verbeugte sich und nahm Haltung an, wobei ihre Augen starr geradeaus blickten.

»Schauen Sie sich dieses Standfoto an.«

Sie schaute für ein paar Sekunden an Center vorbei auf den Bildschirm, kehrte dann in ihre Habacht-Stellung zurück und sagte mit monotoner Stimme: »Das scheint Domingo Chavez aus Maryland, Vereinigte Staaten, zu sein. Arbeitet bei Hendley Associates. Ehefrau Patsy Chavez. Ein Sohn, John Patrick Chavez. Domingo Chavez diente in der US-Armee und danach in der Special Activities Division der CIA. Nachdem er …«

»Ich weiß, wer er ist«, unterbrach sie Tong. »Hendley

Associates ist eines unserer wichtigsten Beobachtungsziele, nicht wahr?«

»Ja, Center.«

»Sie haben vor ein paar Monaten in Istanbul Kartal und seine libysche Bande umgebracht, nicht wahr?«

»Ja, Center.«

»Sie scheinen alles über Chavez und Hendley Associates zu wissen.«

»Ja, Center.«

»Wussten Sie auch, dass Mr. Chavez und mindestens einer seiner Kollegen letzte Nacht hier in Hongkong waren und der CIA und dem US-Militär geholfen haben, Zha Shu Hai gefangen zu nehmen und dabei viele unserer 14K-Gastgeber zu töten?«

Die junge Frau schaute Center erschrocken an, und ihre weiße Haut schien grau zu werden, als ihr das Blut aus dem Gesicht wich. Mit leiser Stimme antwortete sie: »Nein, Center.«

»Verfügen wir bereits über einen beständigen Tiefenzugang zum Netzwerk von Hendley Associates?«

»Nein, Center.«

»Das habe ich doch bereits vor Monaten angeordnet.«

»Mit der Hilfe von MSS-Agenten in Shanghai und Washington haben wir einen RAT auf einer Festplatte versteckt, die Hendley Associates letzte Woche geliefert wurde. Allerdings hat sich der Trojaner noch nicht gemeldet.«

»Vielleicht haben die Leute von Hendley Associates den RAT entdeckt und das Gerät daraufhin nicht installiert?«

Die Frau blinzelte nervös mit den Augen. »Das ist möglich, Sir.«

Mit der Spitze seines Bleistifts rief Tong ein neues Foto auf. Es zeigte Adam Yao, Domingo Chavez und einen großen Mann mit dunklen Haaren und einer Papiermaske. »Ist das Jack Ryan, der Sohn des Präsidenten der Vereinigten Staaten? Er arbeitet ja auch bei Hendley, wie Sie wissen.«

Die Frau schaute auf das Bild. »Ich … ich weiß es nicht, Center. Ich kann sein Gesicht nicht sehen.«

»Wenn wir Zugang zu ihrem Netzwerk hätten, würden wir genau wissen, wer das ist, meinen Sie nicht auch?«

»Ja, Center.«

Tong dachte eine Weile nach. Schließlich sagte er: »Sie werden abgelöst. Sie können jetzt gehen.« Die Frau verbeugte sich und verließ den Raum. Noch bevor sie durch die Tür getreten war, hatte Tong eine neue Videoverbindung hergestellt, dieses Mal mit dem Leiter der Controllerabteilung.

»Besetzen Sie Tisch 41 ab jetzt mit Ihrem besten englisch sprechenden Controller und instruieren Sie ihn, sofort mit Ihrem besten englisch sprechenden Feldagenten Kontakt aufzunehmen und ihn oder sie nach Washington zu schicken. Nachdem Sie das erledigt haben, kommen Sie in einer halben Stunde in mein Büro, dann werden Sie weitere Anordnungen erhalten.«

Ohne auf eine Antwort zu warten, beendete er die Videoverbindung und drehte sich dann in seinem Stuhl zum Leiter der Sicherheitsabteilung um. »Wohin hat das US-Militär Zha gebracht?«

Der Mann schaute kurz auf den Notizblock, den er in der Hand hielt. »Wir versuchen gerade, diese Information zu erhalten. Ganz bestimmt in die Vereinigten Staaten, wahrscheinlich auf die Andrews Air Force Base. Von dort wird er wahrscheinlich der CIA zur Befragung überstellt. Sie werden einen geheimen Unterschlupf benutzen, weil sie ihn erst vollkommen ausquetschen wollen, bevor sie ihn wieder offiziell den Strafverfolgungsbehörden übergeben.«

Tong nickte. »Ich brauche die Adresse.«

»Sie werden sie bekommen.«

Walentin Kowalenko hatte in den vergangenen Wochen ganze Tage und viele Nächte für Center gearbeitet. Er hatte Wanzen in Firmenbüros angebracht, die drahtlose Kommunikation ganzer Hightech-Unternehmen angezapft, RFID-Kreditkarteninformationen gestohlen und etliche andere Aufgaben erledigt.

Heute Abend war er jedoch nicht in Centers Auftrag unterwegs. Er hatte zwar den ganzen Tag hier in Barcelona einen britischen Politiker fotografiert, der im sonnigen Spanien mit seiner Freundin einen Urlaub verlebte, von dem seine Frau und seine vier Kinder daheim im grauen London keine Ahnung hatten.

Aber das war der heutige *Tag* gewesen. Der heutige *Abend* war dagegen einer ganz persönlichen Mission gewidmet. Er hatte bereits in einem kleinen Supermarkt mehrere Kilometer von seinem Apartment im Bulevard-Rosa-Komplex entfernt ein Prepaidhandy gekauft. Jetzt saß er in einem Internetcafé, um eine Telefonnummer nachzuschauen, die er nicht auswendig kannte. Er notierte sie auf einem Blatt Papier und machte sich in die nächste Bar auf, um dort zwei Glas Rioja hinunterzukippen, um seine Nerven zu beruhigen. Danach kehrte er in seine Wohnung zurück, verriegelte die Tür und wollte seinen Anruf tätigen. In diesem Moment bemerkte er, dass sich in seinem Laptop Cryptogram geöffnet hatte und blinkte.

Scheiße.

Widerwillig setzte er sich an den kleinen Schreibtisch. Zuerst würde er nachsehen, was Center ihm mitzuteilen hatte. Danach war immer noch Zeit, seinen Vater in Moskau anzurufen. Oleg Kowalenko besaß keinen Computer. Er besaß nicht einmal ein Handy. Deshalb befand er sich geschickterweise auch außerhalb der Reichweite von Centers Organisation.

Walentin wollte seinem Vater nur so viel von seiner gegenwärtigen misslichen Lage erzählen wie unbedingt nötig. Er würde jedoch den alten Mann zur SWR in Moskau schicken, damit er dort seinen alten Freunden von der Situation seines Sohnes erzählte. Seiner Verhaftung wegen dieser John-Clark-Sache. Seiner Flucht aus dem Gefängnis und seiner Zwangsrekrutierung durch Centers Organisation.

Papa und seine alten Freunde würden ihn ganz bestimmt dort herausholen.

Er hatte sich für diese Vorgehensweise entschieden, nachdem er mehrmals zu Fuß am russischen Konsulat in Barcelona vorbeigegangen war und dabei jedes Mal zur Einsicht gelangte, dass es für ihn ein zu großes Risiko sein würde, mit jemand dort direkt Kontakt aufzunehmen. Sein Vater konnte das für ihn in Moskau erledigen, wo Walentin viele Leute kannte, die ihm ganz bestimmt helfen würden.

Aber zuerst klickte er Cryptogram an und tippte »Ich bin hier« ein. Er zog die Karte aus seiner Kamera, steckte sie in die Seite seines Laptops und tippte: »Lade Bilder jetzt hoch.« Er initiierte Cryptograms Upload-Funktion, und Center akzeptierte den Datenordner.

Centers Antwort hatte jedoch mit Kowalenkos Botschaft überhaupt nichts zu tun. Auf dem Bildschirm erschien stattdessen die Zeile: »Jeder macht mal einen Fehler.«

Kowalenko runzelte die Stirn. »Was heißt das?«, tippte er ein.

»Sie haben einen Fehler gemacht, als Sie sich entschieden, Ihren Vater zu kontaktieren.«

Sofort brach ihm der Schweiß aus. Seine Finger wollten gerade eine Art Dementi eintippen, aber er entschied sich sofort dagegen.

Wie zum Teufel konnte Center das wissen?

Nach einer kleinen Pause tippte er stattdessen ein: »Er ist mein Vater.«

»Das ist für uns irrelevant, und er ist für Ihren Auftrag

irrelevant. Sie werden künftig mit niemand aus Ihrem früheren Leben mehr Kontakt aufnehmen.«

»Aber er ist doch gar nicht mehr beim Geheimdienst. Er wird es keinem erzählen.«

»Irrelevant. Sie müssen den Befehlen folgen.«

Kowalenko schaute zu seinem neuen Prepaidhandy hinüber. Nein, Center konnte unmöglich in jedes neue Mobiltelefon in jeder Blisterverpackung in der ganzen Welt irgendein Ortungsgerät oder eine Abhörfunktion schmuggeln. Das Internetcafé? Beobachteten sie tatsächlich jeden einzelnen Computer in jedem Internetcafé in Barcelona? In Europa? Auf der Erde? Das war unfassbar.

Unmöglich.

Augenblick! Kowalenko holte sein eigenes Handy aus seinem Jackett. Er arbeitete jetzt lange genug für Center, um einige technische Puzzlestückchen der Operationen zusammenfügen zu können, mit denen sie ihn ausforschen konnten. Vielleicht war sein Handy mit einem GPS-Peilsender verwanzt. Seine Bewegungen konnten in diesem Fall ständig verfolgt werden. Center konnte somit auch mitbekommen haben, dass er dieses Internetcafé betrat. Dann könnte er – das nahm Kowalenko wenigstens an – den Datenverkehr aus diesem Computer aufgefangen haben. So wäre er auch auf seine Internetsuche im Moskauer Telefonbuch gestoßen. Er hätte den Namen erkannt und ein paar weitere Nachforschungen angestellt, ob Walentin tatsächlich zu seinem Vater Kontakt aufzunehmen versuchte.

Sie hatten ihn vielleicht auch in diesem Supermarkt beobachtet, wo er das Prepaidhandy gekauft hatte.

War das etwa ihre Methode?

Das war zwar nicht einfach, aber allmächtig machte sie das nicht.

Scheiße. Er war einfach dumm gewesen. Er hätte sich mehr anstrengen und einen raffinierteren Weg finden müssen, um die Telefonnummer seines Vaters zu bekommen.

Er begann erneut zu tippen: »Ich arbeite seit drei Monaten für Sie. Ich möchte zu meinem Leben zurückkehren.«

Die Antwort, die er von Center erhielt, war nicht die, die er erwartet hatte: »Sie werden weiterhin das tun, was man von Ihnen verlangt. Hätten Sie es geschafft, zu Ihrem Vater Kontakt aufzunehmen, wäre er jetzt tot.«

Kowalenko antwortete darauf nicht.

Einen Augenblick später erschien ein neuer Textabsatz auf Cryptogram. »Wir werden Ihnen anonym in Barcelona neue Ausweise zustellen. Mit ihnen werden Sie in die Vereinigten Staaten fliegen. Sie werden morgen abreisen. Sie werden sich in Washington eine geeignete Unterkunft mieten und von dort aus operieren. Sie haben zwei Tage Zeit, um sich einsatzbereit zu machen und sich bei uns zu melden, um weitere Operationsanweisungen zu erhalten.«

Washington? Kowalenko war überrascht und etwas besorgt.

»Ich habe kein gutes Verhältnis zur gegenwärtigen Regierung.« Diese eher nüchterne Aussage war eine horrende Untertreibung. Vor einem Jahr hatte Kowalenko mit dem US-Milliardär Paul Laska konspiriert, um Jack Ryans Wahlchancen zu zerstören. Das Komplott war misslungen, und während Laska offensichtlich ungeschoren davongekommen war, wurde Walentin für den Kreml zu einer peinlichen Belastung, weshalb man ihn in ein Rattenloch warf.

Kowalenko war sich sicher, dass die Ryan-Regierung alles über ihn wusste. Nach Washington zu ziehen, um dort für eine schattenhafte kriminelle Vereinigung zu arbeiten, hielt er deshalb für keine sehr gute Idee.

Center erwiderte: »Wir wissen von der John-Clark-Geschichte. Die Dokumente, Ausweise, Kreditkarten und die Unterlagen für Ihre Tarnexistenz, die wir Ihnen geben, werden es Ihnen gestatten, in das Land einzureisen und sich dort niederzulassen. Dort werden Sie für Ihre eigene Sicherheit sorgen.«

Kowalenko schaute eine Zeit lang auf den Monitor, bevor er Folgendes eintippte: »Nein. Ich will nicht nach Amerika gehen.«

»Sie werden gehen.« Das war alles. Nur eine Feststellung.

Walentin tippte »Nein«, drückte aber nicht auf die Entertaste. Er schaute das Wörtchen einfach nur an.

Nach einigen Sekunden löschte er das »Nein« und tippte: »Wie lange wird der Einsatz dauern?«

»Unbekannt. Wahrscheinlich weniger als zwei Monate, aber das alles hängt von Ihren Fertigkeiten ab. Wir glauben, dass Sie es gut machen werden.«

Kowalenko schimpfte in seiner Wohnung laut vor sich hin. »Ja, ja. Drohungen und Schmeicheleien. Zuerst gibst du deinem Agenten einen Arschtritt, und dann lutschst du ihm den Schwanz.« Er wusste nichts über Center, aber ihm war klar, dass dieser Typ ein erfahrener Agentenführer war.

»Und wenn ich mich weigere?«, tippte der Russe.

»Sie werden sehen, was Ihnen geschieht, wenn Sie sich weigern. Wir raten Ihnen, sich nicht zu weigern.«

43

Das Leben eines CIA-Agenten vor Ort hatte seine Momente voller Erregung und Spannung, in denen einem das Adrenalin durch die Adern schoss, aber die meiste Zeit erlebte man eher langweilige Momente wie diesen hier.

Adam Yao hatte die ganze Nacht in dem kleinen Warteraum einer Karosseriewerkstatt in Sai Wan auf Hong Kong Island verbracht, die nur ein paar Kilometer von seiner Wohnung entfernt lag. Er hatte am Abend zuvor den Mitsubishi seines Nachbarn dorthin gefahren und dem Besitzer und seinem Gehilfen ein hübsches Sümmchen versprochen, damit sie die ganze Nacht durcharbeiteten, um die Blutflecken von den Polstern zu entfernen, die Einschusslöcher auszufüllen und zu verspachteln, das ganze Fahrzeug neu zu lackieren und die zerbrochenen Fenster auszutauschen.

Es war jetzt sieben Uhr morgens, und die Kfz-Mechatroniker hatten ihre Arbeit gerade beendet. Adam hoffte deshalb, dass er den Minivan rechtzeitig auf seinem Platz in ihrer Tiefgarage abstellen konnte, bevor sein Nachbar aus seiner Wohnung herunterkam, um zur Arbeit zu fahren.

Das war zwar alles nicht mit der prickelnden Erregung der vergangenen paar Tage vergleichbar, aber auch solche Dinge waren Teil eines Einsatzes. Yao hätte seinem Freund den Mitsubishi unmöglich in diesem ramponierten Zustand zurückgeben können.

Sein Nachbar, ein Mann in Adams Alter namens Robert Kam, hatte drei Kinder und sich deshalb den Mitsubishi aus reinen Nützlichkeitserwägungen angeschafft. In den beiden letzten Tagen hatte er Adams Mercedes gefahren und sich ganz gewiss nicht darüber beschwert. Obwohl Yaos Wagen bereits zwölf Jahre auf dem Buckel hatte, war er immer noch in ausgesprochen guter Verfassung und auf jeden Fall ein weit besseres Gefährt als der Mitsubishi-Grandis-Minivan.

Der Werkstattbesitzer warf Yao die Schlüssel zu, und gemeinsam inspizierten sie das Ergebnis der nächtlichen Arbeit. Adam war beeindruckt. An der Karosserie waren keinerlei Schäden mehr zu erkennen, und die Scheiben der frisch ausgetauschten Seitenfenster besaßen genau dieselbe Tönung wie das Glas der Windschutzscheibe und des Rückfensters.

Adam folgte dem Besitzer zur Kasse und bezahlte die Rechnung. Er ließ sich eine Quittung mit einer genauen Kostenaufgliederung geben. Die Reparatur hatte ihn eine ganze Stange Geld gekostet, das er aus der eigenen Tasche bezahlt hatte. Er beabsichtigte, diese Quittung nach Langley zu schicken und seinen Vorgesetzten dort eine ganz schöne Szene zu machen, wenn sie ihm diese Ausgaben nicht erstatteten.

Allerdings würde er diese Rechnung bestimmt nicht in nächster Zeit einreichen. Er operierte ja immer noch hier vor Ort und hegte den starken Verdacht, dass es in der Informationspipeline zwischen den in Asien stationierten CIA-Agenten und Langley ein Leck geben musste.

Unter diesen Umständen wollte er keinesfalls eine Depesche nach Amerika schicken, die die Tatsache enthüllte, dass er an der Schießerei in der vorletzten Nacht beteiligt gewesen war.

Adam raste jetzt mit dem Minivan nach Hause und schaute dabei jede Minute auf die Uhr. Er hoffte, den Mitsubishi so rechtzeitig zurückbringen zu können, dass ihn sein Nachbar auf seinem Parkplatz vorfinden würde.

Adams Apartment lag in Soho, einem angesagten, teuren Viertel von Central auf Hong Kong Island, das sich den Abhang eines steilen Hügels direkt über dem Hafen hinaufzog. Yao hätte sich diese kleine, aber hochmoderne Wohnung mit seinem CIA-Gehalt niemals leisten können, aber diese Adresse war gerade recht für den Präsidenten und Eigentümer einer Wirtschaftsdetektei, was sogar Langley begriff und ihm eine entsprechende Auslösung gewährte.

Sein Nachbar Robert war dagegen Banker bei der HSBC und verdiente wahrscheinlich viermal so viel wie Adam, wenngleich die Ausgaben für drei kleine Jungs diesen Gehaltsvorsprung bestimmt weitgehend auffraßen.

Adam rollte kurz nach 7.30 Uhr die Rampe zu seiner Tiefgarage hinunter. Unten bog er nach links ab, um zum nummerierten Stellplatz des Mitsubishis zu gelangen.

Direkt vor ihm am Ende der Autoreihe sah Adam Robert mit einer Aktentasche in der Hand und seinem Jackett über dem Arm auf Yaos schwarzen Mercedes zugehen.

Scheiße, schoss es Adam durch den Kopf. Er konnte zwar die Fahrzeuge immer noch tauschen, aber er musste ganz schnell eine Ausrede erfinden, warum er den Minivan erst jetzt heimbrachte. Adams findiges Gehirn ging die verschiedenen Erklärungsmöglichkeiten durch, während er langsam auf Roberts nummerierten Stellplatz zurollte, der in der nächsten Reihe, direkt gegenüber seinem eigenen, lag.

Er sah, wie Robert die Tür des Mercedes öffnete und gerade einstieg, als Adam mit Kams Mitsubishi in dessen Parkbucht einbog. Der CIA-Agent schaltete den Wahlhebel in die Parkstellung, als Robert hochschaute und ihn bemerkte. Adam lächelte und winkte ihm verlegen zu, während er das Gesicht zu einer entschuldigenden Grimasse verzog, weil er den Minivan nicht rechtzeitig zurückgebracht hatte.

Robert lächelte zurück.

Und dann verschwand Robert Kam in einem riesigen Feuerball.

Der Mercedes explodierte direkt vor Adam Yaos Augen, Feuer, Splitter und eine Schockwelle, die als Staubwand sichtbar wurde, schlugen durch die Tiefgarage und zerschmetterten die neuen Fenster des Mitsubishis, während Adams Kopf mit voller Wucht nach hinten gegen die Kopfstütze geschleudert wurde.

Hundert Autoalarmanlagen begannen gleichzeitig zu hupen, zu heulen und zu zwitschern, während Betonbrocken von der Decke der Tiefgarage und Autoteile auf den Minivan herunterregneten, die Windschutzscheibe noch weiter zerschlugen und die Motorhaube und das Dach durchlöcherten. Adam spürte, wie ihm Blut über das Gesicht lief, das von einer Wunde stammte, die ihm ein Glassplitter gerissen hatte. Gleichzeitig drohten ihn die beißenden Explosionsdämpfe, die aus der geschlossenen Tiefgarage nicht entweichen konnten, zu ersticken.

Irgendwie schaffte er es, aus dem schwer beschädigten Mitsubishi herauszukommen, und wankte zu seinem Mercedes hinüber.

»Robert!«, schrie er voller Angst und stolperte über einen Doppel-T-Träger, der aus der Decke herausgebrochen war. Auf Händen und Knien arbeitete er sich durch das verbogene Metall der anderen Autos hindurch, während ihm Blut über das Gesicht strömte.

»Robert!«

Er kletterte auf die Kühlerhaube des Mercedes und schaute in dessen brennenden Innenraum hinein. Dort sah er auf dem Fahrersitz Robert Kams verkohlte Überreste.

Adam Yao hielt die Hände an den Kopf und wandte sich ab.

Er hatte Robert im letzten Jahr hundertmal in Begleitung seiner Frau und ihrer drei kleinen Buben im Aufzug oder in dieser Tiefgarage gesehen. Das Bild der Jungen, wie sie in ihren Fußballtrikots lachten und mit ihrem Vater spielten, stand ihm vor Augen, während er vom brennenden Wrack seines Autos herunterstieg und durch zerborstenen Beton und verbogene Metallhaufen wankte, denen kaum noch anzusehen war, ob es sich einmal um Audis, BMWs, Land Rover oder andere Luxusmarken gehandelt hatte. »Robert«, sagte Adam leise vor sich hin. Schreien konnte er nicht mehr. Er fiel blutüberströmt und benommen zu Boden, kämpfte sich jedoch immer wieder auf die Beine und irrte durch Staub und Rauch. Irgendwann fand er den Ausgang.

Männer und Frauen rannten von der Straße weiter oben auf ihn zu und versuchten, ihm zu helfen, aber er stieß sie weg und deutete auf den Ort der Explosion. Sie rannten dort hinüber, um nach weiteren Überlebenden zu suchen.

Einen Moment später stand Adam auf der Straße. Hier auf dem Hügel war es an diesem Morgen hoch über den verstopften Straßen von Central und der drückenden Schwüle am Victoria Harbour noch angenehm kühl. Er entfernte sich von seinem Apartmenthaus und ging eine steil abwärts führende Straße hinunter. Er wischte sich immer wieder das Blut vom Gesicht, während Rettungsfahrzeuge an ihm vorbei die kurvige Straße hinaufrasten, wo schwarzer Rauch aufstieg.

Er hatte kein Ziel, er ging einfach nur weiter.

Seine Gedanken waren bei Robert, seinem fast gleichaltrigen Freund, der sich in Adams Auto gesetzt und die volle Wucht der Bombe abbekommen hatte, die ganz eindeutig nicht für Robert Kam, sondern für Adam Yao bestimmt war.

Als er fünf Blocks von seinem Wohngebäude entfernt war, nahm das Klingeln in seinen Ohren etwas ab, und auch das Pochen im Kopf ging so weit zurück, dass er sich wieder ernsthafte Gedanken über seine eigene gegenwärtige Lage machen konnte.

Wer? Wer hatte das getan?

Die Triaden? Wie zum Teufel sollten die Triaden wissen, wer er war und wo er wohnte? Welches Auto er fuhr? Die Einzigen, die außer seinen CIA-Kollegen seine Identität kannten und wussten, dass er ein CIA-Agent war, waren diese Männer von Hendley Associates und diejenigen, die den Nachrichtenverkehr zwischen China, Hongkong und Langley mitlasen, wer immer das auch sein mochte.

Auf keinen Fall erhielten die Triaden direkte Informationen von der CIA. Die Triaden ließen Nutten laufen und stellten raubkopierte CDs her, aber sie brachten keine CIA-Agenten um und legten sich auch nicht mit irgendwelchen großen Geheimdiensten an.

Wenn es aber nicht die Triaden waren, dann *musste* es die Volksrepublik China sein. Aus irgendeinem Grund wollte die VR China ihn tot sehen.

War FastByte hier nach Hongkong gekommen, um zusammen mit den Triaden für das kommunistische China zu arbeiten?

Diese Vorstellung widersprach jedoch allem, was Adam über die Funktionsweise dieser Organisationen wusste.

So wenig er die Hintergründe dessen verstand, was ihm gerade zugestoßen war, über eines war sich der lädierte, blutende CIA-Agent absolut im Klaren.

Er würde sich nicht bei der CIA melden. Er würde niemand auch nur das geringste Sterbenswörtchen über diese Geschehnisse mitteilen. Adam war eine Ein-Mann-Organisation, und er würde ganz allein aus dieser Sache hier herausfinden.

Er stolperte weiter den Hügel hinunter in Richtung Hafen und wischte sich dabei immer wieder das Blut aus den Augen.

44

Brandon »Trash« White überprüfte die Dichtung der Sauerstoffmaske über seinem Mund, salutierte noch einmal kurz dem Katapultoffizier, der rechts von ihm auf dem Trägerdeck stand, und griff dann mit seiner behandschuhten Linken an den Gashebel seiner F/A-18 Hornet. Nach einem gewissen Zögern umfasste er mit der rechten Hand den »Handtuchhalter«, einen kleinen Metallstangengriff, der direkt vor seinem Kopf hoch in der Flugzeugkanzel angebracht war. In ein paar Sekunden würde er starten, und es war für jeden Piloten ein ganz natürlicher Drang, seine Hand in einem solchen Moment am Steuerknüppel zu haben. Die Vorschriften und Regeln auf Flugzeugträgern waren jedoch anders. Der Katapultschuss würde Trashs Körper schlagartig hart in seinen Sitz zurückdrücken. Wenn seine Hand in diesem Moment den Steuerknüppel umfasste, bestand eine hohe Wahrscheinlichkeit, dass auch sie nach hinten gedrückt und dabei den Knüppel mit sich reißen würde. Die Nase des Flugzeugs würde schlagartig nach oben gehen und die ganze Maschine bereits beim Start außer Kontrolle geraten.

Deshalb hatte man diesen »Handtuchhalter« erfunden, an dem sich Trash jetzt auch ganz brav festhielt, während er darauf wartete, wie eine Murmel von einer Schleuder vom Schiff weggeschossen zu werden.

Direkt rechts von ihm schleuderte der Katapultschlitten die F/A-18 von Major Scott »Cheese« Stilton mit dem Rufzeichen »Magic Two-One« schlagartig über den Bug des Flugzeugträgers hinaus. Einen Augenblick später war sie in der Luft, drehte scharf nach rechts ab und stieg mit feuerroten Turbinen in den wundervollen blauen Himmel hinauf.

Und dann war Trash an der Reihe. Auf den hundert Metern bis zum Rand des Flugzeugträgers wurde er vom Katapult in zwei Sekunden von null auf 265 Kilometer in der Stunde beschleunigt. Sein Helm wurde an die Kopfstütze gedrückt, und sein erhobener rechter Arm schlug ihm fast ins eigene Gesicht, aber er hielt der Beschleunigung stand und wartete, bis er den dumpfen Schlag seines Bugrads spürte, als sich dieses am Ende des Decks vom Verbindungsstück zum Katapultschlitten löste.

Der dumpfe Schlag erfolgte, und er war über dem Wasser. Im ersten Moment hatte er noch keine Kontrolle über seine Maschine. Aber er griff schnell zum Steuerknüppel hinunter, drückte die Flugzeugnase ganz leicht nach oben und drehte sanft nach links ab, um erst einmal eine Kontrollrunde um den Flugzeugträger zu drehen.

»Trash hat abgehoben – hurra!«, meldete er sich über Funk. Damit teilte er Cheese mit, dass er in der Luft war und jetzt in den Himmel hinaufstieg, um seinen Flug zur Formosastraße zu beginnen, die hundertsechzig Kilometer entfernt in nordwestlicher Richtung lag.

Die F/A-18 der *Ronald Reagan* führten jetzt bereits seit vier Tagen Patrouillenflüge über der Taiwan-Straße durch. Trashs Blutdruck hatte es gutgetan, dass er bisher nur Flüge bei Tageslicht hatte durchführen müssen, obwohl er bezweifelte, dass sein Glück in dieser Hinsicht ewig anhalten würde.

Sein Blutdruck war jedoch ein paar Mal schlagartig in die Höhe gegangen, als er sich plötzlich VBA-Jets gegenübersah. Trash und Cheese führten »bewaffnete Luftraumüberwachungen« auf der taiwanesischen Seite der Meeresstraße durch, wobei sie für einen Luftsektor vor der Küste vor Taipeh im nördlichen Teil der Insel zuständig waren. Über dem Rest der Straße waren meist taiwanesische F-16 unterwegs, die ebenso wie die Flugzeuge der *Reagan* streng darauf achteten, nicht über die Demarkationslinie, die mitten durch die Formosastraße verlief, auf die rotchinesische Seite hinüberzuwechseln.

Die Rotchinesen spielten jedoch nicht nach denselben Regeln. In den letzten vier Tagen waren etwa sechzehn Mal Su-27-, J-5- und J-10-Jets der Luftwaffe der Volksbefreiungsarmee von ihrer Flugbasis in Fuzhou aufgestiegen, die direkt gegenüber der taiwanesischen Hauptstadt Taipeh auf der westlichen Seite der hundertsechzig Kilometer breiten Wasserstraße lag, und geradewegs auf die Demarkationslinie zugeflogen. Ein Dutzend Mal hatten die chinesischen Kampfflugzeuge dabei ihre amerikanischen oder taiwanesischen Gegenüber mit ihrem Zielradar erfasst. Ein solches Verhalten war schon aggressiv genug. Noch aggressiver waren jedoch die drei Fälle, als chinesische Su-27- und J-5-Kampfflieger tastsächlich die Demarkationslinie überquerten, bevor sie nach Norden zurückkehrten.

Die Rotchinesen wollten offensichtlich die Muskeln spielen lassen. Dieses Verhalten hielt Trash und die übrigen Piloten auf Trab. Ihre Maschinen waren allzeit klar zum Gefecht.

Trash und Cheese wurden von einem Flugleitoffizier in ihr Patrouillengebiet geschickt, der im Operationszentrum der *Reagan* saß, dem Combat Information Center (CIC). Während ihrer Flüge bekamen sie außerdem ständig Meldungen über weitere Flugzeuge in ihrem Gebiet von einem Luftraumüberwacher, der im Heck eines E2-C-Hawkeye-Frühwarnflugzeugs operierte, das weit im Osten der Straße patrouillierte und die gesamte Region mit seinen weitreichenden Radargeräten und computergestützten Sensoren beobachtete.

Als fernes Auge und Ohr der Piloten in der Taiwan-Straße konnte die Hawkeye Flugzeuge, Raketen und sogar Überwasserschiffe in allen Richtungen über viele hundert Kilometer aufspüren.

Als sie ihr Beobachtungsgebiet erreicht hatten, flogen Trash und Cheese in sechstausend Meter Höhe über dem Wasser eine lang gezogene Schleife, die in der Fliegersprache »Racetrack-Pattern« hieß, da ihre Form an eine amerikanische Autorennstrecke erinnerte. Trash sorgte durch ständige kleine Korrekturen mit dem Gashebel und Steuerknüppel dafür, dass er immer in Kampfformation mit dem von Cheese gesteuerten Führungsflugzeug blieb. Er beobachtete ständig sein Radargerät und achtete auf die Meldungen von der Hawkeye und vom CIC.

Weit unter ihm segelten einige Wolken, aber um ihn herum gab es nichts als strahlend blauen Himmel. Am nördlichen Ende seiner »Rennstrecke« konnte er kleine Stücke des chinesischen Festlands erkennen. Wenn die Wolkendecke im Süden einmal aufriss, konnte er Taipeh und die anderen großen taiwanesischen Städte ausmachen.

Obwohl die Spannung über der Meeresstraße fast körperlich spürbar war, verschaffte es Trash ein gutes Gefühl, genau jetzt genau hier zu sein. Er wusste, dass er die beste Ausbildung, die beste Unterstützungsmannschaft, den besten Führungspiloten und das beste Flugzeug hatte, die man sich wünschen konnte. Niemand hier in dieser Gegend konnte ihnen in dieser Hinsicht das Wasser reichen.

Und es *war* tatsächlich ein großartiges Flugzeug. Die F/A-18C war genau 17,07 Meter lang und hatte eine Flügelspannweite von 11,43 Meter. Ohne Waffen und Extratreibstoff wog sie wegen ihrer Aluminium-Stahl-Verbundkonstruktion nur zehn Tonnen. Ihre zwei leistungsfähigen General-Electric-Mantelstromtriebwerke erzeugten dieselbe Schubkraft wie 350 Cessna-172-Leichtflugzeuge zusammen, was zu einem ausgezeichneten Schub-Gewicht-

Verhältnis führte. Dieses ermöglichte es ihr, sich noch bei einer Geschwindigkeit von 1,5 Mach – oder 1800 Stundenkilometern – hochkant zu stellen und senkrecht nach oben zu steigen wie eine Rakete, die von einer Startrampe abgefeuert wurde.

Trashs elektronische Flugsteuerung nahm ihm eine Menge Arbeit ab, während er ständig den Himmel und die Instrumente vor ihm beobachtete: die linke und die rechte Datenanzeige, das Control Display direkt vor ihm und die bewegliche Karte fast zwischen seinen Knien.

In seinem Cockpit gab es insgesamt fünfhundertdreißig Schalter, aber fast alle Funktionen, die Trash beim Fliegen und Kämpfen benötigte, konnte er mit den sechzehn Knöpfen auf seinem Steuerknüppel und seinem Gashebel bedienen, ohne dabei das HuD aus den Augen lassen zu müssen.

Die Dreißig-Millionen-Dollar-Hornet-C gehörte zu den besten Kampfflugzeugen der Welt, war jedoch auch nicht mehr das neueste Modell. Die Navy flog die größere, weiterentwickelte Super Hornet, die gute zwanzig Millionen Dollar mehr kostete.

Trash hatte gerade eine Kehre geflogen, um Cheese in einer Echelon-Formation leicht versetzt zurück nach Süden zu folgen, als sich in seinem Headset Hawkeye mit einem Funkspruch meldete.

»Radarkontakt in Richtung null-vier-null. Siebzig Kilometer, eine einzige Gruppe, zwei Bogeys, südöstlich von Putian. Fliegen nach Südwesten, Kurs zwei-eins-null. Scheinen zur Taiwan-Straße unterwegs zu sein.« »Bogey« war der Codename für einen Radar- oder Sichtkontakt, dessen Identität unbekannt war.

Jetzt war Cheese' Stimme in Trashs Headset zu hören: »Sie kommen uns entgegen!«

»Hurra, sind wir nicht beliebt?«, antwortete Trash mit einem Anflug von Sarkasmus in der Stimme.

Die beiden Marines hatten auf ihren Patrouillen in den

letzten vier Tagen mehrmals ähnliche Meldungen gehört. Jedes Mal, wenn sie sich in dem Sektor befanden, wo ein Eindringversuch stattfinden konnte, waren die chinesischen Jagdflugzeuge mit Höchstgeschwindigkeit auf die Demarkationslinie zugerast, um dann kurz vorher in Richtung Nordwesten abzudrehen und zur Küste zurückzukehren.

Die Luftwaffe der VBA führte entlang der ganzen Straße Scheinangriffe durch, wobei nicht klar war, ob diese irgendeine Reaktion der anderen Seite hervorrufen sollten.

Cheese bestätigte den Funkspruch der Hawkeye. Unmittelbar darauf fing er eine weitere Meldung über einen Radarkontakt genau südlich des Sektors der beiden Marines auf. Zwei weitere Bogeys waren zur Formosastraße unterwegs. In diesem Gebiet patrouillierten zwei taiwanesische F-16, die ihre Informationen ebenfalls von der Hawkeye bekamen.

Cheese funkte Trash an: »Magic Two-Two, gehen wir auf viertausendfünfhundert Meter hinunter und ziehen unseren Racetrack-Pattern etwas enger, damit wir in der Nähe der Demarkationslinie sind, wenn die Bogeys sie überschreiten.«

»Verstanden«, sagte Trash und folgte Cheese' Abstieg und Wendung. Allerdings glaubte er keinen Augenblick daran, dass sich die beiden chinesischen Piloten anders verhalten würden als in den letzten vier Tagen, und er wusste, dass Cheese der gleichen Ansicht war. Er wusste jedoch auch, das Cheese auf keinen Fall mit heruntergelassenen Hosen erwischt werden wollte, wenn rotchinesische Kampfflugzeuge tatsächlich in den taiwanesischen Luftraum eindringen würden.

Die Hawkeye brachte Cheese auf den neuesten Stand: »Magic Two-One. Bogeys null-zwei-null, sechs-fünf Kilometer, Höhe dreitausend Meter ... steigend.«

»Magic Two-One, verstanden«, bestätigte Cheese.

Einen Augenblick später meldete der Air Combat Officer (ACO) der Hawkeye Cheese, dass die beiden Bogeys, die sich den taiwanesischen F-16 weiter im Süden näherten, einem ähnlichen Flugweg folgten.

»Sieht ganz so aus, dass das koordiniert worden ist«, sagte Trash.

»Sieht tatsächlich so aus«, erwiderte Cheese. »Aber dann haben sie ihre Taktik geändert. Bisher haben sie immer Zweier-Rotten losgeschickt. Ich frage mich, ob sie mit diesen beiden Zweier-Rotten, die zur gleichen Zeit in benachbarten Sektoren unterwegs sind, etwa den Einsatz erhöhen wollen.«

»Wir werden es bald herausfinden.«

Cheese und Trash vergrößerten ganz leicht die Entfernung voneinander und beendeten ihren Abstieg auf einer Höhe von viertausendfünfhundert Metern. Der Offizier in der Hawkeye teilte jetzt seine Zeit zwischen Cheese und den taiwanesischen F-16 auf, die fünfundsechzig Kilometer südlich des Marines-Sektors über der Meeresstraße patrouillierten. Abwechselnd informierte er sie über die neuesten Annäherungsdaten der Bogeys.

Kurz nachdem die Hawkeye gemeldet hatte, dass die beiden Bogeys, die auf Magic Two-One und Magic Two-Two zuflogen, noch zweiunddreißig Kilometer entfernt seien, fügte der ACO hinzu: »Sie nähern sich immer noch der Demarkationslinie. Unter Beibehaltung gegenwärtiger Geschwindigkeit und Richtung werden sie sie in zwei Minuten überschreiten.«

»Magic Two-One, hier Hawkeye. Neuer Radarkontakt. Vier Bogeys sind in Fuzhou gestartet und nähern sich der Straße. Steigen schnell und drehen nach Süden ab, neunhundert Meter und steigend.«

Trash war klar, dass die Lage langsam kompliziert wurde. Zwei chinesische Kampfflugzeuge unbekannten Typs flogen direkt auf ihn und seinen Rottenführer zu, zwei weitere bedrohten den Sektor unmittelbar südlich von ihnen, und dann folgten der ersten Gruppe noch vier weitere Bogeys.

Der ACO meldete, dass vier Navy-F/A-18 Super Hornets gerade im Osten Taiwans in der Luft neu aufgetankt wurden, die er danach so bald wie möglich in den Sektor der Marines zu deren Unterstützung schicken würde.

Jetzt war wieder Cheese zu hören: »Trash, ich habe die Bogeys auf dem Radar, sie sind direkt vor meiner Nase. Kannst du das bestätigen?«

Trash drückte auf einen Knopf und entfernte einen Großteil der digitalen Daten aus seiner Blickfeldanzeige und seiner Helmzieleinrichtung, dann kniff er die Augen zusammen und schaute an seinem HuD vorbei in den Himmel hinaus.

»Kein Sichtkontakt«, sagte er, suchte jedoch weiterhin den Himmel ab.

»Sechzig Sekunden bis zum Aufeinandertreffen«, sagte Cheese. »Ändern wir unseren Kurs um zwanzig Grad und fliegen in Richtung null-dreißig weiter, dann merken sie, dass wir sie nicht bedrohen.«

»Verstanden«, sagte Trash und kippte seinen Flügel nach rechts ab, als er Cheese' leichter Wende folgte, damit die Bogeys nicht mehr direkt vor ihrem Bug waren.

Ein paar Sekunden später meldete Cheese: »Die Bogeys weichen nach links aus, um wieder einen Abfangkurs einzunehmen. Außerdem sind sie in einem leichten Sinkflug. Wir fliegen jetzt ebenfalls schneller!«

»Mistkerle«, fluchte Trash und spürte, wie sich in ihm ein ganz neues Gefühl der Spannung aufbaute. Die chinesischen Piloten rasten direkt auf die Demarkationslinie zu und richteten ganz offen ihre Nasen auf sie, was bedeutete, dass auch ihre Radarzielerfassung und ihre Waffen die beiden Marines-Flugzeuge im Visier hatten.

Bei einer Abfanggeschwindigkeit von mehr als 1900 Stundenkilometern wusste Trash, dass die Dinge sich jetzt ganz, ganz schnell entwickeln würden.

Cheese meldete sich im Headset: »Neuer Kurs drei-vierzig. Versuchen wir, ihnen aus dem Weg zu gehen.«

Trash und Cheese drehten wieder ein Stück nach links ab. Nach zehn Sekunden konnte Trash jedoch auf seinem Radar erkennen, dass die Chinesen das Manöver nachvollzogen. Er meldete: »Bogeys fliegen wieder direkt auf uns zu, Kurs null-eins-fünf, fünfundvierzig Kilometer, Höhe viertausendzweihundert Meter.«

Trash hörte, wie der ACO der Hawkeye das bestätigte und dann seine Aufmerksamkeit sofort wieder den taiwanesischen F-16 zuwandte, deren Bogeys ähnliche Manöver vollführten.

»Spike«, rief Cheese jetzt. Damit meldete er, dass ein Bogey Cheese' Flugzeug mit seinem Zielradar erfasst hatte.

Trash hörte die Spike-Warnung für seinen eigenen Jet nur einen Augenblick später.

»Ich werde ebenfalls anvisiert. Diese Typen meinen es anscheinend ernst, Cheese!«

Cheese gab den nächsten Befehl in einem ernsten Ton, den Trash von seinem Major noch selten gehört hatte. »Magic Two-Two, Master-Arm-Schalter betätigen.«

»Verstanden«, sagte Trash. Er stellte den Master-Arm-Schalter auf »Arm«. Damit hatte er die Hauptwaffensicherung seines Kampfflugzeugs betätigt. Ab jetzt waren alle Waffen scharf und abschussbereit. Die Luft-Luft-Raketen konnte er durch einen leichten Druck seiner Fingerspitze abfeuern. Er glaubte zwar immer noch nicht, dass es tatsächlich zum Kampf kommen würde, aber das Bedrohungsniveau war durch die Radarerfassung durch den Feind stark angestiegen. Sie mussten ab jetzt auf alles gefasst sein.

Der ACO meldete, dass jetzt auch die Taiwanesen mitteilten, dass sie anvisiert wurden.

Cheese flog jetzt wieder eine leichte Kurve, um sich etwas von der Demarkationslinie und den näher kommenden Flugzeugen zu entfernen, und Trash folgte ihm. Er schaute jetzt seitlich aus seiner Kanzel hinaus. Dabei benutzte er sein »Jay-Macks«, sein »Joint Helmet-Mounted Cueing System«. Diese in seinen Helm integrierte Zieleinrichtung vermittelte ihm einen Großteil der Informationen und Anzeigen, die er für die Zielerfassung benötigte, selbst wenn er einmal seinen eigentlichen HuD nicht genau im Blick haben konnte. In seinem Jay-Macks bemerkte er jetzt zwei schwarze Flecken, die über kleinen weißen Schäfchenwolken in ihre Richtung unterwegs waren.

Er sprach jetzt schnell und energisch in sein Headsetmikrofon, war aber Profi genug, um in seiner Stimme keine unnötige Aufregung zu zeigen. »Magic Two-Two. Sehe zwei Banditen. Auf zehn Uhr, etwas unter unserer Höhe. Möglicherweise Super 10.« Noch kein Amerikaner hatte es bisher mit Chinas modernstem Mehrzweckkampfflugzeug, der Chengdu J-10B Super 10, einer weiterentwickelten Version der J-10 Annihilator, zu tun gehabt. Trash wusste, dass die J-10-Zelle wie die seiner Hornet aus Verbundwerkstoffen bestand. Ihre reduzierte Radarsignatur wurde so entwickelt, dass sie für feindliche radargesteuerte Raketen schwerer zu orten waren. Das B-Modell verfügte angeblich auch über ein verbessertes elektronisches Feuerleitsystem, das diese Eigenschaft noch verstärkte.

Das Flugzeug war kleiner als die F/A-18 und verfügte im Gegensatz zur Hornet nicht über zwei, sondern nur über ein einziges Triebwerk. Die russische Turbofan-Turbine verlieh dem wendigen Kampfflugzeug jedoch eine Schubkraft, die es für Luft-Luft-Kämpfe ideal geeignet machte.

»Verstanden«, sagte Cheese. »Heute ist wohl unser Glückstag.«

Die Chinesen hatten mehr als zweihundertsechzig J-10

im Einsatz, allerdings wahrscheinlich weniger als vierzig Jets der fortgeschrittenen B-Variante. Trash hatte keine Zeit für eine Antwort. Das Spiel hatte begonnen.

»Sie haben ihre Waffen scharf gemacht!«, rief Cheese in sein Helmmikrofon. »Sie sind noch dreißig Sekunden von der Demarkationslinie entfernt und zeigen feindliche Absichten!«

Trash erwartete eigentlich, dass der Hawkeye-ACO Cheese' Funkmeldung bestätigen würde, aber stattdessen meldete dieser mit lauter Stimme: »Magic Flight, Achtung! Die taiwanesischen Flugzeuge südlich von Ihnen werden angegriffen und verteidigen sich. Raketen sind in der Luft!«

»Heilige, verdammte Scheiße!«, rief Trash völlig verblüfft in sein Funkgerät.

Cheese sah jetzt die J-10 direkt vor sich und meldete Sichtkontakt. »Zwei Maschinen direkt vor meinem Bug. Bestätige Super 10. Hawkeye, haben wir Waffenfreigabe?«

Bevor die Hawkeye antworten konnte, sagte Trash: »Roger, zwei vor deiner Nase. Sag mir, welchen ich nehmen soll.«

»Ich nehme den linken.«

»Roger, dann nehme ich den rechten.«

Cheese bestätigte: »Roger, Two-Two, du hast das leicht zurückhängende Flugzeug rechts.«

In diesem Moment zeigten Trashs HuD und sein Raketenwarnsystem an, dass sie einen Raketenstart entdeckt hatten. Eine J-10 hatte gerade auf ihn gefeuert. Er sah in seinem HuD, dass der Lenkkörper in dreizehn Sekunden einschlagen würde.

»Rakete in der Luft! Rakete in der Luft! Wende nach rechts! Magic Two-Two geht in die Defensive!« *Motherfucker!* Trash lenkte sein Flugzeug weg von Cheese und drehte es auf den Rücken. Er zog seinen Steuerknüppel zurück, und als aus seiner Kanzel nur noch tiefblaues Wasser zu sehen war, erhöhte er die Geschwindigkeit und ging in den Sturzflug über.

Die Hosenbeine seines Anti-*g*-Anzugs füllten sich mit Luft und zwangen das Blut, in den oberen Teilen seines Körpers zu bleiben, damit sein Gehirn weiterhin denken konnte und sein Herz nicht zu schlagen aufhörte.

Er stemmte sich gegen die *g*-Kräfte.

Die Hawkeye erklärte etwas zu spät: »Magic Flight, Sie haben Kampferlaubnis.«

In dieser Phase des Spiels war es Trash tatsächlich scheißegal, ob irgendeiner, der jenseits der Horizontlinie in Sicherheit war, ihm die Erlaubnis zum Zurückschießen erteilte. Hier ging es um Leben und Tod, und Trash hatte nicht die Absicht, eine »Liegende Acht« zu fliegen, bis er vom Himmel heruntergepustet wurde.

Verdammt, Trash wollte diese Piloten tot sehen, und er würde jede Rakete abfeuern, die dazu nötig war, ganz egal was der ACO in der Hawkeye darüber dachte.

Aber im Moment musste er einfach so lange am Leben bleiben, bis er zurückschießen konnte.

45

Trash raste mit seiner Hornet auf das Wasser zu, das ursprünglich dreitausendsechshundert Meter unter ihm gelegen hatte, seine Frontscheibe jetzt jedoch immer mehr ausfüllte. Da er die Entfernung, aus der die J-10 auf ihn gefeuert hatte, genau kannte, war sich der Amerikaner sicher, dass er im Augenblick immer noch von einer PL-12 verfolgt wurde, einer radargelenkten Mittelstrecken-Luft-Luft-Rakete mit einem hochexplosiven Sprengkopf. Trash wusste auch, dass er dieser Bedrohung angesichts der Höchstgeschwindigkeit dieser Rakete von Mach 4 nicht davonlaufen konnte. Außerdem war dieser Lenkkörper zu einer 38-*g*-Wende fähig. Er konnte ihm also auch nicht durch Wendungen oder Loopings entkommen, da er bei einer Beschleunigung von mehr als 9 *g* das Bewusstsein verlieren würde, womit er endgültig keine Chance mehr hätte, diesem Schlamassel zu entkommen.

Trash wusste, dass er eine einzige Möglichkeit hatte. Er musste die Geometrie ausnutzen und dabei auf ein paar Tricks zurückgreifen, die er noch im Ärmel hatte.

Auf tausendfünfhundert Meter Höhe drückte er mit aller Macht seinen Steuerknüppel nach hinten und zog dadurch die Flugzeugnase nach oben, sodass sie jetzt genau auf die heranfliegende Bedrohung gerichtet war. Er konnte die Rakete nicht sehen. Ihr Triebwerk lief mit rauchlosem Treibstoff, und sie raste fast so schnell wie eine Kugel durch den Himmel. Aber während dieses ganzen Manövers bewahrte Trash einen kühlen Kopf und war sich ständig bewusst, aus welcher Richtung diese Rakete abgefeuert worden war. Aus dem Steigflug ging er in einen Looping nach hinten über.

Aus diesem Sturzflug wieder herauszukommen, stellte für den 28-jährigen Captain eine große Herausforderung dar. Immerhin handelte es sich um eine 7-*g*-Kurve, wie Trash aus seiner Ausbildung wusste. Um dabei immer genug Blut im Kopf zu behalten, würde er ein »Hook-Manöver« durchführen. Dabei würde er jeden Muskel in seinem Inneren anspannen und dann laut und mit möglichst hoher Stimme »Hook« rufen. Dabei schloss sich beim »k«, mit dem dieses Wort endete, die Stimmritze, was physiologisch die Körperspannung zur Abwehr des *g*-Effekts noch verstärkte.

In seinem Intercom hörte er jetzt seine eigene Stimme. »Hook! Hook! Hook!«

»Bitching Betty«, das Audio-Warnsystem, dem man die Stimme einer jungen Frau gegeben hatte, die angesichts der Nachrichten, die sie verkündete, eigentlich viel zu ruhig und unbeteiligt klang, flötete jetzt in Trashs Headset: »Höhe. Höhe.«

Trash gelang es tatsächlich, seinen Jet abzufangen. Sein Radardetektor warnte ihn jedoch, dass die Rakete ihm immer noch folgte. Er stieß jetzt Düppel aus, eine kleine Wolke aus aluminiumbeschichteten Kunstfaserfäden, die durch eine pyrotechnische Ladung in einem weiten Umkreis um das Flugzeug verteilt wurden und hoffentlich das Radar der anfliegenden Rakete täuschen und ablenken würden.

Gleichzeitig legte er das Flugzeug nach rechts in die Kurve, zog den Steuerknüppel nach hinten und flog in Seitenlage nur siebenhundert Meter über dem Wasser.

Er stieß noch mehr Düppel aus, während er über das Wasser raste, wobei sein linker Flügel zur Sonne emporzeigte.

Die PL-12-Rakete schluckte den Köder. Sie flog direkt in die Aluminium- und Glasfaserwolke hinein, verlor dabei die Radarsignatur der F-18 und schlug einige Sekunden später auf dem Wasser auf.

Trash hatte zwar die Mittelstreckenrakete besiegt, aber sein Flugmanöver und seine Konzentration auf diese Bedrohung hatten es der J-10 ermöglicht, sich jetzt direkt hinter ihn zu setzen. Der Marine brachte in einer Höhe von fünfhundertfünfzig Metern seine beiden Tragflächen wieder in Horizontallage, schaute nach allen Seiten aus dem Cockpit und bemerkte, dass er seinen Feind aus den Augen verloren hatte.

»Wo ist er, Cheese?«

»Unbekannt, Magic Two-Two! Verteidige mich gerade selbst!«

Also auch Cheese musste um sein Leben kämpfen, wurde Trash klar. Keiner konnte dem anderen helfen. Sie waren beide auf sich allein gestellt, bis sie entweder ihren Gegner töteten oder von den Navy Super Hornets herausgehauen wurden, die immer noch ein paar Minuten entfernt waren.

Trash schaute auf das Datendisplay direkt über seinem linken Knie. Der kleine Bildschirm zeigte ihm in Draufsicht sämtliche Flugzeuge in der gesamten Gegend. Nördlich von sich erkannte er Cheese, und ganz im Süden sah er die beiden taiwanesischen F-16.

Er schaute so weit hinter seine linke Schulter, wie er nur konnte. Plötzlich erblickte er die schwarze Silhouette eines Flugzeugs, das auf sieben Uhr von weiter oben auf ihn zusteuerte und im Moment noch etwa drei Kilometer entfernt war. Das Flugzeug war zu weit links für seinen HuD, aber er konnte es über seinen Jay-Macks-Visor als Ziel erfassen.

Während die J-10 aus sechs Uhr auf ihn zukam, steuerte Trash hart nach links, drückte seinen Gashebel ganz nach vorn und startete einen kleinen Sturzflug, um noch etwas Geschwindigkeit zu gewinnen. Mit diesen Flugmanövern wollte er den Feindpilot daran hindern, sich direkt hinter ihn zu setzen.

Aber die J-10 hatte Trashs Absicht vorausgesehen und konnte direkt hinter dem Marine bis auf zweieinhalb Kilometer aufschließen.

Der chinesische Pilot feuerte seine zweiläufige 23-mm-Kanone ab. Glühende Leuchtspurgeschosse flogen nur ein paar Meter an Trashs Kanzel vorbei, als dieser wieder nach rechts abdrehte und noch tiefer ging. Die Geschosse sahen wie lange Laserstrahlen aus, und Trash konnte beobachten, wie sie das blaugrüne Wasser vor ihm in Schaum-Geysire verwandelten.

Trash begann, einen Zickzackkurs zu fliegen, hielt aber seinen Bug ganz flach. Er flog nur noch hundertfünfzig Meter über dem Wasser, deshalb konnte er nicht weiter abtauchen. Gleichzeitig wollte er keine Geschwindigkeit verlieren, indem er den Vogel nach oben zog. Diese Flugmanöver, durch die man dem Beschuss durch gegnerische Jagdflieger ausweichen wollte, nannten Trash und seine Pilotenkollegen »Funky Chicken«, der amerikanische Ausdruck für »Ententanz«. Allerdings war es ein verzweifelter, hässlicher Tanz, dessen einziges Ziel es war, aus der Schusslinie zu bleiben. Trash reckte den Kopf nach rechts und links, so hoch er konnte, und überanstrengte fast seine Nackenmuskeln, um seinen Gegner hinter ihm nicht aus den Augen zu verlieren, während er sich in abrupten Wendungen und Kurven durch die Luft bewegte. Ganz kurz konnte er erkennen, dass der chinesische Pilot sein letztes Ausweichmanöver vorausgesehen hatte und sich jetzt in einer fast perfekten Schussposition befand.

Trotzdem ging die nächste Kanonensalve über ihn hinweg. Allerdings konnte der Marine in dem kleinen Rückspiegel in der Kanzel direkt neben dem »Handtuchhalter« erkennen, dass die Super 10 sich ihm jetzt bis auf anderthalb Kilometer genähert hatte und Trash mit ihrer nächsten Salve abschießen konnte.

Trash zögerte keine Sekunde. Er musste blitzschnell handeln. Er »machte sich dünn«, indem er die Hornet in Seitenlage versetzte, sodass sie ihrem Gegner möglichst wenig Zielfläche bot. Als die J-10 immer näher kam, zog Trash gleichzeitig die Flugzeugnase nach oben, sodass sich seine Maschine praktisch senkrecht stellte. Sein Körper wurde noch weiter in den Sitz hineingepresst. Seine Lendenwirbelsäule schmerzte wegen dieses Flugmanövers, und seine Augen ließen sich nicht mehr fokussieren, als sie aus ihren Höhlen quollen.

Sein Notmanöver hatte den Abstand zu dem Chinesen verringert, nicht weil Trash langsamer geworden war, sondern weil er sich im richtigen Moment lotrecht gestellt hatte. Trash grunzte zufrieden und knirschte mit den Zähnen, als er durch das Glas seiner Kanzel direkt nach oben schaute. Da die Hornet an Fahrt verloren hatte, wurde sie dreißig Meter höher jetzt vom chinesischen Jet überholt.

Der J-10B-Pilot hatte sich so sehr auf seine Kanone konzentriert, dass er auf Trashs Manöver nicht rechtzeitig reagiert hatte. Deshalb feuerte er jetzt an der Hornet vorbei, obwohl er ganz in ihrer Nähe war.

Der chinesische Pilot tat sein Bestes, um seine überschüssige Geschwindigkeit loszuwerden, aber selbst als er die Luftbremsen ausfuhr und seinen Gashebel auf Leerlauf stellte, war er immer noch weit schneller als Trash.

Sobald der Schatten des chinesischen Kampfjets über Trashs Hornet hinübergehuscht war, versuchte der Amerikaner in die Kontrollzone hinter seinem Gegner zu gelangen, um diesen seinerseits zu beschießen, aber der feindliche Pilot war gut und dachte gar nicht daran, sich zu einem leichten Ziel zu machen. Die J-10 zog die Nase hoch, und ihr Triebwerk erzeugte neuen Schub, der Pilot zog die Bremsklappen wieder ein, und der Jet stieg senkrecht nach oben.

Trash raste deshalb unter dem chinesischen Jet vorbei und befand sich sofort wieder selbst in Gefahr. Damit die J-10 nicht erneut hinter ihn geriet, schob er den Gashebel nach vorn und drückte ihn dann über die Sperre in den Nachbrennerbereich. Seine F/A-18 bäumte sich auf wie ein Mustang und stieg auf zwei Feuersäulen der Sonne entgegen.

Trash steigerte die Geschwindigkeit, hob seine Nase allmählich auf siebzig Grad und passierte neunhundert Meter, zwölfhundert Meter, fünfzehnhundert Meter. Die J-10 sah er immer noch über sich im Himmel, und er beobachtete, wie das Feindflugzeug mit den Flügelspitzen wackelte, als der Pilot versuchte, den Amerikaner irgendwo unter ihm zu finden.

Trash erreichte jetzt einen Fluglagenwinkel von neunzig Grad – genau senkrecht – und raste mit einer Geschwindigkeit von 13,7 Kilometer pro Minute nach oben. In sechzig Sekunden könnte er bei diesem Tempo gut und gern vierzehntausend Meter über dem Wasser sein.

Aber Trash wusste sehr wohl, dass er keine sechzig Sekunden hatte. Die J-10 war auch hier oben, und ihr Pilot verdrehte in seinem Cockpit bestimmt ständig den Kopf, weil er herausfinden wollte, wohin zum Teufel diese Hornet verschwunden war.

Auf dreitausend Meter Höhe zog Captain White den Gashebel wieder aus dem Nachbrennerbereich zurück und ließ die Nase seines Jets nach vorn kippen. Er merkte, dass der gegnerische Pilot, den er inzwischen hinter sich gelassen hatte, ihn immer noch nicht sah und deshalb eine 180-Grad-Rolle vollführte und im Rückenflug zum Wasser zurückkehrte.

Wie bei einem Loop auf der Achterbahn stürzte sich Trash in die Richtung seines Gegners. Nach einigen Sekunden sah er die Super 10 unter ihm durch eine Wolke fliegen. Der chinesische Pilot führte gerade mit hoher Geschwindigkeit ein »Split-S-Manöver« durch. Mit einer halben Rolle und einem halben Looping versuchte er, wieder zur F/A-18 zurückzukommen.

Thrash drückte auf eine kleine kugelförmige Eingabe auf seinem Steuerhebel und schaltete die Kanonenfunktion ein. Sobald der Visierpunkt auf seinem HuD auftauchte, flog die J-10 nur siebenhundertdreißig Meter entfernt direkt in ihn hinein.

Trash feuerte aus seiner sechsläufigen Vulcan-20-mm-Maschinenkanone eine lange und zwei kurze Salven ab.

Die Geschosse seiner langen Salve flogen weit vor der Super 10 vorbei. Seine zweite Salve lag schon näher, aber immer noch vor dem chinesischen Jet.

Seine letzte kurze Salve, die nur den Bruchteil einer Sekunde dauerte, traf jedoch das gegnerische Flugzeug direkt in die rechte Tragfläche, von der einige rauchende Metallstücke absplitterten. Der chinesische Pilot wendete scharf nach rechts. Trash, der inzwischen hundertachtzig Meter hinter ihm war, folgte diesem Manöver und flog in den schwarzen Rauch hinein.

Der chinesische Jet ging jetzt im Sturzflug zum Wasser hinunter, und Trash stürzte ihm hinterher, um sich hinter ihn zu setzen und ihn erneut ins Visier zu bekommen. Um die dabei auftretenden *g*-Kräfte zu bewältigen, führte er wieder einmal das »Hook-Manöver« durch.

Ein heller Blitz direkt vor ihm verlagerte jetzt seine Aufmerksamkeit vom Visierpunkt in seinem HuD zum Ziel selbst. Aus der Tragfläche und dem Triebwerk schlugen jetzt Flammen heraus. Trash wusste sofort, dass das Flugzeug vor ihm dem Untergang geweiht war.

Das Heck der J-10B explodierte, der Jet kippte nach

rechts und trudelte wie ein Korkenzieher auf das Meer hinunter.

Trash brach den Angriff ab, steuerte hart nach rechts, um dem Feuerball zu entgehen, und hatte dann schwer zu kämpfen, um sein eigenes Flugzeug noch vor der Wasseroberfläche abzufangen. Er hatte deshalb auch nicht die Zeit, um festzustellen, ob der gegnerische Pilot noch den Schleudersitz betätigen konnte.

»Feindflugzeug getroffen. Abschuss eins. Pos, Cheese?« »Pos« war die Kurzform von »Position«.

Bevor sein Rottenführer noch antworten konnte, sah Trash auf seinem Display, dass er direkt auf Cheese zuflog. Er schaute durch mehrere kleine Wolken hindurch nach oben und sah den Widerschein der Sonne auf grauem Metall, als Magic Two-One, Cheese' Jet, von rechts nach links raste.

Jetzt war Cheese in seinem Funkgerät zu hören. »Noch in Verteidigung. Angreifer auf sechs Uhr, etwa dreieinhalb Kilometer hinter mir. Hat mich im Visier. Schaff ihn mir vom Hals, Trash!«

Trashs Augen wanderten schnell nach Norden. Dort sah er die andere Super 10, die gerade eine Rakete auf Cheese' Triebwerkstrahl abfeuerte.

»Wende rechts, Two-One! Rakete in der Luft!«

Trash beobachtete weder den Flug der Rakete, noch schaute er auf Cheese zurück. Stattdessen machte er eine Sidewinder, eine wärmesuchende Kurzstrecken-Luft-Luft-Rakete, einsatzbereit. In diesem Moment konnte Trash die chinesische Super 10 durch seine Helmzieleinrichtung sehen.

In seinem Headset hörte er einen lauten elektronischen Summton, der ihm anzeigte, dass die Sidewinder nach einer geeigneten Wärmequelle suchte.

Das Summen änderte sich zu einem hohen Dauerton, als die J-10 nur fünf Kilometer vor Trashs Bug vorbeiflog. Das war das Signal, dass das Infrarot-Zielsystem der AIM-9 das heiße Triebwerk des chinesischen Flugzeugs gefunden und ab jetzt im Visier hatte.

Trash drückte den Luft-Luft-Startknopf auf seinem Steuerhebel und feuerte die AIM-9 Sidewinder ab.

Die Rakete funktionierte nach dem Prinzip »Fire and Forget«, das heißt, sie steuerte ihr Ziel selbständig ohne einen weiteren Eingriff des Schützen an. Trash bog deshalb nach links ab, um hinter das Feindflugzeug zu gelangen, für den Fall, dass die Sidewinder ihr Ziel verfehlte.

Gleich darauf fand er auch Cheese am Himmel wieder. Trashs Rottenführer flog eine scharfe Kurve nach Süden. Aus beiden Seiten stieß seine Maschine automatische Täuschkörper aus, die in weitem Bogen auf die Meeresoberfläche hinuntersanken.

Die chinesische Rakete tauchte mitten in diese heißen Täuschkörper hinein und explodierte.

Trash schaute zurück auf sein Ziel und sah, wie die J-10 jetzt ihrerseits ihre eigenen Täuschkörper absetzte, während er hart nach links steuerte. »Pack ihn, pack ihn, pack ihn!«, sagte er laut vor sich hin und versuchte, seine Rakete in die glühenden Triebwerke des chinesischen Kampfjets quasi hineinzudenken. Aber auch die Sidewinder ließ sich von den Täuschkörpern täuschen, die die Super 10 abgefeuert hatte.

»Scheiße!«

Trash schaltete wieder die Kanonenfunktion ein. Bevor er jedoch seinen Visierpunkt aufs Ziel bringen konnte, ging das feindliche Flugzeug in einen steilen Sturzflug über.

Trash folgte ihm nach unten. Er hoffte, sich für einen zweiten Abschuss hinter es setzen zu können.

In diesem Moment hörte er in seinem Headset: »Magic Two-One greift Banditen an, die sich von Norden nähern. Fox Three.« »Fox Three« war ein NATO-Codewort, das den

Abschuss einer Rakete mit einem aktiven Radarsuchkopf anzeigte.

Trash hatte bisher gar nicht die Zeit gehabt, um sich über die vier anderen anfliegenden Feindflugzeuge Gedanken zu machen, aber Cheese hatte offensichtlich bereits Lenkwaffen auf sie abgefeuert.

»Cheese, bin im Kampf, will diesen Kerl runterholen.«

»Roger, Trash. Navy Super Hornets noch zwei Minuten entfernt.«

Trash nickte und konzentrierte sich dann wieder auf seinen Gegner, den chinesischen Piloten und sein Flugzeug.

»Fox Three!«, rief Cheese, als er eine weitere AIM-120 AMRAAM auf die Banditen abschoss, die sich von Norden näherten.

Trash und die Super 10 lieferten sich in den nächsten sechzig Sekunden eine wilde Jagd, wobei jeder Pilot alle möglichen Manöver unternahm, um in Schussposition zu gelangen, und gleichzeitig mit allen Mitteln zu verhindern suchte, selbst zur Zielscheibe zu werden.

Im Lexikon des Luftkampfs war diese Situation als »Telefonzelle« bekannt, da sich das Ganze auf äußerst engem Raum abspielte, der durch die ständigen Flugkorrekturen der beiden Piloten auf der Suche nach besseren Positionen noch enger wurde.

Trash spürte dabei den knochenbrechenden Druck der plötzlichen Wendungen nach oben, in denen positive *g*-Kräfte auftraten, und die Übelkeit erregenden Auswirkungen der Sturzflüge, bei denen so hohe negative *g*-Kräfte auszuhalten waren, dass sogar die Augen aus ihren Höhlen quollen.

Eine Minute nach Beginn des Luftkampfs drückte White den Steuerknüppel hart nach rechts, um der plötzlichen steilen Wende des Feindflugzeugs hoch über dem Wasser zu folgen. Kurzfristig schaffte es Trash, seine Nase so zu drehen, dass er in Schussposition kam, aber der chinesische Pilot änderte plötzlich den Kurs, und Trashs Vorteil war Geschichte.

Die schiere Zahl der Eingaben, die Trashs Gehirn in diesen Sekunden verarbeiten musste, war unvorstellbar hoch. Während er versuchte, in einer Angriffsposition zu bleiben, bewegte sich sein Flugzeug andauernd um drei Achsen gegenüber einem anderen Flugzeug, das sich ebenfalls um drei Achsen bewegte. Sein Mund übermittelte Informationen an seinen Rottenführer und die Hawkeye, während er ständig das Ziel und die Meeresoberfläche weiter unten im Blick hatte. Seine beiden Hände bewegten sich nach links, rechts, vorn und hinten, während seine Finger auf seinem Steuerknüppel und Gashebel Schalter umlegten und auf Tasten und Knöpfe drückten. Auf seinem sich ständig verändernden HuD verfolgte er ein Dutzend unterschiedlicher Anzeigen, und gelegentlich fokussierte er seine Augen wieder auf das Innere seines Cockpits, wenn er kurz auf seinem Navigationsdisplay nachschaute, wo er und sein Rottenführer im Verhältnis zur Demarkationslinie in der Mitte der Taiwan-Straße waren.

Ganze Schweißströme flossen ihm den Rücken hinunter, und seine Kiefermuskeln zitterten und verkrampften sich unter der Anstrengung.

»Ich kriege ihn nicht vors Rohr!«, rief Trash in sein Mikrofon.

»Bin beschäftigt, Magic Two-Two. Er gehört dir.«

Cheese hatte inzwischen eine dritte Rakete auf die anfliegenden Kampfflugzeuge abgefeuert, die er inzwischen als in Russland produzierte Su-33 identifiziert hatte. Eine der drei AMRAAMs traf ihr Ziel, und Cheese verkündete: »Abschuss zwei!«

Trashs Gegner steuerte derweil abwechselnd nach links und rechts, rollte um die Längs- und Querachse und flog dann einen steilen Rückwärts-Looping nach oben, den Trash sofort nachvollzog. Die *g*-Kräfte ließen wieder einmal seine Augen hervorquellen, während ihm das Blut in den Kopf schoss.

Er spannte seine Rumpfmuskeln an, seine Bauch- und Kreuzmuskeln wurden steinhart, und er rief immer wieder »Hook«, wobei er vor allem das »k« deutlich betonte.

Er zwang sich selbst, einen etwas geringeren Drehwinkel zu fliegen. Dies half zwar seinem Körper, führte jedoch dazu, dass er seine Position hinter dem Feindflugzeug verlor.

»Verlier ihn nicht aus den Augen, verlier ihn nicht aus den Augen!«, sagte er vor sich hin, als er der J-10 durch weiße Schäfchenwolken folgte.

Der andere Pilot setzte jedoch seine Rückwärtswende samt deren gewagtem Drehwinkel fort, und Trash verdrehte sich erst den Hals und schaute dann in die Spiegel ganz oben in seiner Kabine, um seinen Weg zu verfolgen.

Der Chinese konnte sich auf diese Weise tatsächlich hinter ihn setzen, um ihm den Todesstoß zu verpassen. Trash hatte seinen Angriffsvorteil verloren.

Das ist gar nicht gut.

Der Pilot der Chengdu J-10 war jetzt hinter Trash angekommen und feuerte eine PL-9-Kurzstreckenrakete ab, die Trash jedoch durch den automatischen Ausstoß von Täuschkörpern und eine 7,5-*g*-Wende abwehren konnte, die ihm fast das Bewusstsein raubte.

Er brauchte seine Geschwindigkeit für das weitere Luftgefecht, aber durch diese Wende drohte er sie zu verlieren. »Bleib dran, bleib dran!«, rief er sich selbst während seines Kampfs gegen die Schwerkraft zu.

Die beiden Flugzeuge trudelten durch die Luft immer weiter nach unten. Zweitausendeinhundert Meter, achtzehnhundert Meter, fünfzehnhundert Meter.

Auf neunhundert Metern änderte Trash ganz plötzlich

die Richtung, führte eine 8-*g*-Wende durch und schaltete die Kanonenfunktion ein.

Der Chinese hatte dieses Manöver nicht mitbekommen und behielt seine Abwärtsspirale für ein paar kritische Sekunden bei, während sich Trash bereitmachte, ihn von vorn anzugreifen.

Trash sah die Super 10 in einer Entfernung von sechzehnhundert Metern und brachte sich mithilfe seiner Seitenruder in eine perfekte Schussposition. Dazu trat er mit dem linken und dem rechten Fuß die entsprechenden Pedale bis zum Brandschott durch, um in der kurzen Zeit, bevor die Super 10 in Position war, die nötigen Lagekorrekturen durchzuführen.

Jetzt. In sechshundert Meter Entfernung und mit einer Annäherungsgeschwindigkeit von mehr als 1600 Stundenkilometern drückte Trash mit dem rechten Zeigefinger auf den Auslöser auf seinem Steuerknüppel.

Eine lange Leuchtspurgeschoss-Salve seiner Vulcan-Kanone löste sich aus der Nase seines Flugzeugs. Er benutzte die laserähnliche Leuchtspur, um die Geschosse direkt ins Ziel zu lenken.

Als er sich der Super 10 bis auf hundertfünfzig Meter angenähert hatte, explodierte sie in einem Feuerball. Trash zog seine Maschine sofort hoch, um eine Kollision oder einen sogenannten Flammabriss zu verhindern, bei dem Explosionstrümmer von seinen Triebwerken angesaugt wurden und diese daraufhin ausfielen.

Nachdem er der Gefahr erfolgreich ausgewichen war, beobachtete er das Ende des Feindflugzeugs, indem er mit seinem Jet eine 180-Grad-Rolle vollführte und jetzt kopfunter in seiner Kanzel saß.

Unter ihm hatte sich die J-10 in kleine, brennende Trümmerstücke aufgelöst, die jetzt aufs Wasser hinunterregneten. Der Pilot war ganz bestimmt tot, aber Trashs Hochgefühl, dies alles überlebt zu haben, war im Moment stärker als jede Sympathie, die er für seinen Gegner empfinden konnte.

»Abschuss drei!«, meldete er über Funk.

Die Super Hornets trafen rechtzeitig ein, um den drei übrigen Su-33 entgegentreten zu können, die in aggressiver Absicht die Demarkationslinie überquert hatten, aber auch Magic Flight hatte noch keinen Feierabend. Südlich von ihnen war einer der beiden taiwanesischen Jets, die von der anderen rotchinesischen J-10-Zweierrotte angegriffen wurden, bereits vom Radar verschwunden.

Cheese meldete sich bei Trash: »Magic Two-Two, Kurs zwei-vier-null, Gefechtsformation. Wir helfen der übrig gebliebenen taiwanesischen F-16, bevor es zu spät ist.«

»Verstanden.«

Trash und Cheese brausten nach Südwesten, während die Navy Super Hornets die Su-33 über die Demarkationslinie und zurück zur chinesischen Küste jagten.

Einen Augenblick später entdeckte Trash auf seinem Radargerät die J-10, die immer noch fünfundsechzig Kilometer entfernt waren. Er feuerte sofort eine AMRAAM-Rakete ab.

»Fox Three.«

Er bezweifelte jedoch, dass seine Rakete den chinesischen Kampfjet wirklich treffen würde. Der Pilot des Feindflugzeugs hatte bestimmt bei einer solch großen Entfernung eine Menge Verteidigungstricks zur Verfügung, aber er wollte einfach, dass sich der Angreifer mit etwas anderem als der Verfolgung der taiwanesischen F-16 beschäftigen musste.

Seine AMRAAM würde den chinesischen Jet vielleicht nicht vom Himmel holen, aber sie würde dessen Piloten wahrscheinlich zum Abbruch seines Angriffs bewegen.

Leider konnte die Rakete das Leben des taiwanesischen Piloten nicht mehr retten. Seine F-16 wurde von einer

Kurzstreckenrakete getroffen und explodierte über der Westküste Taiwans.

Die beiden chinesischen Flugzeuge machten sofort kehrt und rasten zum chinesischen Festland zurück, bevor Trash und Cheese sie angreifen konnten.

Ihren zwei F/A-18 ging allmählich der Treibstoff aus, deshalb flogen sie nach Westen und tankten bei einem Tankflugzeug auf, das über Taipeh kreiste, bevor sie zu ihrem Flugzeugträger zurückkehrten. Trash musste gegen das Zittern in seiner Hand ankämpfen, als er mit leichten Bewegungen des Steuerknüppels seine Hornet vorsichtig hinter dem Fangtrichter in Position brachte.

Er führte diesen Tremor auf seine Erschöpfung und das restliche Adrenalin zurück.

Nach ihrer Rückkehr auf den Flugzeugträger mussten sie erst einmal die übliche Prozedur durchlaufen. Ihre Flugzeuge wurden verzurrt und gesichert, während sie die Feststellbremse anzogen. Beide Männer stiegen aus ihrem Cockpit, kletterten die Trittplattformen an der Seite des Flugzeugrumpfs hinunter, kehrten in ihren Bereitschaftsraum zurück und legten ihre Überlebensausrüstung ab. Darunter kamen Fliegerkombis zutage, die völlig von Schweiß durchnässt waren. Erst jetzt schüttelten sich die beiden Männer die Hände und umarmten sich.

Trash zitterten die Knie, aber er fühlte sich gut. Hauptsächlich war er glücklich, noch am Leben zu sein.

Erst nach ihrer Rückkehr in den Bereitschaftsraum erfuhren sie, dass es entlang der Taiwan-Straße mehrere solche Luftgefechte gegeben hatte. Dabei waren neun taiwanesische und fünf rotchinesische Kampfflugzeuge abgeschossen worden.

Drei der fünf Abschüsse gingen auf Trashs und Cheese' Konto, wobei Trash zwei Super 10 und Cheese eine Su-33 vom Himmel geholt hatte.

Niemand verstand die Verwegenheit und Aggressivität

der Chinesen. Der Staffelkapitän warnte seine Piloten, dass sie wahrscheinlich innerhalb von Stunden erneut zu Luftkampfeinsätzen aufsteigen müssten.

Die Marines auf dem Träger behandelten Trash und Cheese wie Helden, aber als die beiden Männer in ihre Quartiere zurückkehrten, merkte Major Stilton, dass Captain White etwas beschäftigte.

Als sie bereits in ihrer Koje lagen, fragte er: »Was ist los, Mann?«

»Ich hätte es besser machen müssen. In dieser Telefonzelle, in der ich beim zweiten Gefecht war ... Mir fallen jetzt schon etwa fünf Sachen ein, wie ich diesen Typ hätte schneller abschießen können.«

»Was redest du denn da? Du hast ihn gekriegt, und dein Gefahrenradar war heute da draußen absolut hervorragend.«

»Danke«, erwiderte Trash.

Aber Cheese spürte, dass er immer noch über etwas nachgrübelte.

»Und was liegt dir wirklich im Magen?«

»Wir hätten diese anderen beiden J-10 ausschalten müssen, bevor sie die F-16 abgeschossen haben. Wir haben zu lange gebraucht, um mit unseren Banditen fertigzuwerden, und deshalb sind diese Taiwanesen gestorben. Dann kommen wir zurück hier auf die *Reagan,* und jeder tut so, als ob wir verdammte Rockstars wären. Diese beiden taiwanesischen Piloten sind tot, deshalb kann ich mich einfach nicht freuen.«

»Wir haben das heute verdammt gut gemacht, mein Freund«, sagte Cheese. »Waren wir perfekt? Nein. Wir sind auch nur Menschen. Wir tun unser Bestes, und unser Bestes hat heute ein paar feindliche Flugzeuge vom Himmel geholt, uns den Arsch gerettet und den Chinamännern gezeigt, dass der Himmel über der Taiwan-Straße nicht ihnen gehört.« Er machte das Licht aus. »Das muss für heute genügen.«

Trash schloss die Augen und versuchte einzuschlafen. Als er so dalag, merkte er, dass er immer noch zitterte. Er hoffte wirklich, ein wenig Ruhe zu finden, bevor er morgen wieder in den unfreundlichen Himmel aufsteigen musste.

46

Dr. Tong Kwok Kwan stand in seinem neuen, verglasten Büro, überblickte die riesige Etage voller offener Arbeitsboxen und entschied sich, dass er mit seinem neu eingerichteten, wenn auch temporären Ghost Ship zufrieden war. Er verließ sein Büro, ging einen kurzen Gang hinunter und öffnete mit der Schlüsselkarte eine Tür, die auf einen Balkon hier im elften Stock führte. Er trat hinaus und atmete die smogerfüllte Luft ein, die bei Weitem nicht so feucht war wie die in Hongkong. Er schaute über die Stadt, die sich vor ihm in alle Richtungen ausdehnte und durch die sich von Nordwesten nach Südosten ein Fluss schlängelte.

Unter ihm auf dem Parkplatz standen Schützenpanzer, man hatte Maschinengewehrstellungen eingerichtet, und Soldaten patrouillierten zu Fuß und mit dem Jeep.

Ja, dachte er. *So wird es für den Moment gehen.*

Dr. Tong und seine ganze Organisation waren vom Hongkonger Mong-Kok-Viertel etwa hundertsechzig Kilometer nach Nordwesten in den Huadu-Distrikt von Kanton umgezogen. Sie waren jetzt innerhalb der Grenzen der Volksrepublik China und völlig sicher vor der CIA. Die Volksbefreiungsarmee hatte keine Kosten und Mühen gescheut, um sie mit allem, was dafür nötig war, zu schützen.

Das Ghost Ship hatte in den beiden letzten Jahren fälschlicherweise den Eindruck vermittelt, kein Teil der chinesischen Cyberkriegsinfrastruktur zu sein. Das MSS hätte es gern dabei belassen, aber die Vorgänge in Hongkong – die Enttarnung Zha Shu Hais durch die CIA und dessen anschließende Entführung durch eine amerikanische Spezialeinheit – hatten eine plötzliche Kehrtwende nötig gemacht. Tong bekam den Befehl, seine gesamte Operation aufs Festland zu verlegen und danach sofort seine cyberkinetischen Angriffe auf die Vereinigten Staaten zu verstärken.

Die 14K-Triade hatte bei der Sicherung seiner Organisation in Hongkong vollkommen versagt und wunderte sich jetzt, was zum Teufel mit ihrem Goldesel passiert war. Vor vier Nächten wurden etwa sechzig Milizsoldaten der »Scharfes Schwert Südchinas«-Einheit der Guangzhou-Militärregion in einem Dutzend Zivilfahrzeugen nach Hongkong geschickt. Im Mong-Kok-Computerzentrum drohte kurzfristig eine Konfrontation zwischen den Soldaten und den Triaden-Gangstern, aber der Oberst, der die Einheit befehligte, führte ein kurzes Telefongespräch mit dem Anführer der 14K in seiner Suite in Macao und machte ihm deutlich, dass es ein weiteres Blutbad auf Hongkongs Straßen geben würde, wenn er seine Straßenkämpfer nicht sofort zurückzog. Er warnte ihn, dass das Blut zum zweiten Mal in dieser Woche mehrheitlich von 14K-Männern stammen würde.

Die Triade räumte tatsächlich das Feld. Sie nahm an, dass VBA-Einheiten Tong gefangen genommen hätten und ihn und seine Leute jetzt aufs Festland zurückbringen würden, wo sie vor Gericht gestellt und hingerichtet werden würden.

In Wirklichkeit wurde das gesamte Ghost Ship – Personal, Computer, Kommunikationseinrichtungen, eben alles – in ein großes Gebäude von China Telecom gebracht, das nur ein paar Blocks vom Technical Reconnaissance Bureau der VBA in Kanton entfernt lag, das zu den wichtigsten Kommandozentren der Cyberkriegsabteilung der chinesischen

Armee gehörte. Sämtliche Operationen und Einrichtungen der Telecom wurden in aller Eile verlegt. Dies bedeutete zwar, dass der Mobiltelefondienst im Großraum Kanton ein paar Tage höchstens lückenhaft, meistens jedoch gar nicht funktionierte, aber die Wünsche der VBA hatten allemal Vorrang vor den Bedürfnissen der Bevölkerung.

Tong und seine Leute wurden ab jetzt rund um die Uhr von Spezialkräften der Guangzhou-Militärregion geschützt. In weniger als vier Tagen waren sie wieder zurück im Geschäft und bereiteten mit erhöhter Dringlichkeit den Angriff auf die Vereinigten Staaten vor.

Trotzdem war das Ganze nur eine Übergangslösung. Auf lange Sicht wollte die VBA Tong und seine Einrichtung in einem befestigten Bunker unterbringen, aber im Moment gab es in ganz China keine Befestigungsanlage, die über die notwendigen Netzwerkressourcen und strukturellen Einrichtungen verfügt hätte. Bis eine solche gebaut war, würde das von Kampftruppen bewachte Telecom-Gebäude eben genügen müssen.

Tong ging vom Balkon zurück ins Gebäude. Seine kurze Pause war vorüber. Es war Zeit, zur Arbeit zurückzukehren. In seinem Büro setzte er sich an seinen neuen Schreibtisch und öffnete einen Datenordner, den ihm einer seiner Controller übermittelt hatte, der die internen Kommunikationsverbindungen der CIA überwachte. Tong scrollte durch die Kopie einer CIA-Depesche und fand, wonach er suchte.

Er wählte mit einem Tastendruck die vorprogrammierte Nummer eines IP-Telefons in den Vereinigten Staaten an. Er saß still und schweigend da und wartete darauf, dass jemand antwortete.

»Hier ist Crane.«

»Crane, hier Center.«

»Ich höre.«

»Prosper Street, Hausnummer 3333, Washington, D.C.«

Eine Pause. Und dann: »Haben Sie noch irgendwelche weiteren Informationen über die Örtlichkeit und die Aufteilung der Kräfte dort?«

»Ich werde den lokalen Controller beauftragen, vor Ihrer Ankunft weitere Informationen zu erhalten und zu liefern. Das wird einen Tag dauern. Also seien Sie bereit, innerhalb von zwei Tagen zu handeln. Die Zeit drängt.«

»Wie Sie wünschen. Welches sind die Zielpersonen in dieser Örtlichkeit?«

»Ihre Zielpersonen sind alle Lebewesen an diesem Ort.«

»Verstanden. Wird erledigt.«

»Xie-xie.«

Tong beendete die Verbindung und hakte die Sache im Geiste ab. Danach ging er die Berichte seiner Controller durch. Einige schaute er sich näher an, ein paar andere, deren Themen ihn nicht interessierten, überging er völlig. Schließlich stieß er auf ein Thema, das ihn brennend interessierte.

Hendley Associates, West Odenton, Maryland, USA.

Tong hatte einen neuen Controller mit diesem Fall beauftragt. Außerdem hatte er angeordnet, dass ein Feldagent dorthin geschickt wurde, um vor Ort zu untersuchen, was genau dieses Unternehmen mit der amerikanischen CIA zu tun hatte. Hendley Associates war ihm vor einigen Monaten zum ersten Mal aufgefallen, als diese Firma plötzlich ein Team von ehemaligen libyschen Geheimagenten zu überwachen begann, die einer seiner Controller für einige Gelegenheitsjobs in Istanbul angeheuert hatte. Die Libyer waren nicht übermäßig kompetent und selbst dafür verantwortlich, dass sie aufgespürt wurden. Als der Controller Tong erzählte, dass eines seiner Hilfsteams auf der Abschussliste einer fremden Organisation stehe, befahl ihm Tong, sie auf keinen Fall zu warnen, sondern nur den Angriff aufzuzeichnen und herauszufinden, wer die Angreifer waren.

Bald darauf wurde klar, dass Mitarbeiter des amerikanischen Unternehmens Hendley Associates daran beteiligt waren.

Dieses Hendley war tatsächlich eine eigentümliche Firma. Tong und seine Leute hatten sich schon einige Zeit für sie interessiert. Der Sohn des US-Präsidenten arbeitete dort sowie bis vor ein paar Wochen John Clark, der im Jahr zuvor während des Wahlkampfs in die Jack-Ryan-Affäre verwickelt gewesen war. Außerdem war ein früherer US-Senator namens Gerry Hendley Chef und Eigentümer dieser Firma.

Ein Vermögensverwaltungsunternehmen, das gleichzeitig Leute umbrachte und die CIA zu unterstützen schien. Natürlich hatte Tong die Liquidierung der Libyer in Istanbul in keiner Weise berührt. Sie hatte seinen eigenen Operationen keinen Schaden zugefügt. Ihre Beteiligung an Zhas Entführung in der vergangenen Woche war dagegen für Tong äußerst besorgniserregend.

Tong und seine Leute richteten ihre Augen und Ohren auf Hunderte von Unternehmen überall auf der Welt, die auf Vertragsbasis mit Geheimdiensten, dem Militär und anderen geheimen Regierungsbehörden zusammenarbeiteten. Tong hatte den Verdacht, dass Hendley Associates eine ableugbare inoffizielle Organisation war, die mit Wissen der US-Regierung eingerichtet worden war.

Etwa so wie Tong und sein Ghost Ship.

Er wollte endlich mehr darüber wissen und versuchte, Hendley auf ganz unterschiedlichen Wegen auf die Schliche zu kommen. Einer dieser Wege hatte sich gerade erst eröffnet. In dem neuen Bericht, den er gerade auf seinem Monitor hatte, hieß es, dass sich der Virus, den sie in das Hendley-Netzwerk eingeschmuggelt hatten, betriebsbereit gemeldet hatte. Bereits in den nächsten Tagen hoffte der zuständige Controller, besser zu verstehen, welche Rolle Hendley in der amerikanischen Geheimdienstgemeinschaft tatsächlich spielte.

Der IT-Direktor des Unternehmens – Tong scrollte den Bericht auf seinem Monitor ein Stück nach unten, um noch einmal nachzusehen, wie der Mann denn hieß, Gavin Biery, seltsamer Name – wurde von Tongs Programmierern als äußerst fähig eingestuft. Obwohl sie ihren RAT jetzt erfolgreich eingeschleust hatten, würde es länger als gewöhnlich dauern, um die ersten größeren Informationsmengen herauszuziehen.

Tong konnte den ersten Bericht kaum erwarten. Er hatte ursprünglich daran gedacht, Crane und seinen Männern zu befehlen, Hendleys Operationen durch nackte Gewalt zu beenden. Wenn er damals gewusst hätte, dass sie der CIA bei Zhas Entführung helfen würden, hätte er das entweder in Istanbul oder in ihren Büros in West Odenton bestimmt getan. Doch nun betrachtete sie Tong als »den Teufel, den er kannte«. Er war in ihr Netzwerk eingedrungen, er konnte sehen, wer sie waren und was sie taten. Indem er ihre Operationen aufdeckte, konnte er sie kontrollieren.

Eines war jedoch klar. Sollte Hendley Associates wieder zu einem Problem für seine eigenen Operationen werden, konnte er immer noch Crane und die anderen Männer des Göttlichen Schwerts dorthin schicken.

Der Vorsitzende der Zentralen Militärkommission Su Ke Qiang hielt seine Rede zwar vor den Studenten und Dozenten der Marineuniversität für Ingenieurwesen in Wuhan, aber in Wirklichkeit waren die Männer und Frauen im Publikum nur notwendige Statisten. Seine Botschaft galt ganz klar der gesamten internationalen Gemeinschaft.

Im Gegensatz zu Präsident Wei hatte Su kein Interesse daran, sich als charmant oder gewandt darzustellen. Er war ein stattlicher Mann mit einer großen ordensgeschmückten Brust, und seine Vorstellungen von persönlicher Macht waren eng verknüpft mit seinen Plänen für sein Vaterland und die Stärkung der Volksbefreiungsarmee.

In seinen einleitenden Worten rühmte er Armee und Marine und versprach den Studenten, dass er alles in seiner Macht Stehende tun werde, damit sie die Ausrüstung, Technik und Ausbildung bekämen, die sie für die Abwehr der Gefahren benötigten, die die chinesische Zukunft bedrohten.

Die Beobachter im Westen erwarteten eine weitere Rede des Vorsitzenden Su, die geprägt war von Wortgetöse und vagen ominösen Warnungen an den Westen und verklausulierten Drohungen über die Durchsetzung chinesischer Gebietsansprüche, ohne irgendwelche konkreten Einzelheiten zu nennen.

Dieselbe Rede eben, die er mehr oder weniger hielt, seitdem er kurz nach dem Krieg mit Russland und den USA zum Dreisternegeneral in der Generalstabsabteilung ernannt worden war.

Aber heute war alles anders. Heute wurde er konkret.

In seinem Text, den er von einem Manuskript und nicht vom Teleprompter ablas, sprach er zuerst über die jüngsten Luftgefechte über der Taiwan-Straße, die er als zwangsläufiges Ergebnis der Torheit Amerikas darstellte, Kampfflugzeuge in eine dicht bevölkerte, aber bisher absolut friedliche Weltgegend zu schicken. Darauf sagte er wörtlich: »Angesichts der neuen Gefahr verbietet China hiermit allen internationalen Kriegsschiffen den Aufenthalt in der Taiwan-Straße und im Südchinesischen Meer mit Ausnahme derer, die sich in nationalen Küstengewässern befinden, und derjenigen, die die Erlaubnis bekommen haben, chinesisches Territorium zu durchqueren. Ich wiederhole: Alle Nationen, die keine Staatsgrenzen im Südchinesischen Meer haben, werden China um Erlaubnis bitten müssen, wenn sie sein Territorium durchqueren wollen.

Dies gilt natürlich auch für alle Unterseeboote.

Jedes Kriegsschiff, das in dieses Sperrgebiet ohne Erlaubnis einfährt, wird als Angreifer betrachtet und entsprechend behandelt werden. Zum Wohle des Weltfriedens und der internationalen Stabilität fordern wir die Weltgemeinschaft auf, dieser Aufforderung nachzukommen. Ich spreche hier ja über das Hoheitsgebiet der Volksrepublik China. Wir werden mit unseren Schiffen nicht die Themse in London oder den Hudson in New York hinauffahren. Wir bitten nur, dass uns die anderen Nationen dieselbe Gefälligkeit erweisen.«

Die Studenten und Dozenten der Marineuniversität für Ingenieurwesen klatschten und brachen in lauten Jubel aus, was zu einem äußerst seltenen Ereignis führte. Der Vorsitzende Su blickte von seinem Manuskript auf und lächelte.

Der Ausschluss ausländischer Kriegsschiffe aus dem Südchinesischen Meer bereitete einigen Nationen sofort Schwierigkeiten, allen voran Indien. Das Land hatte zwei Jahre zuvor einen Vertrag mit Vietnam abgeschlossen, in einem Teil der Ausschließlichen Wirtschaftszone Vietnams in den internationalen Gewässern vor dessen Küste nach Öl und Erdgas suchen zu dürfen. Bisher war diese Suche nicht sehr erfolgreich verlaufen. Trotzdem hatte Indien zwei Korvetten, die *Kora* und die *Kulish,* sowie die größere Fregatte *Sapura* ins Südchinesische Meer geschickt, die jetzt nur zweihundert Kilometer vor der chinesischen Küste mehr als ein Dutzend Erkundungsschiffe schützten.

Am Tag nach der Rede des Vorsitzenden Su stiegen chinesische Kampfflugzeuge von der Insel Hainan vor der Südküste Chinas auf und donnerten im Tiefflug auf bedrohliche Weise über die indischen Schiffe hinweg. Drei Tage nach der Rede rammte ein chinesisches Diesel-U-Boot die *Kulish* und verletzte dabei mehrere indische Matrosen.

Indien nahm diese Provokation nicht tatenlos hin. Neu-Delhi verkündete öffentlich, dass die Vietnamesen einen indischen Flugzeugträger zu einem Hafenbesuch in Da Nang, der drittgrößten vietnamesischen Stadt, eingeladen hätten. Der Flugzeugträger, der bereits vor der Westküste Malaysias kreuzte, würde zusammen mit einigen Unterstützungsschiffen die Straße von Malakka durchqueren und dann die Westküste Vietnams hinauffahren.

Die wütenden Chinesen verlangten sofort, dass die Inder ihren Flugzeugträger aus dem Südchinesischen Meer heraushalten sollten. Ein zweiter Rammstoß eines chinesischen U-Boots gegen eine indische Korvette zeigte, dass es die Volksbefreiungsmarine tödlich ernst meinte.

In Washington erfüllte Präsident Ryan die mögliche Anwesenheit eines indischen Flugzeugträgers im Südchinesischen Meer mit größter Sorge. Er schickte deshalb seinen Außenminister Scott Adler nach Neu-Delhi, der den indischen Ministerpräsidenten dringend bat, auf diese Aktion zu verzichten und die anderen indischen Schiffe in diesem Meeresgebiet so lange in die vietnamesischen Hoheitsgewässer zu verlegen, bis man eine diplomatische Lösung für dieses Problem gefunden habe.

Die Inder wollten jedoch auf keinen Fall klein beigeben.

47

Melanie Kraft und Jack Ryan jr. hatten es richtig genossen, zum ersten Mal seit über einer Woche abends miteinander ausgehen zu können. Sie hatte die ganze Zeit Überstunden machen müssen, und er war kurzfristig verreist gewesen. Er erzählte ihr, er sei in Tokio gewesen. Er hatte schon mehrmals Geschäftsreisen dorthin unternommen. Außerdem erklärte das seinen leichten Jetlag.

Heute Abend hatten sie Jacks Lieblingsrestaurant besucht, das Old Ebbitt Grill, das direkt neben dem Weißen Haus lag. Ryan hatte hier oft mit seiner Familie gegessen, als er noch jünger war, und später traf er sich einmal in der Woche mit seinen Freunden dort, als er in Georgetown studierte. An diesem Abend schmeckte es ihm dort so hervorragend wie früher, vielleicht sogar noch besser, da er in Hongkong verständlicherweise keine Zeit gehabt hatte, sich in ein schönes Restaurant zu setzen und ein gutes Essen zu genießen.

Nach dem Dinner fragte er Melanie, ob sie mit ihm nach Columbia komme, und sie willigte mit Freuden ein. Zurück in seiner Wohnung machten sie es sich auf dem Sofa bequem. Sie schauten eine Zeit lang Fernsehen, was bedeutete, dass sie während fünfzig Prozent der eigentlichen Sendungen und hundert Prozent der Werbespots miteinander knutschten.

Gegen elf meinte Melanie, sie müsse einmal auf die Toilette. Sie nahm ihre Handtasche mit. Als sie allein war, holte sie einen USB-Speicherstick mit einer speziellen iPhone-Anschlussbuchse heraus. Das Gerät war nicht größer als eine Streichholzschachtel, und Lipton hatte ihr erklärt, dass sie es nur an Jacks Telefon anschließen müsse, dann werde es das Ortungsprogramm automatisch in etwa dreißig Sekunden hochladen.

Ihre Hände schwitzten, und ein riesengroßes Schuldgefühl drohte sie zu überwältigen.

Sie hatte die ganze letzte Woche Zeit gehabt, darüber nachzudenken und eine Rechtfertigung für ihr Handeln zu finden. Natürlich war ein Positionsanzeiger in seinem Telefon besser als ein ganzes Überwachungsteam, das ihn vierundzwanzig Stunden am Tag beschattete. Da sie außerdem nicht glaubte, dass er in irgendetwas Unethisches, geschweige denn Ungesetzliches verwickelt war, würde diese Überwachung seiner Bewegungen auch zu nichts führen, dessen war sie sich sicher.

Aber in den Augenblicken, wo sie ehrlich zu sich war, gestand sie sich ein, dass sie das Ganze aus reiner Selbsterhaltung tat. Sie würde das keinesfalls tun, wenn ihre Vergangenheit sie nicht bedrohte und dazu zwänge.

»Nimm dich zusammen«, flüsterte sie vor sich hin, steckte den kleinen Stick in die Hosentasche und betätigte die Toilettenspülung.

Ein paar Minuten später saß sie wieder neben Jack auf der Couch. Sie wollte die Ortungsfunktion noch vor dem Schlafengehen aufspielen. Jack hatte einen sehr leichten Schlaf, und sie glaubte keine Sekunde, dass sie auf seine Seite des Bettes schlüpfen und das Gerät anschließen könnte, ohne dass er sofort aufwachte. Im Moment lag sein iPhone neben ihm unter der Lampe des Seitentischchens. Sie musste einfach abwarten, bis er auf die Toilette, in die Küche oder vielleicht auch ins Schlafzimmer ging, um sich seinen Trainingsanzug anzuziehen.

Wie aufs Stichwort stand Jack auf. »Ich mache mir einen Schlummertrunk. Möchtest du auch etwas?«

Ihre Gedanken überschlugen sich. Um was konnte sie ihn nur bitten, das ihn eine Minute lang beschäftigen würde?

»Was holst du dir denn?«

»Einen Maker's Mark.«

Sie dachte nach. »Hast du einen Baileys Irish Cream?«

»Aber klar doch.«

»Mit Eis, bitte.«

Jack verschwand durch die offene Küchentür, und Melanie beschloss, diesen Moment zu nutzen. Sie würde ja gut hören können, wie er das Eis für ihre Drinks aus dem Kühlschrank holte. Sie wusste, dass er so lange nicht plötzlich im Wohnzimmer auftauchen würde.

Sie hechtete zur anderen Seite der Couch hinüber, schnappte sich das iPhone und zog den FBI-Tracker aus der Hosentasche. Sie steckte die beiden Geräte zusammen, wobei sie die ganze Zeit ihre Augen auf die Küchentür gerichtet hielt.

Dreißig Sekunden. Sie zählte sie im Geist mit, obwohl Lipton ihr erklärt hatte, dass das Gerät sanft vibrieren würde, wenn das Hochladen erfolgreich abgeschlossen war.

Sie hörte, wie sich in der Küche Schranktüren öffneten und schlossen und wie jemand eine Flasche auf die Anrichte stellte.

Mach schon! Sie wollte den verdammten Transfer durch ihre Willenskraft beschleunigen.

Fünfzehn, sechzehn, siebzehn ...

Jack räusperte sich. Es klang, als ob er vor dem Spülbecken stehen würde.

Vierundzwanzig, fünfundzwanzig, sechsundzwanzig ...

Im Fernsehen begannen die Elf-Uhr-Nachrichten. Die erste Meldung handelte von Navy-Jets, die sich mit chinesischen Kampfflugzeugen über der Taiwan-Straße Feuergefechte geliefert hatten.

Melanie schaute zur Küche hinüber. Sie hatte Angst, Jack könnte ins Wohnzimmer zurückeilen, um die Nachrichten nicht zu verpassen.

Dreißig. Sie wollte gerade den Stick herausziehen, als ihr klar wurde, dass sie keine Vibrationen gespürt hatte.

Verdammt! Melanie zwang sich zu warten. Sie hatte auch noch nicht das typische Klingeln von Eiswürfeln gehört, deshalb nahm sie an, Jack werde noch eine Weile in der Küche bleiben.

Das Gerät in ihrer linken Hand summte. Sofort trennte sie die beiden Geräte, ließ den FBI-Stick in ihre Tasche gleiten und wollte das iPhone zurück auf den Tisch legen. Plötzlich zögerte sie.

Wie herum hatte es gelegen?

Sie konnte sich nicht erinnern. *Scheiße.* Sie schaute das Tischchen und das Telefon an und versuchte sich zu erinnern, wie genau es zuvor dagelegen hatte. Nach nicht einmal einer Sekunde drehte sie es um und legte es zurück auf den Tisch.

Erledigt.

»Was machst du denn da mit meinem Handy?«

Melanie schreckte hoch, während sie sich zur Küche umdrehte. Jack stand mit einem Glas Baileys in der Hand in der Tür.

»Was meinst du?«, fragte sie mit leicht zittriger Stimme.

»Was hast du mit meinem Handy gemacht?«

»Ich habe nur nach der Uhrzeit geschaut.«

Jack stand nur da und blickte sie an.

»Was ist los?«, fragte sie vielleicht etwas zu gereizt, wie ihr sofort klar wurde.

»Dein eigenes Handy liegt doch da drüben.« Er nickte in Richtung der Seite der Couch, wo sie zuvor gesessen hatte. »Jetzt mal im Ernst, was geht hier vor?«

»Was meinst du damit?« Melanie schlug das Herz so laut bis zum Hals, dass sie sich sicher war, dass Jack es hören konnte.

»Warum hast du dir mein Handy angeschaut?«

Die beiden starrten sich ein paar Sekunden an, während in der Nachrichtensendung immer noch über den Krieg über Taiwan berichtet wurde.

Schließlich sagte Melanie: »Weil ich wissen wollte, ob es da eine andere gibt.«

»Eine andere?«

»Ja. Komm schon, Jack. Du gehst die ganze Zeit auf Reisen, wir sprechen nie miteinander, wenn du unterwegs bist, und du kannst mir nie sagen, wann du wieder zurück bist. Du kannst es mir ruhig erzählen, ich bin ein großes Mädchen. Hast du eine andere?«

Jack schüttelte ganz langsam den Kopf. »Natürlich nicht. Mein Job ... mein Job verlangt eben, dass ich manchmal ganz plötzlich irgendwo hinreise. Das war schon immer so. Vor letzter Woche bin ich doch monatelang daheim gewesen.«

Melanie nickte. »Ich weiß. Das war dumm. Ich hätte nur gern dieses letzte Mal etwas von dir gehört.«

Jack seufzte. »Es tut mir leid. Ich hätte mir die Zeit nehmen müssen, dich mal anzurufen. Du hast schon recht.«

Melanie stand auf, ging zu ihm hinüber und nahm ihn fest in den Arm. »Ich bin im Moment nur etwas gestresst. Das sind die Hormone. Es tut mir leid.«

»Das muss dir nicht leidtun. Ich wusste wirklich nicht, dass es dir etwas ausmacht.«

Melanie Kraft nahm ihm das Glas aus der Hand und lächelte.

»Hast du das Eis vergessen?«

Jack schaute das Glas an. »Die Flasche war im Gefrierfach. Das Ganze ist im Grunde ein Milkshake. Ich dachte, es würde so gehen.«

Melanie nippte daran. »Mensch, das ist wirklich gut.«

Sie drehte sich um und wollte mit ihrem Drink zum Sofa zurückkehren, aber Jack stand noch einen Moment da und betrachtete sein Handy.

Er wusste, dass sie irgendwie Verdacht geschöpft hatte, und er hatte ihr dazu auch wahrlich genug Gründe gegeben. Er mochte es zwar nicht, dass er sie dabei ertappt hatte, wie sie ihm nachspionierte, aber er konnte sie doch auch wieder verstehen. Er ließ es dabei bewenden und nahm sich vor, künftig besser auf ihre Befindlichkeit zu achten.

Walentin Kowalenko saß an seinem kleinen Schreibtisch in der möblierten Mietwohnung, die er sich in Washington besorgt hatte. Er hatte sich gerade bei Cryptogram eingeloggt, um Center mitzuteilen, dass er vor Ort war und auf weitere Instruktionen wartete.

Die zwei letzten Tage waren äußerst ereignisreich gewesen. Er war aus der Wohnung in Barcelona ausgezogen, mit dem Zug nach Madrid gefahren und von dort nach Charlotte, North Carolina, geflogen. Diese Reise in die USA hatte ihn ziemlich mitgenommen. Er wusste, dass er hier ähnlich gefährdet war wie in seinem Heimatland. Um die Angst vor den Einreiseformalitäten zu überwinden, hatte er sich noch im Flugzeug ziemlich angetrunken. Als sie auf dem Flughafen ankamen, hatte ihn der Alkohol so weit beruhigt, dass er die Zoll- und Passkontrolle gefasst, wenn auch leicht beduselt ohne größere Probleme durchlaufen hatte.

In Charlotte hatte er sich ein Auto gemietet und war dann die ganze Küste bis D.C. hinaufgefahren. Eine Nacht verbrachte er im Hotel und bezog dann diese Untergeschosswohnung unterhalb der Haupteingangstreppe eines stattlichen Sandsteinhauses im feinen Viertel um den Dupont Circle.

Es war jetzt acht Uhr abends. Tatsächlich wäre er bereits seit der Mittagszeit einsatzfähig gewesen, aber noch bevor er sein Laptop aus seiner Reisetasche geholt oder sein Mobiltelefon eingeschaltet hatte, hatte er versucht, zu einem Bekannten in der russischen Botschaft Kontakt aufzunehmen. Dabei war er nicht einmal sicher, ob der alte SWR-Kollege überhaupt noch in Washington stationiert war. Er fand eine Telefonzelle außerhalb eines Postamts und rief von dort die örtliche Telefonauskunft an.

Der Mann war nicht unter seinem eigenen Namen aufgeführt, was kaum überraschend war, aber Kowalenko probierte eine Reihe von Decknamen aus, die der Mann bei Auslandseinsätzen benutzt hatte. Erst als auch diesen keine Nummer zuzuordnen war, akzeptierte er die Tatsache, dass er sich seiner Verpflichtungen gegenüber Centers Organisation nicht einfach durch einen Anruf bei einem alten Freund entledigen konnte.

Nachdem er eine längere Sicherheitsrunde gedreht hatte, um potenzielle Verfolger abzuschütteln, ging er zur russischen Botschaft in der Wisconsin Avenue, wagte es jedoch nicht, sich ihr zu sehr zu nähern. Er stellte sich einen Block von ihr entfernt auf und beobachtete eine Stunde lang die Männer und Frauen, die das Gebäude betraten und verließen. Er hatte sich seit einer Woche nicht mehr rasiert, was seine Tarnung sicher noch verstärkte, aber er wusste, dass er nicht allzu lange bleiben durfte. Auf dem Heimweg in sein Viertel drehte er erst einmal eine weitere Sicherheitsrunde und wechselte dann mehrmals den Bus.

In einem Schnapsladen an der 18. Straße in der Nähe seines Apartments kaufte er sich eine Flasche Ketel One und ein paar Flaschen Bier, kehrte in seine Wohnung zurück, legte den Wodka ins Gefrierfach und kippte die Biere hinunter.

Sein Nachmittag war also ein völliger Fehlschlag gewesen. Jetzt saß er an seinem Computer und wartete auf Centers Antwort.

Auf dem schwarzen Bildschirm erschien plötzlich ein grüner Text. »Sie sind einsatzbereit?«

»Ja«, tippte er ein.

»Wir haben für Sie einen äußerst dringenden Einsatz.«

»Okay.«

»Aber zuerst müssen wir über Ihre heutigen Bewegungen sprechen.«

Kowalenko fühlte einen stechenden Schmerz in der Brust. *Nein. Die können mich unmöglich aufgespürt haben.* Er hatte sein Handy auf dem Schreibtisch in seiner Wohnung liegen lassen, und sein Laptop war nicht einmal ausgepackt gewesen. Er hatte keine Computer benutzt, und er hatte auf seinen Sicherheitsrunden niemand entdeckt, der ihn beschattete.

Sie mussten bluffen.

»Ich habe genau das getan, was Sie verlangten.«

»Sie sind zur russischen Botschaft gegangen.«

Der Schmerz in seiner Brust wurde noch stärker. Er drohte in Panik zu geraten, kämpfte jedoch dagegen an. Sie blufften immer noch, da war er sich sicher. Es war für sie nicht schwer zu erraten, dass er mit ehemaligen SWR-Kollegen Verbindung aufnehmen wollte, sobald er in Washington eingetroffen war. Er hatte sich immerhin gute hundert Meter von der Botschaft entfernt gehalten.

»Sie raten«, schrieb er. »Und Sie haben falsch geraten.«

Ohne Vorwarnung tauchte in seinem Cryptogramfenster ein Foto auf. Es zeigte Kowalenko, wie er in einem kleinen Park gegenüber der russischen Botschaft in der Wisconsin Avenue saß. Es stammte ganz klar von heute Nachmittag. Es sah aus, als ob es von einer Verkehrsüberwachungskamera aufgenommen worden wäre.

Walentin schloss einen Augenblick die Augen. Sie waren tatsächlich überall.

Er stürmte in die Küche und holte die Flasche Ketel One aus dem Gefrierfach. Er holte ein Wasserglas aus dem Schrank und goss sich zwei Fingerbreit eiskalten Wodka ein. Er kippte das ganze Glas auf einen Zug hinunter und füllte es dann erneut auf.

Eine Minute später saß er wieder an seinem Schreibtisch. »Was zum Teufel wollen Sie von mir?«

»Ich will, dass Sie unsere Vorschriften beachten.«

»Und was machen Sie, wenn ich das nicht tue? Schicken Sie mir die Petersburger Mafia auf den Hals? Hier in Amerika? Das glaube ich nicht. Sie können eine Überwachungskamera hacken, aber Sie können mich hier nicht behelligen.«

Eine ganze Weile kam keine Antwort. Walentin schaute auf seinen Computer, während er das zweite Glas Wodka leerte. Gerade als er das leere Glas auf seinen kleinen Schreibtisch stellte, klopfte es hinter ihm an der Tür.

Kowalenko fuhr hoch und wirbelte blitzschnell herum. Der Schweiß, der sich in den letzten Minuten auf seiner Stirn gebildet hatte, tropfte ihm in die Augen.

Er schaute auf sein Cryptogramfenster hinunter. Immer noch keine Antwort.

Und dann ... »Öffnen Sie die Tür.«

Kowalenko hatte keine Waffe, er war nicht die Art von Geheimagent. Er rannte in seine kleine Küche und zog ein langes Küchenmesser aus der Schublade. Er kehrte ins Wohnzimmer zurück und richtete die Augen auf die Tür.

Er eilte zum Computer hinüber und tippte mit zitternden Händen ein: »Was geht hier vor?«

»Sie haben einen Besucher. Öffnen Sie die Tür, oder er bricht sie auf.«

Kowalenko lugte durch das kleine Fenster direkt neben der Tür, sah jedoch nichts außer den Stufen, die zur Straße hinaufführten. Er entriegelte die Tür und öffnete sie, wobei er sein Messer dicht an den Körper hielt.

Jetzt sah er in der Dunkelheit eine Gestalt neben dem Mülleimer unter der Haupteingangstreppe stehen. An seiner Statur merkte Kowalenko, dass es sich um einen Mann handelte, der jedoch regungslos wie eine Statue dastand. Walentin konnte seine Gesichtszüge nicht erkennen.

Kowalenko ging rückwärts in sein Wohnzimmer zurück, während die Gestalt sich auf ihn zubewegte, sich vor die Wohnungstür stellte, aber nicht eintrat.

Im Licht des Wohnzimmers sah Kowalenko einen Mann von etwa Ende zwanzig. Er war stämmig gebaut und athletisch, mit einer eckigen Stirn und vorspringenden hohen Backenknochen. Für den Russen sah er wie eine Kreuzung zwischen einem Asiaten und einem Indianerkrieger aus. Seine Miene war ernst und streng. Er trug eine schwarze Lederjacke, schwarze Jeans und schwarze Tennisschuhe.

»Sie sind nicht Center.« Walentin äußerte das als Feststellung.

»Ich bin Crane«, war die Antwort. Kowalenko merkte sofort, dass der Mann Chinese war.

»Crane.« Kowalenko wich einen weiteren halben Schritt zurück. Der Mann war wirklich extrem einschüchternd. Auf den Russen wirkte er wie ein eiskalter Killer, wie ein Wesen, das nicht Teil der zivilisierten Gesellschaft war.

Crane zog den Reißverschluss seiner Jacke auf und öffnete sie. In seinem Hosenbund steckte eine schwarze Automatikpistole. »Legen Sie dieses Messer weg. Wenn ich Sie ohne Erlaubnis töte, wird Center böse auf mich werden. Ich möchte nicht, dass Center böse auf mich ist.«

Walentin wich noch ein Stück weiter zurück, bis er an seinen Schreibtisch stieß, auf den er jetzt sein Messer legte.

Crane griff nicht an seine Waffe. Es wurde jedoch deutlich, dass er sie bewusst vorzeigen wollte. Er sprach Englisch mit einem schweren Akzent. »Wir sind immer hier in Ihrer Nähe. Wenn Center mir befiehlt, Sie zu töten, sind Sie tot. Verstehen Sie mich?«

Kowalenko nickte nur.

Crane deutete auf den Laptop auf dem Schreibtisch hinter dem Russen. Walentin drehte sich um und schaute darauf. In diesem Moment erschien auf der Cryptogrammaske ein neuer Textabschnitt.

»Crane und seine Männer sind Verstärkungskräfte für unsere Operation. Wenn ich alle meine Pläne nur mithilfe einer Computertastatur umsetzen könnte, würde ich das tun. Aber manchmal müssen andere Maßnahmen ergriffen werden. Dafür verwenden wir Leute wie Sie. Und Leute wie Crane.«

Als Kowalenko von seinem Computer hochschaute, war Crane verschwunden. In aller Eile schloss Walentin die Tür und verriegelte sie sorgfältig.

Er kehrte zum Schreibtisch zurück und tippte: »Meuchelmörder?«

»Crane und seine Männer haben ihre Aufgaben. Eine davon ist, sicherzustellen, dass Sie unseren Anweisungen folgen.«

Walentin fragte sich, ob er nicht die ganze Zeit für den chinesischen Geheimdienst gearbeitet hatte.

Wenn er darüber nachdachte, deutete einiges darauf hin, während anderes dagegen sprach.

Er tippte mit immer noch zitternder Hand: »Es ist eine Sache, mit der russischen Mafia zusammenzuarbeiten. Es ist jedoch ganz etwas anderes, Killerteams in den Vereinigten Staaten einzusetzen. Das hat nichts mehr mit Industriespionage zu tun.«

Die für Center ungewöhnlich lange Pause war beunruhigend. Walentin fragte sich, ob er diesen Verdacht nicht besser bei sich behalten hätte.

»Es geht immer ums Geschäft.«

»Bockmist!«, rief Kowalenko in sein Apartment hinein, ohne dies jedoch einzutippen.

Als er nicht antwortete, tauchte auf Cryptogram eine neue Zeile auf. »Sind Sie bereit, Ihren nächsten Auftrag entgegenzunehmen?«

»Ja«, tippte Kowalenko.

»Gut.«

48

Wer das Meer beherrscht, hat die Macht.« Dies war das Motto der INS *Viraat,* des indischen Flugzeugträgers, der auf den Tag genau eine Woche nachdem allen ausländischen Kriegsschiffen der Zugang zum Südchinesischen Meer verboten worden war, in Da Nang anlegte.

Die *Viraat* hatte ihre Karriere im Jahr 1959 als britische HMS *Hermes* begonnen und war jahrzehntelang unter dem Union Jack gefahren, bevor sie in den 1980er-Jahren nach Indien verkauft wurde. Niemand würde behaupten wollen, der Flugzeugträger sei auf dem letzten Stand der Technik, aber eine kürzlich erfolgte Nachrüstung durch die indische Marine hatte das Leben der *Viraat* um ein paar Jahre verlängert. Ob nun neue oder alte Technik, sie war auf jeden Fall ein wichtiges Symbol der indischen Nation.

Mit ihren knapp dreißigtausend Tonnen war sie weniger als ein Drittel so groß wie die *Ronald Reagan,* ein Flugzeugträger der *Nimitz*-Klasse. Ihre Besatzung bestand aus 1750 Seeleuten und Piloten. An Bord waren vierzehn Harrier-Kampfflugzeuge und acht Sea-King-Kampfhubschrauber stationiert.

Am zweiten Tag ihres Hafenbesuchs in Da Nang patrouillierte einer ihrer Sea-King-Helikopter gerade über der indischen Ölsuchzone, als er ein chinesisches U-Boot der *Song*-Klasse sichtete, das sich auf ein indisches Ölsuchschiff zubewegte. Tatsächlich rammte und beschädigte das Unterseeboot das indische Schiff ein paar Minuten später. Es begann zu sinken, und seine fünfunddreißig zivilen Besatzungsmitglieder mussten in die Rettungsboote steigen. Von dort las sie der Sea King auf und brachte sie auf benachbarte Schiffe in Sicherheit. Zuvor hatte er jedoch die INS *Kamorta* zur Unterstützung gerufen, eine Korvette, die die *Viraat* ins Südchinesische Meer begleitet hatte und vor allem für die Bekämpfung von U-Booten geeignet war. Die *Kamorta* fuhr mit Höchstgeschwindigkeit in dieses Gebiet, und es gelang ihr, das U-Boot der *Song*-Klasse mit ihrem Zielradar zu erfassen.

Daraufhin feuerte sie von ihrem an Deck montierten, hufeisenförmigen RBU-600-Raketenwerfer sowjetischer Bauart eine 213-mm-Rakete ab. Sie flog fünf Kilometer durch die Luft und tauchte dann ins Wasser. Sie sank auf eine Tiefe von zweihundertfünfzig Metern hinab, explodierte allerdings zu früh, sodass an dem U-Boot, das hundert Meter tiefer getaucht war, keinerlei Schaden entstand.

Auch eine zweite Rakete verfehlte ihr Ziel, und das U-Boot konnte entkommen. Trotzdem war das genau der Vorwand, auf den die Chinesen gewartet hatten.

Drei Stunden nach dem Angriff auf das chinesische U-Boot ging kurz nach Einbruch der Dunkelheit die *Ningbo,* ein chinesischer Lenkraketenzerstörer, der im Gebiet zwischen Hainan und der vietnamesischen Küste kreuzte, auf Gefechtsstation. Er feuerte vier SS-N-22-Raketen, NATO-Codename Sunburn, in Russland entwickelte Antischiffsflugkörper, ab. Die Sunburns rasten mit Mach 2,2 über das Wasser und waren damit dreimal so schnell wie die amerikanische Harpoon-Antischiffsrakete. Ihr bordeigenes Radarzielsystem ließ sie direkt auf das größte Schiff innerhalb ihrer Reichweite zufliegen.

Die *Viraat*.

Als sich die pfeilschnellen, dreihundertzwanzig Kilogramm schweren, panzerbrechenden Sprengköpfe ihrem Ziel näherten, feuerte die *Viraat* in dem verzweifelten Versuch, die Sunburns vor dem Einschlag abzufangen, Flugabwehrraketen des SAM-Typs ab. Wie durch ein Wunder konnte die erste SAM die erste anfliegende Rakete nur vier Kilometer vor dem Flugzeugträger zerstören. Die drei restlichen SS-N-22 schlugen jedoch einen Augenblick später auf der Steuerbordseite in den Rumpf des großen Schiffes ein, wobei die zweite Rakete so dicht unter dem Deck in den Schiffskörper eindrang, dass dadurch drei Sea-King-Hubschrauber in einem riesigen Feuerball in die Luft flogen und deren Trümmer zwei auf dem Deck vertäute Harrier zerstörten.

Der Flugzeugträger sank nicht. Die drei Gefechtsköpfe reichten nicht aus, um das Dreißigtausend-Tonnen-Schiff zu versenken. Aber den Raketen war ein »Mission Kill« gelungen, das heißt, sie hatten den Träger kampfunfähig gemacht.

Gleichzeitig wurden über zweihundert Seeleute und Piloten getötet. Die Begleitschiffe der *Viraat* eilten ihrem Mutterschiff zu Hilfe, um beim Löschen der Brände zu helfen und Besatzungsmitglieder aus dem schwarzen Wasser zu ziehen.

Zwei Harrier-Piloten, die zur Zeit des Angriffs in der Luft waren, fanden keinen Ort mehr, wo sie landen konnten. Da sie nicht genug Sprit hatten, um es bis zu einem Ausweichflugplatz in Vietnam zu schaffen, betätigten sie über dem Ozean ihren Schleudersitz und überlebten, während ihre Maschinen in den Wellen versanken.

Während die chinesische Führung den Angriff sofort als Verteidigungsmaßnahme gegen die indische Attacke auf ihr U-Boot deklarierte, wurde der ganzen Welt deutlich, dass China bereit war, für den alleinigen Besitz des Südchinesischen Meers auch einen Krieg zu beginnen.

Walentin Kowalenko holte bei einer Mietwagenfirma in der Nähe des Ronald-Reagan-Flughafens einen weißen Nissan Maxima ab und fuhr mit ihm über die Francis Scott Key Bridge nach Georgetown hinein. Er musste wieder einmal eine Hilfsmission für Center erledigen. So viel hatte er zumindest den Instruktionen vom gestrigen Abend entnommen. Er sollte einen Wagen abholen und dann eine Örtlichkeit erkunden, die nur etwas mehr als drei Kilometer von seiner Wohnung entfernt lag.

Wie gewöhnlich wusste Kowalenko außer seinen konkreten Anweisungen nicht das Geringste über diese Operation.

Er fuhr einige Minuten durch Georgetown, bevor er sich seinem Zielort näherte, um sicherzugehen, dass ihm niemand folgte. Natürlich gehörte das zu seinem Handwerk, aber Walentin achtete dabei nicht nur auf gegnerische Beschatter. Er verwandte ebenso viel Zeit darauf, nach Center oder jemand von der Organisation, für die er gegenwärtig tätig war, Ausschau zu halten wie nach örtlichen Polizisten oder amerikanischen Spionageabwehragenten.

Er bog von der Wisconsin Avenue in die Prosper Street ein, eine ruhige zweispurige Wohnstraße mit stattlichen Häusern im Federal Style und aus frühviktorianischer Zeit, es gab außerdem eine Grundschule und einige kleine Einzelhandelsgeschäfte. Kowalenko gab acht, dass er nicht die Geschwindigkeitsbeschränkung überschritt, während er nach der Adresse suchte, die man ihm genannt hatte.

3333.

Er fand sie auf der rechten Seite. Es war ein zweistöckiges, etwa zwei Jahrhunderte altes Haus auf einer kleinen Anhöhe, das auf der einen Seite von einer Schule aus rotem Backstein und auf der anderen von einem zweigeschossigen Zweifamilienhaus eingefasst war. Ein schwarzer schmiedeeiserner Zaun umgab das Anwesen. Vor dem Haus wuchsen Bäume und Büsche, und die Fassade war mit Efeu überzogen. Das Ganze wirkte wie ein verwunschenes Haus aus einem Hollywoodfilm. Direkt an der Straße stand eine Garage. Vom Eingangstor unten am Gehsteig führte eine gewundene Steintreppe zum Haus hinauf.

Walentin fuhr um die Ecke und hielt auf dem kleinen Kundenparkplatz einer Wäscherei an. Hier hielt er auf einem digitalen Audiorekorder so viele Details über die Umgebung fest wie möglich, damit er sich später bei seinem Bericht an Center an sie erinnerte. Als er damit fertig war, fuhr er um den Block und bog in die Straße ein, die nördlich an dem Anwesen Prosper Street 3333 vorbeiführte. Er fand heraus, dass es zwischen diesen beiden Hauptstraßen direkt hinter diesem Grundstück noch eine kleine Seitengasse gab.

Er parkte sein Auto in der Wisconsin Avenue und ging zu Fuß um das ganze Karree herum. Er nahm sich die Zeit, neben seiner Zieladresse noch zahlreiche Anwesen in deren Umgebung genau in Augenschein zu nehmen.

Vor allem ging er am Schulgelände vorbei und das hintere Seitengässchen hinunter. Dort entdeckte er ein kleines Tor, ein Zugang zur Zieladresse.

Bei seinem Erkundungsgang bemerkte er keinerlei Bewegung im Haus und seiner unmittelbaren Umgebung. Ihm fiel auf, dass die Stufen zur Eingangstür immer noch voll trockenem Herbstlaub waren, das schon eine ganze Zeit dort liegen musste. In die Garage konnte er nicht hineinblicken und wusste auch nicht, ob es von deren Innern einen direkten Zugang zum Haus gab. Insgesamt war er sich jedoch ziemlich sicher, dass das Haus gegenwärtig unbewohnt war.

Er konnte beim besten Willen nicht begreifen, warum sich Center für dieses Anwesen interessierte. Vielleicht suchte er einfach nach einem Grundstück in dieser Gegend. Die Angaben seines Agentenführers, was er über diesen Ort wissen wollte, waren so vage gewesen, dass sich

Walentin inzwischen fragte, ob diese ganze Heimlichtuerei überhaupt nötig gewesen wäre.

Er ging zu seinem Mietwagen in der Wisconsin Avenue zurück und fuhr zum Flughafen hinaus, um ihn dort abzugeben. Danach würde er heimgehen, Center über Cryptogram seine Erkenntnisse übermitteln und sich dann in aller Ruhe betrinken.

John Clark stand regungslos wie ein Standbild auf seiner hinteren Wiese. Ein kalter Herbstwind blies Eichenblätter quer durch sein Sichtfeld, aber er ignorierte sie, als sie an ihm vorbeiflogen.

Plötzlich geriet er in Bewegung. Seine linke Hand peitschte an der Vorderseite seines Körpers vorbei, griff an seinen Hosenbund unter der rechten Seite seiner ledernen Bomberjacke und zog blitzschnell eine schwarze SIG-Sauer-Pistole, Kaliber .45, heraus, auf die ein kurzer, stummelartiger Schalldämpfer aufgeschraubt war. John hob die Pistole auf Augenhöhe und zielte auf eine Silberscheibe von der Größe einer Grapefruit, die zehn Meter entfernt auf Brusthöhe vor einem Kugelfang aus Heuballen an einer Metallkette hing. Clark feuerte einhändig zwei Mal kurz hintereinander auf dieses kleine Ziel, wobei die Schüsse trotz des Schalldämpfers in der kalten Luft kräftig knallten.

Unmittelbar darauf klangen zwei laute metallische »Ping«-Töne quer über die Wiese, als die Kugeln gegen den Stahl schlugen.

John Clark zog mit seiner Rechten die Jacke zur Seite und steckte die gesicherte Pistole zurück in sein Cross-Draw-Gürtelholster. Er hatte in der letzten Woche deutliche Fortschritte gemacht, trotzdem war er mit seiner Leistung nicht zufrieden. Er würde gern doppelt so schnell aus einer doppelt so großen Entfernung schießen.

Aber das würde noch eine Menge Zeit und Energie erfordern. Obwohl John die Zeit hatte – im Moment hatte er nichts als Zeit –, fragte er sich zum ersten Mal in seinem Erwachsenenleben, ob er wirklich noch die Energie aufbrachte, die nötig war, um sein Ziel zu erreichen.

Bei all seiner gewohnten persönlichen Disziplin machte es doch einen großen Unterschied, ob man seine Schießkünste künftig brauchen würde, um das eigene Leben zu retten, oder nicht. Aber er musste zugeben, dass sich die Bewegungen, der Pulverdampf und das Gefühl einer Waffe in seiner Hand – selbst in seiner *linken* Hand – verdammt gut anfühlten.

John füllte auf dem kleinen Holztisch das Magazin wieder auf und nahm sich vor, bis zum Mittagessen noch ein paar Munitionsschachteln zu leeren.

Heute hatte er sowieso nichts anderes mehr vor.

49

Präsident Ryan hatte das Gefühl, inzwischen im Situation Room ebenso viel Zeit zu verbringen wie im Oval Office.

Auch heute waren wieder die üblichen Verdächtigen da. Rechts von ihm saßen Mary Pat Foley und Scott Adler und links von ihm Bob Burgess und Colleen Hurst. Außerdem anwesend waren Arnie van Damm, Vizepräsident Pollan, Botschafter Ken Li und verschiedene hochrangige Generäle und Admiräle aus dem Pentagon.

Auf dem Monitor am anderen Ende des Raums war Admiral Mark Jorgensen, der Kommandeur der Pazifikflotte, zu sehen, der mit einem geöffneten Laptop an einem Konferenztisch saß.

Botschafter Lis Besuch in Washington war Hauptgrund dieses Treffens. Am Tag zuvor hatte ihn der chinesische Außenminister einbestellt und ihm eine Botschaft überreicht, die er persönlich dem Präsidenten der Vereinigten Staaten übergeben sollte. Li war die Nacht durchgeflogen, um am Tag darauf in Washington diesem Auftrag nachzukommen.

Die Botschaft war kurz und bündig. China forderte die Vereinigten Staaten auf, ihre *Ronald-Reagan*-Flugzeugträgergruppe auf eine Entfernung von mindestens dreihundert Seemeilen von der chinesischen Küste zu verlegen, um keine »unbeabsichtigten und bedauerlichen Ereignisse« zu riskieren.

Gegenwärtig lag die *Reagan* neunzig Seemeilen nordöstlich von Taipeh, um mit ihren Flugzeugen Patrouillenflüge über der Taiwan-Straße durchführen zu können. Aus einer Entfernung von dreihundert Seemeilen waren jedoch die meisten regulären Flugoperationen über der Meeresstraße mangels ausreichender Reichweite ihrer Jets nicht mehr möglich.

Ryan wollte sie eigentlich auf keinen Fall zurückziehen, und er wollte Taiwan seine Unterstützung beweisen, aber ihm war ebenfalls klar, dass die *Reagan* in der Feuerlinie Hunderter von Raketen lag, die so schlagkräftig waren wie diejenigen, die die *Viraat* im Südchinesischen Meer getroffen hatten, vielleicht sogar noch schlagkräftiger.

Verteidigungsminister Burgess begann das Treffen, indem er die Teilnehmer über die chinesischen Operationen im Südchinesischen Meer in den Tagen seit dem Angriff auf die *Viraat* informierte. VBAM-Kriegsschiffe hatte man im Süden bis hinunter in indonesische Gewässer gesichtet. Kleine Landungseinheiten hatten mehrere unbewohnte Inseln bei den Philippinen besetzt. Chinas einziger Flugzeugträger, die *Liaoning,* war aus Hainan ins Südchinesische Meer ausgelaufen. Dabei wurde er von einer ganzen Flotte von Raketenfregatten, Zerstörern, Tankschiffen und anderen Versorgungsschiffen begleitet.

»Sie lassen die Muskeln spielen, aber das Ganze ist doch eine eher jämmerliche Veranstaltung«, sagte der Verteidigungsminister.

»Was soll daran jämmerlich sein?«, fragte Ryan.

»Auf diesem *Flugzeug*träger gibt es überhaupt keine Flugzeuge«, antwortete Burgess.

»Was?«, rief Jack verblüfft.

»Er führt etwa 25 Kampf- und Transporthubschrauber mit, aber die Chinesen verfügen nicht über eine einzige trägertaugliche Kampfflugzeug-Staffel. Diese Einsatzfahrt der *Liaoning* ist …« Er zögerte. »Eigentlich wollte ich sagen, reine Show, aber ganz so ist es natürlich nicht. Sie wird bestimmt Angriffe starten und Menschen töten. Sie ist nur kein echter *Flugzeug*träger, weil sie nicht über das entsprechende Potenzial verfügen.«

»Ich habe den starken Verdacht, dass die chinesischen staatlichen Medien irgendwie vergessen werden, zu erwähnen, dass dieser Flugzeugträger keine echten Flugzeuge an Bord hat«, sagte Ryan.

»Davon können Sie ausgehen, Mr. President«, sagte Kenneth Li. »Die meisten Chinesen wird es mit heißem Stolz erfüllen, dass die *Liaoning* ausgelaufen ist, um ihrem Vaterland die Herrschaft über das Südchinesische Meer zu sichern.«

»Hat es über der Taiwan-Straße noch weitere Vorfälle gegeben?«, wollte Ryan als Nächstes wissen.

»Nicht seit dem Angriff auf die *Viraat,* aber das wird bestimmt nicht so bleiben«, erwiderte Burgess. »Über der Straße herrschte in den letzten Tagen schlechtes Wetter. Das war wohl eher der Grund als ein Gefühl auf Seiten der Chinesen, dass sie zu weit gegangen sein könnten.«

Ryan wandte sich wieder an Botschafter Li. »Wenn Sie Ihr Bauchgefühl befragen, was hier wirklich vor sich geht, was würde es Ihnen dann antworten, Ken?«

»Der Angriff auf die *Viraat* hatte nur wenig mit dem Konflikt zwischen China und Indien, sondern weit mehr mit dem Konflikt zwischen China und den Vereinigten Staaten zu tun«, erwiderte der amerikanische Botschafter in China.

»Er war also ein Signal an unsere Navy«, sagte Ryan. »Ein Signal an mich.«

Li nickte. »Ein Signal, das sagen sollte: ›Halte dich raus!‹«

»Die Tötung von mehr als zweihundert armen Seelen kann man wirklich als lautes und deutliches Signal bezeichnen.«

Li stimmte zu.

»Wei wendet sich also direkt an uns, er fordert uns auf, uns nicht in Sachen einzumischen, die uns nichts angehen«, sagte Ryan. »Worauf zielen sie ganz speziell ab, wenn sie uns auf diese Weise drohen? Nur auf unseren Flugzeugträger?«

»Teilweise zielen sie auf unser stärkeres Engagement in dieser Region ab, zum Großteil aber auf unsere ›Kontaktschuld‹, wie man vor Gericht sagen würde. Unsere Verbündeten in dieser Region, und das sind praktisch alle Anrainerstaaten des Südchinesischen Meers, betonen immer wieder ihre guten Beziehungen zu uns und gehen davon aus, dass wir sie im Falle eines Konflikts mit China auf jeden Fall beschützen werden. Diese Einstellung ist zum gegenwärtigen Zeitpunkt nicht gerade hilfreich. Konfrontationen zwischen chinesischen und philippinischen Schiffen, die fast zu einer bewaffneten Auseinandersetzung geführt hätten, haben in letzter Zeit stark zugenommen. Dasselbe gilt für Indonesien und Vietnam.«

»Sind die Chinesen wirklich der Meinung, dass ihnen das gesamte Südchinesische Meer gehört?«

»Das sind sie tatsächlich«, sagte Li. »Sie unternehmen alles, um mithilfe ihrer ständig zunehmenden Macht das chinesische Hoheitsgebiet zu erweitern. Sie möchten die vietnamesische, philippinische, indonesische und indische Marine aus einem Seegebiet vertreiben, das sie als ihr eigenes Territorium betrachten. Dabei ist ihnen das Völkerrecht ziemlich schnuppe. Gleichzeitig heizen sie mit ihren Luft-Luft-Angriffen die bewaffneten Auseinandersetzungen in und über der Taiwan-Straße immer weiter an.«

Li hörte zu reden auf, aber Ryan merkte, dass er noch etwas auf dem Herzen hatte.

»Heraus mit der Sprache, Ken. Ihre Meinung ist für mich äußerst wichtig.«

»Chinas Hegemonialansprüche sind nicht der einzige Grund für den gegenwärtigen Konflikt. Mr. President, Sie sollten auf keinen Fall die starke Animosität der höchsten militärischen Führungsriege gegen Sie persönlich unterschätzen.«

»Sie wollen mir also klarmachen, dass sie mich hassen wie die Pest.«

»Ich ... So etwa. Ja, Sir. Sie wurden durch diesen Krieg gedemütigt, und wenn Sie die Aussagen der chinesischen Generäle lesen, die eigentlich für den Hausgebrauch gedacht waren, dann werden Sie sehen, dass sie den Ruhm und die Ehre Chinas gegenüber den Vereinigten Staaten wiederherstellen wollen.«

Ryan schaute zu Admiral Jorgensen auf dem Monitor hinüber. »Admiral, was halten Sie von dieser chinesischen Botschaft? Sollen wir die *Reagan* zurückziehen?«

Jorgensen wusste natürlich, dass man ihn das fragen würde. Seine Antwort war ausgewogen. »Mr. President, die Chinesen benehmen sich im letzten Monat völlig irrational. Ich glaube, es wäre für sie Selbstmord, wenn sie die *Reagan* oder eines ihrer Unterstützungsschiffe angreifen würden, aber ich kann auch nicht ausschließen, dass sie es nicht trotzdem tun werden. Wenn Sie mich vor einem Monat gefragt hätten, ob die Luftwaffe der VBA auf amerikanische Navy- und Marine-Kampfflugzeuge schießen würde, die über internationalen Gewässern fliegen, hätte ich dies für äußerst unwahrscheinlich gehalten.«

»Verfügen sie über die technologische Fähigkeit, die *Ronald Reagan* ernsthaft zu beschädigen?«

Ohne einen Moment zu zögern, sagte Jorgensen: »Aber ja, Sir. Das ist durchaus möglich. Wir haben zwar ausgezeichnete Raketenabwehrsysteme, aber gegen einen Dauerbeschuss vom Land, vom Wasser und aus der Luft abgefeuerter ballistischer Raketen und Cruise-Missiles sind wir nicht gefeit. Wenn die Chinesen die *Reagan* wirklich versenken wollen, werde ich Ihnen nicht erzählen, dass sie das nicht tun können.«

Nach einer kurzen Pause fuhr Jorgensen fort: »Wenn sie jedoch tatsächlich unsere Fähigkeit beeinträchtigen wollen, ihnen in ihrem Vorgarten Widerstand zu leisten und sie dort zu bekämpfen, würden sie wohl kaum die *Reagan* selbst angreifen. Sie könnten wichtige Versorgungsschiffe versenken, die nicht so gut geschützt sind.«

»Erklären Sie das bitte näher.«

»Unsere atomgetriebenen Flugzeugträger und Unterseeboote können jahrelang ohne einen Brennelementewechsel operieren, aber für den Rest der Flotte, all diese Unterstützungs- und Versorgungsschiffe, gibt es im gesamten Pazifik nur sechs Tanker. Es wäre also den Chinesen durchaus möglich, diese Tankschiffe zu zerstören und dadurch die Mobilität der Siebten Flotte ernsthaft einzuschränken. Unsere Fähigkeit zur Machtprojektion in dieser Region wäre dann äußerst begrenzt. Wir wären wie ein Bär, der an einen Baum gekettet wurde. Der Baum wäre Pearl Harbor, von dem wir uns nicht allzu weit entfernen könnten. In der ganzen Welt haben wir zweihundertfünfundachtzig Schiffe im Einsatz, fünfzig Prozent davon im Westpazifik. Diese chinesischen Antischiffsraketen sind für uns eine echte Gefahr.«

»Diese neuen chinesischen Zugangsverweigerungs-Waffensysteme haben die Machtbalance zuungunsten der Vereinigten Staaten und ihrer Verbündeten in dieser Region verändert, und das wissen sie auch«, sagte Mary Pat Foley. »Sie glauben, wir müssten Idioten sein, um sie unter diesen Umständen auf ihrem eigenen Territorium herauszufordern.«

»Wir glauben, dass genau das hier vorgeht«, ergänzte Burgess. »Sie wollen uns in einen kurzen, heftigen Kampf auf ihrem Gebiet verwickeln, in dem wir eine blutige Nase bekommen und danach heimgehen und daheimbleiben.«

»Und dann schnappen sie sich Taiwan«, sagte Ryan.

»Das ist dann der Goldpokal«, sagte Mary Pat. »Die Chinesen versuchen, die taiwanesische Regierung zu Fall zu bringen. Wenn sie das schaffen, rücken sie an und sammeln die Scherben auf.«

»Sie meinen aber nicht, dass sie im Wortsinne einrücken, oder?«

»Nein, nicht sofort. Es wird keine Invasion in Taiwan geben. Stattdessen werden sie ihre eigenen Leute in Machtstellungen bringen, gegnerische politische Parteien schwächen sowie die Wirtschaft und die politischen Beziehungen der Insel mit ihren Verbündeten schädigen. Wenn sie das tun, müssen sie nicht einmarschieren. Sie müssen nur aufwischen. Sie glauben, dass sie die Republik China erledigen können, indem sie sie langsam und allmählich in die Volksrepublik China integrieren.

Sie haben in letzter Zeit ihre zersetzenden Aktivitäten in Taiwan bedeutend erhöht. Sie versuchen mit allen Mitteln, neue Informanten und Spione zu gewinnen, und sie kaufen sich zudem Politiker, die der VRC Sympathien entgegenbringen.«

Der Präsident besprach die Angelegenheit noch ein paar weitere Minuten, dann lehnte er sich einen Moment in seinen Stuhl am Ende des Tischs zurück und dachte nach. Schließlich schaute er zu Jorgensen hinüber. »Ziehen Sie die *Reagan* auf genau dreihundert Seemeilen von der chinesischen Küste zurück, aber verlegen Sie gleichzeitig die *Nimitz*-Flugzeugträgerkampfgruppe ins Ostchinesische Meer. Das wird ihnen die Botschaft vermitteln, dass wir uns von ihnen in nichts hineinziehen lassen, gleichzeitig aber auch nicht vorhaben, uns still und heimlich davonzumachen.«

»Wenn wir die *Reagan* bis auf dreihundert Seemeilen zurückziehen, Mr. President, werden wir keine Flugpatrouillen über der Taiwan-Straße mehr durchführen können«, gab Burgess zu bedenken. »Die Republik China wird dann ganz allein dastehen.«

Ryan fixierte Bob Burgess mit den Augen. »Gibt es einen Weg, wie wir Taiwan verdeckte Luftunterstützung leisten können?«

»Verdeckt? Sie meinen, heimlich?«

»Ja.«

Jetzt meldete sich Foley zu Wort. »In der Republik China gab es in den vergangenen Jahren eine Menge Spionagefälle. Rotchina pumpt gerade eine Menge Geld in seine Geheimdienste und kauft sich in Taiwan alle möglichen Leute, die Zugang zu wichtigen politischen oder militärischen Informationen haben und mit ihnen zusammenarbeiten wollen. Es ist deshalb kaum noch möglich, dort etwas zu unternehmen, ohne dass es die VRC erfährt.«

»›Kaum‹ bedeutet, dass es vielleicht doch möglich, wenn auch schwierig ist. Aber das war nicht meine Frage. *Ist* es möglich?«

»Wir haben bereits einige Notfallpläne entwickelt«, sagte Burgess. »Einer von ihnen sieht vor, eine begrenzte Zahl von Kampfpiloten des Marine Corps einzuschleusen und sie in Flugzeugen der taiwanesischen Luftwaffe einzusetzen. Sehr viele wären es zwar nicht, aber es würde unsere Unterstützung für die taiwanesische Regierung zeigen.«

Präsident Ryan nickte. »Machen Sie es. Aber machen Sie es richtig. Schicken Sie nicht einfach ein paar Jungs ohne Tarnung oder Unterstützung dorthin. Wenn sie von der VRC entdeckt werden, könnten die Rotchinesen das als Vorwand nutzen, um Taiwan anzugreifen.«

»Jawohl, Mr. President. Ich verstehe, was auf dem Spiel steht.«

Jack Ryan stand auf und beendete das Treffen mit den Worten: »Schickt die Marines!«

50

Su mochte die Art nicht, wie Wei ihn heute herbeizitiert hatte. Er hatte für den ganzen Tag die unterschiedlichsten Treffen in Zhongnanhai angesetzt, aber kurz vor zwölf Uhr rief ihn sein Büro an und teilte ihm mit, Präsident Wei wünsche, dass er in dessen Residenz mit ihm zu Mittag esse.

Su stieß es zwar etwas sauer auf, dass sein Regierungskollege die Frechheit hatte, ihn auf diese Weise herbeizuzitieren, aber er verkürzte trotzdem sein laufendes Treffen und ging unverzüglich zu Weis Wohnquartier hinüber.

Außerdem hätte er auch keine Vorbereitungszeit für dieses Gespräch mit dem Präsidenten benötigt, weil er bereits jetzt genau wusste, was der Mann sagen würde.

Die beiden Männer umarmten sich, nannten einander »Genosse« und erkundigten sich nach der Familie. Diese Nettigkeiten waren aber in wenigen Sekunden abgehakt.

Wei und Su ließen sich am Esstisch nieder, und der Präsident begann in besorgtem Ton die Unterhaltung. »So habe ich mir die Entwicklung der Ereignisse aber nicht vorgestellt.«

»Ereignisse? Ich nehme an, Sie meinen die Vorkommnisse im Südchinesischen Meer und der Taiwan-Straße?«

Wei nickte und sagte: »Ich habe das Gefühl, dass Sie mich zu einem gewissen Grad manipuliert haben und mein ursprüngliches wirtschaftliches Entwicklungsprogramm im Sinne Ihrer eigenen Agenda umgestaltet haben.«

»Genosse Generalsekretär, bei uns im Militär gibt es das Sprichwort: ›Der Feind entscheidet mit.‹ Was Sie in den letzten Wochen gesehen haben – die indischen Angriffe trotz unserer klaren Warnungen, das aggressive Verhalten der Vereinigten Staaten, als wir durch sorgfältig kalkulierte Flugbewegungen in der Taiwan-Straße unsere Entschlossenheit bewiesen, uns gegen jede Provokation der taiwanesischen Regierung zur Wehr zu setzen –, all diese Situationen wurden von unseren Gegnern verursacht. Natürlich, wenn alle meine … Entschuldigung, wenn alle *unsere* Truppen in ihren Stützpunkten oder Häfen geblieben wären, nun, dann wäre sicherlich nichts davon passiert. Um jedoch unsere territorialen Ziele zu erreichen, die uns ihrerseits bei der Verwirklichung unserer wirtschaftlichen Ziele helfen werden, mussten wir die Vorstöße in diese umstrittenen Gebiete unbedingt unternehmen.«

Wei hatte diese rhetorische Sturzflut regelrecht überwältigt. Kurzzeitig geriet er völlig aus dem Konzept. Su war als Heißsporn und nicht als geübter Redner bekannt, aber Wei hatte trotzdem das Gefühl, dieser Mann habe gerade Raum und Zeit manipuliert, um die Schlüssigkeit seiner Argumentation zu beweisen.

»Der Cyberangriff gegen Amerika …«

»Hat keine Verbindung zu China.«

Wei war überrascht. »Wollen Sie damit sagen, dass wir nichts damit zu tun haben?«

Su lächelte. »Ich sage nur, dass er nicht mit uns in Verbindung gebracht werden kann.«

Wei zögerte wieder eine kurze Zeit.

Su ergriff die Gelegenheit, um hinzuzufügen: »In der letzten Stunde hat mich mein Marinegeheimdienst informiert, dass die *Ronald-Reagan*-Trägergruppe begonnen hat, nach Nordosten abzuziehen.«

Wei legte überrascht den Kopf schief. »Und Sie glauben,

dass dies eine Reaktion auf unsere Forderung ist, sich auf dreihundert Seemeilen zurückzuziehen?«

»Da bin ich mir ganz sicher«, erwiderte Su.

Das heiterte Präsident Wei sofort auf. »Also kann man mit Jack Ryan doch vernünftig reden.«

Su versuchte, seinen ruhigen Blick beizubehalten. Nein, natürlich konnte man mit Ryan nicht »vernünftig reden«. Man konnte ihm nur drohen oder ihn besiegen. Wei zog es jedoch vor, seinen militärischen Erfolg als eine Art Entspannungsmaßnahme zu interpretieren. *Idiot,* dachte Su.

»Ja«, sagte er laut. »Präsident Ryan möchte auch nur das Beste für sein Land. Diese Region zu verlassen ist das Beste für ihn wie für uns. Er lernt zwar langsam, aber der Abzug der *Reagan* zeigt uns, *dass* er lernt.«

Inzwischen schien sich Weis Ärger vollkommen aufgelöst zu haben. In der nächsten halben Stunde sprach er über seine Zukunftspläne für die chinesische Wirtschaft, über Möglichkeiten für Staatsunternehmen im Südchinesischen Meer und seine Hoffnung, dass die Rückkehr Taiwans zum Festland schneller und schmerzloser verlaufen werde, als er es sich je erhofft habe.

Su tat so, als ob er sich für Weis Ambitionen wirklich interessierte, und bemühte sich, nicht auf seine Uhr zu schauen.

Schließlich beendete Wei das Treffen. Bevor jedoch Su Weis Residenz verließ, schaute der Präsident den Vorsitzenden lange Zeit an. Offensichtlich scheute er sich, die nächste Frage zu stellen. »Wenn sich die Umstände ändern sollten. Wenn wir entscheiden, dass die Zeit noch nicht reif ist … können wir das hier überhaupt noch stoppen?«

»Chinas Wachstum stoppen? Chinas einzige Aussicht auf Wachstum stoppen?«

Wei trat von einem Fuß auf den anderen. »Ich meine die extremsten militärischen Maßnahmen. Einige der größeren Cyberangriffe, die Sie in unseren früheren Gesprächen angedeutet haben, und die Angriffe zur See und in der Luft?«

»Wollen Sie das alles stoppen?«

»Ich habe nur gefragt, Genosse Vorsitzender.«

Su lächelte dünn. »Stets zu Diensten, Genosse Generalsekretär. Ich kann tun, was immer Sie wünschen. Aber ich möchte Sie daran erinnern, dass sehr viel auf dem Spiel steht. Auf dem Weg in die Zukunft muss man immer mit Hindernissen rechnen.«

»Ich verstehe.«

»Das hoffe ich. Gegnerschaft ist ein Teil des Prozesses. Wie ich vorhin gesagt habe, der Feind entscheidet mit.«

Wei nickte mit ernster Miene.

Su dagegen lächelte und sagte: »Aber, Genosse Generalsekretär, denken Sie daran, Amerika hat sich heute entschieden, und es hat sich entschieden, uns aus dem Weg zu gehen.«

Die fünf Männer, die in dem sicheren Haus der CIA in der Prosper Street 3333 in Georgetown arbeiteten, genossen gerade ihre Vormittagspause, allerdings nicht so sehr wie der junge Mann, der in dem schalldichten Raum im ersten Stock eingeschlossen war.

Drei der fünf waren bewaffnete Sicherheitsmänner. Einer von ihnen schaute aus dem Küchenfenster auf die Prosper Street hinaus, und ein zweiter saß auf einem Stuhl in einem Schlafzimmer im ersten Stock und schaute durch den Magnolienbaum auf die Kutschzufahrt hinunter, die man zu einer Seitengasse umgewandelt hatte, die nördlich an diesem Anwesen vorbeiführte.

Der dritte Sicherheitsmann arbeitete im Erdgeschoss. Er saß vor einem Küchentisch, auf dem mehrere Monitore nebeneinanderstanden, und überwachte von hier aus den Funkverkehr und die ausgeklügelte Sicherheitsanlage des

Hauses. Auf den Bildschirmen waren die Aufnahmen von vier Überwachungskameras zu sehen.

Die beiden anderen Männer hielten sich ständig im Obergeschoss auf, entweder bei ihrem Gefangenen oder in einem kleinen Büro, wo sie das nächste »Interview« mit ihm planten. Mehrmals am Tag betrat einer der beiden Männer mit einem Aufnahmegerät und einem Notizblock mit Kugelschreiber den schalldichten Raum. Dann ging er eine lange Frageliste durch, wobei sich ihr Gefangener bisher große Mühe gegeben hatte, möglichst wenige Antworten zu geben.

Zha Shu Hai war bislang nicht körperlich gefoltert worden. Man hatte ihn allerdings nachts nicht schlafen lassen und rund um die Uhr immer wieder intensiven Verhören ausgesetzt. Verschiedene Leute fragten ihn so oft dasselbe auf je unterschiedliche Weise, dass sich Zha an die meisten Vernehmungen gar nicht mehr erinnern konnte.

Er war sich jedoch sicher, dass er überhaupt nichts über Tong, das Ghost Ship, das Hacken der Drohnen oder sein Eindringen in geheime Regierungsnetzwerke erzählt hatte.

Er wusste, dass er nicht unbeschränkt dichthalten konnte, aber er war zuversichtlich, dass er das auch nicht brauchte.

Er hatte seit seiner Ankunft in den Vereinigten Staaten wenigstens zweihundertmal einen Anwalt verlangt und verstand nicht, warum man ihm keinen beschaffte. Er hatte ja zuvor bereits hier in Amerika im Gefängnis gesessen, und es war wirklich nicht sehr schlimm gewesen. Es hatte sich damals allerdings um eine Minimalsicherheitshaftanstalt gehandelt. Wegen seines UAV-Angriffs würde er jetzt jedoch wahrscheinlich bedeutend mehr Probleme bekommen.

Das würde jedoch nur passieren, wenn sie die Vorwürfe gegen ihn auch nachweisen konnten. Während seines früheren Prozesses und seiner Haft hatte Zha das US-Justizsystem gut genug kennengelernt, um zu wissen, dass sie im Moment nichts auch nur entfernt so Brisantes über ihn wussten wie er über sie. Er dachte dabei an die illegale Entführung, die Liquidierung dieser 14K-Typen in Hongkong, den Schlafentzug und so weiter und so fort.

Zha Shu Hai wusste, dass er nur noch etwas länger aushalten und seine überlegene Intelligenz nutzen musste – der Vorteil, wenn man aus einer überlegenen Rasse stammte –, dann würden die Amerikaner von allein feststellen, dass er nicht zu knacken war.

Zha war erschöpft, aber das war nur eine minder wichtige Beeinträchtigung. Er war besser als diese Narren, und er würde sie besiegen. Er musste nur den Mund halten. Sie würden ihn weder schlagen noch töten. Sie waren Amerikaner.

Einer der Befrager kehrte in den Raum zurück und forderte Zha auf, sich an den Tisch zu setzen. Als dieser von seiner Schlafmatte aufstand und gerade nach seinem Plastikstuhl griff, flackerten plötzlich alle Lampen im Raum und gingen aus.

»Scheiße«, sagte der Vernehmer, während er rückwärts zur Tür zurückwich und im Halbdunkel seine Augen auf den Gefangenen richtete. Dann schlug er mit der Faust an die Tür.

Zha Shu Hais Herz schlug ihm vor Aufregung und Begeisterung bis zum Hals. Er setzte sich auf den Stuhl und legte die Hände flach auf den Tisch.

Das hatte er nicht erwartet. Gegen seinen Willen strahlte er übers ganze Gesicht.

»Was ist so lustig?«, fragte der Vernehmer.

Zha hatte an diesem Tag noch kein einziges Wort gesagt, aber jetzt konnte er sich nicht mehr zurückhalten. »Sie werden gleich sehen, was so lustig ist.«

Der Mann verstand nicht und schlug erneut an die verschlossene Tür des schalldichten Raums. Er wusste, dass es sich um ein mechanisches und kein elektrisches Schloss handelte, deshalb gab es auch keinen Grund, warum ihn sein Partner nicht sofort herausließ.

Nach dem vergeblichen Klopfen ging der Vernehmer zum Einweg-Beobachtungsfenster hinüber. Natürlich konnte er nicht nach draußen blicken, aber sein Partner musste ihn ja jetzt sehen.

Er winkte die Hand vor dem Einwegspiegel hin und her und hörte dann, wie das Bolzenschloss aufschnappte.

Die Tür öffnete sich.

Der Vernehmer wollte hindurchgehen. »War das eine herausgesprungene Sicherung, oder ist die ganze Nachbarschaft ...«

Ein asiatischer Mann stand im Türdurchgang. In der ausgestreckten Hand hielt er eine schwarze schallgedämpfte Pistole und schaute mit kalten schwarzen Augen durch ihr Visier.

»Was zum ...«

Crane jagte dem CIA-Befrager eine Kugel in die Stirn. Sein Körper landete mit einem gedämpften Knall auf dem Boden des schalldichten Raums.

Zha gab acht, die Hände flach auf dem Tisch zu halten. Er verbeugte sich kurz. »Crane, ich habe nichts gesagt. Ich habe kein Wort ...«

»Befehl Centers«, sagte Crane und schoss Zha Shu Hai ebenfalls durch die Stirn.

Der Körper von FastByte22 stürzte aus dem Plastikstuhl auf den Boden. Er lag jetzt mit dem Gesicht nach unten neben seinem Vernehmer.

51

Walentin Kowalenko kehrte gerade vom Schnapsladen zu seiner Wohnung zurück, als das Geheul zahlreicher Polizeisirenen zu ihm herüberdrang, die sich offensichtlich alle in Richtung Südwesten bewegten. Ihm wurde klar, dass sie nicht gerade erst begonnen hatten. Vielleicht waren sie bereits zu hören gewesen, als er sich in diesem kleinen Soul-Food-Café eine Portion Chicken Wings kaufte, zu denen er sich jetzt noch eine frische Flasche Ketel One besorgt hatte.

Sofort hatte er ein eigentümliches Gefühl im Magen. Er versuchte, es abzuschütteln, als er die 17. Straße hinunterging, aber bevor er noch in die Swann Street abgebogen war, hörte er über sich Hubschrauberlärm.

»Njet«, murmelte er vor sich hin. *»Njet.«*

Er ging gemächlichen Schritts die Swann Street hinauf zu seiner Untergeschosswohnung. Dort angekommen, raste er quer durch das Wohnzimmer zum Fernseher, ließ seine Flasche und das Essenspaket aufs Sofa fallen und schaltete einen Lokalsender ein.

Dort kam im Augenblick eine Seifenoper. Er schaltete auf einen anderen Sender um, der gerade einen Werbespot zeigte.

Er setzte sich auf die Couch und schaute gebannt auf den Bildschirm, während er auf die Mittagsnachrichten wartete, die in fünf Minuten beginnen würden.

Währenddessen drang von draußen immer noch entferntes Sirenengeheul an sein Ohr. Er goss zwei Fingerbreit lauwarmen Ketel One in ein Glas, das er am Abend zuvor auf dem Couchtisch hatte stehen lassen.

Er kippte den Wodka hinunter und goss sich einen neuen ein.

Inzwischen hatte er sich selbst beinahe davon überzeugt, dass seine Befürchtungen grundlos gewesen waren. Der Aufmacher der Nachrichten war jedoch die Liveaufnahme aus einem Helikopter, der über Georgetown kreiste. Walentin sah, wie schwarzer Rauch aus dem von Bäumen eingefassten Haus an der Prosper Street aufstieg.

Der Nachrichtenmoderator wusste nur, dass es Todesopfer gegeben hatte. Nachbarn berichteten, sie hätten aus dem Haus Pistolenschüsse gehört und einen mysteriösen Lieferwagen gesehen.

Kowalenkos erster Reflex war ein unbändiges Verlangen nach Alkohol. Dieses Mal trank er den Wodka direkt aus der Flasche. Sein zweiter Reflex war es, aufzustehen und wegzurennen, möglichst in die entgegengesetzte Richtung der Sirenen.

Aber er besiegte diesen Drang und ging zu seinem Laptop. Seine Hand zitterte, als er in die Cryptogrammaske eintippte: »Was haben Sie getan?«

Er war überrascht, wie schnell die grünen Buchstaben auf dem schwarzen Computerfenster vor ihm auftauchten: »Erklären Sie Ihre Frage.«

Meine Frage erklären? Kowalenkos Hand schwebte über den Tasten. Schließlich tippte er: »3333.«

Auch jetzt betrug die Verzögerung nur ein paar Sekunden. »Sie und Ihre Arbeit wurden nicht gefährdet.«

Der Russe schaute zur Decke hinauf und schrie ganz laut: »Fuck!« Dann tippte er: »Wen haben Sie getötet?«

»Das hat nichts mit Ihnen zu tun. Konzentrieren Sie sich auf Ihre täglichen Anweisungen.«

Kowalenko tippte wütend: »Fuck you! Sie haben mich

dort hinübergeschickt!!!! Ich hätte gesehen werden können. Ich hätte gefilmt werden können. Wer war in dem Haus? Warum? *Warum?*« Er packte die Ketel-One-Flasche und presste sie dicht an den Körper, während er auf die Antwort wartete.

Jetzt gab es eine lange Pause. Walentin glaubte, dass Center mit seiner Antwort warten wollte, bis sich der wütende Mann am anderen Ende der Leitung etwas beruhigt hatte.

Schließlich war zu lesen: »Ich überwache die Polizei und den anderen öffentlichen Datenverkehr. Dort wurden Sie bisher noch nicht erwähnt. Ich versichere Ihnen, dass es im weiten Umkreis der Prosper Street keine Überwachungskamera-Aufnahmen von Ihnen oder Ihrem Mietwagen gab. Sie müssen sich keine Sorgen machen, und ich habe nicht die Zeit, jeden meiner Agenten zu beruhigen.«

Kowalenko schrieb zurück: »Ich wohne weniger als drei Kilometer von dort entfernt. Ich werde umziehen müssen.«

»Negativ. Bleiben Sie, wo Sie sind. Ich brauche Sie in der Nähe des Dupont Circle.«

Kowalenko wollte eigentlich fragen, warum, aber er wusste, dass er sich diese Mühe sparen konnte.

Stattdessen nahm er wieder einen tiefen Schluck aus der Flasche, spürte die beruhigende Wirkung des Alkohols und fragte dann: »Die Leute in 3333? Wer waren sie?«

Keine Antwort.

Walentin tippte: »Es wird bald sowieso in den Nachrichten kommen. Warum erzählen Sie es mir nicht?«

»Einer war ein Problem.«

Damit konnte Walentin überhaupt nichts anfangen. Er wollte gerade eine ganze Reihe von Fragezeichen eintippen, als eine neue grüne Buchstabenzeile auf dem Bildschirm auftauchte.

»Die anderen fünf waren Mitglieder der Central Intelligence Agency.«

Kowalenko schaute den Bildschirm nur mit großen Augen und leicht geöffnetem Mund an.

Er flüsterte: »*Ni huja sebje*« – »scheiße, das gibt's doch nicht« – und hielt die Wodkaflasche dicht an sein Herz.

Jack Ryan erfuhr direkt aus dem Intelink-TS-Netzwerk der CIA, dass die schlagzeilenträchtigste Nachricht des Monats in Washington, der Mord an sechs Männern an diesem Morgen in Georgetown, zu einer noch gewichtigeren Nachricht werden würde, wenn die Wahrheit ans Licht käme.

Der Datenverkehr zwischen CIA und NSA enthüllte, dass die Prosper Street 3333 ein sicheres Haus der CIA war. Weitere Meldungen bestätigten, dass fünf Tote Mitglieder der CIA waren und der sechste der Hauptverdächtige für den Hackerangriff auf die Drohnen war.

FastByte22, der Typ, den Jack Ryan und seine Kollegen zu identifizieren und gefangen zu nehmen halfen.

Natürlich berief Ryan ein Treffen aller Agenten und Führungspersönlichkeiten des Campus im Konferenzraum ein, in dem er diese Nachricht weitergeben wollte.

Chavez konnte die Kaltblütigkeit dieses Verbrechens kaum glauben. »Die Chinesen haben also tatsächlich den Nerv, ein Killerteam nach Georgetown zu schicken, um dort CIA-Agenten umzubringen?«

»Ich weiß nicht, ob das tatsächlich die Chinesen waren«, sagte der Leiter der Analyseabteilung Rick Bell, der gerade den Konferenzraum betrat. »Wir haben soeben eine CIA-Botschaft an das US Cyber Command in Fort Meade abgefangen. Bei einem von FastBytes Verhören, als er offensichtlich schwer unter Schlafentzug litt, erwähnte er den Namen Tong Kwok Kwan als Centers Klarnamen. Vielleicht hat ihn Center bestraft, weil er ihnen den verraten hat.«

»Was wissen wir über diesen Tong?«, fragte Granger.

Ryan beantwortete diese Frage. »Das ist Dr. K. K. Tong.

Adam Yao meint, er sei der Vater der chinesischen Cyberkriegsführung.«

Granger konnte es nicht glauben. »Was zum Teufel hat er dann zusammen mit FastByte und diesen Hackern in Hongkong gemacht? Er sollte in Peking oder auf irgendeinem chinesischen Militärstützpunkt sein.«

Ryan schüttelte den Kopf. »Er ist bei ihnen in Ungnade gefallen. Er wird in China als entflohener Häftling gesucht.«

»Vielleicht haben sie sich versöhnt, und er arbeitet wieder für die Chinesen«, sagte Chavez. »Für die VBA. Ich glaube nicht eine Sekunde, dass irgendeine poplige Gruppe von Computerhackern das alles aus irgendwelchen halbseidenen Motiven heraus macht. Hinter dieser Sache heute und hinter diesen UAV-Angriffen steckt eine staatliche Organisation.«

»Wer immer sie sind, sie mussten Zha töten, um ihn zum Schweigen zu bringen«, sagte Gerry.

»Aber sie haben ihn nicht zum Schweigen gebracht«, sagte Jack. »Gavin hat Zhas Computer, und ihr könnt darauf wetten, dass wir noch eine Menge von Zha hören werden, wenn Gavin dessen Inhalt ausgewertet hat.«

Als Elitekampfpiloten der Marines hatten Major Scott »Cheese« Stilton und Captain Brandon »Trash« White in ihrem Leben weit mehr erlebt als der durchschnittliche Einunddreißig- und Achtundzwanzigjährige, aber keiner von beiden hatte jemals etwas Derartiges mitgemacht wie die Ereignisse in den letzten vierundzwanzig Stunden.

Nur einen Tag zuvor wurden beide Männer mitten in der Nacht von Marinegeheimdienstleuten geweckt und dann verschlafen mit dem Rest ihrer eigenen Staffel und einer weiteren Marines-Staffel auf der *Reagan* in den Einsatzbesprechungsraum geführt. Die vierundzwanzig Piloten standen stramm, als ein Lieutenant Commander des

Office of Naval Intelligence, des Nachrichtendiensts der US-Marine, den Raum betrat. Er bat sie, sich hinzusetzen, und teilte ihnen dann mit, dass sie alle bei Tagesanbruch nach Japan fliegen und unterwegs in der Luft auftanken würden. Die Staffeln würden auf der Marine Corps Air Station, dem Militärflugplatz der Marines, in Iwakuni landen und dort weitere Instruktionen erhalten.

Die Marines waren wütend und enttäuscht. Die Action fand im Moment hier mitten im Ostchinesischen Meer und in der Taiwan-Straße und nicht irgendwo drüben in Japan statt. Aber die *Reagan* zog ja bereits aus dem Bereich der Formosastraße ab, was Trash für einen bedauerlichen Rückzug hielt. Und jetzt befahl man ihnen sogar, den Flugzeugträger ganz zu verlassen und sich noch weiter von der Kampfregion zu entfernen.

Keiner der Piloten wollte weg von der *Reagan,* aber alle jungen Männer waren lange genug dabei, um zu wissen, dass Befehle kein bisschen sinnvoll sein mussten, um rechtmäßig zu sein, also saßen sie da und warteten darauf, in ihr Quartier zurückkehren zu dürfen.

Aber der Lieutenant Commander überraschte sie schon wieder, als er ihnen erklärte, dass sie sich freiwillig zu einer äußerst gefährlichen Mission melden könnten. Sie würden in Iwakuni Näheres erfahren, um dann an ihrem endgültigen Einsatzort alle Einzelheiten erklärt zu bekommen.

Verwirrt, neugierig und begeistert meldeten sich alle freiwillig.

Sie landeten noch vor dem Mittagessen in Iwakuni. Sobald sie ihre Fliegerkluft abgelegt hatten, händigte man ihnen Zivilkleidung aus und führte sie in einen Briefingraum. Hier erwartete Trash, Cheese und die übrigen Piloten der beiden Staffeln ein Zivilist der Defense Intelligence Agency, des obersten Geheimdiensts der vier Teilstreitkräfte, der seinen Namen nicht nannte.

Trash war absolut perplex, als der Mann ihnen mitteilte, dass sie alle einen vorgepackten Koffer und falsche Pässe bekommen würden. Dann würde sie ein Hubschrauber zum Internationalen Flughafen von Osaka bringen, wo sie ein Verkehrsflugzeug nach Taipeh besteigen würden.

Trash und seine Staffel würden also heimlich nach Taiwan eingeschleust werden, wo es keine US-Militärpräsenz gab. Die taiwanesische Luftwaffe hatte kürzlich zwei Dutzend F/A-18 Hornets erhalten. Die Marines würden in diesen Maschinen von Taiwan aus Patrouillenflüge über der Taiwan-Straße durchführen.

Die Vereinigten Staaten hatten auf Taiwan bereits seit 1979 keine Luftwaffeneinheiten stationiert, da die Volksrepublik dies als offene Provokation betrachtet hätte. Die gängige Meinung war seitdem, dass US-Truppen auf Taiwan die Chinesen dermaßen provozieren würden, dass sie die kleine Insel mit Raketen beschießen und gewaltsam annektieren würden. Amerika wollte China dazu keinen Vorwand liefern und hielt sich seitdem fern.

Der DIA-Mann erzählte den Marines, man habe sie deswegen ausgewählt, weil sie vielseitig und beweglich seien, mit weniger Unterstützung als Navy-Kräfte operieren könnten und in den vergangenen beiden Wochen Kampfjets der Luftwaffe der VBA über der Taiwan-Straße entgegengetreten seien.

Sie waren also kampferprobt.

Trash wusste, dass er und seine Flugkameraden die Chinesen nicht abwehren konnten, wenn sie Taiwan angreifen würden. Er fragte sich, ob das ganze Unternehmen nicht nur ein politischer Schachzug war, der der taiwanesischen Regierung zeigen sollte, dass die Vereinigten Staaten trotz des Rückzugs der *Reagan* weiterhin ein paar ihrer eigenen Jungs hier in der Mitte der Taiwan-Straße dem Feind entgegenstellen würden.

Der Gedanke kotzte ihn eigentlich an, er und seine

Freunde könnten nur Figuren in einem geopolitischen Schachspiel sein. Gleichzeitig musste er zugeben, dass er froh über die Gelegenheit war, wieder an der wirklichen Action teilnehmen zu können.

Der Flug zum Internationalen Flughafen Taiwan Taoyuan verlief ohne Zwischenfälle, wenn man einmal von der Tatsache absah, dass vierundzwanzig vierundzwanzig- bis einundvierzigjährige amerikanische Männer mit militärischem Haarschnitt in der ganzen Kabine verteilt saßen, ohne sich gegenseitig auch nur eines einzigen Blicks zu würdigen. Am Boden gingen sie immer noch einzeln durch den Zoll und trafen sich schließlich in der Lobby des Flughafenhotels.

Ein paar Jungs, die Trash für DIA-Agenten hielt, führten sie zu einem Bus, der sie in einen abgesperrten Teil des großen internationalen Flughafens brachte.

Sie flogen in einem taiwanesischen C-130-Transportflugzeug von Taipeh zum Hualien Airport, einem kommerziellen Flughafen mitten in einem Militärstützpunkt an Taiwans Ostküste. Die taiwanesische Luftwaffe flog von hier das ganze Jahr über Einsätze mit F-16-Kampfflugzeugen. Der zivile Teil des Flughafens war gerade wegen »militärischer Trainingsmanöver« auf unbestimmte Zeit geschlossen worden. Trash und den anderen Marines hatte man erzählt, dass man sie von der großen Mehrheit des Stützpunktpersonals fernhalten würde, um die Möglichkeit von Geheimnislecks möglichst klein zu halten.

Eine taiwanesische Hawkeye, deren Besatzung ebenfalls aus amerikanischen Flugkontrolloffizieren bestand, würde die Flüge der Marines aus dem Rückraum überwachen und befehligen.

Die Amerikaner wurden zu einem großen Bunker in einem Hügel in der Nähe der Startbahn geführt. Dort fanden sie zweiundzwanzig F/A-18C Hornets vor, die allesamt in äußerst gutem Zustand waren. Daneben befanden sich Wohnquartiere und Aufenthaltsräume.

Dreiunddreißig Stunden nachdem man sie mitten in der Nacht auf der *Ronald Reagan* geweckt hatte, verließen Captain Brandon »Trash« White und Major Scott »Cheese« Stilton ihren Sicherheitsbunker. Auf dem Vorfeld inspizierten sie ein letztes Mal ihre Flugzeuge. Danach kletterte Trash ins Cockpit »seiner« Hornet, die die Nummer 881 trug. Cheese stieg die Leiter zur Kanzel seines »neuen« Flugzeugs mit der Nummer 602 hinauf.

Bald darauf waren sie in der Luft und flogen Patrouillen über der Taiwan-Straße. Der beste Teil für Trash und die anderen Marines kam jedoch nach der Rückkehr von ihrem Einsatz, als sie auf einer »echten« Startbahn landen konnten, einer langen, breiten, flachen, unbeweglichen Asphaltfläche und nicht auf einer wackelnden, hüpfenden Briefmarke mitten im Ozean.

52

Gavin Biery hatte sich die ganze letzte Woche nach seiner Rückkehr aus Hongkong in sein Labor eingeschlossen, um dort dem Handheld-Computer von FastByte22 auch noch seine letzten Geheimnisse zu entlocken.

Jetzt, da FastByte22 tot war, wusste Gavin, dass alles, was der junge Hacker jemals offenbaren würde, in den Schaltkreisen seines Minirechners steckte. Es war also sein Job, das alles dort herauszuholen.

Dabei war das Gerät wirklich schwer zu knacken. Bereits am ersten Tag entdeckte er, dass FastByte22 in dem Rechner einen Virus versteckt hatte, der sich sofort gegen jeden Computer, jedes Bluetooth-fähige Gerät oder andere Peripheriegeräte richtete, die auf irgendeine Weise an den Handheld angeschlossen wurden. Der Virus schickte dann eine RAT-Nutzlast in das infizierte Gerät, die nicht nur dessen laufendes Programm spiegelte, sondern auch einen Schnappschuss des Anwenders auf der anderen Seite machte, falls dessen Computer über eine Kamera verfügte.

Es war ein äußerst raffiniertes Schadprogramm, und Gavin brauchte zwei volle Tage, um es zu umgehen.

Als er einmal auf der Festplatte war und die Verschlüsselung geknackt hatte, fand er jedoch einen wahren Schatz an Informationen. Fast alle Aufzeichnungen waren natürlich mit chinesischen Schriftzeichen geschrieben worden, und Zha liebte es ganz offensichtlich, sich Notizen zu machen. Biery hatte panische Angst, dass auf dem Rechner weitere Virusfallen installiert sein könnten, sodass er einen Mandarin sprechenden Übersetzer aus dem zweiten Stock kommen ließ. Dieser musste sich allerdings erst einmal abtasten lassen, bevor er den Raum betreten durfte. Danach musste der arme junge Mann Hunderte von Seiten handschriftlich transkribieren, damit er sie später an seinem Schreibtisch eine Etage höher übersetzen konnte.

Nachdem die Dokumentdateien transkribiert waren, schaute Biery die Anwendungsdateien durch, wo er weitere Geheimnisse entdeckte.

Ein kompliziertes, individuell codiertes Datei-Upload-Programm war für Biery erst einmal ein Rätsel. Als er dessen Quellcode untersuchte, konnte er nicht um alles in der Welt herausfinden, was es von den kommerziellen Upload-Anwendungsprogrammen unterschied, die man überall kostenlos erhalten konnte. Es schien eine Art übermäßig kompliziertes Rube-Goldberg-Nonsens-Programm zu sein.

Trotzdem war er sich sicher, dass irgendetwas dahinterstecken musste. FastByte22 hatte nicht zu der Sorte von Hackern gehört, die etwas dermaßen Komplexes nur zum Zeitvertreib entwickelt hätten. Biery ließ es jedoch erst einmal dabei bewenden und setzte seine Untersuchung des Handheld fort.

Am Ende gelang es dem Übersetzer tatsächlich, das Geheimnis des Computers von FastByte22 zu knacken. Die auf Mandarin verfassten Notizen waren offensichtlich Überlegungen, die Zha in seiner Freizeit anstellte und sofort niederschrieb. Ryan hatte Gavin erzählt, dass FastByte ständig etwas in seinen Computer eingetippt hatte, als sie ihn durch die Straßen von Hongkong verfolgten. Selbst in diesem Stripklub hatte er nicht damit aufgehört. Biery konnte den Jungen gut verstehen. Er war genauso. In seiner Freizeit setzte sich Gavin daheim immer wieder an seinen Laptop oder nahm im Auto kleine Audionotizen auf. Es waren Ideen, die ihm in diesem Moment einfielen und die er sich für später merken wollte.

Die meisten Notizen Zhas waren unzusammenhängende Ideen, viele von ihnen waren kompletter Unsinn oder sogar völlig verrückt. »Ich möchte in die Website des Buckingham Palace einbrechen und das Bild der Königin durch eines des Vorsitzenden Mao ersetzen«, oder: »Wenn wir die Stabilisierungsraketen der internationalen Raumstation ISS fernsteuern würden, könnten wir dann nicht die ganze Welt mit der Drohung erpressen, die ISS mit einem Satelliten zusammenstoßen zu lassen?«

Es gab auch einen detaillierten Plan, die Insulinpumpe eines Diabetikers per Fernbedienung zu kontrollieren, indem man sich mit einer Richtungsantenne in den angeschlossenen Low-Power-Überlagerungsempfänger einhackte. Auf diese Weise konnte man den Insulinfluss in den Blutkreislauf der Zielperson erhöhen und sie aus bis zu dreißig Metern Entfernung umbringen. Aus den Notizen ging sogar hervor, dass FastByte22 diese Möglichkeit konkret testen wollte und zu diesem Zweck bei einem Unternehmen in Marseille einen solchen Empfänger bestellt hatte, der an seine Postfachadresse in Mong Kok geschickt werden sollte.

Viele Notizen Zhas bewiesen Gavin, dass der tote chinesische Hacker einen brillanten Geist mit einer fruchtbaren Fantasie besaß.

Aber es gab auch viele Notizen, die wichtige konkrete Informationen enthielten. »Besprich mit Center die Entdeckung bezüglich der Sicherheitsmaßnahmen des Wasserkraftwerks.« Und: »Ukrainische Command Server sind nur so stabil wie das örtliche Stromnetz. Charkow = besser als Kiew. Besprich mit Center die Notwendigkeit für die Abteilung Datenlogistik, den Datenverkehr nicht mehr über Kiew laufen zu lassen, bevor wir zur nächsten Phase übergehen.«

Die meisten Einträge warfen jedoch für Biery mehr Fragen auf, als sie Antworten lieferten. Allerdings fand er schließlich doch noch eine Erklärung für das umfangreiche, komplizierte Datei-Upload-Programm. Aus einer Notiz, die Zha nur eine Woche vor seiner Gefangennahme durch die Navy SEALs aufgeschrieben hatte, erfuhr Gavin, dass dieses Programm eine handgeschriebene, von Zha entworfene Malware war, die es einem Hacker ermöglichte, einen Virus über Cryptogram hochzuladen, diesem Instant-Messaging-System, das Center benutzte und das als praktisch unhackbar galt. Gavin hatte Cryptogram genau untersucht, als es herauskam, aber er war dabei nicht so weit in die Tiefen des Programms abgetaucht, als dass er Zhas Code auf den ersten Blick erkannt hätte. Als er jedoch diese Notiz aus der Übersetzungsabteilung auf den Tisch bekam, machte er sich wieder an die Arbeit und erkannte, dass dieser Uploader tatsächlich alles andere als simpel war. Er war brillant und kompliziert. Biery war sich sicher, dass dieser Code von einem ganzen Team entwickelt wurde.

Das war interessant. In Hongkong hatte man Zha in der Gesellschaft anderer bekannter chinesischer Hacker gesehen. Hier gab es einen weiteren Beweis, dass sie tatsächlich gemeinsam an hochkomplexen Computer-Schadprogrammen arbeiteten.

Die zweite große Entdeckung aus FastBytes persönlichen Notizen war noch ein weit größerer Hammer. Der junge chinesische Hacker benutzte Codewörter, um Menschen, und unbestimmte Namen, um Örtlichkeiten zu bezeichnen.

Gavin erkannte schnell, dass er diesen Code ohne Zugang ins Innere von Zha Shu Hais Kopf nicht knacken konnte. In einem seiner Aufschriebe war Zha versehentlich jedoch etwas herausgerutscht. In einer langen Notiz über den Diebstahl von Daten eines amerikanischen Rüstungsunternehmens hatte er vier Mal nur vom »Miami Command Server« gesprochen, beim fünften Mal erwähnte er jedoch einen »BriteWeb Command Server«.

Gavin stürmte sofort aus seinem Labor in sein Büro zurück, ging ins Internet und suchte nach BriteWeb in Miami. Er hatte sofort einen Treffer. Es war ein Webdesign- und Datenhosting-Unternehmen in Coral Gables, einem Vorort von Miami. Ein paar weitere Recherchen ergaben, dass die Firma einer Beteiligungsgesellschaft auf Grand Cayman gehörte.

Gavin rief einen seiner Mitarbeiter an und bat ihn, alles stehen und liegen zu lassen und möglichst viel über diese Beteiligungsfirma herauszufinden.

Eine Stunde später hatte Gavin Sam Granger, den Operationsleiter, am Telefon.

»Guten Morgen, Gavin.«

»Wie schnell können Sie alle zu einer Konferenz zusammenholen?«

»Haben Sie etwas gefunden?«, erwiderte Granger.

»Das habe ich.«

»Kommen Sie in zwanzig Minuten zu mir hoch.«

Fünfundzwanzig Minuten später stand Gavin Biery am Kopfende des Konferenztischs. Vor ihm saßen Gerry Hendley, Sam Granger und sämtliche Campus-Außenagenten.

»Was haben Sie denn Schönes?«, fragte Hendley, als sich alle niedergelassen hatten.

»Es wird noch eine ganze Zeit dauern, bis ich alle Geheimnisse auf diesem Rechner enthüllt habe, aber immerhin konnte ich bereits einen von Centers Command Servern lokalisieren.«

»Wo steht er?«, fragte Chavez.

»Bei Miami. In Coral Gables. Southwest Sixty-second Place.«

»Miami?« Granger war sichtlich überrascht. »Also ist

das das Befehls- und Kontrollzentrum der Hacking-Operation? *Miami?*«

»Nein. Das ist einer der Orte, an die das von Zha und Tong betriebene Botnetz Daten schickt, die es aus gehackten Rechnern stiehlt. Allerdings sieht es so aus, als ob das nicht irgendein normaler, gutartiger Server ist, der selbst gehackt wurde, um als Datensammelstelle zu dienen. Wenn man die Organisationsstruktur dieser Firma näher untersucht, merkt man, dass die Besitzer dieses Servers ganz genau wussten, dass er für finstere Zwecke benutzt werden würde. Es ist ein Server, der der Untergrundwirtschaft dient und bestimmt von zwielichtigen Bastarden betrieben wird. Ganz in der Nähe haben sie sogar einen toten Briefkasten, wo sie Bargeld und Waren abholen können.«

»Sprechen wir hier über kriminelle Handlungen?«

»Ja«, bestätigte Gavin. »Da gibt es keinen Zweifel. Sie verstecken die Identität der Eigentümer des Servers hinter Tarnfirmen und fingierten Handelsregistereinträgen. Der Eigentümer des Unternehmens ist Russe, sein Name ist Dmitri Oransky, Sitz seiner Firma sind die Kaimaninseln, und er selbst lebt in den Vereinigten Staaten.«

»Scheiße«, sagte Granger. »Ich hatte gehofft … erwartet, dass sich der Server irgendwo im Ausland befindet.«

»In einem solch großen Botnetz gibt es auch noch andere Command Server«, erwiderte Gavin. »Einige stehen wahrscheinlich in den USA, andere in Übersee. Aber dieser hier ist eindeutig Teil dieser Operation, und die Typen, die ihn betreiben, spielen ganz bestimmt nicht nach den Regeln.«

»Wenn er die Vereinigten Staaten angreift, warum steht dann dieser Server hier in den USA?«, fragte Driscoll. »Wissen die nicht, dass wir ihn dann einfacher abschalten können?«

»Böse Jungs stellen ihre Server mit *Vorliebe* in den Staaten auf. Wir haben ein stabiles Stromnetz, wir haben billige und weit verbreitete Breitbandverbindungen, und unsere Politik ist absolut wirtschaftsfreundlich ohne den ganzen bürokratischen Heckmeck, den die Gangster überhaupt nicht mögen. Hier bei uns können sie sicher sein, dass nicht plötzlich mitten in der Nacht eine ganze Wagenladung Soldaten oder Polizisten auftaucht und sie und ihre Ausrüstung abholt, ohne dass das FBI monatelang eine rechtliche Hürde nach der anderen überwinden musste. Das gibt ihnen zumindest die Zeit, ihre Zelte abzubrechen und sich davonzumachen.«

Gavin sah, dass die meisten am Tisch das Ganze nicht so recht verstanden. »Sie glauben, dass ihre Command Server sowieso nicht aufgespürt werden können, warum sollen sie sie dann nicht genau vor unserer Nase aufstellen? Tatsächlich klappt das in neunundneunzig Prozent der Fälle ausgesprochen gut.«

»Selbst wenn Miami also nicht das Nervenzentrum der gesamten Operation ist, stellt diese Coral-Gables-Adresse doch ein wichtiges Puzzlestück dar«, sagte Dom Caruso. »Wir sollten deshalb dort nachschauen.«

Sam Granger hob abwehrend die Hand. »Nicht so schnell. Ich habe Bedenken, euch auf einen Einsatz auf amerikanischem Boden zu schicken.«

»Als ob wir das nicht schon gemacht hätten.«

»Sicher, zum Beispiel bei dieser Operation in Nevada gegen den Emir. Aber das war eine ganz andere Situation. Wir wissen, dass Tong und seine Leute, wer immer sie auch sein mögen, uns direkt im Visier haben. Außerdem verfügen sie offensichtlich über Informationen, die uns ganz leicht auf Dauer aus dem Verkehr ziehen könnten. Dies ist nicht die richtige Zeit, um in Amerika gegen Amerikaner vielleicht sogar mit Waffen vorzugehen. Kein Gnadenerlass von Jacks Dad wird uns helfen können, wenn wir von örtlichen oder bundesstaatlichen Polizeikräften aufgespürt werden.«

»Schauen Sie«, sagte Jack Ryan. »Unser Feind sitzt im Ausland, so viel ist klar. Nur ein paar ihrer Ressourcen befinden sich hier. Ich würde vorschlagen, wir gehen dort runter und schauen uns das Ganze einfach nur mal an. Ich rede ja nicht davon, dort mit kugelsicheren Westen aufzutauchen und die ganze Bude zu stürmen. Es wäre eine reine Aufklärungsoperation. Wir machen ein paar Schnappschüsse von den Typen, die dort arbeiten, stochern ein bisschen in ihrem Hintergrund herum und schauen nach irgendwelchen Komplizen. Das könnte uns durchaus zum nächsten Glied der Kette führen.«

Granger schüttelte den Kopf. »Ich wünschte, das wäre möglich, aber wir bewegen uns hier auf ganz dünnem Eis. Ihr Dad hat diese Organisation hier nicht gegründet, um mit ihr Amerikaner auszuspionieren.«

»Arschlöcher sind Arschlöcher, Sam«, entgegnete Jack. »Es spielt dabei keine Rolle, welche Farbe ihr Reisepass hat.«

Sam brachte das zum Lächeln, aber es war klar, dass er seine Entscheidung getroffen hatte. »Wir geben dem FBI einen Tipp, was diesen Command Server angeht. Wir überlegen uns, wie genau wir sie darüber informieren können. Aber in der Zwischenzeit hält sich der Campus da raus.«

Dom und Jack nickten. Keiner von beiden verstand es, aber Sam war ihr Boss, also war die Sache entschieden.

Bald darauf war das Treffen zu Ende, aber Gavin Biery bat Ryan, ihn hinunter in sein Büro zu begleiten. Dort angekommen, sagte Biery: »Ich wollte das nicht bei diesem Treffen ansprechen, weil es bisher nur eine Theorie ist, aber ich wollte wenigstens dir davon erzählen, weil es einen Einsatz der Operationsabteilung des Campus erfordern könnte.«

»Nur heraus mit der Sprache«, ermunterte ihn Jack. »Da

wir nicht nach Miami gehen dürfen, um uns dort mal umzusehen, bin ich für jede Beschäftigung dankbar.«

Gavin hielt eine Hand hoch. »Im Moment gibt es für dich da gar nichts zu tun. Das Ganze könnte noch etliche Tage dauern. Aber wenn ich mich anstrenge, könnte ich vielleicht zwei Schadsoftwareprogramme umprogrammieren, die ich auf Zhas Computer gefunden habe, und aus ihnen eine schlagkräftige Waffe machen.«

»Was für eine Waffe?«

»Zha hat einen versteckten Verbreitungsmechanismus codiert, der es einem ermöglicht, Schadsoftware über Cryptogram in einen fremden Rechner einzuschmuggeln, und er hat seinen eigenen Computer mit einem Virus ausgestattet, der jedes Gerät, mit dem er verbunden wird, mit einer Version dieser RAT-Software infiziert.«

»Das hat ihm ermöglicht, durch diese Kamera zu sehen.«

»Genau.«

Jack begriff langsam, worauf Biery hinauswollte. »Also … du willst sagen, dass du eventuell einen neuen Virus konstruieren könntest, mit dem man über Cryptogram den Computer auf der anderen Seite infizieren könnte, sodass dieser ein Bild von dieser anderen Seite macht?«

Biery nickte. »Noch mal, das ist bisher reine Theorie. Außerdem müssten wir erst einmal einen Computer finden, mit dem jemand mit Center kommuniziert. Zhas Handheld ist dazu nicht geeignet, denn Center weiß ja, dass dieser in die falschen Hände geraten ist, und würde deshalb niemals mit ihm Kontakt aufnehmen. Dasselbe gilt natürlich auch für die Istanbul-Festplatte. Wir bräuchten also ein neues Gerät, das von jemand benutzt wird, dem Center vertraut. Wenn Center mit diesem eine Cryptogramunterhaltung begänne, den digitalen Händedruck der anderen Seite akzeptierte und wir dadurch eine entsprechende Datei hochladen könnten … dann könnten wir Center vielleicht sogar leibhaftig sehen.«

Normalerweise war Gavin richtig aufgedreht, wenn er darüber redete, was er mit einem Computerprogramm alles anstellen könnte. Dieses Mal war von seiner gewohnten Begeisterung jedoch wenig zu spüren.

Jack wollte ihm Mut machen. »Weißt du überhaupt, wie wichtig das für den Campus wäre? Scheiße, wie wichtig das für Amerika wäre?«

Gavin nickte. »Ich kann aber nichts versprechen. Es wird nicht leicht werden.«

Jack tätschelte ihm den Arm. »Ich glaube an dich.«

»Danke, Ryan. Ich entwickle den Code, und du findest mir einen von Centers Leuten, der dumm genug ist, bei dieser Sache mitzuspielen.«

Zwei Stunden später saß Ryan an seinem Schreibtisch. Er fühlte, dass jemand anderer im Raum war. Als er sich umdrehte, stand Dom hinter ihm und lächelte.

»He, Cousin. Irgendwelche Pläne fürs Wochenende?«

Ryan schüttelte den Kopf. »Melanie muss am Samstag arbeiten. Ich dachte, ich komme vielleicht hierher und schaue mal, was anliegt. Na ja, ich denke, danach gehen wir vielleicht aus. Warum fragst du?«

»Wie lange waren wir beide nicht mehr zusammen in Urlaub?«

Jack schaute ihn überrascht an. »Waren wir überhaupt schon mal zusammen in Urlaub? Ich meine natürlich, außer als Kinder.«

Tony Wills, Jacks Bürokollege, war gerade etwas essen gegangen, deshalb holte sich Caruso dessen leeren Stuhl und setzte sich. Er rückte dicht an Ryan heran. In einem verschwörerischen Ton sagte er schließlich: »Also schon viel zu lange.«

Jack witterte Ärger. »Woran denkst du, Dude?«

»Wir haben beide hart gearbeitet. Ich dachte, wir könnten heute Nachmittag vielleicht etwas früher Schluss machen und irgendwo ein nettes Wochenende erleben. Einfach nur zwei Jungs, die ein bisschen Dampf ablassen.«

Ryan runzelte die Stirn. »Und wo sollten wir deiner Meinung nach dieses bisschen Dampf ablassen?«

Dom Caruso gab keine Antwort. Er lächelte nur.

Jack beantwortete seine eigene Frage: »In Miami.«

»Warum eigentlich nicht? Wir fliegen mit einem Linienflug dort hinunter, mieten uns zwei Zimmer in South Beach, essen gut kubanisch ...« Er überließ es auch diesmal Ryan, seinen Gedanken zu beenden.

»... und fahren nach Coral Gables rüber und werfen mal einen kurzen Blick auf Southwest Sixty-second Place. Ist das dein Plan?«

Dom nickte. »Wer würde davon erfahren? Und wer wird sich darum kümmern?«

»Und wir informieren Granger nicht darüber?«

»Müssen wir Granger erzählen, was wir an unseren Wochenenden machen?«

»Wenn wir es aber Granger oder jemand anderem hier nicht erzählen, was bringt es dann, überhaupt dorthin zu fahren?«

»Schau, wir werden uns dem Anwesen nicht zu weit nähern, und wir werden uns auf keinen Fall in Gefahr bringen. Wir schauen uns nur ein bisschen um. Vielleicht notieren wir uns irgendwelche Kennzeichen auf dem Parkplatz oder folgen irgendeinem Computer-Nerd zu seiner Computer-Nerd-Wohnung und schreiben seine Adresse auf.«

»Ich weiß nicht recht«, sagte Jack. Natürlich hatte Dom recht, und sie konnten in ihrer Freizeit machen, was sie wollten.

Aber er wusste auch, dass sie damit zwar nicht irgendwelchen tatsächlichen Anordnungen ihres Chefs zuwiderhandelten, aber dennoch den *Geist* von Grangers Anordnungen verletzten. Auch wenn sie auf dieser Reise nicht für den Campus tätig waren, war das ein ziemlich schmaler Grat.

»Willst du heimgehen und das ganze Wochenende auf deinem Arsch hocken, oder willst du stattdessen etwas tun, das vielleicht wichtig werden könnte? Noch einmal, wenn nichts dabei herauskommt, ist kein Schaden entstanden. Wenn wir jedoch Informationen bekommen, die uns und den Campus weiterbringen, werden wir sie Sam übergeben und uns gleichzeitig bei ihm entschuldigen. Du weißt doch, wie das ist. Manchmal ist es besser, um Verzeihung als um Erlaubnis zu bitten.«

Das leuchtete Jack ein. Er überlegte, was sie zusammen alles erreichen könnten, wenn er dem Vorschlag seines Cousins zustimmte. Schließlich lächelte er trocken. »Ich muss zugeben, Vetter, ich mag einen guten Mojito.«

Caruso lächelte. »So gefällst du mir, Junge.«

53

Dominic und Jack trafen am späten Freitagabend in Miami ein. Sie hatten einen Linienflug in der Touristenklasse gebucht, der ihnen jedoch verglichen mit Hendleys G-550-Privatjet wie ein Rückfall in die Steinzeit vorkam. Der Flug war jedoch pünktlich angekommen, und die beiden Männer hatten unterwegs fast nur geschlafen.

Sie hatten keine Pistolen dabei, obwohl es in den Vereinigten Staaten nicht verboten war, eine Waffe in ein Verkehrsflugzeug mitzunehmen. Da es außerdem in Florida erlaubt war, eine lizenzierte Waffe auch verdeckt zu tragen, hätten sie ihre Pistolen ungeladen in ihr kontrolliertes Gepäck legen und damit nach Miami fliegen können. Dies hätte allerdings das Ausfüllen zahlreicher Formulare mit den entsprechenden Verzögerungen erfordert, deshalb hatten die beiden Männer entschieden, ihre Waffen daheim zu lassen. Außerdem hatte man ihnen ja befohlen, keine formelle Überwachungsoperation der Örtlichkeit durchzuführen, wo der Command Server stand. Wenn Sam irgendwie herausfand, was sie hier unternahmen, würden sie die Tatsache als Verteidigungsargument gebrauchen können, dass sie ihre Pistolen nicht mitgenommen hatten und es deshalb auch keine »offizielle Campus-Operation« gewesen sein konnte.

Das war natürlich Haarspalterei, die Jack eigentlich überhaupt nicht gefiel. Trotzdem war er der Ansicht, dass Campus-Agenten sich diesen Ort einmal mit eigenen Augen ansehen sollten.

Sie mieteten sich einen unauffälligen Toyota-Viertürer und fuhren nach Miami Beach, wo sie ein billiges Eineinhalb-Sterne-Motel fanden. Dominic mietete zwei Zimmer für zwei Nächte und zahlte bar, während Ryan im Wagen wartete. Sie fanden ihre nebeneinanderliegenden Zimmer, warfen ihre Reisetaschen auf die Betten und gingen zum Toyota auf dem Parkplatz zurück. Dreißig Minuten nach dem Einchecken schlenderten sie zu Fuß die Collins Avenue entlang und bahnten sich ihren Weg durch die Massen von Strandbesuchern und Wochenendtouristen. Sie gingen zwei Blocks hinüber zum Ocean Drive und setzten sich in die erste Bar, die sie sahen, die wie die meisten Nachtlokale an einem solchen Freitagabend in Miami von erstaunlich vielen schönen Frauen besucht wurde.

Als die beiden Männer einen Mojito getrunken und einen zweiten bestellt hatten, sprachen sie über ihre Pläne fürs Wochenende.

»Als Erstes fahren wir morgen früh nach Coral Gables raus«, sagte Dom.

»Eine Autoaufklärungstour bei Tageslicht?«, fragte Jack.

»Ja. Nur eine sanfte Erkundung. Mehr werden wir auf diesem Trip auch kaum leisten können. Du hast ja die Straßen auf Google Maps gesehen, dort gibt es kaum Möglichkeiten, sich irgendwo zu verstecken.«

»Bist du sicher, dass du nicht gleich jetzt dort vorbeifahren willst?«

Dominic schaute zu den wunderschönen Frauen hinüber. »Vetter, du bist vielleicht kein Single mehr, aber ich! Sei kein Unmensch!«

Ryan lachte. »Ich bin auch noch Single. Ich bin zurzeit nur nicht mehr auf der Suche.«

»Was du nicht sagst. Ich kann doch sehen, wie du dahinschmilzt, wenn sie anruft. Zum Teufel, Dude, deine

Stimme geht eine halbe Oktave in die Höhe, wenn du mit ihr sprichst.«

Jack stöhnte. »Nein. Bitte sag mir, dass das nicht stimmt.«

»Tut mir leid. Sie hat dich fest an der Angel.«

Jack konnte sich immer noch nicht an den Gedanken gewöhnen, dass seine Kollegen im Büro merkten, dass er mit Melanie telefonierte. Er seufzte und sagte dann: »Diesmal hatte ich eben Glück.«

»Das ist kein Glück. Du bist ein guter Junge. Du verdienst sie.«

Sie saßen ein paar Minuten schweigend da und nippten an ihren Drinks. Ryan war gelangweilt. Er schaute auf sein Handy, ob irgendwelche SMS von Melanie angekommen waren, während Dom eine kolumbianische Schönheit an der Bar beäugte. Sie lächelte zurück, aber ein paar Sekunden später erschien ihr Freund, küsste sie und setzte sich auf den Barhocker neben ihr. Er sah aus wie ein Linebacker von den Miami Dolphins. Caruso kicherte, schüttelte den Kopf und leerte dann seinen Mojito mit einem lauten Schlürfen.

»Scheiß drauf, Vetter. Schauen wir uns den Command Server an!«

Ryan holte eine Sekunde später zwei Zwanzig-Dollar-Scheine aus dem Portemonnaie und warf sie auf den Tisch. Dann machten sie sich zu ihrem Mietwagen auf.

Als sie die Adresse fanden, war es beinahe Mitternacht.

Während sie langsam an dem Gebäude vorbeifuhren, behielten beide Männer den Eingang und den Parkplatz im Auge. Auf dem Firmenschild stand, dass BriteWeb eine Datenhosting-Firma für Privatpersonen und Kleinunternehmen sei. In dem zweistöckigen Bau brannten ein paar Lichter, und auf dem kleinen Parkplatz standen einige Autos.

Sie bogen um die Ecke und schauten in eine kleine, beleuchtete überdachte Passage hinein, die mitten durch das Gebäude hindurchführte.

Plötzlich spürte Jack, wie sich seine Nackenhaare aufrichteten.

Dominic ließ ein leises Pfeifen hören. »Die sehen aber ganz und gar nicht wie Computerfreaks aus.«

Am Eingang zu dieser Passage standen zwei junge Männer und rauchten Zigaretten. Beide trugen knallenge T-Shirts und khakifarbene Cargohosen. Sie waren über 1,80 Meter groß und wahre Muskelpakete. Sie hatten dunkelblondes Haar, ein vierkantiges Kinn und breite slawische Nasen.

»Schauen diese Jungs für dich nicht russisch aus?«

»Ja«, bestätigte Jack. »Aber ich bezweifle, dass einer der beiden Dmitri Oransky, der Eigentümer dieser Firma, ist. Sie sehen eher wie Securities aus.«

»Das könnte die russische Mafia sein«, sagte Dom. »Die gibt es jetzt überall in Südflorida.«

»Wer immer sie sind, sie werden uns bemerken, wenn wir weiterhin zu dieser nachtschlafenden Zeit an ihnen vorbeifahren. Lass uns morgen früh wiederkommen.«

»Gute Idee.«

»Wie wär's, wenn wir uns zwei neue Fahrzeuge besorgen, um sicherzugehen, dass wir nicht auffliegen? Unterschiedliche Marken und Modelle. Das hier ist Südflorida, also werden wir getönte Scheiben haben, das wird uns helfen. Mit zwei Autos verdoppeln wir unsere Beobachtungszeit, ohne bei den Schlägertypen, die die Straße im Auge haben, Verdacht zu erregen. Wir müssen von allen, die kommen und gehen, Fotos machen.«

»Einverstanden.«

In vierzehntausend Kilometer Entfernung beugte sich eine dreiundzwanzigjährige Frau in einem vierzehn Stockwerke hohen Gebäude in Kanton nach vorn, um ein Bild auf ihrem Monitor genau zu betrachten. Fünf Sekunden später drückte sie auf eine Taste auf ihrer Tastatur und hörte ein kurzes leises Piepen in ihrem Headset.

Sie saß ganz ruhig da und sah sich das Echtzeitbild aus Miami an, während sie darauf wartete, dass Center eine Videoverbindung mit ihr herstellte. Sie hatte Center nur ein paar Minuten früher vorbeigehen sehen, deshalb war er vielleicht in einem Konferenzraum und nicht in seinem Büro. In diesem Fall würde er den Anruf auf seinem VoIP-Headset und nicht über die Videokonferenzfunktion auf seinem Computer entgegennehmen. Selbst wenn er hier im Raum gewesen wäre, hätte sie ihn nicht laut herbeigerufen. Wenn dies jeder in dieser Etage tun würde, ginge es dort zu wie im Handelssaal der Warenterminbörse von Chicago.

Neben dem Bild aus Coral Gables erschien jetzt das von Dr. Tong auf ihrem Computermonitor.

Er schaute von seinem Schreibtisch auf. »Center.«

»Center, hier ist Tisch 34.«

»Ja?«

»Zielobjekt Hendley Associates, Maryland, Vereinigte Staaten. Zielperson Jack Ryan Junior und Zielperson Dominic Caruso.«

»Sind sie in Florida angekommen?«

»Jawohl. Sie führen eine Aufklärungsoperation des Command-Server-Standorts durch. Ich sehe sie hier in Echtzeit in einem Mietwagen nur einen Block vom Brite-Web-Gebäude entfernt.«

»Alarmieren Sie die örtlichen Hilfskräfte. Teilen Sie ihnen mit, dass eine unbekannte Gruppe den Command Server entdeckt hat. Geben Sie ihnen den Namen ihres Hotels, ihre Autonummer und beschreiben Sie ihnen ihr Aussehen. Enthüllen Sie auf keinen Fall die Identität der Personen. Weisen Sie die lokalen Hilfskräfte an, die Zielpersonen physisch zu terminieren. Wir haben das schon viel zu lange andauern lassen.«

»Verstanden.«

»Dann teilen Sie der Abteilung für Datenlogistik mit, den Datenfluss nicht mehr über den Miami Command Server laufen zu lassen. Diese Operation ist mit sofortiger Wirkung beendet. Nach dem Tod von Jack Ryan Junior wird es gründliche Untersuchungen dieses Vorfalls geben, deshalb dürfen wir dort nichts hinterlassen, was sie zum Ghost Ship führen könnte.«

»Jawohl, Center.«

»Die Datenlogistik kann erst einmal den Command Server in Detroit benutzen, bis wir eine Dauerlösung finden.«

»Jawohl, Center.«

Die Controllerin beendete die Verbindung und öffnete dann auf einem ihrer Monitore Cryptogram. In Sekundenschnelle war sie mit einem Computer in Kendall, Florida, verbunden. Er gehörte einem fünfunddreißigjährigen russischen Staatsbürger, der sich mit einem abgelaufenen Studentenvisum in den Vereinigten Staaten aufhielt.

Zwölf Minuten nachdem Center mit seiner Controllerin gesprochen hatte, klingelte das Handy in der Tasche eines russischstämmigen US-Bürgers in einem Nachtklub in Hollywood Beach, Florida.

»Da?«

»Yuri, hier ist Dmitri.«

»Was gibt es, Sir?«

»Wir haben ein Problem. Sind die Jungs bei Ihnen?«

»Ja.«

»Holen Sie sich einen Stift, und schreiben Sie sich diese Adresse auf. Ihr Jungs werdet heute Nacht noch viel Spaß haben.«

Jack und Dom kehrten in ihre Absteige zurück und gönnten sich auf der winzigen rückwärtigen Veranda hinter

Ryans Zimmer noch ein Bier. Um etwa 1.30 Uhr waren sie damit fertig, und Dom wollte gerade auf sein Zimmer gehen, als er beschloss, noch am Verkaufsautomaten in der Durchgangspassage eine Flasche Mineralwasser zu kaufen.

Auf dem Weg zur Passage schaute er plötzlich in die Mündung einer langen schwarzen Automatikpistole.

Ryan saß immer noch auf der Veranda. Als er aufblickte, sah er zwei Männer über die niedrige Brüstung klettern. Sie hatten beide Pistolen in der Hand, die sie jetzt vor Ryans Gesicht hin und her schwenkten.

»Zurück ins Zimmer!«, sagte ein Mann mit einem starken russischen Akzent.

Jack hob die Hände.

Einer der Russen holte zwei Aluminiumstühle von der Veranda, auf die sich Ryan und Caruso jetzt setzen mussten. Der kleinste der drei Gangster hatte eine Sporttasche dabei, aus der er jetzt eine riesige Klebebandrolle zog. Während die beiden anderen Männer auf der entgegengesetzten Seite des Zimmers stehen blieben, fesselte der Russe zuerst Jacks und dann Doms Waden mit dem breiten Klebeband an ihre Stuhlbeine und danach ihre Hände hinter der Stuhllehne.

Ryan war zuerst so geschockt, dass es ihm die Sprache verschlagen hatte. Er wusste, dass man ihnen auf dem Rückweg ins Motel nicht gefolgt war, und er konnte sich beim besten Willen nicht erklären, wie die sie hier aufgespürt hatten.

Die drei Typen sahen aus, als ob sie es ernst meinten, man merkte jedoch auch, dass sie schlichte Muskelprotze waren. Jack war sich sicher, dass sie nicht die Gehirne hinter dieser Operation waren. Jede Operation, die komplizierter war, als sich die Schuhe zu binden oder ihre Pistole abzufeuern, überstieg ganz bestimmt ihre Fähigkeiten.

Sie mussten Dmitris Gorillas sein. So wie es aussah, wollte Dmitri Ryan und Caruso den Garaus machen.

Dom versuchte, mit den Männern zu reden. »Was soll das alles hier?«

Der offensichtliche Anführer des Trios sagte: »Wir wissen, dass ihr uns ausspioniert.«

»Ich weiß nicht, wovon zum Teufel Sie überhaupt reden. Wir sind nur übers Wochenende hierhergekommen, um an den Strand zu gehen. Wir wissen nicht einmal, wer ...«

»Halt's Maul!«

Jede Faser von Ryans Körper machte sich bereit zum Handeln. Er wusste, dass er keine Chance mehr hatte, sich zu bewegen oder zu kämpfen, wenn seine Füße gefesselt waren.

Aber er sah im Moment auch keinen Ausweg. Die beiden Männer, die ihre Pistolen auf sie richteten, standen mehr als drei Meter entfernt auf der anderen Seite des Betts. Jack wusste, dass er unmöglich zu diesen Waffen gelangen konnte, bevor sie sie auf ihn abfeuerten.

Er beschloss, die Männer anzusprechen. »Hört mal. Wir wollen genauso wenig Stress wie ihr. Wir befolgen doch auch nur Befehle.«

Der Anführer lachte hämisch und sagte: »Tatsächlich? Na, da wird sich euer Boss eine neue Mannschaft suchen müssen, denn ihr beiden Hübschen werdet jetzt sterben.«

Der kleinere Mann zog ein Stück schwarzen Draht aus seiner Sporttasche und reichte ihn seinem Boss. Ryan bemerkte sofort die kleinen Schlaufen an den beiden Enden und begriff, worauf er hier blickte.

Es war eine Garrotte, ein Tötungsinstrument, das man dem Opfer um den Hals legte und dann von hinten fest zuzog, um es damit zu erwürgen.

Ryan sprach noch schneller weiter: »Ihr versteht nicht. Euer Boss ist auch unser Boss.«

»Was redest du denn da?«

»Center hat uns geschickt. Er sagt, Dmitri reißt sich mehr von der telegrafischen Geldüberweisung unter den Nagel, die eigentlich gleichmäßig zwischen euch aufgeteilt werden sollte, als ihm tatsächlich zusteht. Deshalb sind wir hier.«

»Wovon sprichst du überhaupt?«

Caruso nahm jetzt Jacks Faden auf: »Center hat den Computer und das Telefon eures Chefs gehackt und festgestellt, dass ihr Jungs beschissen werdet.«

Ein Mann auf der anderen Seite des Zimmers sagte: »Sie erfinden doch nur irgendeine Scheiße, damit wir sie nicht töten.«

»Ich habe den Beweis auf meinem Laptop«, sagte Jack. »Es ist ein Cryptogramgespräch, in dem Center Dmitri genau erzählt, was er euch Jungs zahlen soll. Ich kann es euch zeigen.«

»Du zeigst uns einen Scheiß«, rief der gleiche Typ. »Du lügst. Warum sollte sich Center dafür interessieren, was wir verdienen?«

»Center verlangt von allen seinen Agenten, dass sie machen, was er ihnen sagt. Ihr Jungs müsst das doch eigentlich wissen. Er weist euren Boss an, euch eine bestimmte Summe zu zahlen, und er erwartet dann, dass das auch passiert. Dmitri hat euch jedoch zu seinen eigenen Gunsten gelinkt, und Center hat uns hergeschickt, um uns darum zu kümmern.«

Jetzt schaltete sich erneut Caruso ein: »Genau. Vor ein paar Monaten hat er uns nach Istanbul geschickt, um ein paar Typen umzulegen, die ihn betrogen hatten.«

Der Anführer der Russen, der immer noch an der rückwärtigen Wand stand, war weiterhin skeptisch. »Dmitri hat mir erzählt, dass Center euch tot sehen möchte.«

Jack und Dom schauten einander überrascht an. Center wusste, dass sie hier in Miami waren? Wie?

Aber Jack erholte sich rasch. »Das hat euch Dmitri erzählt? Ich kann euch *beweisen,* dass das absoluter Schwachsinn ist.«

»Wie?«

»Ich muss mich dazu nur in Cryptogram einloggen, dann kann ich in höchstens zwei Minuten mit Center sprechen, und ihr könnt euch selbst bei ihm erkundigen.«

Die drei Gangster begannen, sich rasend schnell auf russisch zu unterhalten. Schließlich fragte einer: »Wie sollen wir erkennen, dass es sich wirklich um ihn handelt?«

Jack zuckte trotz seiner Fesseln mit den Achseln. »He, Junge. Es ist *Center.* Frag ihn irgendetwas. Frag ihn nach eurer Organisation. Frag ihn, welche Operationen ihr für ihn ausgeführt habt. Zum Teufel, frag ihn nach deinem Geburtstag. Er wird ihn kennen.«

Das schien die Russen zu überzeugen.

Nach einem weiteren längeren Gespräch untereinander steckte einer der drei seine Pistole ins Holster und ging zum Tisch hinüber. »Gib mir dein Passwort. *Ich* werde bei Center auf deinem Computer nachfragen.«

Ryan schüttelte den Kopf. »Das wird nicht funktionieren. Er kann durch die Webcam sein Gegenüber sehen. Scheiße, wie lange seid ihr Jungs eigentlich dabei? Er wird sehen, dass nicht ich es bin, und wird deshalb das Gespräch nicht annehmen. Er wird die Verbindung mit diesem Gerät dauerhaft kappen und nach seiner gewohnten Art wahrscheinlich eine weitere Crew nach Miami schicken, die jeden, der hier für ihn arbeitet, töten wird, angefangen mit dem Idioten, der sich auf meinem Rechner eingeloggt hat.«

»Du übertreibst«, sagte der Russe am Tisch. Trotzdem trat er einen Schritt vom Laptop und seiner Kamera zurück.

»Glaub mir«, sagte Jack. »Die Chinesen nehmen ihre Sicherheit äußerst ernst.«

»Chinesen?«

Jack schaute den Mann einfach nur an.

»Center ist Chinese?«, fragte einer der anderen Russen.

»Das kann doch nicht wahr sein«, sagte Jack und schaute zu Dom hinüber. Der schüttelte nur den Kopf, als ob sie es hier mit lauter Idioten zu tun hätten.

»Seid ihr Jungs neu dabei?«

»Nein«, sagte der kleinere Mann.

Nach einem bellenden Befehl des Manns am Tisch zog einer der beiden anderen ein Butterflymesser aus seiner Jacke und öffnete es mit Schwung. Er schnitt das Klebeband an Ryans Hand- und Fußgelenken durch, und Jack konnte von seinem Metallstuhl aufstehen. Als er die drei Meter zum Tisch hinüberging, schaute er über die Schulter auf Caruso. Dominic verzog keine Miene. Er saß nur da und beobachtete das Geschehen.

Ryan blickte den Anführer an. »Lass mich zuerst Kontakt mit ihm aufnehmen und ihm die Situation erklären. Dann binde ich dich in die Unterhaltung ein.«

Der Russe nickte, und Jack merkte, dass er die drei Bewaffneten erfolgreich ausgetrickst hatte, die noch vor einer Minute ihn und seinen Cousin fast getötet hätten.

Er kniete sich vor seinen Laptop, wobei er sich der drei Augenpaare schmerzlich bewusst war, die jetzt auf ihm ruhten. Der am nächsten stehende Mann war auf der rechten Seite nur zwei Schritte von ihm entfernt, ein weiterer stand immer noch mit gezogener Waffe auf der anderen Seite des Betts, und der dritte, der gerade Ryans Fesseln durchgeschnitten hatte, stand mit dem Butterflymesser in der Hand neben Caruso.

Jack hatte zwar einen Plan, aber er war nicht bis zum Ende durchdacht. Er wusste, dass er über Cryptogram nicht mit Center sprechen konnte, da er dieses Softwareprogramm ja nicht einmal auf seinem Computer hatte. Er war also nur noch Sekunden von einem Verzweiflungskampf hier in diesem Zimmer entfernt. Während er sich ziemlich sicher war, dass er einen dieser drei Schlägertypen in einem Handgemenge überwältigen konnte, würde er es unmöglich quer durch den Raum zu dem Typ auf der anderen Seite des Betts schaffen.

Er brauchte eine Pistole, und die nächste Pistole steckte in dem Holster des Mannes neben ihm.

Jack schaute aus seiner knienden Position vor dem Computer zu ihm empor.

»Und?«, sagte der Russe ungeduldig.

»Vielleicht werde ich doch nicht mit Center reden«, sagte er in einem Ton, der weit schärfer war als noch vor ein paar Minuten, als sie ihn an diesen Stuhl gefesselt hatten.

»Warum nicht?«, fragte der Russe.

»Ihr Jungs werdet uns sowieso nichts tun. Ihr blufft doch nur.«

»Wir bluffen?« Der Mann war jetzt echt verwirrt. Der Amerikaner vor ihm hatte ihn mehrere Minuten lang davon zu überzeugen versucht, ihn an seinen Computer zu lassen. Und jetzt sagte er, er wolle ihn gar nicht bedienen. »Ich bluffe nicht.«

»Wie, wirst du mich von deinen netten Kumpels hier zusammenschlagen lassen?«

Der Anführer schüttelte den Kopf und lächelte. »Nein, sie werden dich erschießen.«

»Oh, ich verstehe. Du hast also diese Jungs mitgebracht, damit sie die Scheiße erledigen, zu der du selbst zu feige bist.« Jack schüttelte den Kopf. »Typischer russischer Schlappschwanz!«

Zieh endlich deine Waffe!, schrie Jacks innere Stimme. Es war die einzige Chance für ihn und Dom, die nächsten paar Sekunden zu überleben.

Das Gesicht des Mannes färbte sich blutrot vor Wut, und er griff unter sein rotes Seidenhemd an seinen Hosenbund.

Bingo, dachte Jack, sprang blitzschnell von den Knien

auf und griff mit beiden Händen nach der Waffe, die gerade unter dem Seidenstoff hervorkam.

Der Mann versuchte, einen Schritt zurück und zur Seite zu weichen, aber Ryan hatte solche Waffeneroberungsmethoden viele Stunden geübt und wusste deshalb genau, was zu tun war. Während er seinen Körper in den Russen rammte und ihn dadurch nach hinten stieß, drückte er die Laufmündung der Pistole nach unten und nach links, um aus der Schusslinie zu gelangen, wenn der Russe doch noch abdrücken würde. In einer einzigen Bewegung zog er an der Pistole des Russen und drehte sie gleichzeitig in Richtung seines Abzugsfingers, bis dieser brach. Als der Mann laut aufschrie vor Schmerzen, steckte Jack seinen eigenen Finger in den Abzugsbügel und drehte die ganze Waffe fast 180 Grad nach hinten, während die Hand des Russen sie immer noch festhielt. Dann drückte er dessen gebrochenen Finger zwei Mal hintereinander gegen den Abzug.

Beide Kugeln schlugen in den bewaffneten Russen auf der anderen Seite des Betts ein. Der Mann drehte sich um die eigene Achse und fiel auf den Boden.

Als der immer noch vor Schmerzen brüllende Anführer rückwärts gegen das Bett stieß, konnte Jack ihm seine Pistole endgültig entreißen, richtete sie im beidhändigen Gefechtsgriff nach vorn und schoss dem Mann aus einer Entfernung von weniger als einem Meter zweimal in den Bauch. Der russische Mafioso war bereits tot, als er auf dem Bett aufkam.

Jack wirbelte jetzt zu dem Mann herum, der rechts von ihm neben Dom stand. Noch bevor er jedoch die Pistole für einen schnellen Schuss auf ihn richten konnte, merkte er, dass er in Schwierigkeiten steckte. Als er nämlich seine Wendung beendete, sah er, wie der Mann über seinem Kopf weit ausholte. Jack wurde klar, dass der Gangster dabei war, sein Messer auf ihn zu werfen.

Jack ließ sich, ohne zu feuern, auf den Boden fallen. Er wollte auf keinen Fall das Risiko eingehen, seinen gefesselten Cousin zu treffen, wenn er einen ungezielten Schuss abgab, während er einem Messer auswich.

Das sich rasend schnell drehende Stück Stahl wirbelte über seinen Kopf hinweg und bohrte sich tief in die Wand.

Als Jack nach oben sah, zog der Russe seine Pistole aus der Hose. Der Mann war wirklich schnell … er konnte seine Waffe offensichtlich schneller ziehen als Jack.

Aber Ryan hielt seine Glock ja bereits in der Hand. Er jagte dem Mann zwei Kugeln in die Brust. Der Russe prallte rückwärts gegen die Wand und fiel dann zwischen Doms Stuhl und dem Bett zu Boden.

Caruso kämpfte gegen seine Fesseln an, während sich Ryan einen Moment Zeit nahm, um nachzusehen, ob alle Männer auch wirklich tot waren.

»Schlau gedacht und gut geschossen«, lobte Dom.

Jack befreite ihn jetzt ganz schnell von seinen Klebebändern. »Wir müssen in sechzig Sekunden draußen sein.«

»Geht klar«, rief Dom, sprang quer übers Bett, griff sich sein Handgepäck und stopfte persönliche Gegenstände hinein.

Ryan sammelte die Handys und Brieftaschen der Toten ein, steckte den Laptop in seine Reisetasche und rannte ins Badezimmer, um sich ein Handtuch zu besorgen. Er nahm sich zehn Sekunden Zeit, um alle Oberflächen abzuwischen, die er berührt haben könnte, und weitere zehn Sekunden, um das ganze Zimmer danach abzusuchen, ob sie etwas liegen lassen hatten.

Als sie quer über den dunklen Parkplatz hasteten, rief Jack: »Überwachungskamera?«

»Ja, der Kasten ist hinter dem Empfangstresen, ich kümmere mich darum.«

»Ich hole den Wagen.«

Caruso betrat die Lobby. Es war nur noch ein Nachtportier da, der von seinem Telefon aufschaute, als sich Dom zielstrebig dem Empfangsschalter näherte.

Der Mann legte den Hörer auf und sagte nervös: »Ich habe gerade die Polizei angerufen. Sie sind unterwegs.«

»Ich *bin* die Polizei«, erwiderte Caruso. Er sprang über den Tresen, stieß den Portier beiseite und drückte auf die Auswurftaste des Aufnahmegeräts der Überwachungskamera des Motels. »Und ich muss das hier als Beweismittel beschlagnahmen.«

Dem Nachtportier war anzumerken, dass er ihm nicht glaubte, aber er machte keinerlei Anstalten, ihn aufzuhalten.

Jack fuhr mit dem Toyota vor der Eingangstür der Lobby vor, und Dom stieg in aller Eile ein. Sie bogen aus dem Parkplatz aus, lange bevor der erste Polizeiwagen eintraf.

»Was jetzt?«, fragte Ryan.

Caruso schlug den Kopf vor lauter Frust rückwärts gegen die Kopfstütze. »Wir rufen Granger an, erzählen ihm, was passiert ist, und dann fliegen wir heim und lassen uns anschreien.«

Ryan stöhnte und drückte, so fest er konnte, den Lenkradring zusammen, während ihm noch das Adrenalin durch die Adern schoss.

Ja. Genau so würde es sich wohl abspielen.

54

Das Telefongespräch zwischen dem Präsidenten der Vereinigten Staaten Jack Ryan und dem Präsidenten der Volksrepublik China Wei Zhen Lin fand auf Ryans Initiative statt. Er wollte in einen Dialog mit Wei eintreten, da er trotz dessen öffentlicher Bekundungen ebenso wie die meisten seiner Berater glaubte, dass Su den Konflikt in der Taiwan-Straße und im Südchinesischen Meer in einem Maße vorantrieb, das Wei eigentlich im tiefsten Innern Sorge bereiten musste.

Ryan hoffte, zu Wei durchdringen zu können, indem er ihm die Gefährlichkeit des Wegs aufzeigte, den sein Land gegenwärtig einschlug. Aber selbst wenn ihm das nicht gelingen sollte, war Ryan der Ansicht, dass er es zumindest versuchen sollte.

Weis Büro hatte am Tag zuvor Botschafter Kenneth Li angerufen und einen Termin am folgenden Abend chinesischer Zeit vereinbart.

Jack traf sich vor dem Anruf im Oval Office mit Mary Pat Foley und CIA-Direktor Jay Canfield. Gemeinsam wollten sie entscheiden, ob er die Morde in Georgetown bei seinem Gespräch mit dem chinesischen Präsidenten erwähnen sollte.

Sowohl Foley als auch Canfield waren fest davon überzeugt, dass man Zha umgebracht hatte, bevor er Chinas Verwicklung in die Cyberangriffe auf den Westen, vor allem auf Amerika, enthüllen konnte.

Über Dr. K. K. Tong und seine Pläne war bisher zwar nur wenig bekannt, aber je tiefer die NSA nachforschte, desto sicherer war man sich, dass es sich um eine chinesische Operation und nicht um die Cyberverbrechen irgendwelcher Hongkonger Triaden handelte. Zhas Beteiligung an der Attacke auf die Drohnen war nicht mehr zu leugnen, auf die falsche Softwarefährte in den Iran waren die Computerspezialisten der NSA nicht hereingefallen, und mehr und mehr Angriffe gegen wichtige Netzwerke der US-Regierung trugen das Kennzeichen von Zhas Code.

Alle diese Indizienbeweise waren zwar noch nicht endgültig erhärtet, aber schlüssig. Ryan selbst war davon überzeugt, dass China hinter den Attacken auf die Netzwerke und die Drohnen stand und dass die Morde in Georgetown eine Operation der chinesischen Regierung waren.

Natürlich wollten Canfield und Foley Vergeltung für den Tod der fünf Geheimagenten, das konnte Jack gut verstehen. Trotzdem spielte er in dieser Situation die Rolle des Advocatus Diaboli und teilte ihnen mit, dass er konkretere Beweise benötige, dass die Volksbefreiungsarmee und/oder das MSS Centers Netzwerk leiteten, bevor er die Chinesen öffentlich irgendeiner Sache beschuldigen könne.

Er entschied sich, die Georgetown-Morde beim heutigen Telefongespräch nicht zu erwähnen. Stattdessen würde er sich auf die Aktionen konzentrieren, die China nicht abstreiten konnte, also auf alles, was im Südchinesischen Meer und der Taiwan-Straße passiert war.

Sowohl Ryan als auch Wei würden ihre eigenen Dolmetscher benutzen. Jacks Mandarin-Sprecher saß im Situation Room. Seine Stimme wurde auf Jacks Ohrhörer übertragen, während Jack Weis eigene Stimme über sein Telefon hörte. Das würde die Unterredung natürlich beträchtlich verlangsamen, was dem US-Präsidenten allerdings ganz recht war. Er würde seine Worte äußerst sorgfältig wählen müssen. Ein wenig zusätzliche Zeit, um darüber nachzudenken, könnte ihn vielleicht daran hindern, Präsident Wei zu aggressiv anzugehen.

Das Gespräch begann, wie alle diplomatischen Gespräche auf höchster Ebene begannen. Es war höflich und gestelzt, was in diesem Fall die Dolmetscher nur noch verstärkten. Aber bereits nach kurzer Zeit ging Ryan zum Hauptthema der Unterredung über.

»Herr Präsident, mit äußerster Besorgnis möchte ich mit Ihnen über die militärischen Aktionen Ihrer Nation im Südchinesischen Meer und der Straße von Taiwan reden. Im letzten Monat gab es zahlreiche Angriffe vonseiten der VBA, die Hunderte von Menschen das Leben gekostet und Tausende aus ihrer Heimat vertrieben haben. Vor allem haben sie jedoch den freien Verkehrsfluss durch diese Region beeinträchtigt, was der Wirtschaft unserer beiden Länder in hohem Maße geschadet hat.«

»Präsident Ryan, auch ich bin besorgt. Besorgt über Ihre Aktionen im chinesischen Hoheitsgebiet vor der Küste Taiwans.«

»Ich habe befohlen, die *Ronald Reagan* bis auf dreihundert Seemeilen vor Ihrer Küste zurückzuziehen, wie Sie es verlangt haben. Ich hatte eigentlich gehofft, dies würde die Lage deeskalieren, aber bisher sehe ich keine Anzeichen dafür, dass Sie Ihre Angriffshandlungen eingestellt hätten.«

»Herr Präsident, Sie haben gleichzeitig Ihre *Nimitz* in die Nähe dieser Dreihundert-Meilen-Grenze verlegt«, entgegnete Wei. »Sie ist damit Tausende von Meilen von Ihrem eigenen Territorium entfernt. Warum sollten Sie das tun, wenn Sie uns nicht provozieren wollten?«

»Amerika hat seine Interessen in diesem Gebiet, und es ist mein Job, diese Interessen zu schützen, Präsident Wei.« Noch bevor Weis Dolmetscher diesen Satz fertig übersetzt hatte, fügte Ryan hinzu: »Die militärischen

Schritte Ihrer Nation, so kriegerisch sie in den vergangenen Wochen auch gewesen sein mögen, können immer noch durch Diplomatie zurechtgerückt werden.« Ryan sprach weiter, während im Hintergrund die leise Stimme von Weis Dolmetscher zu hören war: »Ich möchte Sie bitten sicherzustellen, dass nichts geschieht – dass Sie es nicht *erlauben,* dass etwas geschieht –, was die Diplomatie nicht mehr wiedergutmachen könnte.«

Wei erhob die Stimme. »Soll das heißen, Sie wollen China drohen?«

Ryans Ton blieb hingegen ruhig und gelassen. »Ich spreche nicht zu China. Das ist Ihre Aufgabe, Herr Präsident. Ich spreche zu Ihnen. Und das ist nicht als Drohung gemeint.

Wie Sie wissen, besteht ein Großteil der Staatskunst darin, herauszufinden, was Ihre Gegner tun werden. Ich will Ihnen durch dieses Telefongespräch diese Belastung abnehmen. Wenn Ihre Nation unsere Flugzeugträgergruppe im Ostchinesischen Meer angreifen sollte und dabei etwa zwanzigtausend amerikanische Leben gefährdet, werden wir Sie unsererseits mit allem angreifen, was wir haben.

Wenn Sie ballistische Raketen auf Taiwan abfeuern, haben wir keine andere Wahl, als China den Krieg zu erklären. Sie sagen, dass Sie bereit sind, mit aller Welt Geschäfte zu machen. Ich versichere Ihnen, dass ein Krieg ausgesprochen schlecht fürs Geschäft sein wird.«

Nach einer kurzen Pause fuhr Ryan fort: »Das Leben meiner Landsleute liegt mir mehr am Herzen als irgendetwas sonst, Herr Präsident, und ich möchte, dass Sie das mit allen Konsequenzen zur Kenntnis nehmen. Wenn sich dieser Konflikt zu einem offenen Krieg auswächst, werden wir nicht davonlaufen, sondern mit voller Wucht zu reagieren wissen. Ich hoffe, Sie erkennen rechtzeitig, dass der Vorsitzende Su China auf den falschen Weg führt.«

»Su und ich sind uns vollkommen einig.«

»Nein, Präsident Wei, das sind Sie nicht. Meine Geheimdienste sind sehr gut, und sie versichern mir, dass Sie ein Wachstum Ihrer Wirtschaft wollen und Su Krieg will. Diese beiden Dinge schließen sich gegenseitig aus, und ich glaube, dass Ihnen das allmählich bewusst wird.

Meine Gewährsleute erzählen mir, dass der Vorsitzende Su Ihnen verspricht, die Lage nicht weiter zu verschärfen, und Ihnen versichert, dass wir den Schwanz einziehen und uns aus der Region zurückziehen werden, wenn er gegen uns vorgeht. Sollte Ihnen Su dies tatsächlich erzählt haben, hat er Sie ausgesprochen schlecht informiert, und ich habe die Befürchtung, dass Sie auf der Grundlage dieser mangelhaften Informationen handeln könnten.«

»Ihr mangelnder Respekt vor China sollte mich eigentlich nicht überraschen, Herr Präsident, aber ich muss zugeben, dass er es trotzdem tut.«

»Ich respektiere und achte China in hohem Maße. Sie sind die größte Nation mit einem der größten Territorien, und Sie besitzen eine brillante und hart arbeitende Bevölkerung. Mit Ihrer Wirtschaft hat mein Land in den letzten vierzig Jahren gute Geschäfte gemacht. Aber das ist jetzt alles in Gefahr.«

Das Gespräch war an dieser Stelle jedoch noch nicht zu Ende. Wei ließ sich noch mehrere Minuten darüber aus, dass er sich nicht von oben herab belehren lassen werde, und Ryan äußerte den Wunsch, dass sie diese Kommunikationsverbindung offenhalten sollten, da sie bei einem Notfall sehr wichtig werden könnte.

Mary Pat Foley, die die ganze Zeit mitgehört hatte, beglückwünschte hinterher ihren alten Freund und fügte dann hinzu: »Du hast Ihnen erzählt, dass deine Geheimdienste dir Informationen über chinesische militärische Entscheidungen auf höchster Ebene mitgeteilt hätten. Hast du irgendeinen anderen Geheimdienst, von dem ich nichts weiß?« Sie sagte das mit einem schlitzohrigen Lächeln.

»Ich mache das hier schon eine ganze Weile, und ich glaubte, eine leichte Unentschlossenheit in seiner Stimme zu entdecken«, erwiderte Jack. »Ich spürte irgendwie eine mögliche Uneinigkeit zwischen den beiden Lagern und versuchte, seine Besorgnis mit meiner Bemerkung über unsere Geheimdienste zur Paranoia zu steigern.«

Mary Pat lachte. »Das klingt zwar nach Lehnstuhlpsychologie, aber ich habe bestimmt nichts dagegen, wenn das das Leben für die chinesischen Kommunisten schwieriger macht. Ich muss diese Woche an einigen Begräbnisfeierlichkeiten für ein paar großartige Amerikaner teilnehmen und bin mir sicher, dass Wei, Su und ihre Handlanger für den Tod dieser Männer verantwortlich sind.«

55

Jack Ryan und Dominic Caruso saßen in Gerry Hendleys Büro. Ihnen gegenüber saß der ehemalige Senator neben dem Operationsleiter des Campus Sam Granger.

Es war acht Uhr am Samstagmorgen. Während Jack sich gut vorstellen konnte, dass Sam und Gerry es nicht gerade schätzten, am Wochenende so früh im Büro erscheinen zu müssen, war er sich ebenfalls sicher, dass dies nicht ihr Hauptvorwurf sein würde, wenn sie erst einmal erfuhren, was am Abend zuvor in Miami passiert war.

Hendley beugte sich vor und stützte die Ellbogen auf seinen Schreibtisch, und Granger saß mit übereinandergeschlagenen Beinen da, während Dom die Ereignisse der vergangenen Nacht erzählte. Jack warf von Zeit zu Zeit etwas ein, hatte jedoch der Geschichte nicht viel hinzuzufügen. Die zwei jungen Männer gaben freimütig zu, dass ihr »Urlaub« in Miami gegen den Geist, wenn schon nicht gegen den Buchstaben von Grangers Anordnung verstoßen hatte, keine Beobachtungsoperation gegen BriteWeb, dieses russische Datenhosting-Unternehmen, durchzuführen.

Als Dom fertig war und Gerry und Sam klar wurde, dass ihre Agenten nur ein paar Stunden zuvor drei tote Männer in einem Motelzimmer zurückgelassen hatten und keiner der beiden erklären konnte, wie Center wusste, dass sie überhaupt in Miami waren, lehnte sich Gerry Hendley erst einmal in seinem Stuhl zurück. Dass weder Caruso noch Ryan versprechen konnten, dass es keinen einzigen Fingerabdruck, kein Handyfoto oder keine Aufnahme einer Überwachungskamera gab, die sie mit diesen Geschehnissen in Verbindung brachten, war da nur noch das Tüpfelchen auf dem i.

Schließlich brach Hendley das Schweigen: »Ich bin froh, dass ihr beide noch lebt. Es sieht so aus, als ob das Ganze ein paar Augenblicke lang ganz schön knapp war.« Er schaute Sam an. »Ihre Meinung dazu?«

»Wenn seine Agenten direkte Befehle missachten, wird es den Campus nicht mehr lange geben«, sagte Sam. »Und wenn der Campus untergeht, wird Amerika darunter leiden. Unser Land hat mächtige Feinde, falls ihr das noch nicht wissen solltet, und wir alle, auch ihr Jungs, waren bisher wirklich erfolgreich darin, diese Feinde Amerikas in die Schranken zu weisen.«

»Danke«, sagte Jack.

»Aber ich kann es nicht zulassen, dass ihr Jungs solche Sachen macht. Ich muss wissen, dass ich mich auf euch verlassen kann.«

»Das können Sie«, sagte Ryan. »Wir haben einen Fehler gemacht. Es wird nicht wieder vorkommen.«

»Nun, diese Woche wird es bestimmt nicht mehr vorkommen, denn ihr beide seid nächste Woche suspendiert«, erwiderte Sam. »Warum geht ihr nicht heim und denkt ein paar Tage darüber nach, wie leicht es hätte passieren können, dass durch eure unbedachten Handlungen unsere ganze wichtige Mission auffliegt?«

Dom wollte protestieren, aber Jack streckte seine Hand aus und packte ihn am Arm. Er sprach für sie beide, als er sagte: »Wir verstehen das vollkommen, Sam, Gerry. Wir dachten, wir könnten das Ganze durchziehen, ohne uns zu enttarnen. Ich weiß nicht, wie sie herausgefunden haben, dass wir dort sind, aber irgendwie ist es ihnen gelungen. Aber das soll keine Entschuldigung sein. Wir haben es vergeigt, und es tut uns leid.«

Jack stand auf und verließ mit Dominic im Schlepptau das Büro.

Das hatten wir verdient«, sagte Ryan, als sie zu ihren Autos hinausgingen.

Caruso nickte. »Das stimmt. Eigentlich sind wir ja noch gut davongekommen. Allerdings ist es blöd, dass wir gerade jetzt suspendiert wurden. Ich wäre wirklich gern dabei, wenn wir herausfinden, wer diesen Zha und die CIA-Agenten umgebracht hat. Der Gedanke, dass die Chinesen hier mitten in Washington mit einem Killerkommando auftauchen, bringt mich regelrecht auf die Palme.«

Ryan öffnete die Tür seines BMW. »Ja, mir geht es genauso.«

»Sollen wir später noch einen trinken gehen?«, fragte Caruso.

Jack schüttelte den Kopf. »Heute nicht. Ich rufe Melanie an und frage sie, ob wir uns nicht zum Mittagessen treffen können.«

Caruso nickte und wandte sich zum Gehen.

»Dom?«

»Was ist?«

»Wie konnte Center wissen, dass wir in Miami waren?«

Caruso zuckte die Achseln. »Ich habe keine Ahnung, Vetter. Wenn du's herausfindest, teil's mir mit.« Er ging zu seinem Wagen.

Jack setzte sich in seinen BMW, ließ den Motor an und griff nach seinem Handy. Er begann, Melanies Nummer zu wählen, hörte dann aber plötzlich auf.

Er schaute sein Handy an.

Nach einer ganzen Weile wählte er eine Nummer, allerdings nicht die von Melanie Kraft.

»Biery.«

»He, Gavin. Wo bist du gerade?«

»Auch an diesem Samstagmorgen bin ich in meinem

Büro. Was für ein aufregendes Leben, was? Ich habe mich die ganze Nacht mit diesem kleinen Schmuckstück beschäftigt, das wir aus Hongkong mitgebracht haben.«

»Kannst du mal heraus auf den Parkplatz kommen?«

»Warum?«

»Weil ich mit dir reden muss. Ich kann das aber nicht am Telefon tun, außerdem bin ich suspendiert, deshalb kann ich auch nicht in mein Büro.«

»Suspendiert?«

»Lange Geschichte. Komm auf den Parkplatz, und ich lade dich zum Frühstück ein.«

Gavin und Jack fuhren zum Waffle House in North Laurel und suchten sich eine Sitznische in der hintersten Ecke. Als sie ihre Bestellungen abgegeben hatten, wollte Gavin von Jack erfahren, warum er eine Woche suspendiert worden war. Jack hatte sich auf der zehnminütigen Fahrt geweigert, ein einziges Wort zu sagen.

Aber Jack unterbrach ihn sofort.

»Gavin. Was ich dir jetzt sage, bleibt unter uns, okay?«

Biery nahm einen Schluck Kaffee. »In Ordnung.«

»Wenn sich jemand mein Handy nimmt, könnte er einen Virus draufladen und danach meine Bewegungen in Echtzeit verfolgen?«

Gavin hatte sofort eine Antwort parat. »Das ist kein Virus. Das ist nur eine Programmanwendung. Eine App, die immer im Hintergrund läuft, sodass der Nutzer nichts von ihr merkt. Klar, jemand könnte das auf dein Handy aufspielen, wenn er es in die Finger bekommt.«

Ryan dachte einen Moment nach. »Und könnten sie es so einrichten, dass es alles aufzeichnet, was ich sage und tue?«

»Mit Leichtigkeit.«

»Wenn ich eine solche App auf meinem Handy hätte, könntest du sie finden?«

»Ja. Ziemlich sicher. Zeig mir dein Telefon.«

»Es ist immer noch im Auto. Ich wollte es nicht hier reinbringen.«

»Nach dem Essen nehme ich es in mein Büro mit und schaue es mir an.«

»Danke.«

Gavin runzelte die Stirn. »Du hast gesagt, jemand hätte dein Handy genommen. Wer?«

»Das würde ich lieber nicht sagen«, antwortete Jack, obwohl er sich ziemlich sicher war, dass sein besorgtes Gesicht die Antwort verriet.

Gavin Biery setzte sich kerzengerade auf. »O scheiße! Doch nicht deine Freundin!«

»Ich weiß es nicht genau.«

»Aber du hegst offensichtlich einen Verdacht. Lass uns aufs Frühstück verzichten. Ich nehme es jetzt gleich in mein Labor mit.«

Jack Ryan saß eine Dreiviertelstunde lang in seinem Auto auf dem Parkplatz von Hendley Associates. Es war ein seltsames Gefühl, sein Handy nicht mehr dabeizuhaben. Wie bei den meisten Menschen dieser Tage war es fast zu einem unverzichtbaren Körperteil geworden. Ohne dieses Gerät saß er einfach nur still da und wälzte trübe Gedanken.

Seine Augen waren geschlossen, als Biery zu seinem Auto hinauskam. Gavin musste ans Fenster von Jacks schwarzem BMW klopfen.

Ryan stieg aus und schloss die Tür.

Gavin schaute ihn einfach nur lange an. »Es tut mir leid, Jack.«

»War es verwanzt?«

»Eine Ortungssoftware und ein RAT. Ich habe es in meinem Air-Gap-Labor gelassen, damit ich es noch weiter untersuchen kann. Ich muss mir den Quellcode genau anschauen, um die Einzelheiten der Schadsoftware zu erkennen, aber glaub mir, sie ist da.«

Jack murmelte ein paar Dankesworte und stieg zurück in sein Auto. Er machte sich auf den Weg in sein Apartment, besann sich jedoch eines anderen, fuhr nach Baltimore und besorgte sich ein neues Handy.

Als der Verkäufer es so eingestellt hatte, dass es Anrufe unter seiner Telefonnummer entgegennahm, merkte er, dass er eine Voicemail erhalten hatte.

Während er durch das Einkaufszentrum ging, hörte er sich die Botschaft an.

Es war Melanie. »He, Jack. Hast du heute Abend schon etwas vor? Es ist Samstag, und ich arbeite wahrscheinlich nur bis vier Uhr oder so. Wie auch immer ... ruf mich an. Ich hoffe, ich sehe dich heute noch. Ich liebe dich.«

Jack schaltete das Handy aus und setzte sich auf eine Bank in der Mall.

In seinem Kopf drehte sich alles.

Walentin Kowalenko sprach in den Tagen nach den Georgetown-Morden dem Alkohol immer mehr zu. Bis spät in die Nacht saß er mit seiner Ketel One-Flasche vor seinem Fernsehgerät. Er wagte es nicht mehr, im Internet zu surfen, da er jetzt mit Gewissheit wusste, dass Center alle seine Onlinebewegungen genau beobachtete. Es gab keine Site, die ihn im Moment so sehr interessiert hätte, als dass er sie aufgerufen hätte, während ihm irgendein chinesischer Computerspion über die Schulter schaute.

Die Nächte voller Pizza, Wodka und Seifenopern hatten dafür gesorgt, dass er es in der letzten Woche bei seinen Morgenläufen immer langsamer angehen ließ. An diesem Morgen wälzte er sich erst um 9.30 Uhr aus dem Bett, was für einen solchen Gesundheitsfanatiker und begeisterten Besucher von Muckibuden absolut ungewöhnlich war.

Mit verquollenen Augen und verstrubbelten Haaren

machte er sich in seiner Küche Kaffee und Toast, setzte sich an seinen Schreibtisch und öffnete seinen Laptop. In letzter Zeit klappte er ihn immer zu, wenn er ihn nicht benutzte, weil er das Gefühl hatte, von Center die ganze Zeit beobachtet zu werden, wenn er das nicht täte.

Er wusste, dass dies an Verfolgungswahn grenzte, aber er wusste auch, was diesen Geisteszustand bei ihm ausgelöst hatte.

Er öffnete Cryptogram, um zu schauen, ob es neue Anweisungen gab. Tatsächlich hatte ihm Center bereits um 5.13 Uhr eine Meldung geschickt, die ihn anwies, an diesem Nachmittag vor der Brookings Institution zu warten und heimlich die Teilnehmer an einer Tagung über Cybersicherheit zu fotografieren.

Leichter Job, dachte er, bevor er seinen Laptop wieder zuklappte und seine Jogging-Montur anzog.

Da er den ganzen Vormittag freihatte, konnte er genauso gut einen verspäteten Morgenlauf absolvieren. Er trank seinen Kaffee aus, beendete sein Frühstück und verließ um 9.55 Uhr seine Mietwohnung. Als er sich umdrehte, um die Eingangstür von außen zuzuschließen, bemerkte er, dass jemand einen kleinen Umschlag an den Türknopf geklebt hatte. Er schaute die Treppe hoch zur Straße hinauf und ging dann seitlich am Gebäude vorbei zum hinteren Parkplatz.

Nirgends war jemand zu sehen.

Er zog den Umschlag vom Türknopf ab und ging in seine Wohnung zurück, um ihn zu öffnen.

Als Erstes bemerkte er die kyrillische Schrift. Es war eine handgeschriebene Botschaft, die nur aus einer einzigen hingekritzelten Zeile bestand. Die Handschrift war ihm jedoch unbekannt.

»Brunnen auf dem Dupont Circle. Zehn Uhr.«

Unterschrieben war die Nachricht mit »Ein alter Freund aus Beirut«.

Kowalenko las den Zettel noch einmal durch und legte ihn auf den Schreibtisch.

Anstatt joggen zu gehen, ließ sich der Russe auf seine Couch fallen und dachte über diese plötzliche und unerwartete Wendung nach.

Kowalenkos erster Einsatz als Undercoveragent der SWR war tatsächlich in Beirut gewesen. Er hatte um die Jahrtausendwende ein Jahr dort verbracht. Obwohl er nicht in der dortigen russischen Botschaft arbeitete, erinnerte er sich doch immer noch an viele russische Bekannte aus seiner Zeit im Libanon.

Könnte dies jemand aus der hiesigen Botschaft sein, der ihn neulich gesehen hatte und ihm jetzt Hilfe anbieten wollte, oder war das Ganze ein weiterer übler Trick von Center?

Kowalenko entschied, dass er diese Nachricht unmöglich ignorieren konnte. Er schaute auf die Uhr und merkte, dass er sich beeilen musste, wenn er rechtzeitig dort sein wollte.

Um zehn Uhr betrat Kowalenko den Dupont Circle und ging langsam zum Brunnen hinüber.

Der Weg, der um die Brunnenanlage herumführte, war von Bänken gesäumt, auf denen trotz des kühlen Vormittags zahlreiche Menschen allein oder in kleinen Gruppen saßen. Walentin wusste nicht, nach wem er Ausschau halten sollte, also umkreiste er den Brunnen in weitem Bogen und versuchte, irgendwelche Gesichter aus seiner Vergangenheit wiederzufinden.

Nach einigen Minuten bemerkte er einen Mann in einem beigen Trenchcoat, der auf der Südseite der kreisförmigen Grünanlage unter einem Baum stand. Der Mann war allein, hielt sich offensichtlich bewusst von den anderen Besuchern des Platzes fern und schaute in Walentins Richtung.

Kowalenko ging vorsichtig auf ihn zu. Als er näher

kam, erkannte er das Gesicht. Er konnte es nicht glauben. »Dema?«

Dema Apilikow war ein SWR-Agent. Er hatte vor vielen Jahren mit Walentin in Beirut zusammengearbeitet und war noch in jüngster Zeit unter Walentin in London stationiert gewesen.

Kowalenko hatte Dema immer für einen ziemlichen Schwachkopf gehalten. Er war ein paar Jahre lang als unterdurchschnittlicher Undercoveragent tätig, bevor er in der Londoner Botschaft ein Bürohengst im russischen Geheimdienst wurde. Er war jedoch immer ehrlich gewesen und hatte seinen Job wenigstens so weit erledigt, dass er nie entlassen wurde.

Im Moment freute sich Walentin Kowalenko jedoch über alle Maßen, Dema Apilikow hier zu sehen, weil er seine Rettungsleine zum SWR werden konnte.

»Wie geht es Ihnen, Sir?«, fragte Dema. Er war älter als Walentin, aber er redete jeden mit Sir an, als ob er nur einfacher Dienstbote wäre.

Kowalenko schaute sich jetzt in alle Richtungen um und suchte nach Spähern, Kameras oder irgendwelchen anderen Leuten, die Center ausgeschickt haben könnte, um jeden seiner Schritte zu verfolgen. Der Platz sah jedoch unbedenklich aus.

»Mir geht es gut. Wie haben Sie erfahren, dass ich hier bin?«

»Ein paar Leute wissen es. Einflussreiche Leute. Man hat mich mit einer Botschaft hierher gesandt.«

»Von wem?«

»Das darf ich nicht sagen. Leider. Aber es sind Freunde. Männer an der Spitze, in Moskau, die Sie wissen lassen wollen, dass sie daran arbeiten, Sie aus Ihrer misslichen Lage zu befreien.«

»Meiner misslichen Lage? Was meinen Sie damit?«

»Ich meine Ihre rechtlichen Probleme in der Heimat.

Was Sie hier in Washington machen, gilt als SWR-Operation.«

Kowalenko konnte mit dieser Bemerkung nichts anfangen.

Dema Apilikow klärte ihn auf: »Center. Wir wissen von Center. Wir wissen, wie er Sie benutzt. Man hat mich beauftragt, Ihnen mitzuteilen, dass Sie die Erlaubnis der SWR besitzen, bei dieser Sache weiter mitzuspielen. Das könnte für Russland ausgesprochen hilfreich sein.«

Kowalenko räusperte sich und schaute sich in alle Richtungen um. »Center gehört zum chinesischen Geheimdienst.«

Dema Apilikow nickte. »Ja, er gehört zum MSS. Er arbeitet auch für ihr militärisches Cyberkriegsdirektorat. Die Dritte Generalstabsabteilung.«

Dies ergab Sinn. Walentin begriff jetzt manches besser. Gott sei Dank wusste die SWR von Center. Offensichtlich wusste Dema sogar mehr über Center als Walentin selbst.

»Wissen Sie, wie dieser Typ heißt? Irgendeine Idee, wo genau er arbeitet?«

»Ja, er hat einen Namen, aber den darf ich Ihnen nicht mitteilen. Tut mir leid, Sir. Sie sind mein alter Chef, aber offiziell stehen Sie gerade außerhalb des Systems. Sie sind gerade mehr oder weniger ein Undercoveragent, und man hat mir genau aufgetragen, was ich Ihnen mitteilen darf und was nicht.«

»Das verstehe ich gut, Dema. Das Need-to-know-Prinzip. Man soll nur so viel wissen, wie man zur Erfüllung seiner konkreten Aufgabe braucht.« Er schaute zum Himmel hinauf, und der schien plötzlich blauer und die Luft sauberer zu sein. Die ganze Last der Welt war gerade von seinen Schultern gefallen. »Also ... mein Befehl lautet, dass ich weiterhin für Center arbeiten soll, bis ich abgezogen werde?«

»Ja. Halten Sie sich bedeckt, aber führen Sie alle seine

Befehle nach besten Kräften aus. Ich darf Ihnen noch mitteilen, dass Sie zwar nach Ihrer Rückkehr nicht mehr im PR-Direktorat tätig sein können, weil die Gefahr zu groß wäre, dass Sie auf Auslandseinsätzen erkannt würden, aber Sie werden aus einer ganzen Zahl von hohen Positionen im Direktorat R auswählen können.« Das PR-Direktorat war die politische Aufklärung, zu der Kowalenko früher gehört hatte. Das Direktorat R war die Abteilung für Operationsplanung und Analyse. Natürlich hätte er es vorgezogen, auf seinen alten Posten als stellvertretender *Resident* in London zurückzukehren, aber das kam leider nicht infrage. Im Kreml für das R-Direktorat zu arbeiten und weltweite SWR-Einsätze zu planen war jedoch ebenfalls eine Superstellung. Wenn er den Fängen des chinesischen Geheimdiensts entrinnen und zur SWR zurückkehren konnte, würde er sich über eine solche Stellung ganz bestimmt nicht beschweren.

Er stellte sich bereits im Geiste vor, wie er als Held nach Moskau zurückkehren würde. Was für eine unglaubliche Schicksalswende.

Er bekam jedoch seinen Kopf ganz schnell wieder frei und kehrte zu seiner gegenwärtigen Situation zurück. »Wissen Sie … wissen Sie über Georgetown Bescheid?«

Dema nickte. »Das betrifft Sie nicht. Die Amerikaner werden herausfinden, dass es die Chinesen waren, und werden deshalb auch nur nach Chinesen suchen. Wir sind aus dem Schneider. Sie sind aus dem Schneider. Die Amerikaner haben im Moment genug am Hals.«

Kowalenko lächelte, wurde aber plötzlich wieder ernst. Da gab es noch etwas anderes.

»Hören Sie, noch eine Sache. Center hat mich durch eine Sankt Petersburger Mafia aus dem Matrosskaja-Gefängnis herausholen lassen. Ich hatte nichts mit dem Tod …«

»Beruhigen Sie sich, Sir. Das wissen wir. Ja, es war die Tambowskaja Bratwa.«

Kowalenko wusste ein wenig über diese spezielle *Bratwa* oder Bruderschaft. Die Tambowskaja-Gangster waren harte Jungs, die in ganz Russland und in vielen europäischen Ländern operierten. Er war erleichtert, dass die SWR wusste, dass er mit seiner Befreiungsaktion nichts zu tun hatte.

»Das ist eine große Beruhigung, Dema«, sagte er.

Apilikow klopfte Kowalenko auf die Schulter. »Halten Sie noch ein wenig durch und machen Sie, was die von Ihnen verlangen. Wir ziehen Sie bald ab, und dann können Sie in Ehren heimkehren.«

Die Männer schüttelten sich die Hand. »Vielen Dank, Dema.«

56

Am dritten Morgen seiner einwöchigen Suspendierung verließ Jack Columbia und fuhr mitten im Berufsverkehr nach Alexandria hinüber.

Er wusste nicht genau, was er damit eigentlich bezweckte, aber er wollte einfach nur einige Zeit vor Melanies Apartment verbringen, während sie bei der Arbeit war. Er dachte nicht daran, dort einzubrechen – zumindest dachte er nicht *ernsthaft* daran, dort einzubrechen –, aber er wollte durch die Fenster in die Wohnung hineinschauen und ihren Mülleimer inspizieren.

Er war nicht stolz auf diese Idee, aber in den letzten drei Tagen hatte er eigentlich nichts anderes getan, als daheim zu sitzen und vor sich hin zu brüten.

Er wusste, dass Melanie damals in seinem Apartment etwas mit seinem Handy angestellt hatte, bevor er nach Miami flog. Als Gavin festgestellt hatte, dass jemand sein Telefon verwanzt hatte, wusste er sofort, dass er ein liebeskranker Narr sein müsste, wenn er sich nicht eingestehen würde, dass sie etwas damit zu tun hatte.

Er brauchte Antworten, und um sie zu bekommen, entschied er sich, zu ihrer Wohnung zu fahren und in ihrem Müll herumzuwühlen.

»Ganz toll, Jack. Dein Vater, diese CIA-Legende, wäre wirklich verdammt stolz auf dich.«

Als er um 9.30 Uhr durch Arlington fuhr, änderten sich jedoch seine Pläne.

Sein Telefon klingelte. »Ryan am Apparat.«

»Hi, Jack. Hier ist Mary Pat.«

»Direktorin Foley, wie geht es Ihnen?«

»Jack, darüber haben wir doch schon x-mal gesprochen. Für dich bin ich immer noch Mary Pat.«

Jack musste gegen seinen Willen lächeln. »Okay, Mary Pat, aber glaub nur nicht, dass du mich deshalb Junior nennen darfst.«

Sie kicherte zwar kurz, aber Jack hatte den Eindruck, dass es hier um etwas wirklich Ernstes ging.

»Ich frage mich, ob wir uns irgendwo treffen könnten«, sagte sie.

»Natürlich. Wann?«

»Wie wäre es mit jetzt gleich?«

»Oh ... okay. Sicher. Ich bin gerade in Arlington. Ich könnte gleich nach McLean kommen.« Jack wusste, dass die Sache wichtig sein musste. Er wollte sich erst gar nicht vorstellen, was die Direktorin des Office of National Intelligence gerade alles um die Ohren hatte. Also würde es sich hier nicht um ein geselliges Beisammensein handeln.

Nach einer kurzen Pause meldete sie sich wieder: »Tatsächlich möchte ich dieses Gespräch eher vertraulich führen. Wie wäre es, wenn wir uns in einer ruhigen Umgebung treffen? Kannst du zu mir nach Hause kommen? Ich könnte in einer halben Stunde dort sein.«

Mary Pat und Ed Foley lebten im Adams-Morgan-Viertel von Washington. Jack hatte sie in der Vergangenheit oft dort besucht. In den vergangenen neun Monaten hatte ihn Melanie dabei meist begleitet.

»Ich fahre gleich hinüber. Ed kann mir ja Gesellschaft leisten, bis du da bist.« Jack wusste, dass Ed im Ruhestand war.

»Tatsächlich ist Ed im Moment gar nicht in der Stadt. Ich komme, so schnell ich kann.«

Jack und Mary Pat saßen an einem Gartentisch auf der rückwärtigen Terrasse ihres schönen, alten Hauses aus der Kolonialzeit, das für dieses Viertel typisch war. Der hintere Teil des Anwesens war ein uralter, parkartiger Garten mit dicken Bäumen und stattlichen Büschen, deren Laub sich in der Herbstkälte bereits braun zu färben begann. Sie hatte ihm Kaffee angeboten, aber er hatte abgelehnt, weil er ihrer Miene die Dringlichkeit der Angelegenheit entnahm. Sie hatte ihren Leibwächter gebeten, im Haus zu bleiben, was Jack noch mehr überraschte.

Sobald sie sich gesetzt hatten, rückte sie ihren Stuhl näher an den seinen heran und sprach in leisem Ton. »Ich habe heute Morgen John Clark angerufen. Ich war überrascht, dass er nicht mehr für Hendley arbeitet.«

»Das war seine eigene Entscheidung«, sagte Jack. »Wir wollten ihn auf keinen Fall verlieren, das steht fest.«

»Ich verstehe ihn gut«, sagte Mary Pat. »Der Mann hat seinem Land gedient und eine lange, lange Zeit eine Menge Opfer gebracht. Ein paar Jahre normales Leben erscheinen einem dann bestimmt ganz reizvoll. Er hat sie allemal verdient, vor allem nach dem, was er im vergangenen Jahr durchmachen musste.«

»Du hast Clark angerufen, herausgefunden, dass er nicht mehr im Geschäft ist, und dann hast du mich antelefoniert«, sagte Ryan. »Gehe ich recht in der Annahme, dass du uns etwas mitzuteilen hast?«

Sie nickte. »Alles, was ich jetzt sage, ist geheim.«

»Verstanden.«

»Jack, es ist Zeit, dass sich die US-Geheimdienste der Tatsache stellen, dass wir ein großes Problem haben, was die Sicherheit unserer Agenten in China angeht.«

»Ihr habt ein Leck.«

»Du wirkst nicht überrascht.«

Jack zögerte etwas. Schließlich sagte er: »Wir hatten unsere Verdachtsmomente.«

Foley dachte kurz über diese kryptische Bemerkung nach und fuhr dann fort: »Wir hatten eine ziemliche Anzahl von Gelegenheiten, mit Menschen in China Kontakt aufzunehmen – lokale Dissidenten, Protestgruppen, enttäuschte Regierungsbeamte und Militärs und andere, die eine hohe Stellung innerhalb der Partei bekleideten. Alle diese Kontaktpersonen wurden vom chinesischen Geheimdienst aufgespürt. Sie wurden verhaftet, in den Untergrund getrieben oder getötet.«

»Also mangelt es euch im Moment in China an Vor-Ort-Beobachtern.«

»Ich wünschte, dass wir nur einen Mangel an ihnen hätten. Nein, in China verfügen wir im Moment über praktisch überhaupt keine Agenten, Spione oder Informanten mehr.«

»Irgendeine Idee, wo das Leck liegt?«

»Irgendwo in der CIA, das wissen wir«, sagte Mary Pat. »Wir wissen jedoch nicht, ob jemand in unseren Datenverkehr eingedrungen ist oder ob es sich um einen Maulwurf handelt, der in unserem CIA-Stützpunkt in Peking, in Shanghai oder vielleicht sogar in unserer Chinaabteilung in Langley sitzt.« Sie machte eine kleine Pause. »Oder sogar noch höher angesiedelt ist.«

»Angesichts der gegenwärtigen Vorkommnisse würde ich vor allem die chinesischen Cyberkriegsorganisationen im Auge behalten«, sagte Jack.

»Das tun wir ja bereits. Aber wenn die Chinesen tatsächlich unseren Datenverkehr mitlesen, dann haben sie das meisterhaft getarnt. Sie nutzen diese Informationen äußerst bedacht und beschränken sich bisher auf die Spionageabwehr in Bezug auf China. Natürlich gibt es in unseren Meldungen und Depeschen eine Menge Informationen, die für China äußerst nützlich wären, aber bisher haben wir nicht bemerkt, dass sie in irgendeiner Weise darauf zurückgreifen.«

»Wie können wir euch helfen?«, fragte er.

»Es hat sich eine neue Gelegenheit aufgetan.«

Ryan runzelte die Stirn. »Aufgetan von der löchrigen CIA?«

Sie lächelte. »Nein, das nicht. Im Moment kann ich keinem US-Geheimdienst mehr recht trauen. Dies gilt auch für das Verteidigungsministerium.« Sie machte eine kleine Pause. »Die Einzigen, denen ich eine solche Information anvertrauen kann, sind Außenstehende. Außenstehende mit einem ganz eigenen Motiv, über das Ganze Schweigen zu bewahren.«

»Der Campus«, sagte Jack.

»Genau.«

»Worum geht es?«

Mary Pat rückte ihren Stuhl noch näher. Jack beugte sich zu ihr hinüber, bis er nur noch ein paar Zentimeter von ihrem Mund entfernt war. »Vor mehreren Jahren, als Ed die CIA noch geleitet hat, während der letzten Auseinandersetzung deines Vaters mit den Chinesen, war ich Einsatzführer eines CIA-Agenten drüben in Peking, der für die Lösung dieses Konflikts entscheidend war. Allerdings boten sich uns damals noch ein paar andere Optionen. Optionen, die wir allerdings nicht weiterverfolgten, weil sie – wie soll ich sagen –, weil sie irgendwie ungehörig waren.«

»Aber jetzt ist das alles, was ihr habt.«

»Richtig. Auch in China gibt es organisiertes Verbrechen. Ich spreche nicht von den Triaden, die außerhalb des chinesischen Festlands operieren, sondern von Organisationen, die innerhalb des chinesischen Territoriums im Geheimen existieren. Wenn man als Mitglied einer solchen Bande in China verhaftet wird, bekommt man schlicht eine Kugel ins Genick, deshalb treten auch nur die Verzweifeltsten oder Übelsten diesen Gruppen bei.«

Jack konnte sich überhaupt nicht vorstellen, in einem

Polizeistaat Mitglied einer solchen Verbrecherbande zu sein, dessen Regierung ja selbst irgendwie eine Bande von organisierten Verbrechern war, die allerdings im Falle Chinas über eine Millionenarmee und Ausrüstung im Wert von Billionen Dollar verfügte.

Mary Pat fuhr fort. »Eine der gewalttätigsten Organisationen dort nennt sich die Rote Hand. Sie verdienen ihr Geld mit Entführungen, Erpressungen, Raub und Menschenhandel. Das sind ganz üble Burschen, Jack.«

»Hört sich so an.«

»Als mir deutlich wurde, dass unsere gesamten Spionageaktionen in China aufgeflogen waren, habe ich mit Ed über die Rote Hand gesprochen. Während des letzten Krieges hatten wir darüber nachgedacht, sie als zusätzliche geheime Informationsquelle in China zu nutzen. Ed erinnerte sich daran, dass die Rote Hand einen Vertreter in der New Yorker Chinatown sitzen hatte. Dieser Mann taucht in keiner Datenbank der CIA oder eines anderen US-Geheimdienstes auf. Wir haben damals über Umwege von ihm erfahren, ihn jedoch nie angesprochen.«

Jack wusste, dass der ehemalige Direktor der CIA Ed Foley gerade verreist war. »Und jetzt hast du Ed zu ihm geschickt«, sagte er.

»Nein, Jack. Ed hat sich selbst geschickt. Er ist gestern mit dem Auto nach New York gefahren und hat den letzten Abend mit Mr. Liu, dem Gesandten der Roten Hand, verbracht. Liu hat seine Leute auf dem chinesischen Festland kontaktiert, und sie haben zugestimmt, uns zu helfen. Sie können uns mit einer Dissidentenorganisation in der Hauptstadt zusammenbringen, die behauptet, Kontakte zur örtlichen Polizei und Regierung zu haben. Diese Gruppe versucht, in Peking bewaffnete Widerstandshandlungen zu organisieren. Sie sind nur deswegen noch nicht wie all die anderen aufgeflogen, weil die CIA bisher noch nicht an sie herangetreten ist.

Neunundneunzig Prozent der chinesischen Dissidentengruppen existieren gegenwärtig nur im Internet. Wenn man der Roten Hand glauben darf, ist diese Gruppe jedoch tatsächlich in der realen Welt aktiv.«

Jack runzelte die Stirn. »›Wenn man der Roten Hand glauben darf‹? Sei mir nicht böse, Mary Pat, aber das erscheint mir für eine solche Entscheidung doch etwas vage.«

Sie nickte. »Wir haben ihnen eine Menge Geld geboten, wenn – und nur wenn – sie ihre Zusagen einhalten. Es muss eine aktive Gruppe von Aufständischen mit guten Verbindungen zu wichtigen Kreisen sein. Wir suchen nicht nach George Washingtons Kontinentalarmee, aber nach etwas Echtem und Wirksamem. Allerdings werden wir erst wissen, mit wem wir es zu tun haben, wenn jemand dorthin geht und sie unter die Lupe nimmt. Wir brauchen jemand dort vor Ort, in der Hauptstadt, der sich mit diesen Leuten weit entfernt von amerikanischen oder rotchinesischen Augen trifft und herausfindet, wer sie wirklich sind. Wenn sie tatsächlich mehr sein sollten als ein paar wohlmeinende, aber unfähige Narren, werden wir sie unterstützen und durch sie vielleicht herausbekommen, was dort drüben in Peking wirklich vor sich geht. Wir erwarten keine groß angelegten Aufstände, aber wir müssen bereit sein, solche Aufständischen heimlich zu unterstützen, wenn sich die Gelegenheit bietet.«

Unnötigerweise fügte sie noch hinzu: »Das ist natürlich eine absolute Geheimoperation.«

Noch bevor Jack etwas erwidern konnte, verteidigte sie sich gegen die Einwände, die sie von ihm erwartete: »Wir haben es hier mit einem unerklärten Krieg zu tun, Jack. Die Chinesen töten Amerikaner. Ich habe deshalb keinerlei Bedenken, irgendwelche Leute zu unterstützen, die dieses üble Regime dort drüben bekämpfen.« Um ihr Argument zu bekräftigen, deutete sie auf Jacks Brust. »Aber es ist nicht meine Absicht, für weiteres Kanonenfutter zu sorgen. Das haben wir mit unserem Informationsleck schon genug getan.«

»Ich verstehe.«

Sie holte einen Zettel aus ihrer Handtasche und überreichte ihn Ryan. »Das ist der Kontakt der Roten Hand in New York. Sein Name steht in keinem Computer, und er hat sich noch mit niemand aus irgendeiner Regierungsbehörde getroffen. Du solltest den Namen und die Adresse am besten auswendig lernen und den Zettel dann vernichten.«

»Natürlich.«

»Gut. Und noch etwas, Jack. *Du* wirst auf keinen Fall nach China gehen. Ich möchte nur, dass du mit Gerry Hendley sprichst. Wenn er glaubt, dass eure Organisation uns helfen kann, dann kann er Domingo Chavez oder einen anderen Außenagenten dorthin schicken. Sollte man den Sohn des Präsidenten in Peking bei der Zusammenarbeit mit Rebellen erwischen, würde das unsere Probleme exponentiell erhöhen.«

»Ich verstehe«, sagte Jack. *Ganz abgesehen davon, dass mein Dad einen Herzanfall erleiden würde.* »Ich werde mit Gerry gleich darüber sprechen.«

Mary Pat umarmte Jack kurz und wollte dann aufstehen.

»Da ist noch etwas«, sagte Ryan. »Ich weiß nicht, ob ich damit nicht meine Kompetenzen überschreite, aber …«

Mary Pat setzte sich wieder hin. »Nur heraus damit!«

»Okay. Der Campus war an Zhas Gefangennahme in Hongkong vor ein paar Wochen beteiligt.«

Mary Pat schien echt überrascht. »Beteiligt?«

»Ja. Wir waren dort drüben und haben mit Adam Yao zusammengearbeitet, dem CIA-Undercoveragenten, der ihn in Hongkong identifiziert hatte.«

»Okay.«

»Yao wusste nicht, dass wir vom Campus waren. Wir haben uns als Geschäftsleute ausgegeben, die Zha aufspüren wollten, weil er sich in unser Netzwerk eingehackt hätte. Als Tarnfirma betreibt er dort eine Wirtschaftsdetektei.«

»Ich habe die CIA-Berichte über Adam Yao und die Verhaftung Zhas in Hongkong gelesen. Die SEALs berichteten, die CIA habe sie unterstützt. Wir nahmen an, Yao hätten zwei lokale Agenten geholfen.«

»Wie auch immer, ich wollte nur Folgendes sagen: Ich weiß, dass du Hunderte großartige Mitglieder der US-Geheimdienstgemeinschaft kennst, aber Adam scheint da drüben verdammt gut Bescheid zu wissen. Ein richtig kluger Kopf. Er wusste auch von dem CIA-Leck und tat alles, was er konnte, um seinen Job zu erledigen und dabei nicht so sehr aufzufallen, dass er doch noch aufflog. Es steht mir eigentlich nicht zu, das zu sagen, aber ich glaube wirklich, dass er vor allem in einer Zeit wie dieser deine volle Unterstützung verdient.«

Mary Pat schwieg.

Nach einem leicht unbehaglichen Moment sagte Ryan: »Entschuldige bitte, ich weiß, dass du im Moment mehr um die Ohren hast, als dir lieb sein kann. Ich dachte nur ...«

»Jack. Adam Yao ist vor zwei Wochen verschwunden, nachdem jemand versucht hat, ihn in seinem Auto in die Luft zu jagen, dabei jedoch seinen Nachbarn getötet hat.«

Ryan zuckte zusammen. »O Gott.«

»Vielleicht ist er danach untergetaucht, um sich in Sicherheit zu bringen«, sagte Foley. »Zum Teufel, ich könnte ihn gut verstehen, wenn er wegen dieses Lecks vor uns davonläuft. Aber unsere Leute dort drüben im Hongkonger Konsulat glauben, dass ihn die 14K-Triade erwischt hat.«

Sie stand auf und wandte sich zum Gehen. »Sie vermuten, dass er inzwischen auf dem Boden des Victoria Harbour liegt. Es tut mir leid. Offensichtlich haben wir auch Adam im Stich gelassen.«

Sie kehrte ins Haus zurück, während Jack noch eine Weile draußen in der Kälte saß und den Kopf in die Hände stützte.

57

Adam Yao hatte die ersten beiden Wochen nach der Schießerei in Wan Chai auf Lamma Island verbracht, einer Insel auf Hongkonger Territorium, die eine vierzigminütige Fährenüberfahrt von seinem Apartment entfernt lag. Hier war es ruhig und friedlich, also genau das, was er brauchte. Er kannte hier keinen einzigen Menschen, und die Ortsansässigen hielten ihn nur für einen der vielen Touristen, die sich am Strand und in den Bars vergnügten.

Er hatte bisher zu niemand Kontakt aufgenommen, nicht zur CIA, nicht zu den Kunden und Kollegen von SinoShield und auch nicht zu irgendwelchen Verwandten in den Vereinigten Staaten oder Freunden in Soho. Er lebte in einer winzigen Ferienwohnung in Strandnähe, er hatte bar eine Monatsmiete bezahlt und nahm alle Mahlzeiten im angeschlossenen Restaurant ein.

Sein Leben hatte sich in den vergangenen Wochen drastisch verändert. Er hatte seine Kreditkarten nicht mehr benutzt und sein Handy in einen Abfallcontainer in Kowloon geworfen. Er hatte ein paar persönliche Gegenstände auf der Straße verkauft, um etwas Bargeld zu bekommen, aber eigentlich machte er sich um Geld keine Sorgen. Bei seinem »Alltagsjob« in seiner SinoShield-Detektei war er mit allen möglichen lokalen Gaunern, Schmugglern, Urkundenfälschern und anderen Profitjägern in Kontakt gekommen, mit denen er immer noch einen herzlichen Umgang pflegte. Gelegentlich musste er sich mit kleinen Lichtern in der Unterwelt anfreunden, die ihm jetzt einen Gefallen schuldeten. Er wusste, dass er kurzfristig Arbeit am Hafen oder in einer Werkstatt, die gefälschte Markenhandtaschen herstellte, oder irgendeinen anderen Scheißjob finden konnte, der immer noch besser war als die Aussicht, wie sein armer Freund Robert Kam als Brandleiche zu enden.

Er wartete zwei Wochen. Er wollte, dass die Typen, die hinter ihm her waren, glaubten, jemand anderer habe ihn bekommen oder er habe sich aus dem Staub gemacht. Außerdem wollte er, dass auch die CIA aufhörte, nach ihm zu suchen. Adam wusste, dass Langley es vor allem nach dieser SEAL-Mission äußerst ernst nehmen würde, wenn ein Undercoveragent plötzlich verschwand, aber er wusste auch, dass es in dieser Region kaum andere CIA-Kräfte gab und Langley im Augenblick sowieso dringendere Sorgen hatte.

Nach zwei Wochen kehrte Adam nach Kowloon zurück. Er trug jetzt einen Vollbart. Er beschaffte sich eine neue dunkle Sonnenbrille, ein neues Handy, neue Schuhe und neue Maßkleidung. Vor allem sein Anzug war tadellos. Jeder, der in Hongkong etwas auf sich hielt, trug einen großartigen Maßanzug. Die Schneider von Hongkong genossen einen Ruf wie die der Savile Row, ihre maßgeschneiderten Erzeugnisse kosteten jedoch nur ein Viertel dessen, was ihre Londoner Kollegen dafür verlangt hätten.

Adam wusste, dass er Hongkong hätte verlassen und in die Staaten zurückkehren können. Dort wäre er vor den Triaden und wahrscheinlich auch vor den Rotchinesen sicher gewesen.

Aber er wollte Hongkong nicht verlassen, bevor er mehr über diese schattenhafte Hackerorganisation erfahren hatte, auf die er zufällig gestoßen war, was dann zum Tod weiß Gott wie vieler Menschen geführt hatte. Die Amerikaner hatten jetzt zwar Zha in ihrer Gewalt, aber dieser Center, von dem Gavin Biery gesprochen hatte, war sicher immer noch im Geschäft.

Adam würde nirgendwohin gehen, bevor er nicht diesen Center gefunden hatte.

Den MFIC.

Adam holte ein paarmal tief Atem und sprach sich selbst Mut zu. Dann betrat er das Mong-Kok-Computerzentrum, als ob ihm der Laden gehören würde. Er verlangte die Vermietungsmanagerin des Gebäudes zu sprechen. Er erzählte ihr, er wolle eine große Bürofläche mieten, um darin ein Callcenter für eine Singapurer Bank einzurichten.

Er überreichte ihr seine Visitenkarte, und das war tatsächlich alles, was sie an persönlichen Dokumenten sehen wollte.

Sie erzählte ihm erfreut, dass erst vor zwei Wochen zwei ganze Etagen frei geworden seien. Er bat, einen Blick darauf werfen zu dürfen. Sie führte ihn durch die mit Teppichboden ausgelegten Räume und Gänge. Er inspizierte sie alle gründlich, machte Aufnahmen und stellte Fragen.

Schließlich fragte er die Managerin, ob sie heute Abend mit ihm essen gehen wolle. Das war zwar nicht sein ursprünglicher Plan gewesen, aber es war ganz bestimmt besser, als im Abfall des Computerzentrums herumzuwühlen und wider besseres Wissen zu hoffen, dass er dabei einen Fetzen Papier finden würde, der ihm einen Hinweis auf die Organisation geben könnte, der Zha angehört hatte.

Tatsächlich erzählte ihm die Dame dann bei ihrem abendlichen Dinner freimütig von dieser Commercial Services Ltd., dem großen Computerunternehmen, das gerade erst ausgezogen war. Es habe ganz offensichtlich der 14K-Triade gehört, eine ungeheure Menge Strom verbraucht und eine alarmierende Zahl ausgesprochen hässlicher Antennen auf das Dach des Gebäudes gestellt. Diese hätten sie nicht einmal alle abmontiert, als die ganze Belegschaft mitten in der Nacht auf großen Lastwagen von bewaffneten Männern weggebracht wurde, die anscheinend zur Sicherheitspolizei gehörten.

Tatsächlich fiel es Adam schwer, diese Menge an Informationen auf geeignete Weise zu verarbeiten.

»Das war aber sehr nett von der Sicherheitspolizei, dass sie ihre ganze Ausrüstung für sie weggeschafft haben.«

Sie schüttelte den Kopf. »Nein. Die Leute, die in diesen Büros arbeiteten, haben vor ihrem Abzug alles zusammengepackt, und dann kam ein Transportunternehmen und hat alles abgeholt.«

»Interessant. Ich bräuchte jemand, der mir möglichst schnell meine Computer aus Singapur hierherbringt. Können Sie sich an den Namen der Versandfirma erinnern?«

Dies war tatsächlich der Fall. Adam merkte sich Namen und Adresse und genoss den Rest des Abends in Begleitung dieser reizenden Dame.

Am nächsten Morgen besuchte er die Firma Service Cargo Freight Forwarders im Kwai-Tak-Industriezentrum in Kwai Chung, das in den New Territories im Norden von Hongkong lag. Es war ein kleines Unternehmen. Tatsächlich war nur ein einziger Mitarbeiter anwesend. Adam Yao überreichte dem Mann eine wunderschöne Visitenkarte, die ihn als Vermietungsmanager des Mong-Kok-Computerzentrums auswies. Der Angestellte schien diese Tarnung zu glauben, obwohl sie ihn kaum zu beeindrucken schien. Er schaute kaum von seinem Fernsehgerät auf.

Adam redete ihn unverdrossen an. »Am Tag, nachdem Ihre Firma die gesamte Einrichtung von Commercial Services Limited aus unserem Gebäude abgeholt hat, kamen zwei Paletten Tabletcomputer für sie an, die verspätet vom Zoll abgefertigt wurden. Die Lieferung befindet sich im Moment in unserem Lager. Ich habe auf der Ladeliste nachgeschaut und gesehen, dass diese Lieferung dort bereits aufgeführt ist, obwohl sie zu diesem Zeitpunkt noch gar nicht eingetroffen war. Jemand wird jetzt ziemlich unglücklich sein, wenn sie nicht zusammen mit dem Rest der Einrichtung befördert werden wird.«

Den Angestellten schien das Ganze nur mäßig zu interessieren. »Das ist nicht mein Problem.«

Yao ließ jedoch nicht locker. »Nein, es wird mein Problem sein, mit Ausnahme der Tatsache, dass Ihre Firma diese falsche Versandliste unterzeichnet hat. Wenn sie zu mir kommen, um nach diesen dreihundertsechzig Geräten zu suchen, für die Sie unterschrieben haben, könnte ich ihnen einfach erzählen, dass das Versandunternehmen sie verloren hat.«

Der Angestellte schaute Yao verärgert an.

Adam lächelte. »Hören Sie, Mann, ich möchte doch nur, dass alles seine Richtigkeit hat.«

»Bringen Sie die Paletten hierher. Wir stellen sie dem Kunden zu, sobald er den Fehlbestand bemerkt.«

»Ich hoffe, ich sehe nicht so dämlich aus. Ich übergebe Ihnen doch nicht so einfach Waren im Wert von einer Million Hongkong-Dollar, die bereits legal aus China eingeführt wurden. Sie könnten sie einfach auf der Straße verkaufen und dann Ihrem Kunden erzählen, Sie hätten sie nie von mir bekommen. Ich möchte nur, dass unser gemeinsamer Kunde zufrieden ist, das sollten Sie eigentlich auch. Da hat es ein kleines Malheur gegeben, solche Sachen passieren eben manchmal, und ich möchte das Ganze nur in aller Stille wieder in Ordnung bringen. Wenn Sie mir gefälligerweise den Zielhafen und den Namen der Person nennen, die für die Waren unterschrieben hat, dann könnte ich selbst dafür sorgen, dass diese Paletten doch noch an die richtige Adresse gelangen.«

Adam bekam meist, was er wollte, indem er sich auf seine Menschenkenntnis und die entsprechenden Manipulationstechniken verließ, über die die meisten guten Spione verfügten. Er gab sich immer professionell, er war höflich, und er verbreitete um sich eine Aura der Selbstsicherheit. Die anderen Menschen konnten ihm deshalb nur schwer etwas abschlagen. Gelegentlich bekam Adam jedoch seinen Willen, indem er einfach nur auf penetrante Weise hartnäckig blieb.

Dies hier war so ein Fall. Dem Angestellten wurde nach mehreren Minuten störrischen Neinsagens bewusst, dass seine eigene Faulheit und das strikte Befolgen der Firmenpolitik in diesem Fall nicht genügen würden, um den lästigen jungen Mann in seinem schönen Anzug loszuwerden.

Der Angestellte setzte sich an seinen Computer, wobei er deutlich zeigte, wie viel Umstände ihm das Ganze bereitete. Er klickte sich durch ein paar Dateien durch. Als er die richtige gefunden hatte, scrollte er nach unten, um die genauen Angaben zu erhalten. »Okay. Das Schiff hat am 18. des Monats abgelegt. Gestern hat es Tokio verlassen.« Der Mann schaute weiterhin auf seinen Computer.

»Und was ist das Ziel?«

»Als Nächstes die USA, dann fährt es nach Mexiko.«

»Ich meine die Ladung. Wo werden die vierzehn Paletten ausgeladen?«

Der Mann legte den Kopf schief. »Sie wurden bereits ausgeladen, am 19. des Monats in Kanton.«

»In Kanton?«

»Ja. Aber das ergibt doch keinen Sinn. Sie sagten, dass das Zeug vom Festland importiert wurde, das heißt, sie haben dafür Zollgebühren und Steuern bezahlt. Und dann schicken sie es einfach so nach China zurück? Wer zum Teufel macht so etwas?«

Niemand machte so etwas, wusste Adam. Aber er wusste jetzt, wohin Center seine Organisation verlegt hatte. Nach China. Es gab für das Ganze hier keine andere Erklärung. Es war jedoch völlig unmöglich, dass er eine solche riesige Organisation auf dem Festland betrieb, ohne dass Partei und Regierung davon wussten.

Plötzlich wurde Yao alles klar. Center arbeitete für China. Zha hatte für Center gearbeitet. Zha hatte die Angriffe auf die Drohnen inszeniert. War Centers Organisation also eine Operation der Chinesen, die sie zur Tarnung unter falscher Flagge laufen ließen?

Bei dieser Möglichkeit lief es Yao eiskalt über den Rücken, aber er fand keine andere schlüssige Erklärung.

Adam hätte sich gewünscht, diese Erkenntnisse und seine eigenen nächsten Schritte der CIA mitteilen zu können. Aber mehr noch als einen anerkennenden Klaps auf den Rücken oder eine helfende Hand wollte Adam Yao am Leben bleiben.

Er würde über die Grenze nach China reisen. Er würde Center und seine Organisation finden. Dann würde er entscheiden, was zu tun war.

Walentin Kowalenko war an diesem Morgen schon früh auf den Beinen. Er fuhr mit der Metro von Washington über den Potomac nach Arlington, drehte eine schnelle Sicherheitsrunde und betrat dann um genau 7.15 Uhr die Ballston Public Parking Garage.

Die Anweisungen für heute waren klar, wenngleich ungewöhnlich.

Zum ersten Mal, seit er in Washington angekommen war, würde er selbst einen Agenten führen. Center hatte ihm erklärt, dies sei sein wichtigster Einsatz in den Vereinigten Staaten überhaupt, deshalb solle er ihn äußerst ernst nehmen und erfolgreich zu Ende führen.

Heute war nur ein kurzes Kennenlernen angesetzt. Trotzdem hatte das Ganze einen etwas komplizierten Hintergrund, den Center ihm am Abend zuvor via Cryptogram näher auseinandergesetzt hatte. Der betreffende Agent war ein Regierungsbeamter, der freiwillig für Center tätig war, obwohl er Centers wahre Identität überhaupt nicht kannte. Er selbst führte jedoch einen ahnungslosen Agenten.

Kowalenkos Aufgabe war es nun, den Mann dazu zu bewegen, den Druck auf dessen Agenten zu erhöhen, damit dieser endlich Ergebnisse lieferte.

Als ihm Center am Abend zuvor diesen Einsatz erklärte, erschien das Ganze wie ein Kinderspiel. Zumindest war es nicht mit der Verwicklung in einen Mord an fünf CIA-Agenten vergleichbar.

Aber Kowalenko konnte die wahre Sensitivität dieses Einsatzes nicht einschätzen, weil er wieder einmal nicht erfahren durfte, wer die eigentliche Zielperson war. Walentin wusste nur, dass er seinen Agenten dazu bringen sollte, seinen eigenen Agenten härter anzupacken, der seinerseits die eigentliche Zielperson ausforschen sollte.

Ein Toyota-Minivan bog in die Parkgarage ein und blieb neben Kowalenko stehen. Er hörte, wie die Autotür entriegelt wurde. Er stieg auf der Beifahrerseite ein und setzte sich neben einen groß gewachsenen Mann, dem eine lächerliche graublonde Haartolle über den Augen baumelte.

Der Mann streckte ihm seine Hand entgegen. »Darren Lipton, FBI. Wie geht es Ihnen?«

58

Kowalenko schüttelte dem Mann die Hand, stellte sich jedoch nicht namentlich vor. Er sagte nur: »Center hat mich gebeten, direkt mit Ihnen zusammenzuarbeiten. Vor allem soll ich Ihnen helfen, den Zugang zu Ressourcen zu finden, die Sie zur Beförderung Ihrer Ziele benötigen.«

Dies stimmte so eigentlich nicht. Walentin wusste, dass dieser Mann ein FBI-Agent der National Security Branch war. Er hatte deshalb zu weit mehr Ressourcen Zugang, als sie Walentin selbst zur Verfügung standen. Nein, Kowalenko war hier, um ihn zu bedrängen, dass er endlich Ergebnisse lieferte. Es wäre jedoch ihrer Beziehung, so kurzfristig sie auch sein mochte, wenig zuträglich, wenn er das Gespräch mit einer Drohung begonnen hätte.

Der Amerikaner starrte ihn eine ganze Weile an, ohne ein Wort zu sagen.

Kowalenko räusperte sich. »Gleichwohl erwarten wir sofortige Resultate. Ihre Aufgabe ist entscheidend für die ...«

Plötzlich donnerte der Amerikaner los: »Wollen Sie mich hier, verdammt noch mal, verarschen?«

Kowalenko zuckte überrascht zurück und sagte: »Entschuldigung?«

»Wirklich? Ich meine ... *wirklich?*«

»Mr. Lipton, ich weiß nicht, was ...«

»Die gottverdammten *Russen?* Ich arbeite für die gottverdammten, beschissenen *Russen?*«

Kowalenko erholte sich von seinem Schock. Tatsächlich hatte er Mitgefühl für seinen Agenten. Er wusste selbst, wie es sich anfühlte, wenn man keine Ahnung hatte, für wessen Flagge man Leben und Freiheit riskierte.

»Die Dinge sind nicht immer so, wie sie scheinen, Special Agent Lipton.«

»Ist das so?«, sagte Lipton und schlug mit der Hand aufs Lenkrad. »Aber Sie scheinen tatsächlich ein verdammter Russe zu sein.«

Kowalenko schaute einen Moment auf seine Fingernägel hinunter. Dann fuhr er fort: »Wie dem auch sei, ich weiß, dass Ihr Agent das Handy der Zielperson verwanzt hat. Wir bekommen aber keine weiteren GPS-Daten mehr. Wir nehmen an, dass er das Telefon weggeworfen hat. Wir werden eine persönliche Beschattungsoperation beginnen müssen, wenn wir keine unmittelbaren Ergebnisse bekommen. Zu den Beschattern werden Sie, ich und vielleicht noch ein paar andere Personen gehören. Ich muss Ihnen ja nicht erklären, wie viele unbequeme Arbeitsstunden das für uns alle bedeuten würde.«

»Das kann ich nicht tun. Ich habe einen Job, und daheim wartet auf mich eine Familie.«

»Natürlich werden wir nichts unternehmen, was beim FBI Verdacht erregen könnte. Sie werden also zu den Zeiten, wo Sie in Ihrem Büro sein müssen, keine Überwachungsaufgaben wahrnehmen. Ihre Familie ist allerdings Ihr Problem und nicht unseres.«

Lipton starrte Kowalenko eine ganze Weile an. »Ich könnte Ihnen mit einem einzigen Ruck Ihr mickriges, verschissenes Genick brechen.«

Jetzt lächelte Kowalenko. Er wusste vielleicht nichts über Liptons Agenten oder die Zielperson von Liptons Agent, aber er wusste einige unschöne Sachen über Darren Lipton selbst. Center hatte ihn gestern darüber aufgeklärt. »Wenn Sie mein verdammtes Genick zu brechen versuchen, Special Agent Lipton, werden Sie das nicht schaffen. Aber ob Sie das nun schaffen würden oder nicht, Ihre Vergangenheit würde Sie dann ganz schnell wieder einholen, denn Center wäre böse auf Sie, und wir beide wissen, was er dann tun würde.«

Lipton wandte sich ab und schaute durch die Windschutzscheibe des Minivans.

Kowalenko strahlte ihn jetzt regelrecht an. »Kinderpornografie, Mr. Lipton, auf dem eigenen Computer, vor allem von der Art und dem Ausmaß, wie sie auf *Ihrem* PC zu finden war, wird Sie ganz schön schnell hinter Gitter bringen. Ich weiß zwar nicht, wie die Verhältnisse in Ihrem Land sind, aber ich könnte mir vorstellen, dass es ein inhaftierter früherer FBI-Agent im Gefängnis nicht gerade leicht haben wird. Wenn Ihre Mithäftlinge dann noch erfahren …« Er beugte sich drohend zu Lipton hinüber. »Und glauben Sie mir, sie *werden* es erfahren, *warum* Sie einsitzen. Jedenfalls wird das Gefängnisleben für Sie dann ziemlich … unangenehm werden.«

Lipton biss sich auf die Lippen, während er aus dem Autofenster schaute. Er begann, mit den Fingern aufs Lenkrad zu trommeln. »Ich verstehe«, sagte er leise in einem Ton, der sich von dem am Anfang des Gesprächs deutlich unterschied. Er wiederholte: »Ich verstehe.«

»Ausgezeichnet. Jetzt müssen Sie nur noch Ihrem Agenten die Daumenschrauben anlegen.«

Lipton nickte, schaute jedoch den Russen auf seinem Beifahrersitz immer noch nicht an.

»Ich melde mich wieder bei Ihnen.«

Ein weiteres Nicken. Und dann: »War's das?«

Kowalenko öffnete die Tür und stieg aus dem Minivan.

Lipton ließ den Motor an und blickte noch einmal Kowalenko an, bevor dieser die Autotür zuschlug. Mit einem Kopfschütteln murmelte er schließlich: »Die gottverdammten Russen.«

Kowalenko schlug die Tür zu, der Toyota setzte zurück und fuhr dann zur Auffahrtsrampe der Tiefgarage hinüber.

»Du wirst dir noch wünschen, dass es die Russen wären«, sagte Walentin Kowalenko leise, als er die Rücklichter des Fahrzeugs verschwinden sah.

Darren Lipton traf sich mit Melanie Kraft im Starbucks an der Kreuzung King Street und Saint Asaph. Sie war an diesem Morgen in Eile. Sie war Mitglied einer Arbeitsgruppe des Büros der Direktorin der Nationalen Nachrichtendienste, die eventuelle Sicherheitslecks aufdecken sollte, die zur Enttarnung des sicheren Hauses in der Prosper Street geführt hatten. Die Task Force traf sich um genau acht Uhr zu einer Sitzung, zu der sie auf keinen Fall zu spät kommen durfte.

Aber Lipton hatte eisern auf diesem Treffen bestanden. Sie hatte ihm allerdings gesagt, dass sie nach zehn Minuten den Bus zu ihrer Arbeitsstelle erwischen musste.

Sie merkte sofort, dass er gestresster war als üblich. Vor allem schaute er sie heute nicht auf seine gewohnte Art andauernd lüstern an. Heute war er stattdessen ganz geschäftsmäßig.

»Er hat sein Handy weggeworfen«, sagte Lipton, nachdem sie sich gesetzt hatte.

Das machte Melanie nervös. Hatte Jack etwa die Wanze gefunden? »Wirklich? Er hat mir nichts gesagt.«

»Haben Sie ihm etwas gesteckt? Haben Sie ihm von der FBI-Ortungsfunktion erzählt?«

»Machen Sie Witze? Natürlich nicht. Glauben Sie, ich kann ihm das Ganze einfach so bei einem Bier beichten?«

»Also, *irgendetwas* muss ihn dazu gebracht haben, es loszuwerden.«

»Vielleicht hat er Verdacht geschöpft«, sagte Melanie. Ihre Stimme wurde immer leiser, als sie daran dachte, wie abweisend er das ganze Wochenende ihr gegenüber gewesen war. Sie hatte ihn angerufen, ob sie sich nicht am Samstagabend treffen könnten, aber er hatte nicht zurückgerufen. Am nächsten Morgen erzählte er ihr am Telefon, dass er sich nicht wohlfühlen würde und sich ein paar Tage freinehme. Sie bot ihm an, zu ihm zu kommen, um sich um ihn zu kümmern, aber er meinte, er wolle einfach nur einmal ausschlafen.

Und jetzt erzählte ihr Lipton, dass Ryan möglicherweise – ja sogar wahrscheinlich – diese Wanze entdeckt hatte.

Sie schrie ihn an. »Angeblich war diese Ortungsfunktion doch überhaupt nicht zu entdecken!«

Lipton hob abwehrend die Hände in die Höhe. »He, das hat man mir erzählt. Ich selbst habe keine Ahnung. Ich bin kein Techniker.« Er zeigte ein leichtes Lächeln. »Ich bin ein Gesellschaftsmensch.«

Melanie stand auf. »Ich habe genau das gemacht, was man mir aufgetragen hat. Keiner hat mir gesagt, dass ich durch diese Sache auffliegen könnte. Sie können Packard sagen, oder ich sage es ihm selbst, dass ich fertig mit Ihnen bin.«

»Dann werden Sie und Ihr Dad ins Gefängnis wandern.«

»Sie haben doch gar nichts gegen meinen Vater in der Hand. Hätten Sie das, hätten Sie ihn doch schon vor Jahren verhaftet. Und wenn Sie nichts gegen *ihn* in der Hand haben, bedeutet das, dass Sie auch *mir* nichts anhängen können.«

»Schätzchen, das spielt überhaupt keine Rolle, denn wir sind das FBI und haben die besten Lügendetektortechniker und -geräte auf diesem Planeten. Wir werden Ihren kleinen Arsch in einen Raum setzen und Sie an dieses Furzkissen anschließen, und dann werden wir Sie über Kairo ausfragen. Sie werden sich und Ihren Vater ins Gefängnis bringen!«

Melanie wendete sich ab und stürmte ohne ein weiteres Wort die King Street hinauf.

Im Fliegerjargon nannte man es den »heißen Stuhl«. Trash und Cheese rannten auf das Vorfeld hinaus und stellten sich unter zwei Hornets, die gerade gelandet waren. Zwei andere Marinepiloten kletterten heraus, und die Maschinen wurden wieder aufgetankt, während ein Triebwerk weiterhin in Betrieb blieb, damit sie nicht alle Systeme des Flugzeugs erneut hochfahren mussten. Dann kletterten Trash und Cheese ins Cockpit und setzten sich auf ihre Pilotensitze, die von ihren Vorgängern noch warm waren. Sie schnallten sich an, schlossen sich an die Kommunikationskabel und den Luftschlauch an, starteten das zweite Triebwerk und rollten auf die Startbahn hinaus.

Als sie vor drei Tagen mit ihren taiwanesischen Jets ihre Luftpatrouillen über der Taiwan-Straße begannen, hatte es noch genauso viele Flugzeuge wie Piloten gegeben. Aber die starke Belastung der älteren C-Modell-Hornets hatte dazu geführt, dass vier Maschinen abgezogen werden mussten, um gewartet zu werden. Dies hatte den »heißen Stuhl« nötig gemacht.

Ein weiterer Jet war abgeschossen worden. Der junge Pilot hatte die Maschine mit seinem Schleudersitz rechtzeitig verlassen können. Er wurde von einem taiwanesischen Patrouillenboot aufgefischt, dessen Matrosen erstaunt waren, ausgerechnet einen Amerikaner aus dem Wasser zu ziehen. Ein weiterer Jet raste in die Trümmerwolke einer chinesischen J-5 hinein, nachdem er sie abgeschossen hatte, und musste auf einem Flughafen auf der Südspitze der Insel notlanden.

Der Pilot hatte zwar überlebt, war jedoch so schwer verletzt worden, dass seine Fliegerkarriere höchstwahrscheinlich beendet war.

In den vergangenen drei Tagen hatten die US-Piloten also ein Flugzeug im Kampf verloren, dafür aber neun Jets der Luftwaffe der Volksbefreiungsarmee vom Himmel geholt. Gleichzeitig hatten die Taiwanesen elf F-16 und sechs

Piloten eingebüßt, was für diese kleine Flugtruppe ein schmerzlicher Blutzoll war. Dieser wäre jedoch ohne die zwei Dutzend Amerikaner weit höher gewesen, die alles in ihrer Macht Stehende taten, um die immer wieder angreifenden Chinesen in Schach zu halten.

Auch auf der Meeresoberfläche wurde die Lage immer brenzliger. Eine rotchinesische Antischiffsrakete hatte einen taiwanesischen Kreuzer versenkt. Die VBA behauptete, sie hätte das nur getan, nachdem dieser Kreuzer ein chinesisches Diesel-U-Boot zerstört hätte. Tatsächlich deutete jedoch alles darauf hin, dass sich dieses Unterseeboot selbst versenkt hatte, als es in der Taiwan-Straße Minen legte und eine davon unmittelbar vor dem Rumpf des U-Boots hochgegangen war.

Bei den beiden Versenkungen waren auf beiden Seiten mehr als hundert Seeleute umgekommen. Dies war zu diesem Zeitpunkt zwar immer noch kein offener Krieg, aber die beiderseitigen Verluste an Menschen und Material nahmen jeden Tag zu.

Trash und Cheese hatten an diesem Morgen den Befehl, nach Süden zu fliegen. Ein Sturm zog auf, und die Chinesen hatten bei schlechtem Wetter bisher ihre Angriffsflüge immer stark eingeschränkt. Aber die beiden Amerikaner waren sich sicher, dass sie auch heute keine ruhige Patrouille absolvieren würden.

Cheese hatte am Tag zuvor seinen zweiten Abschuss gemeldet. Während ihm Trash als Flügelmann den Rücken freihielt, hatte Cheese eine radargesteuerte AIM-120-AMRAAM-Rakete abgefeuert, die eine J-5 vom Himmel holte, die gerade fünfzig Kilometer nördlich von Taipeh einen taiwanesischen F-16-Schwarm angriff.

Damit hatten die beiden Marines insgesamt vier Flugzeuge abgeschossen, wobei Trashs Kanonenabschüsse der beiden Super 10 innerhalb des Marine Corps bereits legendär geworden waren. Dass allerdings selbst im Marine

Corps nur so wenige überhaupt wussten, dass ihre Staffel hier in Taiwan gegen die Chinesen kämpfte, ärgerte die Männer etwas, vor allem Cheese, der nach seiner Rückkehr auf seinen Stützpunkt in Japan die Meldung über seinen Abschuss nicht auf sein eigenes Flugzeug aufmalen lassen konnte.

Trotz der Angst, des Stresses, der Gefahr und der Erschöpfung während dieses Einsatzes hätten die beiden jungen Kampfpiloten mit niemand auf der Welt tauschen mögen. Das Fliegen, Kämpfen und die Verteidigung der Schwachen steckte ihnen einfach im Blut.

Ihre Hornets stiegen von der Hualien-Luftwaffenbasis auf und flogen nach Süden auf die Taiwan-Straße hinaus und in den Sturm hinein.

59

Gavin Biery saß an seinem Schreibtisch und rieb sich die müden Augen. Er sah wie ein geschlagener Mann aus, was er in diesem Moment auch war. Das Gefühl von Verlust und Hoffnungslosigkeit zeigte sich an seinen hängenden Schultern und seinem gesenkten Kopf.

Zwei seiner besten Ingenieure standen neben ihm. Einer klopfte ihm auf die Schulter, und der andere versuchte sich an einer unbeholfenen Umarmung. Die Männer verließen den Raum, ohne noch ein Wort zu sagen.

Wieso? Wie kann das sein?

Er stieß einen langen Atemzug aus und griff nach seinem Telefon. Er drückte auf einen Knopf und schloss die Augen, während er auf die Antwort wartete.

»Granger.«

»Hallo, Sam. Hier ist Biery. Haben Sie eine Sekunde Zeit?«

»Sie klingen, als ob jemand gestorben wäre.«

»Könnte ich mich kurzfristig mit Ihnen, Gerry und den Campus-Agenten treffen?«

»Kommen Sie zu mir hoch. Ich rufe alle zusammen.«

Gavin legte auf, erhob sich ganz langsam, machte das Licht aus und verließ das Büro.

Biery sprach zu den Versammelten mit äußerstem Ernst. »Heute Morgen kam einer meiner Ingenieure zu mir und teilte mir mit, dass er bei einem routinemäßigen Sicherheitscheck einen leichten Anstieg des hinausgehenden Netzwerk-Traffic entdeckt habe. Er begann unmittelbar nach meiner Rückkehr aus Hongkong und folgte keinem festen Muster, obwohl jede erhöhte Aktivitätsphase genau zwei Minuten und zwanzig Sekunden dauerte.«

Die Anwesenden quittierten Bierys Bemerkungen mit unverständigen Blicken.

Er fuhr fort: »Unser Netzwerk wird täglich Zehntausende Male von fremden Computern angegriffen. Die überwältigende Mehrheit dieser Angriffe sind völlig unbedeutend, einfach nur dumme Phishing-Attacken, wie sie im Internet üblich sind. Achtundneunzig Prozent der gesamten weltweiten E-Mail-Aktivitäten sind Spam. Dies gilt auch für die meisten Hackerangriffe. Jedes Netzwerk auf diesem Planeten wird ständig von solchen Sachen behelligt, gegen die man sich bereits durch einigermaßen passable Sicherheitsmaßnahmen schützen kann. Aber über diese Alltags-Kinkerlitzchen hinaus ist unser eigenes Netzwerk immer mal wieder äußerst ernsten und raffinierten Cyberangriffen ausgesetzt. Das geht schon lange Zeit so, und nur meine zugegebenermaßen drakonischen Maßnahmen haben bisher dafür gesorgt, dass wir diese üblen Jungs draußen halten konnten.«

Er seufzte wie ein Ballon, dem die Luft ausgeht. »Auch nach meiner Rückkehr gingen diese Alltagsangriffe weiter, aber die raffinierten Angriffe hörten ganz plötzlich auf. Unglücklicherweise bedeutet dieser leichte Zuwachs unseres abgehenden Datentransfers, dass etwas in unserem Netzwerk steckt. Irgendjemand hat etwas dort hineingeschmuggelt, das es dazu bringt, Daten, unsere Daten, unsere *gesicherten* Daten irgendwohin zu schicken.«

»Und was heißt das konkret?«, fragte Granger.

»Sie sind eingedrungen. Wir sind aufgeflogen. Wir wurden gehackt. In unserem Netzwerk steckt ein Virus. Ich habe bereits ein paar Untersuchungen angestellt und muss leider sagen, dass ich jedes Mal den Fingerabdruck von FastByte22 in unserem Netzwerk gefunden habe.«

»Wie haben sie das gemacht?«, fragte Hendley.

Biery schaute ins Weite. »Es gibt vier Bedrohungsvektoren, vier Methoden, um in ein Netzwerk einzudringen.«

»Welche vier sind das?«

»Da gibt es einmal die sogenannte Fernbedrohung, wie etwa eine Netzwerkattacke über das Web, aber das war hier nicht der Fall. Meine Firewall ist absolut narrensicher, das heißt, es gibt keine Verbindung ins Internet, über die jemand Zugang zu unserem Netzwerk bekommen könnte.«

»Okay«, sagte Granger. »Und die anderen?«

»Dann gibt es da noch die Nahbedrohung, jemand, der sich aus nächster Entfernung in ein drahtloses Netzwerk einhackt. Auch dagegen sind wir absolut geschützt.«

»Okay«, sagte Chavez, der wollte, dass Biery endlich auf den Punkt kam.

»Der dritte Bedrohungsvektor ist die Insiderbedrohung. Das wäre dann jemand hier im Gebäude, der für den Feind arbeitet und unser System kompromittiert.« Biery schüttelte den Kopf. »Ich kann nicht glauben, dass jemand von uns das tun würde. Meine Sicherheitsüberprüfungen bei der Einstellung neuer Mitarbeiter sind so gründlich, wie man es sich nur vorstellen kann. Jeder hier in diesem Gebäude hat zuvor in streng geheimen ...«

Hendley wischte diese Vorstellung mit einer Handbewegung beiseite. »Nein. Ich glaube nicht, dass dies ein Insiderjob war. Und was ist der vierte Bedrohungsvektor?«

»Die Lieferkette.«

»Und was ist damit gemeint?«

»Eine Schadhardware oder eine Schadsoftware, die auf diesem Weg in unser Netzwerk gelangt. Aber auch dagegen habe ich die geeigneten Sicherheitsmaßnahmen organisiert. Wir überprüfen alles, was hereinkommt, jedes Peripheriegerät, das an unser System angeschlossen wird, jedes …«

Er hörte mitten im Satz zu reden auf.

»Was ist los?«, fragte Chavez.

Biery sprang blitzschnell auf. »Die deutsche Festplatte!«

»Was?«

»Todd Wicks von der Firma Advantage Technology Solutions hat eine Festplatte geliefert, die ich bei ihm bestellt hatte. Ich habe sie selbst überprüft. Sie war absolut sauber. Sie war ganz bestimmt nicht von einem bekannten Virus befallen. Aber vielleicht gibt es da etwas ganz Neues. Etwas, das im Master Boot Record versteckt ist, das bisher keiner entdecken kann. Ich habe sie erst nach meiner Rückkehr aus Hongkong installiert, genau zu dem Zeitpunkt, als der Virus die Informationen nach draußen zu liefern begann.«

»Was willst du jetzt machen?«

Biery setzte sich wieder hin. Er legte die Ellbogen auf den Tisch und stützte den Kopf in die Hände. »Schritt eins? Erschieß die Geisel.«

»Was?«, rief Hendley aus.

»Wir nennen es, die Geisel erschießen. Sie haben mein Netzwerk. Das ist der Vorteil, den sie mir gegenüber haben. Aber ich kann alles abschalten. Das gesamte Netz. Einfach den Stecker ziehen. Damit verlieren sie ihren Vorteil und haben im übertragenen Sinn keine Geisel mehr.«

Granger nickte. »Okay. Machen Sie es. Und Schritt zwei?«

»Schritt zwei? Sie schicken mich nach Richmond.«

»Was ist in Richmond?«

»Todd Wicks. Wenn diese Festplatte verwanzt wurde, muss er davon wissen.«

»Sind Sie sich da sicher?«, fragte Hendley.

Gavin erinnerte sich noch deutlich an Todds Besuch bei

Hendley Associates. Er schien übertrieben freundlich und ein wenig nervös, vor allem als er Jack Junior begegnete.

»Er wusste es«, sagte Biery.

Chavez sprang auf. »Ich fahre.«

Todd Wicks schaute seinen Kindern zu, wie sie sich auf ihrer Schaukel im Garten hinter dem Haus vergnügten. Obwohl es schon recht kühl war, gerade mal sieben Grad, genossen sie die letzten Tage, an denen sie überhaupt noch im Freien spielen konnten; aber die Hamburger, die er gerade für sie grillte, die würden sie noch viel mehr genießen.

Sherry saß neben ihm auf der Veranda und telefonierte mit einem Kunden. Selbst mit Fleecejacke und Skihose sah sie noch wunderschön aus. Todd war mit diesem Tag, seiner Familie und seinem ganzen Leben zufrieden.

Neben dem Lärm und Gekreische der spielenden Kinder hörte Wicks plötzlich ein neues Geräusch. Als er von seinem Grill hochschaute, sah er einen schwarzen Ford Explorer in seine Zufahrt einbiegen. Er kannte das Fahrzeug nicht. Er drehte die vier Burger noch schnell auf die andere Seite und rief dann zu seiner Frau hinüber: »Schatz, erwartest du heute noch jemand?«

Von ihrer Liege aus konnte sie die Zufahrt nicht sehen. Sie ließ das Handy sinken. »Nein. Ist jemand gekommen?«

Er gab keine Antwort, da er gerade beobachtete, wie Gavin Biery aus der Beifahrerseite des Explorers ausstieg, und er im Augenblick nicht wusste, was er jetzt tun sollte.

Seine Knie wurden einen Moment lang schwach, aber er kämpfte gegen die Panik an, legte den Pfannenwender beiseite und zog seine Schürze aus.

»Ein paar Jungs von der Arbeit, Babe. Ich rede drinnen mit ihnen.«

Er eilte von der Veranda zur Zufahrt hinüber und fing Gavin und den Latino ab, bevor sie in den hinteren Garten gelangen konnten. Er verzog sein Gesicht zu einem breiten Lächeln. »Gavin? He, Kumpel. Wie geht's denn?«

Gavin erwiderte das Lächeln nicht. Der Latino stand mit versteinertem Gesicht neben ihm. »Können wir reingehen und kurz miteinander reden?«

»Sicher.« *Gut. Hol sie von dieser verdammten Zufahrt weg, und geh mit ihnen ins Haus, wo Sherry nicht zuhören kann.*

Eine Minute später waren sie in Wicks Wohnzimmer. Alle drei blieben stehen. Todd bat seine Gäste, Platz zu nehmen, aber keiner der beiden rührte sich, also stand auch Todd einfach so da. Er war nervös, und das war ihm anzusehen, auch wenn er sich mit aller Kraft bemühte, cool zu bleiben.

»Worum geht es denn?«, fragte er und glaubte, den rechten Ton getroffen zu haben.

»Sie wissen ganz genau, worum es geht«, erwiderte Biery. »Wir haben den Virus auf der Festplatte gefunden.«

»Den *was?*«

»›Den was?‹ Ist das alles, was Sie dazu zu sagen haben? Kommen Sie, Todd. Ich erinnere mich noch gut, wie Sie sich fast in die Hosen gemacht haben, als ich Sie Jack Ryan vorgestellt habe. Was ist Ihnen wohl in diesem Moment durch den Kopf gegangen?«

Chavez fixierte Wicks, bis dieser seinem Blick auswich.

»Wer sind Sie?«, fragte Wicks.

Der Latino antwortete nicht.

Wicks schaute Biery an. »Gavin, wer zum Teufel ist ...«

Biery unterbrach ihn. »Ich weiß, dass die Festplatte mit einer Schadsoftware infiziert war. Im Master Boot Record.«

»Wovon reden Sie ...«

Jetzt meldete sich endlich Chavez zu Wort. »Keine Lügen mehr. Wir haben Sie durchschaut. Und wenn Sie weiterhin lügen, werde ich Ihnen leider wehtun müssen.«

Wicks wurde noch blasser, und seine Hände begannen zu zittern. Er wollte sprechen, aber seine Stimme versagte.

Ding und Chavez sahen sich an. »Raus mit der Sprache!«, sagte Chavez in scharfem Ton.

»Ich wusste nicht, was da drauf war.«

»Wieso wussten Sie, dass da *irgendwas* drauf war?«, fragte Chavez.

»Es waren die ... die Chinesen. Der chinesische Geheimdienst.«

»Waren es die, die Ihnen diese Festplatte gegeben haben?«, fragte Gavin.

»Ja.« Gavin begann zu weinen.

Der Latino verdrehte die Augen. »Das ist doch wohl jetzt nicht Ihr Ernst!«

Zwischen einzelnen Schluchzern fragte Wicks: »Können wir uns bitte hinsetzen?«

In den nächsten zehn Minuten erzählte Wicks den beiden Männern alles. Über dieses Mädchen in Shanghai, die Polizisten, die plötzlich im Zimmer standen, den Inspektor, der behauptete, er könne Todd das Gefängnis ersparen, den Agenten in dieser Pizzeria in Richmond und die Festplatte.

»Also hat man Ihnen einen Köder hingehalten«, sagte Chavez.

»Wie bitte?«, fragte Wicks nach.

»Man hat Sie mit diesem Mädchen geködert und Sie dann in eine Sexfalle gelockt.«

»Ja. So könnte man es wohl beschreiben.«

Chavez schaute Biery an. Der teigige Computermann sah aus, als wollte er Todd Wicks jeden Moment den Hals umdrehen. Das Hendley/Campus-Netzwerk war Gavin Bierys große Liebe, und dieser Typ hatte es geknackt. Ding fragte sich, ob er Gavin bald von dem jüngeren, fitteren Wicks wegreißen musste, der im Moment nicht so wirkte, als ob er sich gegen eine Hauskatze, geschweige denn einen wutentbrannten Computerfreak verteidigen könnte.

»Was werden Sie mit mir machen?«, fragte Wicks.

Chavez schaute den gebrochenen Mann an. »Erzählen Sie niemand ein Sterbenswörtchen von dieser Sache, solange Sie leben. Ich bezweifle, dass die Chinesen noch einmal zu Ihnen Kontakt aufnehmen werden, aber in diesem Fall werden sie Sie wahrscheinlich gleich umbringen. Sie sollten also ernsthaft darüber nachdenken, Ihre Familie zu packen und so schnell wie möglich abzuhauen.«

»Mich *umbringen?*«

Ding nickte. »Sie haben doch mitbekommen, was da in Georgetown passiert ist?«

Wicks' Augen wurden so groß wie Suppenteller. »Und?«

»Das waren dieselben Typen, für die Sie gearbeitet haben, Todd. Diese Morde in Georgetown sind nur ein Beispiel dafür, wie sie ihre Probleme zu lösen pflegen. Sie sollten das besser im Gedächtnis behalten.«

Chavez schaute aus dem Fenster zu Wicks' Frau hinaus. Sie stieß die Kinder auf der Schaukel an und blickte zum Küchenfenster hinüber. Sicherlich fragte sie sich gerade, wer diese beiden Männer waren, die ihr Mann ihr nicht vorstellen wollte. Chavez nickte ihr zu und drehte sich dann wieder zu Todd Wicks um. »Sie verdienen sie nicht, Wicks. Vielleicht wollen Sie den Rest Ihres Lebens damit verbringen, diese offensichtliche Tatsache zu korrigieren.«

Ohne ein weiteres Wort verließen Chavez und Biery das Haus durch die Garagentür.

60

Biery und Chavez klingelten kurz nach zweiundzwanzig Uhr bei Jack Ryan Junior, um ihm, der immer noch suspendiert war, zu berichten.

Chavez war überrascht, als Ryan meinte, er wolle nicht in seiner Wohnung reden. Jack reichte jedem seiner Besucher eine Flasche Corona und führte sie dann über die Hintertreppe auf den Parkplatz hinaus und dann über die Straße zu einem Golfplatz hinüber. Die drei setzten sich in der Dunkelheit an einen Picknicktisch und schlürften neben einem in Nebel gehüllten Fairway ihr Bier.

Biery erzählte Ryan von ihrem Besuch bei Wicks, vor allem über die Enthüllung, dass wahrscheinlich chinesische Geheimagenten hinter dem Virus im Netzwerk von Hendley Associates steckten. Jack suchte dafür nach einer Erklärung. »Gibt es irgendeine Möglichkeit, dass diese Jungs doch nicht für das chinesische MSS gearbeitet haben? Könnte es sich nicht um Komplizen von Tong handeln, die sich nach Festlandchina eingeschlichen haben, um dort diesen amerikanischen Computerverkäufer zu ködern?«

Ding schüttelte den Kopf. »Das Ganze ist in Shanghai passiert. Center hätte dort niemals ohne Kenntnis des MSS ein Zimmer verwanzen und eine uniformierte Polizeimannschaft und einen Polizeiinspektor rekrutieren können. Die Hotels in China, vor allem die Luxushotels, in denen solche Geschäftsleute absteigen, müssen alle per Gesetz den

Anordnungen des MSS Folge leisten. Sie werden verwanzt und überwacht, und ein Teil ihres Personals ist für die Staatssicherheit tätig. Es ist einfach nicht vorstellbar, dass dies keine MSS-Operation war.«

»Aber der Virus ist Zhas RAT. Derselbe wie auf der Istanbul-Festplatte. Derselbe wie bei den Drohnenhackangriffen. Die einzige Erklärung dafür ist doch, dass Zha und Tong in Hongkong für China gearbeitet haben, als sie unter dem Schutz der Triade standen.«

Chavez nickte. »Und das bedeutet auch, dass die chinesische Regierung von Hendley Associates weiß. Denkt nur einmal daran, welche Informationen sich in unserem Netzwerk befinden, in das sie eingedrungen sind. Die Namen und Wohnadressen unserer Mitarbeiter oder die Daten, die wir uns von der CIA, der NSA oder dem ODNI besorgt haben. Wenn einer nicht völlig gehirnamputiert ist, wird er doch aus alldem ersehen, dass wir ein inoffizieller Geheimdienst sind.«

»Die gute Nachricht ist jedoch, was sich alles *nicht* in unserem Netzwerk befindet«, sagte Jack.

»Das musst du uns aber jetzt erklären«, sagte Chavez.

»Unsere konkreten Aktivitäten zeichnen wir dort nicht auf. Dort gibt es nichts über unsere Tötungsaktionen oder irgendwelche anderen Operationen, an denen wir beteiligt waren. Sicher, da gibt es mehr als genug, um uns ins Visier zu nehmen oder zu beweisen, dass wir Zugang zu Geheiminformationen haben, aber nichts, was uns mit irgendeiner bestimmten Operation in Verbindung bringt.«

Chavez kippte sein Corona hinunter und zitterte vor Kälte. »Trotzdem, wenn irgendeiner in China zum Telefon greift und die *Washington Post* anruft, dann sind wir erledigt.«

»Warum ist das eigentlich noch nicht passiert?«, fragte Jack.

»Keine Ahnung. Ich verstehe das Ganze nicht.«

Ryan hörte auf, sich darüber den Kopf zu zerbrechen. Er fragte: »Sind schon irgendwelche Entscheidungen gefallen, ob wir Außenagenten nach Peking schicken, die sich dort mit der Roten Hand treffen?«

»Granger arbeitet daran, uns irgendwie ins Land zu bringen«, antwortete Chavez. »Wenn wir einen Weg gefunden haben, fliegen ich und Driscoll rüber.«

Jack fühlte sich unglaublich isoliert. Er durfte nicht arbeiten, er sprach nicht mit Melanie, und jetzt wollte er nicht einmal mit seinen Eltern Kontakt aufnehmen, weil er befürchtete, die Chinesen könnten jeden Augenblick Informationen über ihn enthüllen, die die Präsidentschaft seines Vaters zu Fall bringen würden.

Gavin Biery hatte die ganze Zeit geschwiegen. Plötzlich sprang er vom Picknicktisch hoch und rief: »Ich sehe es jetzt!«

»Was siehst du?«, fragte Ding erstaunt.

»Ich sehe jetzt das große Bild. Und es ist gar nicht schön.«

»Wovon sprichst du überhaupt?«

»Tongs Organisation ist eine Gruppe, die die Interessen ihrer Gastnation verfolgt, bis zu einem gewissen Grad die Einrichtungen und personellen Hilfskräfte dieser Gastnation nutzt, aber tatsächlich eine selbständig operierende Geheimorganisation ist. Ich würde auch darauf wetten, dass sie sich selbst finanzieren, denn mit Cyberverbrechen lässt sich eine Menge Geld verdienen. Darüber hinaus verfügt Centers Truppe über unglaubliche technologische Mittel, mit deren Hilfe sie sich die Informationen verschafft, die sie zur Erledigung ihrer Aufgaben benötigt.«

Jack sah es jetzt auch. »Heilige Scheiße. Sie sind wie wir! Sie sind fast so wie der Campus! Eine ableugbare Stellvertreteroperation. Die Chinesen durften auf keinen Fall zulassen, dass man die Cyberangriffe zu ihnen zurückverfolgen konnte. Deshalb haben sie Center seine eigene Organisation gründen lassen, wie das mein Dad mit dem Campus gemacht hat.«

»Und sie beobachten uns schon seit Istanbul«, ergänzte Chavez.

»Nein, Ding«, sagte Jack mit plötzlich ganz ernster Stimme. »Nicht erst seit Istanbul. Schon vor Istanbul. *Lange* davor.«

»Was meinst du damit?«

Jack legte den Kopf in die Hände. »Melanie Kraft ist ein Center-Spitzel.«

Chavez sah Biery an und merkte, dass der es bereits wusste. »Worüber zum Teufel redest du überhaupt?«

»Sie hat mein Handy verwanzt. Deshalb wusste Center, dass Dom und ich in Miami waren, um Recherchen über diesen Command Server anzustellen.«

Chavez konnte es nicht glauben. »Sie hat dein Telefon verwanzt? Bist du sicher?«

Jack nickte und schaute in den Nebel hinaus.

»Sitzen wir deshalb hier draußen in der Kälte?«

Jack zuckte die Achseln. »Es könnte doch sein, dass sie meine ganze Wohnung verwanzt hat. Ich weiß es nicht, ich habe noch nicht danach geschaut.«

»Hast du mit ihr gesprochen? Sie damit konfrontiert?«

»Nein.«

»Sie ist bei der CIA, Ryan«, sagte Ding. »Sie hat bedeutend mehr Sicherheitsüberprüfungen über sich ergehen lassen müssen als du. Ich glaube einfach nicht, dass sie für die beschissenen chinesischen Kommunisten arbeitet.«

Ryan schlug mit der Hand auf den Tisch. »Hast du nicht gehört, was ich gerade gesagt habe? Sie hat mein Handy verwanzt und das nicht mit irgendeiner gewöhnlichen Spionagescheiße. Gavin hat neben einer GPS-Ortungsfunktion eine Version von Zhas RAT in meinem Telefongerät gefunden.«

»Aber wie kannst du wissen, ob man sie nicht selbst

getäuscht hat und sie mit irgendwelchen Tricks dazu gebracht hat, dieses Zeug auf dein Handy zu laden?«

»Ding, sie benimmt sich schon seit geraumer Zeit verdächtig. Seitdem ich im Januar aus Pakistan zurückgekehrt bin. Es hat immer wieder Anzeichen gegeben. Ich war nur zu verknallt, um es zu bemerken.« Er machte eine Pause. »Ich war ein verdammter Idiot.«

»*'mano,* sie hat auch genug Gründe, dir zu misstrauen. Ein so cleveres Mädchen wie sie muss doch den Bullshit, den du ihr immer erzählt hast, längst durchschaut haben. Und was die Wanze auf deinem Handy angeht ...« Chavez schüttelte den Kopf. »Man hat sie ausgetrickst. Jemand hat sie manipuliert. Ich kann wirklich nicht glauben, dass sie ausgerechnet für China spioniert.«

»Ich auch nicht«, sagte Biery.

»Ich weiß nicht, *warum* sie es gemacht hat«, entgegnete Jack. »Ich weiß nur, *dass* sie es gemacht hat. Und ich weiß, dass ich unsere ganze Organisation habe auffliegen lassen, weil ich sie nicht aufgehalten habe.«

»Jeder beim Campus hat dort draußen Angehörige, die nicht wissen, was wir tun«, sagte Ding. »Jedes Mal, wenn wir jemand Neuen in unser Leben lassen, gehen wir eine Gefahr ein. Die Frage ist nur, was gedenkst du jetzt zu tun?«

Jack hob fragend die Hände. »Ich bin für alle Vorschläge dankbar.«

»Gut. Du bist gerade suspendiert, das kannst du als Vorteil nutzen. Du hast jetzt genug Zeit. Nutze sie, um herauszufinden, wer zum Teufel sie am Gängelband hat.«

»Okay.«

»Du solltest ihre Wohnung durchsuchen. Sei dabei aber äußerst vorsichtig. Sie ist kein Spion, sie ist Analystin, trotzdem solltest du kein Risiko eingehen. Suche nach irgendwelchen elektronischen Gegenmaßnahmen und verräterischen Indizien. Schau, was du finden kannst, aber ihr

Apartment solltest du nicht verwanzen. Wenn sie für die andere Seite arbeitet, untersucht sie vielleicht von Zeit zu Zeit ihre Wohnung und würde die Wanze entdecken.«

Jack nickte. »Okay. Ich schaue mich morgen früh mal dort um, wenn sie bei der Arbeit ist.«

»Gut«, sagte Chavez. »Vielleicht solltest du sie an den nächsten paar Abenden beschatten. Schau, ob sie irgendetwas Ungewöhnliches unternimmt. Sich mit jemand trifft oder so.«

»Chinesisch essen geht«, fügte Gavin hinzu.

Es sollte ein Witz sein, aber Ding und Jack beantworteten ihn beide mit einem bösen Blick.

»Entschuldigung«, sagte Biery. »Falsches Timing.«

Chavez fuhr fort: »Natürlich gibst du Gavin deinen Laptop, damit der ihn untersucht. Unser Technikerteam wird deine Wohnung nach Wanzen absuchen, ebenso dein Auto.«

»Seinen Wagen habe ich heute schon untersucht«, sagte Gavin. »Der ist sauber.«

Chavez nickte. »Gut.«

Dings Handy zwitscherte an seinem Gürtel, und er holte es heraus. »Ja? He, Sam. Okay. Ich bin gerade in der Gegend. Ich bin gleich bei Ihnen.«

Chavez sprang auf und kippte den Rest seines Biers hinunter. »Ich muss ins Büro. Granger hat anscheinend einen Weg gefunden, mich und Driscoll nach China zu bringen.«

»Viel Glück«, sagte Ryan.

Ding schaute Jack an und legte ihm dann die Hand auf die Schulter. »Viel Glück für *dich,* Kid. Gib Miss Kraft eine Chance. Verurteile sie nicht, bevor du nicht weißt, was hier tatsächlich vorgeht. Selbst wenn sie nicht wissentlich für Center arbeiten sollte, ist sie gleichwohl ein weiteres Stück des Puzzles. Das musst du ausnutzen, *'mano.* Wenn du das richtig machst, werden wir mehr über Center herausfinden, als wir bisher wissen.«

»Das kriege ich schon hin.«

Chavez nickte Biery zu, drehte sich um und verschwand im Nebel.

Dr. K. K. Tong stand am Tisch 34 und schaute der Controllerin über die Schulter, während sie in die Cryptogrammaske auf ihrem Bildschirm eintippte. Er wusste, dass die meisten seiner Leute von seiner Gegenwart eingeschüchtert wurden, aber diese Frau war äußerst fähig, und es schien ihr nichts auszumachen, dass er hinter ihr stand, während sie arbeitete.

Bisher war er mit ihren Leistungen hochzufrieden.

Er hatte gerade seine Runde durch das Ghost Ship gedreht, als sie ihn auf seinem VoIP-Headset anrief und ihn bat, bei ihr vorbeizukommen. Tong vermutete, dass er zwischen den verschiedenen Computerplätzen in diesem Gebäude täglich bestimmt zehn Kilometer zurücklegte und darüber hinaus etwa fünfzig Videokonferenzen führte.

Als die Frau an Tisch 34 ihre laufende Arbeit beendet hatte, drehte sie sich um und wollte aufstehen, aber er hielt sie zurück. »Bleiben Sie sitzen«, sagte er. »Sie wollten mich sehen?«

»Jawohl, Center.«

»Was passiert gerade bei Hendley Associates?«

»Wir haben am Samstag die Ortungsfunktion und den Fernzugang zu Jack Ryans Telefon verloren. Heute Nachmittag hörte dann unser Dauerzugang zum Netzwerk der Firma auf. Anscheinend haben sie unser Eindringen bemerkt und das ganze Netz abgeschaltet.«

»Das gesamte Netzwerk?«

»Ja. Von Hendley Associates geht keinerlei Datenverkehr mehr aus. Ihr E-Mail-Server nimmt keine Botschaften mehr entgegen. Es sieht aus, als ob sie einfach den Stecker herausgezogen hätten.«

»Interessant.«

»Mein Feldagent Walentin Kowalenko ist sehr gut. Ich kann ihn noch einmal beauftragen, sich mit seinem Agenten Darren Lipton zu treffen und diesen zu zwingen, auf seine Agentin Melanie Kraft insoweit Druck auszuüben, dass sie herausfindet, wie unser Eindringen bemerkt worden ist.«

Tong schüttelte den Kopf. »Nein. Hendley Associates war ursprünglich nur ein Objekt, das unsere Neugier erregte. Wir hofften, ihre Rolle in der amerikanischen Geheimdiensthierarchie herauszufinden. Aber dann bereiteten sie uns in Hongkong Probleme. Und dann kam Miami, wo sie regelrecht lästig wurden. Unsere bisherigen Maßnahmen gegen sie waren unzureichend. Ich habe nicht die Zeit, mich der Aufdeckung des Geheimnisses von Hendley Associates zu widmen. Wenn sie unser Eindringen in ihr Netzwerk bemerkt haben, haben sie vielleicht mehr Informationen über uns, als wir wissen. Es ist Zeit für umfassendere Maßnahmen.«

»Ja, Center. Wir könnten wie gewöhnlich heimlich die amerikanischen Behörden über ihre Hintergründe informieren oder eine unserer Kontaktpersonen in der amerikanischen Presse beauftragen, Nachforschungen über sie anzustellen.«

Tong schüttelte den Kopf. »Sie wissen von uns. Wenn wir sie auffliegen lassen, werden sie uns auffliegen lassen. Nein, das können wir nicht riskieren.«

»Jawohl, Center.«

Tong dachte noch einen Augenblick nach und sagte dann: »Ich werde Crane anrufen.«

»Jawohl, Center. Soll ich unsere Beziehung zu Lipton beenden?«

»Nein. Er ist beim FBI. Er könnte noch nützlich werden. Seine Agentin dagegen … die Freundin des Sohns des Präsidenten?«

»Melanie Kraft.«

»Ja. Sie hat sich als wertlos erwiesen und könnte unsere Beziehung zu Lipton offenbaren. Schicken Sie ihre persönlichen Daten an Crane. Ich werde ihn beauftragen, dieses Risiko aus der Welt zu schaffen.«

»Jawohl, Center.«

61

Domingo Chavez und Sam Driscoll saßen mit Gerry und Sam Granger in Gerry Hendleys Büro. Zum ersten Mal in den beiden Jahren, die Chavez inzwischen für den Campus arbeitete, stand Hendleys Laptop nicht geöffnet auf dem Schreibtisch. Stattdessen hatte er ihn in eine Ledertasche gepackt und diese in seinen Schrank gestellt. Das grenzte für Ding zwar an Verfolgungswahn, aber der hatte inzwischen wohl ihre ganze Organisation erfasst.

Es war bereits dreiundzwanzig Uhr, aber niemand sprach die späte Stunde auch nur an. Das einzige Thema der Unterredung war die Möglichkeit, Mary Pat Foleys Wunsch zu entsprechen, in China selbst nach Unterstützung zu suchen.

»Wir haben einen Weg gefunden, um Sie beide nach Peking zu bringen«, sagte Granger. »Ich habe mit dem Vertreter der Roten Hand gesprochen und ihn wissen lassen, dass wir sie vielleicht um Hilfe bitten werden.«

»Und wie kommen wir dorthin?«, fragte Driscoll.

»Die Propagandaabteilung der KPCh führt gerade eine weltweite Charmeoffensive durch. Sie wollen die Unterstützung der anderen Nationen für China gewinnen und gleichzeitig die Vereinigten Staaten madig machen. Sie laden deswegen ausländische Pressevertreter nach Peking ein, um dort China aus chinesischer Perspektive kennenzulernen. Außerdem sollen sie erkennen, wie verlogen das Chinabild in den Hollywoodfilmen ist.«

»Ich habe in meiner Laufbahn schon mehr als einmal einen Presseausweis als Tarnung benutzt«, sagte Chavez.

»Ja, die Propagandaabteilung verspricht, dass sich alle Pressevertreter auch während dieses Konflikts in China frei bewegen können.«

»Tatsächlich?«, sagte Chavez. »Ich habe auch schon andere Diktaturen dieselbe Scheiße sagen hören.«

Granger räumte ein, dass Chavez' Skepsis berechtigt war. »Sie müssen damit rechnen, dass Ihnen bei jedem Ihrer Schritte ein Regierungsaufpasser am Arm hängt. Außerdem werden sie jede Ihrer Bewegungen heimlich überwachen.«

»In diesem Fall scheint es mir aber etwas schwierig zu sein, mit einer Mörderbande Kontakt aufzunehmen, die uns auch noch zu einer Gruppe von bewaffneten Rebellen führen soll«, gab Driscoll zu bedenken.

Chavez kicherte.

Auch Granger musste jetzt lachen. Dann sagte er: »Die Rote Hand hat einen Plan.« Er schaute auf seinen Notizblock. »In Peking wird das Kulturministerium die Gelegenheit für eine Reihe von Presseexkursionen anbieten. Eine davon geht zur Großen Mauer. Normalerweise fährt man zu einem ganz bestimmten Mauerabschnitt, den auch immer die Touristen aus aller Welt besuchen. Es gibt aber auch noch eine weniger besuchte Stelle. Der Name ist hier aufgeführt. Sie sollen bitten, dass man Sie zu diesem Teil der Mauer bringt.«

»Und dann?«, fragte Driscoll.

»Irgendwie werden sie Ihnen Ihre Aufpasser vom Hals schaffen und Sie dann zu den Aufständischen bringen.«

»Was wissen wir eigentlich von dieser Rebellentruppe?«

»Einer ihrer Anführer ist ein hoher Polizist, der sie rechtzeitig vor Polizeirazzien, Aktionen der Sicherheitsorgane und Ähnlichem alarmiert. Sie haben draußen in den Provinzen einige kleinere Sabotageaktionen gegen Regierungskräfte unternommen. Sie haben Fahrzeuge in Brand gesetzt und ein paar Eisenbahngleise gesprengt. Bisher haben die staatlichen Medien die Meldungen darüber unterdrückt, was natürlich keine Überraschung ist. Als Nächstes möchten sie jedoch in Peking selbst zuschlagen, wo es eine Menge internationaler Medienvertreter und Ausländer gibt, die die Nachrichten über solche Aktionen weiterverbreiten würden. Ihr Ziel ist es, ein kleines Feuer zu entfachen, das immer weiter wächst, je stärker die landesweiten Proteste werden.

Sie behaupten, sie würden über eine gut ausgebildete Truppe von über dreihundert Rebellen verfügen, die mit Handfeuerwaffen ausgerüstet seien. Sie planen Aktionen gegen die Volksbefreiungsarmee.«

Chavez konnte es nicht glauben. »Sie wollen sich gegen die Armee stellen? Sind die verrückt?«

Driscoll teilte diese Einschätzung. »Entschuldigen Sie, wenn ich nicht aus Begeisterung in Ohnmacht falle. Das klingt wie Lämmchen, die sich freiwillig auf die Schlachtbank begeben.«

Granger schüttelte den Kopf. »Natürlich werden sie so nicht die Regierung stürzen. Nicht mit dreihundert Kämpfern. Nicht einmal mit dreihunderttausend Kämpfern. Aber vielleicht können wir sie benutzen.«

»Benutzen wofür?«, fragte Ding.

»Wenn es einen offenen Krieg geben sollte, möchte Mary Pat Agenten und Informanten in der Hauptstadt haben. Diese Rebellen sind ja bereits dort und vielleicht genau das, was wir benötigen. Natürlich lässt sich schwer feststellen, wie erfolgreich sie bisher gewesen sind. Die chinesische Regierung tut so, als ob deren Aktionen nur ein paar unbedeutende Mückenstiche gewesen seien, während die Rebellen behaupten, sie stünden kurz davor, das kommunistische Regime zu stürzen.«

Driscoll stöhnte. »Wir sollten in diesem speziellen Fall

wohl besser davon ausgehen, dass die offiziellen Verlautbarungen aus Peking der Wahrheit näher kommen.«

»Da stimme ich Ihnen zu. Aber selbst wenn die Rebellen nicht gerade eine gut organisierte Elitekampftruppe sind, werden sie uns doch hilfreich sein können, wenn wir mit der richtigen Ausrüstung und den entsprechenden Informationen dort hinübergehen.«

»Wie sehen eigentlich ihre politischen Vorstellungen aus?«, fragte Ding.

Granger zuckte die Achseln. »Ziemlich konfus. Sie stimmen eigentlich nur darin überein, dass sie gegen die Regierung sind. Sonst sind sie eine Gruppe von Studenten mit ganz unterschiedlichen Ansichten. Außerdem gibt es unter ihnen einige gemeine Verbrecher, Leute, die auf der Flucht vor der Polizei sind, und Deserteure.«

»Sind die Ausweise unserer Dokumentenfälscher gut genug, um uns nach Peking zu bringen?«, fragte Chavez.

»Aber ja. Wir bekommen Sie ins Land, aber Sie werden mit leichtem Gepäck anreisen.«

Gerry Hendley fügte hinzu: »Ach was, leichtes Gepäck, Sie werden praktisch nackt dort hineingehen. Sie werden Ausländer in einer Stadt sein, in der alle Ausländer mit Argwohn betrachtet werden.«

»In diesem Fall sollten wir Caruso mitnehmen«, sagte Chavez. »Der kann gut den fröhlichen, harmlosen Italiener spielen. Wenigstens die Chinesen werden ihm das abnehmen.«

Hendley nickte, schaute aber Granger an. Sam schien die Idee nicht zu gefallen, sagte jedoch schließlich: »Na gut. Aber nicht Ryan. Nicht dorthin.«

»Okay«, sagte Chavez. »Wenn Caruso mitkommt, gehe ich auch. Was ist mit dir, Sam?«

Driscoll wirkte nicht sehr begeistert. »Wir müssen uns also auf die Mörder und Diebe der Roten Hand verlassen, dass sie uns zu einer völlig unerprobten Rebellentruppe bringen. Sieht so der Plan aus?«

»Sie müssen das nicht machen«, erwiderte Granger.

Driscoll dachte darüber nach und sagte dann: »Unter normalen Umständen würden wir sicher das Risiko für zu groß halten. Aber in diesem Fall müssen wir es wohl riskieren.« Er seufzte. »Ach zum Teufel, ich bin dabei.«

Hendley nickte anerkennend und sagte: »Natürlich gibt es dabei ziemlich viele Unbekannte, Jungs. Ich bin nicht bereit, euch irgendwelche tatsächlichen Aktionen zu erlauben. Ihr drei geht dort hinüber und schaut euch einfach mal um. Ihr trefft euch mit den Rebellen und teilt mir hinterher mit, was ihr darüber denkt. Wir werden dann gemeinsam entscheiden, ob wir das Ganze weiterverfolgen sollten.«

»Klingt gut«, sagte Chavez und schaute die beiden Männer auf seiner Seite des Schreibtischs an.

»Einverstanden«, sagte Driscoll.

Granger stand auf und zeigte damit das Ende des Treffens an. »Okay. Geht zur Operationsabteilung hinunter, und bestellt ein vollständiges Ausweisset für euch drei. Erzählt den Leuten, sie sollen in diesem Fall besonders sorgfältig arbeiten. Niemand dort unten geht heim, bevor ihr nicht alles habt, was ihr braucht. Es ist mir egal, wenn sie die ganze Nacht dafür brauchen, aber ihr werdet die bestmöglichen Ausweise bekommen. Wenn sie sich beschweren sollten, sollen sie mich anrufen, ich erzähle ihnen dann was.«

Ding erhob sich von seinem Stuhl und schüttelte Sam die Hand. »Danke.«

Auch Hendley verabschiedete sich von den Männern mit Handschlag und sagte: »Passt gut auf euch auf. Die Sache im Januar dort in Pakistan war schon kein Zuckerschlecken, das weiß ich, aber die Chinesen sind noch um vieles kompetenter und gefährlicher.«

»Geht klar«, sagte Ding.

62

»Mr. President?«

Als Jack Ryan aufwachte, sah er den Nachtdienstoffizier an seinem Bett stehen. Er setzte sich schnell auf, schließlich war er es ja inzwischen gewöhnt. Er folgte dem Luftwaffenoffizier in die Sitting Hall hinaus, bevor er auch noch Cathy aufweckte.

Beim Hinausgehen scherzte er: »Nachts bekomme ich in letzter Zeit mehr Nachrichten als am Tag.«

»Der Außenminister bat mich, Sie zu wecken«, erklärte der Nachtdienstoffizier. »Es kommt gerade auf allen Fernsehkanälen, Sir. Die Chinesen behaupten, dass amerikanische Piloten in taiwanesischen Flugzeugen Geheimmissionen fliegen würden.«

»Scheiße«, sagte Ryan. Es war seine Idee gewesen, und jetzt kam es in den Nachrichten. »Okay, rufen Sie alle zusammen. Ich bin in ein paar Minuten unten.«

»Wie haben sie es herausgefunden?«, fragte der Präsident in die Runde seiner besten Militär- und Geheimdienstberater.

»Taiwan ist voller chinesischer Spione«, sagte Mary Pat Foley. »Irgendwie ist es eben herausgesickert. Ein Marinepilot wurde abgeschossen und dann von einem Fischtrawler aus dem Wasser gefischt. Allein diese Rettungsaktion verdoppelte wahrscheinlich die Zahl der Menschen, die von dieser Geheimoperation wussten.«

Jack merkte wieder einmal, dass die reale Welt die unangenehme Angewohnheit hatte, sich in seine besten Pläne einzumischen.

Er dachte einen Moment nach. »Ich lese regelmäßig die Tagesberichte über die Aktivitäten unserer Piloten. Sie haben bisher der Republik China einen ziemlich großen Nutzen gebracht. Taiwan hätte ohne unsere Operation enorme Verluste erlitten.«

Burgess stimmte zu. »Taiwan ist auf allen Gebieten unterlegen. Zwei Dutzend amerikanische Piloten können daran auch nichts ändern. Aber wenn die rotchinesische Luftwaffe weitere fünfundzwanzig taiwanesische Jets abgeschossen hätte, wäre die Moral der Taiwanesen endgültig am Boden, und sie wären vielleicht sogar bereit, das Handtuch zu werfen. Ich bin wirklich froh, dass unsere Piloten es den Chinesen einmal richtig zeigen.«

Nach einer kurzen Pause fuhr der Verteidigungsminister fort: »Wir bestätigen diese Geschichte nicht, aber wir leugnen sie auch nicht ab. Wir werden einfach auf Chinas Vorwürfe nicht reagieren. Und wir lassen unsere Jungs dort drüben.«

Alle stimmten zu, nur Adler schien besorgt.

Der Kommandeur der Pazifikflotte Mark Jorgensen hatte sich gerade von der Videokonferenz abgemeldet, als Ryan den Raum betrat. Ryan war jedoch lange genug dabei, um zu wissen, dass Admiräle ihrem Oberbefehlshaber gewöhnlich nicht mitteilen, dass sie etwas Wichtigeres zu tun hätten, als mit ihm zu sprechen, wenn es nicht tatsächlich wichtiger war.

Jetzt tauchte er jedoch wieder auf dem Monitor auf. Seine Stimme war laut, fast wütend, als er den Verteidigungsminister unterbrach, der gerade über die Lage in Taiwan sprach. »Mr. President, entschuldigen Sie mich, aber die Chinesen haben gerade wieder einmal Cruise-Missiles auf ein taiwanesisches Schiff abgefeuert. Zwei

Silkworm-Raketen trafen die *Tso Ying,* einen Zerstörer, der in der Taiwan-Straße patrouillierte. Dieses Schiff war früher die USS *Kidd,* bevor wir sie vor einigen Jahren an die Republik China verkauften. Die *Tso Ying* steht gegenwärtig in Flammen und ist manövrierunfähig. Sie hat die Demarkationslinie überschritten und treibt auf chinesisches Hoheitsgewässer zu.«

»Verdammter Mist«, murmelte Burgess.

Jorgensen setzte seinen Bericht fort: »Der Vorsitzende Su hat den Vereinigten Staaten befohlen, sich von diesem Gebiet fernzuhalten. Er hat soeben öffentlich gedroht, eine ballistische Antischiffsrakete, offensichtlich eine Dongfeng 21, auf die USS *Ronald Reagan* oder die *Nimitz* abzufeuern, wenn die beiden Flugzeugträgergruppen in die Sperrzone einfahren, die Su letzte Woche eingerichtet hat.«

Den Teilnehmern der Sitzung verschlug es fast den Atem.

»Welche Reichweite hat die DF 21?«, fragte Ryan.

»Neunhundert Meilen.«

»Du lieber Gott! Wir könnten also die *Reagan* in die Bucht von Tokio zurückverlegen, und sie könnten sie immer noch treffen!«

»Das ist korrekt, Sir. Außerdem ist sie ein wahrer Flugzeugträger-Killer, Sir. Eine DF 21 kann einen Träger der *Nimitz*-Klasse versenken und wahrscheinlich jeden an Bord töten.«

»Und wie viele derartige Raketen haben die Chinesen?«

Diese Frage beantwortete Mary Pat Foley. »Unserer Einschätzung nach achtzig bis hundert.«

»Mobile Abschussgeräte?«

»Ja. Landgestützte Raketenabschussfahrzeuge, aber auch Unterseeboote.«

»Okay, was ist mit unseren U-Booten? Unter Wasser operieren wir doch noch in der Taiwan-Straße, oder?«

»Ja, Sir«, bestätigte Jorgensen.

»Können wir dem taiwanesischen Zerstörer helfen?«

»Sie meinen, bei seiner Rettung?«, fragte Bob Burgess nach.

»Ja.«

Burgess schaute Jorgensen an, und der Admiral antwortete: »Wir können Cruise-Missiles auf die Volksbefreiungsmarine abfeuern, wenn sie das havarierte Schiff angreifen.«

Ryan schaute sich im ganzen Raum um. »Das wäre ein offener Seekrieg.« Er trommelte mit den Fingern auf den Tisch.

»Also gut. Scott, rufen Sie bitte sofort Botschafter Li an. Ich möchte, dass er sich noch in dieser Minute mit dem chinesischen Außenministerium in Verbindung setzt und ihnen erklärt, dass sich US-Kräfte jedem weiteren Angriff auf die *Tso Ying* entgegenstellen werden.«

Scott Adler stand auf und eilte aus dem Konferenzraum.

Jack Ryan wandte sich an die restlichen Anwesenden: »Wir stehen jetzt an der Schwelle eines offenen Kriegs in der Taiwan-Straße. Ich möchte, dass alle US-Einheiten im Ostchinesischen Meer, im Gelben Meer und überall im Westpazifik in höchste Alarmbereitschaft versetzt werden. Wenn eines unserer U-Boote ein chinesisches Kriegsschiff angreift, bricht die Hölle los.«

Walentin Kowalenko kletterte um sechs Uhr morgens auf den Beifahrersitz von Darren Liptons Toyota Sienna. Der Russe hatte von Center neue Instruktionen bekommen. Wie üblich kannte er die Hintergründe der Botschaft nicht, die er gleich weitergeben würde. Trotzdem war es ihm immer noch eine Beruhigung, dass seine russischen Kollegen in der Botschaft ihm die Erlaubnis gegeben hatten, alles zu tun, was Center von ihm verlangte, sodass er auch diese Anweisung nicht weiter hinterfragte.

»Sie werden sofort ein Treffen mit Ihrer Agentin vereinbaren«, sagte er.

Lipton reagierte mit seinem üblichen Ärger. »Sie ist doch kein dressiertes Äffchen. Sie kommt doch nicht einfach, wenn ich sie mal geschwind rufe. Sie muss rechtzeitig an ihrem Arbeitsplatz erscheinen, und ich kann sie deshalb erst nach ihrem Dienstschluss treffen.«

»Tun Sie es jetzt. Sie soll *vor* ihrer Arbeit kommen. Seien Sie überzeugend. Weisen Sie sie an, sich ein Taxi zu dieser Adresse hier zu nehmen, um Sie dort zu treffen. Sie müssen ihr klarmachen, dass es absolut wichtig ist, dass sie erscheint.«

Lipton ließ sich den Zettel mit der gedruckten Adresse geben und schaute ihn sich während des Fahrens an. »Was ist dort?«

»Ich weiß es nicht.«

Lipton schaute Kowalenko einen Moment von der Seite an, dann richtete er seine Augen zurück auf die Straße.

»Und was sage ich ihr, wenn sie kommt?«

»Nichts. *Sie* werden gar nicht auf sie warten. Ein anderer wird dort sein.«

»Wer?«

»Das weiß ich nicht.«

»Packard?«

Kowalenko gab keine Antwort. Er hatte keine Ahnung, wer Packard war, aber das brauchte Lipton ja nicht zu wissen. »Ich weiß nicht, ob es Packard sein wird oder jemand anderer.«

»Worum geht es hier eigentlich, Iwan?«

»Sorgen Sie einfach nur dafür, dass diese Frau zu dieser Adresse kommt.«

Lipton schaute noch einmal kurz zu Kowalenko hinüber. »Sie wissen auch nicht, was hier vorgeht, oder?«

Walentin merkte, dass Lipton ihn durchschaut hatte. »Nein, weiß ich nicht«, antwortete er. »Ich habe meine Befehle, und Sie haben Ihre.«

Lipton lächelte. »Jetzt verstehe ich, Iwan. Center hat Sie

irgendwie in der Hand, so wie mich. Sie sind gar nicht sein Beauftragter. Sie sind sein Agent.«

»Wir sind alle kleine Rädchen in einem System«, sagte Kowalenko mit müder Stimme. »Ein System, das wir nicht ganz verstehen. Aber wir kennen unseren jeweiligen Auftrag, und darauf sollten Sie sich jetzt auch konzentrieren.«

Lipton fuhr an den Straßenrand und hielt an. »Sagen Sie Center, dass ich mehr Geld möchte.«

»Warum sagen Sie ihm das nicht selbst?«

»Sie sind Russe. Er ist offensichtlich auch ein Russe. Obwohl Sie wie ich nur sein Laufbursche sind, wird er wahrscheinlich eher auf Sie hören.«

Kowalenko ließ ein müdes Lächeln sehen. »Sie wissen doch, wie das ist. Wenn ein Geheimdienst einem Agenten eine Menge Geld zahlt, braucht der Agent kein Geld mehr, und sein Arbeitseifer lässt nach.«

Lipton schüttelte den Kopf. »Wir wissen doch beide, warum ich für Center arbeite. Hier geht es nicht um Geld, sondern um Erpressung. Trotzdem verdiene ich eine etwas höhere Bezahlung.«

Kowalenko wusste, dass Liptons Aussage so nicht ganz stimmte. Er hatte die Akte dieses Mannes gelesen. Sicher war der ursprüngliche Grund für seine Spionagetätigkeit diese Erpressung gewesen. Center hatte Pornofotos auf seinem Computer gefunden, die ihn ins Gefängnis bringen konnten.

Aber inzwischen machte er das Ganze hauptsächlich des Geldes wegen.

Er arbeitete jetzt ein Jahr für diesen mysteriösen Auftraggeber, der ihm alle ein oder zwei Wochen einfache Anweisungen erteilte. In dieser Zeit war die Quantität und Qualität der von ihm besuchten Nutten stark angestiegen.

Seine Frau und seine Kinder hatten keinen Pfennig von diesem Geld gesehen. Er hatte ein Privatkonto eröffnet, und fast alles, was er dort einzahlte, floss an Carmen, Barbie, Britney und die anderen Mädchen, die in den Hotels in Crystal City und Rosslyn arbeiteten.

Kowalenko hegte keinerlei Achtung für diesen Mann, aber er musste einen Agenten nicht respektieren, um ihn zu führen.

Er öffnete die Beifahrertür und stieg aus. »Ihre Agentin soll genau um neun Uhr vormittags dort eintreffen. In der Zwischenzeit werde ich mit Center über Ihre Bezahlung reden.«

Die Staatssicherheitsgesetze der chinesischen Regierung verpflichteten jeden chinesischen Staatsbürger, allen staatlichen Sicherheitsbeamten Folge zu leisten und mit ihnen zusammenzuarbeiten. Außerdem war jedes Hotel und Geschäftsunternehmen dazu verpflichtet, den Sicherheitsorganen unbeschränkten Zugang zu seinem Gelände und seinen Einrichtungen zu gewähren.

Dies bedeutete in der Praxis, dass die meisten Business-Class-Hotels in China mit audiovisuellen Geräten verwanzt waren, deren Aufnahmen ständig von Beamten des Ministeriums für Staatssicherheit beobachtet und geheimdienstlich ausgewertet wurden.

Viele Geschäftsgeheimnisse erfuhren die Chinesen einfach dadurch, dass sie einen Schalter umlegten und einen Übersetzer mit einem Notizblock an einen Funkempfänger setzten.

Chavez, Caruso und Driscoll wussten natürlich, dass ihr Pekinger Hotel verwanzt sein würde, und einigten sich noch daheim in den Staaten auf eine ganz bestimmte Strategie. Auch während sie sich in ihren Suiten aufhielten, würden sie ihre Tarnung aufrechterhalten und ihre Journalistenrolle weiterspielen.

Sobald sie nach ihrem unerträglich langen Linienflug aus den Vereinigten Staaten ihre Hotelzimmer bezogen hatten, drehte Ding die Dusche auf, stellte sie möglichst heiß, verließ das Badezimmer und schloss die Tür hinter sich. Er machte den Fernseher an und begann, sich auszuziehen. Er war ein müder Geschäftsmann, den der lange Flug erschöpft hatte und der jetzt nur noch kurz duschen wollte, bevor er ins Bett kroch. Er ging im Zimmer herum, während er sein Hemd auszog, stellte sich vor den Fernseher und benahm sich so natürlich wie möglich. In Wirklichkeit hielt er jedoch im ganzen Raum nach Kameras Ausschau. Er untersuchte das Fernsehgerät selbst und dann die Wand gegenüber seinem Bett. Er legte sein Hemd und Unterhemd auf den Tisch neben seine Reisetasche und schaute dabei vorsichtig unter den Lampenschirm.

Ding kannte sich mit mindestens zwei Dutzend der gebräuchlichsten Miniaturkameras und Audioempfänger aus. Er wusste, wonach er suchen musste, aber bisher hatte er nichts gefunden.

Er bemerkte, dass die Deckenbeleuchtung in die Decke selbst eingelassen war. Das war bestimmt ein großartiger Platz, um eine Kamera zu verstecken. Er stellte sich direkt unter die Leuchten, stieg jedoch nicht auf einen Stuhl oder aufs Bett, um aus der Nähe nachzusehen.

Sie waren dort, dessen war er sich sicher. Wenn er aber zu deutlich nach ihnen suchte, würden die MSS-Späher, die ihn beobachteten, aufmerksam werden und sich noch mehr auf dieses Zimmer konzentrieren.

Als er sich vollkommen ausgezogen hatte, ging er ins Badezimmer zurück. Inzwischen war es vollkommen eingenebelt. Er musste einen Augenblick warten, bis sich der Wasserdampf so weit aufgelöst hatte, dass er sich überhaupt umsehen konnte. Als Erstes untersuchte er den großen Badezimmerspiegel und fand sofort, wonach er suchte: eine 30 x 30 cm große Fläche, die nicht beschlagen war.

Ding wusste, dass auf der anderen Seite des Glasspiegels eine Nische oder Aussparung war, in der eine Kamera stand. Außerdem gab es dort wahrscheinlich noch ein Wi-Fi-Funkgerät, das das Kamerasignal und die Aufnahmen der Mikrofone, die irgendwo in der Suite versteckt waren, dorthin schickte, wo die Späher des MSS saßen.

Ding lächelte innerlich. Während er nackt vor dem Spiegel stand, hätte er gern in die Kamera gewinkt. Er vermutete, dass neunundneunzig Prozent der Geschäftsleute, die in diesem und Dutzenden ähnlicher Hotels in Peking abgestiegen waren, absolut keine Ahnung hatten, dass sie jedes Mal, wenn sie sich duschten, bei *Versteckte Kamera* auftraten.

In zwei anderen Suiten auf demselben Stockwerk suchten Dominic Caruso und Sam Driscoll ihre Zimmer auf ähnliche Weise nach geheimen Aufnahmegeräten ab. Alle drei kamen zu dem gleichen, nicht weiter überraschenden Schluss: Sie mussten reden, agieren und sich benehmen wie ein durchschnittlicher Hotelgast, wenn sie nicht wollten, dass ihre Operation aufflog.

Alle drei Männer hatten sich oft genug in feindlichen Umgebungen bewegt. Die Chinesen waren allerdings für besonders ausgefeilte Spionagetaktiken bekannt. Die drei Campus-Agenten wussten jedoch, dass sie ihre Rolle auf eine Weise spielen konnten, dass keiner der gelangweilten Beobachter des MSS Verdacht schöpfen würde, dass sie in Peking noch etwas anderes vorhaben könnten.

Ding hatte es sich gerade in seinem Bett bequem gemacht, um ein paar Stunden Schlaf nachzuholen, als sein Satellitentelefon klingelte. Es war verschlüsselt, deshalb musste er nicht befürchten, dass jemand elektronisch mithörte, obwohl es natürlich hier im Raum Mikrofone gab.

Er schaltete den Fernseher ein, ging auf den Balkon hinaus und machte die Glastür hinter sich zu.

»Bueno?«

»Äh ... Ding?«

»Adam?«, flüsterte Chavez.

»Ja.«

»Ich bin froh, dass Sie anrufen. Die Leute fragen sich, was mit Ihnen passiert ist.«

»Ja. Ich bin nur eine Weile abgetaucht.«

»Verstehe.«

»Ich habe herausgefunden, wo Center sitzt«, sagte Yao.

»Sie selbst?«

»Ja.«

»Wo?«

»Es ist in Kanton, etwa zwei Stunden nördlich von Hongkong. Ich habe keine genaue Adresse, aber ich habe es ziemlich eingegrenzt. Es muss in der Nähe des TRB, des Technical Recon Bureau der VBA, sein. Er ist also auf dem chinesischen Festland, Ding. Er hat die ganze Zeit für die rotchinesische Armee gearbeitet.«

Chavez schaute sich nervös um. Peking war kein guter Ort, um ein solches Telefongespräch zu führen.

»Ja. Das haben wir uns inzwischen selbst zusammengereimt. Sie müssen einen Weg finden, um Ihren Arbeitgeber zu informieren.«

»Hören Sie, Ding. Ich habe aufgehört, Langley irgendwelche Berichte oder Depeschen zu schicken. Sie haben ein Leck, und durch dieses Leck fließt alles direkt in die Volksrepublik China. Wenn ich Langley informiere, zieht Center ganz bestimmt wieder um.«

»Und was wollen Sie jetzt tun?«

»Ich arbeite einfach ohne Netz weiter.«

»Ich mag Ihren Stil, Adam, aber das wird Ihre Karriere nicht gerade befördern«, sagte Chavez.

»Getötet zu werden ist auch nicht gerade gut für meine Karriere.«

»Da haben Sie auch wieder recht.«

»Ich könnte etwas Hilfe gebrauchen.«

Chavez dachte darüber nach. Er konnte im Moment weder Driscoll noch Caruso von hier abziehen. Außerdem würden beide nicht einfach so abreisen können, ohne dass ihre Aufpasser Verdacht schöpfen würden.

»Ich bin gerade mitten in einer Operation, von der ich im Moment nicht wegkomme, aber ich könnte Ihnen Ryan zur Unterstützung schicken.« Chavez wusste, dass es gelinde gesagt bedenklich war, ausgerechnet Ryan aufs chinesische Festland zu schicken. Aber er wusste auch, dass Tong im Mittelpunkt des ganzen Konflikts mit China stand. Außerdem war Kanton im Gegensatz zu Peking nicht weit von der Grenze zu Hongkong entfernt.

Immerhin schickte er Jack nicht nach Peking, versuchte sich Chavez selbst zu beruhigen.

»Ryan?«, sagte Yao und machte erst gar nicht den Versuch, seine Enttäuschung zu verbergen.

»Was spricht gegen Jack?«

»Ich habe im Moment genug am Hals, ich kann nicht auch noch auf den Sohn des US-Präsidenten aufpassen.«

»Jack ist ein echter Profi, Yao. Glauben Sie mir!«

»Ich weiß nicht recht.«

»Es ist Ihre Entscheidung.«

Yao seufzte. »Ich nehme ihn. Wenigstens kennt er Leute mit Einfluss. Lassen Sie ihn nach Hongkong fliegen. Ich hole ihn am Flughafen ab und bringe ihn über die Grenze.«

»In Ordnung. Rufen Sie mich in neunzig Minuten zurück, und ich bringe euch beide zusammen.«

63

Jack Ryan jr. fuhr über die Francis Scott Key Bridge und versuchte das Taxi hundert Meter vor ihm im Auge zu behalten. Es war kurz nach sieben Uhr morgens, und er verfolgte das Taxi, seitdem es Melanie vor zwanzig Minuten in Alexandria abgeholt hatte.

Heute war der dritte Tag hintereinander, an dem er noch vor Sonnenaufgang in der Nähe ihrer Wohnung aufgetaucht war, seinen Wagen einige Blocks von der Princess Street entfernt geparkt und sich dann in einem winzigen Garten auf der anderen Seite ihres Hauses versteckt hatte. Jeden Tag hatte er, wenn es dazu hell genug war, ihre Fenster mit dem Fernglas beobachtet, bis sie ihre Wohnremise verließ und die Straße zur Metrostation hinunterging.

In den letzten beiden Tagen hatte er danach ihren Briefkasten und ihren Mülleimer überprüft, aber nichts gefunden, was ihn irgendwie weitergebracht hätte. Einige Minuten später war er dann heimgefahren und hatte den Rest des Tages darüber nachgegrübelt, wie er sie am besten auf Center ansprechen sollte.

Heute hatte er eigentlich geplant, in ihre Wohnung einzubrechen, nachdem sie sie verlassen hatte. Er wusste, dass er ihr Schloss mit Leichtigkeit knacken konnte. Er hatte jedoch seinen Plan abrupt geändert, als um 6.40 Uhr ein Taxi vorfuhr und sie bereits zur Arbeit zurechtgemacht einstieg.

Jack eilte zurück zu seinem Wagen und holte das Taxi auf dem Jefferson Davis Memorial Highway ein. Er erkannte bald, dass sie nicht zu ihrem Arbeitsplatz in McLean, sondern nach Washington unterwegs war. Als er ihr jetzt über die Brücke nach Georgetown hinein folgte, musste er an den Mord an den CIA-Agenten von vor zwei Wochen denken. Der Gedanke machte ihn krank, dass sie etwas damit zu tun haben könnte.

»Unwissentlich, Jack«, sagte er laut vor sich hin. Er konnte sich einfach nicht vorstellen, dass sie entweder gegen ihn oder für die Chinesen arbeitete, ohne dass man sie irgendwie mit List und Tücke dazu gebracht hatte.

Er wollte es zumindest nicht glauben.

Sein Telefon zwitscherte in der Konsole. Er drückte auf die Freisprechtaste an seinem Lenkrad.

»Ryan.«

»Jack, hier ist Ding.«

»He. Bist du in Peking?«

»Ja. Tut mir leid, keine Zeit zum Reden. Ich habe gerade die Gulfstream angerufen. Du musst in einer Stunde am Flughafen Washington-Baltimore sein.«

Scheiße. Er war jetzt schon eine Stunde von Baltimore entfernt. Er müsste seine Verfolgung von Melanies Auto aufgeben und möglichst schnell dort hinüberfahren. Aber dann fiel ihm etwas anderes ein. »Ich bin doch suspendiert, erinnerst du dich?«

»Granger hat die Suspendierung aufgehoben.«

»Okay. Verstanden. Ich bin gerade in D.C. auf dem Weg zum Flughafen. Wohin soll es eigentlich gehen?«

»Hongkong.«

Jack wusste, dass Dings Satellitentelefon unmöglich abgehört werden konnte und Gavin und sein Team sein eigenes Auto stundenlang nach Ortungsgeräten und Wanzen abgesucht hatten, aber er wusste auch, dass man grundsätzlich mit operationellen Informationen möglichst sparsam umgehen sollte, deshalb stellte er keine weiteren Fragen.

»Okay«, sagte er und legte auf. Inzwischen steckte er mitten im Morgenverkehr von Georgetown, und der beste Weg nach Norden in Richtung Baltimore war immer geradeaus, also folgte er weiterhin Melanies Taxi, bis er irgendwo abbiegen konnte.

Im Moment konnte er es nicht einmal sehen, da direkt vor ihm ein Wäschereilieferwagen aus einer Zufahrt in die P Street eingebogen war.

Während des Fahrens überlegte sich Jack, ob er Melanie nicht einfach anrufen sollte. Wenn er jetzt tatsächlich nach Hongkong musste, würde er mindestens ein paar weitere Tage lang nicht erfahren, was hier wirklich vor sich ging. Andererseits befürchtete er, dass sie durch einen solchen Anruf ja mitbekäme, dass er die Stadt verließ, was seine Mission durchaus gefährden könnte.

Dann würde es nämlich auch Center erfahren.

Als sie den Rock Creek Parkway auf einer Brücke überquerten, fand sich Jack endgültig mit der Tatsache ab, dass er heute keine Antworten mehr erhalten würde. Dann bemerkte er jedoch, dass das Taxi auf die Zufahrtsrampe einbog, die in weitem Bogen zum vierspurigen Parkway hinunterführte. Jack merkte, dass sie ebenfalls nach Norden wollte. Dies war äußerst seltsam, weil er sich nicht vorstellen konnte, warum sie das Taxi erst nach Georgetown hineinfahren ließ, wenn sie doch eigentlich Washington verlassen wollte.

Er trat jetzt das Gaspedal durch, um nicht den Anschluss zu verlieren, und bog ebenfalls auf die Rampe ein. Direkt vor ihm sah er, wie sich der Wäschereilieferwagen an die Seite von Melanies Taxi setzte, als wollte er es auf dieser engen, einspurigen, steil nach unten führenden Rampe überholen.

»Idiot«, schimpfte Jack, als er dieses Manöver aus etwa siebzig Meter Entfernung beobachtete.

In diesem Moment öffnete sich die Seitentür des Vans. Dies war solch ein eigentümlicher Anblick, dass Ryan zuerst gar nicht begriff, was da gerade passierte. Auf irgendwelche Gefahren war er erst recht nicht gefasst.

Bis er den Lauf einer Maschinenpistole aus dem dunklen Innern des Lieferwagens auftauchen sah.

Vor seinen Augen feuerte die MP eine lange Automatiksalve ab, Flammen und Rauch schlugen aus ihrer Mündung heraus, und das Seitenfenster des Taxis explodierte in einer wahren Wolke von Glasstaub.

Jack schrie in seinem BMW laut auf, als Melanies Taxi hart zur Seite driftete, von der Rampe abkam und dann den Abhang hinunterrollte, um schließlich unten zwischen Rampe und Parkway auf dem Dach zu landen.

Der Wäschereilieferwagen hatte jetzt weiter unten auf der Rampe angehalten, und zwei bewaffnete Männer sprangen heraus.

Jack hatte zwar seine Glock 23 dabei, aber er war viel zu weit hinter ihnen, um sich ihnen noch erfolgreich entgegenstellen zu können. Stattdessen handelte er ab jetzt rein instinktiv. Er gab Gas und fuhr mit seinem BMW 335i mit möglichst hoher Geschwindigkeit nach links über die Rampe hinaus. Der Wagen flog ein Stück durch die Luft, kam auf der mit Gras bewachsenen Böschung auf und rutschte und rumpelte den Abhang hinunter bis zu dem auf dem Dach liegenden Taxi.

Unterwegs wurde Jacks Airbag ausgelöst und schlug ihm ins Gesicht. Seine Arme bewegten sich in alle Richtungen, als der BMW kurz aufschlug und wieder ein Stück in die Luft geschleudert wurde. Er knickte einen Baum ab, kippte zur Seite und schlitterte dann durch Gras und Schlamm zum Fuß des Abhangs hinunter, wo er ruckartig zum Stehen kam. Die Windschutzscheibe war zwar ziemlich zersplittert, trotzdem konnte Ryan erkennen, dass die beiden Bewaffneten sich inzwischen dem Taxi bis auf fünfzehn Meter genähert hatten.

Jack war leicht benommen, und seine Sicht wurde durch den Staub und die zersplitterte Windschutzscheibe behindert. Die beiden Männer schauten jetzt direkt zu ihm hinüber. Offensichtlich betrachteten sie den BMW jedoch nicht als Bedrohung. Sie nahmen anscheinend an, dass ein Fahrer durch die Ereignisse direkt vor ihm dermaßen erschrocken war, dass er sein Lenkrad verrissen hatte und von der Rampe abgekommen war.

Jack Ryan versuchte, wieder einen einigermaßen klaren Kopf zu bekommen. Die Killer wandten ihre Aufmerksamkeit jetzt dem Taxiwrack zu. Sie knieten sich mit schussbereiten Maschinenpistolen hin, um in das auf dem Dach liegende Fahrzeug hineinzuschauen.

In diesem Augenblick zog Jack seine Glock, legte mit unsicheren Händen an und schoss durch die zerschmetterte Windschutzscheibe.

Immer und immer wieder feuerte er auf die beiden Männer vor ihm. Einer stürzte ins Gras. Seine Waffe rutschte ihm aus seinen verkrampften Händen.

Der andere Mann schoss zurück. Die Windschutzscheibe direkt rechts von Ryan wurde von einer ganzen Salve getroffen und löste sich jetzt endgültig in kleine Glassplitter auf, die Jack direkt ins Gesicht flogen und es zerschnitten. Seine eigenen ausgeworfenen Patronenhülsen flogen durch sein Auto und versengten ihm Gesicht und Arme, wenn sie auf dem Weg zum Rücksitz oder zum Bodenbrett wie Querschläger von ihm abprallten.

Ryan schoss insgesamt dreizehn Kugeln auf die beiden Angreifer ab. Als sein Verschluss offen blieb, zog er ein Ersatzmagazin aus seinem Hosenbund und rammte es in den Griff seiner Pistole. Als er erneut schießen wollte, sah er, wie der überlebende Angreifer zum Lieferwagen zurückhumpelte und dabei zweimal zu Boden fiel. Offensichtlich war er verwundet.

Kurz darauf preschte der Van mit kreischenden Reifen mitten in den Hochgeschwindigkeitsverkehr des Rock Creek Parkway hinein. Er streifte einen Geländewagen, der daraufhin auf die Mittelstreifen-Trennwand prallte. Der Wäschereilieferwagen raste in Richtung Norden davon.

Jack kletterte immer noch benommen aus seinem BMW, geriet kurz ins Stolpern und eilte dann zum Taxi hinüber. Er kniete sich hin. »Melanie!« Er erblickte den Taxifahrer, einen jungen Mann aus dem Nahen Osten, der immer noch angeschnallt kopfüber im Fahrersitz hing. Ganz offensichtlich war er tot. Ein Teil seiner Stirn fehlte, und sein Blut floss in Strömen auf den Dachhimmel unter ihm hinunter. »Melanie!«

»Jack?«

Ryan drehte sich um. Direkt vor ihm stand Melanie Kraft. Ihr rechtes Auge war blutunterlaufen und verschwollen, und ihre Stirn hatten Glassplitter zerschnitten. Sie war auf der anderen Seite aus dem Auto gekrochen. Jack war erleichtert, sie zu sehen. Augenscheinlich hatte sie nur ein paar Kratzer davongetragen. Als er ihr in die Augen blickte, bemerkte er jedoch, dass sie unter Schock stand. Ihr abwesender Blick zeigte ihm, dass sie völlig verwirrt war und jede Orientierung verloren hatte.

Jack packte sie am Handgelenk und zog sie zu seinem BMW hinüber, stieß sie auf den Rücksitz und sprang dann hinters Steuer.

»Komm, Baby!«, rief Jack, als er auf den Startknopf drückte. »Bitte, bitte, spring an!«

Tatsächlich sprang der Motor an, Jack legte den Gang ein und holperte über das Gras, bis er das untere Ende der Zufahrtsrampe erreicht hatte. Er fädelte sich auf die Schnellstraße ein und brauste in Richtung Norden davon, während kleine Trümmerstücke auf dem Beifahrersitz herumhüpften und ihm der Fahrtwind Glassplitter aus den Resten der Windschutzscheibe direkt ins Gesicht wehte.

Als Melanie Kraft aufwachte, lag sie auf der Rückbank von Jacks Auto auf der Seite. Um sie herum lagen zerbrochenes Glas und leere Patronenhülsen. Sie setzte sich langsam auf.

»Was ist passiert?«, fragte sie. Als sie sich mit der Hand ins Gesicht griff, merkte sie, dass sie leicht blutete und ihr rechtes Augenlid geschwollen war. »Was ist passiert, Jack?«

Ryan hatte den Parkway bereits bei der nächsten Ausfahrt verlassen und nutzte jetzt sein GPS-Gerät, um nur noch kleine Seitenstraßen zu benutzen und Hauptstraßen zu meiden, um keinem Polizeiauto zu begegnen.

»Jack?«, wiederholte sie.

»Bist du okay?«

»Ja. Wer war das? Wer waren diese Männer?«

Ryan schüttelte nur den Kopf. Er holte sein Handy aus der Tasche und rief jemand an. Melanie konnte seine Seite des Gesprächs verfolgen.

»He. Ich brauche deine Hilfe. Es ist ernst.« Eine kurze Pause. »Wir müssen uns irgendwo zwischen Washington und Baltimore treffen. Ich brauche ein Auto, und du musst eine Zeit lang auf jemand aufpassen.« Eine weitere kurze Pause. »Das Ganze ist ein verdammtes Chaos. Bring eine Waffe mit. Ich wusste, dass ich auf dich zählen kann, John. Ruf mich zurück.«

Ryan steckte sein Handy zurück in die Tasche.

»*Bitte,* Jack. Wer war das?«

»Wer das war? Wer das war? Das waren Centers Männer. Wer zum Teufel sollte es denn sonst sein?«

»Wer ist Center?«, fragte Melanie.

»Lüg mich nicht an. Du hast doch mit Center zusammengearbeitet. Ich weiß es. Ich habe die Wanze auf meinem Handy gefunden.«

Melanie schüttelte langsam den Kopf. Der tat daraufhin noch mehr weh. »Ich ... Ist Center Lipton?«

»Lipton? Wer zum Teufel ist Lipton?«

Melanie war völlig verwirrt. Sie wollte sich nur noch hinlegen, sich übergeben, aus diesem fahrenden Auto aussteigen. »Lipton ist beim FBI. National Security.«

»Und bei den Chinesen?«

»Den Chinesen? Was ist los mit dir, Jack?«

»Diese Männer vorhin, Melanie. Sie arbeiten für Dr. K. K. Tong, Codename Center. Er ist ein Geheimagent des chinesischen Ministeriums für Staatssicherheit. Wenigstens glaube ich das. Ich bin mir sogar ziemlich sicher.«

»Was hat das mit ...«

»Diese Wanze, die du auf meinem Handy platziert hast. Sie kam von Center. Durch sie konnte er erfahren, wo ich war, und er konnte meine Anrufe mithören. Er versuchte, mich und Dom in Miami zu töten. Sie wussten wegen dieser Wanze, dass wir dort waren.«

»Was?«

»Dieselbe Gruppe hat auch die CIA-Agenten in Georgetown umgebracht. Und heute haben sie versucht, dich umzubringen.«

»Das FBI?«

»Das FBI, dass ich nicht lache!«, rief Jack. »Ich weiß nicht, wer Lipton ist, aber du hast dich mit Sicherheit *nicht* mit dem FBI eingelassen.«

»Doch! Doch, das habe ich. Mit dem FBI. Nicht mit irgendwelchen Chinesen! Was zum Teufel glaubst du eigentlich, wer ich bin?«

»Genau das *weiß* ich eben nicht, Melanie!«

»Also, ich weiß nicht, wer du bist! Was ist vorhin dort eigentlich passiert? Hast du tatsächlich zwei Männer getötet? Warum waren sie hinter mir her? Ich habe nur gemacht, was mir befohlen wurde.«

»Ja, von den Chinesen!«

»Nein! Vom FBI! Also zuerst hat mir Charles Alden von der CIA erzählt, dass du für einen ausländischen Geheimdienst arbeitest. Ich sollte für ihn so viel wie möglich darüber herausfinden. Aber als er dann verhaftet wurde, rief mich Lipton an, zeigte mir die gerichtliche Verfügung und stellte mich Packard vor. Ich hatte keine Wahl.«

Jack schüttelte den Kopf. Wer war Packard? Er verstand nicht, was hier vor sich ging, aber er glaubte Melanie. Er glaubte, dass *sie* glaubte, für das FBI zu arbeiten.

»Wer bist du?«, fragte sie noch einmal. Dieses Mal war es jedoch sanfter, weniger panisch, fast flehend. »Für wen arbeitest du, und erzähl mir nicht, dass du ein verdammter Finanzberater bist!«

Jack zuckte die Achseln. »Ich war auch nicht gerade ehrlich zu dir.«

Sie schaute ihn eine ganze Zeit im Rückspiegel an. Schließlich sagte sie: »Was du nicht sagst, Jack.«

Jack traf sich mit John Clark auf einem Parkplatz hinter einem Möbelgeschäft, das noch nicht geöffnet hatte. Melanie sagte kaum etwas. Jack hatte sie gebeten, ihm wenigstens eine kurze Zeit zu vertrauen, während er sie in Sicherheit brachte. Dann könnten sie reden.

Nach einer mehrminütigen Unterredung mit Clark außerhalb Melanies Hörweite kehrte Jack zu seinem beschädigten BMW zurück. Melanie saß immer noch auf dem Rücksitz, schaute strikt geradeaus und war offensichtlich immer noch von dem benommen, was sie gerade durchgemacht hatte.

Jack öffnete die Tür und hockte sich hin. Als sie nicht in seine Richtung schaute, sagte er: »Melanie?«

Sie drehte sich langsam zu ihm hin. Er war froh, dass sie zumindest noch ansprechbar war.

»Ja?«

»Ich möchte, dass du mir vertraust. Ich weiß, das ist im

Moment etwas schwierig, aber ich bitte dich, an das zurückzudenken, was in unserer Beziehung passiert ist. Ich behaupte ja nicht, dass ich dich nie belogen habe, aber ich schwöre, dass ich niemals etwas getan habe, was dir hätte schaden können. Du glaubst mir doch, oder?«

»Ja.«

»Ich bitte dich, mit John Clark mitzugehen. Er bringt dich jetzt auf seine Farm in Maryland. Es ist nur für einen Tag. Ich muss wissen, dass du in Sicherheit bist, irgendwo, wo diese Typen nicht an dich herankommen.«

»Und du?«

»Ich muss kurz verreisen.«

»Verreisen? Du machst Witze.«

Er zuckte zusammen. Er wusste genau, wie das wirkte. »Das ist sehr wichtig. Ich erkläre dir alles, wenn ich zurück bin. Ich bin höchstens ein paar Tage weg. Dann kannst du selbst entscheiden, ob du immer noch an mich glaubst, und ich werde mir anhören, was du mir zu sagen hast. Etwa über diesen Lipton, von dem du glaubst, dass er beim FBI …«

»Darren Lipton *ist* beim FBI, Jack.«

»Wie auch immer. Wir werden darüber reden. Im Moment sollten wir uns einfach nur vertrauen. *Bitte* gehe mit John mit, er wird gut auf dich aufpassen.«

»Ich muss mit Mary Pat reden.«

»John und Mary waren schon Freunde, da warst du noch nicht geboren. Im Augenblick sollten wir erst einmal abtauchen und Mary Pat außen vor lassen.«

»Aber …«

»Vertrau mir, Melanie. Nur für ein paar Tage.«

Sie schien nicht sehr glücklich darüber zu sein, aber dann nickte sie.

Clark fuhr mit Melanie im BMW davon. Er kannte einen See, in den er ihn versenken konnte. Er hatte Sandy bereits informiert, sie beide dort abzuholen.

Jack kletterte in Johns Geländewagen und fuhr zum Baltimore-Washington-Flughafen, um dort in die Gulfstream von Hendley Associates zu steigen, die ihn nach Hongkong bringen würde.

64

Dom, Sam und Ding trafen um genau sieben Uhr morgens ihren Aufpasser in der Hotellobby zu einer »kulturellen Exkursion«, wie es das staatliche Pressebüro nannte. Der Aufpasser stellte sich als George vor. Er war ein jovialer Mann und, wie alle drei Amerikaner wussten, ein gut ausgebildeter Informant des chinesischen Geheimdiensts. George würde diese »Journalisten« auf ihrem Tagesausflug begleiten.

Ihr Ziel war der Mutianyu-Abschnitt der Großen Mauer, der etwa siebzig Kilometer nordöstlich von Peking lag. Auf dem Weg zur überdachten Hotelauffahrt, wo ihr Van auf sie wartete, erklärte ihnen ihr Aufpasser in stockendem Englisch, dass es eine gute Entscheidung gewesen sei, diesen Abschnitt der Mauer zu wählen, während sich der Rest des Pressekontingents für eine näher gelegene Stelle entschieden habe, die sich unglücklicherweise in den letzten Jahren durch Renovierungsarbeiten sehr zum Ungünstigen verändert habe.

Chavez nickte und lächelte, als er in den Minibus stieg. In einem spanischen Akzent, der für ihn selbst nicht sehr argentinisch klang, erzählte er ihrem Begleiter, dass er froh sei, dass sich ihre Redakteure daheim entschieden hätten, sie für ihre Reportage an diesen Abschnitt der Großen Mauer zu schicken.

In Wahrheit war Chavez die Große Chinesische Mauer schnurzegal, ob es sich nun um den Mutianyu- oder irgendeinen anderen Abschnitt handelte. Sicher, wenn das eine Urlaubsreise mit seiner Frau und seinem Sohn gewesen wäre, hätte er sich dieses grandiose Bauwerk bestimmt gern angeschaut. Aber im Moment war er mitten in einem Einsatz, und der New Yorker Kontaktmann der Roten Hand hatte sie nun mal aufgefordert, auf einem Ausflug zu genau diesem Ort zu bestehen.

Die drei waren gespannt, wie die Rote Hand sie von ihrem Aufpasser und ihrem Fahrer trennen würde. Nähere Einzelheiten darüber hatte man ihnen nicht mitgeteilt. Sie mussten sich einfach auf diese Verbrecherbande verlassen, der sie nicht vertrauten und vor der sie auch keinen großen Respekt hatten. Diese Mission war jedoch von so großer Wichtigkeit, dass sie sich entschlossen hatten, es darauf ankommen zu lassen. Sie hofften nur, dass die Rote Hand sie von diesen Regierungsaufpassern auf eine Weise loseisen würde, die ihnen selbst nicht das Leben kosten würde.

Sam Driscoll kniff Ding ins Knie, während sie auf der Rückbank des Vans über die Landstraße rollten. Ding schaute zu Sam hinüber und folgte dann dessen Blick zu einer Stelle auf dem Armaturenbrett des Fahrzeugs ein wenig unterhalb der Windschutzscheibe. Er musste die Augen zusammenkneifen, um es zu erkennen, aber schließlich sah er, dass dort ein winziges Mikrofon angebracht war. Irgendwo in diesem Van gab es bestimmt auch eine Kamera. Die Chinesen konnten sie also beobachten. Sie würden also auf jeden Fall mitbekommen, wenn die Rote Hand eine Aktion starten würde.

Ding kniff jetzt seinerseits Caruso, beugte sich zu dessen Ohr hinüber und flüsterte: »Kameras und Mikros, *'mano*. Was immer passiert, spiel deine Rolle weiter!«

Dom zeigte keinerlei Regung. Stattdessen schaute er aus dem Fenster auf die braunen Hügel und den grauen Himmel hinaus.

Während ihr schwatzhafter Regierungsaufpasser von der Propagandaabteilung immer weiter über alles Mögliche vom guten Zustand der Straße, über den Weizenertrag der Felder, an denen sie vorbeikamen, bis zur erstaunlichen Ingenieurleistung, die diese Große Mauer darstellte, schwadronierte, schaute Chavez unauffällig über die Schulter. Er sah, dass ihnen in etwa vierzig Meter Entfernung ein schwarzer Kleinwagen folgte, in dem zwei Männer saßen, die ähnlich gekleidet waren wie ihr Aufpasser.

Das waren zwei Bewaffnete des Staatssicherheitsministeriums, die sicherstellen sollten, dass die ausländischen Pressevertreter nicht von Protesten, Straßendieben oder anderen Schwierigkeiten behelligt wurden.

Sie dachten bestimmt, dass sie einen langweiligen Tag vor sich hätten.

Chavez war sich sicher, dass ihre diesbezügliche Annahme falsch war.

Etwa vierzig Minuten nachdem sie die Pekinger Außenbezirke verlassen hatten, kamen sie an die erste Ampel, die sie seit längerer Zeit gesehen hatten. Da sie gerade auf Rot stand, hielt der Fahrer an. In diesem Moment bog ein schwarzer Lieferwagen aus einer Tankstelle ein Stück hinter ihnen aus, preschte heran und stellte sich direkt rechts neben sie.

Plötzlich öffnete sich die Fahrertür des fremden Fahrzeugs genau auf der Höhe des Aufpassers, der immer noch auf seinem Beifahrersitz saß und den ausländischen Journalisten gerade erklärte, dass China der weltgrößte Weizen- und Baumwollproduzent sei.

Ding bemerkte den Gewehrlauf nur einen Augenblick, bevor er zu feuern begann. »Kopf runter!«, rief er Dom und Sam zu. Das Fenster neben George zersprang in tausend Stücke, und sein Kopf sackte zur Seite, während sein Körper vom Sicherheitsgurt im Sitz gehalten wurde.

Dann brach auch der Fahrer tot zusammen.

Die drei Männer auf der Rückbank machten sich so klein wie möglich, hatten ihre Gesichter zwischen die Knie gesteckt und ihre Hände über dem Kopf gefaltet, als eine weitere Automatiksalve durch den vorderen Teil des Fahrzeugs fegte und Glassplitter in alle Richtungen spritzten.

»Scheiße!«, brüllte Dominic.

Keiner der drei musste allzu sehr schauspielern, um erschreckt und hilflos zu erscheinen. Unbekannte Arschlöcher, die mit Automatikgewehren in ihren Minivan feuerten, halfen ihnen, ihre Rollen beizubehalten. Kamera und Mikro würden diese Szene aufnehmen und zeigen, dass die drei Typen auf dem Rücksitz vollkommen echt wirkten.

Ding hörte jetzt vor den zersplitterten Fenstern lautes Geschrei. Jemand bellte Befehle auf Mandarin, Männer rannten draußen auf der Straße herum, und dann prasselten ganz in der Nähe ihres Vans weitere Gewehrsalven los.

Jemand versuchte, die hintere Schiebetür zu öffnen, aber sie war verriegelt. Keiner der Amerikaner rührte sich. Sie pressten einfach nur weiterhin ihre Gesichter zwischen die Knie.

Ein Gewehrkolben zerschlug das restliche Glas der Schiebetür. Ding nahm an, dass jetzt jemand die Hand hereinstreckte, um die Tür zu entriegeln, aber er blickte nicht auf, um dies zu bestätigen. Erst als die Schiebetür kurz darauf aufging, schaute er kurz hoch und konnte einen Blick auf drei maskierte Männer erhaschen, die mit ihren Gewehren im Anschlag draußen auf der Straße standen und sich schnell und nervös bewegten. Ding sah gerade noch, wie ein Mann Caruso einen weißen Baumwollsack über den Kopf zog und ihn dann aus dem Van zerrte.

Jetzt war Chavez an der Reihe. Auch er bekam eine solche Haube über den Kopf, bevor man ihn auf die Straße hinauszog. Er hielt die Hände in die Höhe, während er zu dem anderen Fahrzeug hinübergestoßen wurde.

Um ihn herum war lautes Mandarin-Geschrei zu hören. Ob es sich um Befehle des Rote-Hand-Anführers an seine Männer oder um eine Auseinandersetzung zwischen ihnen handelte, konnte Chavez nicht erkennen. Er fühlte nur, wie ihn eine Hand vorwärtsstieß, bis ihn eine zweite am Jackett packte und ihn mit Schwung in den Rückraum des schwarzen Lieferwagens bugsierte.

Er wusste nicht, ob die Journalisten in den Minivans hinter ihnen das Geschehen beobachteten oder sogar filmten. Wenn sie dies jedoch taten, sah das Ganze bestimmt wie eine brutale Straßenentführung aus, wie sie in der Dritten Welt leider immer wieder vorkam. Der Realismus dieser Szene ließ Chavez annehmen, dass die Rote Hand so etwas bestimmt schon öfter durchgezogen hatte.

Der Lieferwagen preschte mit quietschenden Reifen los. Erst als Domingo dabei nach vorn geschleudert wurde, spürte er, dass direkt neben ihm zwei Männer saßen.

»Wer ist das?«

»Sam.«

»Und Dom.«

»Seid ihr Jungs okay?«

Beide bestätigten das. Nur Dom beklagte sich, dass seine Ohren klingelten, weil diese Esel von der Roten Hand nur ein paar Zentimeter von Carusos Kopf entfernt in einer einzigen Salve ein volles Magazin leer geschossen hätten.

Ihre »Entführer« dachten erst einmal nicht daran, sie von diesen Hauben zu befreien. Chavez versuchte, die Chinesen anzusprechen, die sich offensichtlich ebenfalls im Laderaum des Vans befanden, aber sie sprachen alle eindeutig kein Englisch.

Etwa fünfzehn Minuten später hielt der Lieferwagen an. Dom, Ding und Sam wurden immer noch mit ihren Baumwollsäcken über dem Kopf herausgezerrt und in eine kleine viertürige Limousine hineingestoßen, wo sie auf der Rückbank landeten. Sekunden später setzte sich der Wagen in Bewegung, und die drei eng aneinandergepressten Männer wurden auf ihrem Rücksitz ständig hin und her geschleudert, als das Auto in Höchstgeschwindigkeit in engen Kurven bergauf und bergab preschte.

Es war eine lange Fahrt, bei denen es den Männern beinahe übel wurde. Plötzlich fuhren sie nicht mehr über Asphalt, sondern über ein Kiesbett. Der Wagen wurde langsamer und hielt schließlich an. Die drei Amerikaner wurden herausgeholt und in ein Gebäude geführt. Ding drang unverkennbarer Viehgeruch in die Nase, und er spürte die kühle Feuchte einer Scheune.

Schließlich schloss sich das Scheunentor hinter ihm, jemand nahm ihm die Haube ab, und er schaute sich um.

Dom und Sam standen neben ihm. Auch ihnen hatte man die Baumwollsäcke abgenommen. Vor den dreien standen im Innern der dunklen Scheune etwa zwei Dutzend Männer und Frauen, die alle mit Gewehren bewaffnet waren.

Eine junge Frau trat auf die drei Amerikaner zu. »Ich bin Yin Yin. Ich werde Ihre Dolmetscherin sein.«

Chavez war verwirrt. Die Leute vor ihm sahen wie Universitätsstudenten und bestimmt nicht wie üble Verbrecher aus. Keiner von ihnen hatte auch nur ein Gramm Muskelmasse am Körper, und sie schauten alle äußerst ängstlich drein.

Es war genau das Gegenteil von dem, was Ding vorzufinden gehofft hatte.

»Sind Sie die Rote Hand?«, fragte er.

Sie verzog voller Abscheu das Gesicht und schüttelte heftig den Kopf. »Nein, wir sind nicht die Rote Hand. Wir sind der Pfad der Freiheit.«

Ding, Sam und Dom schauten einander an.

Sam sprach aus, was die anderen dachten: »*Das da* ist unsere Rebellentruppe?«

Dom schüttelte nur voller Empörung den Kopf. »Wenn

wir mit der Truppe hier irgendeine bewaffnete Operation unternehmen, wird die ganze Bewegung auf einen Schlag abgeschlachtet. Schaut sie euch doch nur mal an. Diese Typen sind doch zu nichts zu gebrauchen!«

Yin Yin hatte das gehört und stürmte zu den drei Amerikanern hinüber. »Wir haben trainiert!«

»Mit der Xbox?«, fragte Driscoll ironisch.

»Nein! Wir haben einen Bauernhof, wo wir mit unseren Gewehren üben!«

»Riesig«, flüsterte Dom und schaute zu Chavez hinüber.

Der lächelte die Frau jedoch freundlich an und versuchte, den guten Diplomaten zu spielen. Er entschuldigte sich und seine Kollegen kurz und führte Dom und Sam in eine Ecke des Raums. »Sieht so aus, als ob die Rote Hand die CIA verscheißert hätte. Sie haben uns zu einer studentischen Freizeittruppe geführt.«

»Verdammte Scheiße!«, fluchte Caruso. »Diese Typen sind doch zu nichts nutze! Das sieht man auf den ersten Blick!«

Chavez seufzte. »Trotzdem können wir jetzt nicht einfach so verschwinden. Geben wir ihnen eine Chance, und verbringen wir etwas Zeit mit ihnen, um zu erfahren, was sie bisher so gemacht haben. Sie sind vielleicht nur ein paar unbedarfte Kids, aber es gehört ganz bestimmt Mut dazu, sich der chinesischen Regierung in Peking entgegenzustellen, Jungs.«

»Geht klar«, sagte Dom, während Driscoll nur nickte.

65

Walentin Kowalenko schaute sich in den Nachrichten die Bilder einer weiteren wilden Schießerei auf den Straßen von Washington an. Dieses Mal hatte es zwei Todesopfer gegeben, einen syrischen Taxifahrer und einen unbekannten männlichen Asiaten in den Dreißigern. Zeugen sagten aus, dass zwei Fahrzeuge vom Tatort geflohen seien und sie während des Schusswechsels »Dutzende« von Schüssen gehört hätten.

Walentin brauchte keine einzige Sekunde darüber nachzudenken, ob das etwas mit Centers Organisation zu tun haben könnte. Er wusste es. Und während es Centers Killer offensichtlich nicht geschafft hatten, ihre Zielperson zu erledigen, war es ebenso offensichtlich, dass diese Zielperson Darren Liptons Agentin war.

Die Adresse, die Kowalenko Lipton gegeben hatte, damit er sie an seine Agentin weitergab, lag weniger als anderthalb Kilometer vom Ort des Schusswechsels entfernt. Dass der tote Asiate eine Maschinenpistole benutzt hatte, machte es sogar noch offensichtlicher, dass hier Centers Leute am Werk gewesen waren. Ob der Tote nun Crane selbst war oder nicht, konnte Walentin natürlich nicht sagen, aber es machte auch keinen Unterschied.

Walentin begriff die tiefere Bedeutung dieser Nachrichtenmeldung.

Center bringt seine eigenen Agenten um, wenn er sie nicht mehr braucht.

Kowalenko schaltete den Fernseher aus, ging ins Schlafzimmer und fing an, seine Kleider in einen Koffer zu werfen. Einige Minuten später ging er in die Küche. Er goss eine doppelte Portion kalten Ketel One in ein Glas und nippte immer wieder daran, während er im Wohnzimmer einige Dinge einpackte.

Sicher, er hatte die Genehmigung der SWR, und sicher, Dema Apilikow hatte ihn aufgefordert, das Ganze durchzustehen, aber er hatte jetzt genug durchgestanden und wusste, dass Crane oder einer seiner Killer jederzeit vor der Tür stehen könnten, um ihn zu töten. Insoweit konnte ihn auch die Aussicht auf eine Superstellung im Moskauer R-Direktorat nicht mehr zum Weitermachen bewegen.

Nein. Walentin musste sich sofort absetzen. Von einem sicheren Ort aus konnte er mit der SWR seine Rückkehr in den aktiven Dienst aushandeln. Dabei konnte er auch auf die Zeit verweisen, in der er auf sich allein gestellt sein Leben aufs Spiel gesetzt hatte, um im russischen Interesse Centers Anweisungen zu folgen. Das würde ihn bestimmt bei der SWR rehabilitieren.

Als er gerade seinen Computer ausschalten wollte, sah er, dass sich Cryptogram geöffnet hatte und blinkte. Er nahm an, dass ihn Center gerade beobachtete, also setzte er sich, um nachzusehen.

Die Botschaft lautete: »Wir müssen reden.«

»Reden Sie«, tippte er ein.

»Am Telefon. Ich rufe Sie an.«

Kowalenko runzelte die Stirn. Er hatte noch nie mit Center gesprochen. Das war wirklich seltsam.

Auf seinem Computer öffnete sich ein neues Fenster, auf dem das Icon eines Telefons zu sehen war. Kowalenko schloss seinen Kopfhörer an den Laptop an und klickte dann zweimal auf das Icon.

»Ja?«

»Mr. Kowalenko.« Es war die Stimme eines Mannes in

den Vierzigern oder Fünfzigern, der ganz bestimmt Chinese war. »Ich möchte, dass Sie in Washington bleiben.«

»Damit Sie Ihre Leute schicken können, um mich umzubringen?«

»Ich will meine Leute nicht schicken, damit sie Sie umbringen.«

»Sie haben gerade versucht, Liptons Agentin zu töten.«

»Das stimmt, und Cranes Männer haben versagt. Aber das war nur, weil sie ohne unsere Erlaubnis ihre Tätigkeit eingestellt hat. Ich würde Ihnen raten, nicht ihrem Beispiel zu folgen, denn wir werden sie finden, und beim nächsten Mal werden wir ganz bestimmt Erfolg haben.«

Kowalenko spielte jetzt die einzige Karte aus, die er noch hatte: »Die SWR weiß alles über Sie. Sie haben mir erlaubt, weiter für Sie zu arbeiten, aber jetzt ziehe ich den Stecker und gehe von hier weg. Sie können mir Ihre Killer hinterherhetzen, aber ich werde zu meinen früheren Arbeitgebern zurückkehren, und die werden mich …«

»Ihre früheren Arbeitgeber bei der SWR werden Sie auf der Stelle erschießen, Mr. Kowalenko.«

»Sie hören mir nicht zu, Center! Ich habe mich mit ihnen getroffen, und sie haben mir gesagt …«

»Sie haben sich am 21. Oktober auf dem Dupont Circle mit Dema Apilikow getroffen.«

Kowalenko verschlug es die Sprache. Seine Hände pressten den Tischrand so fest zusammen, dass es aussah, als ob das Holz gleich abbrechen würde.

Center wusste Bescheid.

Center wusste *immer* Bescheid.

Trotzdem änderte das überhaupt nichts. »Das stimmt«, sagte Kowalenko. »Und wenn Sie Apilikow etwas antun sollten, ist die ganze Undercoverabteilung hinter Ihnen her.«

»Apilikow etwas *antun?* Mr. Kowalenko, Dema Apilikow *gehört* mir. Er arbeitet bereits seit zweieinhalb Jahren für mich. Durch ihn habe ich alles über die SWR-Kommunikationstechnologie erfahren. Ich habe ihn zu Ihnen geschickt. Ich merkte, dass Ihr Einsatz für unsere Operation nach den Ereignissen in Georgetown stark nachließ. Ich wusste, dass Sie erst dann meine Befehle wieder zufriedenstellend ausführen würden, wenn Sie glaubten, dass Ihre Aktionen Ihnen eine ruhmreiche Rückkehr in die SWR verschaffen würden.«

Kowalenko glitt von seinem Stuhl herunter, setzte sich auf den Boden seiner Wohnung und legte den Kopf zwischen die Knie.

»Jetzt sollten Sie mir ganz genau zuhören, Mr. Kowalenko. Ich weiß, Sie glauben jetzt, es gebe keinen Grund mehr, warum Sie meinen Anweisungen folgen sollten. Aber da täuschen Sie sich. Ich habe vier Millionen Euro auf ein Bankkonto in Kreta überwiesen, und dieses Geld gehört Ihnen. Sie werden nicht zur SWR zurückkehren können, aber mit vier Millionen Euro können Sie sich den Rest Ihres Lebens nach Ihren eigenen Vorstellungen gestalten.«

»Warum sollte ich Ihnen das glauben?«

»Gehen Sie im Geist unsere bisherige Beziehung durch. Habe ich Sie jemals angelogen?«

»Soll das ein Witz sein? Natürlich haben Sie ...«

»Nein. Ich habe andere dazu gebracht, Sie zu *täuschen*. Aber ich selbst habe Sie nie angelogen.«

»Also gut. Geben Sie mir den Zugangscode zu diesem Konto.«

»Den gebe ich Ihnen morgen Vormittag.«

Kowalenko starrte auf den Boden. Eigentlich machte er sich gar nicht so viel aus diesem Geld, aber er wollte endlich Center loswerden.

»Warum geben Sie ihn mir nicht jetzt?«

»Weil Sie noch eine Aufgabe zu erledigen haben. Eine sehr wichtige Aufgabe.«

Der Russe auf dem Boden seiner Untergeschosswohnung im Dupont-Circle-Viertel stieß einen langen Seufzer aus. »Was für eine verdammte Überraschung!«

Um fünf Uhr nachmittags ging Präsident Ryan endgültig auf dem Zahnfleisch, nachdem er seit drei Uhr morgens ununterbrochen tätig gewesen war. Der Tag war voller diplomatischer und militärischer Krisen gewesen, wobei der Erfolg auf einem Gebiet oft durch Rückschläge auf einem anderen aufgewogen wurde.

Im Südchinesischen Meer hatten zwei chinesische Z-10-Kampfhubschrauber, die vom einzigen chinesischen Flugzeugträger aufgestiegen waren, zwei Flugzeuge der vietnamesischen Luftwaffe abgeschossen, die über der Ausschließlichen Wirtschaftszone Vietnams patrouillierten. Nur eineinhalb Stunden später sprangen mehrere Fallschirmjägerkompanien der VBA über Kalayaan ab, eine winzige philippinische Insel mit gerade einmal dreihundertfünfzig Einwohnern, auf der es jedoch auch eine anderthalb Kilometer lange Start- und Landebahn gab. Sie nahmen das Flugfeld ein und töteten dabei fünf philippinische Soldaten. Innerhalb der nächsten Stunden landeten dort Transportflugzeuge mit weiteren chinesischen Truppen.

Amerikanische Satelliten entdeckten, dass inzwischen auch chinesische Kampfjets diese Insel anflogen.

Der taiwanesische Zerstörer, der von den Silkworm-Raketen getroffen worden war, sank in chinesischen Gewässern, aber die VBA hatte den Taiwanesen gestattet, auf die chinesische Seite der Taiwan-Straße hinüberzuwechseln, um Überlebende zu retten.

China erklärte öffentlich, es habe sich nur selbst verteidigt, während Jack Ryan im Weißen Haus vor die Kameras trat, um seine Empörung über die chinesischen Aktionen auszudrücken.

Er kündigte an, dass er den Flugzeugträger der *Nimitz*-Klasse *Dwight D. Eisenhower,* der sich gegenwärtig mit der Sechsten Flotte im Indischen Ozean aufhielt, weiter nach Osten zum Eingang zur Straße von Malakka verlegen werde, dem schmalen Wasserweg, durch den etwa achtzig Prozent des chinesischen Öls befördert wurden. In gemessenem Ton, der Stärke, aber auch Gelassenheit ausdrücken sollte, begründete Ryan diesen Schritt damit, dass Amerika den freien Fluss des Welthandels durch diese Meeresstraße sichern wolle, als ob die *Ike* dort nur im hehren Dienste der Weltwirtschaft tätig werden würde. Was er nicht sagte, was aber alle Kenner des Ozeanhandels wussten, war die Tatsache, dass die *Ike* viel leichter die Chinesen von ihrer Ölzufuhr abschneiden als eine sichere Passage der Containerschiffe durch die gesamte Länge des Südchinesischen Meers gewährleisten konnte.

Gewiss war es eine Drohgebärde, die jedoch recht gemäßigt ausfiel, wenn man die chinesischen kriegerischen Aktionen der vergangenen Wochen berücksichtigte.

Wie zu erwarten war, spien die Chinesen daraufhin Gift und Galle. Ihr Außenminister, offensichtlich einer der größten Diplomaten unter seinen 1,4 Milliarden Landsleuten, schäumte im staatlichen Fernsehen vor Wut und nannte die USA eine Weltmacht, die von Verbrechern regiert werde. Der Vorsitzende der Zentralen Militärkommission Su Ke Qiang betonte, dass die ständige amerikanische Einmischung in Angelegenheiten der chinesischen inneren Sicherheit zu sofortigen unliebsamen Reaktionen führen werde.

Diese unliebsamen Reaktionen erfolgten am gleichen Nachmittag um 17.05 Uhr, als das NIPRNET, das ungesicherte Netzwerk des Verteidigungsministeriums, durch einen massiven Denial-of-Service-Angriff außer Gefecht gesetzt wurde. Die gesamte weltweite Lieferkette des US-Militärs und ein großer Teil der Kommunikationsverbindungen zwischen seinen Stützpunkten, Abteilungen, Truppeneinheiten und Systemen kamen ganz einfach zum Erliegen.

Um 17.25 Uhr erlebte das gesicherte Netzwerk des Verteidigungsministeriums eine Abnahme der Bandbreite und zunehmende Verbindungsstörungen. Öffentliche Websites des US-Militärs und der US-Regierung gingen vollständig vom Netz oder wurden durch Bilder und Videos ersetzt, die die Tötung amerikanischer Soldaten in Afghanistan und im Irak, eine scheußliche und gewaltverherrlichende Bilderfolge von explodierenden Humvees, die entstellten Opfer von Scharfschützen und dschihadistische Propaganda zeigten.

Um 17.58 Uhr begann eine Reihe von cyberkinetischen Angriffen auf wichtige Infrastruktureinrichtungen in den Vereinigten Staaten. Das Netzwerk der US-Bundesluftfahrtbehörde FAA stürzte ab sowie die Metrosysteme in den meisten größeren Ostküstenstädten. In Kalifornien und Seattle brach das Telefonnetz weitgehend zusammen.

Fast gleichzeitig fielen in Russellville, Arkansas, die Primärkreislaufpumpen in Arkansas Nuclear One, einem Druckwasserreaktor-Kernkraftwerk, aus. Das Ersatzpumpensystem versagte ebenfalls, und die Kerntemperatur im Reaktor stieg schnell immer weiter an, als die Brennstäbe mehr Hitze abgaben, als die Dampfturbinen nutzen konnten. Am Ende konnte das Notkühlsystem eine potenzielle Kernschmelze doch noch verhindern, und die schlimmste Krise war abgewendet.

Jack Ryan ging im Konferenzzimmer des Situation Room auf und ab. Dabei war sein Ärger eher seinen Bewegungen als dem Ton seiner Stimme anzumerken. »Könnte mir mal jemand erklären, wie zum Teufel die Chinesen Pumpen in unseren Kernkraftwerken abschalten können?«

Der Befehlshaber des Cyber Command, General Henry Bloom, beantwortete diese Frage über eine Videoverbindung aus seinem Krisenzentrum in Fort Meade. »Aus Nützlichkeitserwägungen haben viele Kernkraftwerke die gesicherten Computersysteme ihrer Reaktoranlage mit ihren weniger sicheren allgemeinen Firmennetzwerken verlinkt. Dabei ist eine Kette immer so sicher wie ihr schwächstes Glied, und viele unserer Glieder werden gerade bei verbesserter Technik schwächer und nicht stärker, weil die Integration, aber nicht die Sicherheit immer mehr zunimmt.«

»Wir haben die Nachricht über den Angriff auf dieses Atomkraftwerk bisher geheim gehalten, nicht wahr?«

»Für den Moment, ja, Sir.«

»Haben wir das nicht kommen sehen?«, fragte Ryan.

»Ich habe das bereits geraume Zeit kommen sehen«, antwortete der Befehlshaber des Cyber Command. »Seit einem Jahrzehnt beschreibe ich in meinen Eingaben an das Pentagon genau das, was wir heute erleben. Die Cyber-Bedrohungslandschaft ist riesig. Das Spektrum der möglichen Bedrohungen durch solche Cyberangriffe ist überhaupt nicht abzusehen.«

»Was können wir als Nächstes erwarten?«

»Ich wäre erstaunt, wenn morgen früh die Wall-Street-Systeme normal funktionieren würden«, erwiderte Bloom. »Das Bankwesen und die Telekomverbindungen sind leichte Ziele für einen Angriff dieser Größe. Bisher wurde das Stromnetz noch nicht angegriffen, obwohl das leicht möglich wäre. Ich erwarte größere landesweite Stromausfälle eher früher als später.«

»Können wir das irgendwie stoppen?«

»Wir können mit den elektronischen Ressourcen zurückschlagen, die sie uns noch nicht geraubt haben. Allerdings wird es seine Zeit dauern, etwas so Großes und gut Koordiniertes erfolgreich zu bekämpfen. Und dann gibt es noch etwas, das Sie unbedingt wissen sollten.«

»Und das wäre?«

»Die Netzwerke, die noch funktionieren, zum Beispiel Intelink-TS, das CIA-Netzwerk, sind verdächtig.«

»Verdächtig?«

»Ja, Mr. President. Aus dem, was sie heute Abend erreicht haben, kann ich die Fähigkeiten unserer Gegner ermessen. Wenn also noch etwas funktioniert, dann nur deshalb, weil sie es benutzen, um uns auszuspionieren.«

»Sie stecken also auch im digitalen Gehirn der CIA?«

Bloom nickte. »Wir müssen davon ausgehen, dass sie einen dauerhaften Zugang zu allen unseren Geheimnissen haben.«

Ryan schaute CIA-Direktor Canfield und DNI Foley an. »Ich würde General Blooms Bemerkungen äußerst ernst nehmen.«

Sowohl Foley als auch Canfield nickten.

Dann stellte Ryan die entscheidende Frage: »Warum hinken wir den Chinesen so weit hinterher, was die Cybersicherheit angeht? Ist das eine späte Auswirkung von Ed Kealtys Kürzungen der Verteidigungs- und Geheimdienstausgaben?«

General Bloom schüttelte den Kopf. »Dafür können wir Ed Kealty nicht verantwortlich machen, Sir. China verfügt eben über Millionen äußerst kluger Köpfe, von denen viele hier in den Vereinigten Staaten ausgebildet wurden und danach heimkehrten, um uns auf höchst moderne Weise zu bekämpfen.«

»Und warum arbeiten diese klugen Köpfe nicht für uns?«

»Ein wichtiger Grund besteht darin, dass der durchschnittliche Hacker, den wir auf unserer Seite benötigen würden, um unseren Gegnern auf gleicher Augenhöhe begegnen zu können, ein Zwanzig- bis Dreißigjähriger ist, der in Russland, China oder Indien geboren wurde. Er hat die richtigen Schulen besucht, er kennt die Sprache und versteht die mathematischen Hintergründe.«

Ryan verstand das Problem, bevor Bloom es aussprach. »Aber es gibt keinen Weg, wie ein solcher Ausländer bei uns eine auf einer ausführlichen Lügendetektorbefragung beruhende Top-Secret-Sicherheitsfreigabe bekommen könnte.«

»Nicht einen einzigen, Sir«, bestätigte Bloom. »Aber es gibt auch noch einen weiteren Grund. Es gehörte nie zu den amerikanischen Stärken, sich mit Dingen zu befassen, die noch nicht passiert sind. Cyberkrieg war einfach nur ein fernes, vages Konzept, eine Fantasterei ... bis heute Morgen.«

»Wenn der Strom ausfällt, das Trinkwasser zu einer üblen Brühe wird und die Treibstoffversorgung versiegt ...«, sagte Ryan. »Amerika wird erwarten, dass wir das in Ordnung bringen.«

Nach einer kurzen Pause fuhr er fort: »Wir haben uns bisher auf mögliche Ereignisse konzentriert, die mit großer Wahrscheinlichkeit eintreten, aber keine größere Auswirkung haben. Dass China das ganze Südchinesische Meer und Taiwan in seine Gewalt bringen würde, war dagegen für uns eine Möglichkeit mit großer Auswirkung, aber geringer Wahrscheinlichkeit. Dasselbe galt für einen Cyberkrieg gegen Amerika. Wir haben in den vergangenen Jahren diesen Möglichkeiten nicht die gebotene Aufmerksamkeit geschenkt, und jetzt treten sie beide gleichzeitig ein. General Bloom, was wäre der schnellste und beste Weg, wie wir Ihnen im Moment helfen könnten?«

Der Luftwaffengeneral dachte ein paar Sekunden nach, dann sagte er: »Ein kinetischer Angriff auf die chinesischen Kommandozentren, die diesen Cyberangriff leiten.«

»Ein *kinetischer* Angriff?«

»Ja, Mr. President.«

»Wir sollen also ihren Cyberkrieg mit einem heißen Krieg beantworten?«

General Bloom zuckte nicht mit der Wimper. »Krieg ist

Krieg, Mr. President. Menschen werden in Amerika wegen dieser Sache hier sterben. Flugzeugabstürze, Verkehrsunfälle, kleine alte Damen, die in einem Haus ohne Elektrizität erfrieren. Sie brauchen nur nach Russellville, Arkansas, zu schauen. Die Ereignisse dort waren meiner Meinung nach ein Nuklearangriff auf die Vereinigten Staaten. Dass sie keine Interkontinentalrakete benutzten und der Sprengkopf nicht explodierte, bedeutet nicht, dass sie es nicht versucht hätten oder noch einmal versuchen werden und dabei wieder keinen Erfolg haben werden. Die Chinesen haben ihre Angriffsmethode, aber nicht die Art der Waffe geändert.«

Ryan dachte einen Moment nach. »Scott?«

»Ja, Mr. President«, meldete sich Außenminister Adler.

»Bloom hat recht, wir sind nur noch eine Haaresbreite von einem umfassenden heißen Krieg mit den Chinesen entfernt. Ich möchte, dass Sie auch noch die letzte diplomatische Karte einsetzen, über die wir verfügen, um dies zu verhindern.«

»Ja, Sir.« Adler wusste, was auf dem Spiel stand. Die wichtigste Aufgabe der Diplomatie war die Verhinderung eines Krieges. »Wir fangen mit den Vereinten Nationen an. Da wir den Chinesen diesen Cyberangriff nicht zweifelsfrei nachweisen können, werden wir uns vor allem auf ihre Übergriffe im Südchinesischen Meer und ihre Angriffe auf Taiwan konzentrieren.«

»Einverstanden. Es ist nicht viel, aber es muss getan werden.«

»Ja, Sir. Dann fliege ich nach Peking, treffe mich mit dem Außenminister und übergebe ihm eine persönliche Botschaft von Ihnen.«

»In Ordnung.«

»Mit Ihrer ›Peitsche‹ kann ich problemlos knallen, aber ich hätte gern noch etwas ›Zuckerbrot‹, das ich ihnen anbieten könnte.«

»Sicher. Was Taiwan und den offenen Zugang zum Südchinesischen Meer angeht, machen wir keine Kompromisse, aber in der Frage unserer militärischen Bewegungen in dieser Region können wir Zugeständnisse machen. Vielleicht versprechen wir, dort drüben einen Stützpunkt zu schließen, den sie nicht mögen. Ich möchte das zwar eigentlich nicht tun, aber ich möchte noch viel weniger, dass die Sache dort in die Luft fliegt. Wir besprechen das mit Bob, bevor Sie rüberfliegen.«

Burgess sah nicht gerade erfreut aus, aber er nickte Adler zu.

»Vielen Dank, Sir«, sagte Scott. »Ich stelle eine Liste weiterer diplomatischer Schritte zusammen, mit denen wir die Chinesen entweder bedrängen oder besänftigen können. Sie scheinen im Moment zwar ziemlich hartleibig zu sein, aber wir müssen es zumindest versuchen.«

»Das sehe ich genauso«, stimmte Ryan zu. Dann schaute er Verteidigungsminister Bob Burgess an. »Bob, wir können uns leider nicht darauf verlassen, dass die Chinesen auf unsere Peitsche oder unser Zuckerbrot auf vernünftige Weise reagieren. Ich möchte von Ihnen in zweiundsiebzig Stunden einen Plan erhalten, wie wir diese Cyberattacke mit einem Angriff auf China bekämpfen können. Setzen Sie sich mit allen Stabschefs, General Bloom vom Cyber Command und der NSA zusammen, und finden Sie eine Möglichkeit.«

»Ja, Mr. President.« Ryan wusste, dass Burgess im Moment nicht einmal mit seinem eigenen Stab effektiv kommunizieren konnte, aber in dieser Frage konnte er ihm nur wenig helfen.

»Da wir keine Überwasserschiffe in der Region haben, wird es entscheidend auf unsere U-Boote ankommen«, fügte Ryan hinzu.

»Trotzdem brauchen wir auch Piloten, die Flugeinsätze über dem chinesischen Festland durchführen«, sagte Burgess.

»Das wäre glatter Selbstmord«, sagte Ryan und rieb sich die Schläfen unter seinen Brillenbügeln. »Scheiße.« Nach langem Zögern fügte er hinzu: »Sie müssen mir keine Zielliste vorlegen. Sie brauchen keinen zivilen Führer, der die Einzelheiten Ihrer Kampagne festlegt. Aber, Bob, ich möchte, dass Sie sich ganz persönlich darum kümmern. Unsere Flieger sollen nur die allerwichtigsten Ziele angreifen, die unsere U-Boote nicht treffen können. Ich möchte kein einziges amerikanisches Leben für ein Ziel riskieren, dessen Ausschaltung für die Erfüllung unserer gesamten Mission nicht absolut entscheidend ist.«

»Ich verstehe vollkommen, was Sie meinen, Sir.«

»Danke. Im Moment wünsche ich keinem Ihren Job.«

»Dasselbe denke ich über den Ihren, Sir.«

Ryan machte mit der Hand eine abwehrende Bewegung. »Okay, genug Selbstmitleid. Wir schicken Leute auf Kampfmissionen, bei denen sie sterben können, aber wir selbst sitzen hier im Warmen und in Sicherheit.«

»Damit haben Sie zweifellos recht.«

Jack dachte daran, wie machtlos er geworden war. Er war jetzt Präsident eines Landes, das durch seine Abhängigkeit von Computernetzwerken zerstört zu werden drohte.

Plötzlich hatte er noch eine andere Idee. »Scott?«

Außenminister Scott Adler schaute von seinem Notizblock auf. »Sir?«

»Wie sieht eigentlich Ihre Kommunikationssituation aus? Können Sie mit Ihrer Botschaft in Peking reden?«

»Nicht über sichere Verbindungen, Sir. Aber ich kann den Hörer abheben und ein Ferngespräch führen. Wer weiß? Vielleicht muss es inzwischen ein R-Gespräch sein.«

Im Raum war etwas gestresstes Gekicher zu hören.

»Scott, ich kann Ihnen *garantieren,* dass es eine Gemeinschaftsleitung sein wird, bei der eine Menge Leute zuhören werden«, sagte Mary Pat Foley.

Das führte zu weiterem gestresstem Lachen.

Der Präsident schloss jetzt die Sitzung ab: »Rufen Sie Botschafter Li an und bitten Sie ihn, ein weiteres Telefongespräch zwischen Wei und mir zu vereinbaren. Machen Sie das so bald wie möglich. Ich glaube, die pure Tatsache, dass Sie persönlich anrufen, wird den chinesischen Kommunisten die Botschaft übermitteln.«

66

Präsident Wei Zhen Lin erfuhr von seinem Ministerium für Staatssicherheit, dass der amerikanische Botschafter in China Kenneth Li um ein dringendes Telefongespräch zwischen Wei und Präsident Jack Ryan bitten würde. Li selbst hatte diese Bitte noch gar nicht geäußert. Das MSS hörte offensichtlich seine Telefongespräche ab, worüber Wei in diesem Fall froh war, weil ihm das etwas Zeit verschaffte.

Er hatte den ganzen Tag in seinem Büro verbracht. Seine Mitarbeiter hatten ihm Berichte über die militärischen Aktionen im Südchinesischen Meer und der Taiwan-Straße und das Ergebnis der Cyberangriffe auf die Vereinigten Staaten vorgelegt.

Seine gegenwärtige Stimmung als Wut zu beschreiben wäre eine starke Untertreibung gewesen. Wei sah sehr wohl, was der Vorsitzende Su gerade unternahm, und er wusste auch, dass Su selbst sehr genau wusste, dass ihn das verärgern würde.

Aber Su war das ganz offensichtlich egal.

Das Telefon auf Weis Schreibtisch klingelte, und er hob den Hörer ab. »Genosse Generalsekretär, der Vorsitzende Su ist am Apparat.«

»Am Telefon? Aber er sollte doch persönlich in mein Büro kommen!«

»Es tut mir leid, Genosse, aber er meinte, er sei im Moment unabkömmlich.«

Wei bezähmte seine Wut. »Also gut. Verbinden Sie mich mit ihm.«

»Guten Morgen, *Tongzhi*«, meldete sich Su Ke Qiang. »Ich entschuldige mich, dass ich gegenwärtig nicht in Peking sein kann. Ich wurde heute nach Baoding gerufen und werde bis zur Sitzung unseres Ständigen Ausschusses am Donnerstagmorgen hierbleiben.« Baoding war eine Stadt südwestlich von Peking, in der es einen großen Stützpunkt der Volksbefreiungsarmee gab.

Wei ging nicht auf den Mangel an Respekt ein, den Su seiner Meinung nach zeigte. Stattdessen sagte er: »Das war ein höchst schwieriger Tag.«

»Wieso? Ich fand ihn äußerst erfolgreich. Die Amerikaner verlegen einen Flugzeugträger vom Westteil in den Ostteil des Indischen Ozeans. *Das* ist also ihre einzige Antwort auf unsere Versenkung des taiwanesischen Kriegsschiffs? Auch Sie sehen doch sicher, dass sie vor uns Angst haben, nicht wahr?« Su kicherte. »Sie wollen ihren Krieg offensichtlich im Indischen Ozean führen.« Su musste noch einmal kichern, wenn er an diesen schwachen, sinnlosen Versuch der Amerikaner, ihre Muskeln spielen zu lassen, dachte.

»Warum wurde dieses Schiff versenkt?«

»In einem militärischen Konflikt führt eine Sache zur anderen.«

»Ich bin kein Soldat oder Matrose. Erklären Sie mir, was Sie damit meinen.«

»Ich will es Ihnen ganz einfach darstellen. Wir mussten die Luftüberlegenheit über der Taiwan-Straße als Voraussetzung unserer dortigen Flottenoperationen erringen. Dies führte zu Dutzenden von Luftgefechten mit den Taiwanesen und Amerikanern. Wir befahlen daraufhin dem amerikanischen Flugzeugträger, sich zurückzuziehen, was er auch getan hat. Jetzt haben wir jedoch herausgefunden, dass sie amerikanische Piloten wie gemeine Spione nach

Taiwan eingeschmuggelt haben. Als Vergeltung hierfür haben unsere U-Boote einige Minen gelegt, und dabei kam es zu der Auseinandersetzung mit dem taiwanesischen Kriegsschiff, das wir dann leider zerstören mussten. Dies ist die gegenwärtige Lage.«

Wei wurde bewusst, dass Su keinerlei Reue für seine rücksichtslose Eskalierung der Ereignisse zeigen würde.

»Aber Ihre Geschichte ist damit ja noch nicht ganz vollständig, oder?«, sagte Wei. »Ich habe gerade von meinen Beratern, die das amerikanische Fernsehen verfolgen, von den Cyberangriffen auf die Vereinigten Staaten erfahren. Wollen Sie immer noch behaupten, dass diese nicht auf die Volksrepublik China zurückgeführt werden können?«

»Ja.«

»Wie können Sie so etwas sagen? Genau an dem Tag, wo Sie den Amerikanern mit Vergeltungsaktionen drohen, beschädigt plötzlich ein umfassender Computerangriff ihre militärische und zivile Infrastruktur. Augenscheinlich muss da doch China dahinterstecken.«

»Augenscheinlich, vielleicht. Das gestehe ich Ihnen zu. Aber zurechenbar? Nein. Es gibt keinen einzigen konkreten Beweis.«

Wei hob die Stimme: »Glauben Sie etwa, Jack Ryan möchte uns vor ein Bezirksgericht bringen?«

Su kicherte erneut. »Nein, Wei. Er möchte China auf die Knie zwingen. Aber tatsächlich schickt er doch nur ein paar Piloten nach Taiwan und zieht seine verwundbaren Schiffe aus der Reichweite unserer ballistischen Raketen zurück. *Genau das* wollten wir. Ryan wird sich ein wenig aufplustern, aber er wird erkennen, dass die Schlacht für ihn verloren ist, bevor sie überhaupt begonnen hat.«

»Aber war es wirklich nötig, solch drastische Schritte zu unternehmen? Warum haben wir nicht nur die militärischen Netzwerke angegriffen?«

»Wei, ich habe Ihnen doch bereits erklärt, dass nach

Ansicht meiner Experten die Vereinigten Staaten in nächster Zukunft, vielleicht innerhalb von zwei Jahren, ein elektronisches Kommunikationssystem errichtet haben werden, das weit besser zu verteidigen ist als das gegenwärtige. Wir müssen also jetzt gleich handeln und die Lage möglichst schnell eskalieren. Die Amerikaner nennen das ›Shock and Awe‹, ›schockieren und einschüchtern‹. Es ist der einzige Weg nach vorn.«

»Aber was werden die Amerikaner jetzt gegen uns unternehmen?«

Su hatte diese Frage erwartet. »Wenn wir die Straße von Taiwan sowie einen Großteil des Südchinesischen Meeres kontrollieren, wird die Reaktion der Amerikaner nur begrenzt ausfallen.«

»Begrenzt?«

»Natürlich. Ihre Flugzeugträger sind weit von jeder möglichen Kampfzone entfernt. Sie wissen genau, dass unsere Küstenbatterien und Antischiffsraketen sie zerstören können.«

»Sie werden also nicht angreifen?«

»Sie werden ihr Möglichstes tun, um Taiwan zu verteidigen, aber sie wissen, dass das vergebliche Liebesmüh ist. Wir können von unserer Küste aus täglich fünfzehnhundert Raketen abschießen, ganz zu schweigen von unserer Luftwaffe und Marine. Sie werden bestimmt einen Rückzieher machen.«

»Wir haben Ryan schon einmal falsch eingeschätzt. Machen Sie das jetzt nicht wieder?«

»Ich habe Ihnen doch bereits erklärt, Genosse, dass ich eine amerikanische Reaktion erwarte.« Er machte eine Pause. »Und ich bin mir sicher, dass sie scheitern wird. Wir werden nicht zulassen, dass China in den nächsten fünf Jahren an irgendeiner Front an Macht verliert. Wir werden unsere gegenwärtigen Krisen überwinden, und wir werden wachsen, aber das wird nicht möglich sein, wenn wir keine kurzfristigen Opfer bringen. Die Vorstellung wäre naiv, dass Präsident Ryan, einer der schlimmsten Kriegstreiber auf diesem Planeten, auf dies alles hier nur mit irgendwelchen diplomatischen oder wirtschaftlichen Vergeltungsmaßnahmen reagieren wird. Wir müssen uns also auf eine längere bewaffnete Reaktion einstellen.«

»Was für eine Art von bewaffneter Reaktion?«

»Die Volksbefreiungsarmee versucht auf diese Frage schon längere Zeit eine Antwort zu finden. Unsere Denkfabriken in Washington durchleuchten gerade die einzelnen Mitglieder der Ryan-Regierung und suchen nach Signalen in ihrer Politik, die darauf hinweisen, wie weit sie zu gehen bereit sind.«

»Und das Ergebnis?«

»Wir müssen uns keine Sorgen machen.«

»Erzählen Sie mir von der Ryan-Doktrin«, sagte Wei.

Es gab eine kurze Pause. »Die Ryan-Doktrin ist völlig irrelevant.«

»Was wissen Sie von ihr?«

Su hustete ins Telefon und zögerte eine Weile, bevor er antwortete: »Präsident Ryan hat öffentlich geäußert und hat es durch seine Taten bewiesen, dass er die Führung der ihm feindlich gesinnten Nationen für deren Handlungen verantwortlich macht und, wenn möglich, persönlich zur Verantwortung zieht. Ryan ist ein Monster. Er hat die Liquidierung ganzer Regierungen und die Ermordung ihrer Führer befohlen.« Su lachte ins Telefon hinein. »Ist das der Grund für Ihr Zögern? Haben Sie Angst davor, was Jack Ryan Ihnen antun könnte?«

»Natürlich nicht.«

»Sie müssen sich auch keine Sorgen machen, Genosse.«

»Ich mache mir keine Sorgen.«

»Warum haben Sie es dann aufgebracht?«

Die Leitung war eine Zeit lang ruhig, während beide Männer innerlich kochten. Schließlich meldete sich Wei zu Wort. Seine Sprechweise war abgehackt und angespannt, während er versuchte, nicht allzu laut zu werden: »Ich bin Wirtschaftsspezialist und ich sehe, dass wir gegenwärtig unseren Außenbeziehungen mehr Schaden zufügen, als unsere wirtschaftlichen Verhältnisse verkraften können. Was glauben Sie eigentlich, was Sie hier tun? Die Geschwindigkeit und Intensität, mit der Sie diese Aggression vorwärtstreiben, wird zu einem offenen Krieg führen und unsere Wirtschaft ruinieren.«

»Und das würde nicht passieren, wenn wir jetzt einen Rückzieher machen?«, schrie Su Wei an, wobei er gar nicht erst versuchte, seine nackte Wut zu verbergen. »*Sie* haben uns doch über diese Brücke geführt und sie dann hinter uns verbrannt! Es gibt keinen Weg zurück! Wir müssen da durch!«

»*Ich* soll das gemacht haben? *Ich*?«

»Natürlich Sie. Sie haben meine Operation genehmigt, und jetzt haben Sie Angst, ruhig dazusitzen und zu warten, bis Ryan davonläuft.«

»Präsident Ryan läuft vor keinem Kampf davon«, erwiderte Wei.

»Er wird davonlaufen. Wenn er das nämlich nicht tut, wird er erleben, wie wir Taipeh mit einer Atombombe auslöschen, und befürchten müssen, dass Seoul, Tokio und Hawaii unsere nächsten Ziele sein werden. Vertrauen Sie mir, wenn es hart auf hart kommt, hat Amerika gar keine andere Wahl, als sich zurückzuziehen.«

»Sie sind verrückt!«

»*Sie* waren verrückt zu glauben, dass Sie einfach fremde Kriegsschiffe versenken können, während Sie gleichzeitig Freihandelsabkommen anbieten, um den entstandenen Schaden wiedergutzumachen. Sie sehen die Welt nur als Wirtschaftler. Ich versichere Ihnen, Wei, in dieser Welt geht es nicht ums Geschäft. In dieser Welt geht es um Kampf und bewaffnete Macht.«

Wei sagte nichts mehr.

»Wir werden das am Donnerstag persönlich besprechen. Aber eines müssen Sie wissen: Ich werde dem Ständigen Ausschuss meine Vorstellungen darlegen, und Sie werden mich unterstützen. Sie sollten sich mir anschließen, Wei. Unser gutes Verhältnis hat Ihnen erst kürzlich genützt, das sollten Sie nicht vergessen!«

Das Gespräch war zu Ende, und Präsident Wei brauchte mehrere Minuten, um sich wieder zu fassen. Er saß mit den Händen auf seiner Schreibtischunterlage still in seinem Büro. Schließlich drückte er auf den Knopf auf seinem Telefon, der eine Verbindung mit seinem Sekretär herstellte.

»Ja, Genosse Generalsekretär?«

»Verbinden Sie mich mit dem Präsidenten der Vereinigten Staaten.«

67

Präsident Jack Ryan hielt sich das Telefon ans Ohr und hörte dem Dolmetscher zu, der schnell und mühelos Mandarin ins Englische übersetzte. Die Unterredung dauerte schon einige Minuten, und Jack hatte sich bisher einen Vortrag des chinesischen Präsidenten über Wirtschaft und Geschichte anhören müssen. Jetzt sagte Wei: »Sie haben Thailand und die Philippinen offiziell zu ›wichtigen Nicht-NATO-Verbündeten‹ ernannt. Das war für uns ausgesprochen bedrohlich. Darüber hinaus versuchen die Vereinigten Staaten unermüdlich, ihre Geheimdienst- und Militärkontakte mit Indien zu stärken und das Land zu einem Beitritt zum Atomwaffensperrvertrag zu bewegen.

Amerika möchte aus Indien offensichtlich eine Weltmacht machen. Warum sollte es im Interesse einer Weltmacht liegen, den Aufstieg einer anderen Weltmacht zu fördern? Ich kann Ihnen diese Frage ganz einfach beantworten, Herr Präsident. Amerika braucht Indiens Hilfe, um China zu allen Zeiten bedrohen zu können. Wie könnten wir uns durch einen solchen feindlichen Akt nicht bedroht fühlen?«

Wei wartete geduldig auf eine Antwort auf seine Frage, aber Jack Ryan wollte Wei an diesem Abend keinen Zentimeter entgegenkommen. Er führte dieses Telefongespräch, um über die Cyberangriffe und die Eskalation durch den Vorsitzenden Su zu reden.

»Die Angriffe Ihrer Nation auf unsere entscheidend wichtigen Infrastruktureinrichtungen sind ein kriegerischer Akt, Herr Präsident«, meldete er sich jetzt endlich zu Wort.

Wei wehrte sofort ab: »Die amerikanische Anschuldigung, dass sich China an irgendeinem Computerangriff auf die Vereinigten Staaten beteiligt habe, ist absolut haltlos und nur ein weiterer Ausweis des Rassismus, mit dem Ihre Regierung das chinesische Volk zu erniedrigen versucht.«

»Ich mache Sie persönlich für das Schicksal aller Amerikaner verantwortlich, die aufgrund Ihrer Sabotageakte gegen unsere Transportinfrastruktur, unsere Kommunikationssysteme und unsere Kernkraftwerke ihr Leben verlieren sollten.«

»Welche Kernkraftwerke?«, fragte Wei.

»Wissen Sie nicht, was heute Nachmittag in Arkansas passiert ist?«

Wei hörte dem Übersetzer zu. Nach einiger Zeit sagte er: »Mein Land ist für keinen dieser Computerangriffe auf Ihr Land verantwortlich.«

»Sie wissen das also gar nicht? *Ihre* Cybermiliz, die in Ihrem Namen handelt, Präsident Wei Zhen Lin, hat die Notabschaltung eines Atomreaktors mitten in den Vereinigten Staaten erzwungen. Wäre dieser Angriff erfolgreich gewesen, wären Tausende Amerikaner gestorben.«

Wei zögerte einen Moment, bevor er antwortete: »Wie ich bereits gesagt habe, China hatte damit nichts zu tun.«

»*Ich* glaube, dass Sie etwas damit zu tun hatten, Herr Präsident, und letzten Endes ist genau das entscheidend.«

Wei zögerte erneut und wechselte dann das Thema. »Präsident Ryan. Sie kennen doch sicher den überragenden Einfluss, den wir auf Ihren Wirtschafts- und Handelssektor haben?«

»Der ist für mich im Moment nicht wichtig. Sie können unserer Wirtschaft nichts antun, von dem wir uns nicht nach kurzer Zeit erholen würden. Amerika hat viele Freunde und große natürliche Ressourcen. Sie haben keines von beidem.«

»Vielleicht nicht. Aber wir haben eine starke Wirtschaft und ein starkes Militär.«

»Ihre gegenwärtigen Handlungen sind dabei, Ersteres zu ruinieren! Zwingen Sie mich nicht, auch das Zweite zu vernichten!«

Wei hatte darauf keine Antwort.

»Sie sollten sich darüber klar sein, Herr Präsident, dass Sie Ihr Schicksal unauflösbar mit dem Krieg des Vorsitzenden Su verknüpft haben. Mein Land wird keinerlei Unterschied zwischen Ihnen beiden machen!«

Von Wei war immer noch nichts zu hören. Ryan hatte während seiner Jahre im Weißen Haus Hunderte von gedolmetschten Gesprächen mit Staatsführern geführt, aber noch niemals war ihm jemand begegnet, der einfach nur noch in fassungslosem Schweigen dasaß. Normalerweise hielten sich die beiden Parteien an einen vorformulierten Text oder versuchten während der Unterredung über den anderen die Oberhand zu gewinnen.

»Hallo, sind Sie noch dran, Präsident Wei?«, fragte Jack schließlich.

»Ich kommandiere das Militär nicht«, antwortete dieser.

»Aber Sie führen Ihre Nation!«

»Trotzdem. Meine Kontrolle ist ... Sie ist nicht mit Ihrem Land vergleichbar.«

»Ihre Kontrolle über Su ist die einzige Chance, Ihr Land vor einem Krieg zu bewahren, den Sie nicht gewinnen können.«

Es folgte eine weitere längere Pause. Dieses Mal dauerte sie fast eine Minute. Ryans Nationales Sicherheitsteam saß vor ihm auf dem Sofa, konnte die Unterhaltung jedoch nicht verfolgen. Sie wurde aufgezeichnet, und sie konnten sie sich hinterher anhören. Jack schaute sie an, und sie schauten ihn an, und beide Seiten fragten sich, was hier gerade vor sich ging.

Schließlich antwortete Wei: »Bitte verstehen Sie mich, Herr Präsident. Ich werde Ihre Bedenken mit dem Vorsitzenden Su erörtern müssen. Ich würde dies gern persönlich tun, aber ich werde ihn erst wieder sehen, wenn er zur Politbürositzung am Donnerstagmorgen kommt, zu der er extra in einem ganzen Konvoi aus dem VBA-Stützpunkt in Baoding anreist. Er wird vor dem Ständigen Ausschuss einen Vortrag halten, und danach werde ich mich mit ihm über dieses Gespräch hier und andere Angelegenheiten unterhalten.«

Ryan wartete mit seiner Antwort ein paar Sekunden. Schließlich sagte er: »Ich verstehe, Herr Präsident. Wir sprechen später wieder miteinander.«

»Vielen Dank.«

Ryan legte auf und schaute dann die Gruppe vor ihm an. »Könnte ich einen Moment allein mit Direktorin Foley, Minister Burgess und Direktor Canfield reden?«

Alle anderen verließen den Raum. Ryan stand auf, blieb jedoch hinter seinem Schreibtisch stehen. Seinem Gesicht war die Verblüffung anzumerken.

Sobald die Tür geschlossen war, sagte er: »Das hatte ich jetzt wirklich nicht erwartet.«

»Was denn?«, fragte Canfield.

Ryan schüttelte den Kopf. Er stand immer noch unter Schock. »Ich bin mir ziemlich sicher, dass Präsident Wei mir gerade absichtlich eine Geheiminformation übermittelt hat.«

»Welche Geheiminformation denn?«

»Eine, mit der er mich dazu bewegen möchte, den Vorsitzenden Su zu ermorden.«

Die Gesichter der beiden Männer und der einen Frau, die vor dem Präsidenten standen, zeigten jetzt dieselbe Fassungslosigkeit.

Präsident Jack Ryan seufzte. »Es ist eine verdammte Schande, dass wir dort keine Leute haben, die diese Gelegenheit ausnutzen könnten.«

Gerry Hendley, Sam Granger und Rick Bell saßen kurz nach elf Uhr abends in Gerrys Büro im achten Stock von Hendley Associates. Die drei Männer warteten bereits den ganzen Abend auf Nachrichten von Ding Chavez und den anderen aus Peking. Vor ein paar Minuten hatte sich Ding endlich gemeldet und seine ersten Eindrücke über diese Rebellen mitgeteilt. Sie seien zwar nicht gerade eine Profitruppe, aber er wollte sein endgültiges Urteil erst nach ein paar Tagen fällen. In der Zwischenzeit würden er, Dom und Sam sich ihre Fähigkeiten genauer ansehen.

Die drei Campus-Führungskräfte wollten gerade nach Hause gehen, als Gerry Hendleys Handy klingelte.

»Hendley.«

»Hi, Gerry. Hier ist Mary Pat Foley.«

»Hallo, Mary Pat. Oder muss ich Mrs. Director sagen?«

»Für Sie immer noch Mary Pat. Es tut mir leid, dass ich noch so spät anrufe. Habe ich Sie aufgeweckt?«

»Nein. Tatsächlich bin ich immer noch im Büro.«

»Gut. Es hat da eine neue Entwicklung gegeben, über die ich mit Ihnen sprechen möchte.«

In John Clarks Farmhaus in Emmitsburg, Maryland, klingelte das Telefon. Clark und seine Frau Sandy lagen im Bett, während sich Melanie Kraft hellwach in ihrem Bett im Gästeschlafzimmer hin- und herwälzte, ohne einschlafen zu können.

Sie hatte ihr blaues Auge und angeschlagenes Jochbein den ganzen Tag mit Eis gekühlt und gleichzeitig aus John Clark herauszubekommen versucht, was zum Teufel Jack eigentlich machte. Sie merkte jedoch schnell, dass Jack nicht der Mann war, irgendwelche Geheimnisse auszuplaudern, aber er und seine Frau waren ausgesprochen nett zu ihr und schienen sich wirklich um ihr Wohlbefinden zu sorgen. Melanie beschloss deshalb, auf Jacks Rückkehr zu warten, um Antworten auf ihre vielen Fragen zu erhalten.

Fünf Minuten nach dem Telefonklingeln klopfte Clark an ihre Tür.

»Ich bin wach«, rief sie.

John trat ein. »Wie fühlen Sie sich?«

»Es tut noch ein bisschen weh, aber es tat auf jeden Fall gut, mein Gesicht mit Eis zu kühlen, wie Sie es mir geraten haben.«

»Ich muss gleich zu Hendley Associates fahren«, sagte John. »Dort hat sich etwas Wichtiges ergeben. Ich hasse es, Ihnen das antun zu müssen, aber Jack hat mir das Versprechen abgenommen, Sie nicht aus den Augen zu lassen, bis er zurück ist.«

»Sie wollen also, dass ich mitkomme?«

»Dort stehen ein paar Betten für unsere Daten-Jungs, wenn diese Nachtschicht haben. Es ist nicht das Ritz, aber das hier ist es ja auch nicht.«

Melanie schlüpfte aus dem Bett. »Ich darf also endlich die geheimnisvolle Firma Hendley Associates sehen? Glauben Sie mir, dafür verzichte ich gern auf meinen Schlaf.«

Clark lächelte. »Nicht so schnell, junge Dame. Sie werden gerade einmal die Lobby, einen Aufzug und ein oder zwei Flure sehen. Sie müssen auf Jacks Rückkehr warten, um die VIP-Führung zu bekommen.«

Melanie seufzte, als sie ihre Schuhe anzog. »Ja, als ob das jemals passieren würde. Okay, Mr. Clark. Wenn Sie mir versprechen, mich nicht wie eine Gefangene zu behandeln, verspreche ich, nicht in Ihrem Büro herumzuschnüffeln.«

Clark hielt ihr die Tür auf, als sie hinausging. »Abgemacht.«

68

Gavin saß um ein Uhr morgens immer noch in seinem Büro. Auf dem Schreibtisch vor ihm lag ein technisches Handbuch von Microsoft, das er den ganzen Tag von Zeit zu Zeit konsultiert hatte. Es war für ihn nicht ungewöhnlich, so lange zu arbeiten. Er nahm an, dass er auch noch die nächsten Nächte durcharbeiten musste, während er sein gesamtes System neu aufbaute. Er hatte einen Großteil seiner Mitarbeiter heimgeschickt, aber ein paar Programmierer hielten sich auch jetzt noch irgendwo auf diesem Stockwerk auf. Er hatte sie zumindest vor ein paar Minuten reden hören.

Da gerade Außenagenten des Campus im Einsatz waren, saßen auch noch ein paar Jungs oben in der Analyseabteilung. Allerdings konnten sie ohne Unterstützung eines Computersystems eigentlich nur Däumchen drehen oder auf ihren Notizblöcken Männchen malen.

Biery hatte das Gefühl, jeden hier im Stich gelassen zu haben, als er es zuließ, dass dieser Virus ihr System infizierte. Er machte sich um Ding, Sam und Dom in Peking und sogar um Ryan in Hongkong Sorgen und wollte alles tun, um möglichst schnell wieder online gehen zu können.

Im Moment sah es allerdings so aus, als ob das wenigstens noch eine Woche dauern würde.

Auf Bierys Schreibtisch klingelte das Telefon.

»He, Gav, hier ist Granger. Gerry und ich sitzen immer noch hier oben im Büro und warten auf eine Nachricht von

Chavez. Wir dachten, dass Sie vielleicht auch noch da sind.«

»Bin ich. Hier gibt's eine Menge zu tun.«

»Verstanden. Hören Sie, in ein paar Minuten kommt John Clark ins Büro. Er wird Chavez und die anderen bei einer neuen Operation unterstützen, die sich in Peking zusammenbraut.«

»Prima. Gut zu wissen, dass er wieder zurück ist, auch wenn es nur zeitweise sein wird.«

»Ich habe mich gefragt, ob Sie nicht heraufkommen könnten, wenn er hier ankommt, und ihm kurz die Ereignisse in Hongkong schildern. Das würde ihm sicher helfen, wieder auf dem Laufenden zu sein.«

»Das mache ich doch gern. Ich bin sowieso die ganze Nacht und den ganzen morgigen Tag hier. Da kann ich ein wenig Zeit erübrigen.«

»Übernehmen Sie sich nicht, Gavin. Das mit diesem Virus war nicht Ihr Fehler. Sie brauchen sich deswegen nicht ins Schwert zu stürzen.«

Gavin schnaubte ganz leicht. »Ich hätte ihn finden müssen, Sam. So einfach ist das.«

»Hören Sie. Wir können Ihnen nur versichern, dass wir Sie unbedingt unterstützen«, sagte Granger. »Gerry und ich glauben beide, dass Sie hier bei uns eine tolle Arbeit machen.«

»Danke, Sam.«

»Versuchen Sie, heute etwas Schlaf zu bekommen. Sie nützen niemand etwas, wenn Sie nichts mehr auf die Reihe bekommen.«

»Okay, ich lege mich auf meinem Sofa aufs Ohr, wenn ich Clark die Geschichte in Hongkong erzählt habe.«

»Kluge Entscheidung. Ich rufe Sie an, wenn er da ist.«

Gavin legte auf, griff nach seinem Kaffeebecher, und dann fiel ohne Warnung in seinem Büro der Strom aus.

Er saß im Dunkeln und schaute auf den Gang hinaus.

»Verdammt!«, rief er wütend. Im ganzen Gebäude schien das Licht ausgegangen zu sein.

»Verfluchter Mist!«

In der Lobby von Hendley Associates schaute der diensthabende Nachtwächter Wayne Reese durch die große Glastür auf den Parkplatz hinaus, auf den in diesem Moment ein Servicefahrzeug von Baltimore Gas and Electric einbog.

Reese griff zur Beretta an seiner Hüfte und legte den Daumen an den Lederriemen, der sie im Holster festhielt. Das Ganze kam ihm nicht ganz koscher vor.

Ein Mann trat an die geschlossene Eingangstür heran und hielt seinen Dienstausweis in die Höhe. Reese ging zur Tür hinüber, leuchtete mit seiner Taschenlampe auf den Ausweis und entschied, dass er echt aussah. Er drehte das Schloss um und öffnete die Tür erst einmal nur einen Spaltbreit.

»Ihr Jungs seid heute Nacht wirklich auf Zack. Der Strom ist erst vor drei …«

Reese sah, wie der Mann eine schwarze Pistole aus seinem Werkzeugkasten holte, und begriff, dass er einen schweren Fehler gemacht hatte. So schnell er nur konnte, schlug er die Glastür wieder zu, aber eine einzelne Kugel aus der schallgedämpften Five-seveN-Pistole flog durch den engen Spalt, schlug in seinen Solarplexus ein und warf ihn zu Boden.

Als Reese so auf dem Rücken dalag, versuchte er den Kopf zu heben, um seinen Mörder zu sehen. Der Asiate huschte jetzt durch die unverschlossene Tür und trat an ihn heran. Hinter ihm stiegen mehrere Männer aus dem Rückraum des Vans aus.

Der Schütze beugte sich über Reese, hielt dem verletzten Mann seine Pistole an die Stirn, und dann wurde Wayne Reeses Welt schwarz.

Crane betrat das Gebäude, kurze Zeit nachdem Quail zum zweiten Mal auf den Nachtwächter geschossen hatte. Er und fünf seiner Männer schulterten ihre Steyr-TMP-Maschinenpistolen und gingen die Treppe hinauf. Grouse blieb im Erdgeschoss, um den Parkplatz zu beobachten. Nur ein Mann am Eingang war wirklich nicht optimal, aber Grouse hatte ein Headset, damit er mit den übrigen Kämpfern ständig in Kontakt bleiben und diese alarmieren konnte, wenn hier unten eine Gefahr auftauchen sollte.

Crane wusste, dass der Einsatz von heute Nacht seine kleine Truppe aufs Äußerste beanspruchen würde. Er hatte an diesem Vormittag Wigeon während des Mordversuchs an Melanie Kraft am Rock Creek Parkway verloren. Darüber hinaus hatte Grouse dabei einen Schuss in den linken Oberschenkel abbekommen. Er wäre normalerweise mit dieser Verletzung nicht mehr einsatzfähig gewesen, aber Crane hatte ihm befohlen, an dieser Operation hier teilzunehmen, hauptsächlich weil das Hendley-Gebäude ziemlich groß war und Crane deshalb alle Männer benötigte, die er aufbieten konnte.

Der Bau war acht Stockwerke hoch. Es war deshalb völlig unmöglich, ihn vollständig abzusuchen und zu sichern. Crane wusste jedoch durch Ryans abgehörte Telefongespräche und Centers Auswertung des Hendley-Associates-Netzwerks, bevor dieses am Tag zuvor abgeschaltet worden war, dass sich im ersten Stock die IT-Abteilung befand, im zweiten Stock die Nachrichtenanalysten saßen und der achte Stock die Chefetage war.

Am Eingang zum ersten Stock teilte sich die Truppe auf. Drei Mann würden diesen und den nächsten Stock durchkämmen, während Crane und die beiden anderen direkt zur obersten Etage eilten.

Quail, Snipe und Stint schlichen mit ihren schallgedämpften Maschinenpistolen im Anschlag den Korridor im ersten Stock entlang.

Ein Sicherheitsmann kam mit einer Taschenlampe in der Hand aus dem hintersten Raum heraus, schloss die Tür hinter sich und wollte dann zur Treppe hinübergehen. Stint gab vier Schüsse auf ihn ab, die ihn auf der Stelle töteten.

In einem großen Büro am Ende der IT-Abteilung fanden die drei chinesischen Kämpfer einen leicht korpulenten männlichen Weißen von etwa fünfzig vor, der dort an seinem Schreibtisch saß. Laut dem Schild an seiner Bürotür handelte es sich um Gavin Biery, den Direktor der IT-Abteilung.

Die Männer hatten den Befehl, jeden, der keinen Widerstand leistete, leben zu lassen, bis sie das Netzwerksystem neu booten und alle Festplatten neu formatieren konnten. Auf diesen waren bestimmt viele Informationen über Center, Tong, Zha und mehrere Operationen gespeichert, die Center mit der chinesischen VBA und dem chinesischen MSS in Verbindung brachten. Diese mussten von den Festplatten der Server gelöscht werden, bevor diese Firma morgen nach dem Massenmord, der später hier begangen werden sollte, auf der Titelseite sämtlicher amerikanischer Zeitungen auftauchte.

Ihre Vorgesetzten hatten entschieden, dass die Datenspeicher von Hendley Associates dermaßen umfangreich und aufgeteilt waren, dass man die entsprechenden Geräte nicht einfach in die Luft jagen konnte. Stattdessen musste man das digitale Gesamtgedächtnis der ganzen Firma auslöschen, wozu man jedoch die Angestellten von Hendley benötigte, die ihnen die Passwörter mitteilen und sie über ausgelagerte Datenspeicher informieren konnten.

Nachdem sie Biery gefesselt hatten, machten sie im gleichen Stock noch zwei weitere IT-Leute dingfest, bevor sie zur Analyseabteilung im zweiten Stock hinaufstiegen.

Crane, Gull und Duck trafen im Gang des achten Stocks als Erstes auf einen Sicherheitsmann. Dieser erkannte sofort die Gefahr und wich zur Seite, während er seine Beretta zog. Crane und Duck feuerten zwei Schüsse ab, die ihn beide verfehlten, während er selbst ebenfalls zwei Mal schoss. Beide Kugeln flogen jedoch über die Köpfe der Angreifer hinweg.

Eine zweite Salve aus Cranes Steyr TMP traf ihn dann in den unteren Rumpf. Er brach zusammen und starb.

Ohne ein Wort begannen die drei Chinesen den Gang hinunterzurennen.

Was in Gottes Namen war denn das?«, rief Gerry Hendley aus. Er und Sam Granger saßen beide im Konferenzraum und versuchten, unter der Notbeleuchtung und dem schwachen Licht des Halbmonds, der durch die großen Fenster ins Zimmer schien, zu arbeiten.

Granger sprang auf die Füße und eilte zu einem kleinen Besenschrank in der Ecke hinüber. »Gewehrfeuer«, sagte er ernst. Er öffnete den Besenschrank und holte ein Colt-M16-Sturmgewehr heraus. Es war geladen, und er bewahrte es hier immer für den Notfall auf.

Granger hatte seit vielen Jahren keinen Schuss mehr abgefeuert, aber jetzt zog er energisch den Ladehebel zurück, gab Hendley das Zeichen, dort zu bleiben, wo er war, und sprang mit dem Gewehr im Anschlag auf den Flur hinaus.

Crane sah den Mann in etwa fünfzehn Meter Entfernung am Ende des Korridors auftauchen. Der Amerikaner bemerkte Crane und seine beiden Begleiter zur gleichen Zeit und feuerte eine kurze Salve aus seinem Sturmgewehr ab. Crane brachte sich kurz hinter einem großen Blumenkübel neben dem Aufzug in Deckung, rollte jedoch sofort wieder auf den Gang hinaus und feuerte ein ganzes Magazin aus seiner Maschinenpistole ab.

Sam Grangers Knie knickten ein, als die Geschosse in seine Brust einschlugen. Ein unwillkürlicher Muskelkrampf in seinen Armen und Händen brachte ihn dazu, noch eine weitere Drei-Schuss-Salve abzufeuern, während er rückwärts in den Konferenzraum fiel.

Crane schaute über die Schulter. Duck hatte eine Kugel aus dem M16-Gewehr des Anzugträgers in die Stirn abbekommen. Er lag jetzt flach auf dem Rücken, und um ihn herum bildete sich eine immer größer werdende Blutlache.

Gull und Crane stürmten vor, sprangen über den toten Amerikaner hinüber und betraten den Konferenzraum. Dort stand ein älterer Mann mit Krawatte und Hemdsärmeln neben einem Tisch. Crane erkannte ihn anhand eines Fotos, das ihm Center geschickt hatte. Es war Gerry Hendley, der Direktor von Hendley Associates.

»Hände hoch«, rief Crane. Gull eilte herein, stieß den alten Mann auf seinen Schreibtisch und fesselte ihm die Hände hinter dem Rücken.

69

Crane ließ seine Männer die neun Gefangenen in den Konferenzraum im ersten Stock bringen, wo man sie mit an den Gelenken gefesselten Händen auf Stühle entlang der Wand setzte. Bei ihrem Sturmangriff hatten die Chinesen drei Sicherheitswachen und diesen leitenden Angestellten getötet.

Crane rief seine Controllerin an und ließ die Stromversorgung des Gebäudes wiederherstellen. Dann sprach er die Gruppe in einer monotonen Stimme mit einem starken chinesischen Akzent an.

»Wir werden Ihr Computernetzwerk wieder online bringen. Wir müssen dies äußerst schnell tun. Ich werde Ihre Passwörter für das Netzwerk und eine Beschreibung aller Ihrer Pflichten und Zugangsebenen benötigen. Sie sind sehr viele. Ich werde Sie nicht alle benötigen.« Mit derselben monotonen Stimme fuhr er fort: »Wenn Sie sich weigern, uns zu unterstützen, werden Sie erschossen.«

Jetzt meldete sich Gerry Hendley zu Wort: »Wenn Sie alle anderen gehen lassen, gebe ich Ihnen, was immer Sie wollen.«

Crane drehte sich zu Hendley um. »Nicht sprechen!« Er richtete die Mündung seiner Maschinenpistole auf Hendleys Stirn und hielt sie eine Weile dort.

Sein Ohrhörer zwitscherte. Er griff sich ans Ohr und wandte sich ab. *»Ni shuo shen me?«* Was hast du gerade gesagt?

In der Lobby kniete Grouse hinter dem Empfangstisch und wiederholte leise: »Ich sagte, ein alter Mann und ein Mädchen kommen auf die Eingangstür des Gebäudes zu.«

»Lass sie auf keinen Fall herein«, erwiderte Crane.

»Er hat einen Schlüssel. Ich sehe ihn in seiner Hand.«

»Okay. Lass sie rein, und dann nimm sie gefangen. Behalte sie dort unten bei dir, bis wir haben, was wir brauchen. Vielleicht kennen sie irgendwelche Passwörter, die wir benötigen.«

»Verstanden.«

»Soll ich dir jemand von uns runterschicken?«

Grouse zuckte zusammen, als ihm ein stechender Schmerz durch sein verletztes Bein fuhr, aber er antwortete schnell: »Natürlich nicht. Das sind doch nur ein alter Mann und ein Mädchen.«

Als John Clark und Melanie Kraft die Lobby von Hendley Associates betraten, stand Grouse blitzschnell hinter dem Empfangstisch auf und richtete seine Steyr-Maschinenpistole auf sie. Er befahl ihnen, die Hände auf den Kopf zu legen und sich rückwärts an die Wand zu stellen. Dann humpelte er zu ihnen hinüber und tastete sie mit einer Hand ab, während er seine Waffe auf ihre Köpfe richtete.

Bei dem alten Mann fand er eine SIG-Sauer-Pistole, was ihn zugegebenermaßen überraschte. Er zog sie aus einem Schulterholster und steckte sie in seinen eigenen Hosenbund. Bei der Frau fand er keine Waffen, aber er nahm ihr die Handtasche ab. Danach mussten sie sich in der Fahrstuhllobby mit den Händen auf dem Kopf wieder an die Wand stellen.

Melanie Kraft kämpfte gegen ihre Panik an, als sie dort stand und ihre Finger auf ihrem brünetten Haar gefaltet hatte. Sie schaute zu Mr. Clark hinüber. Er tat dasselbe, aber seine Augen huschten durch den ganzen Raum.

»Was sollen wir tun?«, flüsterte sie ihm zu.

Clark blickte sie an. Bevor er etwas sagen konnte, rief der Chinese: »Nicht sprechen!«

Melanie lehnte sich gegen die Wand, und ihre Beine begannen zu zittern.

Der Bewaffnete teilte seine Aufmerksamkeit zwischen seinen beiden Gefangenen und der Eingangstür auf.

Als Melanie ihn betrachtete, bemerkte sie keinerlei Emotion und Gefühlsregung. Er sprach ein paarmal kurz in sein Headset-Mikro hinein. Darüber hinaus agierte und wirkte er fast wie ein Roboter.

Außer dass er hinkte. Es war klar, dass ihm eines seiner Beine Probleme bereitete.

Jetzt ließ sie ihre entsetzten Augen wieder zu John hinüberwandern. Sie hoffte, zu erkennen, dass er einen Plan hatte. Stattdessen bemerkte sie, dass sich sein Aussehen in den letzten Sekunden völlig verändert hatte. Sein Gesicht hatte sich gerötet, und seine Augen schienen aus ihren Höhlen hervorzutreten.

»John?«

»Nicht sprechen!«, wiederholte der Chinese, aber Melanie gab nicht mehr auf ihn acht. Ihre ganze Konzentration galt jetzt John Clark, denn es war eindeutig zu erkennen, dass irgendetwas mit ihm nicht stimmte.

Seine Hände rutschten ihm vom Kopf, sein Gesicht verzog sich zu einer Schmerzgrimasse, und er griff sich an die Brust.

»Hände auf den Kopf! Hände auf den Kopf!«

Clark ging ganz langsam auf die Knie. Sein Gesicht war jetzt puterrot. Melanie konnte die purpurnen Adern auf seiner Stirn sehen.

»O Gott!«, rief sie. »John, was ist los?«

Clark taumelte einen halben Schritt zurück und versuchte, sich an der Wand abzustützen.

»Nicht bewegen!«, rief Grouse und richtete seine Steyr-TMP-Maschinenpistole auf den alten Mann, der jetzt erschöpft vor der Wand kauerte. Grouse bemerkte, dass das Gesicht des Mannes ganz rot war und das Mädchen ihn besorgt anschaute.

Der Kommandosoldat des »Göttlichen Schwerts« hielt seinen Gewehrlauf jetzt dem Mädchen vors Gesicht. »Nicht bewegen!«, wiederholte er. Dies war einer der wenigen englischen Sätze, die er überhaupt kannte. Aber das dunkelhaarige Mädchen setzte sich neben den Mann auf den Boden und nahm ihn in die Arme.

»John? John! Was ist los?«

Der alte *Gweilo* presste die Hand an die Brust.

»Er hat einen Herzanfall!«, rief das Mädchen.

Grouse rief auf chinesisch in sein Mikro hinein: »Crane, hier ist Grouse. Ich glaube, der alte Mann hat einen Herzanfall.«

»Dann lass ihn sterben. Ich schicke jemand hinunter, der das Mädchen abholt und hier heraufbringt. Crane, Ende.«

Der Alte lag jetzt auf dem Fliesenboden auf der Seite. Er schüttelte sich und wand sich in Krämpfen, seinen linken Arm hatte er stocksteif ausgestreckt, und seine rechte Hand drückte er fest auf sein Herz.

Grouse deutete mit seiner MP auf das Mädchen.

»Los! Aufstehen! Zurück!« Er kniete sich langsam hin, wobei ihm die Schmerzen in seinem Bein augenscheinlich starke Probleme bereiteten, und packte sie mit seiner freien Hand an den Haaren, um sie von dem sterbenden, alten *Gweilo* wegzuziehen. Er schleifte sie zur Wand neben den Aufzügen hinüber und wollte sich danach zu dem Sterbenden umdrehen. Plötzlich zog ihn etwas von hinten an den Knöcheln, seine Füße verloren den Halt, und er kippte nach hinten. Er knallte mit dem Rücken auf den Fliesenboden und lag plötzlich neben dem alten Weißen, der offensichtlich nicht mehr im Sterben lag.

Der Amerikaner fixierte ihn mit den Augen. Sie waren hasserfüllt und entschlossen. Der Alte hatte Grouse mit den Beinen ausgehebelt. Jetzt packte er blitzschnell mit festem Griff den Nylonriemen der Maschinenpistole und zog ihn mit einem Ruck nach hinten. Grouse war jetzt mit dem Rücken auf dem kalten Boden regelrecht festgenagelt. Bei dem Sturz war sein Finger aus dem Abzugsbügel seiner Waffe gerutscht. Während er sich nun auf den Fliesen hin und her warf, um sich aus der Riemenschlinge um seinen Hals zu befreien, kämpfte er gleichzeitig mit dem Amerikaner um die Kontrolle über seine Maschinenpistole.

Der alte Mann dachte gar nicht daran, seinen Griff zu lockern. Er war lebendig, gesund und unheimlich stark. Der Weiße wickelte sich jetzt seine Seite des Gewehrriemens fest um das Handgelenk. Jedes Mal, wenn Grouse die Kontrolle über seine MP wiederzuerlangen suchte, zog sein Gegner den Riemen zur Seite und brachte ihn damit erneut aus dem Gleichgewicht.

Grouse schaute zur Treppe hinüber. Er versuchte, um Hilfe zu schreien, aber der alte Mann zog die Schlinge noch enger und drückte ihm dadurch teilweise die Luftröhre ab, sodass statt eines Schreis nur ein helles Gurgeln herauskam.

Der Amerikaner riss den Riemen ruckartig nach links, Grouse fiel flach auf den Rücken, und seine Waffe rutschte ihm jetzt endgültig aus den Händen.

Während er mit den Armen nach ihr fischte, mit den Füßen kickte und wild um sich schlug, wurde er zunehmend schwächer.

Der Amerikaner hatte jetzt endgültig die Oberhand gewonnen.

Aufgrund seiner Verletzung und seiner eingeschränkten Beweglichkeit konnte John Clark seine Hand nicht an den Abzug der Maschinenpistole bringen. Aber die Riemenschlinge lag jetzt direkt auf der Luftröhre des Chinesen, er zog sie immer fester und schaffte es schließlich, ihn zu erdrosseln.

Nicht einmal fünfundvierzig Sekunden nach dem vorgetäuschten Herzinfarkt war alles vorüber. Jack lag noch ein paar Sekunden neben dem Toten auf dem Rücken und versuchte, wieder zu Atem zu kommen.

Aber er wusste, dass er keine Zeit zu verlieren hatte, deshalb setzte er sich auf und machte sich an die Arbeit.

Er durchsuchte in aller Eile die Taschen des Mannes, holte sich seine SIG Sauer, Kaliber .45, zurück und zog dem Chinesen das Headset vom Kopf. Er sprach zwar kein Mandarin, aber er setzte das Headset trotzdem auf, nachdem er sich vergewissert hatte, dass die Stummtaste gedrückt war, damit keiner seine Stimme hören konnte.

Melanie schaute ihn von der anderen Seite der Lobby fassungslos an. »Ist er tot?«, fragte sie. Sie konnte immer noch nicht verstehen, was sie gerade beobachtet hatte.

»Ja.«

Sie nickte. »Sie haben ihn ausgetrickst? Sie haben einen Herzanfall vorgetäuscht?«

Er nickte.

»Ich musste dafür sorgen, dass er sich mir näherte – sorry«, sagte Clark, während er sich den Riemen der Steyr-MP um den Hals hängte.

»Wir müssen die Polizei anrufen«, sagte sie.

»Keine Zeit«, sagte Clark. Er musterte das Mädchen ein paar Sekunden. Ryan hatte ihm erzählt, dass Melanie ihn verraten hatte, dabei allerdings den Befehl eines Mannes befolgte, den sie für einen FBI-Agenten hielt. John wusste nicht, für wen die junge Frau arbeitete und was ihre Beweggründe waren, aber dieser tote Chinese dort auf dem Boden war ganz offensichtlich Mitglied des Killerteams, das sie erst vor ein paar Stunden am Rock Creek Parkway umbringen wollte.

Sie war also ganz klar nicht mit dieser Mördertruppe verbündet.

Clark hatte keine Ahnung, wie viele ausländische Killer sich noch in diesem Gebäude aufhielten oder wie gut bewaffnet oder ausgebildet sie waren. Wenn sie jedoch zu der Gruppierung gehörten, die die fünf CIA-Agenten in Georgetown ausgeschaltet hatte, waren sie ganz bestimmt erstklassige Kämpfer.

Clark vertraute Melanie Kraft nicht, aber das war im Moment sein geringstes Problem.

Er hielt ihr seine SIG-Sauer hin. »Kennen Sie sich damit aus?«

Sie nickte langsam, während sie sie anschaute.

Sie nahm die Waffe entgegen und richtete sie im beidhändigen Gefechtsgriff auf der Höhe ihrer Taille in tiefer Vorhalteposition nach vorn.

»Hören Sie mir gut zu«, sagte Clark. »Sie bleiben ab jetzt immer hinter mir. Weit hinter mir, ohne mich jedoch aus den Augen zu verlieren!«

»Okay«, sagte sie. »Und was machen wir jetzt?«

»Wir gehen nach oben.«

John Clark kickte sich seine Schuhe von den Füßen und betrat das abgedunkelte Treppenhaus. In diesem Moment hörte er, wie sich ein Stock höher eine Tür öffnete.

70

Crane hatte Snipe befohlen, die Frau aus dem Erdgeschoss zu holen. Danach wies er seine drei anderen Männer Quail, Stint und Gull an, bei den Gefangenen im Konferenzraum zu bleiben, während er selbst IT-Direktor Gavin Biery zu einem Netzknoten im Serverraum brachte. Der Amerikaner hatte zugestimmt, das System hochzufahren und sich danach einzuloggen, um den Chinesen einen Administratorzugang zu allen Teilen des Netzes zu verschaffen.

Zwei Mal musste Crane dem fülligen Mann auf den Hinterkopf schlagen, weil dieser den Vorgang bewusst verzögern wollte, beide Male fiel dieser dumme Amerikaner dabei von seinem Stuhl auf den Boden. Als er zum dritten Mal ein Zögern dieses verstockten Computermenschen bemerkte, erzählte er ihm, er werde jetzt in den Konferenzraum zurückkehren und anfangen, seine Gefangenen zu erschießen.

Immer noch zögerlich loggte Gavin sich ein.

John Clark beugte sich über den leblosen Körper eines jungen, muskulösen Chinesen. Der fünfundsechzigjährige Amerikaner hatte gehört, wie der Mann die Treppe herunterkam, sich unter dem untersten Treppenabsatz versteckt und dort auf ihn gewartet. Als er an ihm vorbeikam, hatte Clark ihm den Gewehrkolben der Steyr TMP mit voller Wucht von hinten und oben in den Rücken gerammt. Der

Mann stürzte nach vorn auf den Betonboden. Drei weitere schwere Schläge auf den Kopf raubten ihm endgültig das Bewusstsein.

Melanie kam aus ihrem Versteck unter der Treppe hervor, zog dem Mann den Gürtel ab und fesselte ihm damit die Hände hinter den Rücken. Sie zog seine Jacke bis zu den Ellenbogen hinunter, um es ihm noch schwerer zu machen, sich zu befreien. Sie hob seine Maschinenpistole auf. Da sie sie jedoch nicht bedienen konnte, hängte sie sich die MP einfach um die Schulter und folgte John mit der Pistole in der Hand die Treppe hinauf.

Clark öffnete ganz langsam die Tür zum ersten Stock und schaute einen Korridor entlang, an einer Reihe von Aufzügen und der Leiche eines Sicherheitsmanns vorbei, den John als einen alten Freund namens Joe Fischer erkannte, bis sein Blick die offene Tür zum IT-Konferenzraum am Ende des Ganges erreichte. Während dieser ganzen Zeit hörte er in seinem »geborgten« Headset eine Meldung auf chinesisch. Natürlich verstand er die Worte nicht, aber er hatte das Gerät aufgezogen, damit er mitbekam, wenn diese Killer bemerkten, dass sich eines ihrer Mitglieder nicht mehr meldete.

Genau dies war jetzt der Fall. Der Funkspruch wurde noch ein zweites und dann ein drittes Mal wiederholt. Jedes Mal klang er dringlicher und alarmierter. Clark eilte jetzt den Gang hinunter, wobei er seine TMP mit seiner linken Hand im Anschlag hielt und dabei durch das kleine Zielfernrohr schaute.

Als er nur noch knapp fünf Meter vom Konferenzraum entfernt war, kam plötzlich ein bewaffneter Mann heraus. Als er John bemerkte, versuchte er zwar, seine MP blitzschnell in eine Schussposition zu bringen, aber Clark war schneller und jagte dem Chinesen eine Fünf-Schuss-Salve in den Leib.

Jetzt musste es schnell gehen. Clark rannte, so schnell er

konnte, in den Konferenzraum hinein, obwohl er keine Ahnung hatte, was er dort vorfinden würde.

Bevor seine Augen und sein Gehirn noch die komplette Szene erfassen konnten, feuerte ein schwarz gekleideter Asiate einen kleinen Kugelhagel auf ihn ab. John sprang blitzschnell zur Seite, richtete seine eigene Waffe auf den Angreifer und bemerkte dann jedoch, dass der Mann direkt vor einer Reihe von Hendley-Mitarbeitern stand, die gefesselt an der Wand saßen. Clark fand ohne Zögern eine Lösung. Er gab schnell hintereinander zwei gezielte Einzelschüsse ab, und der Mann fiel rückwärts auf den Campusanalysten Tony Wills.

Jetzt befand sich nur noch ein feindlicher Kämpfer im Raum. Er hatte gerade in die entgegengesetzte Richtung geschaut, als John in den Raum kam, aber jetzt richtete er seine Steyr auf den alten Amerikaner. Gerade als er abdrücken wollte, trat Melanie Kraft mit ihrer Pistole in beidhändigem Anschlag durch die Tür und nahm den Chinesen ins Visier. Sie feuerte einen einzigen Schuss ab, der jedoch über die Zielperson hinwegging. Der chinesische Killer schwenkte die Mündung seiner Waffe zu Melanie hinüber, was John den Bruchteil einer Sekunde gab, um den Mann mit einer langen Salve in den oberen Rumpf zu töten.

Sobald der chinesische Kommandosoldat auf den Boden gestürzt war, rief Gerry Hendley: »Es gibt noch einen! Er ist mit Biery im Serverraum!«

Clark ließ Melanie bei den acht Campusmitarbeitern zurück und stürmte aus dem Konferenzzimmer hinaus und einen Seitengang entlang, der zu einem Raum führte, in dem die Server standen.

Der gesamte Schusswechsel war bisher mit schallgedämpften Waffen geführt worden – mit einer einzigen Ausnahme, als Melanie John Clarks SIG Sauer im Konferenzzimmer abfeuerte. Dieser laute Knall hatte jedoch Cranes Aufmerksamkeit erregt. Er versuchte seine Männer immer wieder über sein Headset zu erreichen. Gleichzeitig packte er Biery am Kragen und zog ihn hoch. Er legte Gavin den Arm um den Hals, drückte ihm seine Steyr-MP an die rechte Schläfe und zerrte ihn auf den Gang hinaus. Dort stand plötzlich ein alter Mann mit grauen Haaren und einer Brille vor ihm, der mit der Maschinenpistole eines seiner Männer auf Cranes Kopf zielte.

»Lass sie fallen, oder ich bringe ihn um«, sagte Crane.

Der alte Mann zeigte keinerlei Regung.

»Ich werde es tun! Ich werde ihn erschießen!«

Der Amerikaner mit der Maschinenpistole verengte nur leicht die Augen.

Crane schaute jetzt tief in sie hinein. Er sah nichts als Konzentration, nichts als Entschlossenheit, Wille und Bestimmung.

Crane kannte diesen Blick. Crane kannte diese Geisteshaltung.

Dieser alte Mann war ein Krieger.

»Nicht schießen! Ich ergebe mich«, sagte Crane und ließ seine Steyr auf den Boden fallen.

Im Konferenzraum hatte Melanie inzwischen die Mitarbeiter von Hendley Associates von ihren Fesseln befreit. Sie wusste zwar nicht, was hier vorging, aber inzwischen war sie zu dem offensichtlichen Schluss gekommen, dass ihr Freund, der Sohn des Präsidenten, nicht in der Finanzbranche tätig war. Dies hier war ganz klar ein ultrageheimer staatlicher Geheimdienst oder ein privates Sicherheitsunternehmen, das sich irgendwie die Chinesen zum Feind gemacht hatte.

Jack würde ihr alle Einzelheiten über diese Institution erzählen müssen, bevor sie wirklich ein Urteil darüber abgeben konnte – wenn er denn überhaupt jemals wieder mit ihr sprechen würde. Seine Anschuldigung, dass sie für die

Chinesen arbeitete, ergab für Melanie zwar keinen Sinn, aber sie hatte trotzdem Angst, dass das Zerwürfnis zwischen ihnen beiden inzwischen durch einfache Erklärungen nicht mehr zu kitten war.

Clark und drei weitere Männer brachten die beiden Chinesen, die überlebt hatten, in den Korridor neben den Aufzügen und fesselten sie dann Rücken an Rücken aneinander. Crane, der Anführer der Gruppe, hielt jetzt eine kleine, offensichtlich eingeübte Ansprache. Er verkündete, sie seien Mitglieder des Göttlichen Schwerts, einer Spezialeinheit der Volksbefreiungsarmee, und verlangten deswegen, als Kriegsgefangene behandelt zu werden.

Clark schlug dem Mann mit seiner SIG hinters Ohr, was dessen Wortschwall ein Ende setzte.

Andere Mitarbeiter bewaffneten sich jetzt mit einer Pistole oder Maschinenpistole und zogen los, um sämtliche Etagen nach weiteren Opfern oder Mördern abzusuchen.

Clark hatte gerade Crane abgetastet und dabei ein seltsam aussehendes Mobiltelefon gefunden, als dieses zu vibrieren anfing. John schaute auf das Gerät hinunter. Natürlich kannte er die Nummer nicht, aber er hatte plötzlich eine Idee.

»Gerry?«, rief er zu Hendley hinüber. »Gibt es irgendwelche Mandarin-Sprecher hier in der Gruppe?«

Der ehemalige Senator war noch immer über den Tod seines alten Freundes Sam Granger tief erschüttert, aber Clark war froh, dass er trotzdem noch seine fünf Sinne beisammenhatte.

»Leider nein, aber diese beiden dort sprechen englisch.«

»Ich spreche über den, der da gerade anruft, wer immer es auch sein mag.« Das Telefon summte erneut, und John sah, dass es immer noch derselbe Anrufer war.

Scheiße, dachte er. Dies wäre wirklich eine gute Gelegenheit gewesen, mehr über diese Organisation zu erfahren.

»Wenn Sie einen Mandarin-Sprecher benötigen, wüsste

ich vielleicht, woher wir den auf die Schnelle bekommen könnten«, sagte Gerry.

Jack Ryan jr. saß auf dem Beifahrersitz eines zweitürigen Honda Acura, der von Adam Yao gesteuert wurde. Sie hatten Hongkong verlassen und fuhren jetzt durch die New Territories in Richtung Norden zur chinesischen Grenze.

Sie waren erst ein paar Minuten unterwegs, als Jacks Handy zwitscherte. Ryan, der nach seinem siebzehnstündigen Flug immer noch unter einem Jetlag litt, antwortete erst nach dem vierten Rufzeichen.

»Ryan.«

»Jack, hier ist John Clark.«

»He, John.«

»Hör mir jetzt ganz genau zu, Kid, es eilt.« In den nächsten dreißig Sekunden erzählte Clark Ryan, was in dieser Nacht im Hendleygebäude passiert war. Bevor Jack etwas dazu bemerken konnte, erklärte er ihm, dass gerade jemand den Anführer der Killerbande anrufe. Er wollte jetzt Yaos Handy mit dem Telefon dieses chinesischen Gangsters verbinden. Danach würde er die Nummer des unbekannten Anrufers wählen, der dann automatisch zu Yao umgeleitet werden würde. Dieser müsste jedoch versuchen, den Anrufer glauben zu machen, dass er mit einem der chinesischen Killer spräche.

Ryan machte Yao in aller Eile mit der Angelegenheit vertraut und steckte ihm dann während des Fahrens einen Hörknopf ins Ohr.

»Sind Sie bereit?«, fragte John.

Adam wusste, wer John Clark war, aber für eine förmliche Vorstellung fehlte die Zeit. Er sagte nur: »Sie wissen nicht, wer am anderen Ende sein wird?«

»Keine Ahnung. Sie müssen einfach improvisieren.«

»Okay.«

Mit Improvisationen verdiente sich ein Undercoveragent seinen Lebensunterhalt. »Wählen Sie die Nummer.«

Es klingelte mehrmals, bevor jemand am anderen Ende abhob. Adam Yao hatte sich keine Gedanken gemacht, wen oder was er hören würde, aber er hätte ganz bestimmt niemand erwartet, der das Englische mit einem russischen Akzent sprach.

»Warum sind Sie nicht rangegangen, als ich Sie vorhin angerufen habe?«

Adam hatte sich eigentlich darauf vorbereitet, auf Mandarin zu antworten. Jetzt sprach er englisch, versuchte jedoch, einen starken chinesischen Akzent beizubehalten.

»War beschäftigt.«

»Alles gesäubert?«

»Wir sind bei Hendley.«

Eine kleine Pause. »Natürlich seid ihr bei Hendley. Habt ihr jeden Widerstand gebrochen?«

Adam begann zu verstehen. Dieser Mann wusste, was passieren sollte.

»Ja. Keine Probleme.«

»Okay. Bevor Sie irgendwelche Daten löschen, soll ich alle verschlüsselten Datenordner von Gavin Bierys Workstation herunterladen und sie dann an Center schicken.«

Yao behielt seine Rolle bei. »Verstanden.«

Erneut gab es eine kurze Pause. »Ich stehe vor dem Gebäude. Ich komme jetzt durch die Eingangstür. Benachrichtigen Sie Ihre Männer.«

Heilige Scheiße, dachte Adam. »Ja.« Er legte schnell auf und wandte sich an Ryan: »Anscheinend steht ein Russe dort auf dem Parkplatz. Er kommt gleich durch die vordere Eingangstür.«

Jack hatte Clark auf seiner Freisprecheinrichtung. Bevor Jack die Botschaft übermitteln konnte, sagte John: »Verstanden. Wir kümmern uns darum. Clark, Ende.«

Eine Minute später war Clark immer noch im ersten

Stock und beugte sich gerade über die beiden Gefangenen, als Tony Wills durch die Tür zum Treppenhaus trat und dabei einem bärtigen männlichen Weißen in Anzug und Krawatte eine .45-Pistole an den Kopf hielt. Die Hände des Mannes waren auf dem Rücken gefesselt, und sein Regenmantel war bis zu seinen Ellenbogen heruntergezogen.

John vergewisserte sich noch, dass Biery mit seiner Steyr-Maschinenpistole auf den Boden direkt vor den beiden chinesischen Gefangenen zielte und sein Finger nicht im Abzugsbügel steckte, dann ging er den Korridor hinunter, um den Neuankömmling in Augenschein zu nehmen.

Als er sich ihm bis auf sechs Meter genähert hatte, weiteten sich die Augen des Bärtigen geschockt. *»Sie?«*

Clark blieb stehen und betrachtete den Mann genauer.

Er brauchte ein paar Sekunden, bis er Walentin Kowalenko erkannte. *»Sie?«*

Der Russe versuchte vor Clark zurückzuweichen, stieß dabei jedoch mit dem Hinterkopf auf Wills' .45er.

Clark glaubte, Walentin würde jeden Moment in Ohnmacht fallen. Er gab Tony ein Zeichen, ihn in den IT-Konferenzraum zu bringen, und schickte Wills dann hinaus, damit er gemeinsam mit Biery die Gefangenen bewachte.

Als Clark und Kowalenko im Raum allein waren, stieß John den Mann grob auf einen Stuhl und setzte sich dann direkt vor ihn. Er schaute ihn einen kurzen Moment von oben bis unten an. Seit letztem Januar war kein Tag vergangen, an dem sich Clark nicht vorgestellt hatte, wie er dem kleinen Hohlkopf, der jetzt ein paar Zentimeter vor ihm saß, das Genick brach, dem Mann, der ihn entführt, gefoltert und ein paar gute Einsatzjahre gestohlen hatte, indem er seine Hand ernsthaft und unrettbar beschädigte.

Aber John hatte jetzt dringendere Dinge zu erledigen.

»Ich tue gar nicht so, als ob ich wüsste, was zum Teufel Sie hier machen«, sagte er. »Meines Wissens waren Sie tot oder mussten in einem Gulag irgendwo in Sibirien Schneesuppe fressen.«

John verbreitete in den Herzen seiner Feinde seit vierzig Jahren Angst und Schrecken, aber er bezweifelte, dass er jemals in seinem Leben einen solch verängstigten Menschen gesehen hatte. Offensichtlich hatte Kowalenko auch keine Ahnung gehabt, dass John Clark mit seiner gegenwärtigen Operation etwas zu tun haben könnte.

Als Walentin immer noch nicht sprechen wollte, sagte John: »Ich habe gerade ein paar gute Freunde verloren und gedenke herauszufinden, warum. Sie haben die Antwort.«

»Ich ... ich wusste nicht ...«

»Mir ist scheißegal, was Sie *nicht* wussten. Ich möchte wissen, was Sie *wussten*. Ich werde Ihnen gar nicht erst drohen, dass ich Sie foltere. Sie und ich wissen beide, dass ich es gar nicht nötig habe, Ihnen damit zu drohen. Entweder breche ich Sie Glied um Glied auseinander, oder ich breche Sie *nicht* Glied um Glied auseinander, unabhängig davon, ob Sie mir hilfreich sein werden oder nicht. Sie hätten es auf jeden Fall verdient.«

»Bitte, John. Ich kann Ihnen helfen.«

»So? Dann helfen Sie mir.«

»Ich werde Ihnen alles sagen, was ich weiß.«

»Dann sollten Sie gleich damit anfangen.«

»Hinter dem Ganzen steckt der chinesische Geheimdienst.«

»Was Sie nicht sagen! Das ganze Gebäude ist voller toter oder gefesselter chinesischer Soldaten. Und was haben *Sie* mit dem Ganzen zu tun?«

»Ich ... ich dachte, es geht um Industriespionage. Sie haben mich aus dem Gefängnis herausgeholt, aber mich dann erpresst und zur Mitarbeit gezwungen. Am Anfang waren es ganz einfache Jobs, aber dann wurden sie schwieriger und schwieriger. Sie haben mich ausgetrickst und gedroht, mich zu töten. Ich kam einfach nicht mehr weg.«

»An wen berichten Sie?«

»Er nennt sich selbst Center.«

»Erwartet er, heute noch etwas von Ihnen zu hören?«

»Ja. Crane – das ist einer der beiden überlebenden Chinesen, die dort hinten auf dieser Etage sitzen – hat mich kommen lassen, damit ich ein paar Daten herunterlade und sie dann Center schicke. Ich wusste nicht, dass jemand bei dieser Operation verletzt oder ...«

»Das glaube ich Ihnen nicht.«

Kowalenko schaute einen Moment auf den Boden hinunter. Dann nickte er. »*Da, da,* Sie haben recht. Natürlich wusste ich, wie sie vorgehen würden. Die Agenten, die sie neulich dort in Georgetown getötet haben? Nein, ich habe nicht gewusst, dass sie das tun würden. Andererseits haben sie heute ja diesen Taxifahrer umgebracht und diese Frau zu töten versucht. Auch diesen Plan kannte ich nicht. Aber ich bin kein Narr. Nach allem, was ich inzwischen weiß, erwartete ich, hier anzukommen und einen ganzen Leichenberg vorzufinden.« Er zuckte die Achseln. »Ich möchte einfach nur heim, John. Ich möchte damit nichts zu tun haben.«

Clark schaute ihn scharf an. »Mir kommen die Tränen.« Er stand auf und verließ den Raum.

Zurück auf dem Gang sprach Gavin Biery mit Gerry Hendley. Als Biery John Clark erblickte, eilte er auf ihn zu.

»Dieser Typ da drinnen. Arbeitet der für Center?«

»Ja. Behauptet er zumindest.«

»Wir könnten ihn gebrauchen«, sagte Gavin. »Er hat bestimmt ein Programm auf seinem Computer, mit dem er mit Center kommuniziert. Es heißt Cryptogram. Ich habe einen Virus erschaffen, der durch Cryptogram hindurchgeht und die Person am anderen Ende fotografiert.«

»Aber wir müssen ihn zuerst dazu bringen, dass er uns hilft, stimmt's?«, sagte Clark.

»Ja«, bestätigte Biery. »Sie müssen ihn davon überzeugen, dass er sich in Cryptogram einloggt und Center dazu bringt, einen Upload zu akzeptieren.«

Clark dachte einen Augenblick darüber nach. »Okay, kommen Sie mit.«

Biery und Clark kehrten in den Konferenzraum zurück.

Kowalenko saß mit auf dem Rücken gefesselten Händen auf seinem Stuhl. Er war ganz allein im Zimmer, aber Clark hatte ihn so hingesetzt, dass er die beiden toten chinesischen Mörder, die vor ihm auf dem Boden lagen, ständig im Blick hatte, damit er über sein eigenes weiteres Schicksal nachdenken konnte.

Biery und Clark setzten sich an den Tisch.

Bevor sie noch etwas sagen konnten, meldete sich Kowalenko zu Wort: »Ich hatte keine Wahl. Sie haben mich gezwungen, für sie zu arbeiten.«

»Natürlich hatten Sie eine Wahl.«

»Sicher, ich hätte mir eine Kugel in den Kopf schießen können.«

»Sie klingen wie jemand, dem das im Moment gar nicht einmal so viel ausmachen würde.«

»Natürlich würde es das. Aber verscheißern Sie mich nicht, Clark. Gerade *Sie* würden mich doch am liebsten tot sehen.«

»Eine gewisse Befriedigung würde mir das schon verschaffen, das gebe ich gern zu. Aber es ist viel wichtiger, Center auszuschalten, bevor sich dieser Konflikt noch weiter auswächst. Da stehen Millionen Menschenleben auf dem Spiel. Da geht es nicht mehr nur um Sie und mich und meinen Groll.«

»Was wollen Sie von mir?«

Clark schaute Gavin Biery an. »Können wir ihn denn gebrauchen?«

Gavin war immer noch in einer Art Schockzustand.

Aber er nickte und schaute Kowalenko an. »Haben Sie Cryptogram auf Ihrem Computer?«

Kowalenko nickte.

»Ich bin mir sicher, dass es irgendeine Sicherheitsüberprüfung gibt, die sicherstellt, dass tatsächlich Sie es sind, der mit Center kommuniziert«, sagte Clark.

»Die gibt es. Aber tatsächlich ist es sogar noch etwas komplizierter.«

»Inwiefern?«

»Ich bin mir ziemlich sicher, dass mich Center durch meine Kamera beobachtet, wenn wir uns über Cryptogram miteinander unterhalten.«

Clark runzelte die Stirn und schaute Biery an. »Ist das möglich?«

»Mr. Clark, Sie können sich überhaupt nicht vorstellen, was hier passiert ist, seit Sie Ihren Dienst quittiert haben. Wenn dieser Typ hier mir erzählen würde, dass Center einen Mikrochip in sein Gehirn eingepflanzt hätte, würde ich nicht einmal mit der Wimper zucken.«

Clark wandte sich wieder Kowalenko zu. »Wir fahren jetzt mit Ihnen in Ihre Wohnung, und Sie stellen eine Verbindung mit Center her. Werden Sie das für uns tun?«

»Warum sollte ich Ihnen helfen? Sie werden mich doch auf jeden Fall töten.«

John Clark stritt das nicht ab. Stattdessen sagte er nur: »Denken Sie an die Zeit zurück, bevor Sie im Spionagegeschäft waren. Ich meine nicht die Arbeit für Center. Ich meine die Zeit, bevor Sie der SWR beitraten. Es muss doch einen Grund gegeben haben, warum Sie sich für diesen Berufsweg entschieden haben. Gut, ich weiß, dass Ihr lieber, alter Daddy ein KGB-Agent war, aber was hat ihm das gebracht? Selbst als Kind müssen Sie das doch gesehen haben, die langen Arbeitszeiten, die lausige Bezahlung, die Einsatzorte am Arsch der Welt. Da müssen Sie sich doch eigentlich gesagt haben: *Auf keinen Fall setze ich diese Familientradition fort.*«

»In den Achtzigern war das noch ganz anders«, erwiderte Kowalenko. »Er wurde mit Respekt behandelt. Für die Siebziger galt das sogar noch mehr.«

Clark zuckte die Achseln. »Aber Sie sind in den Neunzigern beigetreten, da war der Glanz von Hammer und Sichel doch schon längst erloschen!«

Kowalenko nickte.

»Könnte es vielleicht sein, dass Sie sich gedacht haben, Sie könnten dort eines Tages etwas Gutes und Nützliches tun?«

»Natürlich. Ich gehörte nicht zu den korrupten Geheimdienstlern.«

»Nun, Walentin, Sie helfen uns jetzt eine einzige Stunde, und Sie werden dadurch verhindern, dass sich ein regionaler Konflikt zu einem Weltkrieg auswächst. Nicht viele Agenten können das von sich behaupten.«

»Center ist klüger als Sie«, sagte Kowalenko in kategorischem Ton.

Clark lächelte. »Wir werden ihn nicht zu einer Partie Schach herausfordern.«

Kowalenko schaute noch einmal die Leichen auf dem Boden an. »Ich habe keinerlei Mitgefühl für diese Männer«, sagte er. »Sie hätten mich umgebracht, wenn dies alles vorbei war. Ich weiß das, so wie ich meinen eigenen Namen weiß.«

»Helfen Sie uns, ihn zu vernichten.«

Walentin schüttelte den Kopf. »Wenn Sie ihn nicht töten – ich meine nicht seinen Virus, sein Netzwerk oder seine Organisation – ich meine *ihn selbst*. Wenn Sie Center keine Kugel in den Kopf jagen, wird er zurückkehren.«

»Sie könnten diese Kugel sein«, sagte Gavin Biery. »Ich möchte etwas in sein System hochladen, das uns seinen genauen Standort verrät.«

Kowalenko zeigte ein leichtes Lächeln. »Probieren wir's aus.«

Als sich Clark und Biery gerade darauf vorbereiteten, mit Kowalenko zu seinem Apartment in Washington zu fahren, kam Gerry Hendley in Gavins Büro und reichte Clark sein Satellitentelefon. »John, ich habe Chavez am Apparat. Er ruft aus Peking an und möchte mit Ihnen sprechen.«

»He, Ding.«

»Bist du okay, John?«

»Mir selbst geht's gut. Aber das hier ist ein einziger Albtraum. Hast du das von Granger gehört?«

»Ja. Scheiße.«

»Das kann man so sagen. Hat er mit dir noch über die Fahrzeugkolonne des Vorsitzenden Su an diesem Donnerstagmorgen gesprochen?«

»Ja. Er meinte, Mary Pat Foley habe diese Information direkt von der Regierung der Volksrepublik China bekommen. Es sieht so aus, als ob jemand dort über diese Vorgänge im Südchinesischen Meer nicht gerade glücklich ist.«

»Wie schätzt du deine Chancen ein, das Ganze tatsächlich durchzuziehen?«

Chavez zögerte einen Moment, dann sagte er: »Möglich ist es. Ich glaube, wir sollten es zumindest versuchen, da es im Moment hier in China keine anderen einsatzfähigen amerikanischen Geheimagenten gibt.«

»Also ihr Jungs werdet die Operation starten?«

»Da gibt es nur ein Problem«, sagte Chavez.

»Welches denn?«

»Wir ziehen diese Operation durch, und dann ziehen wir wieder ab. Das ist gut für uns. Aber wir beide haben es doch schon viel zu lange mit Diktaturen zu tun, um nicht zu wissen, dass ein paar arme Teufel, irgendeine unbedeutende Dissidentengruppe oder irgendwelche braven Bürgerrechtler für unsere Aktion später bitter bezahlen müssen, und zwar nicht nur diese Kids, mit denen wir gerade zusammenarbeiten. Wenn wir Su liquidieren, wird die Volksbefreiungsarmee auf jeden Fall ein paar Sündenböcke finden, in deren Haut ich dann nicht stecken möchte.«

»Sie werden jeden hinrichten, der nur entfernt die Mittel und ein Motiv haben könnte. In ganz China gibt es Hunderte von Dissidentengruppen. Die VBA wird an ihnen allen ein Exempel statuieren, damit niemand im ganzen Land jemals wieder aufzubegehren wagt.«

»Genau das werden sie tun, und das liegt mir schwer auf dem Magen«, sagte Chavez.

Clark stand im Gang, hielt mit der rechten Hand das Telefon an sein Ohr und dachte über das Problem nach. »Ihr müsstet ein paar belastbare Indizien hinterlassen, die beweisen, dass dies nicht das Werk irgendwelcher lokalen Dissidentengruppen war.«

Ding hatte sofort einen Einwand: »Daran hatte ich auch schon gedacht, aber das würde doch nur die Vereinigten Staaten mit diesem Attentat in Verbindung bringen. Das können wir auf keinen Fall zulassen. Natürlich wird sich die ganze Welt die Frage stellen, ob hier die Ryan-Doktrin am Werk war, aber wenn wir tatsächlich Beweise hinterlassen würden, mit deren Hilfe die chinesischen Kommunisten der ganzen Welt verkünden könnten, dass die Vereinigten Staaten hinter dieser Sache ...«

Clark unterbrach ihn. »Wie wäre es, wenn wir irgendwie beweisen könnten, dass jemand anderer dahintersteckt? Jemand, dem es egal wäre, wenn er den Sündenbock spielt?«

»Über welche Beweise sprichst du gerade?«

John schaute zu den beiden chinesischen Killern hinüber. »Wie wäre es mit zwei toten chinesischen Spezialtruppen-Soldaten, die am Ort des Attentats zurückbleiben, als ob sie ein Teil des Überfallkommandos gewesen wären?«

Nach einer kleinen Pause sagte Chavez: »Gute Idee, *'mano*. Damit würden wir zwei Fliegen mit einer Klappe schlagen. Du weißt nicht zufällig, wo ich Freiwillige für einen solchen Job bekommen könnte, oder?«

»Keine Freiwilligen. Aber ein nettes Pärchen von Zwangsverpflichteten.«

»Die wären genauso gut«, sagte Ding.

»Ich bin in dreißig Stunden mit diesen beiden überlebenden Göttliches-Schwert-Arschlöchern bei euch. Wir werden sie dann vor Ort ihrem gerechten Schicksal zuführen.«

»*Du?* Du kommst nach Peking? Wie?«

»Ich habe noch ein paar Freunde, die gar nicht einmal so weit von China entfernt sind.«

»Russen? Du hast ein paar russische Kumpels, die dich dort reinbringen können?«

»Du kennst mich einfach viel zu gut, Domingo.«

71

Eine Stunde später erreichten Clark, Biery, Kraft und Kowalenko die Wohnung des russischen Spions in der Nähe des Dupont Circle. Es war inzwischen vier Uhr morgens, fast eine Stunde nachdem Kowalenko eigentlich hätte Center Bericht erstatten müssen. Der Russe war nervös wegen des Computergesprächs, das er gleich führen musste. Er war jedoch noch nervöser, wenn er an das dachte, was ihm danach durch John Clark blühte.

Bevor sie das Gebäude betraten, beugte sich John dicht an Kowalenkos Ohr heran und sagte leise: »Walentin. An eines sollten Sie jetzt denken. Sie haben nur diese eine Chance, um alles richtig zu machen.«

»Ich mache das und kann dann gehen?«

»Sie machen das, und wir nehmen Sie bei uns in Gewahrsam. Ich lasse Sie gehen, wenn alles vorüber ist.«

Kowalenko reagierte darauf nicht einmal negativ, im Gegenteil. »Gut. Ich möchte auch keinesfalls Center verarschen und dann ganz allein und ohne Schutz dastehen.«

Sie betraten die Wohnung. Sie war dunkel, aber Walentin machte kein Licht an. Der Laptop war zugeklappt. John, Melanie und Gavin stellten sich neben den Schreibtisch, damit sie nicht im Bildfeld sein würden, wenn die Kamera anging.

Kowalenko ging in die Küche, und Clark eilte hinter ihm her, weil er dachte, der Russe könnte sich dort vielleicht ein Messer beschaffen. Tatsächlich griff er jedoch in sein Gefrierfach, holte eine eisige Flasche Wodka heraus und nahm einen tiefen Schluck. Er drehte sich um und ging mit der Wodkaflasche in der Hand zu seinem Computer.

Als er an Clark vorbeikam, zuckte er entschuldigend mit den Achseln.

Biery hatte dem Russen einen Speicherstick gegeben, auf den er die Schadsoftware geladen hatte, die er aus dem Daten-Uploader und dem RAT von FastByte22 neu entwickelt hatte. Walentin steckte ihn in den USB-Anschluss seines Laptops und öffnete dann das Gerät.

Innerhalb von Sekunden loggte er sich bei Cryptogram ein, um ein Gespräch mit Center zu beginnen.

Kowalenko tippte: »SC Lavender.« Dies war sein Authentifizierungs-Code. Er saß müde und abgespannt im Dunkeln an seinem Schreibtisch und hoffte aus vollem Herzen, dass er das Ganze auf eine Weise durchziehen konnte, die verhinderte, dass er danach entweder von Clark oder Center getötet wurde.

Er fühlte sich, als ob er gerade auf einem Drahtseil balancierte, von dem er auf beiden Seiten in einen tiefen Abgrund stürzen konnte.

Plötzlich tauchte auf dem schwarzen Hintergrund eine grüne Textzeile auf: »Was ist passiert?«

»Bei Hendley Associates gab es Männer, die Crane nicht rechtzeitig entdeckt hat. Nachdem wir eingedrungen sind und die Daten vom Server heruntergeladen haben, griffen sie an. Crane und seine Männer sind alle tot.«

Die Pause war kürzer, als Kowalenko erwartet hatte.

»Wieso haben Sie überlebt?«

»Crane schickte mich während des Kampfs aus dem Gebäude. Ich habe mich zwischen den Bäumen versteckt.«

»Ihre Anweisungen lauteten, wenn nötig, den Männern Unterstützung zu leisten.«

»Hätte ich diese Anweisungen befolgt, hätten Sie alle

Ihre Agenten verloren. Wenn Ihre Killer die Amerikaner dort nicht töten konnten, hätte ich das ganz sicher auch nicht geschafft.«

»Wieso wissen Sie, dass sie tot sind?«

»Ihre Leichen wurden weggeschafft. Ich habe sie gesehen.«

Jetzt gab es eine lange Pause von mehreren Minuten. Kowalenko nahm an, dass jemand sich von jemand andres Anweisungen holte, wie er weiter vorgehen sollte. Er tippte eine ganze Reihe von Fragezeichen ein, erhielt jedoch auch darauf keine unmittelbare Antwort.

Plötzlich öffnete sich ein neues Cryptogramfenster, und Walentin erblickte wie am Abend zuvor dieses Telefon-Icon.

Er setzte sein Headset auf und klickte zweimal auf das Icon. *»Da?«*

»Hier ist Center.« Dies war ganz eindeutig der gleiche Mann wie beim letzten Anruf. »Wurden Sie verletzt?«

»Nicht schlimm. Nein.«

»Ist man Ihnen gefolgt?«

Kowalenko wusste, dass Center auf den Ton seiner Stimme achtete, um irgendwelche Zeichen einer Täuschungsabsicht zu entdecken. Er beobachtete ihn im Moment ganz bestimmt auch mit der Kamera seines eigenen Laptops. »Nein. Natürlich nicht.«

»Wie können Sie das wissen?«

»Ich bin ein Profi. Wer sollte mir um vier Uhr in der Früh folgen, ohne dass ich ihn entdecke?«

Es gab eine lange Pause. Schließlich sagte der Mann: »Schicken Sie den Upload«, und legte auf.

Kowalenko lud Gavin Bierys Datenordner vom USB-Stick hoch.

Eine Minute später tippte Center: »Erhalten.«

Walentin zitterten die Hände. Er tippte nervös: »Anweisungen?«

Ganz leise und ohne groß die Lippen zu bewegen, flüsterte er Biery zu: »War's das?«

»Ja«, sagte Biery. »Es sollte jeden Moment funktionieren.«

»Sind Sie sicher?«

Ganz sicher war sich Biery nicht. Aber zuversichtlich. »Ja.«

Auf der Cryptogrammaske erschien eine neue Textzeile: »Was ist das?«

Kowalenko reagierte nicht.

»Das soll ein Anwendungsprogramm sein? Das ist nicht, was wir verlangt haben.«

Kowalenko schaute direkt in die Kamera hinein.

Ganz langsam hielt er sich die Hand vors Gesicht, und dann streckte er seinen Mittelfinger aus.

Clark, Kraft und Biery beobachteten ihn mit offenem Mund.

Dieses Mal dauerte es nur ein paar Sekunden, bis eine Textzeile auf dem Bildschirm auftauchte.

»Sie sind tot.«

Sofort danach brach die Verbindung ab.

»Er hat abgeschaltet«, sagte Kowalenko.

Biery lächelte. »Warten Sie ab.«

Clark, Kowalenko und Kraft blickten ihn an.

»Warten worauf?«, fragte Walentin.

»Warten Sie ab«, wiederholte er ganz langsam.

»Er hat sich ausgeloggt«, sagte Melanie. »Er kann nichts mehr schicken ...«

Ein Datei-Icon tauchte im Cryptogramfenster auf. Kowalenko, der immer noch vor seinem Rechner saß, schaute zu Gavin Biery hoch: »Soll ich ...«

»Bitte sehr.«

Kowalenko klickte auf das Icon, und ein einzelnes Bild erschien auf dem Monitor. Alle vier Personen in dem dunklen Apartment beugten sich jetzt vor, um es besser betrachten zu können.

Eine junge Frau mit asiatischen Gesichtszügen, einer Brille und kurzen schwarzen Haaren saß vor der Kamera. Ihre Finger ruhten auf einer Computertastatur. Über ihre linke Schulter beugte sich ein älterer männlicher Asiate mit einem weißen Hemd und einer losen Krawatte und schaute auf einen Punkt genau unter der Kamera.

Walentin war verwirrt. »Wer ist ...«

Gavin Biery deutete mit dem Finger auf das Mädchen. »Ich weiß nicht, wer sie ist, aber *dieser* Typ hier, meine Damen und Herren, ist der MFIC.«

Melanie und Walentin schauten ihn verständnislos an.

»Dr. Tong Kwok Kwan, Codename Center«, ergänzte Biery.

John Clark lächelte und sagte: »Der Motherfucker in Charge.«

72

Adam Yao hatte einen Ausweis, der ihm eine ständige Einreise nach Festlandchina erlaubte, sodass er die Grenze entweder mit dem Zug oder dem Auto problemlos überqueren konnte.

Jack Junior hatte dagegen bei Weitem nicht so viel Glück. Adam hatte zwar einen Weg gefunden, um ihn über die Grenze zu bringen, aber dieser war nicht ungefährlich und mit einiger Unbequemlichkeit verbunden.

Adam ging als Erster hinüber. Um genau siebzehn Uhr Ortszeit fuhr er mit dem Auto über die Grenzstation bei Lok Ma Chau. Wenn Ryan ankam, wollte Yao bereits auf der anderen Seite sein. Jack sollte keinesfalls als *Gweilo* ohne Papiere durch die Volksrepublik irren. Dies könnte für den Sohn des US-Präsidenten böse enden.

Ryan nahm ein Taxi nach San Tin und ging dann noch ein paar Blocks zum Parkplatz eines Baumarkts weiter, wo die Männer auf ihn warteten, die ihn hinüberbringen würden.

Es waren »Freunde« von Adam, was bedeutete, dass er sie bei seinem »Tarnjob« als SinoShield-Privatdetektiv kennengelernt hatte. Sie waren Schmuggler. Als Ryan von Yao erfuhr, dass sie ihn über die Grenze bringen würden, wurde er etwas nervös. Als er ihnen jetzt jedoch gegenüberstand, entspannte er sich wieder ein wenig. Es waren drei schmächtige junge Männer, die weit harmloser wirkten, als Ryan sie sich vorgestellt hatte.

Adam hatte ihm eingetrichtert, den Männern kein Geld anzubieten, weil er das bereits »erledigt« habe. Auch wenn Jack keine Ahnung hatte, was er damit meinte, vertraute er Adam genug, um seine Anweisung zu befolgen.

Er musterte sie, wie sie da im stetig schwächer werdenden Dämmerlicht vor ihm standen. Sie hatten keine Schusswaffen dabei. Jack war trainiert darin, versteckte Pistolen zu entdecken. Ob sie mit Messern bewaffnet waren, konnte er natürlich nicht feststellen, aber selbst wenn ihn diese drei schmalbrüstigen Typen gleichzeitig angreifen würden, konnte er ihnen bestimmt eins auf die Rübe geben und danach allein in Richtung Grenze marschieren.

Er hoffte jedoch, dass dies nicht nötig sein würde.

Keiner der Männer sprach ein einziges Wort Englisch. Jack wusste deshalb nicht so recht, worauf sie hinauswollten, als sie neben ihren Mopeds standen und auf seine Füße und Beine zeigten. Er glaubte, dass sie seine Cole-Haan-Slipper bewunderten, war sich jedoch nicht ganz sicher. Die Männer kicherten zwar noch ein paar Mal, ließen es jedoch schließlich dabei bewenden.

Ryan musste jetzt auf den Rücksitz eines Mopeds steigen. Die anschließende Fahrt wurde etwas schwierig angesichts der Tatsache, dass Jack mit seinen fast 1,90 Meter hinter einem schmächtigen Kerlchen saß, das vielleicht gerade einmal 1,60 Meter maß. Jack versuchte die ganze Zeit verzweifelt, das Gleichgewicht zu halten, während der kleine Chinese sein mies getuntes, mickriges Moped ständig hin und her schlingernd über die schlechten Nebenstraßen quälte.

Nach zwanzig Minuten begriff Jack, warum sich die Chinesen vorhin über seine Lederschuhe amüsiert hatten. Plötzlich waren sie von Reisfeldern umgeben, die sich bis hinunter zu dem Fluss erstreckten, der die Grenze zur Volksrepublik China darstellte. Sie mussten also fast einen Kilometer durch knietiefes Wasser waten, bevor sie überhaupt erst den Uferdamm erreichten. Seine tollen Schuhe konnte er hinterher vergessen, das war klar.

Sie stellten ihre Mopeds ab, und dann fand einer der Männer auf wunderbare Weise seine Sprache wieder: »Du zahlen. Du jetzt zahlen.«

Ryan hätte kein Problem damit gehabt, ein paar hundert Dollar aus seinem Geldgürtel zu holen und den Männern für ihre Dienste zu überreichen, aber Yao hatte ihn vergattert, ihnen auf keinen Fall Geld zu geben. Jack schüttelte den Kopf. »Adam Yao euch zahlen«, sagte er und hoffte, dass das unkonjugierte Verb das Verständnis des anderen erleichtern würde.

Seltsamerweise schien das jedoch nicht der Fall zu sein. »Adam zahlt euch«, versuchte Jack als Nächstes.

Die Männer schüttelten nur den Kopf, als ob sie ihn nicht verstünden, und sagten: »Du zahlen jetzt.«

Jack griff in die Tasche und holte ein Handy heraus, das er sich an diesem Nachmittag am Flughafen gekauft hatte, und wählte eine Nummer.

»Ja?«

»Hier ist Jack. Sie wollen Geld.«

Yao brummte wie ein wütender Bär, was Ryan wirklich überraschte.

»Holen Sie mir den ans Telefon, der von diesen drei geistigen Tieffliegern noch am klügsten aussieht.«

Jack lächelte. Er mochte Adam Yaos Art. »Ist für dich.« Er reichte einem der Schmuggler das Handy.

Die Unterhaltung dauerte nicht lange. Jack verstand zwar die Worte nicht, aber der Gesichtsausdruck des jungen Chinesen machte vollkommen klar, wer bei diesem Streitgespräch die Oberhand gewann. Der Junge wurde immer kleiner, zuckte von Zeit zu Zeit zusammen und hatte offensichtlich Mühe, überhaupt noch eine Antwort loszuwerden.

Nach dreißig Sekunden gab er Ryan das Handy zurück.

Jack hielt es sich ans Ohr. Bevor er noch etwas sagen konnte, lachte Yao: »Das wäre damit wohl erledigt. Sie bringen Sie jetzt rüber, aber zahlen Sie ihnen keinen einzigen Cent!«

»Okay.«

Sie stakten durch die überfluteten Reisfelder, während die Sonne unterging und der Mond sich am Himmel zeigte. Jack verlor fast sofort seine Schuhe. Zuerst unterhielten sich die Chinesen noch ab und zu miteinander, aber als sie sich dem Fluss näherten, sagte niemand mehr ein Wort. Um zwanzig Uhr erreichten sie das Ufer. Ein Mann zog ein Floß aus dem hohen Gras, das aus Milchkartons und Spanplatten zusammengebastelt war. Ryan und ein Schmuggler stiegen an Bord, und die beiden anderen stießen es vom Ufer ab.

In fünf Minuten überquerten sie den Grenzfluss. Sie landeten in Festlandchina in einem Lagerhausviertel von Shenzhen und versteckten das Floß wieder hinter einem großen Felsbrocken im Ufergras. Der Schmuggler führte Ryan durch die Dunkelheit zu einer Straße hinauf. Sie spurteten auf die andere Seite, kurz nachdem ein Bus vorbeigefahren war. Der Chinese machte Jack ein Zeichen, er solle in einem Blechschuppen warten.

Der Schmuggler verschwand, und Jack rief Yao an.

Adam war sofort am Apparat. »Ich bin in weniger als einer Minute dort.«

Yao holte Jack ab, und gemeinsam fuhren sie nach Norden weiter. »Wir durchqueren Shenzhen und kommen in etwa einer Stunde in Kanton an«, erklärte Adam. »Centers Gebäude liegt im Nordteil der Stadt, in den Vororten in der Nähe des Flughafens.«

»Wie haben Sie es überhaupt gefunden?«

»Ich habe den Weg verfolgt, den seine Supercomputer genommen haben, nachdem sie Hongkong verließen. Die Server wurden per Schiff abtransportiert. Ich fand das

Schiff, den Hafen und das Versandunternehmen, das sie ins China-Telecom-Gebäude brachte. Zuerst wusste ich es nicht genau, aber dann habe ich mit einer jungen Frau im neuen China-Telecom-Büro gesprochen, die mir erzählte, sie sei eines Morgens zur Arbeit erschienen und habe herausgefunden, dass man über Nacht ihr ganzes bisheriges Gebäude ausgeräumt hatte, weil die VBA den Raum benötigte.

In diesem Moment war ich mir ziemlich sicher, deshalb habe ich mir eine Wohnung in einem Hochhaus gemietet, das auf der anderen Seite eines Abflusskanals gegenüber dem CT-Gebäude liegt. Ich kann von dort aus beobachten, wie die Armee das ganze Gelände bewacht, und ich sehe die Zivilisten, die dort ein und aus gehen. Sie haben auf dem Parkplatz eine Antennenfarm installiert und auf dem Dach riesige Satellitenschüsseln aufgestellt. Sie müssen einen ungeheuren Stromverbrauch haben.«

»Und was planen Sie als Nächstes?«

Yao zuckte die Achseln. »Als Nächstes erzählen Sie mir, für wen Sie wirklich arbeiten. Ich habe Sie nicht hierherkommen lassen, weil ich einen Freund brauche. Ich brauche jemand, der in den Vereinigten Staaten Insiderwissen und Einfluss hat, aber nicht zur CIA gehört. Jemand, der etwas in die Wege leiten kann.«

»Was genau soll er denn in die Wege leiten?«

Yao schüttelte den Kopf. »Ich möchte, dass Sie zu jemand Kontakt aufnehmen, der in der US-Regierung, aber nicht in der CIA ganz oben angesiedelt ist, und ihm erzählen, was hier vor sich geht. Wir werden das Ganze eindeutig beweisen können. Und wenn Sie das gemacht haben, möchte ich, dass jemand hierherkommt und die ganze Einrichtung in die Luft jagt.«

»Sie möchten, dass ich meinen Vater anrufe.«

Yao zuckte mit den Achseln. »*Er* könnte das in die Wege leiten.«

Ryan schüttelte den Kopf. Er musste seinen Dad bis zu einem gewissen Grad aus seinen eigenen Operationen heraushalten. »Ich kann jemand anderen anrufen«, sagte er. »Sie wird Ihre Botschaft weiterleiten.«

73

Präsident Jack Ryan entschied sich, das Pentagon aufzusuchen, um sich die Pläne für den Angriff auf die chinesischen Computernetzwerkinfrastrukturen und die Computernetzoperationsfähigkeit der Chinesen anzuhören. Die besten Militärstrategen arbeiteten seit zwei Tagen an nichts anderem mehr. Sie gaben sich alle Mühe, nach bestem Wissen und Gewissen einen taktischen Plan zu entwickeln, obwohl der Cyberangriff auf Amerika ihre Fähigkeit stark eingeschränkt hatte, Informationen, Ratschläge und ein klares Bild des strategischen Gefechtsfelds zu bekommen.

Napoleon soll einmal gesagt haben, dass eine Armee auf ihrem Magen marschiere. Aber das war zu Napoleons Zeiten. Heute wurde jedem deutlich, der durch die Angriffe betroffen war, dass das moderne US-Militär auf der Bandbreite seiner Kommunikationsverbindungen marschierte. Im Moment blieb deshalb eigentlich kaum etwas anderes übrig, als in »Rührt-Euch-Stellung« stehen zu bleiben.

Seit er die Entwicklung eines solchen Plans vor zwei Tagen angeordnet hatte, war die Lage noch sehr viel schlimmer geworden. Neben den sich zusehends verstärkenden Cyberangriffen – die zum Beispiel zu einem zweitägigen Ausfall des Handels an der Wall Street geführt hatten – griffen die Chinesen noch zu weiteren Angriffsvektoren gegen das US-Militär. Viele amerikanische Militär- und Spionagesatelliten waren gehackt worden, woraufhin sie ihren

Dienst einstellten. Dies führte dazu, dass wichtige Daten nicht mehr vom Krisengebiet ins Pentagon gelangten. Die Satelliten, die überhaupt noch online waren, sendeten beeinträchtigte oder verfälschte Daten, was bedeutete, dass man bestenfalls ein lückenhaftes Bild von der Lage im Westpazifik besaß.

So wussten die Vereinigten Staaten zum Beispiel nicht mehr, wo genau sich der chinesische Flugzeugträger im Südchinesischen Meer aufhielt. Hinweise auf seine gegenwärtige Position erhielten die Amerikaner erst wieder, als eine Fregatte der indonesischen Marine, die *Yos Sudarso,* hundertdreißig Kilometer nördlich von Bungurun Timur versenkt wurde. Angeblich hatte ein chinesischer Kampfhubschrauber vier Raketen auf sie abgeschossen. Von den hundertsiebzig Mann Besatzung konnten zwölf Stunden nach dem Angriff erst neununddreißig Männer lebend geborgen werden.

Bei weiteren Luftkämpfen über der Taiwan-Straße waren fünf weitere taiwanesische Kampfflugzeuge und eine Hornet der Marines abgeschossen worden, während die Luftwaffe der VBA acht Jets verlor.

Ryan saß schweigend da, während Captains, Colonels, Generäle und Admiräle ihn über die Optionen oder vielmehr über die *fehlenden* Optionen für einen Militärschlag informierten.

Der bedenklichste Aspekt für die Zusammenstellung einer Zielliste waren ganz klar die fehlenden Kenntnisse über die gegenwärtige Situation in diesem Gebiet. Die Männer und Frauen im Raum mussten dem Präsidenten eingestehen, dass vor allem der weitgehende Wegfall der Satellitendaten ihren Angriffsplan in hohem Maße zu einem Schuss ins Blaue machte.

»Aber einige unsere Satelliten funktionieren doch noch?«, fragte Ryan.

»Ja, Mr. President«, antwortete Verteidigungsminister

Burgess. »Aber Sie müssen sich immer vor Augen halten, dass mit Ausnahme der Luftkämpfe über der Taiwan-Straße zwischen den Vereinigten Staaten und China noch kein offener Krieg herrscht. Sie haben unsere Kampffähigkeit bisher nur durch Computerprogramme beeinträchtigt. Wenn wir sie tatsächlich angreifen sollten oder auch nur unsere Flugzeugträger näher an die Konfliktregion verlegen, können Sie darauf wetten, dass sie diese Satelliten mit robusteren Angriffsmaßnahmen lahmlegen werden.«

»Indem sie sie abschießen?«, fragte Ryan.

Burgess nickte. »Sie haben ihre Fähigkeit dazu bereits bei einem Test bewiesen, als sie einen ihrer Satelliten mit einer Rakete zerstörten.«

Ryan erinnerte sich an dieses Ereignis.

»Könnten sie dies in großem Rahmen durchführen?«

Jetzt meldete sich ein Air-Force-General zu Wort. »ASAT-Raketen, oder Anti-Satelliten-Waffen, verwendet keiner sehr gern. Sie sind für alle Parteien schlecht, die über Raumstationen oder Satelliten verfügen, da die Trümmer, die eine solche Attacke verursacht, jahrzehntelang die Erde umkreisen und dabei auf andere Raumfahrtobjekte prallen können. Dabei kann bereits ein Trümmerstück von einem Zentimeter Länge einen ganzen Satelliten außer Gefecht setzen. Die Chinesen wissen das, deswegen glauben wir, dass sie unsere Raumfahrtobjekte nur dann zerstören werden, wenn es gar nicht mehr anders geht.«

»Sie könnten doch unsere Satelliten über China auch mit einer Elektromagnetischen Impulswaffe angreifen«, gab Ryan zu bedenken.

Burgess schüttelte den Kopf. »Die Chinesen werden auf keinen Fall eine EMP im Weltraum detonieren lassen.«

Ryan runzelte die Stirn. »Was macht Sie da so sicher, Bob?«

»Weil dies ihre eigenen Weltraumobjekte beschädigen würde. Ihre eigenen GPS- und Kommunikationssatelliten wären bei einem solchen Angriff nicht weit genug von unseren Satelliten entfernt.«

Jack nickte. Dies war die Art von Analyse, die er über alles schätzte und die absolut Sinn ergab. »Haben die Chinesen noch andere Tricks im Ärmel?«

Jetzt war wieder der Air-Force-General an der Reihe: »Ja, absolut. Die VBA besitzt die Fähigkeit, Satelliten durch Hochleistungslaser zeitweise zu blenden. Die Methode heißt ›Dazzling‹. Sie haben sie in den vergangenen beiden Jahren erfolgreich bei französischen und indischen Satelliten angewandt. In beiden Fällen war der betroffene Satellit danach drei bis vier Stunden nicht mehr fähig, etwas zu erkennen und mit der Bodenstation zu kommunizieren. Wir denken, dass sie mit dieser Methode anfangen werden. Erst wenn sie damit nicht die gewünschten Resultate erzielen, werden sie unsere Kommunikations- und Aufklärungssatelliten mit Raketen zerstören.«

Ryan schüttelte frustriert den Kopf. »Vor ein paar Monaten habe ich in einer Rede vor den Vereinten Nationen verkündet, dass jeder Angriff auf einen US-Satelliten ein Angriff auf US-amerikanisches Territorium ist. Am nächsten Morgen haben die Hälfte der Zeitungen in unserem Land und drei Fünftel der Presseorgane im Rest der Welt in ihren Schlagzeilen behauptet, ich beanspruche den Weltraum für die Vereinigten Staaten. Die *L. A. Times* brachte auf ihrer Meinungsseite eine Karikatur, in der ich als Darth Vader verkleidet war. Amerikas Gutmenschen verstehen einfach nicht, womit wir es hier zu tun haben.«

»Sie hatten vollkommen recht«, sagte Burgess. »Die Kriegsführung der Zukunft ist ein brandneues Gebiet, Mr. President. Sieht so aus, als ob wir die ›Glücklichen‹ sein werden, die sich einen Weg durch dieses Territorium bahnen dürfen – oder müssen.«

»Okay«, sagte Ryan. »Am Himmel sind wir also halb blind. Und wie sieht es auf Meereshöhe aus?«

Ein Navy-Admiral stand auf und sagte: »Es geht hier um die chinesischen Anti-Access/Area-Denial-Fähigkeiten, kurz A2/AD, Sir. Dahinter verbirgt sich die Strategie, einem technisch überlegenen Feind mit relativ einfachen Mitteln den Zugang zu strategisch wichtigen Gebieten zu verwehren. China besitzt zwar keine große Flotte, aber sie verfügen über das größte landgestützte Ballistikraketen- und Cruise-Missile-Programm der Welt. Das Zweite Artilleriekorps der VBA hat fünf einsatzbereite Kurzstreckenraketen-Brigaden, die im Ernstfall Taiwan angreifen werden. Die DIA schätzt, dass sie über mehr als tausend Raketen verfügen.«

Ein Captain stellte sich jetzt vor eine Weißwandtafel voller Stichpunkte für den Präsidenten, die in diesem besonderen Fall die sonst übliche PowerPoint-Präsentation ersetzen musste. »Die konventionellen Antischiffsraketen des Zweiten Artilleriekorps stellen für die VBA eine weitere Option dar, ihre Anti-Access/Area-Denial-Strategien gegen Überwasserziele in Anwendung zu bringen.

Ihr ozeanüberwachendes Überhorizontradar entdeckt eine Flugzeugträgergruppe über eine Entfernung von rund dreitausend Kilometern, danach lokalisieren und identifizieren ihre elektronischen Signalentdeckungssatelliten die Schiffe. Bei bedecktem Himmel spüren sie die Emissionen der Trägergruppe auf und sagen dann ihren Kurs voraus.

Mit ihrer ballistischen Dongfeng-21-D-Rakete können sie jeden Flugzeugträger vernichten. Die Dongfeng verfügt über ihr eigenes Radar und bezieht ihre Zieldaten direkt von den chinesischen Aufklärungssatelliten.«

So ging es noch eine ganze Stunde weiter. Ryan achtete die ganze Zeit darauf, dass eine allgemeine Diskussion in Gang blieb. Seiner Meinung nach wäre es für diese Männer und Frauen reine Zeitverschwendung gewesen, die Einzelheiten jedes Waffensystems beider Seiten einem Mann zu erklären, der am Ende die Gesamtoperation entweder genehmigen oder ablehnen musste.

Aber auch hier musste er ein gewisses Gleichgewicht wahren. Als jemand, der die endgültige Entscheidung fällen würde, schuldete er es Amerikas Soldaten, seine Optionen genau abzuwägen, bevor er Hunderte, wenn nicht Tausende von ihnen in den Kampf schickte.

Am Ende dieses Vormittags erläuterte ein Navy-Admiral, ein früherer F-14-Tomcat-Pilot, der Flugzeugträgerstaffeln kommandiert hatte und jetzt einer der wichtigsten Taktikplaner des Pentagons war, dem Präsidenten den Angriffsplan auf China. Als Erstes würden Atom-U-Boote ganze Salven von konventionellen Raketen auf Kommandozentren und »Technische Büros« der VBA abfeuern sowie die elektrische Infrastruktur ins Visier nehmen, die diese Einrichtungen mit Strom versorgten.

Gleichzeitig würden U-Boote in der Taiwan-Straße und vor der chinesischen Küstenstadt Fuzhou Cruise-Missiles gegen Flugbasen und Kommandoeinrichtungen der Luftwaffe der VBA sowie bekannte stationäre Raketenbatterien starten lassen.

Amerikanische Kampfflugzeuge würden dann von der *Reagan* und der *Nimitz* aufsteigen, noch über dem Meer in der Luft neu auftanken und dann entlang der chinesischen Küste an der Taiwan-Straße Angriffe auf SAM-Raketenstellungen, Kriegsschiffe im Hafen und auf See und eine lange Zielliste von Anti-Access/Area-Denial-Systemen durchführen, zu denen vor allem die Abschussrampen der Antischiffsraketen gehörten, die die Chinesen im Süden des Landes unterhielten.

Der Admiral gab zu, dass Hunderte, wenn nicht Tausende der besten VBA-Raketen von *mobilen* Abschusseinrichtungen abgefeuert wurden. Die gegenwärtige schlechte Aufklärungssituation in diesem Gebiet würde dazu führen, dass die meisten dieser Raketen einen Angriff der Amerikaner überleben würden.

Ryan machte das Ausmaß der Schwierigkeiten, denen

sich die Navy gegenübersah, sprachlos. Er wusste, dass er die nächste Frage stellen musste, aber er hatte Angst vor der Antwort.

»Wie sehen Ihre Voraussagen über die Höhe unserer Verluste aus?«

Der Admiral schaute ganz oben auf seinen Notizblock. »Bei den Flugzeugbesatzungen fünfzig Prozent. Bei einer besseren Aufklärung wären sie natürlich bedeutend niedriger.«

Ryan seufzte tief auf. »Das heißt, wir verlieren hundert Piloten.«

»Sagen wir sechzig bis achtzig. Diese Zahlen werden natürlich in die Höhe schnellen, wenn Folgeangriffe nötig werden sollten.«

»Machen Sie weiter.«

»Wir werden sicher auch U-Boote verlieren. Wir wissen nicht, wie viele, aber jedes dieser Boote muss in seichten Gewässern operieren, in denen sie sehr viel leichter von der chinesischen Marine und Luftwaffe aufgespürt werden können. Sie werden also ein großes Risiko eingehen.«

Jack dachte über den Verlust eines solchen U-Boots nach. All diese jungen Amerikaner, die seinem Befehl unterstanden und dann einen Tod starben, der für Jack so ziemlich der schlimmste war, den er sich vorstellen konnte.

Er wandte sich wieder dem Admiral zu. »Die *Reagan* und die *Nimitz*. Bei einem chinesischen Gegenangriff sind sie doch auch in akuter Gefahr.«

»Vollkommen richtig, Sir. Wir erwarten, dass die Dongfeng ihren ersten Kampfeinsatz erleben wird. Offen gesagt wissen wir nicht, wie gut sie ist, aber wir würden uns sicherlich etwas vormachen, wenn wir hoffen würden, dass sie nicht so funktionieren wird wie angenommen.

Natürlich verfügen unsere Schiffe über Abwehrmaßnahmen. Allerdings hängen viele dieser Systeme von präzisen Satellitendaten und einem guten Computernetz ab, über beides verfügen wir im Moment nicht.«

Ryan wurde informiert, dass man insgesamt bei einem solchen Angriff auf China mit etwa tausend bis zehntausend Todesopfern rechnen müsse. Diese Zahl würde natürlich explodieren, wenn die Chinesen als Vergeltungsaktion Taiwan angreifen würden.

»Glauben wir eigentlich, dass diese kriegerischen Aktionen die Cyberangriffe gegen Amerika beenden werden?«, fragte der Präsident.

Bob Burgess meldete sich jetzt zu Wort: »Die klügsten Köpfe bei der NSA in Fort Meade und im Cyber Command können das nicht beantworten, Mr. President. Ein Großteil unseres Wissens über die entsprechende chinesische Infrastruktur und ihren bürokratischen Aufbau ist leider rein theoretisch. Wir hoffen eigentlich nur, ihre Cyberangriffsfähigkeiten zeitweise einzuschränken und ihre Fähigkeit, Taiwan konventionell anzugreifen, zeitweise unterbrechen zu können. Dies allein wird bereits mehr als zehntausend US-Soldaten das Leben kosten.«

Darauf reagierte jetzt der Navy-General, obwohl das nicht gerade sein Fachgebiet war: »Mr. President, bei allem Respekt, aber die Cyberangriffe auf Amerika werden in diesem Winter mehr als zehntausend unserer Landsleute töten.«

»Das ist ein sehr gutes Argument, Admiral«, gab Ryan zu.

In diesem Moment betrat Ryans Stabschef Arnie van Damm den Konferenzraum und flüsterte dem Präsidenten etwas ins Ohr.

»Jack, Mary Pat Foley ist hier.«

»Hier im Pentagon? Warum?«

»Sie muss dich sofort treffen. Sie entschuldigt sich, aber es sei äußerst dringend.«

Jack wusste, dass sie nicht hier wäre, wenn es dafür keinen guten Grund gäbe. Er erhob sich.

»Meine Damen und Herren, wir machen eine fünfzehnminütige Pause und machen danach weiter, wo wir gerade aufgehört haben.«

Man führte Ryan und Foley ins Vorzimmer des Marineministers und ließ sie dort allein. Sie blieben beide stehen.

»Es tut mir leid, dass ich hier einfach so hereinplatze, aber ...«

»Das macht gar nichts. Was ist so wichtig?«

»Die CIA hat einen Undercoveragenten, der auf eigene Faust und ohne CIA-Unterstützung in Hongkong tätig war. Er hat diesen chinesischen Hacker aufgespürt, der in die Angriffe auf die Drohnen verwickelt war.«

Ryan nickte. »Dieser Junge, der in Georgetown zusammen mit den CIA-Agenten ermordet wurde.«

»Genau der. Nun, wir dachten, wir hätten ihn verloren. Er ist vor ein paar Wochen verschwunden. Er ist jedoch gerade wieder aufgetaucht und hat uns eine Botschaft aus dem Inneren Chinas übermittelt.« Sie machte eine Pause. »Er hat das Nervenzentrum eines Großteils der Cyberangriffe auf die Vereinigten Staaten lokalisiert.«

»Was bedeutet das? Ich habe gerade einem ganzen Raum voller Generäle zugehört, die mir erzählt haben, die chinesischen Cybernetzwerkoperationen gingen von Büros und Kontrollzentren aus, die über das ganze Land verteilt seien.«

»Das kann schon sein, aber der Architekt der Gesamtstrategie, der die gegenwärtigen Aktionen gegen uns leitet, sitzt in einem Gebäude in den Vororten von Kanton. Er, eine Truppe von mehreren hundert Hackern und Ingenieuren und mehrere Großrechner stecken alle in demselben Gebäude. Wir haben dessen genaue Lage lokalisiert. Wir sind uns ziemlich sicher, dass ein Großteil des chinesischen Cyberkriegs von diesem Gebäude aus geführt wird.«

Ryan schien das zu schön, um wahr zu sein. »Wenn dies tatsächlich der Fall sein sollte, Mary Pat, könnte dies das

Ausmaß unserer geplanten Luft- und Seeangriffe beträchtlich verkleinern. Wir könnten Tausende von amerikanischen Leben retten. Zum Teufel, wir könnten auch das Leben Tausender Chinesen retten!«

»Das stimmt.«

»Dieser Undercoveragent. Wenn er sich gerade in China selbst aufhält, wie wissen wir, dass sie ihn nicht umgedreht haben? Wie können wir uns sicher sein, dass es sich hier nicht um ein Täuschungsmanöver handelt?«

»Er ist operativ und auch nicht aufgeflogen.«

»Und woher wissen wir das? Und warum erfahre ich das alles nicht von Direktor Canfield? Und wie konnte dieser Mann mit Langley kommunizieren, ohne aufzufliegen, wenn Langley doch ein Leck hat?«

Foley räusperte sich. »Dieser Undercoveragent hat nicht zu Langley Kontakt aufgenommen. Er hat diese Information *mir* übermittelt.«

»Direkt?«

»Nun …« Sie zögerte. »Durch einen Mittelsmann.«

»Okay. Also ist dieser Agent doch nicht allein vor Ort?«

»Nein, das ist er nicht.« Sie räusperte sich erneut.

»Verdammt, Mary Pat. Warum erzählst du es mir nicht?«

»Jack Junior ist bei ihm.«

Der Präsident der Vereinigten Staaten wurde weiß wie die Wand. Er sagte nichts, also redete Mary Pat weiter: »Sie sind beide aus eigenem Antrieb dorthin gegangen. Junior hat mich angerufen und mich überzeugt. Er versicherte mir, dass sie beide in Sicherheit und in keiner Weise in Gefahr sind.«

»Du erzählst mir also, dass mein Sohn genau in diesem Augenblick im verdammten *China* ist?«

»Ja.«

»Mary Pat«, begann er, aber ihm fehlten die Worte.

»Ich habe mit Junior gesprochen. Er hat mir bestätigt, dass K. K. Tong und seine ganze Operation von einem China-Telecom-Gebäude in Kanton aus arbeitet. Er hat mir Fotos und die Geo-Koordinaten geschickt. Die Kommunikation mit ihm ist nicht ganz leicht, wie du dir vorstellen kannst, aber wir haben alles, um uns diesen Ort zum Ziel zu nehmen.«

Ryan schaute nur einen Punkt an der Wand an. Er blinzelte ein paar Mal, und dann nickte er. »Ich glaube, ich kann dieser Quelle vertrauen.« Er lächelte. Es war jedoch keine Freude, sondern Entschlossenheit. Er deutete auf den Eingang zum Konferenzraum. »Gib alles, was du hast, diesen Männern und Frauen da drinnen. Wir können unseren Angriff begrenzen und uns auf dieses Nervenzentrum konzentrieren.«

»Ja, Mr. President.«

Die beiden alten Freunde umarmten sich. »Wir kriegen sie zurück«, flüsterte sie ihm ins Ohr. »Wir holen Junior nach Hause.«

74

John Clark saß in einem Privatjet, den sie von demselben Flughafen-Dienstleister gemietet hatten, der sonst auf dem Flughafen Baltimore-Washington auch die Gulfstream von Hendley Associates wartete. Er sprach über Satellitentelefon mit Stanislaw Birjukow, dem Direktor des russischen Inlandsgeheimdienstes FSB. Clark hatte Birjukow und den Russen vor einem Jahr einen großen Dienst erwiesen, als er mehr oder weniger im Alleingang Moskau vor der atomaren Vernichtung gerettet hatte. Direktor Birjukow hatte Clark danach erklärt, dass seine Tür immer für ihn offen stehe und dass ein guter Russe seine Freunde nie vergesse.

John Clark machte jetzt die Probe aufs Exempel, als er sagte: »Ich muss innerhalb von vierundzwanzig Stunden mit zwei weiteren Personen von Russland aus nach China einreisen. Oh, noch etwas, fast hätte ich es vergessen, die beiden anderen sind Chinesen, die gefesselt und geknebelt sein werden.«

Erst einmal herrschte daraufhin ein langes Schweigen. Schließlich war am anderen Ende der Leitung ein fast bösartig klingendes glucksendes Kichern zu hören. »Ihr amerikanischen Rentner unternehmt wirklich höchst interessante Urlaubsreisen. In meinem Land gehen wir nach der Pensionierung lieber auf unsere Datscha und legen uns in die Sonne.«

Clark fragte nur: »Können Sie mir helfen?«

Statt einer direkten Antwort sagte Birjukow: »Und wann kommen Sie an, John Timofejewitsch? Werden Sie irgendwelche Ausrüstungsgegenstände benötigen?«

Jetzt musste John lächeln. »Also, wenn Sie mich so nett fragen.«

Birjukow schuldete John zwar einen Gefallen, aber Clark wusste auch, dass jede Unterstützung, die er vom Chef des FSB bekam, auch als Hilfe für Clarks Freund, den Präsidenten der Vereinigten Staaten, gedacht war. Birjukow wusste, dass Clark an Amerikas Konflikt mit China beteiligt war, und er wusste auch, dass Clark nicht für die CIA arbeitete, was eine gute Sache war, denn dem FSB war bewusst, dass die CIA in China ein Leck hatte.

John erzählte Birjukow, was er nach China mitnehmen wollte, und der FSB-Direktor schrieb sich alles auf. Er forderte Clark auf, nach Moskau weiterzufliegen. Dort würden die gewünschte Ausrüstung und ein Militärtransporter auf ihn warten. John solle seinen Flug genießen, während er alles erledigen werde.

»Vielen Dank, Stanislaw.«

»Ich nehme an, Sie brauchen danach auch eine Rückfahrtgelegenheit?«

»Ich möchte es doch hoffen«, sagte John.

Birjukow kicherte erneut. Er wusste, was Clark damit sagen wollte. Wenn er keine Rückfahrtgelegenheit mehr benötigen würde, hieße das, er wäre tot.

Birjukow legte auf, rief seine wichtigsten Operationsleiter an und warnte sie, ihre Karriere wäre vorüber, wenn sie das alles nicht zu seiner vollsten Zufriedenheit erledigten.

Clark und seine gefesselten und mit einer Haube vermummten Gefangenen kamen in Moskau an und flogen danach in einer Tupolew-Transportmaschine nach Astana in Kasachstan weiter. Hier stiegen sie in ein Flugzeug, das mit Munition beladen war, die für China bestimmt war. Die Frachtfirma, das staatliche russische Rüstungsexportunternehmen Rosoboronexport, führte oft solche Geheimflüge nach China durch. Sie waren es gewohnt, den Befehlen des FSB zu folgen und keine Fragen zu stellen.

Clark wurde zu einer Palette in der Nähe der Frachttür des Flugzeugs geführt. Auf ihr standen mehrere grüne Kisten. John wartete bis nach dem Start, um sie genauer zu inspizieren. Auf den Kisten lagen eine Flasche Jordanow-Wodka und ein handgeschriebener Notizzettel:

Genießen Sie den Wodka als Geschenk eines Freundes.
Der Rest ... die Begleichung einer Schuld.
Passen Sie auf sich auf, John.

Unterschrieben war das Ganze mit »Stan«.

John begriff die Botschaft dieser Notiz und des Wodkas sehr wohl. Der FSB betrachtete diese Unterstützung als vollständige Rückzahlung für die Hilfe, die Clark und Amerika Russland in den Steppen Kasachstans geleistet hatten.

Die IL-76 landete in Peking, genau dreißig Stunden nachdem Clark Baltimore verlassen hatte. Die FSB-Agenten am Flughafen luden die drei Männer und die Kisten in ihr Fahrzeug und brachten sie zu einem sicheren Unterschlupf im Norden der Stadt. Kaum eine Stunde später trafen Sam Driscoll und vier Mitglieder der kleinen Rebellentruppe Pfad-der-Freiheit ein und fuhren ihn und die beiden Gefangenen zu ihrem Versteck in der Scheune hinaus.

Domingo Chavez begrüßte John Clark an der Tür. Selbst in diesem Dämmerlicht bemerkte Ding die Ringe unter Johns Augen und dessen angespanntes Gesicht, wobei er beides auf die lange Reise und den Kampf auf Leben und Tod in Maryland zurückführte. Sein Schwiegervater war ein 65-jähriger Mann, der mehr als dreißig Stunden unterwegs gewesen war und dabei zwölf Zeitzonen überschritten hatte. Ganz genauso sah er jetzt auch aus.

Die Männer umarmten sich. Yin Yin brachte dem Neuankömmling grünen Tee und einen Teller voller Nudeln in einer salzigen Soße aus gemahlenen Sojabohnen. Danach führte man ihn zu einer Pritsche im Obergeschoss. Die beiden Gefangenen wurden in einen ehemaligen Schweinekoben im Keller gesteckt, vor dem jetzt ständig zwei bewaffnete Wachen aufpassten.

Chavez schaute sich die Ausrüstung an, die Clark aus Russland mitgebracht hatte. In der ersten Kiste fand er ein Dragunow-Scharfschützengewehr mit Zielfernrohr, Absehen 8, und einem Schalldämpfer. Ding kannte diese Waffe gut. Sie war für ihre geplante Aktion ausgesprochen hilfreich.

Die nächsten beiden Kisten enthielten jede einen RPG-26-Panzerabwehr-Granatwerfer, der von der Schulter abgefeuert wurde. Mit diesen Waffen ließen sich gepanzerte Fahrzeuge mit Leichtigkeit knacken.

In einer weiteren großen Kiste steckten zwei RPG-40-mm-Panzerbüchsen und acht dazugehörige Granaten mit Stabilisierungsflossen.

Die anderen Kisten enthielten Funkgeräte mit den allermodernsten digitalen Verschlüsselungsmodulen, eine Menge Munition sowie Rauch- und Splittergranaten.

Ding würde allerdings keinem dieser Pfad-der-Freiheit-Kämpfer einen Granatwerfer oder eine Panzerbüchse anvertrauen. Er hatte sie über ihre Waffenkenntnisse und die Taktiken ausgefragt, die sie für einen erfolgreichen Kampfeinsatz benötigen würden, und daraufhin entschieden, die etwa zwanzig Chinesen entweder zur Absicherung des Fluchtwegs nach dem Angriff einzusetzen, oder sie während des Attentats zur Ablenkung der Gegner eine Menge Lärm mit ihren Kleinwaffen machen zu lassen.

Während John schlief, besprach Chavez die Machbarkeit der kommenden Operation mit Dom und Sam. Zuerst diskutierten die drei Amerikaner darüber, ob sie überhaupt eine Erfolgsaussicht hatte.

Ding war von dem Ganzen nicht gerade begeistert. »Niemand muss dabei mitmachen. Es wird ganz schön hart werden. Himmel, wir wissen ja nicht einmal, wie viele Sicherheitsleute es in diesem Konvoi geben wird.«

»Wir benutzen sie, stimmt's?«, meinte Driscoll. »Diese Pfad-der-Freiheit-Kids.«

Chavez wollte das nicht bestreiten. »Wir benutzen sie, sicher, aber wir benutzen sie, um einen Krieg zu beenden. Mit dieser Erkenntnis kann ich gut schlafen. Ich werde alles tun, um sie nicht allzu sehr zu gefährden, aber machen wir uns doch nichts vor. Wenn sie uns in die Nähe des Vorsitzenden Su bringen können, werden wir dies ausnützen und uns später mit den Konsequenzen befassen. Niemand von uns wird danach noch sicher sein.«

Sie holten die Chinesen zu ihrer Unterredung hinzu. Als Chavez Yin Yin erzählte, sie wollten den Konvoi des Vorsitzenden Su angreifen, wenn er aus Baoding nach Peking zurückkehrte, meinte sie, sie könne ihnen einige Vorausinformationen über die genaue Fahrtroute liefern.

Sie legten einen großen Stadtplan auf den Tisch in der Scheune, um den sich die drei Amerikaner und das junge Rebellenmädchen jetzt versammelten.

»Wir haben einen Verbündeten bei der Pekinger Polizei«, sagte Yin Yin. »Er ist absolut zuverlässig. Er hat uns schon oft Informationen beschafft, wenn wir die Fahrtroute einer Wagenkolonne wissen wollten.«

»Um sie dann anzugreifen?«

»Nein, wir haben noch nie einen Regierungskonvoi angegriffen, aber manchmal stellen wir uns auf Überführungen auf und zeigen ihnen große Plakate, wenn sie vorbeifahren.«

»Und wie gelangt Ihr Freund bei der Polizei zu den entsprechenden Informationen?«

»Das Ministerium für Öffentliche Sicherheit hat die Aufgabe, Motorradpolizisten zu den Überführungen, Auffahrtsrampen und Autobahneinfahrten zu schicken, damit sie dort den Verkehr aufhalten. Unser Informant gehört mit Dutzenden anderer Polizisten zu genau dieser Einheit. Man teilt ihnen ihren genauen Einsatzort allerdings erst im letzten Moment mit. Sie benutzen dazu ein rollierendes System, bei dem sie den nächsten Blockadepunkt erst kurz vor ihrem Einsatz erfahren.«

»Es muss doch Dutzende von Möglichkeiten geben, mit einem solchem Fahrzeugkonvoi nach Zhongnanhai zu gelangen.«

»Ja, das stimmt schon, aber erst wenn sie bereits in der Stadt selbst sind. Die Polizeisperren beginnen jedoch bereits, wenn sie die Sechste Ringstraße überqueren, und setzen sich bis in die Stadt hinein fort. Davor können wir sie nicht angreifen, weil wir ja nicht wissen, wann genau er kommt. *Nach* der Sechsten Ringstraße dürfen wir auch nicht zu lange warten, denn danach gibt es zu viele Möglichkeiten. Selbst wenn wir erfahren würden, welchen Weg er nimmt, hätten wir nicht genug Zeit, um einen Angriff vorzubereiten.«

»Es sieht also so aus, als ob wir an dieser Sechsten Ringstraße zuschlagen sollten«, sagte Dom.

Yin Yin schüttelte den Kopf. »Nein. Dort wird es viel zu viele Sicherheitswachen geben.«

Driscoll stöhnte. »Das klingt, als ob wir nur ganz wenige Optionen hätten.«

Das Mädchen nickte. »Aber das ist gut. Es gibt nämlich nur zwei Wege, die ein Fahrzeugkonvoi vernünftigerweise wählen würde, wenn er einmal die Sechste Ringstraße passiert hat: die Jingzhou-Autobahn oder die G4. Wenn wir erst einmal wissen, welche dieser beiden Autobahnen von der Polizei bewacht wird, haben wir noch genügend Zeit, den Konvoi aufzuhalten, bevor er in das riesige Straßennetz der Innenstadt einfährt.«

»Das scheint ein reines Glücksspiel zu werden.«

»Immerhin stehen die Chancen fünfzig zu fünfzig«, sagte Chavez. »Wir müssen uns einfach zwischen den beiden Autobahnen aufstellen und dann rechtzeitig am richtigen Angriffspunkt eintreffen.«

Noch am Mittwochabend fuhren die drei Amerikaner, Yin Yin und zwei junge chinesische Männer in einem kleinen Van mit getönten Fenstern zu den beiden möglichen Einsatzpunkten. Sie hätten das Gelände gern bei Tageslicht in Augenschein genommen, fanden jedoch erst gegen zweiundzwanzig Uhr auf der G4 einen geeigneten Ort. Es war dann sogar nach Mitternacht, als sie auf der Jingzhou-Autobahn auf eine einigermaßen gute Angriffsstelle stießen.

Die an der G4 war die bessere der beiden. Es gab dort eine gute Deckung durch eine Baumreihe im Norden und einen schnellen Fluchtweg über eine Straße, die durch offenes Ackerland zu einer größeren Kreuzung auf der anderen Seite führte, was bedeutete, dass sich die Campus-Agenten und die Rebellen vom Pfad der Freiheit auf schnellstem Weg in das Straßengewirr der Millionenmetropole zurückziehen konnten.

Die Gegend an der Jingzhou-Autobahn war dagegen weit offener. Zwar erstreckte sich auch hier eine grasbewachsene Anhöhe an der Nordseite der schnurgeraden achtspurigen Schnellstraße entlang, aber die Südseite war niedriger und erhob sich nur wenig über das Straßenniveau. Außerdem lag gleich dahinter ein Wohnviertel mit hohen Wohnblocks und vielen Straßen, durch die während des Morgenverkehrs sicherlich kein schnelles Durchkommen möglich war.

Chavez schaute aus ihrem Van auf die potenzielle Angriffsstelle hinaus und sagte: »Wir können hier von beiden

Seiten angreifen und dort drüben auf der Fußgängerbrücke etwas weiter im Norden einen Schützen postieren. Jemand muss sich dann auf der Autobahn hinter den Konvoi stellen, damit dessen Fahrzeuge nicht im Rückwärtsgang der Gefahrenzone entkommen können.«

Driscoll drehte sich um und schaute Ding trotz der Dunkelheit mitten ins Gesicht. »Ich habe schon an etlichen L-förmigen Hinterhalten teilgenommen, aber von einem O-förmigen Hinterhalt habe ich noch nie gehört. Sei mir nicht böse, Ding, aber ich glaube, dass es einen guten Grund gibt, warum das noch niemand gemacht hat. Es ist nämlich wirklich nicht so günstig, wenn sich die Angreifer gegenseitig erschießen.«

»Ich verstehe, was du meinst, aber ich war noch nicht fertig«, erwiderte Chavez. »Wir greifen zwar von allen Seiten an, aber wenn wir auf unser Eigenfeuer achten, müsste das trotzdem klappen. Der Typ auf der Fußgängerbrücke schießt von oben nach unten. Der Mann auf der Südseite der Autobahn feuert von einem Fahrzeug aus unter der Ebene der Fußgängerüberführung hindurch. Die Leute vom Pfad der Freiheit stehen auf der Anhöhe und schießen auf den Konvoi hinunter, und ich stehe mit meinem Scharfschützengewehr auf der anderen Seite im Fenster einer dieser Wohnungen und schalte von dort ganz gezielt einzelne Gegner aus.«

»Und wie kommst du in diese Wohnung?«

Ding zuckte die Achseln. »Kommt Zeit, kommt Rat, *'mano.*«

Als sie zur Scheune zurückkehrten, war John Clark längst wieder wach und inspizierte gerade die Waffen, die er aus Russland mitgebracht hatte.

Chavez plante eigentlich, Clark während des Angriffs hier in der Scheune zurückzulassen. Er hatte zwar die leichte Sorge, dass Clark an der Operation teilnehmen wollte, aber er war sich sicher, dass John erkennen würde, dass ein Mann seines Alters mit nur noch einer einsatzfähigen Hand dafür nicht mehr geeignet war.

Ding ging zu John hinüber, der sich vor allem für die beiden Granatwerfer zu interessieren schien.

»Wie fühlst du dich, John?«

»Mir geht's gut«, erwiderte John, während er die an der Wand lehnenden Gewehre, die Holzkisten mit den Granatwerfern und die Munitionsbehälter musterte.

»Woran denkst du gerade, Mr. C.?«, fragte Ding, der plötzlich Angst bekam, dass Clark eine Rolle bei ihrer kommenden Aktion spielen wollte. Für Chavez kam das überhaupt nicht infrage, aber er freute sich auch nicht gerade auf eine mögliche Auseinandersetzung mit seinem Schwiegervater.

»Ich frage mich gerade, wie du mich morgen früh einzusetzen gedenkst.«

Chavez schüttelte den Kopf. »Es tut mir leid, John. Aber du kannst uns nicht dorthin begleiten.«

Clark schaute Chavez an. Seine Augen verengten sich und wurden härter. »Willst du mir auch mitteilen, warum, mein Sohn?«

Scheiße. »Es wird dort hart auf hart gehen. Ich weiß, dass du auf dich selbst aufpassen kannst. Das hast du ja jetzt erst daheim in West Odenton gegen das Göttliche Schwert bewiesen. Aber wir haben nur dann eine Chance, von dieser Sache rechtzeitig wegzukommen, wenn das Ganze in Windeseile passiert. Du weißt doch, dass du nicht mehr so schnell bist, um mit uns mithalten zu können. Mein Gott, selbst ich bin inzwischen zu alt für diese Scheiße.« Ding sagte den letzten Satz mit einem Lächeln, von dem er hoffte, dass es den wütenden Blick seines Schwiegervaters entschärfen würde.

Aber Clark behielt seine Miene bei, als er sagte: »Und wer wird die Granatwerfer bedienen?«

Chavez schüttelte den Kopf. »Das habe ich noch nicht entschieden. Wir bräuchten einen Schützen, der wenigstens 230 Meter vom Konvoi entfernt ist, und damit hätten wir beim eigentlichen Angriff einen Kämpfer weniger, deshalb …«

Clarks Gesichtszüge entspannten sich zu einem Lächeln. »Problem gelöst!«

»Wie meinst du das?«

»Ich bleibe mit den beiden RPG-26 auf unserem Rückzugsweg und werde sie auf dein Zeichen hin einsetzen. Sobald ich sie abgefeuert habe, kehre ich zu unseren eigenen Fahrzeugen zurück.«

»Tut mir leid, John. Von unserem Rückzugsweg aus hast du keine Sicht auf die Straße.«

Clark ging zum Stadtplan hinüber und schaute sich die beiden mit dem Bleistift umkringelten Angriffsstellen an. »Also dann. Von dieser Fußgängerbrücke habe ich ein ausgezeichnetes Sichtfeld, wenn sie hier vorbeikommen, und diese Anhöhe ist ein idealer Punkt, wenn sie die andere Route wählen.«

Ding begriff Clarks Idee sofort, und sie war verdammt gut. Er ärgerte sich, dass er nicht selbst draufgekommen war, und vermutete, dass sein Unterbewusstsein John aus der Sache hatte heraushalten wollen. Aber eigentlich hätte er wissen müssen, dass Clark auf keinen Fall in dieser Scheune auf ihre Rückkehr gewartet hätte.

»Bist du dir dabei auch ganz sicher?«

Clark nickte. Er hatte sich bereits neben die Panzerabwehrwaffen gekniet, um sie genauer zu betrachten. »Diese Waffen stellen vielleicht den Unterschied zwischen Erfolg oder Scheitern dar. Du musst unbedingt dafür sorgen, dass alle in diesem Konvoi ihre Fahrzeuge verlassen. Wenn wir sie jedoch einfach nur mit Gewehr- und Granatfeuer angreifen, ducken sie sich vielleicht nur und hoffen, dass ihre Panzerung so lange hält, bis sie von ihren eigenen

Leuten herausgehauen werden. Wenn sie jedoch sehen, dass ein paar ihrer Fahrzeuge fünf Meter in die Luft geschleudert werden, kannst du verdammt sicher sein, dass jeder so schnell wie möglich aus seinem eigenen Fahrzeug heraus will.«

»Kannst du sie denn mit der linken Hand bedienen?«

Clark lachte kurz auf. »Ich habe keine von ihnen jemals mit der *Rechten* abgefeuert. Wenigstens muss ich mich jetzt nicht umgewöhnen.«

»Was ist eigentlich mit diesen beiden Göttliches-Schwert-Kämpfern im Keller?«, fragte Sam Driscoll.

Clark beantwortete das mit einer neuen Frage: »Was soll mit ihnen sein? Du wirst doch jetzt nicht plötzlich zimperlich, oder?«

»Machst du Witze? Diese beiden Wichser haben Granger und die Hälfte unserer Sicherheitsabteilung umgebracht. Plus diese fünf CIA-Agenten, und dann haben sie auch noch Ryans Freundin zu töten versucht. Ich habe mich eher gefragt, ob wir Streichhölzchen ziehen oder Münzen werfen, um festzulegen, wer das Vergnügen haben wird, sie ihrer gerechten Strafe zuzuführen.«

Clark nickte. Diese beiden chinesischen Spezialtruppensoldaten hinzurichten würde sicherlich kein Vergnügen sein, aber immerhin waren *sie* die kaltblütigen Mörder.

»Sam, du fährst den Lastwagen ganz am Ende unserer Angriffsmannschaft. Du nimmst die Gefangenen mit, erschießt sie und lässt sie dann in diesem Fahrzeug zurück.«

Sam nickte nur. Vor ein paar Jahren hatte er größere Probleme bekommen, weil er einige Männer von der Gegenseite im Schlaf erschossen hatte, obwohl das unumgänglich gewesen war. Er hatte damals getan, was zu tun war, und er würde dies jetzt wieder tun.

75

Vierzehn Marines-F/A-18C-Piloten stiegen genau um Mitternacht in den Himmel über Taiwan auf. Sie durchbrachen die dichte Wolkendecke, die über der gesamten Insel lag, und wählten Flugrouten, die auf den Radargeräten der VBA interpretiert werden würden, als ob sie auf dem Weg zu ihren gewöhnlichen Patrouillenflügen über der Taiwan-Straße wären, wie sie es in den Tagen und Nächten davor schon dutzendfach getan hatten.

Gleichzeitig begannen die F-16 der taiwanesischen Luftwaffe ihre Patrouillensektoren zu verlassen, als ob sie von den anfliegenden Flugzeugen abgelöst würden. Auch dies sollte den Chinesen den Anschein vermitteln, dass die Radarsignaturen nur Jagdflugzeuge auf Kampfeinsätzen waren, die die Insel vor Eindringversuchen über die Demarkationslinie schützen sollten.

Aber nicht alle Jets waren heute Nacht tatsächlich Jagdflugzeuge. Viele von ihnen, einschließlich derer von Trash und Cheese, waren für einen Angriffseinsatz ausgerüstet, und ihr Ziel war heute nicht ein Stück kalter schwarzer Himmel über internationalen Gewässern.

Nein, ihr Ziel war das Huadu-Viertel der Stadt Kanton.

Voll beladen mit Waffen und Zusatztreibstoff wog Trashs F/A-18C ganze dreiundzwanzig Tonnen und war deshalb viel schwerer als sonst zu manövrieren. Seine Hornet fühlte sich heute wie eine völlig andere Maschine an. Sie hatte kaum noch etwas mit dem wendigen Kampfflugzeug zu tun, mit dem er seine zwei Kanonenabschüsse getätigt hatte oder mit dem er noch am Tag zuvor mit einer AIM-9-Rakete sein drittes Feindflugzeug, eine Su-27, abgeschossen hatte.

Mit diesen ganzen Bomben und dem Treibstoff durfte er sich auf keinen Fall in einen Luftkampf einlassen. Wenn sie tatsächlich irgendwelche J-10 oder Su-27 angreifen sollten, würden er und die anderen sofort ihre Bombenlast abwerfen und sich auf ihr nacktes Überleben konzentrieren müssen.

Dies würde ihnen vielleicht das Leben retten, aber es würde auch zum Scheitern ihrer Mission führen. Dabei hatte man ihnen eingetrichtert, dass sie nur diesen einen Versuch bekommen würden.

Als sich die vierzehn in Zweier- und Viererrotten fliegenden Maschinen der Taiwan-Straße näherten, als ob sie ihre gewöhnlichen Positionen einnehmen wollten, kam ihnen glücklicherweise kein einziges chinesisches Flugzeug entgegen. Heute Nacht war das Wetter ausgesprochen schlecht, und die Chinesen dachten wohl, dass sie am folgenden Tag noch genug Gelegenheiten für einen ordentlichen Luftkampf bekommen würden.

Direkt über der Meeresstraße trafen sie sich mit zwei Tankflugzeugen der taiwanesischen Luftwaffe. Dies würden die Radaroffiziere der VBA vielleicht für etwas ungewöhnlich halten, aber es würde bei ihnen wohl kaum größere Besorgnis erregen. Sie würden glauben, dass heute einige Flugzeuge einen längeren Patrouillenflug absolvieren würden und dazu etwas mehr Treibstoff benötigten.

Als Trash und die anderen ihre Tanks wieder aufgefüllt hatten, wandten sie sich nach Süden, wobei sie für die Beobachter immer noch wie alle anderen Kampfflugzeuge aussahen, die im vergangenen Monat an der taiwanesischen Westküste entlanggeflogen waren.

Und dann wurden die Dinge interessant.

Trash und die dreizehn anderen Flugzeuge gingen aus neuntausend Metern bis fast auf Meereshöhe hinunter und bogen in Richtung Westen ab. Sie erhöhten die Geschwindigkeit und flogen so eng beieinander, wie es in dieser dunklen Nacht möglich war, auf einem Kurs, der sie aufs Südchinesische Meer hinausführte.

Trash und Cheese waren zwei der sechs Jets auf diesem Einsatz, die den Auftrag hatten, Bomben auf das China-Telecom-Gebäude in Kanton zu werfen, ein Ziel, mit dem eigentlich keiner der Männer etwas anfangen konnte. Allerdings waren sie in den vergangenen acht Stunden nach ihrer ursprünglichen Einsatzbesprechung viel zu beschäftigt gewesen, um sich Gedanken über die Hintergründe dieser Mission zu machen.

Die vier anderen Hornets waren mit jeweils zwei rund neunhundert Kilogramm schweren JDAMs, Joint Direct Attack Munitions, ausgerüstet. Dies waren Mark-84-Bomben, die man mit einem Navigationsmodul nachgerüstet hatte, das die Treffergenauigkeit und die Entfernung, aus der der Pilot die Bombe auf sein Ziel abwerfen konnte, beträchtlich erhöhte. Diese Waffen waren unglaublich genau, aber niemand wusste, ob man sie heute überhaupt einsetzen konnte, da die GPS-Satelliten droben im Orbit ständig aus- und angingen, wie Tischlampen, in deren Leitung ein Kurzschluss war. Man hatte sich trotzdem entschieden, diese Kampfflugzeuge mit JDAMs auszurüsten, aus dem einfachen Grund, weil die Überlebenswahrscheinlichkeit eines Jets, der JDAMs aus der Entfernung abwarf, weit höher sein würde, als es bei der anderen Option der Fall war.

Diese andere Option war der Abwurf ungelenkter, »dummer« Bomben aus geringer Höhe.

Und hier kam das B-Team auf diesem Einsatz ins Spiel: Trash und Cheese. Wenn die ersten vier Hornets kein GPS-Signal erhalten würden, das ihnen den Abwurf ihrer gelenkten Bomben erlaubte, würde das B-Team in Aktion treten müssen. Beide F/A-18 hatten jeweils zwei ungelenkte Mark 84 an Bord. Diese Bomben hatten sich seit der Zeit, als amerikanische Piloten sie mit ihren F4-Phantom-Jets vor fast fünfzig Jahren massenhaft über Vietnam abgeworfen hatten, überhaupt nicht verändert.

Angesichts der ultramodernen Flugzeuge wie der F-22 Raptor und der F/A-18E Super Hornet mit ihren ultramodernen Luft-Boden-Waffen wie lasergelenkten Bomben und GPS-gelenkten Raketen, mit denen die US-Streitkräfte ausgerüstet waren, empfand es Trash als Ironie der Geschichte, dass er und sein Rottenführer in ein viertel Jahrhundert alten Flugzeugen mit einem halben Jahrhundert alten Bomben in die Schlacht flogen.

Neben den sechs Flugzeugen, die für diesen Bodenangriff vorgesehen waren, gab es noch sechs weitere, die an diesem Abend als Jagdflugzeuge ihre Flugkameraden schützen sollten. Zu diesem Zweck waren sie mit AIM-9- und AIM-120-Raketen bestückt, mit denen sie jedem Aggressor entgegentreten würden, der sich der Bomberstaffel nähern würde.

Die letzten beiden Flugzeuge der Einsatzstaffel waren mit HARMs (»High-Speed-Anti-Radiation-Missiles«) ausgerüstet, Luft-Boden-Raketen, die unterwegs gegnerische SAM-Raketenstellungen ausschalten sollten.

Alle Piloten trugen spezielle Nachtsichtgeräte, die ihnen die Fähigkeit verschafften, sowohl ihr HuD als auch das tatsächliche Umfeld ihres Cockpits ständig im Auge zu behalten. Allerdings wussten alle, dass dieses Nachtsichtgerät in einer ganz bestimmten Situation recht gefährlich werde konnte. Wenn sie sich mit dem Schleudersitz aus ihrem Jet herauskatapultieren mussten, durften sie auf keinen Fall vergessen, ihr Nachtsichtgerät vorher abzulegen, da dessen Gewicht auf der Vorderseite des Helms ihnen sonst beim Herausschleudern das Genick brechen würde.

Um 1.30 Uhr rasten die Hornets im Tiefflug in Richtung Südwesten über die Wellen. Inzwischen wussten sie, dass chinesische Jäger gestartet waren und die Chinesen ihre Küstenabwehr alarmiert hatten. Allerdings wusste die VBA immer noch nicht, was diese Flugzeugstaffel eigentlich vorhatte.

Der amerikanische Staffelkommandeur gab nun einen Kursänderungsbefehl, woraufhin alle Flugzeuge gleichzeitig eine Wende nach Norden durchführten und ab jetzt direkt auf Hongkong zuhielten.

Trash saß im elften der vierzehn Jets, behielt ständig sein HuD im Auge und gab darauf acht, dass er bei dieser scharfen Wende in hundert Meter Höhe weder das Wasser berührte noch auf einen Kameraden prallte. Er lächelte in sich hinein, wenn er sich vorstellte, wie sich gerade sämtliche Radaroffiziere in sämtlichen VBA-Stützpunkten entlang der ganzen Küste entgeistert fragten, was diese Flugzeuge wohl vorhaben könnten.

Einige chinesische Kampfflugzeug-Rotten stiegen von Basen entlang der Taiwan-Straße auf und flogen auf die See hinaus, um sich den Hornets entgegenzustellen, die über das Südchinesische Meer in Richtung Land donnerten. Kampfjets der taiwanesischen Luftwaffe, die gerade über ihrer Insel patrouillierten, änderten ihren Kurs und versuchten, die rotchinesischen Flugzeuge abzufangen. Noch vor der Demarkationslinie feuerten sie AIM-120-Raketen ab, überquerten die Mittellinie der Meeresstraße und drangen in den rotchinesischen Luftraum ein. Tatsächlich brachen die Chinesen daraufhin den Angriff auf die Marines-Jets ab, und es begann eine regelrechte Luftschlacht über der Taiwan-Straße, die mehr als eine Stunde dauerte.

Inzwischen waren jedoch aus Flugbasen in Shenzhen und Hainan weitere VBA-Flugzeuge gestartet, um die anfliegenden feindlichen Jets aufzuhalten, von denen sie jedoch annahmen, sie würden von taiwanesischen Piloten geflogen werden. Keiner von ihnen ahnte, dass es sich in Wirklichkeit um US Marines handelte. Vier Marines-Jets, die mit Luft-Luft-Lenkwaffen ausgerüstet waren, verließen jetzt die Formation und feuerten aus größerer Entfernung Mittelstreckenraketen ab, die drei J-5 vom Himmel holten, bevor die Chinesen überhaupt zurückschießen konnten.

Trotzdem fiel eine F/A-18 nur zwanzig Kilometer vor Hongkong der radargelenkten Rakete einer J-5 zum Opfer. Nur Sekunden später zerstörten amerikanische Raketen zwei weitere J-5-Jets.

Der Rest der US-Angriffsstaffel raste jetzt im Tiefflug mit über 900 Stundenkilometern über die Containerschiffe im Hongkonger Hafen hinweg.

Vier US-Atom-U-Boote hatten in den vergangenen achtundvierzig Stunden ihr bisheriges Patrouillengebiet in der Taiwan-Straße verlassen und lagen jetzt südlich von Hongkong. Als sich die amerikanischen Flugzeuge der ehemaligen britischen Kolonie näherten, starteten alle vier U-Boote Tomahawk-Cruise-Missiles, die aus dem schwarzen Wasser auftauchten, einen weiten Bogen flogen und sich dann SAM-Batterien entlang der gesamten Küste zum Ziel nahmen.

Die Tomahawks waren äußerst erfolgreich und schalteten im weiten Umfeld des Victoria Harbour mehrere Flugabwehrraketen-Stellungen aus.

Um 2.04 Uhr überquerten zehn Kampfflugzeuge in enger Angriffsformation den Victoria Harbour im Zentrum von Hongkong. In einer Höhe von nur hundert Metern rasten sie mit 800 Stundenkilometern über das Peninsula-Hotel. Das Donnern ihrer zwanzig Strahltriebwerke zerbrach unzählige Fenster und weckte jeden in einem Umkreis von zwei Kilometern um den Hafen auf.

Ihre Flugroute führte aus dem einfachen Grund mitten durch Hongkong, weil die Berge im Norden, die Hochhäuser und der starke Schiffsverkehr das chinesische Radarbild eine Zeit lang verunklären würde. Die chinesischen Raketenstellungen in Shenzhen könnten also ihre SAMs erst auf die tief fliegenden Jets abfeuern, wenn diese das chinesische Festland erreicht hatten.

Aber jetzt erschienen auf den Radargeräten weitere VBA-Jäger. Die beiden letzten Luftkampfjets trennten sich von der Angriffsformation und flogen nach Nordosten, wo sich ihnen über Shenzhen eine Gruppe von sechs Su-27 entgegenstellte. Beide Marines-Piloten konnten gegnerische Jets abschießen. Bereits neunzig Sekunden später kamen ihnen die beiden restlichen F/A-18 zu Hilfe, die sich bisher mit J-5-Jets über dem Südchinesischen Meer einen heftigen Kampf geliefert hatten.

Über Shenzhen wurden zwar zwei Hornets durch SAM-Raketen zerstört, aber beide Piloten konnten sich mit dem Schleudersitz retten. Kurz darauf wurden zwei weitere Hornets von Luft-Luft-Raketen getroffen. Ein Marine katapultierte sich aus seiner abstürzenden Maschine, während der andere Pilot auf den Wutong-Berg prallte und starb.

Insgesamt schossen die vier Marines-Jäger sechs chinesische Flugzeuge ab und sorgten dafür, dass die anderen gegnerischen Jets eine Weile aufgehalten wurden, was der Angriffsgruppe ein paar wertvolle zusätzliche Minuten verschaffte.

Als die zehn Bomber die Grenze zu Festlandchina überquerten, stiegen acht der zehn Jets wieder auf eine Höhe von dreitausend Meter auf. Nur Cheese und Trash flogen weiter im Tiefflug durch die Dunkelheit und richteten ihre ganze Aufmerksamkeit auf das durch ihre Nachtsichtgeräte grün gefärbte Terrain, das unter ihnen vorbeiraste.

Adam und Jack saßen in ihrer Mietwohnung in Norden Kantons. In den vergangenen zwei Tagen hatten sie praktisch nichts anderes getan, als ununterbrochen das China-Telecom-Gebäude zu beobachten. Sie hatten mit dem Teleobjektiv Fotos von K. K. Tong auf seinem Balkon im elften Stock gemacht und darüber hinaus Dutzende anderer Personen fotografiert. Viele von ihnen konnte Ryan durch die Datenbank und das Bilderkennungsprogramm auf seinem Laptop identifizieren.

Jack hatte es am Tag zuvor nach unzähligen vergeblichen Versuchen endlich geschafft, über sein Satellitentelefon eine Verbindung zu Mary Pat Foley herzustellen. Das anschließende Gespräch war sicherlich die Krönung von Adams Arbeit, die Organisation aufzuspüren, für die Zha in Hongkong gearbeitet hatte, eine Organisation, die ganz offensichtlich die Angriffe auf die Vereinigten Staaten leitete.

Seitdem sammelten sie weitere Informationen, die Jack nach seiner Rückkehr nach Washington Mary Pat übergeben wollte und mit deren Hilfe man vielleicht den Druck auf die chinesische Regierung so weit erhöhen konnte, dass sie Tong verhaftete oder wenigstens seine Cyberangriffe beendete.

Von dem, was jetzt folgte, wurde Ryan jedoch vollkommen überrascht.

Er saß eingemummelt in eine Wolldecke auf einem Stuhl am Fenster. Vor ihm stand eine Kamera auf einem Stativ. Er war bereits fast eingeschlafen, als ihn etwas dazu brachte, seine schweren Augenlider zu heben. Im Norden, etwa zwei oder drei Kilometer hinter dem China-Telecom-Gebäude, war etwa auf Dachhöhe eine Art Blitz zu sehen. Jack hielt es zuerst für ein Gewitter. In den letzten Tagen hatte es immer wieder geregnet. Aber sofort darauf funkten in derselben Richtung zwei weitere Blitze auf.

Jetzt war auch ein leises Donnergrollen zu hören, und er setzte sich kerzengerade auf.

Jetzt kamen die Blitze aus dem Nordosten, und das donnernde Geräusch wurde immer lauter.

»Yao!«, rief er zu Adam hinüber, der nur ein paar Meter entfernt auf einer Bodenmatte schlief. Der CIA-Mann regte sich erst einmal nicht, aber Jack kniete sich neben ihn und schüttelte ihn.

»Was ist los?«

»Irgendetwas geht hier vor! Aufwachen!«

Jack eilte zum Fenster zurück und sah jetzt Leuchtspursalven zum Himmel aufsteigen. Offensichtlich versuchten Flakkanonen, angreifende Flugzeuge abzuschießen. Im Norden war jetzt ein weiterer Blitz zu sehen und ein Explosionsgeräusch zu hören. Dort war anscheinend eine Rakete gestartet worden.

»O Gott!«, rief Jack.

»Die Unsrigen greifen doch nicht an, oder?«, fragte Yao.

Bevor Jack antworten konnte, war hinter ihrem Apartmenthaus ein kreischendes Geräusch zu hören, das sich blitzschnell näherte und den Eindruck vermittelte, als ob es den Himmel selbst zerreißen würde. Es war ein Jet-Triebwerk oder vielmehr eine *Menge* Jet-Triebwerke, und der ganze Himmel war jetzt voller Lichtstreifen, Funken und Blitze.

Jack wusste, dass Mary Pat ihn eigentlich vor einem solchen Angriff gewarnt hätte, aber er wusste auch, dass die Satellitentelefonverbindungen über den Pazifik weitgehend ausgefallen waren. Außerdem hatte er ihr erzählt, zwischen ihm und diesem Gebäude lägen etwa zwei Kilometer. Dies war natürlich eine ungeheure Übertreibung, aber Mary Pat informierte ganz bestimmt seinen Vater, und der musste sich im Moment um wichtigere Dinge sorgen als um die Aussicht, dass sein Sohn in der Nähe des Nervenzentrums der chinesischen Cyberangriffe verhaftet werden könnte.

Jetzt sah es so aus, als ob Amerika ein Gebäude angriff,

das weniger als achthundert Meter vom gegenwärtigen Aufenthaltsort von Jack Ryan jr. entfernt war.

Während Ryan immer noch versuchte, die Bilder und Geräusche um ihn herum zu verarbeiten, griff sich Adam Yao die Kamera und das Stativ und sagte: »Gehen wir!«

»Und wohin?«

»Das weiß ich nicht«, sagte Yao. »Aber hier bleibe ich auf keinen Fall!«

Sie waren darauf vorbereitet, schnell zu verschwinden, wenn sie auffliegen würden. Sie hatten das meiste in dieser Wohnung bereits in ihren Reisetaschen verpackt, und Adams Auto vor dem Haus war voll aufgetankt und startbereit. Jetzt steckten sie auch noch den Rest ihrer Habseligkeiten in ihre Taschen, machten das Licht aus und eilten die Treppe hinunter.

76

Die beiden Anti-SAM-Hornets hatten sich inzwischen von den vier mit JDAMs bewaffneten Hornets getrennt und sich bewusst zu Lockvögeln gemacht, die dann jedoch ihre hochwirksamen elektronischen Aufspürgeräte dazu benutzten, mit ihren HARMs wichtige SAM-Raketenstellungen in der Umgebung von Kanton zu zerstören.

Trash und Cheese flogen im äußersten Tiefflug den acht anderen Jets hinterher. Sie rasten den Perlfluss hinauf, der mitten durch die Stadtmitte von Kanton floss. Links und rechts standen die Ufer entlang zahlreiche Wolkenkratzer, manchmal nicht mehr als dreißig Meter von ihren Flügelspitzen entfernt. Dann bogen sie nach Norden ab und zogen eine weite Schleife über der Stadt, um den vorausfliegenden Kameraden nicht in die Quere zu kommen. In diesem Moment gerieten sie jedoch ins Visier der Flakgeschütze. Leuchtspurgeschosse zischten mehr oder weniger nahe an ihnen vorbei. Trash sah in der Entfernung SAM-Raketen aufsteigen, die die HARM-Hornets über ihnen im Visier hatten. Ihm wurde jedoch bewusst, dass er zwischen Hammer und Amboss geraten würde, wenn er Befehl bekam, seine Bomben abzuwerfen. Er würde es dann nämlich gleichzeitig mit den Flakkanonen hier auf dem Boden und den SAM-Raketen etwas weiter oben zu tun bekommen.

Die vier Angriffsflugzeuge mit den JDAMs meldeten sich jetzt nacheinander über Funk und meldeten, dass sie kein GPS-Signal empfangen würden, das sie jedoch unbedingt benötigten, um ihre »intelligenten« Bomben direkt ins Ziel zu lenken. Ein paar Augenblicke später hörte man über Funk den Notruf eines Hornet-Piloten. Er war von einer SAM getroffen worden und katapultierte sich jetzt aus seiner Maschine. Eine Anti-SAM-Hornet griff danach zwar die Raketenbatterie an, aber trotzdem wurden von anderen Stellungen aus weitere SAM-Raketen abgefeuert. Ein weiterer Angriffspilot musste nun einer solchen Rakete ausweichen. Er löste sich aus der Angriffsformation, ging in den Tiefflug über und stieß Täuschkörper und Düppel aus.

Als ein weiterer JDAM-Pilot sich plötzlich einem anfliegenden Jagdflugzeug gegenübersah, warf er seine Bombenlast ab, um besser manövrieren zu können. Der Flügelmann dieses Piloten blieb jedoch auf Kurs und war deswegen nun der Erste, der einen Bombenzielanflug durchführen würde.

Er empfing jedoch immer noch kein GPS-Signal. Deshalb würde er seine JDAM aus einer größeren Höhe »blind« abwerfen müssen und konnte also nur hoffen, dass sie irgendwie das Ziel traf.

Er begann seinen Sturzanflug aus einer Höhe von viertausendfünfhundert Metern.

Sieben Kilometer südlich des China-Telecom-Gebäudes wurde seine Hornet jedoch von Flakfeuer getroffen. Trash konnte aus seiner gegenwärtigen Position acht Kilometer südlich direkt über dem Fluss beobachten, wie das Heck des Flugzeugs in einem Lichtblitz explodierte und der Jet daraufhin seitlich abkippte, bis der linke Flügel zur Stadt hinunterzeigte, um dann Nase voraus auf die Hochhäuser zu stürzen.

Trash hörte in seinem Headset ein kurzes »Gehe raus!« und sah dann, wie der Pilot auf dem Schleudersitz aus dem Cockpit herauskatapultiert wurde.

Der erfolgreiche Abschuss spornte die Flakschützen nur weiter an, und der Himmel war jetzt endgültig voller Leuchtspurgeschosse. Eine weitere Angriffsmaschine musste ihre Bombenladung abwerfen und fluchtartig nach Süden abdrehen.

Trash begriff, dass jetzt er und Cheese an der Reihe waren. Die übrig gebliebenen JDAM-Hornets würden keinen erneuten Zielanflug mehr schaffen, bevor er selbst einen Notabwurf tätigen und sich aus dem Schussfeld über der Stadt zurückziehen musste. Immer weitere SAM- und Luft-Luft-Raketen würden sie schließlich alle vom Himmel holen. Außerdem erfuhr er gerade über Funk, dass sich weitere feindliche Jets aus dem Osten näherten, die Kanton endgültig zu einer Dreschmaschine für amerikanische Flugzeuge machen würden.

In diesem Moment meldete sich Rottenführer Cheese in Trashs Headset.

»Magic Flight, Zielangriff beginnen!«

»Magic Two-Two, verstanden!«

Trash und Cheese stiegen auf dreihundert Meter, machten ihre Bomben einsatzbereit und stellten den Abwurfzeitpunkt so ein, dass sie ihre Mark-84-Bomben nur um Sekundenbruchteile versetzt abwerfen würden. Trash wusste, dass seine beiden Bomben von insgesamt zwei Tonnen ein einzelnes zwölfstöckiges Gebäude zwar schwer beschädigen, aber wohl kaum einstürzen lassen würden. Er musste also Cheese unmittelbar folgen. Zusammen konnten sie dann fast gleichzeitig beinahe vier Tonnen hochexplosiven Sprengstoff abwerfen und dadurch das Gebäude vollständig zerstören.

»Zehn Sekunden«, meldete Cheese.

Eine Salve von Flakgeschossen, die direkt vor Trashs Kanzel vorbeisauste, führte dazu, dass er den Kopf reflexartig nach hinten drückte. Die Tragflächen seines Jets wackelten, und er verlor ein paar Meter an Höhe, konnte dies jedoch sofort wieder ausgleichen und sich erneut hinter Cheese setzen.

»Bomben abgeworfen«, rief Cheese, und nur eine Sekunde später trennten sich auch Trashs Mark-84-Bomben mit einem lauten Schnappton von seinem Jet, der sich daraufhin viel leichter anfühlte. Am Heck der Bomben öffnete sich jetzt ein kleiner Fallschirm, der ihren Freifall verlangsamte und es den Hornets dadurch ermöglichte, vor ihrer Detonation aus der Gefahrenzone zu kommen.

Trash erhöhte jetzt seine Geschwindigkeit, um nicht in die Splitterzone zu geraten.

Direkt vor sich sah er immer noch die glühenden Triebwerke von Cheese' Hornet. Sein Rottenführer drehte jetzt hart nach links ab und ging in einen Sturzflug über, als er versuchte, einen möglichst großen Abstand von der kommenden Explosion zu gewinnen.

Ein heller Blitz im Norden erregte seine Aufmerksamkeit. »Rakete gestartet!«, rief er.

»Magic Two-One wird angegriffen!«, meldete sich jetzt Cheese. »Von Rakete verfolgt!«

Auf dem Parkplatz des Apartment-Gebäudes sah Jack Ryan die dunklen Flugzeuge über sich hinwegrasen. Er hatte zwar keinen Bombenabwurf bemerkt, aber unmittelbar darauf löste sich das China-Telecom-Gebäude in einen einzigen explodierenden Feuerball auf, aus dem Flammen, Rauch und Trümmer herausschossen.

Der Boden unter seinen Füßen erzitterte, und ein grauschwarzer Rauchpilz stieg in den Himmel auf.

»Heilige Scheiße!«, murmelte Jack.

»Sofort ins Auto, Jack!«, rief ihm Yao zu.

Jack stieg ein, und als Adam den Motor anließ, hörten die beiden Männer einen weiteren, wenn auch viel leiseren Knall. Als sie zum Himmel hinaufschauten, sahen sie einige Kilometer weiter nördlich eine kleine Explosionswolke, aus der ein brennendes Kampfflugzeug auf die Stadt hinunterstürzte.

»Magic Two-One ist getroffen!«, rief Cheese nur einen Augenblick, nachdem Trash in den Sturzflug übergegangen war. »Flugsteuerung reagiert nicht! Nichts funktioniert mehr!«

»Steig aus, Scott!«, rief Trash.

Er sah, wie Cheese' Jet nach rechts abrollte, sich auf den Rücken drehte und die Nase dann nur fünfundzwanzig Meter über der Stadt nach vorn abkippte.

Cheese betätigte offensichtlich nicht den Schleudersitz.

Das Flugzeug schlug mit einer Geschwindigkeit von mehr als 650 Stundenkilometern mit der Nase voraus auf der Straße auf und wurde dann zu einem eigentümlichen Feuerrad aus Metalltrümmern, Glas und Verbundstoffen, das vom verbliebenen Treibstoff weiter entfacht wurde und erst erlosch, als es ein paar Meter weiter in einen Abflusskanal stürzte und das Flugzeugwrack in schwarzem, schaumigem Wasser versank.

»Nein!«, schrie Trash. Er hatte keinen Schleudersitz und keinen Fallschirm gesehen. Seine Vernunft sagte ihm, dass sich Scott auf keinen Fall hätte herauskatapultieren können, ohne dass er es gesehen hätte. Trotzdem suchte Trash mit den Augen den Himmel über ihm ab, ob er nicht doch irgendwo eine graue Fallschirmkappe erkennen konnte, als er mit 750 Stundenkilometern über das Wrack hinwegsauste.

Es war jedoch nichts zu sehen.

»Magic Two-Two. Magic Two-One ist an meinen jetzigen Koordinaten abgestürzt, ich … ich sehe keinen Fallschirm.«

Der Rückruf vom Kontrollzentrum war kurz und bündig: »Roger, Two-Two. Verstanden, dass Magic Two-One auf Ihrer Position abgestürzt ist.«

Da war nichts, was Trash jetzt noch für Cheese hätte tun können. Jetzt musste er nur noch selbst aus dieser Hölle herauskommen. Er schob den Gashebel ganz nach vorn, über die Sperre hinaus in den Überlastbereich hinein. Sofort gingen die Nachbrenner an, und das Flugzeug bäumte sich fast senkrecht auf. Er fühlte, wie sein Helm in seine Kopfstütze hineingedrückt wurde, während der tonnenschwere Jet in den Nachthimmel hinaufstieg.

Die Augen des jungen Marine sprangen zwischen den Anzeigen vor ihm hin und her. 900, 1200, 1500, der Höhenmesser auf dem HuD drehte sich wie die Räder eines Spielautomaten.

Als Nächstes schaute er auf sein bewegliches elektronisches Kartendisplay. Er konnte dabei beobachten, wie Kanton langsam unter seinem Flugzeug vorbeizog. Viel zu langsam für Trashs Geschmack. Er wollte möglichst viel Zeit, Raum und Höhe zwischen sich und sein Bombenabwurf-Ziel bringen.

1800.

In diesem Moment galt Trashs ganze Aufmerksamkeit seinem Cockpit. Es herrschte keine akute Gefährdung mehr, außer ein paar Bogeys hundertzehn Kilometer weiter östlich, die sich jedoch von ihm entfernten, um sich wahrscheinlich den F/A-18-Hornets der US Navy entgegenzustellen, die draußen auf der Taiwan-Straße chinesische Kriegsschiffe angriffen.

2100.

Er war jetzt über dem südlichen Teil der Stadt.

Ein Piepen in seinem Headset lenkte seine Aufmerksamkeit wieder auf sein HuD.

Es zeigte an, dass ihn im Südosten ein SAM-Radar erfasst hatte. Zwei Sekunden später erfasste ihn ein Radarstrahl direkt unter seinem Flugzeug.

»Rakete gestartet!«

Er lenkte die Maschine hart nach links und dann wieder

nach rechts. Er vollführte mitten über Kanton einen Rückwärts-Looping und ging mit einer 5-*g*-Kurve nach rechts wieder in die Horizontale über. Dabei stieß er in einem langen, weiten Bogen Täuschkörper und Düppel aus.

Aber das alles hatte keine Wirkung. Eine Boden-Luft-Rakete explodierte nur sechs Meter von seiner linken Tragfläche entfernt. Ihre Splitter durchschlugen den Flügel und den Flugzeugrumpf.

»Magic Two-Two ist getroffen! Magic Two-Two ist getroffen!«

Die Feuerwarnanzeige für sein linkes Triebwerk ging an. Sofort darauf folgte eine Audio-Warnung. »Master Caution!« Und einen Augenblick später: »Triebwerksbrand links! Triebwerksbrand rechts!«

Trash hörte Bitching Betty jedoch gar nicht mehr zu. Sein HuD ging an und aus und an und aus, und er versuchte, so viele Daten wie möglich aufzunehmen, wenn es einmal funktionierte.

Jetzt kam eine weitere SAM auf ihn zu. Seine Anzeigen und sein HuD waren jetzt zwar endgültig ausgefallen, aber er hörte die Warnung in seinem Headset.

Trash versuchte mit aller Macht, sein Flugzeug zu stabilisieren, und er drückte den Gashebel bis zum Anschlag durch, um etwas mehr Geschwindigkeit zu gewinnen.

Sein Steuerknüppel reagierte jedoch nur noch träge, und der Gashebel hatte überhaupt keine Wirkung mehr.

Die weidwunde F/A-18 verlor jeden Auftrieb, die Nase kippte nach vorn ab, und das Flugzeug rollte nach backbord. Als Trash aus dem Cockpit schaute, sah er die Lichter der Großstadt. Als sein Flugzeug jedoch weiter nach unten stürzte, wurde sein Blickfeld plötzlich dunkel. Statt der Lichter gab es jetzt nur noch undurchdringliche Schwärze.

Inmitten dieses Schreckens und seines Versuchs, trotzdem irgendwie einen kühlen Kopf zu bewahren, wurde

Trash plötzlich bewusst, dass seine Maschine wie ein Korkenzieher südlich der Stadt genau dort in Richtung Boden trudelte, wo das Delta des Perlflusses anfing.

Deshalb sah er abwechselnd die Lichter Kantons und seiner Vororte und die Dunkelheit des Flussdeltas und seines Ackerlands.

»Magic Two-Two katapultiert sich jetzt heraus!«

Trash entfernte in aller Schnelle das Nachtsichtgerät von seinem Helm, griff zwischen seine Knie, packte den Abzugsgriff mit beiden Händen und zog ihn hoch. Dies zündete zwei Gasimpulspatronen, die unter ihm angebracht waren. Das Gas schoss über Leitungen durch das ganze Cockpit und führte eine Reihe unterschiedlichster automatischer Funktionen durch. Es schaltete die Thermalbatterien im Schleudersitz an, drückte einen Kolben nach unten, um die Haltegurte des Piloten zu lösen, betätigte interne Schalter, die zu einer Absprengung des Kanzeldachs führten, und zündete eine weitere Gaskartusche, die Trashs Schultergurt fest an den Sitz zog, damit er die richtige Position aufwies, um beim Herauskatapultieren nicht verletzt zu werden.

Die letzte Funktion dieses Gases war es, in die Ventilinsel des Katapults einzuströmen und dort den sogenannten Initiator abzufeuern.

Diese Kartusche entließ mit einer Verzögerung von 0,75 Sekunden ihr Gas, das jetzt zum Initiator-Zünder der »Schleudersitzkanone« wurde.

Dabei wurde der ganze Sitz an Führungsschienen nach oben gedrückt. Als Trash auf diese Weise nach oben geschossen wurde, schalteten sich seine Notsauerstoffversorgung und sein Ortungsgerät ein, und seine Beine wurden durch eine Umlenkung an den Sitz fixiert.

Bis jetzt war Trash nur durch Gase emporgedrückt worden. Als sein Sitz am Ende der Führungsschienen angekommen war, wurde unter ihm eine Raketenpackung gezündet, die ihn aus seinem Cockpit hinausschleuderte und fünfzig Meter senkrecht in die Höhe katapultierte.

In diesem Moment wurde mit einer kleinen Rakete der Steuerschirm aus dem Sitz herausgeschossen, der dann den Hauptrettungsschirm aus der Sitzpackung zog. Dieser peitschte erst einmal durch die kühle Luft, als Trash und sein Sitz ihre maximale Höhe erreichten, dort einen Moment verblieben und dann herunterzusinken begannen.

Jetzt trennte sich der Sitz von dem Piloten, und Trash trudelte ganz allein durch die Luft nach unten. Er presste die Augen fest zusammen und schrie unwillkürlich laut auf. Er spürte, wie er fiel und fiel, und er wusste ganz genau, dass er zu tief war, als dass er noch allzu lange fallen durfte. Wenn sich sein eigener Fallschirm nicht in der nächsten Sekunde öffnete, würde er mit 160 Stundenkilometern auf den harten Boden prallen.

Er spannte jeden Muskel seines Körpers an, um sich auf diesen Aufprall vorzubereiten, obwohl ihn dieser, wie er ganz genau wusste, auf der Stelle töten würde.

Bitte, Gott, hilf …

Im letzten Moment öffnete sich der Fallschirm. Durch den plötzlichen Ruck schnitt der Gurt tief in seine Brust und seinen Rücken. Zwei Sekunden nach seinem freien Fall schwang er jetzt unter seinem Fallschirm hin und her. Der Schock hatte ihm die Luft aus der Lunge gepresst.

Bevor er jedoch frischen Atem schöpfen konnte, krachte er seitwärts auf ein Blechdach. Es gehörte zu einer kleinen Angelhütte, die direkt am Ufer stand. Der Aufprall brachte die ganze Metallkonstruktion ins Schwingen.

Sein Fallschirm zog ihn jedoch über das Dach hinweg, bis er auf der anderen Seite drei Meter tief auf den Asphaltboden fiel. Er kam auf seiner rechten Seite auf und hörte das Übelkeit erregende Geräusch brechender Knochen in seinem Unterarm und Handgelenk.

Er schrie vor Schmerz laut auf.

In diesem Moment erfasste ein Windzug seine noch nicht ganz zusammengesunkene Fallschirmkappe. Er kämpfte zwar dagegen an, aber sein rechter Arm war nutzlos geworden und hing kraftlos an der Seite herunter.

Der Fallschirm zog ihn ins Uferschilf hinein. Er erhob sich auf die Knie. Ein weiterer Windstoß warf ihn jedoch um, und er landete im Wasser. Als die Sensoren in seinem Fallschirmgurt das Wasser entdeckten, trennte sich dieser sofort automatisch von seinem Körper. Dies war eine eingebaute Sicherheitsmaßnahme, die ihn zwar vor dem unmittelbaren Ertrinken rettete, jedoch nicht verhindern konnte, dass er von der Strömung mitgerissen wurde.

Als er über der kalten Wasseroberfläche zu bleiben versuchte, hörte er das Geheul von Polizeisirenen.

77

Adam Yao und Jack Ryan rasten nach Süden durch die Stadt, als sie sahen, wie die Hornet von einer SAM-Rakete getroffen wurde. Sie beobachteten, wie das Flugzeug nach Süden weiterflog, den Lichtwiderschein über Kanton verließ und in die Dunkelheit über dem Perlfluss-Delta eintauchte. Dann geriet es endgültig ins Trudeln, und sie konnten aus einer Entfernung von anderthalb Kilometern gerade noch erkennen, wie sich der Pilot mit dem Schleudersitz aus seiner Maschine herauskatapultierte und hinter den Gebäuden vor ihnen verschwand.

Adam drückte auf der Nansha-Gang-Autobahn aufs Gaspedal, weil er unbedingt vor der Polizei oder dem Militär, die bestimmt bereits unterwegs waren, bei dem abgeschossenen Piloten eintreffen wollte. Zu dieser nachtschlafenden Zeit waren nur noch wenige Fahrzeuge unterwegs. Auf diese Art konnte er zwar Zeit gutmachen, andererseits befürchtete er, dass sie zu sehr auffallen könnten.

Sie waren sich zwar ziemlich sicher, dass das Ganze vergebliche Liebesmüh sein würde, aber sie konnten auf keinen Fall einfach die Stadt verlassen, ohne sich um diesen Mann gekümmert zu haben.

Überall in der Stadt wimmelte es jetzt von Fahrzeugen der VBA und der lokalen Polizei. Dies machte die beiden Amerikaner etwas nervös, obwohl sie bisher keinen Straßensperren oder anderen Hindernissen begegnet waren.

Der Angriff war vorüber, und er hatte die Stadt offensichtlich vollkommen überrascht. Militär und Polizei fiel deshalb im Augenblick auch nichts weiter ein, als durch die ganze Stadt zu fahren, nach den Piloten zu suchen und alle Fußgänger zu behelligen, die auf die Straße liefen, um nachzuschauen, was da eigentlich passiert war.

Aber Adam und Jack hatten einen Vorteil vor diesen Zivilisten, sie hatten inzwischen nämlich die Stadt verlassen.

Große Transporthubschrauber flogen über sie hinweg in Richtung Süden und verschwanden in der Dunkelheit.

»Sie sind zum selben Ort unterwegs wie wir«, sagte Jack.

»Garantiert«, bestätigte Yao.

Zwanzig Minuten nachdem das Flugzeug abgestürzt war und sich der Pilot mit dem Schleudersitz herauskatapultiert hatte, rollten Yao und Ryan langsam an der Absturzstelle vorbei, einem Feld, das neben einem Mündungsarm des Perlflusses lag. Die Hubschrauber waren bereits dort gelandet, und eine Menge Soldaten waren in ein Wäldchen weiter im Osten ausgeschwärmt. Ryan sah überall zwischen den Bäumen Taschenlampen aufblinken.

Adam passierte die Absturzstelle und sagte: »Wenn sich der Pilot in diesem Wäldchen versteckt hat, dann haben sie ihn. Dann können wir nichts mehr für ihn tun. Wenn er aber ins Wasser gestürzt ist, ist er flussabwärts abgetrieben worden. Wir können wenigstens nachsehen.«

Adam bog von der Hauptstraße in Richtung Fluss ab. Auf dem Weg dorthin kamen sie an ganzen Reihen von Vorratsspeichern vorbei, in denen die Einheimischen Getreide, Düngemittel und landwirtschaftliche Geräte für die Reisfelder in der Umgebung lagerten. Schließlich gelangten sie zum Fluss und fuhren auf einem schmalen Feldweg am Ufer entlang. Yao schaute auf die Uhr. Es war kurz nach drei Uhr morgens, und er wusste, dass es ein wahres Wunder sein würde, wenn sie hier überhaupt etwas oder jemand sehen würden.

Nachdem sie zehn Minuten äußerst langsam am Wasser entlanggerollt waren, bemerkten die beiden Männer den Schein von Taschenlampen auf einer Brücke, die nur ein paar hundert Meter vor ihnen lag. Jack holte Adams Nachtfernglas aus seinem Rucksack und betrachtete die Szene. Auf der Brücke standen vier Zivilfahrzeuge, und eine Gruppe von Männern in Zivilkleidung blickte gebannt aufs Wasser.

»Diese Jungs hatten die gleiche Idee wie wir«, sagte Jack. »Wenn der Pilot wirklich in diesem Wasser treibt, wird er genau unter dieser Brücke vorbeikommen.«

Adam blieb auf der Schotterstraße, bis sie einen Parkplatz neben einem Lagerhaus in der Nähe der Brücke erreichten. Dort stellte er den Wagen ab.

»Hier wird es bald von Soldaten oder Polizisten nur so wimmeln. Ich möchte, dass Sie hierbleiben und sich auf dem Rücksitz ganz klein machen. Ich gehe zur Brücke hinüber und schaue nach, ob ich etwas sehen kann.«

»Okay, aber rufen Sie mich an, wenn Sie mich brauchen sollten.«

Yao stieg aus und ließ Jack in der pechschwarzen Dunkelheit zurück.

Yao fand auf der Brücke eine Gruppe von zwölf Zivilisten und zwei VBA-Soldaten vor. Sie verfluchten den verdammten Piloten. Jemand erzählte, taiwanesische Flugzeuge hätten die Stadt angegriffen, aber die anderen glaubten, der Mann sei ein Narr. Taiwan würde ihrer Meinung nach China doch nur dann angreifen, wenn es Massenselbstmord begehen wollte.

Sie beobachteten das Wasser und waren sich sicher, dass der Mann mit dem Fallschirm im Fluss gelandet war. Adam konnte jedoch niemand finden, der das tatsächlich gesehen oder mit einem Augenzeugen gesprochen hatte.

Die Männer schienen sich in ihrer Wut gegenseitig anzustacheln, jeder erzählte jetzt davon, was er mit dem Piloten anstellen würde, wenn er ihn aus dem Wasser fischen würde. Natürlich waren die beiden Soldaten mit Gewehren bewaffnet, aber alle anderen hatten Rechen, Mistgabeln oder einfach Rohrstücke dabei.

Yao wusste, dass der Pilot, sollte er wirklich überlebt und seine Gefangennahme bisher vermieden haben, mehr Glück hatte, wenn ihn reguläre Soldaten erwischten, als wenn er einer solchen Gruppe von zivilen »Rächern« in die Hände fiel, die offensichtlich gerade den ganzen Fluss entlang nach ihm suchten.

Einer der Männer mit einer Taschenlampe stellte sich auf die flussabwärtige Seite der Brücke, um dort das Wasser abzusuchen. Alle anderen schauten derweil in die andere Richtung, da sie mit einigem Recht erwarteten, dass der Pilot, wenn überhaupt, von dorther kommen müsse.

Zu Yaos großer Überraschung rief der Mann jetzt jedoch zu den anderen hinüber, dass er etwas sehen würde. Alle rannten zum Geländer auf der anderen Seite hinüber und schauten an die Stelle in dem dunkelbraunen Wasser, auf die er mit seiner Taschenlampe leuchtete. Tatsächlich, da trieb ein Mann im Fluss. Er hatte die Arme und Beine von sich gestreckt, trug eine grüne Pilotenkombi, aber keinen Helm. Für Adam sah der Mann tot aus, aber er trieb mit dem Gesicht nach oben, deshalb konnte er auch nur ohnmächtig sein.

Yao drückte auf die Wiederholungstaste seines Handys. Als er vom Geländer zurücktrat, schoss ein Soldat mit seinem Gewehr auf die Gestalt, die ganz langsam flussabwärts trieb und dabei allmählich aus dem Leuchtkegel der Taschenlampe hinausdriftete. Ein Dutzend weitere Taschenlampen versuchten jetzt, den Piloten zu erfassen.

Alle auf der Brücke rannten zum Ufer hinunter oder stiegen in ihre Autos. Jeder wollte der Erste sein, der diesen fremden Teufel aus dem Wasser zog.

Als Jack an sein Handy ging, sagte Yao: »Setzen Sie sich hinters Lenkrad, und fahren Sie in Richtung Süden!«

»Bin schon unterwegs.«

Jack ließ Adam unterwegs einsteigen, und zusammen rasten sie auf dem Kiesweg das Flussufer entlang. Nach kurzer Zeit hatten sie alle Männer überholt, die zu Fuß unterwegs waren, aber drei Autos waren immer noch ein ganzes Stück vor ihnen.

Nach nicht einmal fünfhundert Metern entdeckten sie die Autos, abgestellt am Rand des Feldwegs. Das Flussufer lag etwa fünfunddreißig Meter rechts von ihnen. Als sie dort hinüberschauten, sahen sie, wie sich Taschenlampen durch das hohe Gras bewegten.

»Sie haben ihn«, rief Yao plötzlich. »Verdammt!«

»Von wegen!«, rief Jack und parkte ihr Auto neben den anderen. Er holte aus Adams Rucksack ein Klappmesser heraus, stieg aus und forderte Yao auf, ihm zu folgen.

Allerdings rannte er nicht sofort zu der lärmenden Gruppe am Ufer hinüber. Stattdessen trat er an die drei Autos heran und zerstach mit seinem Messer jeweils zwei Reifen. Während sie zu den Taschenlampenstrahlen eilten, die am Ufer durch die Dunkelheit tanzten, war das Zischen der Luft zu hören, die aus den Reifen entwich.

Der achtundzwanzigjährige Brandon »Trash« White war 1,75 Meter groß und neunundsechzig Kilogramm schwer. Er gab also keine sehr beeindruckende Figur ab, wenn er nicht gerade mit dem Helm auf dem Kopf im Cockpit seiner F/A-18 saß und mit den Fingerspitzen seine tödlichen Waffen abfeuerte. Als er in diesem Moment jedoch mit einem gebrochenen Arm, unterkühlt und völlig erschöpft auf dem steinigen Ufer lag und von Männern umgeben war, die ihn traten und schlugen, wirkte er wie eine armselige Stoffpuppe.

Tatsächlich drangen im Moment sogar dreizehn Männer auf ihn ein. Er hatte nicht einmal eines ihrer Gesichter gesehen, als ihm ein Mann mit voller Wucht und schweren Schuhen an die Seite seines Kopfes trat. Danach presste er die Augenlider zusammen. Er versuchte, aufzustehen, aber inzwischen droschen so viele Männer auf ihn ein, dass er es nicht einmal auf die Knie schaffte.

In seiner Fliegerkombi steckte, an seine Brust geschnallt, eine Pistole, aber jedes Mal, wenn er seine linke Hand hochbekommen wollte, um seine Waffe aus dem Retention-Holster auf der rechten Körperseite zu holen, schlug sie ihm jemand weg oder hielt seinen Arm fest.

Schließlich zog einer seiner Angreifer die Pistole aus dem Holster und richtete sie auf Brandons Kopf. Ein anderer Mann schlug sie jedoch weg und bestand darauf, dass die Menge den Piloten totprügeln dürfe.

Er spürte, wie eine freie Rippe in seinem unteren Rücken brach. Danach durchfuhr ein stechender Schmerz seinen Oberschenkel. Jemand hatte ihn mit einer Mistgabel gestochen. Er schrie auf und bekam daraufhin nur einen weiteren Stich ab. Er trat gegen die Quelle seiner Schmerzen, traf dabei jedoch nur das harte Eisen mit seiner Stiefelspitze und brach sich einen Zeh.

Plötzlich hörte er jedoch jemand anderen vor Schmerz stöhnen. Das erschien ihm wirklich seltsam, da er bisher der Einzige war, den man auf diese Weise zusammenschlug. Als er verwirrt die Augen öffnete, sah er eine Taschenlampe zu Boden fallen. Einer seiner Angreifer stürzte neben ihm zu Boden, und dann riefen Männer etwas auf chinesisch, während andere völlig schockiert und überrascht laut aufschrien.

Ein Gewehrknall ganz in seiner Nähe ließ seinen zerschlagenen Körper zusammenzucken. Der Schuss wurde von einem anderen beantwortet, woraufhin ein VBA-Soldat auf ihn stürzte. Brandon angelte nach dessen Gewehr, konnte seinen unverletzten Arm ausstrecken und die Waffe packen, war jedoch nicht stark genug, um sie mit einer Hand bedienen zu können. Seine in Panik geratenen Gegner versuchten, sie ihm zu entreißen, aber Brandon rollte sich einfach auf sie und schützte sie jetzt mit der gesamten Kraft, die sein geschundener Körper noch aufbringen konnte.

Jetzt peitschte eine lange Salve aus einem vollautomatischen Gewehr durch die Luft. Er fühlte und hörte, wie die Männer um ihn herum in Panik gerieten und hinfielen, um danach sofort wieder aufzuspringen und davonzulaufen. Er hörte, wie einige Männer in den Fluss sprangen und andere so schnell das sumpfige Ufer entlangrannten, dass der Schlamm nur so spritzte.

Nach einer weiteren Automatiksalve öffnete Brandon die Augen und sah überall am Ufer herrenlos gewordene, brennende Taschenlampen herumliegen. Im Schein einer von ihnen erblickte er einen bewaffneten Mann. Er war größer und breiter als alle seine Angreifer. Im Gegensatz zu ihnen hatte er sich eine Papiermaske übers Gesicht gezogen.

Der Mann kniete über einem VBA-Soldaten, dessen leblose Gestalt im Gras lag, holte ein Magazin voller Gewehrpatronen aus dessen Magazintasche und lud die Waffe neu. Dann wandte sich der Mann ab und rief jemand zu, der weiter oben am Ufer stand: »Setzen Sie sich schon ans Steuer! Ich trage ihn rauf!«

Trash konnte nicht glauben, dass hier jemand seine Sprache sprach.

Der Mann beugte sich jetzt über White. »Okay, bringen wir Sie nach Hause!«

Jack Ryan jr. half dem verwundeten Piloten auf den Rücksitz des Wagens und setzte sich dann neben ihn. Adam trat das Gaspedal bis zum Bodenblech durch, und das kleine Auto raste nach Süden. Dabei überholte es einige Zivilisten, die Ryan gerade mit dem Gewehr verjagt hatte. Er hatte es dem armen Soldaten abgenommen, dem er direkt am Ufer vor nicht einmal einer Minute die Kehle durchgeschnitten hatte.

Adam kannte diese Straßen nicht, aber er wusste, dass sie es nicht lange in einem Auto schaffen würden, das in wenigen Augenblicken von einem Dutzend Männer der Armee gemeldet würde.

Er erwartete Hubschrauber in der Luft, Straßensperren der Polizei und ganze Konvois von Militärfahrzeugen, die nach dem abgeschossenen Piloten und den Spionen, die ihn gerettet hatten, suchen würden.

»Wir müssen uns ein anderes Auto besorgen«, verkündete er Ryan.

»Okay«, sagte Jack. »Versuchen Sie einen Van zu finden, in dem sich dieser Junge hier flach hinlegen kann. Er ist ziemlich schwer verletzt.«

»Geht in Ordnung.«

Jack blickte dem Piloten in die Augen. Er konnte dessen Schmerzen, Schock und Verwirrung erkennen, aber er sah auch, dass dieser Junge noch voller Leben war. Auf der Brust seiner Fliegerkombi stand *White*.

»White?«, sprach ihn Jack jetzt an. »Hier ist etwas Wasser.« Jack öffnete eine Nalgene-Flasche, die er aus Adams Rucksack geholt hatte, und bot dem Marine-Captain an, ihm etwas davon in den Mund zu schütten.

Der Pilot nahm die Flasche jedoch mit seiner gesunden Hand entgegen und nahm einen tiefen Schluck. »Nennen Sie mich Trash.«

»Ich bin Jack.«

»Ein weiteres Flugzeug ist abgestürzt. Kurz vor mir.«

»Ja. Wir haben es gesehen.«

»Und der Pilot?«

Ryan schüttelte langsam den Kopf. »Ich habe keine Ahnung. Ich habe nicht gesehen, was ihm passiert ist.«

Trash schloss für eine lange Zeit die Augen. Jack glaubte, er hätte das Bewusstsein verloren. Aber dann sagte er nur: »Cheese.«

Trash öffnete wieder die Augen. »Wer seid ihr Jungs?«

»Wir sind Freunde, Trash. Wir bringen Sie in Sicherheit.«

»Sagen Sie mir, dass das, was immer wir hier bombardiert haben, es wert war.«

»Was immer ihr bombardiert habt?«, fragte Jack. »Sie wissen gar nicht, was Sie bombardiert haben?«

»Irgendein Gebäude«, sagte Trash. »Ich weiß nur, dass ich und Cheese es voll erwischt haben.« Das Auto fuhr durch ein Schlagloch und schleuderte die beiden Männer auf dem Rücksitz ein Stück in die Höhe. Der Marine zuckte vor Schmerz zusammen. Adam bog auf eine größere Straße ein, die Richtung Südosten nach Shenzhen führte.

Jack fiel zur Seite, setzte sich dann jedoch wieder auf und sagte: »Captain, das, was Sie gerade gemacht haben, hat wahrscheinlich einen Krieg verhindert.«

Trash schloss wieder die Augen. »Bullshit.« Er sagte es ganz leise.

Augenblicke später war sich Jack sicher, dass er eingeschlafen war.

78

Am Morgen herrschte das typische Pekinger Grau mit dichtem Nebel und einem verhangenen Smog-Himmel, der kaum erkennen ließ, dass über ihm die Sonne aufging.

Die fünfundzwanzig Chinesen und Amerikaner fuhren in vier Fahrzeugen in ihren Bereitstellungsraum. Eine viertürige Limousine, ein voll beladener Pick-up und zwei kommerzielle Kleinbusse.

Driscoll fuhr den Pick-up. Auf dessen Rücksitz saßen die beiden gefesselten Spezialtruppensoldaten des Göttlichen Schwerts, Crane und Snipe.

Als der morgendliche Berufsverkehr seinen ersten Höhepunkt erreichte, begann es zu regnen. Clark und Chavez führten ihre kleine Streitmacht zur Gongchen-Nord-Straße, einem vierspurigen Nord-Süd-Weg, der genau zwischen den beiden vorgesehenen Angriffsorten lag. Auf dieser ruhigen Seitenstraße, die im Norden an einem ausbetonierten Regenwasserabfluss endete, der unter der Hauptstraße hindurchführte, parkte eine lange Reihe von Bussen des Pekinger Stadtverkehrs, hinter die sich jetzt die vier Fahrzeuge der Angriffstruppe stellten.

Die Amerikaner fühlten sich hier unglaublich exponiert. Ihre Fahrzeuge waren immerhin mit zwei Dutzend chinesischen Rebellen, Waffen, Munition, verdächtigen Landkarten und Stadtplänen, Funkgeräten und anderen Ausrüstungsgegenständen beladen. Ganz zu schweigen von den beiden Männern, deren Hände und Füße mit Isolierband gefesselt waren.

Wenn ein einzelner Polizist sich ihre kleine Kavalkade einmal näher anschauen wollte, mussten sie ihn irgendwie »neutralisieren«. Dies klang sauber und effizient, konnte aber in der Eile, in der sie waren, schnell ziemlich hässlich werden.

Obwohl dies eigentlich keine Durchgangsstraße war, standen südöstlich von ihnen Dutzende von Wohnhochhäusern. Man konnte also damit rechnen, dass trotz allem zahlreiche Augen auf die Gongchen-Nord-Straße gerichtet waren.

Es wurde acht Uhr, und es wurde acht Uhr dreißig. Die Wolken wurden immer dunkler und der Regen immer stärker. Gelegentlich waren im Norden über der Stadt Blitze zu sehen, denen entfernte Donnerschläge folgten.

Zwei Mal hatte Chavez die beiden Busse bereits in andere Teile des Viertels verlegt. Dies würde zwar die Anmarschzeit zu ihrem Einsatzort ein kleines bisschen verlängern, aber das war immer noch besser, als bereits zuvor aufzufliegen.

Um 8.45 Uhr stand Caruso auf dem Gehsteig neben dem Führungsfahrzeug und sprach die Dolmetscherin der Rebellentruppe an. »Yin Yin. Wir müssen jetzt endlich etwas von Ihrem Motorradpolizisten hören.«

»Ja, ich weiß.«

Sie hielt ein Funkgerät in der Hand, und er hörte fast ständig irgendwelche Meldungen, hatte es jedoch längst aufgegeben, auch nur ein einziges verständliches Wort herauszupicken.

Jetzt hörte man plötzlich die energische Stimme eines Mannes, der in bellendem Ton eine Nachricht durchgab. Yin Yin wirbelte so schnell herum, dass Dom erschrocken zusammenzuckte. »Die Jingzhou-Autobahn!«, rief sie.

Dom brüllte eine Sekunde später in sein eigenes Funkgerät hinein: »Jingzhou! Es geht los!«

Chavez hielt jetzt seinen Campusagenten über Funk seinerseits noch einen kleinen Vortrag, während sämtliche Fahrzeuge zu ihrem endgültigen Einsatzort aufbrachen. »Wir machen es wie besprochen. Denkt daran, der Stadtplan stimmt nicht unbedingt mit dem tatsächlichen Gelände überein. Wenn wir dort ankommen, sieht es nicht so aus wie gestern bei Dunkelheit oder gar wie auf diesem Plan. Ihr habt nur ein paar Minuten, um euch einzurichten. Sucht nicht nach der perfekten Stellung, sondern nach der besten Stellung, die ihr in der kurzen Zeit, die wir haben, finden könnt.«

Sam, John und Dom sagten brav »Verstanden«, und Ding begann, sich wieder über seinen eigenen Teil der Operation Gedanken zu machen.

Chavez fuhr in einem Kleinbus mit drei Rebellen zusammen, von denen keiner ein einziges Wort Englisch sprach. Allerdings hatten sie von Yin Yin genaue Anweisungen bekommen, auch wenn sie jetzt nicht mit dem Amerikaner kommunizieren konnten.

Sie parkten vor einem sechsstöckigen Wohnblock und rannten hinein. Zwei Männer blieben im Erdgeschoss, um die Eingangstür zu bewachen, während Ding und der dritte Mann mit großen Plastiktüten in der Hand die Treppe hinaufeilten. Im dritten Stock gingen sie zu einer Wohnungstür in der nordwestlichen Ecke des Gebäudes hinüber. Der junge Chinese klopfte an die Tür und zog eine kleine Makarow-Pistole aus seiner Jacke, während er wartete, dass jemand öffnete. Nach dreißig Sekunden klopfte er noch einmal. Chavez horchte auf das Funkgerät auf seiner Brust und trat nervös von einem Fuß auf den anderen.

Der Rest der Angriffstruppe eilte gerade zu den Angriffspositionen, und er stand in einem Etagenflur und wartete höflich darauf, dass jemand an die Tür kam.

Schließlich stieß Chavez den Chinesen sanft beiseite und trat die Tür ein.

Die Wohnung war möbliert und bewohnt, aber niemand war zu Hause.

Der Chinese sollte ab jetzt darauf achten, dass keiner Chavez in diesem Apartment überraschte. Er blieb im Wohnzimmer und beobachtete mit schussbereitem Gewehr die Eingangstür, während sich Chavez ein passendes Scharfschützennest suchte.

Er rannte zu einem Fenster in einem Eckschlafzimmer und öffnete es, zog sich tief in das nur schwach beleuchtete Zimmer zurück, rückte einen schweren Holztisch an die rückwärtige Wand, legte sich bäuchlings auf den Tisch und stützte sein Scharfschützengewehr auf seinem Rucksack ab.

Durch sein achtfach vergrößerndes Zielfernrohr beobachtete er die zweihundertfünfzig Meter entfernte Autobahn und stellte fest, dass dies eine machbare Schussdistanz war.

»Ding ist in Stellung.«

Er blickte über die Autobahn hinweg auf die niedrige grasbewachsene Anhöhe hinüber und konnte dort den anderen Kleinbus erkennen. Die Türen waren offen, und er war leer.

Dom Caruso kroch durch das hohe braune Gras, das vom morgendlichen Gewitter noch nass war, und hoffte aus ganzem Herzen, dass alle noch in seiner Nähe waren. Er hob den Kopf und wählte sich einen Punkt aus, der etwa fünfzig Meter von den Fahrspuren in Richtung Süden und sechzig Meter von denen in Richtung Norden entfernt lag. In wenigen Augenblicken würde der Konvoi in Richtung Norden an ihnen vorbeibrausen. Er wies Yin Yin eine Stellung direkt rechts von sich zu und ließ den anderen fünfzehn Rebellen durch sie mitteilen, dass sie sich entlang der

Anhöhe in jeweils zwei Meter Entfernung auf die Lauer legen sollten.

Von hier oben konnten sie über den Verkehr in Richtung Süden auf den Konvoi feuern, wenn er endlich auftauchte.

»Dom, bin in Stellung.«

Chavez meldete sich über Funk aus seinem Scharfschützennest südöstlich der Autobahn. »Dom, der Rest der Gruppe, die dort drüben neben dir liegt, wird nachher einfach drauflosschießen und beten, dass sie irgendwas trifft. Ich möchte deshalb, dass du deine RPG mit großer Vorsicht abfeuerst. Du machst dich selbst jedes Mal zu einem guten Ziel, wenn du den Granatwerfer bedienst, also geh sofort danach in Deckung, und wechsele vor dem nächsten Schuss die Stellung!«

»Verstanden.«

Sam Driscoll parkte seinen viertürigen Pick-up, der mit Betonsteinen beladen war, zwei Kilometer südlich der Angriffsstelle neben der Straße. Crane und Snipe saßen gefesselt und mit einer Haube über dem Kopf neben ihm. Der Konvoi fuhr im Morgenverkehr an ihm vorüber. Er bestand aus sieben schwarzen Limousinen und Geländewagen sowie zwei großen grünen Militärlastern. Sam wusste, dass sich in jedem dieser beiden Lastwagen fünfzehn bis zwanzig Soldaten befinden konnten. Dazu kamen noch etwa zwei Dutzend Sicherheitsleute in den übrigen Fahrzeugen. Er meldete dies über Funk den anderen, zog seine Makarow aus dem Hosenbund, stellte sich neben sein Führerhaus und schoss in aller Ruhe Crane und Snipe in die Brust und den Kopf.

Er nahm ihnen ihre Hauben ab und riss das Klebeband, das sie gefesselt hatte, von ihren Hand- und Fußgelenken. Danach warf er zwei alte Type-81-Gewehre vor ihnen aufs Bodenbrett.

Sekunden später fädelte er seinen Pick-up in den laufenden Verkehr ein und raste dem Konvoi hinterher. Direkt hinter ihm folgte eine Limousine mit vier weiteren Pfad-der-Freiheit-Männern.

John Clark trug eine Papiermaske und eine Sonnenbrille, die allerdings während dieses Gewitters nicht viel Sinn ergab. Er und sein Rebellen-Begleiter trugen zwischen sich zwei große, aufeinandergestapelte Holzkisten. Sie betraten die überdachte Fußgängerüberführung, die zweihundertvierzig Meter nordöstlich der Angriffsstelle die achtspurige Autobahn überquerte. Ein einzelner Motorradpolizist hatte sein Krad vor der Brücke abgestellt und ging jetzt ein ganzes Stück vor ihnen her. Dutzende Männer und Frauen, die zur Arbeit oder zu Bushaltestellen auf beiden Seiten der Straße unterwegs waren, bewegten sich gerade über diese Brücke.

Clarks Begleiter sollte dem Polizisten mit einer Pistole entgegentreten und ihn entwaffnen, bevor Clark den Konvoi angreifen würde. John hoffte, dass der ängstlich dreinblickende junge Mann den Mut aufbringen würde, dies erfolgreich zu erledigen, geschweige denn den Mumm hatte, den Polizisten zu erschießen, wenn der sich nicht ergab. Aber John hatte im Moment genug eigene Probleme im Kopf. Als sie an einem Punkt direkt über der nach Norden führenden Fahrspur angekommen waren, dachte er nicht mehr an den Polizisten, sondern bereitete sich auf das Kommende vor. Sie stellten die Kisten direkt neben dem Geländer ab, und John gab dem jungen Rebellen ein Zeichen, sich jetzt um den Polizisten zu kümmern.

Er selbst kniete sich hin, öffnete beide Kisten mit der linken Hand und griff dann in die oberste, um die erste Waffe zu entsichern.

Gleichzeitig meldete er über Funk: »Clark ist bereits in Stellung.«

Zahlreiche Männer und Frauen gingen an ihm vorüber, ohne ihn weiter zu beachten.

»Noch etwa dreißig Sekunden«, erklärte Driscoll.

Der Vorsitzende der Zentralen Militärkommission der Volksrepublik China, Su Ke Qiang, saß im vierten Fahrzeug seines aus neun Fahrzeugen bestehenden Konvois, den insgesamt vierundfünfzig Mann mit Gewehren, Maschinengewehren und Granatwerfern sicherten. Auf seinem Schoß lagen die letzten Berichte über die Ereignisse in der Taiwan-Straße und im Militärdistrikt Kanton.

Er hatte sie alle bereits gelesen und würde dies jetzt noch einmal tun.

Sein Blut kochte vor Wut.

Tong war tot. Das stand jedoch noch nicht in diesen Berichten. Su hatte es um fünf Uhr morgens erfahren, als man Tongs Leichnam identifiziert hatte, den sie in zwei große Stücke zerteilt aus den Trümmern gezogen hatten. Außer ihm waren zweiundneunzig Ghost-Ship-Hacker, -Controller und -Ingenieure umgekommen und Dutzende verletzt worden. Die Server waren vollkommen vernichtet worden. Sofort darauf erhöhte sich die Bandbreite des gesicherten Netzwerks des US-Verteidigungsministeriums, die amerikanischen Satelliten waren alle wieder online, und mehrere von Centers Cyberangriffsmaßnahmen in den Vereinigten Staaten wie etwa die Behinderung der Bankgeschäfte und der Telekom-Verbindungen sowie die Sabotage wichtiger Infrastruktureinrichtungen hörten entweder einfach auf oder verloren zumindest einen Großteil ihrer Wirksamkeit.

Andererseits führten Centers Botnetz-Operationen weiterhin Denial-of-Service-Angriffe auf das amerikanische Internet durch, und die Spähprogramme und RATs in den Netzwerken des Verteidigungsministeriums und der Geheimdienste waren immer noch intakt, aber es gab auf der anderen Seite niemand mehr, der ihre Feeds aufzeichnete und die darin enthaltenen Informationen der VBA oder dem MSS übermittelte.

Das was eine absolute Katastrophe, der schlimmste Gegenschlag, den die Amerikaner den Chinesen versetzen konnten. Su wusste das, und er wusste auch, dass er dies vor dem Ständigen Ausschuss des Politbüros zugeben musste.

Allerdings würde er jeden Vorwurf zurückweisen, er hätte das Tong-Netzwerk besser schützen müssen. Dem konnte er als Entschuldigung, als *triftige* Entschuldigung, entgegenhalten, dass man das China-Telecom-Gebäude nur deshalb als zeitweises Hauptquartier von Centers Organisation gewählt hatte, weil man sie auf die Schnelle nach ihrem Auffliegen in Hongkong nirgendwo anders unterbringen konnte. Aber *entschuldigen* würde er sich für diesen Fehler auf keinen Fall. Wenn dieser Konflikt erst einmal vorbei war und das Südchinesische Meer, Taiwan und Hongkong fest in chinesischer Hand waren, würde er jene, die für Tongs Umzug nach Kanton verantwortlich waren, feuern. Im Moment musste er jedoch seinen Kollegen eine ehrliche Einschätzung des Schadens vermitteln, den Jack Ryans Angriff in der vergangenen Nacht angerichtet hatte.

Er musste dies aus einem bestimmten Grund und *nur* aus diesem Grund tun.

Heute würde er dem Ständigen Ausschuss seine Absicht verkünden, die USS *Ronald Reagan,* die USS *Nimitz* und die USS *Dwight D. Eisenhower* mit Dongfeng-21-Raketen anzugreifen.

Etliche Mitglieder des Ständigen Ausschusses würden wohl gewisse Bedenken äußern, aber er erwartete nicht, dass sich ihm jemand in den Weg stellte. Su würde ihnen deutlich und schlüssig klarmachen, dass sich Ryan nach einem solch vernichtenden Schlag gegen seine Hochseemarine zurückziehen müsse. Su würde ihnen darüber hinaus erklären, dass China die volle Hegemonie über die gesamte Region erlangen werde, wenn die amerikanischen Kriegsschiffe erst einmal den Westpazifik verlassen hätten. Diese Dominanz würde China endgültig zu einer Weltmacht werden lassen, so wie Amerika erst mächtig geworden war, als es seine gesamte Hemisphäre unter Kontrolle gebracht hatte.

Wenn aus irgendeinem Grund die Angriffe auf die Flugzeugträger keinen Erfolg haben sollten, wäre der nächste Schritt eine umfassende Raketen- und Cruise-Missile-Attacke auf Taiwan, bei der zwölfhundert Raketen und Lenkkörper sämtliche Militäreinrichtungen der Insel ausschalten würden.

Su wusste allerdings jetzt schon, dass Wei herumjammern würde, welchen wirtschaftlichen Schaden das alles anrichten werde, aber der Vorsitzende der Militärkommission wusste genau, dass diese Machtdemonstration zuerst ihre Stellung im eigenen Land stärken und ihnen danach auch im Ausland helfen würde. Wenn China die Hegemonie über seine eigene Region errungen hatte, blieb dem Rest der Welt gar nichts anderes übrig, als das Reich der Mitte als führende Weltmacht anzuerkennen.

Sicher, Su gab selbst zu, dass er kein Wirtschaftsfachmann war, aber er war sich absolut sicher, dass China auch wirtschaftlich aufblühen würde, wenn es zum Zentrum der Welt geworden war.

Er legte die Berichte beiseite, schaute aus dem Fenster und dachte über die Rede nach, die er heute noch halten würde. Ja. Ja, er würde es schaffen. Er konnte dieses schreckliche Ereignis der letzten Nacht, diesen schweren Schlag gegen seine Angriffe auf die Vereinigten Staaten, als Argument benutzen, um vom Politbüro genau das zu bekommen, was er wollte.

Wenn erst einmal zwanzigtausend amerikanische Seeleute gefallen waren und die amerikanische Hochseeflotte ihre gesamte Schlagkraft eingebüßt hatte, würde sich Amerika ganz bestimmt zurückziehen und China die komplette Kontrolle über diese Region überlassen, dessen war sich Su sicher.

Tong würde ihm im Tod sogar noch mehr nützen als im Leben.

Mit Ausnahme von Driscoll, der etwa hundert Meter hinter dem letzten Truppentransporter herfuhr, sah in diesem heftigen Regen keiner den Konvoi, bevor er sich dem Angriffspunkt näherte. Alle hatten den Befehl, erst dann zu schießen, wenn Clark seine erste Panzerabwehr-Granate aus dem Norden abgefeuert hatte. Als Clark den Konvoi endlich klar erkennen konnte, waren dessen erste Fahrzeuge bereits an Dom und seiner Schützengruppe vorbeigerollt.

Clark drehte sich noch einmal blitzschnell um, damit er sichergehen konnte, dass die Ausstoßgase niemand hinter ihm verletzen konnten. Dann nahm er die Waffe auf die Schulter und zielte mit ihrem Eisenvisier auf ein weißes Zivilauto, das direkt vor dem Konvoi fuhr. Er wusste, zumindest hoffte er es, dass der weiße Wagen beim Einschlag der Granate diese Stelle bereits verlassen hatte und er stattdessen den ersten Geländewagen der Motorkavalkade treffen würde.

Er drückte ab und hörte das laute Zischen des Raketenmotors, als die Granate das Rohr verließ. Sofort danach warf er das leere Rohr auf den Asphalt der Fußgängerbrücke und holte den zweiten Granatwerfer aus seiner Kiste.

Erst jetzt hörte er zweihundertfünfzig Meter südwestlich das Explosionsgeräusch.

Er hob mit der Linken die zweite Waffe auf die Schulter und sah, dass sein erster Schuss ein Volltreffer gewesen war. Der Geländewagen, das Führungsfahrzeug des Konvois, war als brennender Feuerball ein Stück in die Luft gehoben worden und schlitterte jetzt quer über die Fahrbahn. Die Fahrzeuge direkt hinter ihm versuchten ihm verzweifelt links oder rechts auszuweichen und danach möglichst schnell der Gefahrenzone zu entkommen.

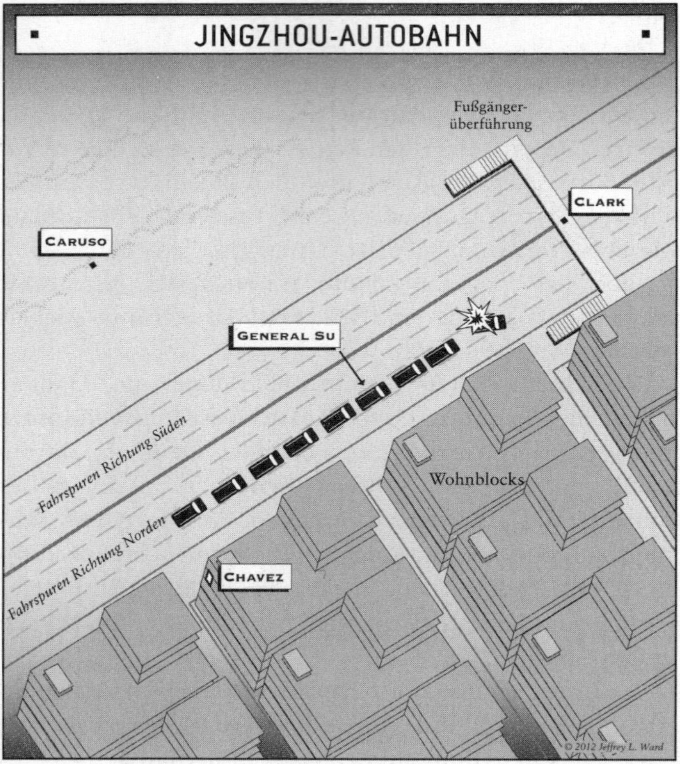

John zielte jetzt auf einen Punkt links neben dem Geländewagenwrack, der etwa zwanzig Meter näher an seiner Brücke lag. Er feuerte eine zweite panzerbrechende Rakete ab, warf das leere Abschussrohr auf den Boden, zog eine Pistole aus der Hose und rannte zum südlichen Ende der Fußgängerüberführung zurück. Unterwegs schaute er auf die

Autobahn hinunter und sah, dass seine zweite Granate direkt vor einer großen Limousine eingeschlagen war, einen Krater in den Asphalt geschlagen und den vorderen Teil des Fahrzeugs in Brand gesetzt hatte.

Hinter ihm traten alle in diesem Konvoi hart auf die Bremse und versuchten, im Rückwärtsgang möglichst schnell aus dem Gefahrenbereich der Raketen herauszukommen, die offensichtlich von dieser Fußgängerbrücke aus abgefeuert worden waren.

Sam Driscoll öffnete die Tür seines langsam fahrenden Pick-ups, warf eine große Segeltuchtasche auf die Straße und sprang dann selbst hinaus. Das letzte Konvoi-Fahrzeug war nur etwa hundert Meter voraus. Sams schwerer Pick-up rollte jetzt jedoch auch ohne ihn unbeirrt weiter, da er das Lenkrad durch ein Seil fixiert hatte, das am Armaturenbrett befestigt war, und der Wählhebel des Automatikgetriebes weiterhin auf »D« stand.

Als Sam auf dem nassen Asphalt aufkam, rollte er sich zur Seite ab, rannte zu seiner Tasche zurück und holte eine RPG-9-Panzerbüchse und ein AK-47 heraus. Als er die Panzerbüchse auf den Konvoi richtete, sah er, dass mehrere schwarze Fahrzeuge entweder zurücksetzten oder in drei Zügen wendeten, um in die entgegengesetzte Richtung zu fahren. Die beiden schweren Truppentransport-Lkw konnten jedoch gar nicht so schnell anhalten. Dies drückte den Konvoi regelrecht zusammen, was für alle, die sich in ihm befanden, äußerst unangenehme Folgen hatte.

Sam zielte auf den hinteren Lastwagen und schoss. Die mit Stabilisierungsflossen versehene Granate überwand die kurze Strecke in etwas mehr als einer Sekunde und schlug dann in das Planverdeck über der Ladefläche ein. Der ganze Lkw explodierte. Viele Soldaten wurden getötet, während andere aus dem brennenden Wrack sprangen oder stürzten.

Ganz kurz schaute Sam nach, wie es in seinem Rücken aussah. Aufgrund des heftigen Regens konnten viele Autofahrer den Stau erst erkennen, als sie nur noch ein paar hundert Meter von Driscoll entfernt waren, was bedeutete, dass es jetzt hinter ihm die ersten Auffahrunfälle gab. Er verdrängte erst einmal die unschöne Aussicht, im Laufe dieser Operation selbst überfahren zu werden, lud seine Panzerbüchse neu und feuerte eine zweite Granate ab. Diese schoss direkt neben der geöffneten Fahrertür seines rollenden Pick-ups vorbei und schlug in den zweiten Truppentransport-Lkw ein, der gerade rückwärts gegen die Mittelstreifen-Trennwand zwischen den beiden Fahrspuren geprallt war, als er in aller Eile umzudrehen versuchte. Da dieses Mal die Granate seitlich einschlug, wurden nicht ganz so viele Soldaten auf der Stelle getötet, aber der Lastwagen stand jetzt in hellen Flammen und blockierte die gesamte Fahrbahn, sodass den übrig gebliebenen Fahrzeugen des Konvois jede Fluchtmöglichkeit versperrt war.

Sam rannte auf die südöstliche Seite der Straße hinüber, ließ sich in einen Drainagegraben gleiten, der bis in sechzig Zentimeter Höhe mit eiskaltem Wasser gefüllt war, und begann mit seiner Kalaschnikow auf die Soldaten zu schießen, die immer noch aus den beiden brennenden Lastwagen heraussprangen.

Entlang der nassen, grasbewachsenen Anhöhe rechts von Caruso zerriss jetzt undiszipliniertes Gewehrfeuer die Luft. Dominic feuerte seine RPG drei Mal ab. Zwei Granaten flogen hoch über die gesamte Autobahn hinweg, ohne einen Schaden zu verursachen, die dritte schlug jedoch direkt in einen Geländewagen ein und schleuderte ihn auf ein anderes Fahrzeug, ohne ihn jedoch völlig zu zerstören. Er griff sich das Gewehr eines toten Rebellen und visierte im Gegensatz zu seinen panischen Kameraden einen etwa fünfundsechzig Meter entfernten rennenden Mann sorgfältig über Kimme und Korn an. Er verfolgte ihn ein paar Meter lang mit seiner Waffe von rechts nach links und betätigte dann ganz ruhig und bedacht den Abzug. Ein Schuss knallte los, und der Mann stürzte tot zu Boden.

Auf dieselbe Weise erledigte er kurz darauf einen Soldaten, der von einem der brennenden Lastwagen nach Norden rannte.

Direkt neben Caruso feuerten fünfzehn Schützen, einschließlich der kleinen Yin Yin, weiterhin mit großem Eifer völlig ungezielte Schüsse auf den liegen gebliebenen Konvoi ab.

Domingo Chavez beobachtete durch sein Zielfernrohr die Limousinen in der Mitte des Konvois und suchte dabei nach Offizieren. Als er im Augenblick keine fand, richtete er seine Aufmerksamkeit auf einen zivil gekleideten Leibwächter, der aus einem havarierten Geländewagen zur mittleren Trennwand lief, um dort Deckung zu suchen. Ding schoss dem Mann in den unteren Rumpf und nahm dann seine Augen vom Zielfernrohr, um bei seiner heißen, rauchenden Dragunow das Magazin zu wechseln. Danach überblickte er ganz kurz mit bloßem Auge das Gefechtsfeld in seiner Gesamtheit. Links von ihm standen die beiden Truppentransport-Laster immer noch in hellen Flammen, schwarzer Rauch stieg in den schiefergrauen Himmel auf. Neben den Lastwagen lagen Leichen über die ganze Fahrbahn verstreut, die aus dieser Entfernung allerdings nur winzige formlose Gestalten waren.

Die schwarzen Geländewagen und Limousinen waren zwischen diesen Truppentransportern und den beiden brennenden Fahrzeugen an der Spitze des Konvois eingeschlossen. Die Mitte des Konvois hatte in Ziehharmonikaform angehalten. Mehr als ein halbes Dutzend Männer in schwarzen Anzügen und grünen Uniformen lagen jetzt regungslos hinter den Rädern oder kauerten auf der Suche nach Deckung dicht neben ihren Autos. Viele Insassen dieser fünf Fahrzeuge hatte Ding bereits erschossen.

Jeder hatte inzwischen sein Gefährt verlassen, da die RPGs und Panzergranaten sie davon überzeugt hatten, dass man sich im Moment besser nicht in einem stillstehenden Fahrzeug aufhalten sollte.

Ding schaute jetzt wieder durch sein Zielfernrohr und schwenkte seine Waffe von rechts nach links, ob er irgendwo Su entdecken konnte. Er schätzte, dass sich gerade dreißig Soldaten und Sicherheitsleute auf der Fahrbahn oder dem Randstreifen aufhielten. Diejenigen, die ihre Waffe benutzten, schienen alle nach Osten in die von Chavez aus entgegengesetzte Richtung zu feuern.

Er ließ sein Zielfernrohr zur Feuerstellung von Dom und den Rebellen hinüberwandern, die von seinem Scharfschützennest gut dreihundert Meter entfernt war. Er sah dort mehrere leblose Körper im Gras liegen. Die ganze Anhöhe lag unter dem heftigen Beschuss der chinesischen Regierungstruppen. Die einschlagenden Kugeln schleuderten Erde, Gras, Pflanzenteile und Blätter in die regengeschwängerte Luft.

Domingo wusste, dass die gesamte Stellung dieser schlecht ausgebildeten Rebellen in einer weiteren Minute ausgelöscht sein würde, wenn er selbst nicht etwas dagegen unternahm. Deshalb richtete er sein Scharfschützengewehr wieder auf die Fahrbahn und visierte den mittleren Rücken eines Leibwächters in einem schwarzen Regenmantel an.

Die Dragunow ging los, und der Mann kippte nach vorn und stürzte auf die Motorhaube eines Geländewagens.

Caruso setzte einen Funkspruch ab und versuchte dabei den Gefechtslärm zu übertönen. »Yin Yin ist tot! Ich kann mit diesen Leuten nicht mehr kommunizieren!«

»Schießt einfach weiter!«, rief Chavez zurück.

Jetzt meldete sich Driscoll. »Auf dem Seitenstreifen nähern sich aus Südwesten Polizeiwagen!«

»Kümmere dich um sie, Sam!«, sagte Ding.

»Verstanden, aber mir geht in einer Minute die Munition aus!«

Ding antwortete, wobei er seinen Satz mit den Schüssen aus seinem Scharfschützengewehr unterstrich: »Wenn wir in einer Minute nicht abziehen« – *Bumm!* –, »dann ziehen wir überhaupt nicht mehr ab!« *Bumm!*

»Verstanden«, rief Driscoll.

General Su Ke Qiang kroch aus der Deckung seiner Limousine heraus, um sich hinter einer Reihe seiner Männer in Sicherheit zu bringen, die sich neben der Autobahn aufgestellt hatten und jetzt in Richtung Westen schossen. Links und rechts von ihm brannten Fahrzeuge und lagen reglose Körper im strömenden Regen, deren Blut sich mit dem Regenwasser vermischte und in ganzen Bächen zum Drainagegraben neben dem Standstreifen hinunterlief.

Er konnte nicht glauben, was da gerade geschah. Ein paar Meter vor ihm sah er die zusammengesunkene Gestalt seines Stellvertreters, General Xia. Su konnte sein Gesicht nicht erkennen, er wusste nicht, ob er tot war oder noch lebte, aber zumindest bewegte er sich nicht mehr.

Su schrie laut auf, als ihm beim Kriechen zersplittertes Sicherheitsglas, das überall auf dem Asphalt herumlag, Hände und Handgelenke zerschnitt.

Das Rattern von Automatikfeuer drang aus Richtung Süden von der Anhöhe auf der anderen Seite der Autobahn herüber.

In zweihundertdreißig Meter Entfernung fiel Domingo Chavez am Rand der Autobahn in der Nähe des vierten Fahrzeugs eine schnelle Bewegung auf. Er richtete sein Zielfernrohr auf einen Mann in Uniform, der dort auf allen vieren über den Asphalt kroch. Ohne zu zögern, drückte er auf den Abzug seiner Waffe.

Die Kugel verließ den Gewehrlauf, raste über das Chaos des havarierten Konvois hinweg und schlug in das linke Schulterblatt des Vorsitzenden der Zentralen Militärkommission Su Ke Qiang ein. Das kupferummantelte Geschoss bohrte sich durch seinen Rücken, zerriss seinen linken Lungenflügel und trat aus seiner Brust aus, um danach in den Asphalt unter seinem Körper einzudringen. Mit einem kurzen schockierten Schmerzensschrei starb der gefährlichste Mann der Welt mit dem Gesicht nach unten auf der Autobahn neben seinen jungen Soldaten, die im verzweifelten Versuch, den unerwarteten Angriff zurückzuschlagen, Hunderte Kugeln in alle Richtungen abfeuerten.

Chavez wusste nicht, dass seine letzte Zielperson in diesem Konvoi Su gewesen war. Er wusste nur, dass sie alle ihr Bestes gegeben hatten und dass es jetzt höchste Zeit war, von hier zu verschwinden. »Abzug!«, rief er in sein Funkgerät. »Bewegung, Leute! Los! Los! Los!«

Clark und sein Begleiter holten vier Minuten später Chavez und seine drei Rebellenkämpfer ab. Driscoll und drei überlebende Rebellen überquerten sämtliche acht Fahrspuren und rannten dann die Anhöhe im Westen hinauf, wo sie zwei Pfad-der-Freiheit-Männern begegneten, die nach Süden anstatt nach Westen gelaufen waren. Kurz darauf fanden sie Dom und zwei weitere überlebende Chinesen, die verzweifelt versuchten, alle Leichen in einer Geländerinne von der Anhöhe herunterzuziehen, wo sie vor dem sporadischen Feuer aus Richtung Autobahn geschützt waren. Zusammen sammelten sie jetzt alle Toten ein, und ein Mann holte den Kleinbus.

Das Gewitter war bei ihrem Abzug ausgesprochen hilfreich. Natürlich waren inzwischen Hubschrauber im Anflug. Chavez konnte ihre Rotoren hören, während sie selbst in Richtung Nordwesten fuhren. Bei diesem schwarzen, diesigen Himmel war jedoch ihre Bodensicht äußerst beschränkt. Außerdem herrschte vor Ort so viel Chaos, dass es mindestens eine Stunde dauern würde, bis sie begriffen, was genau dort passiert war.

Die Amerikaner und die zehn überlebenden Chinesen trafen noch vor zwölf Uhr mittags wieder in ihrer Scheune ein. Es hatte einige Verwundungen gegeben. Sam hatte sich eine Hand gebrochen, aber es nicht einmal gespürt. Caruso hatte ein Querschläger, der von einem Stein abgeprallt war, an der Hüfte gestreift. Die Wunde blutete zwar heftig, war aber nicht wirklich ernst. Einer der überlebenden Chinesen hatte einen Schuss in den Unterarm abbekommen.

Sie versorgten ihre Verletzungen und hofften aus ganzem Herzen, dass weder die VBA noch die Polizei sie vor Einbruch der Dunkelheit finden würde.

79

Der Präsident der Vereinigten Staaten saß an seinem Schreibtisch im Oval Office, schaute auf seinen vorbereiteten Text hinunter und räusperte sich.

Rechts von der Kamera, gerade einmal drei Meter vor seinem Gesicht, zählte der Aufnahmeleiter: »Fünf, vier, drei …« Er hielt zwei Finger, dann einen Finger hoch und deutete schließlich auf Jack.

Ryan lächelte nicht in die Kamera. Er musste genau den richtigen Ton finden, und je länger er dieses gottverdammte Spiel spielte, desto mehr erkannte er, dass dessen Regeln, so lästig sie auch sein mochten, manchmal doch ihren guten Grund hatten. Heute wollte er weder Empörung noch Erleichterung oder Befriedigung, sondern nur verhaltene Zuversicht zeigen.

»Guten Abend. Gestern habe ich amerikanischen Kampfflugzeugen einen begrenzten Angriff auf ein Gebäude in Südchina befohlen, in dem amerikanische Militär- und Geheimdienstexperten das Nervenzentrum der Cyberangriffe auf die Vereinigten Staaten vermuteten. Tapfere amerikanische Piloten, Seeleute und Sondereinsatzkräfte waren an diesem Angriff beteiligt, und ich bin glücklich, Ihnen mitteilen zu können, dass dieser Angriff ein voller Erfolg war.

In den vergangenen vierundzwanzig Stunden sind die zuvor äußerst wirkungsvollen Cyberattacken auf die Infrastruktur und die wirtschaftlichen Einrichtungen der Vereinigten Staaten weitgehend abgeklungen. Während es noch ein weiter Weg bis zur Behebung der extremen Schäden ist, die uns das chinesische Regime zugefügt hat, werden Regierung, Wirtschaftsfachleute und Experten in enger Zusammenarbeit die Krise beheben und Maßnahmen ergreifen, dass dies nie wieder geschieht.

Bei diesen begrenzten Angriffshandlungen in China haben viele Amerikaner ihr Leben verloren oder sind von chinesischen Truppen gefangen genommen worden. Hier in den Vereinigten Staaten wird es einige Zeit dauern, die Todesfälle und Verletzungen zu erfassen, die der Stromausfall, der Verlust der Kommunikationseinrichtungen und die Unterbrechung der Verkehrsnetze gekostet haben.

Darüber hinaus wurden bereits zu Beginn der chinesischen Operation gegen uns acht Amerikaner getötet, als vor zwei Monaten eine amerikanische Reaper-Drohne gekapert wurde und Raketen auf amerikanische und afghanische Soldaten abfeuerte.

Ich habe Ihnen vom Verlust amerikanischer Leben berichtet. Aber auch die Todesfälle, die die Taiwanesen, Inder, Vietnamesen, Filipinos und Indonesier beklagen mussten, haben eine große Rolle bei unserer Einschätzung dieser katastrophalen Ereignisse gespielt.

Amerika und seine Verbündeten haben völlig unnötig gelitten, und wir sind alle verärgert und wütend. Aber wir wollen keinen Krieg, wir wollen Frieden. Ich habe mich mit Verteidigungsminister Robert Burgess und anderen wichtigen Persönlichkeiten des Pentagons beraten, um einen Weg aus dieser Krise mit China zu finden, der Leben rettet und keine Leben kostet.

Zu diesem Zweck wird die Marine der Vereinigten Staaten morgen bei Tagesanbruch am Eingang der Straße von Malakka eine teilweise Blockade der Öllieferungen nach China beginnen. China bezieht achtzig Prozent seines Öls durch diesen engen Wasserweg, der den Indischen Ozean mit dem Südchinesischen Meer verbindet. Ab morgen früh werden wir nur noch fünfzig Prozent dieses Öls durchlassen.

Die chinesischen Führer haben jetzt die Wahl. Sie können ihre Kriegsschiffe aus dem Südchinesischen Meer zurückziehen, ihre Truppen von den Inseln und Riffen abziehen, die sie im vergangenen Monat besetzt haben, und die ständigen Verletzungen der Demarkationslinie in der Taiwan-Straße einstellen. Sobald sie dies tun, wird das Öl wieder unbeschränkt durch die Straße von Malakka fließen.

Sollte China allerdings weiterhin seine Nachbarn angreifen oder irgendeinen Angriff auf die Vereinigten Staaten – zu Lande, zu Wasser, in der Luft, im Weltraum oder im Cyberspace – beginnen, werden wir mit gleicher Münze zurückzahlen und sämtliche Öllieferungen durch die Straße von Malakka nach China unterbinden.«

Ryan schaute von seinem Manuskript auf. »Das gesamte Öl. Jeden einzelnen Tropfen.«

Er machte eine kleine Pause, rückte seine Brille zurecht und schaute wieder auf seinen Redetext hinunter. »Die Vereinigten Staaten sind seit über vierzig Jahren ein guter Freund und Geschäftspartner der Volksrepublik China. Wir hatten zwar unsere Differenzen, aber wir haben uns dabei immer die Achtung und den Respekt vor dem großen chinesischen Volk bewahrt.

Hinter diesen gegenwärtigen Auseinandersetzungen stehen nur einige Gruppen innerhalb der Volksbefreiungsarmee und der Kommunistischen Partei Chinas. Denn offensichtlich sind wir nicht die Einzigen, die mit den Aktionen der militärischen Führung unzufrieden sind. Tatsächlich gibt es Kräfte innerhalb der VBA, die mit den aggressiven Handlungen Chinas nicht einverstanden sind.

Vor einigen Stunden wurde der Vorsitzende der Zentralen Militärkommission und Chefarchitekt der koordinierten chinesischen Angriffe auf seine Nachbarn und die Vereinigten Staaten in Peking bei einem Attentat getötet. Erste Berichte weisen darauf hin, dass Mitglieder seines eigenen Militärs an dem Angriff auf seinen Fahrzeugkonvoi beteiligt waren. Es könnte keinen größeren Beweis für die Unzufriedenheit über den gegenwärtigen Kurs des chinesischen Militärs geben als dieses kühne Attentat auf den Vorsitzenden Su durch seine eigenen Männer.

Präsident Wei hat jetzt eine wichtige Entscheidung zu fällen, die das Leben von anderthalb Milliarden Chinesen betreffen wird. Ich kann an dieser Stelle nur an Präsident Wei appellieren, sich richtig zu entscheiden, alle Feindseligkeiten einzustellen, seine Truppen wieder in ihre Stützpunkte zurückzuziehen und alles zu unternehmen, um den Schaden wiedergutzumachen, den die chinesischen Aktionen in den vergangenen Monaten verursacht haben.

Vielen Dank und gute Nacht.«

Wei Zhen Lin saß an seinem Schreibtisch. Er hatte seine Hände mit den Handflächen nach unten flach auf seine Schreibunterlage gelegt und schaute unverwandt in eine unendliche Ferne.

Der Ständige Ausschuss des Politbüros wollte seinen Kopf. Eigentlich hätten sie Sus Kopf gewollt, dachte Wei, aber da Su bereits tot war, sollte Wei ihnen jetzt ersatzweise als Sündenbock dienen. Sie hatten vor, ihn zu vernichten, um ihre Wut zu kanalisieren und sich dadurch gleichzeitig von der Wirtschafts-, Gesellschafts- und Militärpolitik zu distanzieren, die so grandios gescheitert war.

Präsident Wei bedauerte es immer noch zutiefst, dass Su nicht einfach getan hatte, worum er ihn gebeten hatte. Wei war sich sicher, dass er mit ein wenig Säbelrasseln und Gepolter bezüglich des Südchinesischen Meers, Taiwans und Hongkongs die ganze Region dazu gebracht hätte, sich aus eigenem Antrieb der starken Wirtschaft und der großartigen Zukunft der Volksrepublik China anzuschließen.

Aber nein, Su wollte alles haben und daraus einen richtigen Krieg machen und die US-Flotte auf eine Weise besiegen, dass sie gedemütigt nach Hause zurückkriechen würde.

Der Mann war ein Narr gewesen. Wei glaubte, dass selbst er, ein in der Wolle gefärbter Zivilist, als Vorsitzender der Zentralen Militärkommission einen besseren Job abgeliefert hätte als dieser Su Ke Qiang.

Aber sich zu wünschen, die Dinge wären anders verlaufen, war verlorene Zeit, und Wei hatte keine Zeit zu verlieren.

Er hörte bereits die schweren Fahrzeuge des Ministeriums für Öffentliche Sicherheit direkt vor seinem Fenster. Sie waren gekommen, um ihn zu verhaften, wie sie es bereits vor ein paar Monaten tun wollten. Dieses Mal würde Su jedoch nicht erscheinen, um ihn zu retten.

Ihn zu retten? Nein, Su hatte ihn damals nicht gerettet. Su hatte Weis Sturz nur lange genug aufgehalten, dass dessen Vermächtnis jetzt noch weiter getrübt war.

Voller Wut, Bedauern und Anmaßung gegenüber den Kleingeistern, die ihn immer noch nicht verstanden, hob Präsident und Generalsekretär Wei Zhen Lin seine rechte Hand von der Schreibtischunterlage, umklammerte den Griff seiner Pistole und hielt sich die Waffe an die Schläfe.

Am Ende verpfuschte er dann auch noch das. In Erwartung des Schusses zuckte er mit dem Kopf ein Stück zurück, und die Pistolenmündung rutschte dadurch etwas nach unten. Er schoss sich selbst in den rechten Backenknochen, die Kugel bohrte sich durch sein Gesicht, durchdrang die Stirnhöhle und trat an der linken Kopfseite wieder aus.

Er fiel zu Boden, der unbeschreibliche Schmerz verkrampfte seine Hände, er wand sich hinter seinem Schreibtisch, trat den Stuhl um und schlug in seinem eigenen Blut wild um sich.

Ein Auge hatte sich mit Tränen und Blut gefüllt, aber das andere blieb klar, sodass er sehen konnte, wie sich Fung geschockt und unschlüssig über ihn beugte.

»Gnadenschuss!«, rief er ihm zu, aber seine Worte waren nicht mehr zu verstehen. Die entsetzlichen Schmerzen in seinem Kopf und die Scham, sich auf dem Boden seines eigenen Büros zu wälzen, weil er nicht einmal diese einfache Aufgabe erledigen konnte, zerrissen seine Seele, wie die Kugel vorhin sein Gesicht zerrissen hatte.

»Gnadenschuss!«, brüllte er erneut, und erneut wusste er, dass man ihn nicht verstehen konnte.

Fung starrte ihn weiterhin einfach an.

»Bitte!«

Fung drehte sich ab, verschwand hinter dem Schreibtisch, und über seine eigenen Schreie und Bitten hinweg hörte Wei, wie Fung die Bürotür hinter sich schloss.

Es dauerte noch weitere vier Minuten, bis der Präsident der Volksrepublik China an seinem eigenen Blut erstickt war.

Epilog

China ließ drei Tage später die in Gefangenschaft geratenen Piloten wieder frei und brachte sie ohne großes Aufsehen mit Chartermaschinen nach Hongkong, wo sie von Flugzeugen des US-Verteidigungsministeriums erwartet und nach Hause geflogen wurden.

Brandon »Trash« White war bereits zuvor in Hongkong eingetroffen. Er hatte den ersten Tag nach seinem Absturz in einer kleinen Wohnung in Shenzhen verbracht, in der ihm ein maskierter Amerikaner namens Jack und ein asiatischer CIA-Agent, der sich Adam nannte, Gesellschaft leisteten. Einmal besuchte sie dort ein Arzt aus Hongkong, den Adam zu kennen schien. Der Mann versorgte Trashs Verletzungen und machte ihn reisefertig. In der darauffolgenden Nacht überquerten Jack und Trash einen Fluss auf einem Floß und wateten danach eine volle Stunde durch Reisfelder, bis sie auf der anderen Seite von Adam selbst abgeholt wurden.

Sie brachten Trash in ein Hongkonger Krankenhaus, wo ihn Agenten der Defense Intelligence Agency abholten und mit einem Sonderflug nach Pearl Harbor brachten. Wenn seine Verletzungen verheilt waren, würde er sich sofort wieder ins Cockpit einer F/A-18 setzen. Er war sich jedoch sicher, dass es ohne Cheese als Rottenführer nie wieder das Gleiche sein würde.

John Clark, Domingo Chavez, Sam Driscoll und Dominic Caruso blieben noch neun Tage in Peking und zogen von einem sicheren Unterschlupf zum anderen, wobei sie abwechselnd vom Pfad der Freiheit und der Roten Hand betreut wurden. Die Dinge gerieten in Bewegung, als Ed Foley persönlich einem alten Mann in der New Yorker Chinatown eine größere Summe Bargeld überreichte.

Mitten in der Nacht brachte man die vier Amerikaner jetzt in ein Gebäude, das als Pekinger Übernachtungsstätte für russische Piloten diente, die für das staatliche russische Rüstungsexportunternehmen Rosoboronexport arbeiteten. Diese brachten sie heimlich an Bord einer Jakowlew, die nach Russland zurückflog, nachdem sie zuvor den Chinesen Streubomben geliefert hatte.

Clark hatte diesen Rückflug über Stanislaw Birjukow, den Chef des FSB, arrangiert. Das Ganze klappte wie am Schnürchen. John war sich bewusst, dass damit der Gefallen, den ihm Birjukow schuldete, vollständig zurückgezahlt war. Künftig war er für ihn wieder nur der Leiter eines ausländischen Geheimdienstes, der die Interessen seines Landes verfolgte, auch wenn sie denen der Amerikaner widersprechen sollten.

Walentin Kowalenko war fast eine Woche im Zimmer eines sicheren Hauses eingesperrt, das Hendley Associates gehörte. In dieser ganzen Zeit sah er nur ein paar Wachleute, die ihm Essen und Zeitungen brachten. Also verbrachte er seine Tage damit, die Wände anzustarren und von einer Heimkehr zu seiner Familie zu träumen.

Aber er glaubte nicht mehr daran, dass dies jemals passieren würde.

Er befürchtete, er erwartete, ja, er war sich *sicher,* dass John Clark nach seiner Rückkehr mit einer Pistole in der Hand diesen Raum betreten und ihm in den Kopf schießen würde.

Kowalenko konnte es ihm nicht einmal verdenken.

Eines schönen Nachmittags schloss ein Wachmann, der

sich selbst Ernie nannte, die Tür auf, reichte Kowalenko tausend Dollar in bar und sagte: »Ich habe eine Botschaft von John Clark für Sie.«

»Ja?«

»Verschwinde!«

»Okay.«

Ernie drehte sich um und verließ den Raum. Sekunden später hörte Walentin, wie ein Motor angelassen wurde und ein Auto davonfuhr.

Der völlig perplexe Russe trat eine Minute später selbst aus dem Gebäude. Er schien sich in irgendeinem Vorort von Washington zu befinden. Langsam ging er zur Straße hinaus und fragte sich, ob er hier irgendwo ein Taxi erwischen würde – und was er dem Taxifahrer als Zieladresse nennen könnte.

Nachdem er mit der Gulfstream von Hendley Associates aus Hongkong zurückgekehrt war, fuhr Jack Ryan jr. sofort zu Melanies Apartment in Alexandria hinüber. Allerdings hatte er vorher angerufen und ihr die Zeit gelassen, selbst zu entscheiden, ob sie tatsächlich da sein würde, wenn er ankam, und was sie über ihre Vergangenheit erzählen wollte.

Sie ließ ihn ein, und sie setzten sich an den Bistrotisch in ihrer winzigen Küche. Sie machte ihm einen Kaffee, und er erzählte ihr, was sie bereits wusste. Er arbeite für einen inoffiziellen Geheimdienst, der die Interessen der Vereinigten Staaten vertrat, jedoch nicht den Beschränkungen einer offiziellen Regierungsbehörde unterlag.

Sie hatte seit dem Angriff der Chinesen auf Hendley Associates mehrere Tage Zeit gehabt, über diese ganze Sache nachzudenken. Inzwischen konnte sie die Vorzüge einer solchen Organisation erkennen. Gleichzeitig sah sie jedoch auch die offensichtlichen Gefahren, die eine solche Konstruktion mit sich brachte.

Jetzt war sie an der Reihe, eine Beichte abzulegen. Sie erzählte von der Dummheit ihres Vaters, wie sie davon erfuhr und wie sie daraufhin entschied, sich von seinem Fehler nicht das Leben zerstören zu lassen.

Er hatte zwar Verständnis für ihre schwierige Lage, aber sie nahm es ihm einfach nicht ab, dass dieser FBI-Mann Darren Lipton ein Agent Centers und kein echter Ermittler gewesen sein sollte.

»Nein, Jack. Da gab es diesen anderen Typen vom FBI. Liptons Boss. Packard. Ich trage immer noch seine Visitenkarte in meiner Handtasche herum. Er hat alles bestätigt. Außerdem hatten sie da ja noch die gerichtliche Verfügung. Sie haben sie mir doch gezeigt.«

Ryan schüttelte den Kopf. »Center hat dich zu seiner Agentin gemacht, seit er irgendwelche Telefongespräche von Charles Alden abgehört hatte, in denen dieser davon sprach, dass du für ihn arbeiten würdest und ihm Informationen über mich und Hendley Associates liefern solltest, mit denen er John Clark diskreditieren könnte.«

»Aber Lipton ist echt. Er weiß von meinem Vater und ...«

»Er weiß das, weil Center es ihm erzählt hat! Center könnte diese Information erhalten haben, als er sich in pakistanische elektronische Geheimdienstakten eingehackt hat. Für seine Organisation wäre das eine Leichtigkeit gewesen.«

Er merkte, dass sie ihm nicht glaubte. Sie hatte das Gefühl gehabt, ihr altes Leben könnte ihr neues zerstören, als das FBI ihr vorwarf, sie habe über die Spionagetätigkeit ihres Vaters gelogen.

»Es gibt einen Weg, wie wir das Ganze sofort klären können«, sagte Jack.

»Und welchen?«

»Wir statten Lipton einen Besuch ab.«

Es dauerte einen Tag, ihn zu finden. Er hatte sich zwar offiziell vom Dienst beurlauben lassen, aber Jack und Melanie befürchteten, er könnte aus dem Land geflohen sein. Ryan brachte Biery jedoch dazu, sich in die Bankunterlagen des Mannes einzuhacken. Dabei fand er heraus, dass Lipton erst vor ein paar Minuten vierhundert Dollar von einem Geldautomaten in einem DoubleTree-Hotel in Crystal City abgehoben hatte. Jack und Melanie machten sich sofort auf den Weg.

Als sie dort ankamen, hatte Biery bereits seine Zimmernummer für sie herausgefunden. Nur Minuten später brachte Jack eine Hauptschlüsselkarte zur Anwendung, die Melanie einem Zimmermädchen stibitzt hatte.

Als Ryan und Kraft durch die Tür traten, erblickten sie einen halb nackten Lipton und eine völlig nackte Nutte. Jack forderte das Mädchen auf, seine Sachen und die vierhundert Dollar zu nehmen und zu verschwinden.

Lipton schien zwar erschrocken, Ryan und Melanie hier zu sehen, schien jedoch keine allzu große Eile zu haben, sich wieder anzuziehen. Jack warf ihm eine Khakihose zu. »Um Himmels willen, Kumpel, ziehen Sie sich bloß an!«

Lipton schlüpfte in seine Hose, zog jedoch kein Hemd über sein Muskelshirt.

»Was wollen Sie von mir?«, fragte er.

»Center ist tot, falls Sie das noch nicht wissen sollten«, sagte Jack.

»Wer?«

»Center. Dr. K. K. Tong.«

»Ich weiß nicht, wovon ...«

»Jetzt hör mal gut zu, Arschloch! Ich weiß, dass Sie für Center gearbeitet haben. Wir besitzen alle Protokolle Ihrer Unterredungen, und wir haben Kowalenko, der Sie bereits verpfiffen hat.«

Lipton seufzte. »Der Russe mit dem Bart?«

»Genau der.«

Das war eine Lüge, aber Lipton fiel darauf herein.

Er gab das Versteckspiel auf. »Center war mein Agentenführer, aber ich kenne keinen K. K. Tong. Ich hatte keine Ahnung, dass ich für die Russen arbeite, sonst hätte ich ...«

»Sie haben für die Chinesen gearbeitet.«

Darren Lipton zuckte zusammen. »Noch schlimmer.«

»Wer war Packard?«, fragte Melanie.

Lipton zuckte die Achseln. »Nur ein anderes armes Schwein, das Center an den Eiern hatte. Wie mich auch. Er war nicht beim FBI. Ich hatte den Eindruck, dass er irgendwo Polizeiermittler ist. Vielleicht in Washington, vielleicht in Maryland oder Virginia. Center hat ihn zu mir geschickt, als diese gefälschte Gerichtsverfügung Sie nicht davon überzeugt hat, sein Telefon zu verwanzen. Ich habe den Jungen entsprechend angezogen, ihm eine Viertelstunde lang die Lage erklärt und ihn dann den guten Bullen spielen lassen, während ich ja der böse Bulle war.«

»Aber Sie haben mich doch aufgefordert, ins J. Edgar Hoover Building zu gehen, um ihn dort zu treffen! Und wenn ich zugestimmt hätte?«

Lipton schüttelte den Kopf. »Ich wusste, dass Sie auf keinen Fall das Hoover Building durch den Vordereingang betreten würden.«

Melanie war so wütend, dass sie dieser Hurensohn ausgetrickst hatte, dass sie ihm jetzt in einem Moment der Wut auf den Mund schlug. Sofort begann seine Oberlippe zu bluten.

Lipton leckte das Blut ab und zwinkerte Kraft zu.

Ihr Gesicht rötete sich noch mehr, und sie fauchte: »Verdammt! Das hatte ich vergessen! Sie stehen ja auf so was!«

Ryan schaute Melanie an, verstand, was sie meinte, und wandte sich Lipton zu.

»Dann genießen Sie das!«, sagte Jack und versetzte dem FBI-Mann die gewaltigste rechte Gerade in sein fleischiges Gesicht, die er in seinem ganzen Leben geschlagen hatte.

Liptons ganzer Kopf schnappte nach hinten, und der kräftige Mann stürzte zu Boden. Sein Kiefer war innerhalb von Sekunden rosa geschwollen.

Jack ging in die Knie und beugte sich über ihn. »Sie haben eine Woche Zeit, um beim FBI zu kündigen. Verstanden?«

Lipton nickte schwach, schaute zu Ryan hinauf und nickte noch einmal.

Die Begräbnisfeierlichkeiten für die Hendley-Associates-Mitarbeiter, die von den Kommandosoldaten des Göttlichen Schwerts umgebracht worden waren, fanden über ganz Virginia, Maryland und Washington verteilt statt. Alle Campus-Außenagenten und natürlich auch Gerry Hendley waren jedes Mal zugegen.

Jack ging allein dorthin. Er und Melanie hatten es geschafft, einander ohne Bitterkeit zu betrachten. Sie verstanden beide, warum sie sich angelogen hatten, aber Vertrauen war in der Liebe ein wertvolles Gut, und beide hatten das Vertrauen des anderen gebrochen.

Wie immer die Rechtfertigungen auch lauten mochten, ihre Beziehung war angeschlagen, und sie hatten sich nicht mehr viel zu sagen.

Jack war nicht überrascht, Mary Pat Foley und ihren Mann Ed bei Sam Grangers Begräbnis an einem Samstagnachmittag in Baltimore zu sehen. Nach der feierlichen Grablegungszeremonie bat Jack die Direktorin der Nationalen Nachrichtendienste um eine kurze persönliche Unterredung. Ed ging zu Gerry Hendley hinüber, um über alte Zeiten zu plaudern, und Mary Pats Leibwächter ließ sich ein Stück hinter seine Chefin und den Sohn des Präsidenten zurückfallen, als die beiden allein und langsamen Schrittes über den Friedhof gingen.

Schließlich fanden sie eine Holzbank und setzten sich.

Mary Pat schaute zu ihrem Leibwächter hinüber und zeigte ihm durch ein Nicken an, er solle etwas Abstand halten. Er stellte sich etwa zwanzig Meter entfernt auf und schaute in die andere Richtung.

»Alles in Ordnung, Jack?«

»Ich muss mit dir über Melanie reden.«

»Okay.«

»Sie hat mich ausgeforscht, zuerst im letzten Jahr für Charles Alden während der Kealty-Affäre. Als Alden dann verhaftet wurde, trat ein Typ von der National Security Branch des FBI an sie heran. Er wollte, dass sie ihm Informationen über mich und Hendley Associates beschafft.«

Mary runzelte die Stirn. »Die NSB?«

Jack schüttelte den Kopf. »Es ist für uns nicht so schlimm, wie es klingt. Dieser Typ war in Wirklichkeit insgeheim ein Agent Centers.«

»Herrgott! Wie heißt er?«

»Darren Lipton.«

Sie nickte. »Also, Montagmittag ist er arbeitslos, das steht fest!«

Jack zwang sich ein gequältes Lächeln ab. »Am Montag findest du ihn bestimmt nicht in seinem Büro. Ich glaube, ich habe ihm den Kiefer gebrochen.«

»Ich bin mir sicher, dass die Gefängnisbehörde auch auf Häftlinge mit Flüssigernährung eingestellt ist.« Mary Pat schaute dann eine ganze Weile in die Weite. »Warum hat sich Melanie bereit erklärt, dich auszuspionieren? Ich meine, außer dass ihr Vorgesetzter und das FBI ihr das befohlen haben.«

»Ein Geheimnis in ihrer Vergangenheit. Etwas, das Center über ihren Vater herausgefunden hat und durch das sie dann dieser FBI-Typ in der Hand hatte.«

Mary Pat Foley wartete, dass Ryan diese Aussage erklärte. Als er das nicht tat, sagte sie: »Ich muss die Hintergründe kennen, Jack.«

Ryan nickte. Dann erzählte er ihr von ihrem Vater und ihrer Lüge.

Mary Pat schien nicht so überrascht zu sein, wie er es erwartet hatte. »Ich mache das schon eine ganze Zeit. Die Energie und die Entschlossenheit, die ich bei dieser jungen Dame gesehen habe, war jedoch ganz einzigartig. Ich verstehe jetzt, dass sie damit etwas kompensieren wollte und versucht hat, alle anderen auszustechen, weil sie nur auf diese Weise mit sich ins Reine kommen konnte.«

»Wenn es denn überhaupt etwas hilft, immerhin hat mir Clark erzählt, dass sie neulich bei Hendley Leben gerettet hat. Ohne sie hätte es wohl noch ein paar weitere Beerdigungen gegeben.«

Mary Pat nickte. Sie schien jedoch mit ihren Gedanken ganz woanders zu sein.

»Was wirst du jetzt tun?«, fragte Jack.

»Sie weiß über den Campus Bescheid. Ihre Karriere bei der CIA ist aufgrund ihrer Lügen bei ihrer Einstellungsbefragung zu Ende, aber ich selbst werde ihr deswegen bestimmt nicht die Hölle heißmachen. Allerdings werde ich jetzt gleich mit ihr sprechen.«

»Wenn du sie aufforderst, von sich aus zu kündigen, wird sie mitbekommen, dass du den Campus kennst. Das könnte zu einem Problem für dich werden.«

DNI Foley winkte ab. »Über mich selbst mache ich mir bestimmt keine Sorgen. Es klingt vielleicht rührselig, aber für mich ist es weit wichtiger, die Integrität der amerikanischen Geheimdienste zu bewahren und die Sicherheit der Organisation zu gewährleisten, die dein Vater mit den allerbesten Absichten gegründet hat. Das ist jetzt meine Aufgabe.«

Jack nickte. Er fühlte sich rundheraus beschissen.

Mary Pat bemerkte das und sagte: »Jack. Ich werde sie mit Nachsicht behandeln. Sie tat das, was sie selbst für richtig hielt. Sie ist ein gutes Mädchen.«

»Ja«, seufzte Jack, nachdem er einen Augenblick nachgedacht hatte. »Das ist sie.«

Mary Pat Foleys schwarzer Geländewagen hielt kurz nach vier Uhr an diesem Nachmittag vor Melanie Krafts Wohnremise in Alexandria. Inzwischen war die Temperatur unter den Gefrierpunkt gefallen, und aus den tief hängenden Wolken fiel eine Mischung aus Schnee und gefrierendem Regen.

Der Fahrer der DNI wartete im Wagen, während ihr Leibwächter sie zur Eingangstür begleitete und dabei mit seiner Linken einen Schirm über sie hielt. Er stellte sich neben sie, als sie an die Tür klopfte, wobei er mit der freien Hand an seine rechte Hüfte griff, wo seine Pistole steckte.

Melanie öffnete nach kurzer Zeit die Tür. Von keiner Stelle ihrer Wohnung aus waren es mehr als zehn Schritte bis zum Eingang ihrer winzigen Remise.

Sie lächelte nicht, als sie Mary Pat erblickte, die inzwischen nicht nur ihre Chefin, sondern auch ihre Freundin geworden war. Stattdessen trat sie nur einen Schritt zurück und sagte in leisem Ton: »Wollen Sie nicht hereinkommen?«

Auf ihrer Herfahrt aus Baltimore hatte Mary Pat ihren Leibwächter gefragt, ob er ein Problem damit habe, dass sie ein paar Minuten allein mit einer Mitarbeiterin in deren Wohnung verbringen würde. Der bullige Leibwächter drehte eine kurze Runde durch das Apartment und ging dann wieder nach draußen, um direkt vor der Eingangstür unter seinem Schirm zu warten.

Währenddessen stand Mary Pat im Wohnzimmer und schaute sich um. Man musste nicht gerade die Chefin sämtlicher amerikanischer Geheimdienste sein, um die Lage zu erfassen. Es war leicht zu erkennen, dass die Mieterin dieses Apartments gerade auszog. Zwei offene Koffer standen an der Wand und waren bereits zur Hälfte mit Kleidung gefüllt. Mehrere Umzugskartons waren schon mit Klebebändern verschlossen, ein paar weitere lehnten noch flach und unaufgeklappt an der Wand.

»Bitte, nehmen Sie doch Platz«, sagte Melanie, und Mary Pat ließ sich auf dem kleinen Sofa nieder. Melanie selbst setzte sich auf einen eisernen Bistrostuhl.

»Ich wollte mich nicht einfach so davonstehlen«, sagte Melanie, als sie die Blicke ihrer Chefin bemerkte. »Ich wollte Sie heute Abend anrufen und Sie fragen, ob ich nicht kurz vorbeikommen könnte.«

»Was haben Sie denn vor?«

»Ich kündige.«

»Ich verstehe«, sagte Foley. Und dann: »Warum?«

»Weil ich bei meiner Sicherheitsüberprüfung gelogen habe. Ich habe so verdammt gut gelogen, dass ich sogar den Lügendetektor getäuscht habe. Ich dachte, dass das, worüber ich gelogen habe, eigentlich keine Rolle spielte, aber jetzt musste ich auf die bittere Art begreifen, dass man diese Lügen nutzen kann, um jemand umzudrehen, und dazu auch noch jemand, der Amerikas bestgehütete Geheimnisse kennt. Ich war angreifbar und wurde deshalb übertölpelt. Man hat mich benutzt. Und das alles wegen einer dummen Lüge, von der ich nicht glaubte, dass sie jemals auf mich zurückfallen würde.«

»Verstehe«, sagte Mary Pat.

»Vielleicht tun Sie das, vielleicht auch nicht. Ich weiß nicht, was Sie wissen, und vielleicht ist das auch besser so. Ich möchte auf keinen Fall etwas tun, das Ihnen schaden könnte.«

»Also stürzen Sie sich jetzt ins eigene Schwert?«

Jetzt musste Melanie doch ganz kurz kichern. Sie griff zu einem der zahlreichen Bücherstapel hinunter, die auf dem Boden an der Wand entlang standen, und begann, die Bücher einzeln in eine Plastikmilchkiste zu packen, während sie antwortete. »So habe ich das noch gar nicht gesehen. Ich komme bestimmt gut zurecht. Ich gehe auf die Uni zurück und suche mir etwas, was mich interessiert.«

Ihr Lächeln wurde jetzt etwas breiter. »Und ich werde das verdammt gut machen.«

»Da bin ich mir sicher«, sagte Mary Pat.

»Ich werde den Job vermissen. Ich werde es vermissen, für Sie zu arbeiten.« Sie ließ einen kleinen Seufzer hören. »Und ich werde Jack vermissen.« Nach einer Pause fügte sie hinzu: »Aber diese verdammte Stadt werde ich ganz bestimmt nicht vermissen.«

»Wohin werden Sie gehen?«

Melanie schob die volle Milchkiste zur Seite und holte sich dann einen Umzugskarton, den sie jetzt mit weiteren Büchern füllte. »Ich gehe heim. Nach Texas. Zu meinem Dad.«

»Ihrem Dad?«

»Ja«, bestätigte Melanie. »Ich habe vor langer Zeit wegen seines Fehlers mit ihm gebrochen. Jetzt sehe ich, dass ich mich auch nicht viel anders verhalten habe, und ich halte mich nicht für einen schlechten Menschen. Ich muss zu ihm heimkehren und ihn wissen lassen, dass wir trotz allem, was geschehen ist, immer noch eine Familie sind.«

Mary Pat Foley spürte, dass Melanie fest hinter ihrer Entscheidung stand, wenngleich sie ihr immer noch wehtat.

»Was immer in der Vergangenheit geschehen ist, jetzt tun Sie das Richtige«, sagte sie.

»Danke, Mary Pat.«

»Und ich versichere Ihnen, dass Ihre Zeit in dieser Stadt es wert war. Ihre Arbeit hat hier etwas bewirkt. Das sollten Sie nie vergessen.«

Melanie lächelte, packte den Karton mit Büchern voll, schob ihn dann zur Seite und griff sich einen neuen.

Nach dem Begräbnis kehrte Jack Junior in das Privathaus der Ryan-Familie in Baltimore zurück. Seine Eltern hielten sich dort zusammen mit ihren Kindern während des Wochenendes auf. Jack begrüßte die Leibwächter seines Vaters vom Secret Service und ging dann in dessen Arbeitszimmer. Ryan Senior umarmte seinen Sohn und kämpfte gegen die Tränen der Erleichterung an, dass er ihn lebendig und an einem Stück wiedersah. Dann packte er ihn fest an der Schulter und schaute ihn sich von oben bis unten an.

Jack lächelte. »Mir geht's gut, Dad, glaub mir.«

»Was zum Teufel hast du dir dabei gedacht?«

»Es musste sein. Ich war als Einziger verfügbar, deshalb ging ich hinüber und habe es gemacht.«

Der Senior spannte seinen Kiefer an, als wollte er gegen diese Argumentation Widerspruch einlegen, aber stattdessen sagte er gar nichts.

Der Junior ergriff gleich wieder das Wort. »Ich muss mit dir über etwas anderes sprechen.«

»Ist dies nur ein Trick, um das Thema zu wechseln?«

Jack Junior versuchte, ein Lächeln zu unterdrücken, und sagte: »Nicht dieses Mal.«

Die beiden Männer setzten sich auf ein Sofa. »Was ist los?«

»Es geht um Melanie.«

Ryan Seniors Augen begannen zu funkeln. Er hatte nie verhehlt, dass er von dieser jungen Geheimdienstanalystin absolut hingerissen war. Aber der Präsident hörte sofort die dunklen Untertöne in der Antwort seines Sohns heraus. »Worum geht es?«

Jack erzählte ihm fast alles. Wie Charles Alden Ryans Verbindung mit Clark untersuchen wollte und wie Darren Lipton, der für die Chinesen arbeitete, sie durch Erpressung dazu brachte, sein Handy zu verwanzen.

Er erzählte seinem Vater jedoch nicht von den Russen in

Miami oder irgendwelche Einzelheiten über die Ereignisse in Istanbul, Hongkong oder Kanton oder über die Schießerei mit den Kommandosoldaten vom Göttlichen Schwert in Georgetown. Der jüngere Ryan war inzwischen reif genug, um keine Kriegsgeschichten mehr erzählen zu müssen, die jene nur erschrecken würden, die sich um ihn und seine Sicherheit Sorgen machten.

Präsident Jack Ryan fragte seinerseits nicht nach irgendwelchen Einzelheiten, und zwar nicht, weil er die nicht gern gewusst hätte. Tatsächlich war er ein Mann, der nach Informationen regelrecht süchtig war. Er wollte vielmehr seinem Sohn nicht das Gefühl vermitteln, dass er sie ihm unbedingt erzählen musste.

Ryan Senior wurde bewusst, dass er mit Jacks gefährlichen Unternehmungen inzwischen genauso umging, wie es Cathy früher mit seinen eigenen getan hatte. Er wusste, dass es da bei jeder Geschichte noch mehr geben musste, eine ganze Menge mehr, um genau zu sein, von dem er jetzt und später niemals etwas erfahren würde. Aber wenn es Jack Junior nicht von sich aus mitteilen wollte, würde Jack Senior nicht danach fragen.

Als er sich alles angehört hatte, lautete Seniors erste Frage: »Hast du schon irgendjemand von diesem Lipton erzählt?«

»Man wird sich mit Sicherheit gebührend um ihn kümmern«, sagte Jack. »Mary Pat wird ihn ohne Senf zum Frühstück verspeisen.«

»Ich vermute, dass du damit ganz richtigliegst.«

Der Präsident dachte noch einen Augenblick nach und sagte dann: »Miss Kraft hat sich in der West Sitting Hall und im Speisezimmer des Weißen Hauses aufgehalten. Soll ich den Secret Service diese Bereiche nach irgendwelchen Wanzen absuchen lassen?«

»Ich glaube, sie hat mir alles erzählt. *Ich* war Liptons Zielperson, nicht du oder das Weiße Haus. Außerdem hätten sie bestimmt schon etwas gefunden, wenn sie etwas dort versteckt hätte – aber lass ruhig noch einmal nachsehen, man kann nicht vorsichtig genug sein.«

Senior nahm sich eine gewisse Zeit, um seine Gedanken zu ordnen. Schließlich sagte er: »Jack, ich danke dem lieben Gott jeden einzelnen Tag dafür, dass deine Mutter bis heute bei mir geblieben ist. Tatsächlich standen die Chancen eine Million zu eins, dass ich jemand finden würde, der bereit war, das Leben eines Geheimagenten zu teilen. Die Geheimnisse, die wir bewahren müssen, die Verbindungen, die wir gezwungen sind, einzugehen, die Lügen, die wir ganz selbstverständlich erzählen müssen. Das Ganze ist einer guten Beziehung bestimmt nicht zuträglich.«

Jack hatte bereits das Gleiche gedacht.

»Du hast die Entscheidung getroffen, für den Campus zu arbeiten. Diese Entscheidung wird dir vielleicht eine gewisse Befriedigung, Spannung und Erregung verschaffen, aber sie ist auch mit einer Menge Opfern verbunden.«

»Ich verstehe.«

»Melanie Kraft wird nicht das letzte Beispiel dafür sein, dass dein Job immer wieder in einen Widerspruch zu deinem Privatleben gerät. Wenn du jetzt damit aufhören kannst, solange du noch jung bist, solltest du es tun.«

»Ich will nicht damit aufhören, Dad.«

Senior nickte. »Ich weiß. Du solltest nur nie vergessen, dass zerbrochene Beziehungen, verletztes Vertrauen und eine ständige Kluft zwischen dir und denen, die du liebst, immer zu dieser Arbeit gehören werden. Jeder, der dir etwas bedeutet, schwebt in Gefahr, auf irgendeine Weise gegen dich eingesetzt zu werden.«

»Ich weiß.«

»Vergiss jedoch nie, wie wichtig deine Arbeit für dieses Land ist, also tue alles dafür, um glücklich zu werden. Du verdienst es.«

Jack lächelte. »Ich werde mir's merken.«

Cathy Ryan schaute durch die Tür des Arbeitszimmers herein. »Das Essen ist fertig, Jungs.«

Der Präsident und sein Sohn gingen ins Speisezimmer hinüber, um mit den anderen Ryans zusammen ein gemütliches Familienessen zu genießen.

Jack Juniors Gemüt hatte sich durch den Tod seiner Freunde und das Ende seiner Beziehung mit Melanie doch etwas verdüstert. Aber hier daheim bei seiner Familie zu sein heiterte ihn auf eine Weise auf, die er so nicht erwartet hatte. Er entspannte sich und dachte zum ersten Mal seit Monaten nicht mehr ständig an die geheimnisvollen Kräfte, die ihn und seine Organisation ins Fadenkreuz genommen hatten.

Das Leben war gut und befand sich in ständigem Fluss. Warum sollte man es nicht genießen, wenn sich einem einmal die Gelegenheit dazu bot?

Der Nachmittag endete, und der Abend begann. Cathy ging früh schlafen, die Kinder spielten Videospiele im Hobbyraum, und die beiden Jack Ryans kehrten ins Arbeitszimmer zurück und sprachen über Baseball, Frauen und die Familie, die wirklich wichtigen Dinge auf dieser Welt.

› Bonusmaterial

Werkverzeichnis der im Heyne Verlag von Tom Clancy erschienenen Titel

HEYNE ‹

Der Autor

Tom Clancy wurde am 12. April 1947 in Baltimore, Maryland, geboren. Vor seiner Karriere als Schriftsteller arbeitet Clancy einige Jahre als Versicherungsagent. Er interessiert sich aber vor allem für rüstungstechnische Probleme und den amerikanischen Geheimdienst. Eine Meuterei auf einem sowjetischen Zerstörer regt Clancy dazu an, seinen ersten Roman *Jagd auf Roter Oktober* zu schreiben. Das Buch wird auf Anhieb zum Welterfolg, die Verfilmung von *Roter Oktober* mit Sean Connery in der Hauptrolle gilt als Klassiker. Mit seinem Debüt begründet Tom Clancy zudem ein neues Genre: den Techno-Thriller, der Elemente des klassischen Polit-Thrillers mit exakter militärisch-technischer Recherche verbindet.
Auch alle weiteren Tom-Clancy-Romane erweisen sich als große Erfolge und führen regelmäßig die internationalen Bestsellerlisten an. Mit diesen faszinierenden Action-Thrillern erschafft Clancy ein Universum um seine berühmteste Figur: den Spezialagenten Jack Ryan, Protagonist fast aller Romane. Jack Ryan muss den Kalten Krieg verhindern, gegen Drogenkartelle kämpfen und immer wieder in brandgefährliche internationale Verwicklungen eingreifen. Wiederholt fungiert er sogar als Präsident der USA. In den Hollywood-Blockbuster-Verfilmungen wurde Jack Ryan u.a. von Harrison Ford und Ben Affleck gespielt.

Clancy schreibt seine Jack-Ryan-Abenteuer nicht chronologisch, sondern schiebt immer wieder Rückblenden ein: so agiert etwa in erst später veröffentlichten Bänden der junge Jack Ryan noch am Beginn seiner Agentenkarriere. Ihm zur Seite steht bei den meisten Abenteuern der Ex-Navy-Spezialist John Kelly alias John Clark, die zweite große Clancy-Figur.
Neben seinen großen Romanen schrieb Tom Clancy Sachbücher zu Militärtechnik und übte die Schirmherrschaft über die unter seinem Namen erschienenen Serien *Op-Center, Net Force* und *Power Plays.*
Wie realistisch und gut recherchiert Tom Clancys Bücher sind, zeigt die Tatsache, dass der Autor nach den Anschlägen vom 11. September von der amerikanischen Regierung als spezieller Berater hinzugezogen wurde – in *Befehl von oben* hatte er ein Szenario entworfen, dass der späteren Realität erschreckend nahekam.
Tom Clancy, einer der erfolgreichsten amerikanischen Autoren, starb im Oktober 2013.

»Es ist schon gespenstisch: Vieles, was ich erfinde, wird Wirklichkeit.«
Tom Clancy

»Keiner ist besser als Tom Clancy.«
Los Angeles Times

»Die unbestrittene Nummer Eins unter den Thrillerautoren.«
Die Welt

Einzeltitel

(Alle Heyne-Titel in der Reihenfolge ihrer Veröffentlichung; in Klammern die Jack-Ryan-Chronologie)

Jagd auf Roter Oktober *(Jack Ryan 4)*

Der Politoffizier der russischen Marine erfährt, dass »Roter Oktober«, das modernste russische Raketen-U-Boot, in den Westen überzuwechseln droht. Innerhalb kürzester Zeit machen sich 30 Kriegsschiffe und 58 Jagd-U-Boote an die Verfolgung. Es beginnt ein atemberaubendes Katz-und-Maus-Spiel zwischen den Großmächten.
Mit diesem Roman begründete Tom Clancy seinen Weltruhm, die gleichnamige Kino-Verfilmung mit Sean Connery gilt als Klassiker des modernen Thriller-Kinos.

Im Sturm

Nach einem Attentat arabischer Fundamentalisten auf das größte Ölfeld Sibiriens steht die Welt am Abgrund. Die einzige Rettung aus der wirtschaftlichen Katastrophe liegt für Moskau am Persischen Golf. Die Hardliner im Kreml schrecken auch vor einem Schlag gegen die NATO nicht zurück. Das Unternehmen »Roter Sturm« läuft an …

Die Stunde der Patrioten *(Jack Ryan 2)*

Jack Ryan, Professor für Militärgeschichte und Ex-CIA-Agent, hält sich zu Recherchezwecken in London auf. Als ahnungsloser Passant gerät er in einen Terroranschlag, den eine Splittergruppe der IRA auf die Familie des britischen Thronfolgers verübt. Ryan gelingt es zwar, den Anschlag zu vereiteln – aber die Terroristen schwören blutige Rache. Für Jack Ryan und seine Familie beginnt ein verzweifelter Kampf ums Überleben.
In der gleichnamigen Kino-Verfilmung wird Jack Ryan von Harrison Ford gespielt.

Der Kardinal im Kreml *(Jack Ryan 5)*

Bei der Auswertung ihrer Satellitenbilder stellen die Amerikaner entsetzt fest, dass die Sowjets eine hochmoderne Laserwaffe errichtet haben. Jack Ryan wird mit Nachforschungen betraut und erkennt, dass die Russen den Amerikanern bereits überlegen sind. Sie sind in der Lage, Satelliten und anfliegende Atomraketen zu zerstören. Der hochrangige Top-Spion »Kardinal« wird darauf angesetzt, Näheres über die Laseranlage zu erfahren und begibt sich, vom KGB verfolgt, in höchste Gefahr.

Der Schattenkrieg *(Jack Ryan 6)*

Geheimdienstmitarbeiter Jack Ryan erfährt, dass kolumbianische Drogenbosse drei hochrangige Amerikaner getötet haben. Ryan und eine Gruppe erprobter Männer nehmen die Verfolgung auf, doch Verwicklungen in der Heimat bis in die höchste Ebene bedrohen den Einsatz der Männer: Niemand weiß, wohin dieser Schattenkrieg führt.
Die Kino-Verfilmung mit Harrison Ford als Jack Ryan lief in Deutschland unter dem Titel *Das Kartell*.

Das Echo aller Furcht *(Jack Ryan 7)*

Der Kalte Krieg scheint Vergangenheit zu sein, die Weltmächte verhandeln im Zeichen der Kooperation und setzen auf eine friedliche Zukunft. Doch ein seltsamer Bombenfund genügt, um einen weltumspannenden tödlichen Konflikt zu entfachen. Jack Ryan muss einen nahezu aussichtslosen Kampf gegen die Zeit gewinnen – es beginnt ein neues Kapitel des Kalten Krieges.
Die Kino-Verfilmung mit Ben Affleck als Jack Ryan lief in Deutschland unter dem Titel *Der Anschlag*.

Gnadenlos *(Jack Ryan 1)*

John Kelly (alias John Clark), ehemaliger US-Marine und Spezialist für riskante Missionen, erhält den Auftrag, amerikanische Geiseln aus einem vietnamesischen Lager zu befreien – eine beinahe aussichtslose Mission, zumal er sich gerade durch einen privaten Rachefeldzug in Lebensgefahr gebracht hat. Ein Wettlauf gegen die Zeit beginnt, und der geringste Fehler könnte Kellys letzter sein.

Ehrenschuld *(Jack Ryan 8)*

Nach dem Ende des Kalten Krieges wiegen sich viele in Sicherheit, hoffen auf eine neue, eine friedlichere Welt. Doch der Schein trügt, und Jack Ryan, vom CIA-Agenten zum politischen Berater des Präsidenten aufgestiegen, muss feststellen, dass die Bedrohung geblieben ist. Nur die Form hat sich geändert – aus alten Freunden sind gefährliche neue Feinde geworden …

Befehl von oben *(Jack Ryan 9)*

Bei einem Flugzeugangriff auf das Capitol kommt der amerikanische Präsident ums Leben. Spezialagent Jack Ryan, vor Kurzem zum Vizepräsidenten ernannt, muss von einem Tag auf den anderen die Amtsgeschäfte übernehmen. Derweil nutzen Amerikas Feinde ihre Chance: China und Taiwan stehen kurz

vor einem Krieg, und der Iran plant, amerikanische Großstädte mit einem tödlichen Virus zu infizieren.
Befehl von oben ist die Fortsetzung von *Ehrenschuld*.

Operation Rainbow *(Jack Ryan 10)*

John Clark, ehemaliger Angehöriger der Navy SEALs, wird zum Leiter einer neuen Antiterroreinheit mit dem Namen »Rainbow« ernannt. Diese multinationale Spezialtruppe hat es mit einem Gegner zu tun, wie ihn die Welt bisher noch nicht erlebt hat. Sollte er Erfolg haben, würde es das Ende für einen Großteil der Menschheit bedeuten.
Tom Clancys Thriller ist näher an der Realität, als die Supermächte sich einzugestehen bereit sind.

Im Zeichen des Drachen *(Jack Ryan 11)*

Ein fehlgeschlagenes Attentat auf den Chef des russischen Geheimdienstes ist der Auslöser für eine weltweite Krise. Jack Ryan – neu gewählter Präsident der USA – ist gezwungen, seine schärfste Waffe einzusetzen: den Antiterrorspezialisten John Clark. Tom Clancy entwirft ein Szenario von erschreckender Aktualität.

Red Rabbit *(Jack Ryan 3)*

Der Kalte Krieg hat eine kritische Phase erreicht. Der junge Jack Ryan soll einen russischen Überläufer ausforschen, der hochbrisantes Material zu bieten hat: Es geht um eine Verschwörung, die die gesamte westliche Welt gefährdet. Tom Clancy führt uns zurück zu Jack Ryans Anfängen als Wissenschaftler und Berater der CIA.

Im Auge des Tigers *(Jack Ryan 12)*

In Wien schlägt ein Mann namens Mohammed dem Vertreter eines kolumbianischen Drogen-Kartells in den USA einen Deal vor. Er hat ein Netzwerk fundamentalistischer Terroristen in Europa aufgebaut – und prophezeit den Kolumbianern riesige Gewinne, wenn sie ihm helfen, seine Männer nach Amerika einzuschleusen.
Eine neue Form des internationalen Terrorismus fordert eine neue Generation von Jägern heraus: Es kommt die Zeit für Jack Ryan jr. und seinesgleichen.

Dead or Alive *(Jack Ryan 13)*

Mit modernsten technischen Mitteln bedroht der Terrorismus die zivilisierte Welt – und nur Jack Ryan und John Clark könnten sie retten. Ihr Ziel ist ein sadistischer Killer, der sich »Emir« nennt und plant, Amerika durch weitere perfide Anschläge zu destabilisieren. Ihn gilt es zu stoppen – tot oder lebendig.

Gegen alle Feinde *(Max Moore 1)*

Seit Jahren tobt der Konflikt im Mittleren Osten. Nun sieht es so aus, als ob sich der Kriegsschauplatz verlagerte. Die Taliban bedienen sich für ihre Machenschaften eines mexikanischen Drogenkartells und tragen den Kampf ins Heimatland des Erzfeindes – in die Vereinigten Staaten von Amerika. Ex-Navy-SEAL Max Moore stellt eine Spezialeinheit zusammen: Der Kampf kann beginnen!

Ziel erfasst *(Jack Ryan 14)*

Die Starbesetzung von Tom Clancy ist wieder da: Jack Ryan und John Clark sehen sich zusammen mit Jack Ryan jr. und dem übrigen Campus-Team der größten Herausforderung ihres Lebens gegenüber. Es droht nicht nur eine atomare Auseinandersetzung im Mittleren Osten, auch der Feind im Inneren rüstet sich zum Krieg mit allen Mitteln. Der spannungsreiche Technothriller schließt unmittelbar an *Dead or Alive* an, das große Comeback von Tom Clancy.

Gefahrenzone *(Jack Ryan 15)*

Schon morgen könnte es Wirklichkeit werden: Interne politische und wirtschaftliche Kämpfe sorgen in China dafür, dass die Führung des Landes immer mehr an Einfluss verliert. Um die eigene Macht zu untermauern, soll ein lang gehegter Wunsch in die Tat umgesetzt werden: sich Taiwan mittels eines Militärschlags einzuverleiben. Doch die Insel steht unter dem Schutz der Vereinigten Staaten. Für Präsident Jack Ryan ist die Stunde der großen Entscheidung gekommen. Wie kann er den Krieg der Supermächte verhindern?

Command Authority –
Kampf um die Krim *(Jack Ryan 16)*

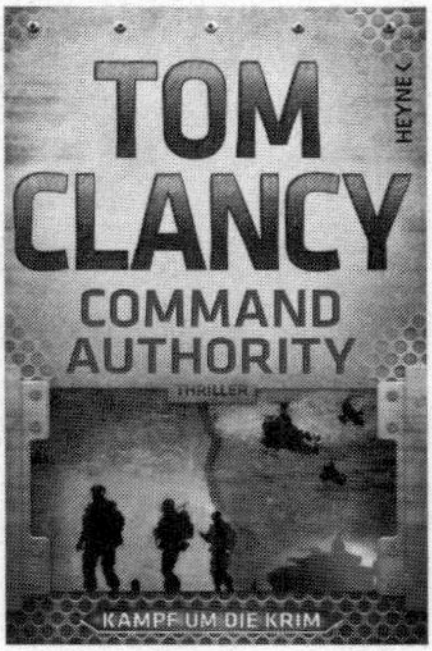

Der Aufstieg zur Macht des neuen starken Mannes in Russland verdankt sich dunklen Machenschaften, die Jahrzehnte zurückliegen. Ausgerechnet Präsident Jack Ryan war daran nicht ganz unbeteiligt, aber er ist auch der Einzige, der jetzt den Übergriff einer wiedererwachten Weltmacht auf die Krim stoppen kann. In einem fiktiven, aber nicht minder wirklichkeitsnahen Szenario zeigt Tom Clancy auf beeindruckende Weise, wie schnell alte Fronten wieder stehen, wenn Großmachtstreben und wirtschaftliche Interessen sich in die Hand spielen.

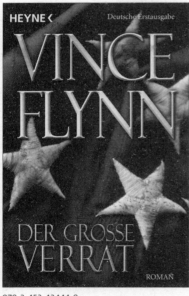